한국 현대문학의 쟁점과 전망

한국 언어·문학·문화 총서

17

한국 현대문학의 쟁점과 전망

조강석 외

보고사
BOGOSA

이 책을 한국문학 연구와 비평의 새길을 열어 오시고
후학들에게 넉넉한 그늘이 되어주시는
정명교 선생님께 바칩니다.

지난 20여 년간 한국문학 연구와 비평의 동향은 다채롭게 변화해 왔다. 연구자와 비평가들은 이론적으로는 신역사주의, 신유물론, 정신분석학, 정동이론, 신형식주의 등을 두루 섭렵하며 새로운 방법론을 탐색해왔다. 그리고 실제에 있어서는, 문학 텍스트를 둘러싼 제반 환경과 제도, 그리고 당대의 사상적 지형도를 당대와의 시차를 통해 재구성하려는 의지와 텍스트 자체에 대한 구심적 경의에 기반하여 해석적 지평을 새롭게 열어가려는 열망이 때로는 길항하고 때로는 내외하며 문학 연구의 새길을 내왔다. 이 책은 바로 그런 맥락에서 문학 연구와 비평의 현재 단면도와 진행 방향의 벡터를 동시에 제공하려는 취지로 기획되었다. 해당 분야에서 수일한 성과를 축적해 온 연구자와 비평가들이 바로 이런 취지에 흔쾌히 동의하며 최량의 논의 성과들을 제출해 주었다. 다양한 방법론과 관점이 교차하고 때로는 쟁투하는 장에서 한국 현대문학이 몸을 뒤틀며 꿈틀대는 현장을 직관할 수 있게 하리라는 기대를 품으며 책을 묶었다.

이 책에 실린 글 한 편 한 편이 하나씩의 방법론과 전망을 넉넉히 보여주고 있으므로 여기서 일일이 이를 소개하는 것은 여분의 일이 될 것이다. 다만, 3부로 구성된 소이는 밝혀둘 필요가 있겠다. 1부는 한국 현대문학사의 주요 의제들을 중심으로 구성되었다. 근대성, 감정, 자유, 시적인 것, 공동체와 윤리, 해방 직후의 이동과 기록, 디아스포라, 전후 실존주의와 센티멘털리즘, 전후 문단의 재구성 등 한국 근현대문학사를 가로지르는 주요 의제들이 깊이 있게 탐구되고 있다. 2부는 당대 문학 현장을 아우르는 비평의 키워드들을 중심으로 구성되었다. 현대 비평의 물길을 연 김현 비평의 의의에 대한 현재적 맥락에서의 재검토, 비평에 있어 경험적인 것과 선험적인 것의 문제, 한국 현대사와 문학이 얽는 폭력과 유토피아 문제, 비평에 있어 세대론의 공과 등이 다루어지고 있고 동시대 비평에 있어 중요한 쟁점인 재현방식의 문제와 모빌리티 문제, 한국문학 창작과 비평의 탈경계적 확장 문제 등이 심도 있게 검토된다. 3부는 문학의 내포와 외연을 심화하고 확장하는 주제들로 묶였다. 화폐의 원리에서 유래하는 동시대적 상상력의 구조, 새로움이라는 기표의 유동성, 처방이 아니라 마조히즘적 독서로서의 문학 읽기, 증언의 담론화와 공동체의 정치학, 한국문학의 초국가적 연구의 가능성 및 제언 등이 실려 있다. 서두에서 이야기한 것처럼 현재 한국문학 연구의 최일선에서 맺어지고 있는 누빔점과 결락의 소여들을 모두 일별할 수 있는 기회가 될 수 있을 것이다. 그리고….

한자리에 모이기 힘든 연구자들이 흔쾌히 이 기획을 수락한 데에는 단 하나의 이유가 있다. 예컨대, 20여 년 전 감당하기 힘든 이론서들을 책상 위에 쌓는 것으로 무언가를 하고 있다는 위안을 삼던 필자에게 "한국문학에 기여할 생각이 있는가?"라던 육성은 지금도 맹목처럼 귀에 울리고 있다. 연구자로서의 존재론적 변환이라는 거창한 말을 한 번 사용할 기회가 있다면 이 순간일 것이다. 바로 저 육성의 발신처는 문학이고 정명교 선생님이셨다. 아마도 필자들 모두에게 한 번은 있었을 경이일 것이다. 한국문학 연구와 비평에 있어 이론과 실제를 폭넓게 아우르며 새길을 내시고 언제나 현역으로서 후학들을 독려하고 계신 정명교 선생님께 감사드리는 마음이 이 연구서의 제1저자이다.

선생님이 드리우신 넓고 시원한 그늘에서
필자들을 대신하여 조강석 씀

제2부
한국문학 비평의 키워드

제3부
한국문학의 안과 밖

제1부

한국 현대문학사의 의제들

이식(移植)·근세조선(近世朝鮮)·후진성(後進性)

:『한국문학사』(김윤식·김현, 1973)를 둘러싼
문학사적 무의식의 풍경들

김동식

1. 1968년의 문학적 풍경 또는 '신문학 60년'을 둘러싼 문제들

우리 신문학이 60년이라 하여 작년[1968년-인용자]에는 범사회 규모에서 관심을 불러일으켰다. 그 중에서도 문인협회의 이 대표작전집은 신문학 60년과 직접 관련된 출판물 가운데 가장 종합적 기획의 결과라 하겠다. 과연 우리는 이 여섯 권의 책 속에서 소위 신문학활동에 관여했던 유상무상(有象無象)의 수많은 작가들을 시, 소설, 평론, 희곡, 아동문학, 수필 등의 여러 분야에서 만나게 되고 또 이를 통하여 우리 문학이 지난 반세기 동안 걸어온 행상(行狀)의 일단을 구체적으로 보게 된다.[1]

1968년 한국문인협회는『신문학 60년 대표작 전집』을 발간한다. 동양에서 갑년(甲年)이 가는 의미를 한국의 신문학(新文學)에 적용하여 신문학 역사와 문학적 성과를 더듬어 보고자 하는 출판 이벤트라고 할 수 있을 것이다.『신문학 60년 대표작 전집』에서 시의 경우에는 최남선의「해(海)에게서 소년에게」가 첫머리를 장식하였고, 소설의 경우에는 이광수의

---

1 염무웅,「신문학 60년 대표작 전집」,『경향신문』, 1969.2.10.

「할멈」을 위시하여 김동인의 「감자」, 염상섭의 「임종」, 현진건의 「불」,
최서해 「탈출기」 등이 앞부분에 배치되었다. 총 6권으로 발간된 『신문학
60년 대표선집』의 체재 구성과 편집위원은 다음과 같다.

> 시 : 이은상, 모윤숙, 서정주, 신석초, 이동주
> 소설(2권) : 최정희, 황순원, 안수길, 최인욱, 이범선
> 평론·수필 : 백철, 조연현, 곽종원, 최태호, 조경희
> 희곡·아동문학 : 유치진, 차범석, 윤석중, 이원수, 장수철[2]

　신문학 60년의 기원은 1908년 최남선이 주재한 잡지 『소년』의 창간에
두어졌는데, 같은 시기에 『소년』을 통해 많은 글을 발표한 바 있는 이광
수의 활동도 함께 염두에 둔 것이었다. 또한 『신문학 60년 대표선집』의
평론·수필 분야에는 당대의 문학사가 백철과 조연현이 참여하고 있음을
눈여겨볼 필요가 있다. 백철의 『조선신문학사조사』(1948)와 조연현의
『한국현대문학사』(1956)는 신문학의 기원을 최남선의 『소년』 발간과 신
체시 발표, 그리고 이광수의 초기 소설에서 찾고 있다는 점에서는 의견
의 일치를 보고 있었다. 당대의 가장 영향력 있는 문학사들이 공통적으로
승인하고 있는 신문학의 기원이었던 만큼, 『소년』의 발간을 신문학의
기원으로 삼았던 『신문학 60년 대표작 전집』은 당시의 지배적인 문학사
적 통념과 관행을 반영하고 안정화하는 이벤트였던 셈이다.

　　(가) 신소설문학의 시기와 근접해서 육당, 춘원을 중심한 제1기의 신문학
　운동기가 왔다. 제1기 신문학운동의 기원을 융희 2년[1908년-인용자] 10월
　1일 『소년』지가 육당 최남선 주재로 창간된 것을 잡으면 조선의 신문학운동
　은 신소설문학기와 병행해서 시작되었던 것이다.[3]

---

2 「신문학 60년 기념 대표작 전집 발간」, 『경향신문』, 1968.7.24.

(나) 최남선의 「해에게서 소년에게」라는 신체시가 한국근대시의 효시였 다만 그러한 의미에 있어서의 한국근대소설의 효시는 이광수의 「원한(怨 恨)」이라는 단편이 된다. (…) 이광수의 「나의 문단생활 30년」을 보며는[sic] 「소년의 비애」보다 9년이나 앞선 『소년』지 창간의 해인 4241년[서기 1908년 -인용자]에 이미 「원한」이라는 작품을 발표했던 사실을 알 수 있다.[4]

한국문인협회는 『신문학 60년 대표작 전집』을 편집·출판하는 데 그치 지 않고 같은 해인 1968년 11월에 신문학 60년과 관련된 또 다른 기획을 내보이게 된다. 한국문인협회의 기관지 격인 『월간 문학』을 창간하고 2개의 특집을 의욕적으로 제시하는데, 첫 번째 특집의 주제는 「신문학 60년」이고 두 번째 특집은 「세계문학 60년」에 관한 것이었다.[5] 한국에서 신문학의 기원과 세계문학 수용의 공통적인 기원을 1908년에 마련하고 자 하는 기획이었음을 알 수 있다.

한국문인협회가 1968년을 맞아서 주도한 『신문학 60년 대표작 전집』 과 『월간 문학』의 신문학 60년 및 세계문학 60년 특집이 당시에 상당한 사회적 관심을 불러 일으켰던 것은 사실이다. 하지만 1908년을 신문학의 기원으로 설정하는 문제에 대한 이견(異見)들이 없을 수 없다. 염무웅은 "전집의 표제로 내걸어진 「신문학 60년」이 정말 무엇인지 검토해 볼 필요 가 있다"면서 신문학의 성격 자체에 관한 문제를 제기한다. 그에 의하면

---

3 백철, 『조선신문학사조사』, 수선사, 1948, 74쪽. 한글 표기로 전환하고 필요한 경우에 는 괄호 속에 한자를 병기함. 또한 한자로 표기된 숫자는 아라비아 숫자로 전환하여 인용함. 이하 동일한 방식으로 인용함.

4 조연현, 『한국현대문학사』, 현대문학사, 1956, 179쪽.

5 『월간 문학』 창간호(1968.11.) 특집에 수록된 글들은 다음과 같다. 「특집 I 신문학 60년」 : 백철, 「신문학 육십년의 발자취」, 곽종원, 「한국소설의 특질」, 고(故) 조지훈, 「현대시 의 계보」, 이형기 「신시 육십년의 부감(俯瞰)」, 정창범, 「착각과 게으름의 역정(逆情)」, 차범석, 「희곡문학 60년」, 이철범 「비평문학의 명맥」, 이원수 「아동문학의 결산」. 「특 집 II 세계문학 60년」 : 이가형, 「20세기의 소설」, 김종길, 「20세기 시의 특질」, 이어령, 「현대의 문학이론」.

소위 60년을 맞은 신문학의 성격이란 식민지의 현실을 넘어서지 못하고 중도적 문화주의나 교양주의를 거쳐 친일적인 성격으로 귀결된 것에 지나지 않는다. 민족문학의 건설이라는 대(大)명제에 근거할 때 신문학은 민족적 현실의 형상화와 식민지 현실의 극복에 실패한 문학에 불과하다는 것이다.

> 소위 「신문학」은 민족의 예술적 감동을 문학으로 형상화하는 커다란 바탕에서 볼 때 하나의 표면, 하나의 피상적 흐름을 대변할 뿐이라고 생각하지 않을 수 없다. 이렇게 본다면 이른바 「60년」을 산정하는 기점으로서의 최남선의 출발이 얼마나 어설픈 것이요, 대체 「60년」이란 말이 진정한 문학적 안목에서 얼마나 허황한 것인지 깨달을 수 있다. 여기에는 우리의 과거가 이룩한 위대한 유산을 망각하고 우리의 현재가 밑바닥에 가진 근본적 고민을 외면했던 사실과 관련되어 있다. 다시 말하면 전통과 현실을 유기적 통일성으로써 투시하는 데 실패한 것이 우리의 신문학이었던 것이다.[6]

염무웅은 신문학 바깥에 놓여 있는 또는 신문학의 범위에서 배제되어 있는 민족문학의 가능성들을 지속적으로 환기시키고자 한다. 또한 "소위 「신문학」"이라는 표현에서 알 수 있듯이 신문학이라는 용어 그 자체, 최남선의 『소년』을 신문학의 기원으로 삼는 문학사적 관행 및 통념, 신문학의 기점을 설정하는 문학사의 관점과 기준 등에 대한 문제를 제기함으로써, 신문학 60년 자체를 의심스러운 것으로 재규정하고자 한다.

또 다른 목소리는 『월간 문학』의 특집 「세계문학 60년」에 수록된 시인이자 영문학자인 김종길의 글에서 발견할 수 있다. 그는 「해에게서 소년에게」가 발표된 1908년의 문학사적 의미와 위상을 세계문학과의 관련성 속에서 파악하고 있다.

---

6 염무웅, 앞의 글. 이하 인용문에 사용된 모든 밑줄은 인용자의 것임.

우리 신시(新詩)의 최초의 작품이 발표되었다고 하는 1908년은 프랑스의 수도 파리에서 앙리·마띠스가, 피카소와 브라끄가 영도하는 새로운 일군의 화가들을 「큐비즘」이라는 이름으로 조롱삼아 불러주고, 영국의 런던에서는 T. E. 흄이 처음으로 「시구락부(詩俱樂部)」를 조직하여 후일 「이미지즘」 운동의 토대를 마련한 해이다. 그 이듬해인 1909년에는 이태리인 F. T. 마리넷티가 초(草)한 첫번째의 미래파선언이 파리의 「피가로」지에 발표되었고, 그로부터 2년 뒤인 1911년 경에는 독일에서 「표현주의」라는 말이 처음으로 그림에 적용되었으며, 그 가음해인 1912년에는 런던에서 「이미지즘」 운동이 정식으로 발족하였다. 그러므로 우리 시가 「근대」로 접어든 무렵에 서구시(西歐詩)는 본격적인 「현대」로 접어든 셈이다.[7]

당시의 문학사적 통념에 의하면 1908년은 『소년』이 창간되고 최초의 근대시로 평가받는 신체시 「해에게서 소년에게」가 발표된 기념비적인 해이다. 1908년을 기점으로 해서 한국의 시는 근대로 접어들게 되는데, 바로 그때 서구의 시는 모더니즘 운동을 통해 현대로 나아가게 된다. 서구는 현대로 나아가고 있는데 같은 시기의 조선에서는 근대로 접어들기 시작했다는 것이다. 이를 두고 세계문학(=서구문학)사와의 편년체적 불일치라고 할 것인지, 아니면 한국문학의 역사적 후진성이라고 불러야 할 것인지, 오늘날의 관점에서도 명확한 용어를 찾기는 어렵다. 다만 김종길의 짧은 언급 속에는 한국의 신문학에 드리워진 그 어떤 역사적 무의식이 환기되고 있는 것만큼은 분명한 사실이다.

그렇다면 신문학 60년이 논의되었던 1968년의 문학적 풍경에 잠재되어 있는 물음을 구체화할 필요가 있을 것이다. 왜 1968년에 간행된 한국문학선집과 잡지의 특집에 여전히 신문학이라는 용어가 사용될 수밖에 없었던 것일까. 달리 말하면 왜 근대문학 60년이라고 말할 수 없었던

7 김종길, 「20세기 시의 특질」, 『월간 문학』, 1968.11, 253쪽.

것일까. 이 문제는 문학적 관행이나 문학사적 통념과 관련된 것일 수도 있다. 하지만 근대문학이 아니라 신문학을 표제로 내세웠던 역사적 감각의 원천을 묻지 않을 수 없으며, 여전히 신문학이라고 명명하는 것이 당연하거나 무난하다고 여겼던 감수성의 구조를 묻지 않을 수 없다. 더 나아가서는 신문학이라는 용어를 사용함으로써 근대문학이라는 용어를 회피 또는 우회하고자 했던(회피 또는 우회할 수밖에 없었던) 역사적 무의식이 하나의 문학사적 주제로서 제시된다고 할 것이다. 이를 위해서는 당시의 지배적인 문학사 서술이었던 백철과 조연현의 문학사를 다시 검토할 필요가 있으며, 그 배후에 놓인 임화의 문학사를 넘겨다보지 않을 수 없을 것이라 생각된다. 임화의『개설 신문학사』, 백철의『조선신문학사조사』, 조연현의『한국현대문학사』사이에 마련된 해석과 재맥락화의 과정을 가시성의 영역으로 불러올리는 일은, 한국 신문학 또는 한국근대문학의 자기 이미지와 역사적 무의식을 재구성하는 예비적 작업이 될 수 있을 것이라 생각한다.

2. 이식(移植)의 비(非)서구적 일반성과
Literature의 역어(譯語)로서의 신문학 : 임화

단테, 보카치오에서 기산(起算)한다면 7세기 6백년이요, 17세기 고전주의 시대로부터 기산한다면 3세기 2백여 년, 실로 우리 신문학의 30년에 비한다면 장구하고 거창한 시간이다. 이것을 만일 근대 서구문학의 자연(自然)한 형성이 요(要)한 시일이라 할 것 같으면 그것을 이식(移植)하고 모방하는 데도 백 년을 불하(不下)하리라는 것은 근대 일본문학사를 보아 명백하다. (…) 다른 곳의 몇 백 년 혹은 근 백 년이 조선에서 약 30년으로 단축되어 창황(愴惶)히 지나간 것이다.[8]

임화의 「개설 신문학사」에 의하면, 서구에서는 르네상스 이후 600년
에 걸쳐 근대문학이 자연한 형성을 이루었고, 일본에서는 메이지 유신
이후 100년 동안 이식과 모방의 과정을 거쳤으며, 조선에서는 30년이라
는 짧은 시간 동안 역사적 시간을 단축하며 이식이 이루어졌다. 임화는
서구의 자연한 형성과 일본 및 조선의 이식·모방을 분명하게 구분하여
말하고 있다. 또한 일본의 100년, 조선의 30년과 같이 시간의 단축을
가져온 요인이 이식과 모방의 운동성 달리 말하면 이식문화사의 일반적
인 성격에 있음을 밝히고 있다.

임화는 조선의 신문학 30년이 가진 의미를 두 가지로 제시하고 있는
데, 하나는 역사적 시간의 단축(압축)이고, 다른 하나는 서구의 근대문화
를 이식하면서 동시에 서구의 20세기를 체험하는 이중의 복잡성이다.[9]

> 이러한 <u>역사적 시간의 단축은 이식문화사(移植文化史)의 한 특징</u>이거니
> 와 동시에 그 문화 내용의 조잡(粗雜)과 혼란은 필수의 결과로 연구자에게
> 막대한 곤란을 맛보게 하는 것이다.
> 더욱이 조선 신문학사의 30년이란 시일은 동양문화권 내의 일(一) 지방이
> 처음으로 서구문화에 접촉하고 그것을 이식한 기간의 전부요, 또한 그 기간
> 동안에 서구문화사상(西歐文化史上) 중대한 변화를 초래한 19세기부터 20

---

8 임화, 「개설 신문학사」, 『문학사 : 임화 문학예술전집 2』, 임화문학예술전집 편찬위원
   회 편, 소명출판, 2009, 9~10쪽. 이 책의 「개설 신문학사」는 「개설 신문학사」(『조선일
   보』, 1939.9.2.~10.31.), 「신문학사」(『조선일보』, 1939.12.8.~12.27.), 「속 신문학사」
   (『조선일보』, 1940.2.2.~5.10.), 「개설 조선신문학사」(『인문평론』, 1940.11~1941.4.4
   회 연재) 등을 하나의 글로 묶은 텍스트이다. 첨자로 표기된 한자를 괄호 속의 한자로
   바꾸어서 인용한다. 또한 본문에 인용할 경우에는 괄호 속에 페이지를 기입하는 방식으
   로 주석을 대신하였다.
9 또한 임화는 조선 신문학의 30년에는 조선왕조와 식민통치라는 상이한 정치체제가 겹
   쳐져 있어서 그 복잡성을 배가하고 있음을 지적하고 있다. 즉 봉건성의 극복이라는 근대
   지향성의 문제와 제국주의 지배에 의한 식민성의 문제가 겹쳐져 있음을 말하고 있는
   것이다.

세기에의 추이(推移)를 아울러 체험하였던 만큼 <u>복잡성은 이중으로 배가(倍加)</u>되어 있다.[10]

역사적 시간의 단축(압축)이 이식문화사의 일반적인 특징이라면, 서구의 근대문화를 이식하면서 동시에 서구의 20세기를 체험하는 이중의 복잡성은 이식문화사의 조선적인 특징이라 할 수 있다. 조선에서는 서구문화에 대한 이식과 모방을 통해 역사적 시간의 단축(압축)이 일어나며 또한 그 과정에서 서구의 14~19세기를 이식 모방하면서 동시에 서구의 20세기를 체험하게 된다는 것. 몇 줄 안 되는 짧은 구절이지만 이 대목은 향후 백철과 조연현의 문학사를 통해서 한국근대문학의 성격을 규정하는 중요한 장면으로 반복해서 재해석되고 있다는 점에서 주목에 값한다. 임화가 이 문제를 이식문화사의 일반성과 관련해서 조선 신문학에 배가된 복잡성의 구조로 접근하고 있다면, 백철과 조연현은 후진성이라는 시간적 선후의 문제들로 맥락을 바꾸어 해석하고 있다는 점에서 차이를 보인다.

  (가) 이태리(伊太利)문학사의 르네상스(단테, 보카치오) 이후, 영국(英國)문학사의 엘리자베스조(시드니, 스펜서, 셰익스피어) 이후, 불란서(佛蘭西)문학사의 문예부흥기(라블레, 몽테뉴) 이후, 노서아(露西亞)문학사의 국민문학 수립기(푸슈킨, 레르몬도프, 고골리) 이후, 서반아(西班牙)문학사의 세르반테스 이후가 모두 우리 신문학사에 해당한다.[11]
  (나) 시민정신을 내용으로 하고 자유로운 산문을 형식으로 한 문학, 그리고 현재 서구문학에서 보는 바와 같은 유형적으로 분립(分立)된 장르 가운데 정착된 문학만이 근대의 문학이다.[12]

---

10 위의 책, 10쪽.
11 위의 책, 16쪽.
12 위의 책, 18쪽.

　신문학이란 무엇인가. 그리고 신문학과 근대문학의 관련성은 무엇인
가. 임화가 참조한 "일반 문학사"(16쪽)의 예시에 의하면, 신문학의 시기
는 서구의 14세기 르네상스부터 19세기 중반에 이르는 시기이다.[13] 서구
의 14~19세기는 중세문학과 구별되는 새로운 문학 즉 신문학이 등장한
시기이다. 신문학의 자연한 형성을 이루어낸 서구에서, 달리 말하면 신
문학을 자생적으로 형성한 서구에서, 신문학은 근대문학이다. 서구의 중
세문학과 구별되는 새로운 문학은, 근대적 정신과 형식을 갖춘 새로운
문학이었다. 따라서 서구에서 신문학은 근대문학이다. 서구=자연한 형
성=신문학=근대문학. 임화의 「개설 신문학사」에서 근대문학은 신문학
의 자연한 형성과 분리불가능한 기호이며, 자생적으로 신문학을 형성한
경우에만 사용될 수 있는 기호이다.

　그렇다면 14~19세기에 작성된 조선과 동양의 문학은 근대문학일 수
있을까. 임화의 주장에 의하면 재래의 문학은 어떠한 의미에서도 근대문
학이라고 부를 수 없다. 조선과 동양에서 중세문학과 질적으로 구별되는
새로운 문학의 출현은, 서구와 같이 자연하게(자생적으로) 형성된 것이
아니라, 서구의 문학을 이식 모방하는 과정에서 가능했기 때문이다. "근
대문학이란 단순히 근대에 씌어진 문학을 가리킴이 아니라 근대적 정신
과 근대적 형식을 갖춘 질적으로 새로운 문학"(17쪽)인데, 조선과 동양에
서는 서구문학의 이식과 모방을 통해서야 근대적 정신과 형식을 갖춘
새로운 문학을 출현시킬 수 있었다는 것이 임화의 판단이다. 서구 신문학
=근대문학의 이식과 모방은, 조선과 동양에서 신문학이 가져야 했던 새
로움의 원천적 근거이다. 조선과 동양에서 신문학의 새로움은 자연히

13　임화가 거론한 주요한 문학자들의 생몰연대는 다음과 같다. 단테(1265~1321), 라블레
　　(1483~1553), 몽테뉴(1533~1592), 세르반테스(1547~1616), 셰익스피어(1564~1616),
　　푸슈킨(1799~1837), 고골리(1809~1852). 단테의 『신곡』(1304~1321)이 쓰인 시기를 고
　　려하여 르네상스를 14세기로부터 잡는다.

형성된 것이 아니라 서구 신문학=근대문학의 이식과 모방을 통해서 형성
된 것이다. "서구적인 형태의 문학을 문제삼지 않고는 조선(일반으로는
동양)의 근대문학사라는 것은 존재하지 않고 성립하지 아니한다는 의미
도 된다. 동양의 근대문학사는 사실 서구문학의 수입과 이식의 역사
다."(17쪽) 조선과 동양에서 신문학은 서구 신문학=근대문학의 이식과 모
방을 통해서 서구적인 형태와 내용을 갖추게 된 문학으로 규정된다. 따라
서 조선과 동양에서 신문학은 근대문학과 등치될 수 없다. 조선과 동양에
서 신문학은 이식과 모방의 흔적이 각인된 기호, 또는 이식과 모방의
근원적인 무의식을 동반하고 있는 기호이다. 놓치지 말아야 할 대목은,
임화가 말하는 이식문화사는 조선의 특수성이 아니라 일본과 중국을 포
함한 비(非)서구사회의 일반성(일반적으로 적용되는 규정성)에 해당한다는
점이다. 조선(동양)=이식·모방=신문학≠근대문학. 이식과 모방의 일반
적 규정성은, 조선의 신문학을 두고 근대문학이라고 말할 수 없게 하는
그 어떤 무의식으로 작동하고 있다.

> (다) 신문학사는 조선에 있어서의 서구적 문학의 이식으로부터 시작되는
> 것이다. 이 점이 다른 곳에서는 근대문학 혹은 현대문학으로 불리어지는
> 것이 조선에서는 통틀어 신문학으로 호칭되는 소이이다. (…) 그러나 거듭
> 말하거니와 신문학사는 근대 서구적인 의미의 문학의 역사다.[14]
> (라) 이러한 개혁과 자각이 자력으로 수행되지 아니한 곳에서 이식문학을
> 가지고, 그곳에서 독자적으로 생성해야 했을 근대문학사에 대신하는 것은
> 당연한 일이다. 그러나 이러한 이식문학으로 자기나라에 독자적인 근대문학
> 에 대신한 동양에서 우리가 특히 신문학이란 용어에 구애됨은 또하나 다른
> 이유를 들 수도 있다.(임화 18쪽)

---

14 위의 책, 15~16쪽.

서구에서는 근대문학으로 부를 수 있지만, 조선에서는 근대문학이라고 부를 수 없다. 이식과 모방의 과정을 거친 조선에서는 신문학이라는 용어에 구애될 수밖에 없다고, 임화는 표현을 달리하며 반복해서 말하고 있다. 따라서 신문학은 근대문학을 대체 또는 대리(代理)하는 것이다. 신문학은 서구의 근대문학에 대응하는 문학사적 위상을 갖는다. 하지만 신문학이 근대문학과 동일한 것일 수는 없다. 근대문학은 자력으로 개혁과 자각을 이루어낸 곳에서 생성된다. 반면에 독자적으로 근대문학을 생성하지 못한 곳에서는 이식문학으로 근대문학을 대체 또는 대리한다. 동양은 근대문학을 이식문학으로 대체·대리했다는 공통의 역사를 가지고 있다. 근대문학의 대체물로서의 이식문학이 조선과 동양의 신문학인 것이다. 이 사실을 몰각한 상태에서 조선과 동양에 근대문학이라는 용어를 사용할 수는 없는 것이다.

> 그러므로 동양 제국(諸國)은 공통으로 서구 근대사회의 촉발(觸發)과 수입과 이식으로 근대화될 운명 아래 놓여 있었다.
> 이것은 자주적 근대화의 조건이 결여된 모든 후진 사회의 공통한 운명(남북 아미리가[亞米利加] 대륙, 대양주[大洋州], 그타[他])이거니와 또한 정규의 사회사적 제계단(諸階段)을 통과했음에 불구하고 이른바 아세아(亞細亞)적 정체성 때문에 자주적 근대화의 조건이 미성숙한 동양 제국(諸國)의 필연한 운명이기도 하다.[15]

근대문학이 자생적인 근대와 대응하는 용어라면, 신문학은 수입과 이식을 통한 근대화와 대응하는 용어이다. 임화가 제시하는 세계의 이미지는 1) 근대를 자생적·자력적으로 형성한 서구(봉건사회의 성숙 과정을 거쳐 근대 자본주의의 성립을 자생적으로 이루어낸 서구), 2) 자주적 근대화의 조건

---

15 위의 책, 26쪽.

이 미성숙한 동양 제국(봉건사회에서 근대사회로 이어지는 사회발전의 일반적
인 단계를 거치기는 했지만 아시아적 생산양식 및 정체성의 구조에 의해 자주적
근대화의 역량을 완전하게 갖추지는 못한 동양), 3) 자주적 근대화의 조건이
결여된 후진 사회(사회발전의 일반적 단계에 따라 발전하지 못했고 자주적 근대
화의 조건이 원시적인 또는 고대적인 수준에 놓여 있었던 남북 아메리카, 오세아니
아, 아프리카) 등으로 성층화되어 있었음을 알 수 있다. 이식문화론은 서구
를 제외한 동양, 남미, 북미, 대양주 등 비(非)서구 사회에 일반적으로
그리고 필연적으로 적용되는 규정성(운명)이다. 그렇다면 조선과 동양에
서 수입과 이식을 통한 근대화를 강제한 요인은 무엇인가. 임화에 의하
면, 아시아적 생산양식과 그로 인한 정체성(停滯性)의 구조이다. "동양사
를 장구한 동안 지배해 오던 아세아적 정체성이란 것은 결국 서구의 근대
사회제도를 수입 이식하지 않고는 봉건사회로부터 근대사회제에의 전
화, 과도(過渡)를 불가능케 한 조건을 만드는데 결착되는 것이다."[16] 신문
학이라는 용어의 저변에는 아시아적 생산양식과 정체성의 구조, 자주적
근대화를 위한 조건의 미성숙, 수입과 이식을 통한 근대화, 비(非)자생적

---

16 위의 책, 25쪽. 임화에 의하면 아시아적 생산양식으로 인한 정체성은 동양 제국(諸國)의
공통한 운명이다. 아시아적 생산양식과 정체성의 구조는 원시사회가 충분히 성숙되지
않은 상태에서 붕괴되는 '원시사회 붕괴의 비(非)전형성'(24쪽)에서 비롯된다. 원시사회
의 유제가 고대사회에 잔존하게 되고, 그 때문에 고대사회 또한 충분한 발전을 하지
못한다. 고대사회가 충분히 성숙하지 못한 상태에서 붕괴되고 봉건사회 또한 비전형적
으로 성립하게 된다. 그 결과 동양의 봉건사회는 원시사회와 고대사회의 유제가 중첩적
으로 잔존하고 교착된 상태에 놓이게 된다는 것이다. 1930년대 아시아적 생산양식론
및 조선사회성격논쟁에 관한 논의로는 방기중, 『한국근현대사상사연구 : 1930·40년대
백남운의 학문과 정치경제사상』, 역사비평사, 1992; 홍종욱(洪宗郁), 『戰時期朝鮮の轉
向者たち : 帝國/植民地の統合と龜裂』, 東京 : 有志舍, 2011; 김인수, 「일제하 조선의
농정 입법과 통계에 대한 지식국가론적 해석 : 제국 지식체계의 이식과 변용을 중심으
로」, 서울대 사회학과 박사논문, 2013, 219~294쪽; 박형진, 「1930년대 아시아적 생산양
식 논쟁과 이청원의 과학적 조선학 연구」, 『역사문제연구』 38, 2017, 239~273쪽 참조.
임화의 정체성론과 식민지사관의 정체성론 사이의 거리를 측정하는 일은 중요한 과제이
다. 글을 달리하여 고찰하고자 한다.

근대 등에 대한 인식이 가로 놓여 있다. 신문학이 근대문학일 수 없는 이유이고, 조선과 동양에서는 근대문학이라는 용어를 회피 또는 우회하여 신문학이라는 용어가 사용될 수밖에 없는 이유이기도 하다.

> [광무(光武) 3년 10월 30일자 『황성신문』의 논설에서는-인용자] 즉 학문 일반의 의미로 문학이란 말이 사용되었다. 그러므로 신문학이라는 말은 곧 신학문의 별칭(別稱)이라 할 수 있다.
> 문학이란 말을 Literature의 역어(譯語)로 생각지 않고 자의(字義)대로 해석하여 사용한 당시에 있어 이 현상은 극히 자연스러운 일이라 아니할 수 없다. 이 '문학' 가운덴 시 소설 희곡 비평을 의미하는 문학, 즉 예술문학까지가 포함되어 있는 것은 물론이다.[17]

신문학=이식문학의 구체적인 면모는 무엇인가. 임화는 광무 3년 10월 30일 『황성신문』의 기사를 인용하면서 20세기 초반까지도 문학이라는 말이 학문 일반의 의미로 사용되었음을 지적하고 있다. 경서(經書)를 대종으로 하는 구문학(한문학)의 전통이 이어져 문학을 학문 일반의 의미로 이해하고 그 바탕에서 신문학을 신학문이라는 뜻으로 사용했다는 것이다. 그렇다면 서구문화에서 무엇이 이식되어서 조선의 신문학을 형성한 것일까. 경서 중심의 구문학(한문학)과 대립되는 신문학의 새로움은 다른 곳에 있지 않다. 임화에 의하면, 신문학이란 Literature의 역어로서의 문학이다. Literature의 역어(譯語)로서 문학을 사용함으로써 문학에 대한 관념을 번역-이식하고, 그 과정을 통해서 Literature와 함께 결부되어 있는 양식적 분류 체계(시·소설·희곡·비평)을 이식하는 것. 신문학=이식문학=Literature의 역어로서의 문학과 문학 양식 체계의 이식. 따라서 조선의 신문학은 서구의 Literature가 문학으로 번역 이식되고 서구의

---

17 위의 책, 13쪽.

양식적 분류 체계가 이식되는 과정을 거쳐서 생겨난 서구적 의미의 문학으로 규정된다.

> 그러므로 신문학이란 말이 신학문의 의미를 떠나 문학예술의 한계(限界) 내로 정착되기 위하여는 진정한 의미의 서구적인 문학이 형성될 육당(六堂), 춘원(春園)의 시대에 이르지 아니할 수 없다.
> 육당의 시와 춘원의 소설에서 새로운 의미의 문학은 실현되고 「문학이란 하(何)오」(대정 5년 11월 11일~23일)라는 『매일신보』에 실린 춘원의 논문, 『청춘』 제12호(대정 11년 3월)에 실린 「현상소설 고선여언(考選餘言)」 등에서 이론적으로 규정되었다고 할 수 있다.[18]

앞에서도 살핀 바 있지만 임화의 이식문학론은, 유럽을 제외한 비(非)서구사회 전반에 걸쳐 적용되는(될 수 있는) 일반적인 규정성이다. 따라서 임화의 「개설 신문학사」에서 이식문학론은 조선신문학의 특수성을 구명하는 방법이나 논리로 한정되지 않는다. 보다 섬세한 논의가 필요하겠지만 임화의 이식문학론은 비서구사회의 근대문학론의 일반적 이론이라는 의미를 유지하는 경우에만 조선 신문학의 특수성에 대한 논의로 이해될 수 있다. 이후에 고찰이 이루어지겠지만, 해방 이후에 쓰인 백철과 조연현의 문학사는 이식의 비(非)서구적 일반성을 조선문학의 특수성으로 재맥락화하는 경향을 보인다. 물론 임화의 문학사가 조선문학의 특수성으로 해석될 여지가 없다는 말은 결코 아니다. 다만 이식문학론에 배치되어 있는 세계사적인 조망과 이식의 일반성이 삭제되고 조선문학의 특수성이 후진성 또는 기형성으로 재문맥화되는 과정에 백철과 조연현의 문학사가 자리를 잡고 있다는 사실을 확인하고자 할 따름이다.

---

18 위의 책, 14쪽.

3. 근세조선의 특수성과 지방변이적 근대의 후진성 : 백철

「근대문학사조사」라고 하면 너무 초기의 문학을 주(主)로 한 일면적인
해석을 하는 것 같고「현대문학사조사」라고 하면 너무 전면(全面)으로 나선
부분적인 해석바께 되지 못 하는 것 같어서 편의상(便宜上)「신문학사조사」
로 결정해 버렸다.[19]

백철은『조선신문학사조사』의 첫 부분이다. 그는 저서의 제목을「신
문학사조사」로 삼은 이유에 대해 별다른 해명을 제시하지 않거나 제시하
지 못하는 모습이다. 저서의 제목으로 근대문학사조사나 현대문학사조
사를 선택하지 않은 이유도 막연하지만,「신문학사조사」라고 명명한 이
유도 명확하지는 않다. 근대문학사조사나 현대문학사조사로 결정할 수
없는 머뭇거림의 상태와 신문학사조사로 결정하는 것이 오히려 마음 편
하다는 고백이 중첩되어 있는 문장. 편의상이라고는 했지만 백철로서는
가장 정직한 명명법이기도 했을 것이다. 그렇다면 신문학사조사라는 명
칭은 별다른 근거가 없는 것일까. 그렇지는 않다.

이번과 같이 사조(思潮)를 중심(中心)해서 문학사를 서술해 가려고 할 때
에, 근대적인 사조가 조선에 들어온 근세를 일(一) 분수령으로 해서 그 이전
을 고대문학이라고 하는 것과 ○위(位)해서 그 뒤의 문학을 신사조의 문학,
또는 신문학이란 이름으로 통용해 본다. 신문학사조사란 근대사조가 들어온
이후의 근세 및 현대의 조선문학사조사를 말하는 것이다.[20]

백철에 의하면 근대적인 사조의 유입은 한국사의 전개 과정에 있어서
획시기적인 사건이다. 근대사조의 유입을 전후로 해서 고대문학과 신문

---

19 백철,『조선신문학사조사』, 수선사, 1948, 1쪽.
20 위의 책, 1쪽.

학으로 구분이 이루어진다. 백철의 용어 사용에 있어서 주목할 지점은
근대사조와 근세조선의 구분이다. 근대사조가 조선에 들어와서 분수령
을 이룬 시기를 그는 근세조선이라고 부르고 있다. 『조선신문학사조사』
를 세밀하게 살펴보아도 근세에 대한 백철의 규정을 찾아보기는 어렵다.
하지만 책의 전반에 걸쳐서 근대사조와 근세조선이라는 용어는 일관되
게 사용되고 있다.

> 근대적인 의미의 신문학운동이 조선문학사상(朝鮮文學史上)에 등장된 것
> 은 직접 근대사조라는 세계역사의 물결이 조선에 밀려 드러온 그 지반 위에
> 동기가 된 것이며 또한 그 근대사조의 변천에 의하여 조선의 신문학이 성장
> 되고 발전되여 온 것이다.
> 그 의미에서 우리가 조선신문학사를 쓸 때엔 그 근대사조를 무시하고 쓸
> 수가 없을 뿐 아니라 근대사조의 변천과정에 대한 부단(不斷)의 관찰을 해가
> 는 가운데 써나가는 것은 문학사를 쓰는 유일한 방법론이 되리라고 생각한
> 다. 말하면 우리 신문학은 그 근대사조가 흘러가는 유역(流域), 그 강류(江
> 流)의 좌우안(左右岸)에 배양(培養)된 수림(樹林)과 같은 것이다. 우리는 이
> 조류를 약간 급한 보조(步調)로 따라 내려가는 데서 그 문학수림(文學樹林)
> 의 전경(全景)을 부감(俯瞰)할 수 있고 또 특수한 지역마다 군성(群盛)한 문
> 학수림의 집단의 정체를 파악할 수 있을 줄 안다.[21]

임화가 문학적 종(種)의 이식 달리 말하면 Literature와 그 양식 체계
가 번역·이식된 것을 조선을 포함한 동양 문학사의 일반적인 성격으로
보고 있다면, 백철은 조선의 문학적 묘목들 사이로 근대사조가 강물처럼
흘러 들어와서 형성된 수림으로 조선신문학사의 초기적인 이미지를 구
성해 내고 있다. 단순화의 위험을 무릅쓰고 말하자면, 문학이라는 나무
까지 조선에 이식된 것은 아니고 근대사조라는 세계사의 물결의 유입에

---

21 위의 책, 10쪽.

의해 배양된 수림과 풍경이라는 것이 백철의 주장인 셈이다. 임화의 이식 문학론과의 미묘하지만 중요한 차이를 설정하고 있는 대목이다. 백철은 신문학의 발생과 형성과 변화의 핵심적인 계기는 '근대사조라는 세계역 사의 물결'이며 근대사조는 조선의 역사로부터 자생적 자연적으로 생성 된 것이 아니라 외부에서 주어진 것이라는 점을 여러 번 강조하고 있다. 백철의 문학사에 의하면 신문학의 주체는 근대사조이다.

> 본래 근대사조가 흐르는 연안(沿岸)에 무성한 구라파의 근대문학이라는 풍부한 풍경과 비교하면 조선의 신문학은 너무 수척하고 너무 키가 왜소한 수림 빈약한 풍경이다. (…) 홍수가 일과(一過)한 뒤의 그 붉은 산록(山麓)에 점립(點立)한 빈약한 수림의 풍경![22]

그렇다면 근대사조라는 물결이 바꿔놓은 조선문학의 지형 달리 말하 면 신문학의 지형은 어떠한 모습일까. 서구의 근대문학이 풍부한 풍경을 보여주었다면, 조선의 신문학은 왜소하고 빈약한 풍경을 형성했다. 한바 탕 근대사조의 홍수가 지나간 뒤의 붉은 민둥산에 나무들이 띄엄띄엄 서있는 풍경. 백철이 말하는 홍수처럼 밀려온 근대사조의 물결이라는 이미지는, 임화가 말한 바 있는 역사적 시간의 단축(압축)을 대신하는 비 유어이다. 3,40년의 짧은 시간 속에 500년 동안의 서구 근대사조가 홍수 처럼 밀려들어온 상황을 홍수로 비유하고 있는 것이다. 그렇다면 조선 신문학의 빈약하고 왜소한 풍경을 가져온 부정적인 원인은, 서구의 근대 사조에 있는 것일까 아니면 조선의 역사적 현실에 있는 것일까. 굴이 회수(淮水)를 건너면 탱자가 되는 것[橘化爲枳]과 같이, 백철은 서구 근대 사조가 조선의 역사적 현실 속에서 변형 내지는 굴절되는 원인에 초점을

---

22 위의 책, 11쪽.

맞추고 있다. 임화가 이식문화사의 일반성을 강조하면서 조선 봉건사회의 미성숙(아시아적 생산양식과 정체성의 구조)이 이식을 강제한 원인이었음을 지적했던 것과 비교한다면, 백철은 근대사조 유입(임화의 용어로는 이식)의 결과가 빈약함과 왜소함으로 귀결되었음을 강조하면서 그 이유를 조선의 역사적 현실에서 찾고자 한다고 볼 수 있다. 달리 말하면 백철은 근대사조 유입을 세계사적인 상수(常數)로 설정하고 조선에서 근대사조의 굴절과 변형에 주안점을 두고 있는 것이다.[23]

> 말하자면 조선 신문학의 운명은 결코 근대사조 그 자체 위에 배양된 것이 아니고 그 사조가 구라파에서와 같지 못하고 근세조선이란 역사적 현실 위에서 어떻게 대우(待遇)되고 발전되어 왔는가 하는 조선에서의 구체적인 성격 위에서 결정되었다. 근대사조는 일언(一言)하여 자유주의의 사조였다. 그런데 그 자유주의가 근대 구라파에서는 얼마나 자유스럽고 대담한 형식으로 전개돼 갔는가 하는 사실과 비교하여 우리 근세조선에서는 그것이 어떻게 부자연(不自然)하게 어떻게 불구적(不具的)인 것으로 바께 전개되지 못하였는가에 의하여 결정될 문제다.[24]

조선신문학의 빈약한 풍경을 가져온 부정적인 원인은 근대사조에 있지 않다는 점을 분명하게 밝히고 있다. 근대 구라파에서 근대사조가 자유스럽고 대담한 형식으로 전개된 것과는 달리, 근세조선이라는 역사적 현실 속에서 근대사조는 부자연하고 불구적인 것으로 전개되었다. "무엇보다

23 위의 책, 14쪽. "그러나 근대사조의 문제는 하나의 조선적인 것보다도 훨씬 객관적인 그리고 세계역사의 필연적인 세력으로 조선 강해(江海)를 공격해온 것이었다. 조선 현실의 요구(要求)와 불요구(不要求) 응불응(應不應)에 불구하/고 일방적으로 강요해온 지상명령적(至上命令的)인 사실이었다. 필경은 근대적인 것을 막는 그 장벽을 깨트리고 근대 세력(勢力)은 조선에 유입(流入)되였으며 그리하여 하여튼 조선엔 근대적인 대(大) 전환기가 도래한 것이었다."
24 위의 책, 11~12쪽.

도 먼저 눈에 띠우는 것은 그것[근대사조-인용자]이 조선에 들어올 당초부
터 근대사조에 대하여 조선은 극히 부자연한 환경이었다는 사실이다."(12
쪽) 백철에 의하면, 근대는 구라파에 있는 것이며 조선은 근대가 아닌
근세에 해당한다. 원래대로라면 자유롭고 대담하게 전개되었을 근대사조
를 부자연하고 불구적인 방식으로 전개하게 만든 부정적인 조건들. 임화
의 자연이 자생적 근대와 관련되고 부자연이 비자생적(이식·모방) 근대를
지칭했던 것과는 달리, 물론 백철의 부자연이 자생적/비자생적이라는 의
미망과 관련이 없는 것은 아니겠지만, 백철은 부자연이라는 말을 통해서
근세조선의 미숙성으로부터 연유하는 억압과 반동과 역행(逆行)의 운동
성을 강조하고 있다.[25] 달리 말하면 근세조선의 적대적·반동적 성격에
의한 근대사조의 왜곡된 전개 즉 불구성이 부각되고 있는 것이다.[26]

그것은 구라파에선 15, 6세기부터 생성되어 19세기 말에 종언(終焉)을 고
(告)한 근대사조가 따라서 구라파로 보면 하나의 퇴조(退潮)가 흘러서 조선
에 들어왔을 때에 19세기 말의 조선은 아직도 구라파 15, 6세기의 조건을
가지고 그 사조을[를-인용자] 자연스럽게 받어들일 만치 성숙하지 못했다는
것이다. 이 부자연성을 지적하여 흔히 학자들은 구라파적인 것과 구별해서
아시아적이란 그 불역성(不易性), 특수성(特殊性)을 성(成)하여 설명하는 것
은 우연한 일이 아니다. 이 학설의 계통을 받어 임화는 「신문학사」 서론
중에서 불임증(不姙症)이라는 점을 지적하여 조선의 근세적인 특수성을 다

---

25 부자연이라는 말은 조연현의 『한국현대문학사』에서도 사용된다. "즉 아직도 근대적인
   조건이 성숙되어지지 못한 토양 위에 한국의 근대화는 시작되어나간 것이었다. 여기에
   한국근대사의 무리한 부자연성(不自然性)은 이미 약속되어 있었던 것이다."(조연현,
   『한국현대문학사』, 현대문학사, 1956, 23쪽.)
26 백철, 앞의 책, 14쪽. "이조(李朝) 말기 즉 근대로의 전환기를 직면한 시대의 정치적
   사회적 조건은 도로혀 그 근대적인 것을 방어하려고 의식화된 형태로 역행(逆行)한 사정
   을 강하게 현상(現象)하였던 것이다. 그리하여 근세의 조선은 근대 사조에 대하여 그것
   을 받어들일 아무런 준비도 없었을 뿐 아니라 하나의 반동(反動)적인 현실을 일우고
   있었다."

음과 같이 말하였다.[27]

　백철은 임화의 이식문화사를 강제한 정체성(停滯性)에 관한 논의를 불임증으로 요약하고 있다. 임화는 봉건사회를 근대사회를 출산할 어머니에 비유하면서, 동아시아의 여러 나라는 근대사회의 어머니인 봉건사회가 미성숙했기에 자생적으로 근대를 창출할 역량을 갖추지 못했음을 지적한 바 있다. 근대사회를 자기 자신으로부터 산출한 조건을 갖추지 못한 조선 및 동양의 봉건사회를 두고, "아직 자녀를 생산할 만한 육체를 갖추지 못한 부인"에 비유한 것이다.[28] 자녀를 생산할 육체를 갖추지 못한 부인은 미성숙한 부인이다. 그녀에게는 아직 성숙을 위한 가능성이 있다. 하지만 불임증에 걸린 부인은, 미성숙이 아니라 불임(不姙) 또는 불모(不毛) 또는 불구성(不具性)의 상태와 관련된다. 생산 가능성이 근본적으로 결여되어 있는 병적인 신체. 임화가 "불임증"과 "조선의 근세적인 특수성"이라는 말을 사용한 적이 없음을 고려할 때, 불임증과 조선의 근세적인 특수성은 백철 자신의 문제의식 또는 사유 이미지를 압축적으로 대변

27　위의 책, 12~13쪽.
28　임화의 「개설 신문학사」에서 백철이 인용하고 있는 대목은 다음과 같다. "이러한 물질적 배경은 물론 신문학의 준비와 태생과 성립과 발전의 부단한 온상(온상)이 될 물질적 조건, 즉 근대적 사회의 제 조건의 성숙이다. 이러한 제 조건이 이조 봉건사회 내부에서 자생적으로 성숙, 발전되지 못한 것은 불행히 조선근대사의 기본적 특징이 되었었다. (…) 왜 그러한 제 조건이 결여 미비되었었는가? 근대사회의 어머니인 봉건사회 자체가 충분히 성숙되어 있지 못했기 때문이다. 근대사회로의 전화(轉化)를 위한 기본적인 제 조건, 예하면 상품자본의 축적, 산업자본에의 전화, 상품 유통의 확대와 그것을 가능하게 하는 생산력의 증대, 수공업의 독립, 매뉴팩처의 성장, 교통의 발달, 시민계급의 발흥 등은 자연경제(自然經濟)의 분열을 내포한 봉건사회 자체의 성장에 정비례하여 구비됨은 벌써 정식(定式)화된 사실이다. 따라서 이러한 제 조건이 충분히 성육(成育)되지 못한 사회를 우리는 성숙한 봉건사회라고 부를 수 없다. 아직 자녀를 생산할 만한 육체를 갖추지 못한 부인을 우리는 어머니라고 부를 순 없는 것이다. 비단 조선뿐이 아니라 서구 자본주의가 동점(東漸)하기 전 모든 동양사회가 이런 조혼(早婚)한 부인들이었다." 임화, 「개설 신문학사」, 22~23쪽; 백철, 13~4쪽.

하고 있는 말이라고 할 수 있다.

백철의 논의에서 눈여겨 봐두어야 하는 대목은, 임화가 이식문화사의 조선적인 성격으로 말한 바 있는 이중의 복잡성을 후진성으로 재맥락화하는 지점이다. 임화는 이식과 모방을 통해 역사적 시간의 단축(압축)이 일어나며 또한 그 과정에서 서구의 14~19세기를 이식 모방하면서 동시에 서구의 20세기를 체험하게 된다고 말한 바 있다. 임화가 이 문제를 이식문화사의 일반적인 복잡성 또는 복잡성의 이중 구조로 접근한 것은 앞에서 살핀 바와 같다. 백철의 경우에는 이 문제를 중층적인 구조가 아니라 시간의 선후로 재맥락화하고 있다. 근대사조는 15,6세기에 시작되어 19세기에는 종언을 고한다는 것, 서구의 관점에서 볼 때 끝물에 해당하는 근대사조가 조선에 들어온 시기가 19세기였다는 것, 그리고 근대사조가 유입될 때 19세기의 조선은 서구의 15,6세기의 조건을 갖추고 있었다는 것. 서구의 역사에서 근대사조의 종언과 조선이 근세로 전환되는 기원적인 장면이 겹쳐져 있다. 세계사(서구의 역사)와 조선의 역사가 빚어내는 주름 또는 근원적인 어긋남.

백철이 이 지점에서 본 것은 조선신문학사의 근원적인 후진성이었다. 이인직의 『은세계』에 등장하는 옥남의 말을 길게 인용하면서 백철이 드러내고자 한 대목도 바로 후진성이었다.[29] 조선의 근세적인 특수성과 후진성. 이 지점을 조금만 더 밀고 나가면 조선은 서구의 근대사조가 종언을 고하는 시점에서 근대에로의 기원적인 움직임을 시작하는 것이기에

---

29 백철이 인용하고 있는 『은세계』의 관련 부분은 다음과 같다. "만일 우리나라가 70년 전에 개혁이 되어서 진보를 잘하였더면 우리나라도 세계 1등국이 되었을 것이요 (…) 만일 50년 전에 개혁이 되었다면 만주는 우리나라 범위에 들었을 것이요, 만일 40년 전에 개혁이 되였으면 우리나라 육해군의 확장이 아즉 일본만은 못하나 또한 당당한 문명국이 되었을 것이요, 만일 30년 전에 개혁이 되었으면 30년 동안 또한 중등 강국은 되었을 것이요 (…) 개혁한지 10년만 되었더라도 족히 국가를 보존할 기초가 생겼을 터이라"(백철, 앞의 책, 21쪽.)

서구의 근대와 공유하는 시기가 없다고 볼 수 있는 것이다. 따라서 백철
이 일관되게 사용하고 있는 근세조선의 함의도 분명해진다. 일반적으로
근세는 서양의 중세와 근대 사이의 시기 또는 근대가 시작되기 이전의
시기(early modern period)로 파악된다. 이와 같은 근세의 일반적 규정과
무관하지는 않겠지만, 백철의 근세는 중세적(봉건적) 성격과 근대적 성격
이 혼종되어 있는 시기라는 뉘앙스가 다분하다. 분명한 것은 백철의 근세
조선이 근대에의 근원적인 미달 상태, 서구의 근대와는 계통을 달리하는
아종(亞種) 근대, 또는 지역적 차이가 형질로 나타나는 지방변이(地方變
異)적 근대 등과 같은 뉘앙스로부터 결코 자유롭지 않다는 사실이다. 백
철이 명시적으로 말하고 있지는 않지만 백철의 근세조선에는 근대 부재
의 가능성이 가로 놓여 있다. 이 지점은 임화의 문학사에서 쓰이지 않은
채로 잠재되어 있었던 부분이라 할 수 있으며, 조연현의 문학사에서는
조선의 근대부재론이라는 명확한 표현을 얻게 되는 부분이다. 다만 임화
의 이식문학사가 서구/비서구의 구분을 유지하고 하면서 이식문학의 일
반이론을 향해 열려 있었다고 한다면, 백철의 경우에는 서구/한국의 지
리적 공간적 분할 속에서 서구 근대사조의 보편성과 대비되는 조선의
중세적 특수성을 자신의 근거로 삼았다는 근본적인 차이는 고려되어야
할 것이다.

먼저도 말한 바와 같이 구라파에선 그 근대사조가 15세기에서 19세기까지
5, 6세기 간을 통하여 성육(成育)된 사조인데 조선에선 불과 3, 40년간에
그 사조를 창황(愴惶)하게 받아들였다는 사실이다. (…) 그만한 장구한 기간
을 통한 역사적인 성장이기 때문에, 그들의 근대문학에 대해선 한 조류의
문학과 그 다음의 문학 간에 명확한 경계선을 그어 근대사조의 발전사(發展
史)를 일목요연하게 관찰할 수 있는 대신 조선에서는 그것이 3, 40년이라는
짧은 동안에 근대적인 모든 사조가 거의 전후(前後)해서 혼류(混流)해 왔다
는 사실이다. 한 사조가 들어와서 충분히 발육되는 시간을 기다려서 또하나

의 사조가 유입된 것이 아니라 동시에 여러 가지 사조가 들어오고 혹은 그것
이 대개는 일본문단에 현행(現行)되고 있는 사조를 그대로 받아들였기 때문
에 순서가 전도(轉倒)되어서 들어온 예도 있었는데 말하자면 여기선 모든
사조가 일시에 혼류(混流)되어 일견(一見) 그 선후(先後)와 질서를 구별한
수 없는 상태였던 것이다.[30]

아종 근대 또는 지방변이적 근대의 성격을 띄는 조선의 신문학은 어떠
한 양상으로 나타나는가. 근대 사조의 계통적 발전을 반복하지 못하는
양상을 보이는 것은 어찌 보면 당연한 일일 것이다. 조선의 신문학은
근대사조의 계통적 반생을 개체적 수준에서 반복하지 못한다. 근대사조
의 보편성과 조선의 근세적 특수성 사이에서 조선 신문학의 풍경은 혼류
(混流)로 규정된다. 전도, 착종, 대체, 무질서의 혼류. 백철 문학사가 기록
해야 할"조선의 특수한 혼잡한 현실"(27쪽)이었다.

4. 근대 부재(不在)론과 이중(二重)의 후진성 : 조연현

조연현은『한국현대문학사』「자서」의 첫머리에서 저서의 제명을 결정
한 이유를 다음과 같이 밝힌 바 있다.

본서는 갑오개혁(甲午改革) 이후로부터 오늘까지의 우리 문학의 변천과
정을 역사적으로 정리해본 것이다. 본저의 제명(題名)을「한국현대문학사」
라고 한 것은 엄밀히 따진다면 서구적인 의미에 있어서의 근대적인 과정이
우리의 역사 속엔 없었기 때문이다. 갑오개혁이 우리의 근대적인 그 최초의
출발이었던 것은 확실하나 그러한 우리의 근대적인 발족(發足)은 곧 우리의
현대적인 과정과 혼류(混流)되어졌던 것이었다.[31]

---

30 위의 책, 23~24쪽.

서구적인 의미에 있어서의 근대적인 과정의 부재가, 『한국현대문학사』라는 제목을 결정하는 중요한 근거로 작용하게 된 연유를 어디에서 찾을 수 있을까. 근대적인 과정과 현대적인 과정의 혼류라고 구체적인 설명을 덧붙이고는 있지만 이 정도로는 막연할 수밖에 없는 상황이다. 조연현의 설명을 액면 그대로 요약한다면, 갑오개혁 이후의 한국문학의 변천과정은 서구적 의미의 근대적 과정이 한국사에 부재하기 때문에 달리 말하면 근대적인 발족이 현대적인 과정과 혼류되었기 때문에 『한국현대문학사』라고 명명했다는 것이 된다.

실제로 『한국현대문학사』에서 조연현의 문학사적 시기구분과 관련된 용어들을 보면 문학사 전체의 표제는 현대문학으로 제시되어 있지만, 장(章) 제목에는 근대문학의 태동·탄생·전개를 배치해 놓았으며, 절과 항의 제목 및 본문의 서술에서는 신문학운동을 지속적으로 사용하고 있다.[32] 조연현이 근대문학을 지향하고 형성해 가는 움직임을 신문학운동이라고 범칭하고 있다는 점에서, 장(章) 제목을 근대문학의 태동·탄생·전개로 배치해 놓은 것은 크게 이상하지 않다.[33] 하지만 근대문학의 태동·탄생·전개를 서술한 문학사의 표제가 한국현대문학사가 되는 것은

---

31 조연현, 『한국현대문학사』, 현대문학사, 1956, 3쪽. 한글 표기로 전환하였으며 필요한 부분만 한자를 병기함. 또한 한자로 표기된 숫자는 아라비아 숫자로 바꾸어서 인용함.

32 『한국현대문학사』의 목차에서 주요한 부분을 제시하면 다음과 같다. "제1장 근대문학의 태동(胎動) (…) / 제2장 근대문학의 탄생 1, 신문학운동의 사회적 배경과 그 윤곽 2, 근대시의 출현 3, 근대소설의 등장 (…) / 제3장 최남선과 이광수의 문학 (…) / 제4장 근대문학의 전개 1, 후기(後期)신문학운동의 전개 가, 그 정치적 문화적 배경과 기간 나, 동인지의 속출(續出)과 그 경향 다, 순(純)문학운동으로서의 후기신문학운동."(위의 책, 9~14쪽)

33 조연현의 문학사에서 신문학운동은 근대문학운동과 동일한 의미를 갖는다. 하지만 조연현은 신문학운동이라는 용어를 지속적으로 사용한다. "한국의 최초의 근대문학운동이었던 이상(以上)의 전기(前期)신문학운동은 그것이 또한 한국의 근대문단을 형성하는 그 최초의 움직임이 아닐 수 없는 것이다."(위의 책, 144쪽)

쉽게 이해할 수 있는 대목은 아니다. 조연현이 「자서」에서 밝혀놓은 근대
적 과정의 발족과 현대적 과정의 혼류의 의미심장함을 감안하지 않으면
안 될 것으로 보인다.

　한국의 근대적인 과정을 「갑오경장」부터라고 해석하는 것은 모든 사학가
들의 일치된 견해이다. 우리가 「근대」라는 개념을 봉건적인 것과 구별되는
개명(開明)의 뜻으로 해석한다면 한국의 근대적인 출발이 갑오경장을 비롯
해서 시작되었다는 것은 분명하고 확실한 것이 아닐 수 없다. 그것은 <u>이조(李
朝) 말엽까지의 우리의 역사적인 과정이 비록 시간적으로는 구라파의 근대
에 해당된다 하드라도 그 사회적인 양식의 봉건적인 기반 위에서 생성되어
지고 있었던 것이며 이러한 이조사회의 전통으로부터 벗어 나려고 한 갑오
경장 이후의 우리 민족생활의 구체적인 방향이 근대적인 과정을 밟기 시작
한 14, 5세기 구라파의 그것과 같은 양식</u>이었기 때문이다.[34]

　임화와 백철이 한국사의 근대적 또는 근세적 기원을 개국(1876)과 갑오
개혁(1894)에 이르는 기간에 포괄적으로 설정했음을 감안할 때[35], 조연현
이 갑오개혁을 한국에서 근대의 출발점으로 지정하고 있다는 점은 매우
특징적이다. 널리 알려진 대로 조선은 갑오개혁을 통해서 정치적으로는
조선이 주권국임을 분명히 했고, 사회적으로는 신분제의 폐지·연좌법(緣

34　조연현, 『한국현대문학사』, 현대문학사, 1956, 19쪽. 갑오개혁에 대해 임화는 "명치유
　신(明治維新)에 비교할 만큼 획시기적(劃時期的) 혁신이다. 비록 갑오개혁이 곧 수구파
　의 손으로 와해되었다 하나 사회를 이전으로 회귀시킬 수는 없었다."(「개설 신문학사」,
　47쪽)고 평가하면서도 갑오 이후에 "오로지 구미(歐米) 문화의 일방적인 이식과 모방의
　과정이 되"(57쪽)었다고 지적하고 있다. 또한 백철은 "특히 1894년의 갑오년간(甲午年間
　은) 조선이 근대적으로 전환하려는 의견을 역사가 제시한 중요한 일(一) 과정이었다.
　갑오는 개화(開化)의 해이었다. (…) 이것은 얼마나 근대적인 혁신이었던가. 근대적인
　청상(淸爽)한 바람이 하로 아침 이 반도에 불어온 순간이었다."(『조선신문학사조사』,
　18~9쪽)라고 기술한 바 있다. 갑오개혁에 관해서는 유영익, 『갑오경장연구』, 일조각,
　1997 참조.
35　임화, 「개설 신문학사」, 26~47쪽; 백철, 『조선신문학사조사』 18~20쪽 / 30~33쪽 참조.

坐法) 및 노예제의 폐지·조혼의 금지·부녀재가(再嫁)의 자유 보장 등과 같은 변화를 가져왔으며, 경제적으로는 은본위(銀本位)의 통화(通貨)제 실시·국세 금납제(金納制)·은행의 설치 등의 개혁을 실시한 바 있다. 조연현은 갑오개혁을 "갓 쓰고 가마 타던 세상에서 양복입고 자동차 타는 세상으로 전환"된 일대의 사건으로 평가한다. 하지만 한국에서 근대의 출발점인 갑오개혁은, 근대에 접어들기 시작한 14, 5세기의 구라파에 대응하는 사건이기도 하다. 임화와 백철의 문학사를 고려할 때, 낯설지 않은 문제 제기이다.

(가) 더욱이 조선 신문학사의 30년이란 시일은 동양문화권 내의 일(一)지방이 처음으로 서구문화에 접촉하고 그것을 이식한 기간의 전부요, 또한 그 기간 동안에 서구문화사상(西歐文化史上) 중대한 변화를 초래한 19세기부터 20세기에의 추이(推移)를 아울러 체험하였던 만큼 복잡성은 이중으로 배가(倍加)되어 있다.[36]
(나) 그것은 구라파에선 15, 6세기부터 생성되어 19세기 말에 종언(終焉)을 고(告)한 근대사조가 따라서 구라파로 보면 하나의 퇴조(退潮)가 흘러서 조선에 들어왔을 때에 19세기 말의 조선은 아직도 구라파 15,6 세기의 조건을 가지고 그 사조을[를—인용자] 자연스럽게 받아들일 만치 성숙하지 못했다는 것이다. 이 부자연성을 지적하여 흔히 학자들은 구라파적인 것과 구별해서 아시아적이란 그 불역성(不易性), 특수성(特殊性)을 성(成)하여 설명하는 것은 우연한 일이 아니다.[37]
(다) 갑오경장을 선포한 고종 31년은 서기 1894년에 해당된다. 19세기말의 구라파는 14세기부터 개시된 그의 근대적인 과정을 완성 청산하고 현대적인 20세기의 새 아침을 준비하고 있었던 때다. 여기에 우리는 한국의 근대화가 구라파에 비하여 4, 5백년이나 뒤떨어져 있었음을 발견하게 된다. (…) 그러

---

36 임화, 「개설 신문학사」, 10쪽.
37 백철, 『조선신문학사조사』, 12~13쪽.

나 중요한 것은 이러한 한국 근대사 출발의 후진성은 그 출발과 함께 4,5세기나 앞선 구라파의 현대사적인 과정과 교류되지 않을 수 없었다는 사실이다. 즉 구라파의 14세기/를 형성해 가야 할 시기에 20세기 구라파와 마주친 것이다. 여기에서 한국의 근대적인 후진성이 다시 기형성(奇形性)을 띠우게 된 필연적인 조건이 조성된 것이다. 그것은 4, 5세기에 긍(亘)한 구라파의 근대적인 과정을 일시에 형성하면서 다시 구라파의 새로운 현대를 소화해 드려야 한다는 전후(前後)의 순서가 착란되고 교착된 현실에 직면한 까닭이다. (…) 그러나 민족과 국가를 초월해서 휩쓸기 시작한 세계를 대표하는 구라파의 문명은 이러한 한국의 특수한 조건을 돌보지 않고 하나의 회오리 바람처럼 한국의 근대를 이끌고 갔으며 한국의 근대 역시 자기의 역량 및 가능 불가능을 무릅쓰고 그러한 구라파에 숨가쁘게 매달려가지 않을 수 없었다. 한국의 근대사적인 과정이 기형적으로 형성되어지지 않을 수밖에는 다른 도리가 없었던 것은 이러한 사정에서였다.[38]

인용문(가)는 임화, (나)는 백철, 그리고 (다)는 조연현의 글이다. 조연현의 문학사 서술은, 백철의 문학사가 임화의 문학사에 대한 해석적 맥락을 구성하고 있었던 것과 마찬가지로, 임화와 백철의 문학사에 대한 재서술의 차원을 포함하고 있다. 임화는 조선의 신문학 30년은 서구의 14~19세기를 이식하는 동시에 서구의 20세기를 체험하는 시기라고 지적한 바 있다. "복잡성은 이중으로 배가(倍加)"된다는 표현에 알 수 있듯이, 임화는 서구의 14~19세기와 서구의 20세기가 동시적·중층적·병행적으로 놓이게 되면서 조선의 신문학 30년이라는 시기의 내부에 생겨나는 복잡성의 증대(이중으로 배가)를 암시하고 있다. 반면에 백철은 이 부분을 시간의 선후에 근거해서 재맥락화하고 있다. 서구의 근대사조는 15, 6세기부터 생성되어 19세기 말에는 종언을 고했다. 조선에 근대사조가 유입된 것은 19세기 말이었는데, 19세기 말의 조선의 상황은 15, 6세기의 서구에 대응한

---

38 조연현, 앞의 책, 23~24쪽.

다. 백철에 의하면 19세기 말은 서구 근대사조의 종언(완성)과 조선의 근세로의 출발이 분할되는 지점이다. 이 지점에서 서구의 근대와는 계통적으로 구별되는 조선적 근세가 논의될 수 있었음은 앞에서 살핀 바와 같다.

조연현의 경우 임화와 백철의 논의를 보다 섬세하게 재서술하고 있다. 조연현은 갑오개혁(1894) 당시의 조선이 "근대적인 과정을 밟기 시작한 14, 5세기 구라파의 그것과 같은"(19쪽) 상황과 수준에 놓여 있다고 제시한 바 있다. 이러한 주장은 인용문 (나)에서 확인할 수 있듯이, 서구의 근대사조가 "조선에 들어왔을 때에 19세기 말의 조선은 아직도 구라파 15,6세기의 조건을 가지고" 있었다는 백철의 주장과 동일한 것이다. 조연현은 조선의 근대가 "구라파의 14세기를 형성해 가야 할 시기에 20세기 구라파와 마주친 것"이라고 재서술하면서, "한국의 근대화가 구라파에 비하여 4, 5백년이나 뒤떨어져 있었"다는 입론을 통해서 한국근대사 출발의 후진성을 정식화한다. 또한 근대사조의 무질서한 착종과 혼류에 대한 백철의 논의를 자신의 맥락 속에서 첨예화하면서, 조선에서는 근대의 초기부터 서구의 근대와 현대가 착종 및 혼성(混成)되는 기형성을 제시하는 지점에까지 이르고 있다. 조연현은 문학사 서술의 방법론으로 한국문학에 대한 애정을 제시한 바 있는데, 그가 『한국현대문하사』를 집필하면서 처음부터 끝까지 지켜갔던 유일한 원칙이 있다면 그것은 다름 아닌 14~19세기는 서구의 근대이고 20세기는 서구의 현대라는 시기구분이었다. 이러한 시기구분이 갖는 보편성은 조연현의 입장에서는 입증할 필요조차 없는 것이기도 했다. 백철의 후진성과 불구성 논의를 기형성으로까지 첨예화할 수 있었던 동력 또한 서구의 근대와 현대를 나누는 편년체계였다.

조연현은 14세기~19세기를 서구의 근대, 20세기 또는 1차 세계대전 이후를 현대로 바라보는 편년체적인 감각을 일관되게 적용하고 있다. 한국의 근대가 시작된 19세기 후반 즉 1894년의 갑오개혁은 서구의 근대가 완성되는 시점이고, 서구의 현대가 시작하는 1차 세계대전(1914~18)은 한국의 1919년 3.1운동에 대응한다. 그렇게 본다면 한국의 근대는 갑오개혁(1894)부터 1919년까지의 25년에 불과하게 된다. 단 25년 동안의 단기(短期) 근대를 통해서 서구 500년의 근대적 경험을 추체험하거나 후행학습하기도 어려울 뿐만 아니라 25년의 짧은 기간을 두고 근대라는 역사적 명칭을 부여하기도 곤란한 일이다. 이 지점에서 조연현의 단기 근대론 및 근대 부재론이 문학사적 테제로서 제시된다.

> 한국 근대사 과정의 기형성을 가장 단적으로 설명해 주는 그 하나는 엄밀한 의미에서 보면 한국엔 「근대」가 없었다는 점이며 그 또 하나는 한국의 현대적인 과정을 엄밀히 분석하면 그것은 구라파의 근대적인 과정에 지나지 않는다는 점이다. (…)
> 이 짧은 한 순간[1894년부터 1919년까지의 25년-인용자]을 「근대」라는 일(一) 역사적인 관념으로서 확정지운다는 것이 엄격한 사관(史觀)으로서는 허용될 수 없는 노릇이다. 더우기 3.1운동이 조성되기 이전의 몇 년부터가 이미 구라파의 현대적인 과정과 교류되면서 있었다는 사실을 고려할 때 구라파적인 의미에 있어서의 근대사가 한국에서는 없었다고 보는 것이 오히려 실제적인 해석이 된다.[39]

조연현에 의하면 한국의 근대는 갑오경장부터 3.1운동까지의 25년이다. 현대는 3.1운동 이후이다. 문제는 3.1운동 이전에도 서구의 현대적 과정과 교류한 측면이 있었다는 것이다. 따라서 근대는 25년보다 더 짧아진다. 반면에 3.1운동 이후의 문학사의 전개를 살펴보면 자연주의와 낭만주의와 같은 근대 사조들이 배치된다. 달리 말하면 1919년 이후 한국현대문학사를 채우고 있는 실질적 내용은 근대의 사조들인 것이다. 달리 말하면 한국의 근대는 현대에 의해 잠식당하는 양상이고 한국의 현대는

---

39 위의 책, 24~25쪽.

근대적 사조에 의해 장악된 상태인 것이다. 조연현은 명시적으로 표현하고 있지 않지만, 한국의 역사에서 근대와 현대의 경계선은 명확하지 않고 번져있는(blurred) 양상이라고 보면 크게 틀리지 않을 것이다. 한국의 역사에서 근대와 현대의 경계는 느슨하고 번져있는 모습을 하고 있다. 달리 말하면 한국은 근대의 시기가 대단히 짧을 뿐만 아니라 근대의 하한선(근대와 현대의 경계선)도 불명료하다. 따라서 불명료한 근대/현대의 경계선을 사이에 두고 근대와 현대의 혼성(混成)이 일어나는 것은 당연한 일이된다. 이 지점을 조연현은 근대부재론으로 명시적으로 제시한다. 또한 근대의 부재로 인한 근대와 현대의 혼성을 기형성이라고 명명한다.

> 그렇다면 우리 한국에 있어서는 엄격한 의미에 있어서의 근대가 없었을 뿐만 아니라 한국의 현대적인 과정도 따지고 보면 구라파의 근대적인 과정을 벗어난 것이 아니였음을 알 수 있게 된다. 그러므로 한국의 근대사적인 과정은 그 출발과 함께 구라파의 현대적인 과정과 교류되였기 때문에 한국의 근대사적인 과정은 그것이 한국의 현대사적인 과정이기도 했으며 한국의 현대사적인 과정은 그것이 한국의 근대사적인 과정이기도 했던 것이다. 즉 구라파적인 근대와 현대가 명료한 구별없이 혼성(混成)되고 병행(竝行)된 것이 한국의 근대 및 현대사 과정의 형성요소였던 것이다. 이것이 한국근대사의 후진성과 기형성을 설명해 주는 근본적인 개념이다.[40]

조연현에 의하면, 조선은 갑오개혁에 이르러 근대적 움직임을 향한 발걸음을 내딛기 시작했다. 하지만 19세기 후반에 속하는 갑오개혁의 시기는 서구에서 근대가 완성 및 종언에 도달했던 시기였다. 이 지점은 백철이 『조선신문학사조사』를 통해 정식화한 후진성에 해당한다. 이 지점을 후진성(1)이라고 하자. 이 지점에서 조연현은 14세기~19세기는 서

구의 근대이고 20세기 또는 1차 세계대전 이후는 현대라는 편년체적 원칙을 적용한다. 조선의 근대는 1894년부터 1919년까지의 25년 동안으로 설정되고, 한국에서 근대는 부재한다는 근대부재론이 제시된다. 그렇다면 1919년 이후의 현대는 어떠한가. 1919년 이후 한국의 현대는 그 실질적인 내용을 근대적인 것으로 채우고 있다. 왜 이런 일이 벌어지는가. 근대의 부재가 현대를 관철하면서 현대를 근대의 부재를 보충하는 또는 근대를 후행학습하는 시기로 만들었기 때문이다. 편년체적 기준에 의하면 현대를 살아가야 할 시기에, 한국은 여전히 근대를 살아가거나 근대의 부재를 보충하며 살아간다. 한국의 현대 내부에는 근대의 부재로 인한 후진성이 구조화되어 있다는 것. 이를 두고 후진성(2)라고 하자. 조연현은 명시적으로 말하고 있지 않지만, 이 지점에서 한 걸음만 더 나아가게 되면 한국은 근대뿐만 아니라 제대로 된 현대마저도 갖지 못한 사회가 된다. 한국에는 엄밀한 의미에서의 근대도 없고 엄밀한 의미에서의 현대도 없다. 다만 근대와 현대가 혼종된 시대, 말하자면 서구적 근대의 아종적인 양상으로 살아가거나, 세계사의 일반적인 행정과는 근원적으로 탈구되어 계통적으로 상이한 시대를 살아가고 있는 것이 된다. 후진성의 이중구조 또는 이중으로 구조화된 후진성. 조연현이 기형성을 말한 지점은 바로 여기이다.

5. 결론을 대신하여 : 유예된 물음 또는 한국문학은 근대문학인가?

▲ 사회= 오늘 우리에게 주어진 토론의 주제는 근대문학의 기점에 관한 것입니다 말하자면 우리 문학사의 시대구분문제로써[서―인용자] 근대문학의 기점을 어디에 둘 것이냐 하는 문제인데 이것은 먼저 기간(旣刊)의 문학사에 대한 검토부터 해야겠지요. 제가 알기로는 우리 신문학사가 처음 쓰여진 시기는 1935년 무렵에 임화가 중앙일보와 조선일보에 썼고, 「문장」에

그 연속을 몇 해에 걸쳐 끝낸 것 같습니다. 이것은 초창기에서부터 신소설이 등장한 시기까지이고 이 다음에 나온 문학사로서는 <u>백철 선생이 해방 후에 쓴 것</u>과 <u>조연현 씨가 1950년대에 쓴 것</u>이 있습니다. 우리는 우선 백철 선생과 조연현 선생이 쓴 문학사에 어떤 문제점이 있는가 하는 것을 검토해 보아야 겠습니다. 먼저 정병욱 선생님께서 말씀해 주십시요.[41]

1971년『대학신문』이 마련한 한국근대문학의 기점 좌담회는, 널리 알려진 바와 같이 1970년대 한국근대문학 기점 논의를 촉발하고 그 방향성을 제시한 좌담회였다. 사회를 맡은 김윤식이 가장 먼저 제기한 문제는 기존 문학사에 대한 검토였고, 그 대상은 임화, 백철, 조연현의 문학사였다. 하지만 좌담회에서는 이들의 문학사에 대한 구체적인 검토가 이루어지는 않는다. 하지만 한국문학사의 시대구분 문제로서 근대문학의 기점을 논의하기 위해서는 임화, 백철, 조연현의 문학사에 대한 검토가 필요하다는 문제의식은 여전히 유효성을 갖고 있다. 아울러 1970년대 한국문학 기점 논의를 위한 예비적 고찰로서 쓰이는 이 글이 개입하여 보충하고자 하는 지점이기도 하다.

임화, 백철, 조연현의 문학사를 길게 인용하며 다시 읽어간 이유는, 다른 곳에 있지 않다. 임화와 백철 그리고 조연현의 문학사 사이에는 해석과 재맥락화의 운동성이 개재되어 있으며, 세 문학사 사이의 해석과 재맥락화의 운동성을 통해서 일종의 담론적 사실의 구성에 이르렀다는 점을 간략하게나마 확인하기 위함이었다. 달리 말하면 신문학이라는 용

---

41 정병욱·정한모·김현·김주연·김윤식(사회), 「한국근대문학의 기점」, 『대학신문』, 1971.10.11. 좌담회(1971.10.1.)의 내용과 함께 김용직의「근대문학기점의 문제점」와 염무웅의「근대문학의 의미」이 함께 게재되었다. 『대학신문』은 이 좌담회 기사의 헤드라인을 "우리 古典文學에서 起點 발견해야 / 文學에서「近代=西歐化」는 잘못된 개념 / 辭說時調, 燕巖의 小說은 近代的 / 金萬重의 國文意識은 國文學上 탁월한 發想"으로 뽑았다. 임화의「개설 신문학사」에 대한 서지적 사항에는 몇 가지 부정확한 점이 있다. 임화의 문학사 서술에 관한 서지적 사항은 본고의 주 9)를 참조.

어에 들러붙어 있는 이식, 모방, 아시아적 생산양식, 정체성, 조선의 근
세적 특수성, 혼류, 후진성, 근대와 현대의 혼성, 기형성 등의 기호와
무의식들이 한국문학의 신체(corpus)를 구성하고 있었음을 확인하기 위
함이었다. 세 권의 문학사로부터 울려나오는 목소리는, 물론 이률적이지
는 않지만, 다음과 같다. 근대는 서구에 있으며 서구의 고유한 역사적
경험이다. 조선에는 근대는 없고 근세만 있다. 조선의 근세는 서구의 근
대와는 계통을 달리하는 아종적 또는 지역변이적 근대일 수 있다. 한국은
서구적 의미에서의 근대가 부재하며 한국의 현대는 근대의 부재를 후행
적으로 보충하는 과정이다. 한국의 현대는 근대와 현대가 뒤섞인 기형적
인 면모를 보인다. 1960년대의 한국은 근대와 현대가 뒤섞인 기형적인
현대를 살아간다. 한국에는 엄밀한 의미에서의 근대도 없고 제대로 된
현대도 없다. 한국의 역사와 문학사는 세계사 또는 보편사로부터 탈구된
상태를 지속하고 있다 등등. 직접적인 진술이든 암시적인 진술로부터
상상된 것이든, 한국문학의 신체를 구성하고 있는 기호와 무의식들을
고려하는 것이 필요할 것이라고 판단된다. 세 편의 문학사에 의하면 조선
신문학의 주체는 근대 자본주의이거나 근대사조이거나 근대의 부재(결
핍)이다. 따라서 한국문학은 신문학을 거쳐 근대문학에 이르렀는가 또는
한국문학은 근대문학인가에 대한 답변은 그 당시로서는 유보 내지 유폐
되어 있는 상황이었던 것이다. 어쩌면 1970년대의 근대문학기점 논의,
그리고 김윤식·김현의 『한국문학사』(1973)는 이 물음들에 대한 답변일
수도 있을 것이다.

> 한국 문학은 주변 문학을 벗어나야 한다.[42]
> 한국 문학은 개별 문학이다.[43]

---

42 김윤식·김현, 『한국문학사』, 민음사, 1973/2011, 21쪽.
43 위의 책, 36쪽.

참고문헌

구중서, 「한국문학사 방법론 비판 : 김윤식·김현의 새『한국문학사』에 대하여」, 『월간 중앙』, 1974.8.

김영호, 「보고 : 경과·논문요약 및 문제점」, 한국경제사학회, 『한국사시대구분론』, 을유문화사, 1970.

김윤식·김현, 『한국문학사』, 민음사, 1973/2011.

김인수, 「일제하 조선의 농정 입법과 통계에 대한 지식국가론적 해석 : 제국 지식체계의 이식과 변용을 중심으로」, 서울대 사회학과 박사논문, 2013.

김종길, 「20세기 시의 특질」, 『월간 문학』, 1968.11.

박형진, 「1930년대 아시아적 생산양식 논쟁과 이청원의 과학적 조선학 연구」, 『역사문제연구』 38, 2017.

방기중, 『한국근현대사상사연구 : 1930·40년대 백남운의 학문과 정치경제사상』, 역사비평사, 1992.

백 철, 『조선신문학사조사』, 수선사, 1948.

염무웅, 「신문학 60년 대표작 전집」, 『경향신문』, 1969.2.10.

이기백, 「한국사의 시대구분 문제」, 한국경제사학회, 『한국사시대구분론』, 을유문화사, 1970.

임 화, 「개설 신문학사」, 『문학사 : 임화 문학예술전집 2』, 임화문학예술전집 편찬위원회 편, 소명출판, 2009.

정병욱, 정한모, 김현, 김주연, 김윤식(사회), 「한국근대문학의 기점」, 『대학신문』, 1971.10.11.

조연현, 『한국현대문학사』, 현대문학사, 1956.

홍종욱, 『戰時期朝鮮の転向者たち : 帝国/植民地の統合と亀裂』, 東京: 有志舍, 2011.

『무정』의 감정 수행과
자기 발견 혹은 자기 창조

이수형

1. 비인칭 자아에서 일인칭 자아로

앞질러 말하건대, 한국문학사상 『무정』의 주인공 이형식만큼 자신의 감정을 상상하거나 고백하고 나아가 자기를 표현하는 수행적 행위를 일삼았던 인물은 다시없을 것이며, 그리하여 스스로 알지 못했던 자기를 탐구하고 발견하기를 멈추지 않았던 인물 역시 다시없을 것이다. 『무정』을 다시 읽으면서 감정과 자기 정체성이 수행되는 장면들을 살펴보기로 하자. 『무정』의 형식은 민족 계몽의 지도자나 교사를 대표하는 인물로 소개되기도 했지만, 일찍이 김동인이 「춘원 연구」에서 "약하고 줏대 없는" 형식의 성격이 소설 안에서 추구되는 이상과 조화를 이루지 못한다는 점을 중대한 과오로 지적한 데서도 알 수 있듯,[1] 계몽주의의 균열로 해석 가능한 내적 혼란이 묘사되는 장면은 곳곳에서 목도된다.

형식은 여러 가지 생각을 한다. 우선 처음 만나서 어떻게 인사를 할까.

---

1 김동인, 『김동인 전집』 16, 조선일보사, 1988, 55쪽.

남자 남자 간에 하는 모양으로 '처음 보입니다. 저는 이형식이올시다' 이렇게 할까. 그러나 잠시라도 나는 가르치는 자요 저는 배우는 자라, 그러면 미상 불 무슨 차별이 있지나 아니할까. 그것은 그러려니와 교수하는 방법은 어떻 게나 할는지. 어제 김장로에게 그 부탁을 들은 뒤로 지금껏 생각하건마는 무슨 묘방이 아니 생긴다. 가운데 책상을 하나 놓고 거기 마주앉아서 가르칠 까. 그러면 입김과 입김이 서로 마주치렷다. 혹 저편 히사시가미가 내 이마 에 스칠 때도 있으렷다. 책상 아래서 무릎과 무릎이 가만히 마주 닿기도 하렷다. 이렇게 생각하고 형식은 얼굴이 붉어지며 혼자 빙긋 웃었다. 아니아 니! 그러다가 만일 마음으로라도 죄를 범하게 되면 어찌하게. (…) 형식은, 아뿔싸! 내가 어찌하여 이러한 생각을 하는가, 내 마음이 이렇게 약하던가 하면서 두 주먹을 불끈 쥐고 전신에 힘을 주어 이러한 약한 생각을 떼어버리 려 하나, 가슴속에는 이상하게 불길이 확확 일어난다.[2]

『무정』의 서두에서 미국 유학 준비를 위해 개인 교수를 청한 김장로의 딸 선형과 첫 대면을 앞두고 있는 24세의 영어 교사 형식은 당시로는 결혼 적령기가 지났지만 아직 독신인 데다 이제껏 여자와 교제해 본 경험 도 없어 여러 가지 생각으로 머릿속이 어지럽다. 처음 만나서 어떻게 인사할까, 어떻게 가르칠까 등 실무적인 문제를 고민하는 것 같지만 그 생각은 결국 형식 자신에 관한 질문으로 귀결되어 새로운 문젯거리를 낳는다. "내가 어찌하여 이러한 생각을 하는가, 내 마음이 이렇게 약하던 가"라는 자탄(自歎)에서 보이듯, 형식이 받아든 문제는 자기가 어떤 사람 인가, 곧 "나는 누구인가"라는 새삼스러운 의문이다. 왜 새삼스럽냐 하 면, 적어도 몇 년 전 동경 유학을 마치고 귀국해 교사 생활을 시작한 이래로 그는 자신의 정체성을 정립하고 유지하는 데 매우 자각적이고 충실한 삶을 살아왔기 때문이다. 요컨대, 그는 어느 누구보다 스스로를

---

2 이광수, 『무정』, 문학과지성사, 2005, 11쪽.

잘 알고 있다(고 확신해 왔다).

남들이 기생집 가고 술 먹고 바둑 두는 동안, 서구 유명 사상가들의 저작 읽기를 벗 삼아 온 형식은 세계의 문명한 민족들과 어깨를 나란히 하는 데 조선 사람의 살 길이 있으며, 이를 위해 자신은 먼저 공부하고 널리 선전해야 할 막중한 임무를 맡은 선각자임을 잘 알고 있다. 맡은 바 임무를 잘 알고 있을 뿐 아니라 충실히 실천하기도 했던 그의 삶은 "사 년간 형식의 경성학교 교사 생활은 일언이폐지하면 사랑과 고민의 생활"로 요약된다.[3] 물론 동포와 학생을 사랑하고 그들의 장래를 고민하는 헌신적인 교사로서의 삶이 실제로 어떤 성취를 얼마나 거두었는가를 묻는다면, 형식 자신이나 동교 교사나 학생들 간에 이견이 있을 수도 있다. 현실이란 그리 호락호락하지 않으므로 "그의 지나간 사 년간의 교사 생활은 실패의 생활"이었다는 단언도 영 틀린 평가는 아닐 것이다.[4] 그럼에도 불구하고 형식 스스로는 민족 계몽의 교사라는 자신의 정체성을 포기하지 않았으며, 포기는커녕 그에 대해서는 의심조차 해 본 적 없었던 것으로 보인다. 자신의 정체성에 대한 형식의 믿음은 그만큼 확고했다. 적어도 선형을 만나기 전까지는 그랬다.

선형을 만나면서부터, 아니 선형과의 만남을 단지 상상만 했을 뿐인데도 형식은 이미 지난 수년간 견지해 왔던 자신의 정체성이 흔들리고 있음을 심각하게 인지한다. 이러한 변화는 합리적 이성과 지식에 의해 규정되던 형식의 정체성이 감정적, 육체적 측면에 의해 규정되는 것으로 형질 변환되었음을 의미하는데,[5] 이는 "나는 누구인가"라는 질문의 성격이 비인칭적인 것에서 일인칭적인 것으로, 또 그에 대한 대답을 찾는 방식

---

3 이광수, 『무정』, 260쪽.
4 이광수, 『무정』, 270쪽.
5 황종연, 『탕아를 위한 비평』, 문학동네, 2012, 474~475쪽; 이철호, 『영혼의 계보』, 창비, 2013, 152쪽.

역시 이성적 추론이 아니라 내면에 귀 기울이는 개별적 자아 탐구로 전환되는 과정을 동반한다.[6] 서구의 철학과 문학을 자신의 원천으로 삼아 근대적 자아의 정립에 힘써 온 형식은 전통적 질서로부터 독립된 자기 규정적 자아를 옹호함으로써 민족 계몽의 대의와 개인의 자유의사를 존중하는 선각자로 자리매김할 수 있었다. 그런데 그 자아는 자기 규정적이지만 동시에 어느 누구와도 다르지 않은 일반적인 존재여서, 형식으로 말하자면 "그의 생각에 세상 사람의 마음은 다 자기의 마음과 같아서 자기가 좋게 생각하는 바는 깨닫게만 하면 다른 사람에게도 좋게 보이려니 한다"는 것이다.[7] 계몽주의자이자 교사로서 형식에게는 일반적 진리에 이를 수 있는 이성을 공유하는 타인과의 동일시가 전혀 문제되지 않는다. 이처럼 선형을 만나기 전 몇 년 간 "나는 누구인가"에 관한 형식의 답변은 일인칭 대명사를 주어로 전개되었음에도 불구하고 그 지시 대상이 '어느 누구나'로서의 '나'라는 점에서 실은 비인칭적 존재에 관한 담론에 머물러 있었다.

비인칭적 존재에서 일인칭적 존재로의 극적인 전환은 형식이 "그러면 입김과 입김이 서로 마주치렷다. 혹 저편 히사시가미가 내 이마에 스칠 때도 있으렷다. 책상 아래에서 무릎과 무릎이 가만히 마주 닿기도 하렷다"라고 상상하는 중에 이루어진다. 결론부터 말하면, 이러한 전환은 곧 새로운 자기에 대한 발견을 의미한다. 이 장면에서 형식이 깜짝 놀라며 자책하는 것도 무리는 아닌데, 좋게 말하면 "순결"하다 하고 나쁘게 말하면 "못 생겼다"고도 할, 어느 쪽이든 미숙한 연애 감정을 반영하고 있는 형식의 상상은 민족 계몽에 헌신하는 교사라는 공적 정체성 앞에서 하등

---

6 찰스 테일러, 『자아의 원천들』, 권기돈·하주영 옮김, 새물결, 2015, 367~368쪽. "비개인적"을 "비인칭적"으로 번역 수정.
7 이광수, 『무정』, 270쪽.

의 가치도 지니지 못하기 때문이다. 그러나 가령 민족 계몽의 대의처럼 어느 누구에게나 동등한 일반적이고 비인칭적인 진리로 묶이지 않기 때문에 그것이 바로 "나는 누구인가"에 관한 일인칭적 대답일 것이다. 지금까지 하늘을 우러러 부끄럼 없다고 자부해 온 형식이지만, 우연히 만난 신우선이 "자기 마음속을 꿰뚫어 보지나 아니한가 하여 두 뺨이 한 번 더 후끈하는 것을 겨우 참고" 마주치려는 눈을 애써 피하는 것 역시 일인칭적 존재로서는 감수할 수밖에 없는 일이다.

형식의 상상 속에 모습을 나타낸 낯선 '나'가 죄책감에도 불구하고 얼굴도 모르는 선형의 입김과 머릿결과 무릎이 닿기를 바라마지 않는 인물로 구체화되는 데 긴 시간이 필요하지는 않았는데, 그렇다고 해서 이런 자기 존재에 대해 형식이 사전에 알고 있었을 가능성은 거의 없다. 이미 존재하는 것(pre-existing)의 단순한 반복 재현이 아니라 만듦과 드러냄의 이중 작업을 뜻하는 표현 개념을 굳이 염두에 두지 않더라도[8] 입김이 닿기를 바라는 '나'가 미리 정해져 있다가 상상 속에서 재현되었다고 생각하는 것은 아무래도 무리다. 형식의 상상 속에서 예고 없이 만들어져 발견된 이 존재, 곧 성적 혹은 관능적 쾌락을 바라는 '나'라는 존재가 무엇을 의미하는지 즉시 파악하기는 어려우며, 따라서 정체성 차원에서 당장 어떤 영향을 초래할 것 같지도 않다. 그렇다고 해서 단순한 해프닝으로 끝낼 수 있는 것도 물론 아니다. 당시 최대의 공적 매체였던 『매일신보』 1면에 연재를 시작하면서 첫 장면부터 지극히 일인칭적인 상상(판타지)을 묘사했다는 것은 향후 이어질 『무정』의 자아 탐구를 인상적으로 예고한다. 그리하여 연재의 첫머리를 장식한 상상은 두 주먹 불끈 쥐고 "약한 생각"을 떨쳐 버리겠다는 주인공의 의지를 가볍게 저버리고, 오히려 후속되는 본격적 자아 탐구에서 일종의 원장면으로 자리매김한다.

---

8 찰스 테일러, 『자아의 원천들』, 765쪽.

2. 자아 찾기, 수행적이며 창조적인

다시 한 번 「춘원 연구」를 참고할 때, "공상과 사색이 꼬리를 물어 나가는 장면"이 『무정』의 중요한 한 축을 이룬다는 지적과 함께 형식을 "공상의 대가"로 비꼬기까지 하는 대목이 눈에 띈다.[9] 분명 호의적인 발언 은 아니지만 형식의 공상과 사색이 꼬리를 물고 속출하는 것은 틀림없는 사실이고, 나아가 "성격의 통일과 감정의 순화"가 "공상에 빠질 때마다 혼선을 거듭한다"라는 평가 또한 핵심에서 멀지 않다. 형식이 일삼는 공 상은 내면에 귀 기울이고 자기를 드러내는 수행적 행위이다. 이를 통해 새롭게 산출되는 '나'라는 존재는 지금까지 알려진 바와 같지 않을 것이 며, 그리하여 기존의 정체성에 혼선을 야기하는, 김동인의 지적에 의하 면 성격과 감정의 통일성을 해치는 불안 요소이기 쉽다. 정체성의 불안을 초래한다는 점에서 늘 환영받는 경험이기는 어려운 자기 발견이라는 사 건이 형식의 공상과 사색 속에서 여러 번 등장한다는 점은 특기할 만하 다. 자아 탐구와 자기 발견이라는 모티프를 중심으로 꼬리를 물고 반복되 는 형식의 공상과 사색 중 두 번째 개인 교수를 마친 직후 그리고 밤기차 로 평양에서 서울로 올라오는 도중, 이렇게 두 차례에 걸쳐 연출되는 장면은 특히 유명하다.[10] 다음에 인용되는 두 번째 개인 교수를 마친 직후 의 장면에서 소설 서두를 장식했던 판타지는 자기 발견의 원천으로 재소 환되고 있다.

형식은 아까 김장로의 집으로 들어갈 때와는 무엇이 좀 달라졌음을 깨달 았다. 천지에는 여태껏 자기가 알지 못하던 무엇이 있는 듯하고, 그것이 구

9   김동인, 『김동인 전집』 16, 58쪽.
10   이철호, 『영혼의 계보』, 161쪽.

름장 속에서 번개 모양으로 번쩍 눈에 보였는 듯하다. 그리고 그 번개같이 번쩍 보인 것이 매우 자기에게 큰 관계가 있는 듯이 생각된다. 형식은 그 속에—그 번개같이 번쩍 하던 속에 알 수 없는 아름다움과 기쁨이 숨은 듯하다고 생각하였다. 형식은 가슴속에 희미한 새 희망과 새 기쁨이 일어남을 깨달았다. 그리고 그 기쁨이 아까 선형과 순애를 대하였을 때에 그네의 살내와 옷고름과 말소리를 듣고 생기던 기쁨과 근사하다 하였다. 형식의 눈앞에는 지금껏 보지 못하던 인생의 일 방면이 벌어졌다. 자기가 오늘날까지 '이것이 인생의 전체로구나' 하던 외에 인생에는 다른 한 부분이 있고 그리하고 그 한 부분이 도리어 지금까지 인생으로 알아오던 모든 것보다 훨씬 중요하고 의미 있는 것인 듯하다.[11]

첫 번째 개인 교수를 마치고 돌아온 전날 저녁, 7년 만에 영채와 해후해 간단치 않은 공상과 사색에 잠겼던 형식은 이제 막 두 번째 수업을 마치고 귀가하는 중이다. 지금 그의 상태를 한 마디로 말하면, 새로운 경험에 대한 환희와 경탄으로 요약할 수 있을 것이다. 첫 번째 수업을 앞둔 바로 어제, 입김과 머릿결과 무릎을 상상하며 자책하고 부끄러워했던 것에 비하면 불과 하루 만에 살내와 옷고름과 말소리에서 느낀 환희를 고백한다는 것은 실로 급격한 변화가 아닐 수 없다. 이러한 변화는 자신의 정체성에 대한 위협으로 간주하던 낯선 경험을 적극적인 자아 탐구의 계기로 받아들이는 자세 전환을 반영한다. 그리하여 상상 속에서 드러난 낯선 모습에 "아뿔싸! 내가 어찌하여 이러한 생각을 하는가"라고 자책하기 바쁘던 형식은 어느새 "그 번개같이 번쩍 보인 것이 매우 자기에게 큰 관계가 있는 듯"하다고 경탄하기에 이른 것이다.

자아 탐구라는 말의 익숙함에 비하면 그것이 어떤 방식으로 이루어지는지에 대한 적절한 범례를 떠올리기가 쉽지는 않은데, 우리 근대인들에

---

11 이광수, 『무정』, 111쪽.

게는 데카르트적 성찰이 유력한 모델의 하나를 제공할 것으로 기대된다. 거짓을 참으로 여기는 오류에서 벗어나기 위해 끝까지 의심함으로써 "모든 것을 뿌리째 뒤집어 최초의 토대에서 새롭게 시작"할 것을 천명하는 『성찰』의 첫 대목에서 여실히 드러나듯,[12] 데카르트에게 자아 탐구는 잡다한 것을 배제함으로써 자아의 순수한 본질에 도달하는 것을 목표로 한다. 하지만 한쪽의 오류를 줄이려는 시도가 다른 한쪽의 오류를 확대하는 부작용으로 이어져, 확실한 토대로서 이성적 사유의 주체가 정립되는 맞은편에서 이성적 능력을 제외한 나머지는 한낱 껍데기로 간주되는 극단적 이원론의 유령(ghost in the shell)이 탄생했다는 것은 주지의 사실이다. 데카르트에게 오류를 야기하는 껍데기는 단연 신체이고, 그중에서도 특히 감각이 우리를 속인다는 점은 그의 『성찰』에서 시종일관 역설되고 있다. 그리하여 외적 감각이나 내적 감각(곧 감정) 가리지 않고 껍데기란 껍데기는 모조리 일소할 때, 우리의 자아는 마침내 하나의 점(點)과 같은 존재(punctual self)로 귀결될 것이다.[13] 위치만 있고 크기는 없다는 사전적 정의만큼이나 지극히 추상적인 점으로서의 존재라면 아마도 데카르트가 걱정하는 오류 가능성으로부터는 멀찍이 떨어질 수 있겠지만, 동시에 현실의 구체적인 자아나 우리의 일인칭적 자아와 만날 가능성으로부터도 까마득히 멀어지게 된다.

사오 년 동안을 날마다 다니던 교동으로 내려올 때에 형식은 놀랐다. 길과 집과 그 집에 벌여놓은 것과 그 길로 다니는 사람들과 전신대와 우뚝 선 우편통이 다 여전하건마는 형식은 그것들 속에서 전에 보지 못한 빛을 보고 내를 맡았다. 바꾸어 말하면 모든 그것들이 새로운 빛과 새로운 뜻을 가진 것 같다. (…) 형식은 자기의 눈에서 무슨 껍질 하나가 벗겨졌거니 하였다.

---

12 데카르트, 『성찰』, 양진호 옮김, 책세상, 2011, 35쪽.
13 찰스 테일러, 『자아의 원천들』, 328쪽.

그러나 이는 눈에서 껍질 하나가 벗겨진 것이 아니요 기실은 지금껏 감고 오던 눈 하나가 새로 뜬 것이로다. 아까 십자가에 달린 예수의 화상을 볼 때에 다만 그를 십자가에 달린 예수로 보지 아니하고 그 속에 새로운 뜻을 발견하게 된 것이 이 눈이 떠지는 첨이요. 선형과 순애라는 두 젊은 계집을 볼 때에 다만 두 젊은 계집으로만 보지 아니하고 그것이 우주와 인생의 알 수 없는 무슨 힘의 표현으로 본 것이 이 눈이 떠지는 둘째요, 지금 교동 거리에 보이는 모든 것에서 전에 보고 맡지 못하던 새 빛과 새 내를 발견함이 그 셋째라. 그러나 그는 이것이 무엇인지 분명히 이름 지을 줄을 모르고 다만 '이상하다' 하는 생각과 희미한 기쁨을 깨달을 뿐이라.[14]

두 번째 수업을 마치고 김장로의 집 앞에서 낯선 감정을 느끼던 형식은 바로 뒤이은 장면에서 하숙집 숙소로 걸음을 옮기는 중에도 자기 수행적 상념을 계속한다. 김장로의 집을 나서며 순간의 섬광에서 새 희망과 기쁨을 감지한 형식은 이로부터 '자기만의 생'을 깨닫고 마침내 지금까지 없던 자기를 발견할 것인데, 이러한 프로세스를 우리는 표현주의적 자아 탐구라 칭할 수 있다. '나'라는 선재하는 존재가 어떤 감정을 느끼고 표현하는 것이 아니라 순식간에 휘발할 감정을 표현을 통해 붙들어 이로부터 거꾸로 '나'라는 존재를 새롭게 산출하는 수행적 행위로서 말이다.[15] 이렇게 감정을 표현함으로써 자기를 발견하는 자기 수행적 행위의 가능성은 원칙적으로 언제 어디서나 열려 있다. 그리하여 직전 장면에서 섬광 속에 "여태껏 자기가 알지 못하던 무엇"을 감지하고 새로운 생의 의미를 깨닫던 형식은 지금부터는 벼락같은 특별한 순간의 각성을 넘어 언제 어디서나 가능한 자기 수행적 행위를 묘사하기에 이른다. 이제 형식은 사오 년을 매일 같이 학교로 출퇴근하며 걸었을 교동 거리에서도 "전에 보지

---

14 이광수, 『무정』, 111~112쪽.
15 찰스 테일러, 『헤겔』, 정대성 옮김, 그린비, 2014, 33~35쪽; 찰스 테일러, 『자아의 원천
    들』, 793쪽.

못한 빛을 보고 내를 맡"는다. 그것이 전에 보지 못한 '나'의 발견으로 이어질 것은 명약관화하다.

형식의 자아 탐구는 앞의 데카르트적 모델과 비교하면 극과 극이라 해도 좋을 만큼 판이하다. 지난 수년간과 다른 것을 지금 보고 듣고 느낀다면, 그 감각을 신뢰할 수 있을까? 만약 같은 상황에서 데카르트였다면, 본래 모양은 사각형인데 멀리서는 둥글게 보이기도 하고, 또 팔다리가 절단되었는데 거기에서 고통을 느끼기도 하듯, 외적 감각이든 내적 감각이든 전적으로 신뢰하기는 어려우므로 "눈을 감으리라. 귀를 막으리라. 모든 감각을 멀리하리라"고 다짐했을 것이라 해도 과한 추측은 아니다.[16] 데카르트라면 확실한 토대로서의 자아에 대해 알기 위해 잡다한 껍데기들을 철저히 떨어버리려 할 테지만, 반대로 형식은 자아에 대해 알기 위해 지금까지 대수롭지 않게 지나쳤던 것들을 새롭게 느끼고 생각하면서, 마치 데카르트의 다짐을 뒤집어 '눈을 뜨리라. 귀를 열리라. 모든 감각을 맞이하리라'고 방침을 세운 듯하다.

데카르트의 경우와 달리 형식에게 껍데기(껍질)는 대상이 아닌 주체에게 있었던 것인데, "자기의 눈에서 껍질 하나가 벗겨"지자 "지금껏 감고 오던 눈 하나가 새로 뜬" 것이다. 형식의 자아 탐구를 표현주의적이라고 정의할 때 우리는 사전에 정해진 내용을 그대로 복제하는 재현이 아닌, 비지시적이면서 현실 구성적인 수행적 행위로서의 표현 개념을 염두에 두고 있다. 같은 맥락에서 우리는 수행적 행위로서의 응시에 대해서도 생각해 볼 수 있다. 가령 관찰이란 지시적이고 객체적이다. 이때 가시적인 지시대상은 물론이고 숨은 대상이라 하더라도 가령 X선을 통해 벽 뒤의 물체나 몸 안의 뼈와 장기를 투시할 때처럼 관찰 이전에 대상이 존재하며, 이 대상과의 동일성 여부가 관찰의 객관성을 좌우하리라는

---

16 데카르트, 『성찰』, 61쪽.

것은 자명한 사실이다. 관찰이 참 거짓을 판단할 수 있는 진위적 시선이라면, 이미 존재하는 대상을 보는 것이 아니라 응시함으로써 비로소 그것을 존재하게 만든다는 점에서 형식의 시선은 수행적이다.

이런 관점에서 볼 때, 김장로 집에 도착해 수업 시작을 기다리는 **잠깐** 동안 벽에 걸린 종교화를 보면서, 선형 순애와 마주앉아 수업을 하**면서**, 수업 직후 김장로 집을 나서면서, 익숙한 거리를 통과해 귀가하면서 **등** 등, 이렇게 세분된 매단계마다 이제까지 알지 못하던 것을 보고 듣고 느끼고 있다고 토로하는 형식은 객체적 차원에서 세계를 관찰하고 이를 객관적으로 보고하는 사람과는 거리가 멀다. 그는 수행적 행위로서 바라보고 듣고 표현하고 그리하여 수행적으로 자기를 발견한다. 집으로 돌아와 자기 방 책장에 꽂힌 양장본 책들을 일별하며 "모든 서적과 인생과 세계를 온통 다시 읽어볼" 계획을 세울 때도 읽는다는 것은 역시 수행적 행위이다. 온통 다시 읽음으로써 "글귀마다 글자마다 새로운 뜻을 가지고 내 눈에 비치리라"고 기대할 때, 이때 형식은 사전에 정해진 책의 **의미를** 동일하게 반복하는 수동적인 독자이기보다 수행적이며 따라서 **창조적인** 작가에 가깝다.[17]

> 평양서 올라올 때에 형식은 무한한 기쁨을 얻었다. 차에 같이 탄 사람들이 모두 다 자기의 사랑을 끌고 모두 다 자기에게 말할 수 없는 기쁨을 주는 듯하였다. 차바퀴가 궤도에 갈리는 소리조차 무슨 유쾌한 음악을 듣는 듯하고 차가 철교를 건너갈 때와 굴을 지나갈 때에 나는 소요한 소리도 형식의 귀에는 웅장한 군악과 같이 들린다. (…) 형식의 정신 작용은 좋게 말하면 가장 잘 조화한 것이요 좋지 않게 말하면 가장 혼돈한 상태러라. 엷은 구름 속에 가려진 달빛이 산과 들을 변하여 꿈과 같이 몽롱하게 만든 모양으로 그 달빛이 형식의 마음에 비치어 그 마음을 녹이고 물들여 꿈과 같이 몽롱하

---

17 김영찬, 「식민지 근대의 내면과 표상」, 『상허학보』 16, 2006, 26쪽.

게 만들어놓았다. 형식의 눈은 무엇을 보는지도 모르게 반작반작하고 형식의 머리는 무엇을 생각하는지도 모르게 흐물흐물하다. 형식의 몸은 차가 흔들리는 대로 흔들리고 형식의 귀는 무슨 소리가 들리는 대로 듣는다. 형식은 특별히 무엇을 생각하려고도 아니 하고, 눈과 귀는 특별히 무엇을 보고 들으려고도 아니 한다. 형식의 귀에는 차의 가는 소리도 들리거니와 지구의 돌아가는 소리도 들리고 무한히 먼 공중에서 별과 별이 마주치는 소리와 무한히 작은 '에테르'의 분자의 흐르는 소리도 듣는다. 메와 들에 풀과 나무가 밤 동안에 자라느라고 바삭바삭하는 소리와 자기의 몸에 피 돌아가는 것과 그 피를 받아 즐거워하는 세포들의 소곤거리는 소리도 들린다.[18]

『무정』의 자아 탐구 중 유명한 또 다른 장면은 평양에서 서울로 올라오는 밤기차 안에서 이루어지는 형식의 공상과 사색이다. 유서를 남기고 떠난 영채를 뒤쫓아 평양에 갔다가 빈손으로 상경하는 기차 안에서 형식은 1회 연재분 전체에 걸쳐 재차 "나는 누구인가"라는 질문에 대한 공상과 사색에 전념하는데, 이때 찾아진 형식의 자아는 마침내 고유하고 독창적인 존재로 탈바꿈한다. 『무정』의 자아 탐구는 여기서 정점에 이른다. "거대한 의식의 흐름"이라는 표현이 지나치지 않을 만큼[19] 스케일이 큰 총체적 자아 탐구는 흔들리는 기차 안에서 "차바퀴가 궤도에 갈리는 소리"와 "철교를 건너갈 때와 굴을 지나갈 때에 나는 소요한 소리"를 마치 음악처럼 듣던 형식이 자신의 내면에 귀를 기울이는 것을 신호로 본격적으로 시작된다. 앞에서 우리는 일인칭적 자아를 탐구하기 위해서는 객체에 대한 관찰이라는 시각적 방법보다 내면에 귀 기울이는 청각적 방법이 더 선호되는 경향이 있다고 말한 바 있다. 물론 이런 경향이 일률적으로 나타나는 것은 아니어서 위에서 살펴본 것처럼 『무정』에서는 객체적 관

---

18 이광수, 『무정』, 249~251쪽.
19 이철호, 『영혼의 계보』, 157쪽.

찰이 아닌 수행적 응시가 이루어지는 등 복합적인 양상 속에서도 시각적 비유가 우세했다.[20] 그런데 이러한 시각 중심성에도 불구하고 형식의 일 인칭적 자아 탐구가 정점에 이르는 위의 장면에서는 내면의 소리에 귀 기울이는 효과가 십분 발휘되고 있다.

"좋게 말하면 가장 잘 조화한 것이요 좋지 않게 말하면 가장 혼돈한 상태"로 소개되는 형식의 내면은, 귀 기울여 보았더니 그 안에 지구가 돌아가고 별들이 마주치는 소리부터 분자가 흐르고 세포들이 소곤거리는 소리에 이르기까지, 거시적 차원에서 미시적 차원을 아우르는 무궁한 소리들로 가득하다. "모든 정신 작용이 온통 한데 모이고 한데 녹고 한데 뭉치어 무엇이 무엇인지 구별할 수가 없"는 듯한 미지의 내적 심연을, 우주의 천체에서 몸의 세포에 이르는 광대무변한 소리들의 교향악으로 묘사하는 이 장면은 한 개인의 내면의 깊이를 표현함에 있어 한국문학사상 유례없는 장관을 보여준다. 이토록 무한한 내면이 존재한다는 것은 곧 '나'의 안에 그만큼 무한한 가능성이 잠재한다는 것을 뜻한다. 이렇게 내면에 귀 기울임으로써 무한한 내적 원천을 발견하는 수행적 행위의 끝에서 우리가 만나는 것이 자기 창조라는 사실에는 의심의 여지가 없다. 사전에 정해진 모델로부터 자유로운, 자신의 원천으로부터 자기를 길어 내는 것 말이다.

위에서 익히 보아왔듯, 자기 창조는 '눈을 뜨라. 귀를 열라. 모든 감각을 맞이하라'는 슬로건에서 출발한다. 보지도 듣지도 못하던 "흙덩어리" 너머에서 눈을 뜨고 귀를 열며, 또 눈을 뜨고 귀를 열어 보고 듣더라도 "자기는 그 빛과 그 소리에서 아무 기쁨이나 슬픔이나 아무 뜻도 찾아낼 줄을 몰랐"던 상태 너머에서 표현주의적으로, 수행적으로 보고 들음으로써 자기를 발견하는 과정이 또한 창조의 과정이라는 사실을 형식은 물론

---

20 황종연, 「신 없는 자연」, 156~158쪽.

우리도 잘 알고 있다. 그 과정이 창조로 명명될 때 자기를 발견하고 만들어내는 작업의 가치가 소급적으로 명확해지며, 이런 점에서 이 명명 역시 수행문이다. 이처럼 자기 창조에 대한 자각이 본격화될수록, 자기 발견의 국면에서는 아직 가치 평가 전이던 '나'라는 존재의 의미와 가치가 독창성(originality)의 관점에서 점차 격상되고 있다는 점이 주목을 끈다. 여기서 형식은 대담하게도 자신의 존재를 별의 존재에 비유해 마치 북극성이 있듯 자기도 있다고 선언하는데, 이는 별이 유일무이한 존재로서 독창성을 상징한다는 맥락을 전제한 것이다. 그리하여 "결코 백랑성도 아니요 노인성도 아니요 오직 북극성인 듯" 형식 자신도 그렇게 존재하며, "결코 백랑성이나 노인성과 같지 아니하고 북극성 자신의 특징이 있" 듯 형식 자신도 "다른 아무러한 사람과도 꼭 같지 아니한 지와 의지와 위치와 사명과 색채"라는 독창성을 소유하게 된다.

　이미 언급한 바와 같이 형식이 자아의 독창성을 선언하는 이 장면에서 『무정』의 일인칭적 자아 탐구는 정점을 찍는다. 여태껏 알지 못하다가 새롭게 발견된 '나'는 타인은 물론 기존의 자기 자신과도 다른 새로운 존재였다. 이제 독창성을 함의하게 된 '나'는 단순히 다름을 넘어 본래의 다시없는 척도(original and unrepeatable measure)를 지녔을 뿐 아니라 그에 따라 고유한 삶을 살 것을 요청받는 존재가 된다.[21] 이에 발맞춰 지금까지는 자기 발견에 대해 낯설고 이상하다고 논평하는 수준에서 임시 봉합되던 형식의 자아 탐구 역시 "예로부터 옳다 한 것이 자기에게 무슨 힘이 있으며 남들이 좋다 하는 것이 자기에게 무슨 상관이 있으랴"라는 도발적인 주장 속에서 전통이나 세간(世間)의 기준이 아니라 오로지 자기의 기준에 따라 살아야 한다는 최종 결론에 이른다.

21　찰스 테일러, 『자아의 원천들』, 760쪽.

3. 수행적 자기 되기, 불안정하고도 부단한

형식의 자아 탐구가 일단락되면서 자기 고유의 척도에 따라 자기 고유의 삶을 살아야 한다는 결론에 이르렀는데, 어쩌면 특기할 만한 것 없이 상식적이라는 점에서 다소 실망스러울지도 모른다. 하지만 그렇게 보인다면 오히려 예상했던 대로다. 독창적 자아라는 개념은 비교적 최근인 18세기 후반에 등장했음에도 불구하고 근대 문화의 초석으로 자리 잡아 광범위한 영향력을 행사해 왔으며 그 결과 자아에 대한 질문 끝에 우리가 구할 수 있는 답으로 "자기 자신의 삶을 살라"(Live your own life)거나 "자기 자신이 되라"(Be thyself)처럼 독창성에 호소하는 익숙한 경구 외에 다른 것은 있을 수도 없거니와 있을 필요도 없다. 그것이 유일하게 가능한 답이라는 사실은 『무정』에서 이루어진 형식의 자아 탐구라고 해서 예외일 리 없다.

그런데 이것으로 끝이 아니다. 정작 중요한 문제는 따로 있어, 자아 탐구에 관해 모범으로 인정받을 만한 훌륭한 답을 얻었음에도 불구하고 형식은 여전히 '나'에 관한 질문 앞에서 갈팡질팡 헤매고 있다. 바로 앞에서 우리는 형식의 자아 탐구가 정점을 찍었다고 말했지만, 그것이 곧바로 문제의 해결이나 종식을 의미하는 것은 아니다. 그렇기는커녕 우리의 인생이란 정점을 찍으면 대체로 내리막이 기다릴 때가 많은데, 이어지는 사건들을 보면 사실 형식의 사정도 그리 다르지 않음을 알 수 있다.

마치 북극성이 그러하듯 '나' 또한 남들과 다른 '나'만의 독창적 존재이며, '나'의 기준에 따르면 그뿐 전통이나 세간의 평가가 무슨 상관이 있느냐고 선언할 때, 형식은 자기 자신이 되고 또 자기 자신의 삶을 살려는 의욕에 충만했다. 시간을 잠깐 앞으로 돌리면, 평양에 도착해 영채를 찾던 형식은 이미 자기만의 척도에 의한 자신의 삶을 실천에 옮긴 바 있다. 영채의 행적을 쫓아 칠성문 밖 공동묘지에서 그녀의 부친이자 자신의 은인인 박진사의 무덤을 찾은 형식은 십년 전 억울하게 죽은 아비와 지금 막 죽어가는 딸을 애도하고 통곡함이 마땅하다고 생각하지만, 이러한 당위에도 불구하고 "슬퍼하기에는 너무 마음이 즐거웠다"고 털어놓는다. 무덤 속의 망자를 보고 슬퍼하기보다 무덤 위의 꽃을 보고 즐거워하는 자기 자신을 발견한 형식은 한 걸음 나아가 이런 '나'를 전통이나 사회보다 앞자리에 놓기로 결심한다. 그리하여 "예로부터 옳다 하니 자기도 옳다 하였고 남들이 좋다 하니 자기도 좋다" 했을 뿐인 삶(이런 삶이 종국에는 "나를 죽이고 나를 버린 것"으로 귀결됨을 염두에 둔다면, 실은 죽음에 가까운)을 청산하고, 이제부터 "내 지와 내 의지에 비추어 보아 '옳다'든가 '좋다'든가 '기쁘고 슬프다'든가"를 정하는 새로운 삶("이제야 자기의 생명을 깨달았다"는 점에서 살아 있음이라는 말에 값하는)을 살기로 하고, 기어이 "죽은 자를 생각하고 슬퍼하기보다 산 자를 보고 즐거워함이 옳다"는 선언 속에서 이를 실천에 옮긴다.

이처럼 자신의 삶과 생명을 찾아 마침내 '자기 자신'이 된 형식은 기쁨에 차 득의의 웃음을 웃는데, 소설 속에서 명기된 것만 해도 아주 여러 번이어서 박진사의 무덤가에서 빙그레 웃고, 기차에 올라 "꿈이 깬 듯하다"면서 웃고, 긴 사색과 공상 끝에 이제야 자기의 생명과 자기가 있는 줄을 깨달았다고 하면서 웃는다. 형식의 득의만만한 웃음은 그가 "자기 자신의 삶을 살라" 혹은 "자기 자신이 되라"는 진리를 깨쳤을 뿐 아니라 이를 과감히 실행에 옮겼음을 증명한다. 그런데 안타깝게도 그 득의의 표정이 울상으로 바뀌는 데에는 긴 시간이 필요치 않아, 형식이 기차에서 내릴 무렵에는 이미 영채를 위해 눈물 한 방울 흘리지 않은 자신의 행동을 후회하고 원망하는 기색이 역력하다. 오직 '나'에 비추어 '옳다' '그르다' '슬프다' '기쁘다' 한 것이 아니라면 '나'와는 전혀 무관하며, 따라서 남들이 옳다 하듯 죽음을 슬퍼하기보다 '나'를 통해 생명을 즐거워함이 옳다고 했던 판단이 예상만큼 견고하지 않았던 것이다.

사실 소설 안에서 이럴까 저럴까 주저하는 장면의 노출이 적지 않은 것을 감안하면, 형식이 원래 우유부단하고 결단력이 부족한 성격의 소유자인 것은 맞다. 하지만 장엄하기조차 한 공상과 사색 끝에 도출된 자아에 관한 결론이 불과 몇 시간 만에 뒤집히게 된 것을 단지 주인공 개인의 성격 탓으로만 돌려서는 안 된다. "자기 자신의 삶을 살라" 혹은 "자기 자신이 되라"는 담론이 "나는 누구인가"라는 근대적 질문 끝에 도달할 수 있는 유일한 답이라는 사실에는 의심의 여지가 없으나, 이 또한 통상적인 의미의 진리 곧 진위문이 아니라 수행문에 속한다. 따라서 알고 있다고 해서 자기 정체성의 문제가 풀리지는 않는다. 답을 잘 알고 있음에도 불구하고 풀리지 않는 난제가 형식 앞에 기다리고 있다.

평양에서 영채 찾기를 중도반단하고 상경한 당일, 기생이나 따라다닌다는 학생들의 조롱에 교실에 박차고 나와 학교를 그만두기로 결심한 형식에게 기다렸다는 듯이 김장로의 약혼 제안이 도착하고 그날로 당장 약혼식까지 끝낸 직후 『무정』의 전반부가 마무리되는 것은 주지하는 바와 같다. 그 뒤로 이어지는 『무정』의 후반부가 "이제는 영채의 말을 좀 하자"로 시작된다는 사실도 널리 알려져 있다. 이 말대로 후반부에서 주목을 끄는 것은 단연 영채의 삶이다. 유서를 남기고 평양행 기차에 오른 뒤 서사의 표면에서 사라졌던 그녀는 동경에서 유학 중인 여학생 병욱을 우연히 만나 제2의 인생을 살고 있다.

"이전에는 남의 뜻대로 살아왔거니와 이제부터는 제 뜻대로 살아간단" 병욱의 자상한 설명과 함께 영채의 삶이 신생(新生)이나 부활 같은 키워드로 특별하게 의미화된 데 비해 같은 시기 형식의 삶은 별로 주목받지 못한 것이 사실이다. 그런데 천지 창조까지 등장하는 대규모의 공상과 사색 끝에 자아의 독창성을 선언한 것을 감안하면 우리의 기대에 미치지 못하는 면이 없진 않지만, 형식 역시 새로운 삶을 살고 있다. 그는 자기 입을 통해 다음과 같이 털어놓는다. "자기가 경성학교에서 교사 노릇 하던 것과 그 학생들을 사랑하던 것과 자기의 생활과 사업에 의미가 있는 듯이 생각하던 것이 우스워 보이고 지나간 자기는 아주 가치 없는 못생긴 사람같이 보인다. 지나간 생활은 임시의 생활이요, 이제부터가 참말 자기의 생활인 것 같다."[22] 그는 민족 계몽에 헌신하는 교사라는 기존의 정체성을 조소하고 폄하함으로써 "지나간 생활"을 부정하고, 이제 새로이 "참말 자기의 생활"을 살게 되었노라 자부한다. "천하 사람이 다 자기를 미워하고 조롱하더라도 선형 한 사람이 자기를 사랑하고 칭찬하면 그만"이라는 단언에서 명시되듯, 형식의 새로운 정체성의 중핵은 한 마디로 말하면 사랑이다.

약혼까지 한 마당에 형식이 선형을 사랑하는 것은 지극히 당연하지 않느냐고 생각할 수도 있지만, 그렇게 간단한 문제만은 아니다. 단도직입적으로 질문해 보자. 형식은 선형을 사랑하는가? 미숙한 연애 감정이라고 평하긴 했어도 『무정』의 시작과 함께 상상 속에서 그녀의 입김과 머릿결과 무릎이 닿기를 바라마지 않았고, 첫 대면에서 "가슴속에 이상한 불길"을 거부할 수 없었던 형식이 선형에게 특별한 감정을 가졌다는 것은 분명하다. 하지만 그 이후 선형에 대한 형식의 감정이 진전되는 장면을 찾아보기는 쉽지 않다. 6월 27일부터 7월 1일까지 만난 지 닷새 만에 약혼식을 치렀던 만큼, 현실적으로 시간 부족이 가장 큰 이유였을 것이다. 아무튼 "공상의 대가"라는 타이틀이 무색하게, 의리 때문에라도 영채와의 결혼을 상상한 적이 있는 형식은 선형에 대해서는 그런 적이 없다. 영채의 기구한 인생이나 불행한 운명을 부각시키기 위한 비교 상대로서 몇 차례 소환될 뿐, 선형과의 관계에 대한 상상은 더 이상 이루어지지 않는다.

형식과 선형의 약혼이 속전속결로 진행되는 장면을 다시 살펴보자.

---

22 이광수, 『무정』, 358쪽.

김장로의 부탁을 받은 목사가 형식의 숙소를 방문해 혼인 의사를 타진할 때 그 자리에 같이 있던 우선과 주인 노파도 눈치챘건만 정작 형식 본인은 목사의 말뜻을 제일 늦게 알아차린다. 얼굴 두세 번 본 것이 전부인데 약혼이라니 형식이 바로 이해하지 못하는 것도 무리는 아니라고 짐작할 수도 있다. 혹은 반대로, 『무정』의 첫 장면에서 여자를 개인 교수하게 되었다는 형식에게 바로 약혼 축하를 전하는 우선의 반응에서 엿볼 수 있듯, 남녀 관계에 대한 당시의 관례를 감안한다면 형식을 가정교사로 초빙할 때 이미 약혼 가능성을 염두에 두었으리라는 것쯤은 충분히 예상 가능하다고 볼 수도 있다. 세상사에 둔감하고 눈치가 없어서든, 남녀 관계나 결혼 등에 대해 남들과 다른 철학을 갖고 있어서든, 이도저도 아니면 선형에 대한 욕망을 억압하고 있어서든 목사의 말뜻을 선뜻 이해하지 못(하는 척)했던 형식은 "머릿속이 착란하여 어찌할 줄을 모"르고, 이 때문에 핀잔을 듣기까지 한 끝에 우선의 조언에 힘입어 겨우 혼인 승낙의 마음을 굳힌다. 이처럼 형식은 선형과의 결혼을 스스로 결심할 수 없었다. 가장 큰 이유는 물론 선형을 사랑하는지 아닌지 분명히 알 수 없었기 때문이다. 며칠 만에 약혼하는 촉박한 일정 속에서 사랑을 확인한다는 것은 어떻게 생각해도 무리가 아닐 수 없다.[23]

형식은 김장로 집 대문을 나섰다. 수증기 많은 여름밤 공기가 땀 난 형식의 몸에 물같이 지나간다. 그것이 형식에게 지극히 시원하고 유쾌하였다. (…) 사랑스러운 선형과 한차를 타고 한배를 타고 같이 미국에 가서 한집에 있어서 한학교에서 공부할 수가 있다. 아아, 얼마나 즐거울는지. 그리고 공부를 마치고 나서는 선형과 팔을 겯고 한배로 한차로 본국에 돌아와서 만인의 부러워함과 치하함을 받을 수가 있다. 아아, 얼마나 즐거울는지. 그리고

23 서희원, 「이광수의 문학, 종교, 정치의 연관에 대한 연구」, 동국대학교 박사학위논문, 2011, 46쪽.

경치도 좋고 깨끗한 집에 피아노 놓고 바이올린 걸고 선형과 같이 살 것이다. 늘 사랑하면서 늘 즐겁게 … 아아, 얼마나 기쁠는지. 형식은 마치 어린아이 모양으로 기뻐하였다. 장래도 장래려니와 지금 이러한 생각을 하는 것이 더할 수 없이 기쁘다. 그래서 이 생각하는 동안을 더 늘일 양으로 일부러 광화문 앞으로 돌아서 종로를 지나서 탑골공원을 거쳐서 … 그래도 집에 돌아오는 것이 아까운 듯이 집에 돌아왔다. 마음속으로는 눈앞에는 고개를 수그리고 앉았는 선형의 모양이 새겨져 있다. 그리고 그 모양으로 보면 볼수록 더욱 사랑스러워지고 더욱 어여뻐진다.[24]

평양에서 돌아온 당일 만찬에 초대받은 형식은 "그러면 혼약이 성립되었소"라는 김장로의 다짐과 함께 약혼식을 마치고 지금 막 대문 밖을 나서고 있다. 『무정』에서 형식이 김장로 집을 나서는 장면에 대한 묘사는 이번이 두 번째다. 사흘 전 개인 교수를 마치고 김장로 집을 나서던 장면에 대한 첫 번째 묘사에서 형식은 몇 년을 매일 같이 지나던 귀갓길에서 지금까지와는 전혀 다른 새로운 빛과 뜻을 감지한 충격적 경험을 고백한 바 있다. 객체적, 재현적이 아니라 수행적, 표현주의적이라는 점에서 이러한 발견들은 곧 형식의 자기 발견으로 이어졌는데, 두 번째로 묘사되는 귀갓길 역시 형식의 자아 찾기에서 매우 의미심장하다.

지금까지 선형과의 관계를 구체적으로 생각해 본 적 없던 형식은 촌각을 다투는 일인 듯, 대문을 나서자마자 결혼 생활에 대해 상상하면서 걷기 시작한다. 그 상상은 지금까지 알지 못하던 새로운 자아를, 단지 재현하는 데 그치지 않고 수행적으로 산출해 낸다. 그리하여 상상하면 할수록 이제까지 모르던 사랑의 기쁨이 점점 더 크고 깊어지며, 이제까지 모르던 자기를 만나게 된다. 이러한 상상의 수행적 효과를 만끽하기 위해 형식은 안동에서 교동으로 곧장 질러오지 않고 광화문과 종로와 탑골공

---

24 이광수, 『무정』, 319~320쪽.

원으로 우회해 일부러 ㄷ자로 멀리 돌아오면서 상상하는 시간을 늘리고 "생각하는 동안을 더 늘일" 수고조차 마다하지 않는다.

선형과 함께 유학을 떠나고, 공부하고, 귀국하고, 신혼살림을 차리는 구체적 상황을 그릴 때마다 "아아, 얼마나 즐거울(기쁠)는지"라는 감탄을 몇 번이나 반복하는 상상의 과정 속에서 선형에 대한 형식의 사랑이 처음으로 확인되고 점차 강화된다. 어딘가에 이미 존재하고 있었다고 볼 증거가 없으므로 선형에 대한 사랑의 감정은 바로 지금 상상에 의해 비로소 만들어지고 알려졌다고 해도 좋다. 이처럼 약혼식이 끝나고 귀가하는 도중 형식의 상상은 있어도 그만, 없어도 그만인 부차적인 것이 아니라 최초이자 창조적인, 따라서 없으면 안 될 긴요한 성격의 것이다. 사전에 정해져 있는 자기를 드러내는 것이 아니라 공상과 사색 속에서 최초로 표현함으로써 자기 자신을 사랑하는 자로 만들고 있다는 점에서 이 장면은 표현주의적이고 창조적인 자아 탐구의 좋은 사례가 된다.

수많은 연애 서사가 입증해 왔듯, 누군가를 사랑하는지 긴가민가한 상태에서 그 감정이 표현될 때 비로소 사랑이 명확하게 산출된다는 점에는 이견이 있기 어렵다. 모든 다른 감정처럼, 아니 모든 다른 감정을 대표해, 사랑은 표현할수록 더욱 더 열정적으로 발달한다. 누군가를 생각할 시간을 벌기 위해 가까운 길을 마다하고 먼 길을 둘러가면서 몇 번이고 기쁘고 행복하다고 감탄해 마지않는 사람을 일러 우리는 주저하지 않고 사랑에 빠진 사람이라고 할 것이다. 이런 점에서 형식 역시 사랑에 빠진 사람이라고 부르기에 족하다. 굳이 광화문 앞을 돌아 종로를 지나 탑골공원을 거쳐 우회하면서 기쁨에 찬 영탄을 토로함으로써 비로소 형식은 선형과의 결혼을 진심으로 기뻐하고 나아가 선형을 진심으로 사랑하는 사람이 될 수 있다.

그런데 형식으로서는 늦은 중에 그나마 가장 빨리, 그리하여 약혼식과 거의 동시에 사랑하는 사람으로서의 정체성을 수행하기 시작했음에도

불구하고, 시간적 선후 관계를 바꾸기란 불가능하다는 점에서 선형과의
관계에서 사랑이 먼저냐 결혼(약혼)이 먼저냐는 문제는 여전히 잠복해
있다.[25] 만약 사랑이 먼저가 아니라면, 그래서 사랑하기 때문에 결혼하는
것이 아니라면 "돈에 팔려서 장가를 든다고 남들이 비방을 하더"라는 뼈
아픈 지적에서 자유로울 수 없다. 형식이 말하는 "참말 자기의 생활" 곧
진정한 '나'의 삶이란 단지 선형의 약혼자로서 그녀와 더불어 즐거움을
누리는 단계를 넘어 사랑에서 자신의 정체성의 구하는 삶을 의미한다.
그가 "칼로 끊지 못하고 불로도 끊지 못할 사랑" "전인격적 사랑" "참된
사랑" "참사랑" 등, '사랑 자체'라고 부를 만한 목표를 좇는 것도 이런
연유에서이다. 하지만 그런 것이 선재하지 않는다는 사실을 우리는 이제
잘 알고 있다. 우리는 사랑을 표현이나 행동으로 간접적으로 짐작할 수
있을 뿐이다. 다급하고 초조해진 형식이 선형을 붙들고 "사내답게" "선형
씨는 나를 사랑합니까" 하고 질문한 데에는 선형의 사랑을 시험하려는
뜻은 물론 자기 자신의 사랑을 시험하려는 뜻도 포함되어 있다.

　내가 선형과 혼인한 것이 앙혼(仰婚)이 아닐까. 그는 돈이 있고 지위가
있고 용모가 있는데 나는 무엇이 있나. 이렇게 생각하면 부끄러워진다. 게다
가 '처갓집 돈으로 미국 유학을 하여' 하면 더 부끄러운 생각이 나고 세상이
다 자기의 못생긴 것을 비웃는 것 같다. (…) 형식은 그래도 안심이 되지
아니하여 선형의 사랑을 시험하여 보리라 하는 생각이 난다. 우선 악수를
청하여 보고 다음에 키스를 청하여 보리라, 그래서 저편이 응하면 사랑 있는
표요, 응치 아니하면 사랑이 없는 표로 알리라 한다. 우선이가 일찍 '사내답
게, 기운 있게' 하던 말을 생각하여 오늘은 기어이 실행하여 보리라 하면서도
이내 실행치 못하였다.[26]

25 권보드래, 『연애의 시대』, 현실문화연구, 2003, 221~222쪽.
26 이광수, 『무정』, 364~365쪽.

　미국 유학의 꿈을 실현시켜 줄 앙혼이라는 조건이 사랑을 압도할 현실적 힘을 지녔다는 점에서 형식과 선형의 관계가 진정한 사랑으로 맺어진 것임을 증명하는 것은 더더욱 쉽지 않다. 그런데 형식의 생각처럼 과연 악수나 키스 따위로 사랑을 증명할 수 있을까? 악수나 키스 혹은 "제야 선형씨를 사랑하지요. 생명보다 더 사랑하지요"라는 고백 등, 이 어느 것으로도 사랑을 참 거짓의 차원에서 진위적으로 증명하는 것은 불가능하다. 다만 악수나 키스나 고백을 통해 표현되고 수행됨으로써 사랑이 가까스로 확인될 수는 있을 것이다. 그리하여 자기가 선형을 사랑하는지 아닌지 도무지 알 수 없어 "머릿속이 착란하여 어찌할 줄을 모"르던 형식이 그나마 "제야 선형씨를 사랑하지요"라고 고백할 수 있게 된 것도 우선의 조언에 따라 "사내답게" 행동에 옮긴 덕분이요, 선형이 형식에 대한 사랑을 분명히 자각하게 된 것도 "선형씨는 나를 사랑합니까"라는 거의 윽박지르는 듯한 그의 질문에 정신없이 "예!"라고 대답한 덕분이다. 아무튼 사랑이란 어딘가에 깊이 숨겨져 있는 보물 같은 것으로 존재하는 것이 아니라 수행적 행위의 산물로서 나타나는 것이다. 손을 잡거나 키스를 하자, 사랑한다고 고백을 하거나 대답을 하자, 정말로 사랑하는 것 같이 말이다.

4. 수행성의 마법, 지금은 맞고 그때는 틀린

　곡절 끝에 형식과 선형은 사랑하는 연인 관계임을 확인할 수 있었지만, 유학길의 기차 안에서 영채와 조우한 선형은 사랑에 관한 형식의 감정 수행을 거짓 연기로 판단하고 "엑, 나를 속였구나"라고 비난하고 만다. 형식에게 속았다고 생각하는 선형의 형편은 자기방어의 측면에서는 그나마 낫다. 형식의 사정은 좀 더 심각해, 영채를 만나 선형에 대한 사랑이 흔들리자 그는 "마치 자기가 일생 경력을 다 들여서 하여 오던 사업이 일조에 헛된 것인 줄을 깨달은 듯한 실망"을 금치 못한다. "참말 자기의 생활"을 위한 핵심 사업이었던 사랑이 무너지면 자기 자신을 송두리째 상실할 것이기 때문이다.

형식이 일생의 사업으로 믿었던 사랑이 하루아침에 헛된 것인 줄 깨닫고 실망한 것이 『무정』의 115회에서였으니, 소설의 종결까지는 불과 10여 회가 남았을 뿐이다. 『무정』의 사건 전개에 관한 시간표는 매우 조밀하고 또 구체적이므로,[27] 서사가 종결되고 몇 년 뒤의 후일담을 다루는 최종회를 제외하면 우리는 형식에게 주어진 시간이 1916년 8월 초의 어느 날 새벽 5시에서 오전 9~10시까지 불과 몇 시간뿐임을 알 수 있다. 삼랑진역에 정차해 갑자기 불어난 물에 끊어진 선로의 복구를 기다리던 네댓 시간 동안 인생 전체에 관한 형식의 실망이 희망으로 바뀌려면 결정적 한 방이 필요하리라는 것은 자명하다. 과연 몇 시간 안에 수해를 당한 동포를 위한 일에 모두가 한 몸, 한 마음이 되는 연금술적 사건이 일어나고, 이와 더불어 형식 역시 민족 계몽의 교사라는 정체성을 회복하기에 이른다.

그런데 습관적으로 정체성의 '회복'이라고 썼지만, 어딘가로 되돌아가야 할 선재하는 정체성 같은 것은 없다는 것이 지금까지의 핵심 주장 중 하나였다. 형식의 경우 역시 그렇다. 단순하게 생각하면 그는 조선 사람을 문명한 민족으로 지도하겠다는 경성학교 교사 시절의 정체성으로 돌아간 것처럼 보인다. 하지만 수행적 정체성이라는 면에서 형식은 이전으로 돌아간 것이 아니라 다시 태어났다 해도 과언이 아니다.

그러나 다른 교사들은 형식을 그처럼 지식과 사상이 높은 자라고 인정하

---

27 이수형, 「『무정』과 근대적 시간 체계」, 『상허학보』 55, 2019.

지 아니하였고 어떤 사람은 형식을 자기네와 평등이라고도 생각하지 아니하였다. 과연 형식의 하는 말에나 일에는 별로 뛰어난 것이 없었다. 형식이가 큰 진리인 듯이 열심으로 하는 말도 듣는 사람에게는 별로 감동을 주는 바가 없었다. 다만 형식의 특색은 영어를 많이 섞고 서양 유명한 사람의 이름과 말을 많이 인용하여 무슨 뜻인지 잘 알지도 못할 말을 길게 함이었다. 형식의 연설이나 글은 서양 글을 직역한 것 같았다. (…) 그는 이것을 자기가 부족함이라고 생각하지 아니하고 세상 사람이 아직 자기의 높은 사상을 깨닫지 못함이라 하여 스스로 선각자의 설움이라 일컫고 혼자 안심하였다. 그러나 남들이 형식의 의견을 채용치 아니함은 자기네가 그것을 깨닫지 못함이라고는 하지 아니하였다. 그네의 보기에 형식의 의견은 도저히 실행할 수 없는 것이요, 또 설사 실행한다 하더라도 효력이 없을 듯한 것이었다.[28]

지난 시절 형식은 스스로 진리라고 믿는 바를 열심으로 전달하려는 정성은 있었으되, 책으로 배운 바를 마치 "직역"하듯 그대로 반복할 뿐이었다. 배운 지식을 단순히 복제하는 데 그친다면 책의 내용을 그대로 전달하는 것은 가능하지만 그 이상의 역할을 기대하기란 난망이다. 비유컨대, 책에서 읽은 내용을 그대로 베껴 전달하는 것이 진위문의 영역이라면 그 이상의 역할은 수행문의 영역이다. 만약 형식의 입에서 나오는 말이 진위문의 영역에 머문다면, 그는 스스로를 교사로 여기고 심지어 "선각자"로까지 자부함에도 불구하고 실제로는 책상물림에 지나지 않는다. 책에서 읽은 내용을 외우거나 인용하는 데 머물 때 형식은 좋게 봐야 "유망은 하지마는 아직 때를 못 벗"은 "세상을 모르는 도련님"에 불과하며, 좀 신랄하게는 선각자는커녕 동료 교사들에게 자기들보다 못한 인간이라는 평판을 듣기도 하고, 동료 교사는커녕 애제자에게마저 경멸과 연민을 사기도 한다. 형식이 진리를 말할 때 동료나 제자들이 따르지

---

28 이광수, 『무정』, 269~270쪽.

않고 그뿐 아니라 무시하거나 경멸하는 이유는, 형식의 예상과 달리 그들이 그 진리를 몰라서가 아니다. 그들은 잘 알고 있지만 따르지 않는다. 이런 사람들을 실행으로 이끄는 자야말로 교사나 선각자라는 이름에 값할 터인데 이는 곧 진위문이 아닌 수행문의 영역인 것이다.

이처럼 학교에서의 평판에 따르면 실패한 교사였고 오스틴의 설명에 따르면 부적절한 화자였던 형식은 삼랑진 수해 현장에서 새롭게 태어난다. 눈물과 감격으로 시작해 감격의 눈물로 끝난 자선 음악회 직후, 기차에 동승했던 일행이 모두 모여 형식의 주도 아래 "장차 무엇으로 조선 사람을 구제할까"를 주제로 문답이 진행되는데, 이 문답의 요체는 '불쌍한 조선 사람들에게 힘을 주고 문명을 주자, 그러기 위해 교육으로 실행으로 가르치고 인도하자'라는 결론을 얻었다는 데 있는 것이 아니라 모두가 감동의 눈물을 흘렸다는 데 있다.[29] 이런 점에서 "영채도 선형의 손을 마주 쥐며 더욱 눈물이 쏟아진다. 형식도 울었다. 병욱도 울었다. 마침내 모두 울었다"로 끝나는 『무정』의 결말은 더할 나위 없이 적확하다.[30] 문명 교육이라는 발화의 내용은 교사 시절이나 지금이나 동일한데, 지금은 맞고 그때는 틀린 이유는 무엇일까? 이 질문의 답은 간단치 않지만, 성공의 핵심에 감동과 눈물이 있다는 점은 분명하다. 그것은 교사 시절의 형식이 "큰 진리인 듯이 열심으로 하는 말도 듣는 사람에게는 별로 감동을 주는 바가 없었다"는 지적과 비교하면 더욱 자명하다.

감정을 산출하고 강화하는 수행적 발화로 분석 가능한 『무정』의 마지막 장면은 진정하고 심각한 사업은 정(情)에서 솟구칠 때 비로소 자동자진, 자유자재로 실천될 수 있다는 정육론(情育論)의 주장을 구현한 모델로

---

29 이수형, 「세속화 프로젝트: '무정'한 세계는 어디에서 와서 어디로 가는가」, 『문학과 사회』 27(1), 2014, 476쪽.

30 이광수, 『무정』, 469쪽.

손꼽을 만하다. 이 수행적 결말은, 『무정』의 서사 안에서는 이제까지 형식을 지나치게 감정적이라고 타박하고 중요한 순간마다 '남자다운' 조언을 주었던 우선마저도 눈물을 흘릴 정도로 감동하도록 했으며, 『무정』이 연재될 당시에는 독자 김기전으로 하여금 독후감을 통해 감동의 눈물을 흘렸음을 고백하도록 했으며, 나아가 김동인의 「춘원 연구」를 필두로 한 무수히 많은 비평에서는 문학사적 감탄을 자아내도록 했다. 『무정』의 마지막 장면은 이렇게나 큰일을 수행했던 것이다.[31]

이러한 성공은 물론 획기적이었다. 그런데 이 성공이 획기적인 또 다른 이유는 그것이 이광수의 이후 소설들에서 다시는 반복되지 않았다는 점 때문이기도 하다. 위에서 언급한 바와 같이 정육론을 대표하는 주창자라는 점에서 이광수는 조선의 루소이자 스코틀랜드 계몽주의자라 칭할 수 있지만, 다른 한편으로 감정을 "도덕적 악성병"으로 진단하고 "열등 감정의 억압"을 위해 도덕적 수양에 매진할 것을 요구했다는 점에서는 세기말의 노르다우를 방불케 하는 두 얼굴의 소유자이다.[32] 그리하여 『무정』 이후 이광수는 무원칙적이고 변덕스러우며 따라서 신뢰할 수 없다는 이유로 눈물을 비롯한 감정 전체를 '열정적으로' 단죄한다. 감정적 존재인 인간이 자동자진, 자유자재하는 원천으로 긍정되던 감정이 근거 없는 상상이나 환상을 동반한 통제 불가능한 요소로 부정되는 급반전 속에서 우리는 감정의 보수화나 젠더화 등의 변화를 읽을 수 있다.[33] 감정에 대한 도덕적 단죄와 함께 또 하나 발견되는 변화는 감정에 대한 도구적 관점의 확대에서 찾을 수 있다. "열광적으로 행동하라. 그러면 열광적이 될 것이다"라는 자기계발적 슬로건은 인격 개조, 나아가 민족성 개조를 외쳤던

---

31 이수형, 「1910년대 이광수 문학과 감정의 현상학」, 『상허학보』 36, 2012, 208쪽.
32 이광수, 『이광수 전집』 10, 삼중당, 1971, 361쪽.
33 이수형, 「1910년대 이광수 문학과 감정의 현상학」, 211쪽.

이광수에게도 전략적으로 채택되었던 것이다.[34] 이렇게 보면 이광수에게 감정은 위험시되었을지언정 무시되었던 적은 없다. 그에 의하면 감정이 행사하는 힘은 논리적 추론 같은 이성의 작용과는 비교도 안 될 만큼 강력해서 차라리 "감염력"이라고 불러 마땅하거니와,[35] 지나치게 강력하므로 아예 봉인되거나 통제 가능한 수준에서만 전략적 도구로 활용되어야 한다는 것이 이광수의 결론이었다.

감정에 관한 이광수의 두 가지 혹은 세 가지 관점은 지금도 여전히 유효하다. 그런데 이광수가 감정에 관한 처음의 긍정적 관점을 서둘러 청산했던 이유는 아직도 다소 의문이다. 이에 대해 긍정적 가치를 지녔던 감정이 어느 때 이후로 변질되었다고 보는 관점이 있을 수 있다. '죽은 감정' 혹은 가짜 감정을 의미하는 '포스트감정'이라는 용어가 이러한 관점을 대표하며,[36] 좀 멀게는 '나쁜' 감상주의 때부터 진짜가 아닌 과시적 소비 대상으로서의 감정에 대한 경고가 계속되어 왔던 것도 사실이다. 편리하긴 하나, 좋은 감정과 나쁜 감정이 따로 있다고 볼 수 없다는 것은 『무정』의 형식이라는 사례만 봐도 금세 알 수 있다. 감정적 존재로서 흥분하거나 혼란스러워지기 일쑤였으며 중요한 선택의 순간에 수시로 우선의 조언을 구해야 했던, 그래서 동료 교사들이나 학생들에게 무시당하기도 했던 형식이 모두를 감동시키는 자리의 주인공이 될 줄 누가 알았겠는가? 말하자면, 그의 '나쁜' 감정은 '좋은' 감정을 위해 예비되어야 했다. 감정의 행로는 사전에 정해진 길이 없어 방황을 수반할 수밖에 없는 근대인의 삶을 상징한다. 답이 정해져 있다면 정답 외에는 모두 오류일 터이나 그런 삶은 없다. 정해진 답이 없으며 따라서 자기의 수행

---

34 이수형, 「이광수 문학에 나타난 감정과 마음의 관계」, 『한국문학이론과 비평』 54, 2012, 327쪽.
35 이광수, 『이광수 전집』 10, 180쪽.
36 스테판 G. 메스트로비치, 『탈감정사회』, 박형신 옮김, 한울, 2014, 134쪽.

을 통해 자기를 만들고 자기가 되는 과정이 곧 삶이라는 사실을 우리는 잘 알고 있다.[37] 『무정』은 감정의 가능성의 정점을 보여준 첫 소설이지만, 후속작이 없다는 점에서 마지막 소설이기도 하다. 그리하여 우리가 감정에 대해 이야기하려면 언제나 『무정』에서 시작해야 한다.

참고문헌

1. 자료
이광수, 『무정』, 문학과지성사, 2005.
_____, 『이광수 전집』, 삼중당, 1971.

2. 저서 및 논문
권보드래, 『연애의 시대』, 현실문화연구, 2003.
김동인, 『김동인 전집』, 조선일보사, 1988.
김영찬, 「식민지 근대의 내면과 표상」, 『상허학보』 16, 상허학회, 2006.
서희원, 「이광수의 문학, 종교, 정치의 연관에 대한 연구」, 동국대학교 박사학위논문, 2011.
이수형, 「1910년대 이광수 문학과 감정의 현상학」, 『상허학보』 36, 상허학회, 2012.
_____, 「세속화 프로젝트: '무정'한 세계는 어디에서 와서 어디로 가는가」, 『문학과사회』 27(1), 문학과지성사, 2014.
_____, 「이광수 문학에 나타난 감정과 마음의 관계」, 『한국문학이론과 비평』 54, 한국문학이론과 비평학회, 2012.
_____, 「『무정』과 근대적 시간 체계」, 『상허학보』 55, 상허학회, 2019.
이철호, 『영혼의 계보』, 창비, 2013.
황종연, 『탕아를 위한 비평』, 문학동네, 2012.

---

[37] Alessandro Ferrara, *Reflective Authenticity: Rethinking the Project of Modernity*, Routledge, 1998, pp.6~7.

데카르트, 『성찰』, 양진호 옮김, 책세상, 2011.

스테판 G. 메스트로비치, 『탈감정사회』, 박형신 옮김, 한울, 2014.

찰스 테일러, 『자아의 원천들』, 권기돈·하주영 옮김, 새물결, 2015.

_____, 『헤겔』, 정대성 옮김, 그린비, 2014.

Alessandro Ferrara, *Reflective Authenticity: Rethinking the Project of Modernity*, Routledge, 1998.

칸트와 함께 만해를

:『님의 침묵』의 자유의 이념과 사상 번역의 흔적

강동호

1. 들어가며

한국 근대시 형성 과정에서 번역이 차치하고 있는 중요성에 대해서는 특별한 첨언이 필요하지 않을 것이다. 김억의 번역 시집 『오뇌의 무도』(광익서관, 1921)가 한국 최초의 근대 시집이라는 사실은, 한국시의 근대적 토대가 정립되는 단계에서 번역이 차지하고 있는 의의와 위상을 고스란히 상징한다. 번역은 한국 근대시를 모색하는 데 요구되는 사상적 자원과 문학의 근대적 원천을 탐색하기 위한 주요 학습 통로에 다름 아니었다.

근대를 지향하던 당대 문인과 지식인들도 번역이 문학어로서 민족어가 지닌 역량과 가능성을 시험하는 연습 과정이자, 근대적 자아를 구축하기 위한 일종의 감정 교육(sentimental education)에 비견된다는 점을 분명하게 인식하고 있었다. 가령 『오뇌의 무도』에 서문을 남겼던 장도빈은 "자아의 정(情), 성(聲), 언어 문자로 하여야 이에 자유자재로 시를 짓게 되야 비로소 대시인이 날 수 있"다고 말하며, 조선어의 문학적 활용을 위해서는 "서양시인의 작품을 만히 참고하야 시의 작법을 알고 겸하야 그네들의 사상작용을 알아 써 우리 조선시를 지음에 응용함이 매우 필요하"¹다고 주장한 바 있다. 이른바 김억의 번역 행위 자체가 조선시의 새로운 형식을 탐구하는 데 필요한 근대적 원리와 감각을 이해하고 응용하는 과정에 해당하는 것이다. 그런가 하면 이광수 역시 김억의 또 다른 번역 시집 『잃어진 진주』(평문관, 1924)의 서문에서 번역 행위에 내포된 문학사적 의의를 명료하게 기술하고 있다. 그가 김억의 번역 시집을 상찬하는 가운데 "세련되고 풍부한 어휘를 사용한 외국문학, 게다가 시가를 옮겨야"² 한다고 특별히 강조했던 이유 역시 문학어로서 조선어가 향후 담보해야 할 언어적 역량을 명료하게 인식하는 계기를 외국시 번역을 통해 마련할 수 있다고 판단했기 때문이다. 요컨대 근대적 자아의 정서와 욕망을 형상화 할 수 있는 새로운 시형을 탐색하는 일과 번역 행위를 통해 서구시의 사상과 형식적 원리를 탐구하는 일은 별개의 작업이 아니었던 것이다.

　한국 근대시의 진정한 출발점 중 하나로 평가되는 만해 한용운의 『님의 침묵』(회동서관, 1926) 역시 번역을 통해 형성되기 시작한 당대의 담론적 지평과 긴밀한 관련이 있었다. 물론 『님의 침묵』의 시적 세계관은 프랑스 상징주의를 중심으로 서구 근대시를 적극적으로 수용하려 했던 1920년대의 자유시 논자들의 그것과 구분되며, 민족적 전통으로의 회귀를 주창하던 민요시 운동의 낭만적 노스탤지어와도 다르다는 점에서 매우 이색적인 텍스트로 이해되어 왔다. 『님의 침묵』이 지닌 예외성은 그것이 전혀 예상치 못한 인물에 의해 예기치 못한 방식으로 출현한 텍스트라는 사실에서도 비롯된다. "창작이 부진하야 적요하던 시단에 홀연히 출현한 『님의 침묵』은 오인의 갈(渴)을 축이기에 남음이 잇"으며 무엇보다 "시작가(詩作家)로 세상(世上)○모르든 일불도(一佛徒)의 손으로 된 것은

1 장도빈, 「서」, 『오뇌의 무도』, 광익서관, 1921.
2 이광수, 「서문」, 『잃어진 진주』, 평문관, 1924.

의외(意外)이니만큼 상쾌(爽快)하다"[3]는 주요한의 소회는 『님의 침묵』의
갑작스러운 등장이 당대 독자들에게 남긴 신선한 인상을 단적으로 증언
하고 있다. 승려로서 이미 명성을 얻고 있던 한용운이 돌연 시집을 출간
하게 된 사실도 이례적이지만, 더욱 놀라웠던 것은 시인으로서 그가 구사
하고 있는 문학어의 깊이와 수준이었던 것으로 짐작된다. 관련하여 『님
의 침묵』이 선보이는 "독창(獨創)의 경지(境地)"가 한용운의 사유뿐만 아
니라 "조선어(朝鮮語)로 지어진 시중(詩中)" 가장 "높고 깊흔 시경(詩境)과
표현력(表現力)"[4]에서 기인하고 있다는 이광수의 호의적 평가는 시사적이
다. 그것은 하이네, 바이런, 타고르 등으로 대표되는 당대의 번역시 텍스
트들 가운데, 『님의 침묵』이 조선어가 지닌 문학어로서의 가능성을 입증
한 흔치않은 사례임을 방증하고 있다.

　한용운이 보여준 이러한 이례성은 『님의 침묵』의 사상적 배경과 문학
적 근원에 관한 의문을 낳은 주된 요소이다. 동시대 문인들의 시적 수준
과 비교했을 때 "불가사의한 경이"[5]에 가까운 『님의 침묵』을 해명하는
과정에서, 그의 시적 세계관의 연원을 전통적 사유에서 탐색하려는 시도
들이 해석의 주류를 이룬 것 역시 그와 무관하지 않을 것이다. 예컨대
한용운이야말로 "동시대 옛 한국 마지막의 위대한 전통시인"이자 "한국
최초의 근대시인이요 3.1운동이 낳은 최대의 시민시인"[6]이라는 백낙청의
적극적인 상찬이나, "유구한 우리 불교 전통이 우리말로서 시화(詩化)된
(중략) 역사상 처음 있는 일"[7]이라는 송욱의 고전적인 평가는 "민족적 전

3　주요한, 「愛의 祈禱, 祈禱의 愛 ─한용운씨 近作 "님의 沈默" 讀後感(상)」, 『동아일보』
　　1926.06.22.

4　이광수, 「근독이삼(近讀二三) ─ 님의 沈默」, 『동아일보』, 1929.12.14.

5　유종호, 「만해 혹은 불가사의한 경의」, 『한국근대시사』, 민음사, 2011, 103쪽.

6　백낙청, 「시민문학론」, 『창작과비평』 1969년 여름호, 488쪽.

7　송욱, 『전편 해설 ─ 님의 침묵』, 과학사, 1974, 3쪽.

통에 뿌리박은 시인"[8]이라는 독보적인 위상을 한용운에게 부여하려는 전형적인 접근법들에 해당한다. 이러한 의견에 따르면, 근대시를 모색하는 당대의 수많은 시도들 가운데 한용운이 유독 예외적인 시적 성취를 보여줄 수 있었던 연원에는 불교에 근간을 둔 그의 전통적 사유가 존재한다.

하지만 문제는 그렇게 간단하지 않다. 설령 『님의 침묵』을 관통하는 불교적 사유에 근거하여 전통적 세계관과의 연속성을 발견할 수 있다 하더라도, 한용운의 시적 세계관이 온전히 '민족적 전통'이라는 단일한 기원으로 수렴되는 것은 아니기 때문이다. 『님의 침묵』에 관한 당대의 인상평들에서도 언급되는 고유명들(하이네, 바이런, 타고르 등)은 만해의 시적 세계관을 규정하고, 또 그것을 이해하는 데 있어 전통 바깥의 지적 근원이 중요한 비교항으로 제시되었음을 확인시켜준다. 그러한 외부와의 만남이 번역을 매개로 실현될 수 있었음은 분명하며, 한용운 역시 이를 명료하게 자각하고 있었던 것으로 보인다. 번역에 대해 한용운이 남다른 인식을 가졌던 것은 그런 맥락에서 단순한 우연이 아니다.[9] 이러한 사실은 『님의 침묵』의 시적 세계관을 이해하고 해당 시집이 지닌 시사적 의의를 평가하는 작업에도 동일하게 적용가능하다. 『님의 침묵』의 탄생에 일조했던 지적 영향의 연원을 탐구하는 일과 한용운이 당시 탐독하고 참조했던 번역 텍스트들을 조명하는 과정은 서로 긴밀하게 연동되어 있다. 이른바 근대를 바라보는 한용운의 시각과 관점은 당시 활발하게

---

8 백낙청, 앞의 글.

9 가령 불교의 근대화 및 조선 문화의 융성과 관련하여 가장 시급한 2대 과제 중 하나로 만해는 역경(譯經)을 언급할 정도로 번역에 대해 남다른 관심을 보이고 있었다.(한용운, 「二大問題」, 『일광』 3, 1931.) 한편, 만해의 이러한 번역관은 다소 초보적인 수준이지만, 그의 문학사에 대한 인식을 보여준다는 점에서도 중요하게 언급될 필요가 있다. "한글의 기원이 불교와 관계되는 까닭으로 그 최초사용에 불경을 역경한 것이 (중략) 조선문학의 최초기원이 될것이오 그것이 지금까지 보존되야서 조선어문의 연구에 유일의 자료"이다. 한용운, 「역경의 급무」, 『(신)불교』 3, 1937, 7쪽.

소개되고 번역되었던 서구 근대 사상들과의 만남 속에서 형성된 것이고, 더 나아가서는 그것과의 대결 구도 속에서 구체화 된 것이라고 할 수 있다.

이러한 문제의식을 바탕으로 이 글은 한용운의 『님의 침묵』에 숨겨져 있는 또 다른 사상적 흔적을 탐색하는 데 목적이 있다. 좀 더 구체적으로 말해, 『님의 침묵』에서 구현되는 '님'에 대한 '사랑'을 시적으로 형상화하고, 그로부터 파생되는 '자유'에 관한 독창적 사유를 이해하는 데 있어 한용운과 서구 근대철학과의 만남은 중요한 분석적 실마리를 제공해 줄 수 있다.

관련하여 이 글이 주목하는 것은 만해와 칸트의 만남이 이루어지는 장면들이다. 칸트의 철학과 더불어 만해의 시를 읽는 작업의 정당성은 다음과 같은 특징들에서 마련될 수 있다. 한용운의 주요 텍스트들에는 칸트 철학에 대한 앎과 지식을 암시하는 흔적들이 각인되어 있다. 물론 칸트에 대한 언급이 아주 빈번했던 것은 아니며, 그의 철학에 대한 만해의 이해가 심도 깊은 것이라 말할 수는 없다. 그럼에도 불구하고 그 흔적에 주목해야 하는 이유는 칸트의 도덕 철학에서 전개되는 자유에 대한 이념과 『님의 침묵』이 표방하는 자유에 대한 사유가 유사한 문제의식을 공유하는 것처럼 보이기 때문이다. "이름좋은 자유에 알뜰한 구속"(「군말」)을 받고 있는 근대인들의 세속적 자유의 한계를 극복하고 주체의 의지와 당위적 원리 사이의 일치 가능성을 탐구한다는 점에서, 칸트와 만해는 거의 동일한 지평을 바라본다고 해야 한다.

물론 칸트와 함께 만해를 읽는 우리의 작업이 서구 근대철학의 영향력을 확인하는 과정으로 오해되어서는 안 될 것이다. 자유와 의무의 일치라는 비전을 공유하지만, 그것의 구체적 실현을 도모하는 단계에서 만해는 칸트와는 다른 사유의 경로를 택하게 되며, 또 다른 이론적 준거를 요구하게 된다. 이 차이는 중요하게 고려될 필요가 있다. 그것은 '님'이라는 시적 표상으로 전개되는 한용운의 세계관이 서구적 근대성과 전통적 사유가 갈등하고 교차하는 과정 속에서 정립되었다는 사실을 보여주기 때문이다. 비록 명료하게 의식되었던 것은 아니지만, 『님의 침묵』에는 만해가 칸트에 의해 정립된 근대적 자유의 이념과 대결했던 흔적이 남겨져 있다. 만해와 칸트 사이의 이러한 단순하지 않는 연결 고리에 집중할 때, 우리는 전통과 근대라는 이분법적 대립 구도 속에서 온전히 의미화될 수 없는 『님의 침묵』의 독특하고도 이중적 성격에 대해 비로소 말할 수 있을 것이다.

2. '칸트의 님'은 누구인가?

주지하듯 『님의 침묵』에서 전개되는 한용운의 철학적 사유와 시적 세계관의 구조를 파악하는 일과 '님'의 실체를 규명하고 정의내리는 작업은 사실상 동일한 일처럼 이해되어 왔다. "〈님〉의 의의를 깨닫는 것은 〈님의 침묵〉 전부를 이해하는 것이고, 이 이해에 있어서 동적인 변증 과정을 마음에 두는 것은 중요한 일"[10]이라는 김우창의 지적처럼, 한용운의 '님'은 그의 세계관을 대표하는 가장 널리 알려진 상징적 시어이자, 자유와 복종의 역설로 설명되곤 하는 사랑에 대한 만해의 사유를 탐구하기 위한 핵심 통로로 간주되었던 것이다.

물론 만해의 '님'을 특정한 주체와 대상에 관한 상징적 의미로 고정시키는 것은 『님의 침묵』이 지닌 해석적 다양성 자체를 부정하는 일이 될 것이다. 이미 시집의 첫머리에서 "〈님〉만 님이 아니라 긔룬 것은 다 님이다"(「군말」)라는 명료한 진술을 통해 '님'의 의미론적 스펙트럼(민족과 조국

---

10 김우창, 「궁핍한 시대의 시인」, 『궁핍한 시대의 시인』, 민음사, 1977, 130쪽.

에 대한 비유에서부터 불교적 세계관을 담지하고 있는 관념적 형상에 이르기까지) 이 예고되었기 때문이다. 그런 맥락에서 '님'의 해석적 고정불가능성은 한용운의 시에 대한 분석의 역사를 끊임없이 갱신하도록 만든 가장 중요한 시적 원동력 가운데 하나라고 할 수 있을 것이다. "〈님〉은 한자리에 놓여 있는 존재로서의 대상이 아니라, 움직이는 부정의 변증법에서 의미를 갖는 존재의 가능성"[11]이라는 평가처럼, 『님의 침묵』에 대한 분석의 초점은 자연스럽게 '님'의 정체를 규명하는 것에서 '님'에 대한 해석적 확장을 가능하게 하는 세계관의 원리를 논증하는 쪽으로 이동해야 한다. 나아가 그것은 만해의 세계관이 시적으로 형성되는 과정에 관여했던 사유들의 사상적 근원을 찾는 작업과도 긴밀한 관련이 있다.

이러한 맥락에서 『님의 침묵』을 쓰던 시기 전후로 만해가 접하고 탐독했던 텍스트들은 주목될 필요가 있다. 물론 "만해의 불교사상을 제대로 이해하면 그의 〈님〉이 과연 누구냐는 의문은 저절로 풀"[12]릴 것이라는 전제는 그간 『님의 침묵』을 읽는 지배적인 시각이었으며, 실제 『님의 침묵』을 지탱하는 세계관이 불교적 사유에서 기원한 것 역시 부인하기 어렵다. 다만 『님의 침묵』을 비롯한 그의 주요 텍스트들을 검토해보면 근대를 사유하는 과정에서 만해가 전통적 사유 바깥의 요소들에 남다른 관심을 보이고, 그것을 이해하려 노력했던 장면들을 관찰할 수 있다.[13]

---

11 위의 글.

12 백낙청, 「시민문학론」, 490쪽.

13 관련하여 한용운의 시 텍스트와 번역의 연관성 속에서 자주 거론되었던 비교 연구 대상은 1910~20년대 조선 문단에서 많은 관심을 받았던 라빈드라나드 타고르이다. 잘 알려진 것처럼 만해가 "문득 만난 님처럼 나를 기쁘게 하는 벗"(「타골의 시(The GARDENISTO)를 읽고」)으로 호명했던 인도 시인의 작품들은 『님의 침묵』의 산문적 어조와 문체, 나아가 시집의 구성에 적지 않은 영향을 끼쳤던 것으로 알려져 왔다. 이에 대한 송욱의 지적 이후, 정한모, 김용직, 김재홍 등 역시 『님의 침묵』이 김억이 번역한 타고르의 시집 『원정』의 영향을 받았음을 구체적으로 밝히고 있다. 이에 대해서는 정한모, 『한국현대시문학사』, 일지사, 197;4 김용직, 『한국현대시연구』, 일지사, 1974, 김재홍,

『님의 침묵』의 머리말에 해당하는 「군말」을 주의 깊게 읽어야 하는 이유는 이러한 범상치 않은 흔적이 직간접적으로 제시되어 있기 때문이다. 해당 텍스트는 (비록 시편에 포함되지는 않지만) 사실상 시집의 전체적인 메시지 및 기획 의도를 요약하는 서문이자, 독자로 하여금 『님의 침묵』을 오독하지 않고 정확히 읽을 수 있게 돕는 일종의 해설적 성격을 지니고 있다.[14] 특히 해당 텍스트에 등장하는 몇몇 고유명들은 한용운의 시적 세계관과 상호텍스트적 관계를 형성하고 있었던 당대의 텍스트들을 직간접적으로 암시하고 있다는 점에서 주목할 필요가 있다.

〈님〉만 님이 아니라 긔룬 것은 다 님이다 중생(衆生)이 석가(釋迦)의 님이라면 철학은 칸트의 님이다 장미화(薔薇花)의 님이 봄비라면 마시니의 님은 이태리(伊太利)다. 님은 내가 사랑할 뿐아니라 나를 사랑하나니라

-「군말」 부분

인용한 텍스트에 따르면 님은 특정한 이념, 대상, 형상으로 고정될 수 있는 것이 아니라, '긔룸'을 매개로 형성되는 주체와 대상 사이의 특별한 관계를 통해 출현한다. "님은 내가 사랑할 뿐아니라 나를 사랑하나니라". 사랑을 통해 나와 님의 관계는 비로소 일방적인 것이 아닌 상호적인 것으로 완성될 수 있다. '중생 – 석가', '철학 – 칸트', '장미화 – 봄비', '이태리 – 마시니' 등은 그러한 상호적 관계가 종교, 철학, 정치, 자연 등의 분야로 확대·변주될 수 있음을 보여주는 사례에 해당할 것이다.

『한용운 문학연구』, 일지사, 1982.

14 시집을 간행하며 한용운이 독자의 독서 행위를 매우 중요하게 여겼다는 사실은 「독자에게」로 끝을 맺는 마지막 시를 통해서도 충분히 짐작할 수 있다. 독자에 대한 한용운의 인식은 문학의 대중성 확보에 대한 의지와 긴밀한 관련이 있어 보인다. 이에 대해서는 이선이, 「만해의 불교근대화운동과 시집 『님의 沈默』의 창작동기」, 『한국시학연구』 11, 한국시학회, 2004.

　　그런데 님과 나 사이에 형성된 사랑의 관계를 압축적으로 제시하는 첫머리에 칸트와 마시니라는 고유명이 등장하게 된 배경은 무엇일까. 몇 가지 추정이 가능하다. 우선 칸트가 서양 근대철학의 저수지로 일컬어지는 존재이며, 마시니 역시 근대 이탈리아의 해방과 통일 운동의 주역으로 널리 알려져 있다는 것을 감안할 때, 『님의 침묵』에 내면화되어 있는 근대에 대한 지적 관심(근대 철학과 민족-국가라는 근대적 공동체 형식을 향한 관심)을 엿볼 수 있다. 한편 두 고유명이 이 짧은 텍스트에 동시에 등장했다는 사실을 바탕으로 당시 만해가 적극적으로 탐독하고 있던 텍스트의 저자 중 하나가 량치차오(梁啓超, 1869~1939)라는 사실 또한 추정 가능하다.[15] 이 중에서도 특히 칸트는 『님의 침묵』을 구성하는 형이상학적 원리를 분석하기 위한 결정적인 준거점으로 검토될 필요가 있다. 『님의 침묵』을 여는 입구에 '칸트'가 등장한 것이 단순한 우연일 수 없는 이유는, "이별의 눈물은 진, 선, 미"(「이별」)라는 구절에서도 확인되듯, 칸트의 사유를 상기시키는 대목들이 『님의 침묵』 곳곳에서 발견되기 때문이다. 특히 인간의 자유의지와 도덕 법칙 사이의 이율배반이라는 칸트 철학의 주요 화두와 직간접적으로 연동된 대목들은 '칸트의 님'을 해명하는 일과 자유와 복종의 패러독스로 묘사될 수 있는 한용운의 사랑을 이해하는 작업이 별개의 것이 아님을 암시한다.

　　『님의 침묵』에 칸트가 등장하게 된 사상적 배경과 맥락에 관한 보다 직접적인 실마리를 얻기 위해서는 그보다 앞서 쓰인 한용운의 첫 저작 『조선불교유신론』(회동서관, 1913)을 살펴볼 필요가 있다. 조선 불교의

15　량치차오의 『음빙실문집』에 실려 있는 「근세제일의철학자칸트」(1903)라는 텍스트를 통해 한용운이 칸트를 접했던 것과 마찬가지로 마치니에 대한 지식도 신채호가 역술한 량치차오의 『이태리 건국 삼걸전』(1907)을 통한 것으로 짐작된다. 량치차오를 경유함으로써 이루어진 칸트, 마시니와의 만남은 한용운이 근대적 번역 텍스트를 통해 형성된 동아시아적 사상 지리 내부에 편입되기 시작했음을 보여주는 징후이다.

혁신에 관한 명료한 비전과 목표를 제시하고 있는 『조선불교유신론』은 잘 알려진 것처럼 만해가 기획하고 있는 근대적 불교의 전체적 윤곽을 파악하는 데 도움을 줄 뿐만 아니라, 근대라는 세속적 지평 속에서의 종교의 기능과 위상에 관한 그만의 독창적인 문제의식을 엿볼 수 있는 텍스트이다.

'학술의 유신, 정치의 유신, 종교의 유신'으로 대변되는 후쿠자와 유키치의 문명론을 받아들이면서, 만해는 "조선 불교의 유신에 뜻"[16]을 드러내며 본격적인 논의를 시작한다. 이때 주목해야 할 점은 한용운이 동아시아의 불교가 "인류 문명에 있어서 손색이 있기는커녕 도리어 특출한 점이 있"음을 주장하는 한편, 구원설을 토대로 한 기독교적 세계관을 "미신적인 종교"로 평가절하 한다는 사실이다.[17] 이러한 독특한 시각은 만해의 사유가 단지 불교의 "철학적 성질"을 강조하며 이른바 '불교의 철학화' 혹은 '근대적 종교로서의 불교'의 가능성을 입증하려는 노력에 한정되지 않는다는 점을 보여준다. 즉, "동서양 철학의 불교와 합치되는 것"[18]을 검토함으로써 "종교요 철학인 불교"가 "미래의 도덕·문명의 원료품"[19]으로 재인식될 수 있음을 논증하는 것, 나아가 문명론의 견지에서 기독교를 불교로 대체하려는 것이 만해 텍스트의 주된 목적인 셈이다. 보편 철학이자 종교로서 조선의 불교를 혁신하려는 한용운의 계획은, 근대성에 대한 이해와 극복이라는 동시적 과제를 수행함으로써 새로운 동아시아적 주체를 정립하려는 원대한 목표와 열망을 반영하고 있다.

『조선불교유신론』에서 이루어지는 칸트의 등장 역시 그러한 맥락에서

---

16 한용운, 「조선불교유신론」, 『한용운 전집 2』, 신구문화사, 1973, 35쪽. 이하 인용되는 한용운의 글은 특별한 경우를 제외하고는 해당 전집에서 가져온다.

17 위의 책, 36쪽.

18 위의 책, 38쪽.

19 위의 책, 43쪽.

이해될 수 있다. 칸트의 도덕 철학은 동서양의 사유 체계의 유사성과 차이를 드러내고, 불교 철학의 합리성과 근대성을 증명하는 일종의 준거이자 비교항으로 제시된다. 『조선불교유신론』에서는 칸트가 다음과 같이 언급되어 있다.

> 독일의 학자 칸트는 말했다.
> "우리의 일생의 행위가 다 내 도덕적 성질이 겉으로 나타난 것에 지나지 않는다. 그러므로 내 인간성이 자유에 합치하는가 아닌가를 알고자 하면 공연히 겉으로 나타난 현상만으로 논해서는 안 되며, 응당 본성(本性)의 도덕적 성질에 입각하여 논하지 않으면 안 되는 것이니, 도덕적 성질에 있어서야 누가 조금이라도 자유롭지 않은 것이 있다고 하겠는가. 도덕적 성질은 생기는 일도, 없어지는 일도 없어서 공간과 시간에 제한받거나 구속되거나 하지 않는다. 그것은 과거도 미래도 없고 항상 현재뿐인 것인바, 사람이 각자 이 공간 시간을 초월한 자유권(본성)에 의지하여 스스로 도덕적 성질을 만들어 내게 마련이다. 그러기에 나의 **진정한 자아(自我)**를 나의 육안(肉眼)으로 볼 수 없음은 물론이거니와, 그러나 도덕의 이치로 미루어 생각하면 엄연히 멀리 현상 위에 벗어나 그 밖에 서 있음을 보게 된다. 그렇다면 이 진정한 자아는 반드시 항상 활발 자유로와서 육체가 언제나 필연(必然)의 법칙에 매여 있는 것과는 같지 않음이 명백하다. 그러면 소위 **활발 자유**란 무엇인가. 내가 착한 사람이 되려 하고 악한 사람이 되려 함은 다 내가 스스로 선택하는 데서 생겨나는 생각이다.
> 자유의지(自由意志)가 선택하고 나면 육체가 그 명령을 따라 착한 사람, 나쁜 사람의 자격을 만들어내는 것이니, 이것으로 생각하면 우리 몸에 소위 **자유성(自由性)과 부자유성(不自由性)의 두 가지가 동시에 병존(並存)하고** 있음이 이론상 명백한 터이다.[20] (강조-인용자)

---

20 위의 책, 39쪽.

위에서 인용되고 있는 칸트의 주장을 포함하여 『조선불교유신론』에서 소개·검토되고 있는 서구 근대철학들은 만해 스스로가 밝히고 있듯, 그의 독자적인 독서 경험에서 비롯된 것이 아니라 량치차오의 『음빙실문집』에서 다뤄지는 내용들을 거의 그대로 번역·인용한 것에 지나지 않는다.[21] 이것은 『조선불교유신론』에서 전개되고 있는 서양철학에 관한 탐구가 대체로 피상적인 수준에 머물러 있는 원인이기도 하다.[22] 물론 이 글의 목적이 만해가 서양의 근대 지식을 얼마나 정확하고 충실하게 이해했는지를 판단하는 데 있지 않은 만큼, 우리의 관심은 한용운이 철학적 종교로서 불교를 재정립하기 위한 정당성을 논의하는 출발점으로 칸트의 철학을 선택하게 된 나름의 이유를 추론하는 것, 그리고 그것이 『님의 침묵』의 첫머리를 장식하게 된 배경을 파악하는 일로 이동해야 한다.

그런 맥락에서 한용운이 칸트 철학과 불교를 비교·분석하는 대목에서 초점화 하고 있는 철학적 원리와 개념들은 좀 더 주의 깊게 살펴볼 가치가 있다. 비록 단편적인 수준이긴 하지만 만해가 인용하고 있는 텍스트는

---

21 이와 관련하여 한용운은 다음과 같이 고백하고 있다. "나는 서양 철학자의 저서에 관한한 조금도 읽은 바가 없고, 어쩌다가 눈에 띈 것은 그 단언척구 샛별과도 같이 많은 사람의 여러 책에 번역 소개된 것에 지나지 않는다. 그 전모(全貌)를 보지 못한 것이 못내 안타까울 뿐이다." 『전집 2』, 42쪽.

22 아울러 해당 텍스트의 어떤 대목에서 당대 지식인들 사이에서 확산되고 있는 문명론의 이데올로기적 한계가 엿보이는 것 역시 이러한 피상적 이해에서 비롯된 것으로 보인다. 관련하여 지적될 수 있는 것은 칸트 철학에 대한 이해와 더불어 불교를 바탕으로 동양적 사유 체계를 근대화하려 했던 량치차오의 시각 역시 서양 철학을 토대로 일본 근대불교를 혁신하고자 했던 이노우에 엔료(井上圓了, 1858~1919)의 영향권 아래에 있다는 사실이다. 관련하여 량치차오가 수용한 메이지 일본의 근대지가 가진 한계가 『음빙실문집』에 그대로 나타난 것과 마찬가지로, 한용운의 문명 인식의 한계 역시 더욱 착종된 형태로 나타날 수밖에 없다는 비판적 분석이 있다. 이와 관련된 비판적 연구로는 조명제, 「한용운의 『조선불교유신론』과 일본의 근대지(近代知)」, 『한국사상사학』 46, 한국사상사학회, 2014; 윤종갑·박정심, 「동아시아 근대불교와 서양철학」, 『철학논총』 75, 새한철학회, 2014.

칸트와 만해 사이의 사상적 연결고리가 무엇인지를 간접적으로 드러내고 있기 때문이다. 관련해서 '본성의 도덕적 성질', '진정한 자아', '활발 자유' 등으로 소개되고 있는 번역어들이 칸트의 도덕철학에서 핵심적인 위상을 지닌 주요 개념어라는 사실에 주목할 필요가 있다. 해당 대목은 도덕 법칙의 절대적 당위성과 인간의 주관적 의지 사이에 놓여 있는 간극을 오히려 '적극적 자유'의 계기로 전환시켰던 칸트의 독특한 비전이 반영되어 있다.

잘 알려진 것처럼, 윤리적 행위를 규정짓는 보편적 원리를 도출하고 그러한 원리들이 적용될 수 있는 범위와 한계를 검토하는 칸트의 철학에서 '자유'(Freiheit)는 매우 중요하면서도 까다로운 지위를 지니고 있다.[23] 언제 어디에서나 보편타당하고 필연적인 행위의 원리를 바탕으로 도덕성을 근거 짓게 된다면, 주체가 담보해야 할 자유의 토대가 개념적으로 위협받을 소지가 발생하기 때문이다. 가령 이런 질문을 던져 볼 수 있다. 만약 우리의 행위가 철저히 도덕의 명령에 따른 것이라면, 이러한 절대적 준칙에 복종하는 자아를 자유롭다고 규정할 수 있을까? 주관적으로 내세워진 준칙과 객관적 법칙이 합치될 수 있는 세계에서, 도덕의 보편성과 개인의 자유는 과연 어떻게 모순 없이 양립 가능할 수 있을까?

자유에 대한 칸트의 개념 정의가 독특한 것은 이러한 이율배반적인 측면을 받아들이고, 그것이 야기되는 원인을 현상계(Sinnenwelt)와 예지계(intelligible Welt)라는 두 차원으로 분할하여 고찰될 수 있는 인간의 이중성에서 찾는다는 데 있다.[24] 우선 현상계의 사태를 관찰하는 주체에

---

23 본 논문에서 사용되는 칸트 철학의 개념들은 주로 다음과 같은 백종현 교수의 번역서를 참조했다. 임마누엘 칸트, 『순수이성비판 1~2』, 아카넷, 2006; 『실천이성비판』, 아카넷, 2019; 백종현, 『한국 칸트사전』, 아카넷, 2019.

24 현상계 또는 감성계로 번역될 수 있는 칸트의 개념은 우리에게 '인식되는' 세계를 가리킨다. 그런 의미에서 감성계는 경험계라고도 말해지며, 지성의 사유의 대상으로서 현상계

게 발견되는 기본 원리는 자연 인과성(Kausalität)이다. 자연 현상이나 물리 법칙 등으로 대변될 수 있는 이러한 인과론적 원리에 주목하게 된다면 경험적 사유는 불가피하게 존재론적·인식론적 근거·원인의 필연성에 종속될 수밖에 없다. 이때 현상계에서 자유의 계기가 도출될 수 없는 것은 논리적으로나 개념적으로 불가피하다. 왜냐하면 자유는 그 정의상 이념적으로 그 어떤 원인으로부터 영향 받지 않는 '절대적 자발성(Spon-taneität)'의 토대여야 하기 때문이다. 설령 어떤 사태를 둘러싼 인과적 계기를 상정할 수 있다고 하더라도, 자유가 상정되기 위해서는 그것이 '자유에 의한 원인성'의 결과여야 한다. 이처럼 진정한 의미의 자유를 규정하기 위해서 칸트는 현상계 너머의 다른 세계, 즉 예지계가 필연적으로 요청되어야 한다고 결론 내린다. 도덕의 세계 또는 당위의 세계로도 명명할 수 있는 이러한 세계는 경험적으로 존재하지 않고 증명될 수도 없지만, 보편적 입법이 정초되기 위해서는 마땅히 존재해야만 하는 영역에 해당한다.

이러한 칸트의 이원론적 세계관으로 인해 자유에 대한 이율배반(Antinomie)의 딜레마가 발생한다.[25] 실제 인간이 여러 외부적 조건과 강

라고도 불린다. 한편 칸트는 이성의 실천적(praktisch) 사용에 해당하는 이성의 사변적 사용을 긍정하였는데, 이와 같은 실천 이성으로 인해 '경험계-현상계'와 구분되는 '예지계-가상계'의 세계가 도출된다. 이러한 예지계는 현상계에 대해 그것이 지향해야 할 통일적 원리를 제시함으로써 전자를 '규제(regulieren)'하는 세계이다. 칸트는 이처럼 감성을 떠나 그 형식을 '이념'(Idee)으로서 인식에 대한 규제적 원리로 작용하는 세계를 예지계라고 불렀다. 이에 대한 요약적 설명으로는 사카베 메구미 외, 『칸트 사전』, 이신철 옮김, 도서출판b, 2009, 279~280쪽.

25 칸트의 『순수이성비판』에서 탐구되는 순수 이성의 네 가지 이율배반 중 자유의 딜레마와 관련된 것은 세 번째, 네 번째 역학적 이율배반이다. 칸트는 '초월론적 관념론'에 토대를 둘 때 자유와 관련된 두 대립된 명제가 모두 참일 수 있다고 강조하며, 역학적 이율배반의 해결 가능성에 대해 주장한다. 이에 대해서는 임마누엘 칸트, 『순수이성비판 2』, 658~671쪽.

제적 힘(인과성)이 작동하는 자연(현상계) 안에 존재함을 인정하는 것과, 자유로워야 한다고 간주되는 인간 의지에 대한 이념(예지계)이 존재해야 만 한다는 상반된 요구가 인간에게 동시적으로 관철되기 때문이다. 이것 이 앞서 량치차오가 언급한 "자유성(自由性)과 부자유성(不自由性)의 두 가지가 동시에 병존(並存)"하는 인간의 이중성에 해당한다. 이때 칸트는 현상계와 예지계 사이에서 발생하는 이원론적 간극을 토대로 자연(존재) 과 도덕(당위)의 구별을 받아들이는 한편, 인간을 자연적 존재자이면서 동시에 도덕의 세계에도 속할 수 있는 특별하고도 모순적인 존재로 규정 한다. 바로 이 두 세계 사이의 간극이 자유를 재정의할 수 있는 근간이자 토대이다.[26]

칸트의 사유 체계에서 자유가 '~으로부터의 자유'라는 경험적 의미를 넘어 "초월론적 이념"(transzendentale Idee)의 위상을 얻는 이유가 여기에 있다. 자유는 현상계에 속하는 것이 아니라, 시공간의 한계를 넘어 현상 계를 규제하는 이념으로서의 '초월론적 자유'로 파악되어야 한다. 이러한 초월론적 자유가 경험 세계에서는 실재하지 않음에도 불구하고 중요하 게 고려되어야 하는 이유는 그것이 바로 인간의 도덕적 행동의 정당성을 규정하고 그 윤리적 자발성을 요청하는 실천적 근거이기 때문이다. 이러 한 관점에 따르면 주체의 감정과 의지 등은 자유의 진정한 근거로 규정될 수 없으며, 자유는 더 이상 소극적인 의미에서의 어떤 대상으로부터의 독립과 해방을 의미하지 않게 된다. 오히려 초월론적 자유는 도덕적 이념 이 이성적 존재자의 '의무'라고 납득되는 지점에서 실천적 근거로 재정립

---

26 이에 대해 칸트는 다음과 같이 규정한다. "자유의 이념이 나를 예지 세계의 성원으로 만듦으로써 정언명령들은 가능하다. 즉 그로써, 만약 내가 예지 세계의 성원이기만 하다 면, 나의 모든 행위들은 의지의 자율에 항상 알맞을 터인데, 그러나 나는 동시에 감성세 계의 성으로서도 보기 때문에, 의지의 자율에 알맞아야만 하는 것이다." 임마누엘 칸트, 『윤리형이상학 정초』, 백종현 옮김, 아카넷, 2014, 212쪽.

되어야 한다.[27] 요컨대 주체의 인식 속에서 도덕은 '하라!'는 당위적 '명령'의 형식으로 출현하며, 그것도 무조건적으로 복종하지 않을 수 없는 필연적 실천 명령으로 다가오는 것이다. 이때 자유는 도덕적 실천 법칙을 행위의 준칙으로 삼고자 하는 주체의 실천적 선의지를 통해 인식될 수 있다.[28] 이처럼 칸트의 자유는 절대적인 도덕법칙을 내 행위의 필연적 원인으로 재정립하려는 주체의 적극적인 재구성 과정을 가리킨다. 이러한 맥락에서 칸트의 자유는 그러한 입법 작용에 있어 주체가 자율적으로 수행하는 메타적 실천 행위로도 이해될 수 있는 것이다.[29]

이와 같은 칸트의 자유론에 대한 만해가 과연 깊이 있는 이해에 도달했는지는 분명하지 않다. 다만 『조선불교유신론』에서 기술된 대목으로 추측해 볼 때, 우리는 만해가 칸트와 자신이 유사한 세계관에 입각하고 있다고 생각한 배경을 어렵지 않게 추론할 수 있다. 만해는 도덕적 보편성과 자유의지의 일치 가능성을("내 인간성이 자유에 합치하는가 아닌가를 알고자") 추구하고, 그 가능성을 경험 너머의 "진정한 자아"가 누리는 "공간 시간을 초월한 자유권(본성)"에서 찾는 칸트의 시도에 관심을 보이고 있는 것으로 짐작된다. 경험 세계의 "필연(必然)의 법칙"에 구속되지 않는 "활발 자유"에 대한 칸트적 이념은 만해가 오랫동안 천착해왔던 불교적

---

27 칸트에 따르면, 초월론적 자유는 실천적 자유의 '존재근거'이고 후자는 전자의 '인식근거'에 해당한다. 이로 인해 초월론적 자유는 자유의 '권리'와 관련되어 있으며, 실천적 자유는 자유의 '사실문제'에 더욱 깊이 관련되어 있다. 이것은 인간에 의해 행사되고 자각적으로 체험되는 현실적 자유는 '실천적 자유' 외에는 있을 수 없음을 가리킨다. 자유로운 의지와 도덕법칙에 따르는 의지는 반드시 일치할 수밖에 없다. 즉, 자유로운 의지란 선에의 의지, 선한 의지를 뜻하며 실천적 자유란 선을 향한 자유인 것이다. 이에 대해서는 『칸트 사전』, 361쪽.

28 칸트의 도덕철학과 자유에 대한 논의로는 백종현, 『칸트와 헤겔의 철학』, 아카넷, 2017 참조.

29 이행남, 「칸트의 도덕적 자율성으로부터 헤겔의 인륜적 자율성으로」, 『철학연구』 116, 224~225쪽.

사유와 그리 먼 것이 아니기 때문이다. 그가 불교의 언어에 입각하여 칸트의 세계관에 대한 번역적 이해를 시도할 수 있었던 이유도 거기에 있다.

　　양계초는 이 주장을 이렇게 해석했다.
　　"부처님 말씀에 소위 진여(眞如)라는 것이 있는데, 진여란 곧 칸트의 진정한 자아여서 자유성을 지닌 것이며, 또 소위 무명(無明)이라는 것이 있는데, 무명이란 칸트의 현상적인 자아에 해당하는 개념이어서 필연의 법칙에 구속되어 자유성이 없는 것을 뜻한다."[30]

　　예지계(진정한 자아)와 감성계(현상적인 자아)로 이원화 된 칸트의 세계관과 '진여(眞如)-무명(無明)'으로 대별되는 불교적 세계관 사이의 구조적 상동성을 강조하면서, 만해가 자유에 관한 새로운 개념적 정의에 적극적으로 관심을 보인 것도 바로 그 때문이다. 자유를 경험을 넘어선 것으로 간주하는 칸트의 입장은 "사물·현상이 이르는바 필연(必然)의 법칙에 의해 제한"받지 않고 "공간과 시간을 초월하여 얽매임이 없는 자유로운 진리를"[31] 추구하는 불교의 근본 목표와 매우 유사한 것으로 인식되고 있다. 무명으로 일컬어지는 감각적 현실 안에서의 자아가 표층적 삶에 구속된 존재라면, 불교의 자유는 그러한 무명의 허구성을 깨달으며 그것 너머의 진여에 도달하는 일심(一心)의 단계에 대한 자각 속에서 마련될 수 있다. 그런 의미에서 불교적 자유는 현실의 구속으로부터의 실존적 해방을 가능하게 하는 깨달음의 자유, 초연의 자유에 가깝다.[32] 칸트의 초월론적

---

30 「조선불교유신론」, 『전집 2』, 39쪽.
31 위의 책, 44쪽.
32 이러한 불교에서의 자유 논의로는 한자경, 『불교의 무아론』, 이화여자대학교출판부, 2006 참조.

이념으로서의 자유와 실천적 자유에 대응되는 "활발 자유"를 강조하는 장면은, 이처럼 경험적 인식으로 파악될 수 없는 자유의 위상에 만해 역시 동의하고 있음을 가리킨다.[33]

물론 만해가 칸트의 자유론을 온전하게 받아들인 것은 아니다. 그는 진정한 자아가 마땅히 누려야 할 자유의 의미를 경험 너머에서 탐색해야 한다는 칸트의 시각에 동의하지만, 보편적 자유의 원리를 구체적으로 체계화 하고 그것을 다시 경험 세계와 매개하는 과정에서 서로 다른 입장을 취하는 것처럼 읽히기 때문이다. 관련해서 한용운은 칸트의 한계를 지적하는 량치차오에 동의하면서도 그와는 다른 방식으로 불교의 주체 이론을 재서술한다.

그러나 부처님은 저 진여(眞如)가 일체 중생이 보편적으로 지닌 본체(本體)요, 각자가 제각기 한 진여를 지니는 것은 아니라 했고, 칸트는 사람이 다 한 진정한 자아(自我)를 가지고 있다 했다. 이것이 그 차이점이다. 그러므로 부처님 말씀에 "한 중생이라도 성불(成佛)하지 않는 자가 있으며, 나도 성불하지 못한다" 하셨으니, 모든 사람이 본체(本體)가 동일하다고 보기 때문이다. 이런 태도는 중생을 널리 구제하자는 정신에 있어서 좀더 넓고 깊으며 더없이 밝다고 할 만하다.[34]

---

33 한편 이러한 유사성은 도덕철학뿐만 아니라 인식론에서도 발견된다. 경험적 인식의 한계를 지적하고 물자체에 대한 인식 가능성을 부정하는 칸트의 인식론적 회의주의는, 세계를 식의 변현이자 영상으로 파악하고, 독립적으로 존재하는 객관 세계에 대한 앎을 부정하는 불교의 유식론(唯識論)과도 흡사한 입장을 취한다. 이러한 유식론에 기반하여 량치차오는 불교와 칸트가 공유하는 세계관에 대해 다음과 같이 언급하고 있다. "칸트 철학은 대체로 불교에 가깝다. 이러한 논의는 불교 유식설의 의미와 상통(印證)한다. 불교는 일체의 이치를 궁구하는데, 반드시 먼저 본식(本識)을 근본으로 삼았다는 걸 의미한다." 梁啓超(葛懋春, 蔣俊編選), 『梁啓超哲學思想論文選』, 北京大學出版社, 1982, 151쪽, 윤종갑 박정심, 「동아시아 근대불교와 서양철학」, 『철학논총』 75, 새한철학회, 2014, 422쪽에서 재인용.

34 「조선불교유신론」, 『전집 2』, 40쪽.

양계초(梁啓超)가 부처님과 칸트의 다른 점에 언급한 것을 보건대 반드시 모두가 타당하다고는 여겨지지 않는다. 왜 그런가. 부처님은 "천상천하(天上天下)에 오직 나만이 존귀하다" 하셨는데 이것은 사람마다 각각 한 개의 자유스러운 진정한 자아를 지니고 있음을 밝히신 것이다. 부처님께서는 모든 사람에게 보편적인 진정한 자아와 각자가 개별적으로 지닌 진정한 자아에 대해 미흡함이 없이 언급하셨으나, 다만 칸트의 경우는 개별적인 그것에만 생각이 미쳤고 만인에게 보편적으로 공통되는 진정한 자아에 대해서는 언급을 하지 못하였다. 이것으로 미루어 보면 부처님의 철리(哲理)가 훨씬 넓음을 알 수 있다.

부처님이 성불했으면서도 중생 탓으로 성불하시지 못한다면 중생이 되어 있으면서 부처님 때문에 중생이 될 수 없음이 명백하다. 왜 그런가. 마음과 부처와 중생이 셋이면서 기실은 하나인데, 누구는 부처가 되고 누구는 중생이 되겠는가. 이는 소위 상즉상리(相卽相離)의 관계여서 하나가 곧 만, 만이 곧 하나라고 할 수 있다. 부처라고 하고 중생이라 하여 그 사이에 한계를 긋는다는 것은 다만 공중의 꽃이나 제2의 달과도 같아 기실 무의미할 뿐이다.[35]

만해가 칸트에 대한 량치차오의 비판에 동의하면서도 그와 다소 결이 다른 해석을 제기한다는 점에 주목해보자. 우선 그는 동일한 이유에서 량치차오가 언급한 칸트의 한계에 관해 같은 비판적 결론에 도달한다. 불교에서 추구하는 진여는 "일체 중생이 보편적으로 지닌 본체(本體)"로 간주되어야 한다. 다시 말해 "한 중생이라도 성불(成佛)하지 않는 자가 있으며, 나도 성불하지 못한다"는 부처의 가르침은 진정한 의미의 자유가 개별적 주체의 성찰과 깨달음을 통해 완성될 수 없음을, 다시 말해 타자의 성불이 나의 성불을 위한 조건임을 강조한다. 반면 "칸트의 경우는 개별적인 그것(진정한 자아; 인용자)에만 생각이 미쳤고 만인에게 보편적으

---

35 위의 글, 40~41쪽.

로 공통되는 진정한 자아에 대해서는 언급을 하지 못하였다." 불교적 사유에 의거하자면 칸트가 대변하는 서구 근대철학의 자유의 이념은 모든 개별자들을 종합적으로 매개할 수 있는 보편적 이념으로 제시되기에 충분하지 않다. "마음과 부처와 중생이 셋이면서 기실은 하나인데, 누구는 부처가 되고 누구는 중생이 되겠는가. 이는 소위 상즉상리(相卽相離)의 관계여서 하나가 곧 만, 만이 곧 하나라고 할 수 있다." 만약 우리가 진정한 의미의 보편적 자아와 자유에 관해 논의하고자 한다면, 그것은 모든 개별자들을 아우르고 종합할 수 있는 연대와 공동체의 원리 속에서도 해명되어야 한다.

그런데 좀 더 눈여겨보아야 할 것은 만해가 진정한 자아로서의 개인을 부정했던 량치차오의 해석에 완벽히 동의하지는 않는다는 점이다. 이를테면 그는 량치차오와 달리 부처 역시 "각각 한 개의 자유스러운 진정한 자아를 지니고 있음"을 전제한다고 강조하며, 개별적 주체에 대한 칸트의 입장과 불교적 인간관이 반드시 배치되는 것은 아니라는 점 또한 지적한다. 이는 거꾸로 말해, 만해가 그만큼 칸트의 이원론적 시각에 바탕을 둔 그의 자유론에 남다른 호감을 보이고 있다는 것을 방증한다. 비록 칸트에게는 개인을 하나로 종합해 줄 수 있는 철학적 비전이 결여되어 있지만, 최소한 각각의 개별적 존재에게서 진정한 자유의 원리를 도출하려는 서구철학의 근대적 문제의식을 부정할 필요는 없기 때문이다. 오히려 만해는 칸트와 량치차오의 입장을 변증법적으로 종합하면서, 개인으로부터 진정한 자유의 원리를 도출하려 했던 칸트의 기획을 "모든 사람에게 보편적인 진정한 자아"를 강조한 불교적 이상 속에서 통합하고자 한다.

물론 위와 같은 만해의 비판적 독해가 칸트의 도덕 철학에 대한 정확한 앎에 기반한다고 말할 수는 없을 것이다.[36] 앞서 지적했듯 서구 근대철학

---

36 한용운이 량치차오를 통해 칸트를 받아들이는 과정에서 서양철학에 대해 어떤 오해를

에 관한 한용운의 지식이 량치차오를 경유해 간접적으로 얻은 것에 불과하다는 점, 나아가 『조선불교유신론』의 실질적 비전이 당대의 문명론의 담론적 지평 속에서 기독교를 불교로 대체하기 위한 정치적 정당성을 탐색하는 데 있다는 사실을 고려한다면, 위 인용문에서 전개되는 비판의 정합성 자체를 검토하는 일은 그리 생산적이라고 할 수 없을 것이다. 실제로 해당 텍스트에서도 칸트에 대한 직접적 언급이 추가적으로 발견되지 않는다는 점을 감안할 때 칸트는 불교적 사유의 우월성을 입증하기 위한 소재이자 도구로 잠시 등장하는 것처럼 보일 수 있다. 그러나 칸트와 만해 사이에서 형성되어 있는 사상적 연결고리는, 그리고 그로부터 발견될 수 있는 공통점과 차이는 그리 간단하게 짚고 넘어갈 수 있는 요소가 아니다. 비록 『조선불교유신론』을 비롯한 여타의 철학적·종교적 글쓰기에서 그에 대한 추가적인 사유가 정밀하게 전개되고 있지는 않지만, 만해의 자유론에 드리워진 칸트와의 사상적 연결 고리는 그의 사유 체계에 깊이 각인되어 있기 때문이다.

　이를 잘 보여주는 텍스트가 다름 아닌 『님의 침묵』이다. 「군말」에서 만해가 "이름 좋은 자유에 알뜰한 구속을 받"는 당대인들("너희")의 세속적 자유 관념에 관한 비판적 문제인식을 제기하는 대목에서 "칸트의 님"을 병렬시키는 것은 단순한 우연이 아니다.[37] "중생이 석가의 님이라면, 철학은 칸트의 님이다"라는 구절이 암시하듯 만해에게 '칸트의 님'은 불교의 철학적 근대성을 확인시켜주는 비교항이자, 자유에 대한 자신의

보여주었는지에 관해서는 윤종갑, 「한용운의 근대 인식과 서양철학 이해」, 『한국민족문화』 39, 부산대학교 한국민족문화연구소, 2011. 아울러 그것을 근대 초 불교의 서양철학 수용이라는 당대의 지적 담론장이라는 맥락에서 논의한 연구로는 김제란, 「한·중 근현대불교의 서양철학 수용과 비판」, 『선문화연구』 31, 한국불교선리연구원, 2021.

37　'칸트의 님'에 대한 언급이 한용운의 소설 『흑풍』에도 나타난다는 사실은 흥미롭다. 이러한 자기 인용은 그만큼 만해가 '칸트'를 서구철학을 상징하는 중요한 존재로 간주했다는 방증일 것이다.

독특한 비전을 정당화 하는 이론적 준거로 제시되고 있다. 칸트의 갑작스러운 재등장이 의미심장한 것은 앞서 살펴본 그의 '초월론적 자유'에 대한 이념이 당대 널리 유행하고 있는 자유관과 대립되는 것처럼 여겨질 수 있기 때문이다. 여기서 '칸트의 님'은 '자유연애'로 대변되는 당대 청년들의 근대적 열망에 대한 비판적 근거로 활용된다. 『님의 침묵』 전반에서 시적으로 형상화되고 있는 사랑과 복종의 딜레마는 칸트와 만해 사이에 형성된 연결 고리가 그렇게 단순한 것이 아님을, 오히려 자유에 대한 개념적 정의를 시도하는 데 있어서 칸트와 만해가 매우 유사한 철학적 문제의식에 직면하고 있음을 보여준다.

한편 만해는 자유에 대한 새로운 개념적 정의를 시도하는 점에 있어서 결과적으로 칸트와는 다른 길을 걷는다. 그리고 그것은 앞서 확인한 것처럼 만해가 칸트의 한계를 지적하는 대목에서 드러난 세계관의 차이와도 깊은 연관이 있다. 개인의 자유와 보편적 도덕 사이의 딜레마를 매개할 때 만해는 칸트와 전혀 다른 철학적 해법을 제시하는데, 『님의 침묵』에서 보다 명확하게 가시화되고 있는 이러한 분기점은 결과적으로 만해가 칸트와 전혀 다른 자유 개념에 도달한다는 사실을 확인시켜줄 것이다. 만해에 의해 재전유된 칸트('칸트의 님')는 『님의 침묵』에서 형상화되고 있는 사랑의 원리를 해명하고, 나아가 근대에 대한 그의 시각과 태도의 이중성을 드러내는 분석적 매개에 다름 아니다.

3. 『님의 침묵』에 각인된 칸트의 흔적들

3.1. 절대적 원리로서의 자유

『님의 침묵』의 전체적인 시적 비전을 규명하기 위해서는 "나는 나의 노래가 세속 곡조에 맞지 않는 것을 조금도 애닯아 하지 않습니다"(「나의 노래」)는 발언처럼 만해의 시쓰기가 지닌 이질적 성격에 주목하는 것에서 출발해야 한다. 『님의 침묵』의 시적 언어가 당대의 시인들의 그것과 근본적으로 구별되는 이유는 만해의 사랑이 세속적 의미로서의 사랑과 전혀 다른 위상을 지니고 있기 때문이다. "그의 사랑에는 서정적 요소, 낭만적 요소가 끼어들 틈이 없는 것이다."[38] 『님의 침묵』에서 서정과 낭만적 어조가 개입될 여지가 원천적으로 차단되어 있는 것은 '님'을 향한 시적 화자의 집요하고도 헌신적인 태도에 내포된 형이상학적 문제의식과 관련이 있다. 만해는 그것을 다음과 같이 분명한 자기 지시적 어조로 고백하고 있다.

> 나는 서정시인이 되기에는 너무도 소질이 없나봐요.
> 「즐거움」이니 「슬픔」이니 「사랑」이니, 그런 것은 쓰기 싫어요.
> 당신의 얼굴과 소리와 걸음걸이와를 그대로 쓰고 싶습니다.
> 그리고 당신의 집과 침대와 꽃밭에 있는 작은 돌도 쓰겠습니다.
> ―「예술가」 부분

만해는 "서정시인"으로서의 "소질"이 결여되어 있다고 스스로를 규정한다. 그가 언급한 '서정'이 구체적으로 무엇을 지시하는지 분명하지는 않지만, 최소한 그의 시가 '즐거움' '슬픔' '사랑'과 같은 주관적 감정을 표현하는 데 관심을 두고 있지 않다는 의도는 명료하게 감지될 수 있다.[39] 물론 화자가 고백하는 소질의 결여는 역량의 부재가 아니라, 그의

---

38 김현, 「여성주의의 승리」, 『전체에 대한 통찰』, 나남, 1990, 75쪽.
39 개념사적인 관점에서 '서정'이라는 어휘는 당대의 담론 속에서 의미론적으로 다소 애매한 위치를 차지하고 있었다. 그것은 '서사시', '극시' 등과 더불어 시의 하위 장르를 지칭하는 개념이자, 시 일반을 가리키는 개념으로 이해되어왔다. 한편 개념으로서의 '서정'은 '개인의 감정을 표현한 시'라는 좀 더 구체적인 뜻을 내포하기도 했는데, 한용운의 위 시에서는 이러한 의미로 쓰인 것으로 짐작된다. '서정'을 둘러싼 개념상의 혼선은

시쓰기를 지배하는 남다른 의지와 목표를 반영할 것이다. "「즐거움」이니 「슬픔」이니 「사랑」이니" 따위 대신 화자가 집중하는 것은 "당신의 얼굴과 소리와 걸음걸이와를 그대로 쓰"는 일이다. 왜 그래야 할까? 만해가 표현 하고자 하는 대상이 감정이나 체험 등의 경험적 요소로 충분히 설명될 수 없기 때문일 것이다. 이러한 감정 표출에 대한 만해의 부정은 당대 동인지 시단의 주요 흐름에 해당하는 낭만주의적 경향과 자신의 시가 근본적인 층위에서 일치하지 않음을 암시한다. 요컨대 감정 탐구와 내면 의 표현 속에서 미적 자아의 자율성을 정립하고자 했던 당대 시인들의 근대적 이념은 『님의 침묵』의 궁극적인 목적과 동일시 될 수 없다.[40] 당신 과 나는 '사랑'을 매개로 연결될 수 있지만 그 사랑이 나의 욕망과 의지, 즉 근대적인 의미의 개인으로 온전히 환원될 수 없는 이유도 거기에 있다.

따라서 나에게 주어진 과제는 정반대에 가깝다. "사랑은 님에게만 있 나봐요"(「꿈 깨고서」) 사랑이 자아의 문제로 이해될 수 없는 것은 애초부터 그것이 '님', 즉 나 바깥의 영역에 귀속되어서이다. 따라서 사랑을 정의하 기 위해서는, 그리고 그것을 사유하기 위해서는 화자 자신의 내부를 되돌 아볼 것이 아니라, 그것의 원리를 주재하고 있는 절대적 "당신"을 "그대 로", 정확하게 묘사해야한다. "그리고 당신의 집과 침대와 꽃밭에 있는 적은 돌도 쓰겠습니다." 여기서 '그리고'는 단순히 대등한 문장을 연결하 는 접속어가 아니다. 당신의 전부를 그대로 쓰는 일과 당신의 주변을 묘사하는 일은 별개의 작업이 아니다. 당신에 대한 정확한 통찰에 도달할 수 있다면, 그것은 세상의 모든 사태를 설명하는 형이상학적 원리를 파악 하는 일로 확장될 수 있다. 『님의 침묵』은 이처럼 '님' 또는 '당신'과의

한국근대시 형성기에 나타난 독특한 역사적 현상이라고 할 수 있다. 이에 대한 비평사적 연구로는 김종훈, 『한국 근대 서정시의 기원과 형성』, 서정시학, 2010.

40 당대 동인지 시단의 낭만주의적 경향성에 대해서는 김춘식, 『미적 근대성과 동인지 문 단』, 소명출판, 2003.

관계를 통해 드러나는 시공을 초월한 사랑의 원리("진정한 사랑은 곳이 없다", "진정한 사랑은 때가 없다", 「이별」)를 탐구함으로써 "척도를 추월한 삼엄한 궤율"(「가지 마셔요」)을 시적으로 사유하려는 한 "형이상학적 근본주의자"[41]의 이례적인 시도로 간주되어야 한다.

『님의 침묵』의 이와 같은 목표는 '자유연애'에 대한 전혀 다른 관점을 통해서도 명료하게 확인된다. 시집의 가장 중요한 소재이자 사건에 해당하는 사랑이 개별자들 사이의 세속적 관계와 동일시 될 수 없는 이유는 그것이 「군말」에서 부정되었던 "이름 좋은 자유"에 얽매어 있는 "연애"와 애초부터 전혀 다른 의미를 내포하고 있기 때문이다.

> 내가 당신을 기다리고 있는 것은 기다리고자 하는 것이 아니라, 기다려지는 것입니다.
> 말하자면 당신을 기다리는 것은 정조보다도 사랑입니다.
>
> 남들은 나더러 시대에 뒤진 낡은 여성이라고 삐죽거립니다. 구구한 정조를 지킨다고.
> 그러나 나는 시대성을 이해하지 못하는 것도 아닙니다.
> 인생과 정조의 심각한 비탄을 하여 보기도 한두 번이 아닙니다.
> 대자연을 따라서 초연생활을 할 생각도 하여 보았습니다.
>
> 그러나 구경(究竟), 만사가 다 저의 좋아하는 대로 말한 것이요, 행한 것입니다.
> 나는 님을 기다리면서 괴로움을 먹고 살이 찝니다. 어려움을 입고 키가 큽니다.
> 나의 정조는 「자유정조」입니다.
>
> —「자유정조」 전문

---

41 김우창, 「궁핍한 시대의 시인」, 135쪽.

화자는 현재 부재하는 '당신'에 관해, 좀 더 정확히 말하면 "당신을 기다리고 있는" 자신의 태도에 관해 해명하고 있다. 물론 이러한 화자의 언표행위에서도 초점화되고 있는 것은 주체의 심경이 아니라 당신을 대하는 자신에 관한 정확한 개념 규정, 그리고 그것을 정당화 하는 철학적 원리이다. 화자는 당신을 기다리는 자기 자신의 행위를 "기다리고자 하는 것이 아니라, 기다려지는 것"이라고 분명하게 밝힌 후, 그것을 "정조"가 아닌 "사랑"이라고 재정의한다. 화자는 그와 같은 태도가 "시대에 뒤진 낡은 여성"의 "구구한 정조"로 평가될 위험이 있다는 것을 모르지 않는다. 그렇다고 해서 그를 시대로부터 뒤떨어진 존재로 간주하는 세간의 시선이 정당한 것은 아니다. "나는 시대성을 이해하지 못하는 것도 아닙니다." 겉으로는 낡은 것으로 보일 수 있는 시적 화자의 사랑은 오히려 시대에 대한 분명한 이해를 반영한 결과이다. 그렇다면 그의 사랑을 과거와 전통에 대한 복고적 편향을 보여주는 시대착오적인 세계관과 구별하고, 그것을 근대에 대한 만해 나름의 적극적 대응으로 재규정할 필요가 있다.

정조와 자유연애를 통해 전통적인 것과 근대적인 것 사이의 대립적 관계를 설정하는 만해의 시각은 당대의 문화적 환경에서는 전혀 낯선 것이 아니었다. 잘 알려진 것처럼, 당시 정조 관념은 봉건적 유교 질서를 대표하는 구습에 해당하며, 연애는 과거의 구속으로부터의 해방을 의미하는 근대적 아비투스(habitus)의 상징으로 여겨졌다.[42] 그렇다면 위 시에서도 정조와 연애 사이의 이항대립적 관계는 전통적 가치와 근대적 자유 사이에서 벌어지는 갈등과 충돌을 의미하는 것일까. 여기서 만해가 보여주는 독창성은 전통과 근대 사이에서 제기되는 양자택일의 문제를, 양자에 대한 변증법적 지양을 통해 해결하면서 전혀 새로운 자유의 지평을 발견하려 한다는 사실에 있다. 그리고 그것은 만해에게 있어 진정한 의미

---

42 이에 대한 자세한 논의로는 권보드래, 『연애의 시대』, 현실문화, 2003.

의 자유 역시 사랑과 마찬가지로 주체의 욕망과 의지의 능동적 발현만으로는 충분히 의미화 될 수 없음을 가리킨다. 화자에 대한 "남들"의 오해나 편견과 달리, 실제 위 시에서 이루어지고 있는 것은 전통과 근대 사이의 퇴행적인 전복에 국한되지 않는다.

위 시의 화자가 당신을 기다리는 자기 자신을 "기다리고자 하는 것이 아니라, 기다려지는 것"이라고 말한다는 사실에 다시 주목해보자. 외재적 당위의 순응적 내면화이든 자유로운 선택의 결과이든 '기다리고자 하는 것'이 표상하는 것은 주체의 능동성이다. 정조와 연애 모두 주체의 (전적이든 부분적이든) 비강제적 행위의 계기가 함축되어 있다는 점에서 본질적으로 큰 차이가 없다. 반면 '기다려지는 것'에서 강조되는 것은 아이러니하게도 주체의 전적인 수동성이다. 내가 당신을 기다린다면 그것은 주관적 욕망의 발로가 아니라 주체가 끝내 부정할 수 없는, 불가피한 경향성의 결과여야 한다. 진정한 의미의 사랑이 존재할 수 있다면, 그것은 화자가 체험하게 되는 그러한 불가피한 수동성의 형식으로 설명되어야 하는 것이다. 그렇다면 이것은 자유의 결여가 아닐까. 이에 답하기 위해서는 위 시에서 전복되는 것이 단지 전통과 근대의 관계가 아니라, 자유와 당위 사이의 근본적 관계라는 사실을 기억해야 한다. 만해의 사유가 지닌 독창성은 주체에게 거의 강제적으로 요구되는 이러한 수동성과 주체의 자발적 능동성을 중첩시키는 적극적 태도에 있다. 요컨대 외재적 의무와 내재적 의지의 합치. '자유정조'라는 형용모순적인 단어는 이처럼 능동적(자유) 수동성(정조)의 형식으로 명명할 수 있는 역설적 태도를 가리키고 있다.

여기서 우리는 자유에 대한 만해의 전복적 재해석이 칸트의 사유와 상당히 유사한 뉘앙스를 띤다는 관찰에 도달할 수 있다. 자유의 원천은 단순히 자아의 욕망과 의지 속에서 발견될 수 없으며, 인간을 규제하는 한 층위 높은 단계의 보편적 원리(사랑)와의 매개 속에서 규명되어야 한

다. 만해가 추구하는 '진정한 자유' 역시 당대 청년들이 자유연애를 통해
구현하려 했던 "이름좋은 자유"의 경험적 한계를 넘어선, 보편적 토대
위에서 재구축되어야 한다. 즉 칸트와 만해가 동시에 요구하는 것은 당위
와 의지의 일치를 정당화 하는 절대적 원리를 사유하고, 그것에 전적으로
복종하는 주체의 자발성 속에서 자유의 계기를 도출하는 것이다.

> 남들은 자유를 사랑한다지마는, 나는 복종을 좋아하여요.
> 자유를 모르는 것은 아니지만, 당신에게는 복종만 하고 싶어요.
> 복종하고 싶은데 복종하는 것은 아름다운 자유보다도 달금합니다, 그것
> 이 나의 행복입니다.
>
> 그러나 당신이 나더러 다른 사람을 복종하라면 그것만은 복종할 수가 없
> 습니다.
> 다른 사람을 복종하려면, 당신에게 복종할 수가 없는 까닭입니다.
> ─「복종」전문

여기서도 화자는 자기 자신이 "자유를 모르는 것은 아니"라고 분명하
게 밝힌다. 그가 안다고 하는 '자유', 남들이 사랑하는 "아름다운 자유"는
만해가 비판해마지 않던 근대인들이 천착하고 있는 경험적 자유에 다름
아닐 것이다. 그러나 복종에의 의지를 관철시키는 위 시에서 자유가 원천
적으로 부정되는 것은 아니다. "복종하고 싶은데 복종하는 것", 다시 말해
자기 자신의 능동적 의지와 중첩되는 복종에 대한 당위 속에서 의무와
의지의 간극이 해소되고, 마침내 화자가 "행복"을 누릴 수 있기 때문이다.
진정한 자유의 계기가 발견되는 것도 그러한 행복 속에서이다.[43]

---

43 이러한 칸트적 복종의 자율성에 대해 미셸 푸코는 다음과 같이 분석한다. "따라서 타인
이 '복종하라'고 명령하도록 내버려두는 대신 자기 자신의 인식을 스스로 올바른 관념으
로 만들게 될 때, 바로 그 순간 자율성의 원리를 발견하게 되고 '복종하라'는 명령에

물론 만해의 행복은 또다른 예외적이고도 난처한 상황에 직면할 수 있다는 점에서 다소 불완전한 측면이 내포되어 있다. 위 시를 유명하게 한 논리적 패러독스가 제시된 2연의 상황이 가정될 수 있기 때문이다. "그러나 당신이 나더러 다른 사람을 복종하라면 그것만은 복종할 수가 없습니다." 만약 당신으로부터 더 이상 복종하지 말라는 명령이 하달된다면, 화자는 과연 그 명령에 복종해야 하는가? 이를 따르면 결과적으로 나는 당신을 부정하게 될 것이고, 그것을 거부하면 나는 당신의 명령이 지닌 절대성을 훼손하게 된다. 크레타인의 역설을 떠올리게 하는 이러한 논리적 패러독스를 해결하는 방법은 무엇일까? 명령에 대한 불복종을 선택함으로써 이 난제를 돌파하려는 만해의 해법은 충분히 만족스러운 것일까?

여기서 우리의 질문은 조금 다른 곳으로 향하게 될 것이다. 이를테면, 칸트의 사유 체계에서는 위와 같은 이율배반적인 상황이 애초부터 성립될 수 없다는 점을 상기해보자. 칸트에 따르면 도덕적 주체가 따라야 할 명령과 관련해서는 그 어떤 예외적이고 자기 모순적인 사태가 발생할 수 없어야 한다. 도덕적 주체가 따를 수 있는 윤리적 명령의 조건은 그것이 어떤 경우에나 필연적으로 타당하고 보편적으로 통용되는 경우에 한정되기 때문이다. 비유하자면, "다른 사람을 복종하라"는 만해의 예외적 명령을 허용한다는 것은 마치 '악을 행하라'라는 명령이 윤리적 당위의 세계에서 성립 가능한 것으로 가정하는 일과 다르지 않다.[44] 이러한 사실

더 이상 순종할 필요가 없게 되고, 아니 차라리 '복종하라'는 명령이 자율성 자체에 의거하게 되리라고 말입니다." 미셸 푸코, 『비판이란 무엇인가』, 오트르망 옮김, 동녘, 2016, 51~52쪽.

44 물론 칸트는 '악을 행할 자유'의 가능성에 대해서 사유를 이어나가고, 이를 자신의 실천 철학 체계 내부에서 해명하려 했다. 결론적으로 그는 도덕적 자유와 악한 행위를 할 자유를 전혀 다른 차원의 것으로 규정하고, 양자 사이의 분리를 정당화 하는 데 있어서 종교 철학을 필요로 했다. 이에 대해서는 임마누엘 칸트, 『이성의 한계 안에서의 종교』,

을 고려한다면 위와 같은 이율배반적 상황을 상정하는 만해의 논리적
실험은 (그 의도와 무관하게) 그 자체로 칸트와 만해 사이의 간극을 드러
내는 징후적 장면으로 전유될 수 있다. 그리고 그 간극은 유사해 보이지
만 생각보다 많은 차이를 함축하고 있는 양자 사이의 자유의 위상을 가시
화할 수 있을 것이다.

3.2. 만해와 칸트의 간극

> 矛盾의 矛盾이라면
> 矛盾의 矛盾은 非矛盾이다.
> 矛盾이냐 非矛盾이냐. 矛盾은 存在가 아니고 主觀的이다.
>
> 矛盾의 속에서 非矛盾을 찾는 可憐한 인생.
> 矛盾은 사람을 矛盾이라 하나니 아는가.
>
> −「심우장산시 : 모순」

주지하듯, 칸트의 철학을 관통하는 형이상학적 질문의 핵심은 현상계
과 예지계 사이의 필연적 간극을 이해할 수 있는 원리를 검토하는 일이었
다. 그의 철학이 서구의 전통적 관념론이나 경험론과 구별될 수 있었던
것은 양자의 분열을 하나로 통합시킬 수 있다는 독단주의적 견해를 경계
하고, 그러한 간극이 야기될 수밖에 없는 인식적·도덕적·미학적 조건과
한계를 비판적으로 검토한다는 데 있다. 따라서 경험의 시공간에서 확인
되는 인간의 인식론적·도덕적 한계(Grenz)는 청산되고 극복되어야 할 오
점이라기보다, 오히려 인간의 인식과 실천의 불가피한 조건으로 간주된
다. 만해가 『조선불교유신론』에서 이해했던 것과 달리, 칸트의 '진정한

백종현 옮김, 아카넷, 2015.

자아'가 누리는 '진정한 자유'는 경험 세계에서 현실화되는 것도 아니며 동시에 온전히 예지계의 영역에 귀속된 것도 아니다. 오히려 그것은 현상 계와 예지계 사이의 메울 수 없는 간극을 중재하기 위한 주체의 이념적 요청(Postulat) 속에서 정립되는 실천 이성의 전제이자 조건이라고 해야 할 것이다.

반면 만해의 사유는 칸트의 실천적 요청을 굳이 필요로 하지 않아 보인다.[45] 왜냐하면 불교적 사유에서 이러한 이원론적 간극은 인간의 불가피한 전제 조건이라기보다 절대적 원리의 전개 속에서 해소되고 극복되어야만 하는 일시적 사태에 가깝기 때문이다. 만해와 칸트가 직면한 자유의 역설과 이율배반이 전혀 다른 기능과 성격을 부여받는 이유도 거기에 있다. 칸트에게 자유의 딜레마는 다만 현상계에 속한 인간의 한 단면에서 관찰될 수 있는 독특한 상황으로 파악되어야 하며, 예지계에서는 원칙상 그러한 모순과 역설이 초래되지 않아야 한다. 이처럼 엄격한 이원론적 분리에 기초한 칸트의 사유와 다르게, 불교의 세계관에서 역설과 이율배반은 진여(眞如)와 무명(無明)의 두 차원을 내재적으로 매개하는 원리로 재인식되어야 한다. 이른바 경험 세계에서 목도하는 모순은 무명의 단계에 처한 인간의 마음 상태를 나타내며, 이러한 차안(此岸)과 피안(彼岸)의 경계는 연기의 사슬 속에서 일원론적으로 종합될 수 있고, 통합되어야만 하는 것이다.[46]

---

45 실천철학의 관점에서 칸트의 사유와 불교의 사유는 자주 비교의 대상이 되었다. 특히 경험적인 현상 세계에 대한 회의주의적 입장을 공유하고, 표상 세계의 한계를 극복할 수 있는 실천적 통찰을 필요로 한다는 점에서 둘 사이의 유사성을 주장한 학자들도 적지 않다. 다만, 칸트는 경험적 세계를 규제할 수 있는 원리로서의 초월적 존재에 대한 요청이 수반될 수밖에 없다면, 불교에서는 그와 같은 실천적 요청에 대한 철학적 자의식이 부재하고 있다는 지적도 존재한다. 칸트의 요청론에 입각하여 칸트의 철학과 불교의 철학을 비교한 대표적인 연구로는 김진, 『칸트와 불교』, 철학과현실사, 2004.

46 이에 대해 한용운은 다음과 같이 말한다. "생과 사는 구경 동일한 것이니 일원론적의

잘 알려진 것처럼 만해의 종교적 사유는 그러한 일원론적 세계관을
더욱 급진적으로 전유하는 방향으로 자신의 불교적 세계관을 근대화·
합리화 하려 했다. 기독교적 초월성에 대한 그의 비판적 문제의식은 구원
설에 대한 무신론적 부정과 불교의 윤회설에 대한 자기 부정으로 이어지
는 원동력이었다.[47] 『님의 침묵』에서 모순과 역설이 세계의 내재적 원리
그 자체를 드러내는 인식론적 징표이자, 동시에 주체에게 요구되는 새로
운 실천적 형식으로 거듭날 수 있었던 배경이 거기에 있다.

사랑을 「사랑」이라고 하면, 벌써 사랑은 아닙니다.   −「사랑의 존재」

남들은 님을 생각한다지만
나는 님을 잊고저 하여요
잊고저 할수록 생각히기로
행여 잊힐까 하고 생각하여 보았습니다   −「나는 잊고저」

당신의 소리는 「침묵」인가요.
당신이 노래를 부르지 아니하는 때에 당신의 노랫가락은 역력히 들립니다
그려.
당신의 소리는 침묵이어요.   −「반비례」

고통의 가시덤불 뒤에, 환희의 낙원을 건설하기 위하여 님을 떠난, 나는
아아 행복입니다.   −「낙원은 가시덤불에서」

인용한 텍스트들이 예증하고 있듯, 『님의 침묵』 도처에서 발견되는

견지로 보아도 그러하고 상상적으로 본대도 그러하다. 생사라는 것은 동일 현상의 양단
일 뿐이다. 자기라는 것은 과연 어떠한 것인가?"「신앙에 대하여」, 『한용운 전집 2』,
303쪽.
47 무신론적 입장에서 기독교의 구원설 불교의 윤회설에 대해 비판하는 글로는 「인생은
사후에 어떻게 되나」, 『삼천리』 1(8), 1929.(『전집 2』, 290쪽)

역설적 상황에는 두 층위의 의미가 동시에 함축되어 있다. 우선 그것은 시적 화자가 처해 있는 인식론적·존재론적 한계 상황을 표상한다. 인간이 구사하는 언어의 근본적 맹점은 언표행위와 언표대상 사이의 필연적 간극과 분열에서 비롯된다. "사랑을 「사랑」이라고 하면, 벌써 사랑은 아닙니다." 한편 그것은 님과의 관계에 있어서 주체가 처한 실존적 딜레마로도 확장된다. 「나는 잊고저」와 「반비례」가 보여주고 있듯 님에 대한 망각과 상기의 모순적 순환논리는 화자로 하여금 자신이 들어야 할 소리가 역설적이게도 "침묵"으로서의 '당신의 노래'임을 분명하게 각인시킨다. 왜 그런가? "비밀은 소리 없는 메아리와 같아서 표현할 수가 없습니다."(「비밀」) 표현 불가능한 비밀로서의 진리는 만해에게 주어진 선험적인 전제에 다름 아니다. 인간의 언어는 진리를 드러내는 데 무력하기만 하다. 물론 진리의 표현불가능성과 진리의 부재가 동일한 것은 아니다. 오히려 진리는 표현불가능성의 형식으로 그것의 존재를 스스로 표현하고 입증해야 한다. 이러한 진리 개념 안에서 역설은 주체가 능동적으로 택할 수 있는 세계에 대한 실존적 태도로 전이될 수 있다. 세계의 역설에 대해 주체의 역설적 태도를 합치시키는 것. 그 속에서 비로소 이별은 미의 창조가 되고(「이별은 미의 창조」), 당신의 부재가 나의 사랑을 증명하기 위한 조건으로 전환되며, 님이 멀어질수록 나의 사랑은 더욱 깊어져만 갈 수 있다.

　　바람도 없는 공중에 수직의 파문을 내이며, 고요히 떨어지는 오동잎은 누구의 발자취입니까.
　　지리한 장마 끝에 서풍에 몰려가는 무서운 검은 구름의 터진 틈으로, 언뜻언뜻 보이는 푸른 하늘은 누구의 얼굴입니까.
　　(중략)
　　연꽃 같은 발꿈치로 가이없는 바다를 밟고, 옥 같은 손으로 끝없는 하늘을 만지면서, 떨어지는 날을 곱게 단장하는 저녁놀은 누구의 시(詩)입니까.

타고 남은 재가 다시 기름이 됩니다. 그칠 줄을 모르고 타는 나의 가슴은 누구의 밤을 지키는 약한 등불입니까.

─「알 수 없어요」 부분

만해는 삼라만상을 주재하는 우주의 원리 속에서, 그 자연을 운행하는 모종의 원리에 대해 탐문한다. 물론 그가 그 질문에 대한 답을 뚜렷하게 제시하지는 않는다. '알 수 없어요'라는 위 시의 제목은 그것에 대해 자기 자신도 명확한 원리를 현재로서는 언어화 할 수 없음을 가리키고 있다. 그런 맥락에서 위 시의 각행을 마무리하는 의문형의 문장들은 사실상 질문이 아니다. 『순수이성비판』의 칸트가 경험적 인간의 한계에 대한 비판적 자기 검증을 통해 인식론적 불가지론에 도달했던 것과 달리, 만해는 '무지'("알 수 없어요")의 이중적이면서도 역설적 함의를 오히려 깨달음의 계기로 전환시킨다. 무지의 역설, 혹은 역설적 무지는 이미 사랑의 원리가 세상을 관통하고 있다는 것을 보여주는 징표이다. 칸트의 이원론적 간극이 엄격한 분리에 기초한 통합 불가능한 것이라면, 진여와 무명의 간극은 그런 의미에서 해소 불가능한 절대적인 것이 아니다. 따라서 만해의 주체에게 철학적으로 요구되는 것은 주체의 특별한 개입과 관여가 필요하지 않는 절대적이고 보편적인 법칙에 대한 자발적 복종이다. 만해가 불교의 연기설에 바탕을 둔 '인과율'의 형식으로 자유의 의미를 좀 더 구체화 할 수 있는 배경이 거기에 있다.

당신은 옛 맹서를 깨치고 가십니다.

당신의 맹서는 얼마나 참되었습니까. 그 맹서를 깨치고 가는 이별은 믿을 수가 없습니다.

참 맹서를 깨치고 가는 이별은 옛 맹서로 돌아올 줄 압니다. 그것은 엄숙한 인과율입니다.

나는 당신과 떠날 때에 입맞춘 입술이 마르기 전에, 당신이 돌아와서 다시 입맞추기를 기다립니다.

-「인과율」 부분

"옛 맹서를 깨치고" 나를 떠난 당신을 향해 화자는 자신이 직면한 "이별"을 "믿을 수가 없"는 사태로 간주한다. 『님의 침묵』에서 묘사되고 있는 '님의 부재'가 거의 대부분 그러하듯이 위 시에서도 "당신"이 "맹서를 깨치고" 화자를 떠난 원인과 이유가 자세하게 기술되지 않는다. 굳이 그럴 필요가 없기 때문이다. '님의 부재'는 화자에게 주어진 절대적이고 선험적인 조건이라는 것을 화자는 이미 자각하고 있으니, 그 원인을 해명하는 일은 화자에게 부차적인 일일 수밖에 없다. 물론 안다는 것과 그 앎을 실제로 체험하는 것은 별개의 일이다. 따라서 화자의 앎만으로는 선험적 이별('님의 부재')이 파생시키는 고통과 슬픔은 극복되지 않는다. 관건은 자신에게 강요된 "참 맹서를 깨치고 가는 이별"이 다시 "옛 맹서로 돌아올" 것임을 확신하는 것, 그리고 그것을 "엄숙한 인과율"로 받아들임으로써 실존적 난관으로부터 해방되는 것이다. 당신이 나를 떠난다면, 그것은 회귀의 필연성을 통해 그 온전한 의미를 구현하기 위해서이다. 이러한 필연의 법칙을 주체의 능동적 의지와 중첩시키는 화자의 태도가 '기다림'이다. 만해가 자유의 계기를 발견하는 것도 그 기다림 속에서이다.

그러나 인과율은 숙명론과 동일시할 수 없는 것이다. 숙명론이라는 것은 '신' '천' '운명' 등을 만능 즉 만유의 주재자로 전제하고 인류 기타 만유는 그 주재자의 일정한 명령에 종속되어 그 명령대로 복종하는 이외에 일호의 자유가 없다는 의미, 예하면 갑은 부자가 되고 을은 빈자가 되며, 병은 장수하고 정은 단명한 것이 주재자의 명령에 의하여 시행되는 것이요, 당체의 자력으로 하지 못한다는 것이다. 그러나 인과율은 신의 명령이나 천의 법률이나 운명의 지휘에 구속되어서 기계적으로 복종하는 것이 아니요, 우주 원리의 합리성·필연성의 인과 관계로 진전되는 말이다. 그러므로 인과율과

숙명론은 동일한 논법으로 결합시킬 수는 없는 것이다. (중략)

자유가 없이 구속을 받아서 기계적으로 변천되는 것이 아닌가. 그렇다면 인과율과 숙명적의 내재적 이론은 별문제로 하고라도 만유가 비자유적·구속적·기계적의 결론에 떨어지기는 같은 것이 아닌가.

그것도 무리한 이론은 아니다. 복잡을 피하기 위하여 편의상 인류로 만유를 대변해서 말하자. 인과율은 조금도 인류의 자유를 구속하는 것으로 볼 수는 없는 것이다. 왜 그러냐 하면, 사람의 여하한 자유행동이라도 하나도 인과율이 아닌 것이 없는 까닭이다. 여하한 자유행동이라 하더라도 동시 동 위치에 두 개 이상의 물체를 둘 수가 없고, 동시 동일물로 두 종 이상의 작용을 할 수가 없는 것이다. (중략) 인과율은 자유를 구속하는 명령적 규정이 아니라 만유의 자유를 문란치 않게 한 보안법이다.[48]

이처럼 인과율에 대한 적극적 수용 속에서 자유를 재정립하고자 하는 한용운의 불교적 사유는 칸트의 그것과 적지 않은 차이를 노정하고 있다. 그가 숙명론과 인과율을 엄격히 구분하려 했던 까닭은 불교의 연기설이 "운명의 지휘에 구속되어서 기계적으로 복종하는 것"으로 오해될 소지가 있다는 사실을 모르지 않기 때문이다. 그에 따르면 "우주 원리의 합리성·필연성의 인과 관계로 진전"을 보여주는 "인과율과 숙명론은 동일한 논법"으로 파악될 수 없다. 왜냐하면 불교가 말하는 인과율은 서구 기독교가 상정하는 초월성("신의 명령이나 천의 법률이나 운명의 지휘")을 허용하지 않는, 일종의 내재적 원리이기 때문이다.

여기서 만해의 인과율은 두 가지 의미를 동시에 내포하게 된다. 첫째는, 사태의 원인과 결과를 시간적 층위에서 매개하는 과학적 원리로서의 기계적 인과율이 그것이다. 『순수이성비판』에서도 깊이 고찰되었던 이러한 인과율은 칸트에게 있어 현상계에서 자유가 정초될 수 없는 근본

---

48 「우주의 인과율」, 『불교』 90, 1931.12.(『전집 2』, 297~298쪽)

원인이었다. 반면 만해는 인과율을 인류 역사를 넘어 우주의 전체적인 생명의 전개라는 거대한 시간적 층위 속에서 증명될 수 있는 것으로 파악한다. 인간 역시 이러한 역사적 시간성 속에 있는 한 개인의 자유와 인과의 원리가 반드시 대립될 필요가 없다는 것이다. 여기서 인과율의 '합리성'과 '필연성'은 기계적 선후 관계의 논리를 넘어, 도덕적이고 역사철학적인 의미까지도 내포하게 된다.

물론 연기설과 자유를 통합하는 만해의 사유가 철학적으로 얼마나 설득력이 있는지를 판단하는 것은 이 글의 관심이 아니다. 관건은 초월과 내재 사이의 간극을 허용하지 않는 만해의 사유가 칸트와의 간극을 드러내주는 대표적인 특징이라는 사실이다. 그가 칸트를 비판하는 대목에서 강조했듯이 자유가 하나의 개별적 자아에 속하는 것이 아니라, 그러한 개별자들의 절대적 통합 속에서 구현될 수 있다고 주장했던 근거도 거기에 있다. "마음과 부처와 중생이 셋이면서 기실은 하나인데, 누구는 부처가 되고 누구는 중생이 되겠는가. 이는 소위 상즉상리(相卽相離)의 관계여서 하나가 곧 만, 만이 곧 하나라고 할 수 있다"는 화엄의 상즉상입(相卽相入)의 경지에서 개별적 자아와 보편적 자아 사이의 단절은 발생하지 않으며, 근대적 개인과 공동체 간의 분열 역시 허용될 수 없다. 연기(緣起)로 엮여 있는 상호의존적 세계에서, 사랑은 바로 그러한 간극이 종합되는 과정으로서의 역사적 전개를 의미하게 된다.

> 당신의 사랑은 당신과 나와 두 사람의 사이에 있는 것입니다.
> 사랑의 양을 알려면, 당신과 나의 거리를 측량할 수밖에 없습니다.
> 그래서 당신과 나의 거리가 멀면 사랑의 양이 많고, 거리가 가까우면 사랑의 양이 적을 것입니다.
> ―「사랑의 측량」 부분

그런 의미에서 만해가 말하는 "당신과 나와 두 사람의 사이"의 거리는

공간적 간극이 아니라 사실상 시간적 간극이다. 주지하듯 초월론적 조건
으로서 칸트가 제시한 예지계와 현상계 사이의 간극에는 그 어떤 역사적
시간성이 개입할 여지가 없다. 그런가 하면 만해의 간극은 도래해야 할
이념적 미래와 그것이 부재하고 있는 현재 사이의 시차를 반영한다. 물론
만해의 주체는 그 사이의 거리가 언젠가 좁혀질 것이라는 사실을 모르지
않는다. 왜냐하면 그것이야말로 '님'이 보여주어야 할 절대적 진리의 필
연성이기 때문이다. 인과적 필연성에 대한 통찰("사랑의 측량")을 바탕으
로 만해는 주체가 취해야 할 이중적이면서도 역설적 태도를 정당화 한다.
자유는 님에 대한 기다림을 통해 가시화되는 능동성(주체)과 수동성(인과)
을 연동시키는 형이상학적 원리에 다름 아니다.

> 님은 갔습니다. 아아 사랑하는 나의 님은 갔습니다.
> 푸른 산빛을 깨치고 단풍나무숲을 향하여 난 적은 길을 걸어서 차마 떨치
> 고 갔습니다.
> 황금의 꽃같이 굳고 빛나던 옛 맹서는 차디찬 티끌이 되어서, 한숨의 미풍
> 에 날아갔습니다.
> 날카로운 첫 「키쓰」의 추억은 나의, 운명의 지침을 돌려놓고, 뒷걸음쳐
> 서, 사라졌습니다.
> (중략)
> 아아 님은 갔지마는 나는 님을 보내지 아니하였습니다.
> 제 곡조를 못 이기는 사랑의 노래는 님의 침묵을 휩싸고 돕니다.
> ―「님의 침묵」 부분

이처럼 만해의 주체는 님의 부재라는 선험적 조건에 대한 현실적 승인
과 님과의 예비된 미래의 만남이라는 이상적 상황이라는 서로 다른 두
대립적 축 사이에서, 주체가 무엇을 해야 할지를 묻는다. 이때 만해는
현실적 구속으로부터의 해방이라는 소극적 자유의 의미를 넘어, 보편적

이고도 절대적 원리와 주체의 의지를 합치시키는 것을 추구하고자 했다. 하지만 칸트와 달리 그는 절대적 원리의 내재적 현실화에 대한 확신과 믿음을 가지고 있었고, 그러한 신념의 세속적 실천을 통해 자유의 원리를 증명하고자 했다. 그런 의미에서 우리는 만해의 자유, 기다림의 자유를 미래를 향한 기투 속에서 형상화 될 수 있는 신앙적 태도이자, 현재와 미래 사이의 시간적 간극을 최종적으로 화해시키는 역사철학적 이념으로 정의할 수 있을 것이다.

4. 만해의 아이러니 : 반근대적 열정의 근대성

지금까지 우리는 칸트와 만해 사이의 사상적 연결고리에 착안해, 사상가로서 한용운이 근대적 자유의 원리를 이해하는 과정을 조명하고, 그것이 『님의 침묵』에서 어떤 방식으로 형상화되는지를 검토하고자 했다. 당대 식민지 조선에서 확산되고 있는 범속한 자유에 대한 열광을 지켜보며 만해는 자유가 그처럼 단순하게 규정될 수 없다고 여겼다. (비록 깊이 있는 앎에 도달했던 것은 아니지만) 칸트는 그러한 근대인들의 착각에 대한 자신의 비판을 철학적으로 정당화 하는 근거를 제공해준 지적 근원이었다. 칸트를 통해 만해는 서구적 근대의 핵심을 이해하려 했고, 그 과정에서 서구철학의 한계까지도 동시에 보려고 노력했다. 『님의 침묵』에서 등장하는 '칸트의 님'은 그러한 한계를 불교적 언어로 포용하는 과정에서 나타난 독특한 형상이다.

하지만 만해의 의해 전유된 칸트는 더 이상 실제의 칸트와 동일한 존재가 아니었다. 만약 칸트에게 님이 있을 수 있다면, 그것은 『님의 침묵』의 당신처럼 언젠가 만나게 될 존재가 아니라, 다만 있어야만 하는 초월적 존재에 가까울 것이다. 칸트의 체계 하에서 님과의 만남은 만해가 그토록 부정하던 사후 세계라는 초월적 지평에서나 비로소 가능하다. 하지만 그것은 어디까지 철학의 문제가 아니라 종교의 문제였기에, 칸트의 이성적 검토에 따르면 그것은 앎과 확신의 대상이 아니라 희망(Hoffnung)의 대상일 수밖에 없다. 물론 칸트의 희망 역시 실천적 요청의 일환이라는 점에서 그것은 만해가 언급한 "새 희망"(「님의 침묵」)과는 전혀 다른 의미를 내포하고 있다.

그렇다면 남는 문제는 칸트를 매개로 드러난 만해의 자유에 대한 이념과 그의 세계관을 과연 근대적인 것으로 평가할 수 있는가이다. 분명 칸트와 만해의 연결고리가 그러한 평가의 전부를 감당할 수는 없을 것이다. 그러나 칸트가 루소와 더불어 "근대적 내면화의 한 형태, 다시 말해 우리의 내적 동기에서 선을 발견하는 방식을 제공"[49]했으며, 내면에서 울리는 양심의 소리를 통해 근대적 개인의 중요한 축 하나를 정초하는 데 크게 기여했다는 사실은 새삼 강조될 필요가 있다. 칸트의 이단적 후계자들이라고 불리는 후대의 낭만주의자들이 내부로부터의 목소리를 듣고, 그것을 표현하려는 충동을 자유롭게 실현함으로써 근대 예술의 한 전기를 마련할 수 있었던 것은 주지의 사실이다. "근대적 주체는 (중략) 표현적인 자기명시화라는 이 새로운 능력에 의해 규정된다."[50] '진정한 자아'를 개인의 내면으로 귀속시켰던 칸트를 비판했던 만해가 결과적으로 이러한 주류적 흐름과 결이 다른 자아를 내세운다는 것을 『님의 침묵』은 결정적으로 보여주고 있다.

『님의 침묵』에 등장하는 화자에게 자기 자신의 내부가 전혀 고려의 대상이 아닌 것은 그런 의미에서 단순한 우연이 아닐 것이다. 그의 관심은 철저히 외부의 '당신'에 정향되어 있으며, 그의 강렬한 목소리 역시

---

49 찰스 테일러, 『자아의 원천들』, 권기돈·하주영 옮김, 새물결, 2015, 743쪽.
50 위의 책, 789쪽.

전적으로 '당신'을 향한다. 그의 어조에 어떤 정서적 울림이 없다 할 수는 없지만 그가 격정적으로 묘사하는 슬픔, 고통, 괴로움, 행복은 인간적인 것이라기보다 삼라만상의 우주적 원리를 매개하는 형이상학적 감정들에 가깝다. 그런 의미에서 "나는 서정시인이 되기에는 너무도 소질이 없나봐요"(「예술가」)라는 화자의 고백은 어쩌면 정확한 자기 지시적 설명인지도 모른다. 사실상 내면이 없는, 세계와의 단절과 간극을 호소하지 않는 만해의 시적 자아는 근대적 자아의 우세종들과 공유하는 점이 그다지 많지 않다. "만해의 '절대적 자아'가 모더니티의 산물로서의 서정적 자아와 관련이 없다"[51]는 해석이 타당하게 느껴지는 것은, 헤겔의 고전적 정의처럼 서정적 자아는 "개인으로서 이 외부 세계에 맞서 자신 속에 자아를 반영하며, 다시 거기에서 나와 자기 내면에서 느끼고 표상하는 것을 독자적인 총체성으로 완성시킬 수 있"[52]어야 하기 때문이다. 만해가 내세우는 "무한아·절대아"[53]에는 근대 서정시인들이 보여주는 그러한 내면적 운동성이 사실상 결여되어 있다.

　그렇다면 『님의 침묵』은 전통 지향적인 시집이고, 그것이 설파하는 세계는 반근대적인 것으로 규정될 수 있을까? 이것은 지극히 애매한 문제이다. 그의 시와 철학적 저서들에서 근대에 대한 비판적 태도와 반근대적 열정이 엿보이지 않는 것은 아니다. 그러나 만해가 자신에게 익숙한 불교의 언어로 근대를 비판적으로 내면화하는 과정에서 엿보이는 반근대적 뉘앙스들을 발견하는 것과 그것을 복고적 전통주의로 단순하게 간주하는 것은 별개의 사안이라 해야 한다. 이러한 평가는 근대적인 것과

51　정명교, 「한국 현대시에서 서정성의 확대가 일어나기까지」, 『'한국적 서정'이라는 환(幻)을 좇아서』, 문학과지성사, 2020, 34쪽.
52　게오르그 헤겔, 『헤겔의 미학강의 3 – 개별 예술들의 체계』, 두행숙 옮김, 은행나무, 2010, 800쪽.
53　한용운, 「선과 자아」, 『불교』 108, 1933.7.1.(『전집 2』, 322쪽)

반근대적인 것 사이의 명료한 이분법적 구별이 가능하다는 전제를 필요로 한다. 하지만 우리는 근대의 내부에 잠재되어 있는 무수히 많은 반근대적인 움직임들을 모르지 않으며, 근대에 저항하는 반근대적 사유 또한 근대가 내적으로 파생시킨 현상이라는 사실을 모르지 않는다.

만해의 세계관을 단순히 전통적인 것으로 단정할 수 없다는 사실을 보여주는 것은 의외로 서구의 일부 낭만주의자들이다. 그들은 칸트가 정초한 내면의 공간을 자신의 목소리의 무대로 발견했지만, 칸트가 열어놓은 이원론적 간극과 자유의 딜레마를 해결하기 위해 스피노자의 계승자를 자처했다. 초기 낭만주의에 대한 대표적인 연구서 중 하나는 이에 대해 이렇게 해설한다.

> 슐레겔과 셸링은 자연 전체에만 절대적 자유를 인정하면서도 숙명론의 함축을 피하기 위해서 여전히 노력한다. 그들은 자연의 일부로서 자아가 자유롭다는 것을 부정하지만, 자아가 자연 전체와의 통일성 안에서는 자유롭다고 인정한다. 그들은 두 가지 관점 혹은 입장을 구별한다. 먼저 다른 것들과의 관계 속에서 고려된 자아는 개인(individual)으로서의 자아, 타자에 대립되는 하나의 유한자로서의 자아이다. 그리고 이 관계들과 별도로, 그 자체로 고려된 자아는 보편적(universal) 자아, 다른 모든 것과 일체가 된(identical) 자아이다. 개인적 자아가 필연성의 지배를 받는다면, 보편적 자아는 신적 자유를 공유한다. 그것의 정체성(identity)은 전체의 한 부분 – 여기서는 모든 것이 외적 원인들에 의해 결정된다 – 으로 제한되지 않고 모든 사물들 전체로 확장되며, 이 전체는 자유롭게 자신의 본성의 필연성에 따라서만 작용한다. 따라서 참된 자유는 나의 모든 행동에서 신적인 것이 나를 통해 작용하고 있다는 것을 이해함으로써 신적 필연성을 공유하거나 그것에 참여하는 데에서 나온다. 이것이 스피노자의 신에 대한 지적 사랑의 자유, 자아가 전체 우주와의 동일성을 인식했을 때 자아를 필연성과 화해시킨 자유였다.[54]

필연적 섭리와 개인의 자유 사이의 분열을 내재적 지평에서 종합하고
자 노력한 독일 낭만주의자들의 시도를 분석한 위 인용문의 몇 가지 개념
을 수정하면, 그것은 만해의 연기적 자유설과 놀랍도록 흡사해 보인다.
"만상에 "님"을 발견하는 범신주의가 여긔 배태되엇다"[55]는 주요한의 의
미심장하면서도 정확한 분석처럼, 만물의 원리 속에서 자유의 계기를
발견하려는 『님의 침묵』을 스피노자의 범신론과 비교하는 것도 분명 가
능해질 것이다. 물론 만해를 낭만주의로 규정해야 한다는 뜻이 아니다.
관건은 낭만주의에 함축된 반근대적 열정 또한 근대적 분열에 대한 하나
의 대응적 태도라는 점과 유사한 맥락에서, 칸트가 열어놓은 저 이원론적
간극의 화해를 도모하는 만해의 불교적 사유 역시 전통적 사유에서 기원
한 반근대적 태도로 환원시키는 것이 충분하지 않다는 사실이다. 이와
관련하여 김윤식은 일찍이 번역의 지평에서 다음과 같은 흥미로운 문제
의식을 제기한 바 있다. "서구의 긴장된 시를 수용하려다 번번히 실패한
당시의 시와 만해를 비교해 볼 때, 만해의 성공"이 가능했던 것은 서구의
근대를 철저하게 내면화 하지 못했던(혹은 하지 않으려 했던) 그 "비동화성
(非同化性)이라는 한계성"[56]에서 찾아야 한다. 칸트와 함께 만해를 읽는
이 글의 잠정적 결론도 여기서 멀지 않다. 『님의 침묵』의 이례적 독창성
은 전통적인 것으로도 근대적인 것으로도 온전히 환원될 수 없는 그 애매
한 자리에 만해의 사유가 위치하고 있다는 데에서 발현한다.[57] 이것은

54 프레드릭 바이저, 『낭만주의의 명령, 세계를 낭만화하라』, 김주휘 옮김, 그린비, 2011,
    270쪽.
55 주요한, 「愛의 祈禱, 祈禱의 愛 -한용운씨 近作 "님의 沈默" 讀後感(하)」, 『동아일보』
    1926.6.26.
56 김윤식, 「한국문학에 있어서의 타골의 영향에 대하여」, 『진단학보』 32, 진단학회, 1969,
    225~227쪽.
57 한용운의 텍스트에서 개진되고 있는 주체성과 상호성에 대한 사유를 바탕으로 「님의
    침묵」의 독특한 근대적 성격을 분석한 연구로는 정과리, 「'님'은 누구인가」, 『한국 근대

분명 역설적인 결론처럼 들릴 수 있다. 하지만 계보학적 관점에서 『님의 침묵』의 연원은 물론이거니와 그 시사적(詩史的) 후예도 찾아보기 어려운 것은 전혀 아이러니한 일이 아니다.

참고문헌

1. 자료
『한용운 전집 1~2』, 신구문화사, 1973.
《동아일보》, 『일광』, 『불교』, 『(신)불교』

2. 저서 및 논문
권보드래, 『연애의 시대』, 현실문화, 2003.
김제란, 「한·중 근현대불교의 서양철학 수용과 비판」, 『선문화연구』 31, 한국불교선
　　　리연구원, 2021.
김용직, 『한국현대시연구』, 일지사, 1974.
김우창, 「궁핍한 시대의 시인」, 『궁핍한 시대의 시인』, 민음사, 1977.
김윤식, 「한국문학에 있어서의 타골의 영향에 대하여」, 『진단학보』 32, 진단학회,
　　　1969.
김재홍, 『한용운 문학연구』, 일지사, 1982.
김진, 『칸트와 불교』, 철학과현실사, 2004.
김춘식, 『미적 근대성과 동인지 문단』, 소명출판, 2003.
김현, 「여성주의의 승리」, 『전체에 대한 통찰』, 나남, 1990.
바이저, 프레드릭, 『낭만주의의 명령, 세계를 낭만화하라』, 김주휘 옮김, 그린비,
　　　2011.
백낙청, 「시민문학론」, 『창작과비평』 1969년 여름호.
백종현, 『칸트와 헤겔의 철학』, 아카넷, 2017.
사카베 메구미 외, 『칸트 사전』, 이신철 옮김, 도서출판b, 2009.

시의 묘상 연구」, 문학과지성사, 2023.

송욱, 『전편 해설 – 님의 침묵』, 과학사, 1974.

유종호, 「만해 혹은 불가사의한 경의」, 『한국근대시사』, 민음사, 2011.

윤종갑, 「한용운의 근대 인식과 서양철학 이해」, 『한국민족문화』 39, 부산대학교
　　　한국민족문화연구소, 2011.

윤종갑·박정심, 「동아시아 근대불교와 서양철학」, 『철학논총』 75, 새한철학회,
　　　2014.

이선이, 「만해의 불교근대화운동과 시집『님의 沈默』의 창작동기」, 『한국시학연구』
　　　11, 한국시학회, 2004.

이소마에 준이치, 『근대 일본의 종교 담론과 계보』, 제점숙 옮김, 논형, 2016.

이행남, 「칸트의 도덕적 자율성으로부터 헤겔의 인륜적 자율성으로」, 『철학연구』
　　　116, 2017.

＿＿＿, 「칸트의 실천이성비판에서 최고선 구상의 사회정의론적 통찰과 그 한계」,
　　　『철학』 146, 한국철학회, 2021.

정과리, 「한국 현대시에서 서정성의 확대가 일어나기까지」, 『'한국적 서정'이라는
　　　환(幻)을 좇아서』, 문학과지성사, 2020.

＿＿＿, 「'님'은 누구인가」, 『한국 근대시의 묘상 연구』, 문학과지성사, 2023.

정한모, 『한국현대시문학사』, 일지사 1974.

조명제, 「한용운의『조선불교유신론』과 일본의 근대지(近代知)」, 『한국사상사학』
　　　46, 한국사상사학회, 2014.

칸트, 임마누엘 『윤리형이상학 정초』, 백종현 옮김, 아카넷, 2014.

푸코, 미셸, 『비판이란 무엇인가』, 오트르망 옮김, 동녘, 2016.

테일러, 찰스 『자아의 원천들』, 권기돈·하주영 옮김, 새물결, 2015.

한자경, 『불교의 무아론』, 이화여자대학교출판부, 2006.

헤겔, 게오르크, 『헤겔의 미학강의3 – 개별 예술들의 체계』, 두행숙 옮김, 은행나무,
　　　2010.

시적인 것마저 사라지는 순간
: 이태준의 「엄마 마중」을 중심으로

이승은

> 시는 천의 얼굴로 나타나지만 결국 시편은 빔vacio을
> 숨기고 있는 가면일 뿐이다. ―옥타비오 파스

1. 화두

개인적인 소회로서 이 글을 풀어나가 보려고 한다. 시를 공부하면서의
화두는 "시적인 것이란 무엇인가?" 하는 것이었다. 대개가 그러하듯 시
한편 한편을 읽고 시인을 공부하는 것으로 나의 시 공부는 시작되었다.
그렇게 화두를 잡고 들어간 문은 장르론적 의미에서의 시의 공간이었다.
하지만 제도로서의 학문 장 안에서 공부를 마치고 걸어 나온 문은 시의
공간이 아닌, 시가 사라지는 공간이었다. 왜 그랬을까?

이 글에서 나는 내가 붙잡았던 화두에 대한 답으로서, 시적 공간 속으
로 몰입하다가 시가 사라지는 순간에 대한 이야기를 해 보려고 한다.
오해할까봐 노파심에 미리 언급해두자면, 시적 공간 속에 몰입하다가
시가 사라지는 그 순간이, 사라지는 순간이라고 해서 그곳에 아무 것도
남지 않았다는 것은 아니라는 것쯤은 미리 말해두기로 한다.

일단 시적인 것이 과연 어떤 것인지 개괄해보자. 주지하듯이 일상적인
세계와 시적인 세계는 다르다. 언어적 측면에서 보자면 일상의 세계에서

언어는 언어로서의 한계를 명백히 갖는 불구의 언어로 살지만, 시적 세계 안에서 언어는 원초적 상태를 회복시키는 경험까지도 가능하게 한다. 즉 시적 언어는 언어의 한계를 뛰어넘는 이미지이기에 언어화할 수 없던 것을 언어화하여 우리가 잃어버린 원초적인, 근원적인 어떤 것을 드러내 준다. 그리하여 우리 자신 안의 타자와 만나 타자성을 현현하는 경험에 도달하게 되는데, 그것이야말로 시적인 경험의 순간인 셈이다.[1] 이러한 시적 경험의 순간에 개입되는 시간성은 일상의 시간성과는 다를 수밖에 없다. 시적인 시간은 "영원히 현재인 시간이기에 시의 현재는 과거이며 동시에 가까운 미래이고 영원히 구체적으로 현재화되어"[2] 나타난다. 이는 시적 시간이 매순간 구분되고 분별해 내는 일상의 시간과 어떻게 다른지를 암시한다.

이런 의미에서 볼 때, 일상의 세계와 달리 언제든지 시간성을 무화시키는 것에 거리낌이 없는 동화의 세계도 시적 세계의 범주로서 논의해 볼 수 있을 것이다. 동화의 세계와 시의 세계를 두고 여러 측면에서 친연성을 논해볼 수 있겠지만 이 부분에서는 시간성의 측면에 한정지어 이야기해보려고 한다. 이태준의 동화 「엄마 마중」을 읽어보는 것으로 시작해 보자.

> 추워서 코가 새빨간 아가가 아장아장 전차 정류장으로 걸어 나왔습니다.
> 그리고 끙-, 하고 안전 지대에 올라섰습니다.
> 이내 전차가 왔습니다. 아가는 갸웃하고 차장더러 물었습니다.
> "우리 엄마 안 오?"
> "너희 엄마를 내가 아니?"
> 하고 차장은 '땡땡'하면서 지나갔습니다.

---

1 옥타비오 파스, 김홍근·김은중 옮김, 『활과 리라』, 솔, 1998, 35~257쪽.
2 위의 책, 245쪽.

또 전차가 왔습니다. 아가는 또 갸웃하고 차장더러 물었습니다.
"우리 엄마 안 오?"
"너희 엄마를 내가 아니?"
하고 이 차장도 '땡땡' 하면서 지나갔습니다.
그 다음 전차가 또 왔습니다. 아가는 또 갸웃하고 차장더러 물었습니다.
"우리 엄마 안 오?"
"오! 엄마를 기다리는 아가구나."
하고 이번 차장은 내려와서,
"다칠라. 너희 엄마 오시도록 한 군데만 가만히 섰거라, 응?"
하고 갔습니다.
아가는 바람이 불어도 꼼짝 안 하고, 전차가 와도 다시는 묻지도 않고 코만 새빨개서 가만히 서 있습니다.

—「엄마 마중」 전문[3]

일제강점기인 1938년에 쓰인 이 작품은 전차 정류장에서 혼자서 엄마를 기다리는 아이의 모습을 보여준다. 아이는 "우리 엄마 안 오?"라고 반복적으로 묻고 두 번이나 불친절한 차장으로부터 퉁명스러운 대답을 듣기도 한다. 엄마를 하염없이 기다리는 이런 아이의 상황을 작가는 건조한 관찰자의 시선으로 전달하고 있기에 역설적으로 이 상황이 담고 있는 안타까움이 더 묵직하게 전해지기도 한다.

시적인 시간이 언제나 현재를 갈구하고 영원히 현재의 시간 속에 놓이게 한다는 걸 고려한다면[4] 엄마를 그리워하는 아이의 마음은 역사를 벗어나게 만들며 시간을 무화시켜 현재화한다. 시간과 무관하게 시간을 꿰뚫고 관통하는 '그리움'이라는 감정이란 점에서 영원히 현재적이기에 그러하다. 동시에 1930년대라는 역사의 시간은 이 작품으로 말미암아 사람들

---

3 1938년에 조선일보사에서 발행된 『조선아동문학집』에 실려 있다.
4 옥타비오 파스, 위의 책, 243쪽.

사이에서 반복된다. 그러한 반복에 의해 이 작품은 1930년대라는 역사적 상황 속에 시간을 더욱 단단히 붙들어 놓게 되는 것이다.[5] 즉 역사의 시간을 역사화하면서 동시에 지속적으로 현재화하고 있는 것이다.

간략한 이런 논의로 우리는 거칠게나마 시적 시간성의 개념으로 동화 「엄마 마중」을 살펴보았다. 현재이자 동시에 미래이고 영원히 현재로 회귀되는 시의 시간성은 동화의 시간 속에서도 동일할 수 있다는 점에서 동화를 시적인 것으로 일컬을 수도 있는 것이다. 하지만 시간성의 측면에서 동화가 시적 세계의 시간성을 공유한다고 해서 장르론적 의미에서 동화가 시인 것은 아닐 것이다. 다시 말해서 두 장르가 시적인 세계를 공유한다고 했을 때 동화가 한 편의 시일 수도 있다는 말로서 충분할 뿐이지 이를 장르론적으로 구분하는 것에 큰 의미는 없을 것이다. 동화의 세계가 갖고 있는 기본적인 힘은 이야기에서 나오는 것이라고 보아야 할 것이고, 그 이야기가 갖고 있는 효과가 시적인 효과를 십분 발휘한다는 설명으로도 충분할 것이기 때문이다. 그런데 시적인 효과를 일정 정도 보여주고 있는 이야기의 힘이 특정 형식 안에서 훨씬 강한 시적 효과를 발휘하게 된다면 이는 좀 더 면밀한 검토가 필요해 보인다.

2. 변형과 몰입

동화 「엄마 마중」이 아닌, 그림책 『엄마 마중』이 그 특별한 형식을 알려주고 있다. 앞서 언급한 이태준의 동화 「엄마 마중」(1938)은 2004년

---

5 옥타비오 파스는 「시와 역사」에서 시의 시간이 역사적이 되는 두 가지 방법을 제시한다. 하나는 사회적 생산물로서이다. 두 번째는 역사적인 것을 뛰어넘는 창조물로서지만, 이것이 진정으로 이루어지기 위해서는 시편이 다시 역사 속에서 육화되고 사람들 사이에서 반복될 필요가 있다고 말한다.(위의 책, 245쪽)

에 화가 김동성이 그림을 그림으로써 '그림책' 『엄마 마중』으로 재탄생되었다.[6] 한 편의 시로 읽을 만하다고 인정받는 동화[7] 「엄마 마중」이 '그림책'으로 재탄생했을 때의 문학적 효과는 시적 체험의 측면에서 동화와는 차이를 보여준다. 시적인 글이 동화로서 독자와 만날 때와, 그림책으로서 독자와 만날 때의 차이를 살펴야 한다.

우선 동화책과 그림책의 개념이 어떻게 다른가부터 보자. 동화책도 그림이 글의 삽화로서 존재할 수 있지만 그림은 배경으로 머물 뿐 그림 자체가 적극적 읽기의 대상은 아니라고 할 수 있다. 반면에 그림책은 글과 그림의 결합으로 그림 자체가 단순한 배경으로서의 삽화가 아니라 글 텍스트와 적극적으로 상호작용을 하는 유의미한 텍스트라는 점에서 동화책과는 구별된다. 즉 그림책은 글과 그림의 결합으로서 의미가 전달되는 특성을 갖는다. 그런 의미에서 동화 「엄마 마중」과 그림책 『엄마 마중』은 이태준이 쓴 동일한 글이지만, 그림책으로 재탄생했을 때 문학적 효과의 측면에서 차이가 있다.[8]

동화책에서 그림책으로의 '변형'은 이 동화를 한 편의 시로 여기고 읽을 만하다고 평할 수 있는 수준을 넘어선다고 할 수 있다. 같은 글을 동화책으로 접하는 경우와 그림책으로 접하는 경우의 시적 경험이 다르기 때문이다. 그림책으로의 변형은 독자에게는 동화책에서와는 다른 경험을 불러온다. 동화 「엄마 마중」의 전문이 삽화가 하나도 없는 경우라면

---

6 『엄마 마중』은 2004년에 한길사에서 김동성의 그림이 더해져 그림책으로 출간되었다. 이후에 한길사에서 절판된 이후 2013년부터는 보림출판사로 판권이 이전되어 지금껏 유통되고 있다.

7 원종찬, 「정지용과 이태준의 아동문학」, 『아동문학과 비평정신』, 창작과 비평사, 2001, 321쪽.

8 실제로 아동들에게 글만을 제시하고, 이후에 그림책을 제시했을 때 아동들은 이 둘을 별개의 작품으로 인식한다는 연구결과도 있다.(현은자 외, 「시와 시그림책에 대한 아동의 반응 분석」, 『어린이문학교육연구』 19(4), 한국어린이문학교육학회, 2018, 138쪽)

책의 한 면에 다 쓰일 수 있는 분량일 것이다. 반면에 그림책『엄마 마중』
은 총 38쪽으로 이루어져 있다는 점에서 큰 차이를 보인다. 따라서 독자
들이 지면에 머무르는 시간이 동화와 비교할 때 좀 더 길다고 보아야
할 것이다. 한 면에 글이 한 줄이거나 혹은 글 없이 그림만으로 이루어진
면도 있는 그림책의 경우 동화와 다르게 독특한 시점이 추가되는데, 바로
그림을 보는 사람의 '시지각 시점'이 그것이다. 여기서 '시지각 시점'이란
글에 등장하는 화자의 시점과 달리, 그림책의 그림을 읽어내는 또 다른
시선으로서의 시점으로, 전적으로 보는 사람의 시점을 말한다. 즉 독자
의 시지각 시점을 의미한다.[9] 동화에서는 독자의 시선이 글에 머물면서
화자의 시점에 일차적으로 머무르게 되지만, 그림책의 경우는 글의 화자
의 시점에다가 독자의 시지각 시점이 새롭게 추가되는 것이다. 예를 들어
글에서는 등장인물의 감정을 정확히 명시할 수 있지만 시지각의 시점이
추가되면 등장인물의 감정은 보는 독자의 시지각에 따라 상당히 다양한
해석의 여지를 남긴다. 이런 측면을 고려할 때 그림책이라는 형식이 제공
하는 시적 경험은 독자 입장에서 보다 '직접적으로' 이루어진다는 장르적
인 특성을 갖고 있는 셈이다.

　동화「엄마 마중」과 그림책『엄마 마중』의 비교를 위해서, 동화「엄마
마중」은「마중1」로, 그림책『엄마 마중』은『마중2』로 표기하겠다. 앞서
이야기했다시피「마중1」의 화자는 건조한 관찰자의 시선으로 상황을 전
달하고 있다. 등장인물인 아이를 "아장아장"으로 표현하는 것으로 보아
그리고 혼자서 밖에 나올 정도가 되는 것으로 보아 아이는 4, 5살 정도로
추측할 수 있을 것이다. 하지만 구체적으로 그 아가가 어떤 모습을 하고

9　이 글에서 시지각 시점이라고 한 것은 사실 '시선'이라고 해도 무방할 것이다. 하지만
　화자의 '시선'은 관습적으로 글에 쓰는 '시선'이라는 용어이기에 그림책 독자의 특별히
　'보는' 시선과 구분하고자 시지각이라는 용어를 사용함을 밝혀둔다.

있는지는 독자 저마다의 상상 속에서 다양할 것이다. 그런데 『마중2』에 오면 그 아가의 모습이 구체적으로 독자의 시지각에 들어온다. 순수해 보이는 아이가 표지에서부터 독자를 물끄러미 쳐다보고 있는데 그런 표지를 넘기면 벙거지 모자를 쓰고 걷고 있는 아이가 나온다. 이때부터 독자의 시지각 시점은 이 아가에게 온통 쏠리게 된다. 첫 문장을 지나 두 번째 문장의 그림에서는 독자의 시지각은 글과 더불어 아가가 자신의 짧은 다리로 정류장에 올라가는 것을 보게 된다.(그림1) 「마중1」에서 글만으로 보여 졌던 "'낑'하고 안전지대에 올라섰습니다."는 『마중2』에서는 짧은 다리의 아이가 얼마나 힘겹게 이곳 전차정류장에 온 것인가 하는 것이 구체적으로 독자의 시지각에 육박해 들어오는 것이다.

그리고 '낑' 하고 안전지대에 올라섰습니다.

[그림1] 『엄마 마중』(보림출판사)

"우리 엄마 안 오?"

[그림2] 『엄마 마중』(보림출판사)

글만으로 아이가 엄마를 하염없이 기다리고 있는 것을 상상하는 것과 직접적으로 독자가 그림을 보면서 생생한 시각적 이미지를 통해서 글과 그림이 상호작용하여 활성화되는 효과로 상황을 상상하는 것은 같지 않다. 글과 그림의 상호 활성화의 과정은 전차 차장의 "너희 엄마를 내가 아니?"와 "우리 엄마 안 오?"(그림2)의 반복적 기술과 함께 그림책에서는 시지각 시점의 역동성을 통해서 독자로 하여금 전체와 부분을 끊임없이 오가도록 하면서 특별한 감정을 불러일으키도록 한다. 여기서 특별한 감정이란 엄마가 언제 올지도 모르면서 하염없이 기다리고 있는 코가 빨간 아이의 순정한 마음에 깊숙이 빠져들게 되는 것을 뜻한다. 아이와 독자인 자신은 분명히 분리되어 있지만, 그 아이가 동시에 어린 시절의 '나'이기도 하고, 지금의 '나'이기도 하다는 감정 이입의 경험은 이 그림책의 세계에 '몰입'하게 되는 효과를 가져온다고 할 수 있다. 일상의 독서 체험 속에서 만나는 이런 '몰입'의 경험은 자신이 잃어버렸던 또 다른 자기 자신과 만나는 경험을 하는 순간이라고 할 것이다. 또 다른 자신을 만나는 것이란 내 안의 타자를 만나는 것이고, 이를 통해 그 타자는 '나'를 자신의 "근원적인 본성"[10]으로 데려가는 경험을 제공한다. 이런 경험이야 말로 '시적 경험'이라는 말에 합당할 것이다.

그림책 『엄마 마중』에서 아이는 아장아장, 뒤뚱뒤뚱 짧은 다리로 정류장으로 걸어 나가서 사랑하는 엄마를 기다리고 또 기다리고 있다. 아직 오지 않고 있는 사랑하는 엄마를 기다리는 아이의 마음은 글과 함께 작용하는 그림의 상호작용으로 말미암아 독자에게 고스란히 전해진다. 독자 자신이 가지고 있던 그리운 마음, 사랑의 마음이 살아나서 아이를 바라보게 되는 것이다.

동화 「엄마 마중」의 마지막은 "코만 새빨개서 가만히 서 있습니다"로 끝나기에 끝내 아이가 엄마를 만났는지, 만나지 못했는지 알 수 없는 아련한 아픔을 남긴 채 끝이 난다. (이것도 충분히 시적인 경험을 제공하지만) 하지만 그림책 『엄마 마중』은 "코만 새빨개서 가만히 서 있습니다"의 장면을 넘기면 펑펑 눈이 내리는 하늘을 올려다보는 아이가 나온다. 그리고 또 한 장을 넘기면 마지막 장에는 새하얗게 눈으로 뒤덮인 마을 골목에

---

10 옥타비오 파스, 위의 책, 181쪽.

엄마 손을 잡고 손에는 막대 사탕
을 들고 걸어가는 아이의 뒷모습
이 펑펑 쏟아지는 눈 속에 아련히
보여지는 것으로 그림책은 끝이
난다. 이 마지막 장면은 화가 김
동성이 동화 「엄마 마중」의 독자
로서 자신의 소망을 그림책에 담
은 것이라 할 것이다.

[그림3] 『엄마 마중』(보림출판사)

이 소망은 김동성 혼자만의 특
별한 소망이라기보다는 독자 모
두의 보편적 바람이라 할 수 있을 것이다. 사랑하는 엄마를 찾아 길을
나선 아이가 결국 엄마를 만나는 그 순간은 아이가 새롭게 태어나는 순간
이면서 동시에 이를 바라보는 독자도 사랑으로 말미암은 내 안의 존재가
창조되는 순간인 셈이다.

내 안의 존재의 창조란 앞서 말했듯이 자신의 잃어버린 근원성과의
만남을 의미한다. 잃어버렸던 근원성이란 곧 원초적인 자기인 것이고
이는 곧 일체의 인위성과의 결별을 뜻하기도 한다. 일체의 인위가 사라
지는 순간, 그런 몰입의 순간을 체험할 때 우리는 진정한 시적 진리에
합당한 태도에 서는 한 순간을 만나게 된다. "진리는 의도의 죽음"[11]이라
는 말은 시적 경험 속에서 일체의 인위, 즉 의도가 사라지고 시적인 것이
라는 의식마저도 사라지는 경험 속에 도달하는 것을 의미한다고 하면
과장일까?

그림책 『엄마 마중』 읽기의 경험은 아이의 기다림을 통해서 일체의

---

11 발터 벤야민, 최성만 옮김, 「인식비판적 서론」, 『언어일반과 인간의 언어에 대하여/번
역자의 과제 외』, 길, 2008(2021년 판), 159쪽.

인위가 사라지는 순간의 체험을 경험한다고 말할 수 있겠다. 왜냐하면 그림책의 배경이 되는 눈 오는 날은 의미로 가득 찬 세상과의 순간적인 단절을 통해 인위와 인공을 초월하는 한 순간을 열어줌으로써 독자는 내 안의 잃어버린 타자와 마주하게 되는 경험에 가속도를 붙인다고 할 수 있을 것이기 때문이다. 또한 진정한 시적 경험에서는 일체의 인위와의 결별을 함의한다고 할 때, 이 그림책에서의 아이의 등장은 인위성과의 단절의 감각을 (어른이 등장인물이었을 때보다) 한결 더 수월하게 앞당긴 다고 짐작할 수 있을 것이다. 이런 경험을 해석해보자면, 세상에 속해 있는 자신이 그림책 읽기의 경험을 통해서 어느 한 순간 시적인 경험을 하게 되고 이어서 또 다른 순간에 이르면 시적인 것마저도 사라져 시적 진리 속으로 몰입해 사라지는 한 순간을 체험하게 되는 것이다. 결과적으로 이는 일체의 작위 혹은 인위와 결별하는 진정한 시적 진리의 한 순간인 것이다. 어떤 의미에서 이것은 진정한 의미로서의 시적 진리에 합당한 태도인지 모른다.[12]

3. 천 개의 얼굴

신이 창조한 아름다운 풍경이나 사람이, 글로 쓰이지 않았을지라도 충분히 시적이라는 것을 우리가 납득한다면 시는 천 개의 얼굴로 나타난 다는 옥타비오 파스의 말은 이 글의 서두에서 밝힌 화두에 대한 직접적인 답이 될 것이다.[13] 천 개의 얼굴 중 하나가 이 글에서 다루고 있는 그림책

---

12 발터 벤야민은 「인식비판적 서론」에서 진리가 이념들로 형성된 무의도적인 존재라고 언급하면서 진리에 합당한 태도는 인식 속에서 어떤 의견을 표명하는 일이 아니라 그 진리 속으로 몰입해 사라지는 것이라고 논의한다.(위의 책, 159쪽.)
13 옥타비오 파스, 위의 책, 14~16쪽.

이라는 개념일 것이다. 그림책에서 비롯되는 시적인 체험은 이태준· 김동성의 『엄마 마중』에서처럼 이태준이 전한 이야기가 독자로 하여금 그 의미를 새롭게 살려내도록 하는 과정인 것이다. 이는 곧 시적 행위와 다르지 않다.[14] 독자의 입장에서 동화 「엄마 마중」과 그림책 『엄마 마중』의 읽기 경험을 비교해 보면, 그림책의 경우 시적 체험이 보다 특별한 방식으로 활성화되고 시적 세계가 독자 앞에 한층 더 수월하게 나타날 가능성이 높아지는 것이다. 이로써 시적인 것이 사라지기까지의 몰입의 순간을 그림책이라는 매체에서 독자가 경험하게 된다고 볼 수 있을 것이다. 서로 다른 의사소통 기호인 '글'과 '그림'의 결합은 독자의 시지각 시점의 활성화와 더불어 독자를 보다 적극적으로 해석의 양상에 개입시킨다. 따라서 시라는 장르를 어려워하는 독자들에게 『엄마 마중』과 같은 그림책 읽기의 경험은 시적인 경험의 영역에 한결 수월하게 다가서게 한다고 할 수 있을 것이다.

이태준의 동화가 그림책 『엄마 마중』으로 세상에 출간된 이후, 그 이전과 확연히 구분될 정도로 「엄마 마중」은 엄청난 대중적인 사랑을 받았다.[15] 그림책으로 변형된 『엄마 마중』은 유년의 순정한 세계가 그림책 읽기의 과정을 통해서 보다 웅숭깊게 드러났기에 이러한 대중적 관심과 사랑이 가능했다고 볼 수 있을 것이다. 글과 그림을 동시에 읽는다는 것은 전체와 부분을 오가는 해석학적인 순환과정이 의도하지 않아도 반복되는 것이다. 그림책이 갖고 있는 유연성과 복잡성은 오히려 독자의 직접적인 적극성을 불러온다는 점에서 시적 체험을 보다 용이하게 만드는 것이다. 그리고 시적 체험의 절정의 순간에는 시적인 순간마저 사라질

---

14 옥타비오 파스는 시적 계시의 작용에 관해 논하면서 "시인이 시를 쓰고 독자들이 그것을 다시 살려내는" 행위야말로 "시적 행위의 의미"임을 강조하고 있다.(위의 책, 195쪽)
15 보림출판사의 그림책 『엄마 마중』의 경우, 2013년 초판1쇄가 나온 이래로 2023년 현재 16쇄 이상을 거듭하고 있다.

수 있는 것인데, 반복하자면 말해 이는 '내'가 처한 온갖 인위의 것들과
결별하는 시적 진리의 한 순간인 것이다. 이러한 경험은 아이들의 세계를
그리는 동화가 그림책으로 등장했을 때 보다 수월하게 일어날 수 있다는
것이다. 과연 그러한가? 확인하고 싶다면 그림책 「엄마 마중」으로 직접
마중 나가 보는 건 어떤가.

오인된 '카르노스'의 노래
: 설정식 시의 윤리성과 그 시적 형상

강계숙

1. '설정식'이라는 예외적 특이성

설정식의 시를 자세히 검토하다 보면, 의외의 사실에 직면하게 된다. 개인적 이력 등을 통해 알려진 통념과 달리, 그의 시가 "선명한 계급적 인식과 투쟁적 노선, 강한 당파성의 견지"[1]로 요약되는 해방기 좌익문학의 특징으로 쉽게 설명되지 않기 때문이다. 연희전문 문과대학을 최우등으로 졸업한 뒤 미국으로 건너가 영문학을 전공했던 설정식은 당대 지식층 사이에서도 천재적 인물로 꼽힐 만큼 출중한 재능을 지닌 문학인이었다. 해방 직후 조선문학가동맹에 가입하여 외국문학 위원장으로 활동한 그는 1946년 조선공산당에 입당함과 동시에 뛰어난 영어 실력을 인정받아 미 군정청 공보처의 여론국장으로 근무하기 시작하였다.[2] 미군정의 관리이면서 문맹과 조공의 일원으로 활동했던 설정식의 이력은 해방 직

---

1 곽명숙, 「해방기 문학장에서 시문학의 자기비판과 민족문학론」, 『한국시학연구』 44, 한국시학회, 2015, 22쪽.
2 설정식의 생애를 자세히 소개·정리한 연구로는 곽명숙, 「설정식의 생애와 문학 연구」, 『한국현대문학연구』 33, 한국현대문학회, 2011 참조.

후의 조선이 정치적으로 매우 혼종적인 공간이었다는 점을 감안하더라도 보기 드문 예에 속한다. 이 예외성으로 인해 단독정부 수립 후 남한에 남았던 그는 시집 『제신의 분노』(1948)가 판금 조치되어 체포령이 내려지자 보도연맹에 가입하여 반공시를 쓸 수밖에 없었고, 한국전쟁의 발발로 월북한 후에는 북한군 통역자로 휴전 협정 당시 모습을 드러내기도 했다. 그러나 남로당 숙청과정에서 미제 스파이라는 죄명을 쓰고 1953년 임화, 김남천 등과 함께 처형되었다. 설정식의 간첩 행위로 미군정에서의 근무 경력이 지목되었다는 점은 북한 측 재판 기록을 굳이 들춰보지 않더라도 충분히 짐작되는 대목이다. 평생을 투철한 마르크스주의자이자 혁명 시인으로 살았던 임화가 '미제국주의의 앞잡이'라는 혐의로 사형에 처해졌던 것만큼 비극적 아이러니의 예를 보여주는 경우도 없지만, 설정식의 죽음 또한 역사적으로 혼란한 시기를 살아야했던 한 개인의 불행을, 특히 정치적 이념의 월경(越境) 혹은 통섭(統攝)이 그 누구에게도 허락되지 않았던 시대의 비극을 고스란히 상징한다. 최인훈의 표현을 빌려 비유컨대, 설정식은 좌파에도 우파에도 속하지 못한 '회색인'이었다. 그가 '문제적 개인'[3]으로 칭해진 까닭도 해방기 첨예한 이념 대립의 한복판을 온 몸으로 관통했으나, 식별이 분명치 않은 '회색인'으로서의 죄를 자신의 죽음으로 치러야했기 때문이다.

---

3 김윤식, 「소설의 기능과 시의 시능-설정식 론」, 『한국현대소설비판』, 일지사, 1981, 169쪽. 김윤식은 이 글에서 '문제적 개인'으로 설정식 외에 정지용, 이태준, 임화를 들고 있다. 임화를 제외하고, 정지용, 이태준은 해방 후 좌우의 이념 경계를 이월(移越)한 대표적 문인들로 정치적 이분법으로는 이들의 행보를 설명할 수 없다는 점에서 설정식과 공통된다고 할 수 있다. 김기림 또한 '문제적 개인'의 한 사람으로, 이들의 정치적 횡단은 해방이 조선인을 '시민'이라는 새로운 정치 주체이자 국가의 주권자로 탈바꿈시키는 혁명적 사건으로 작동하면서 문학과 정치의 필연적 조우가 문학적 자기 정체성의 재구를 필요로 하는 과정에서 빚어진 특징적 현상이라 할 수 있다. 이에 대해서는 졸고, 「'시인'의 위상을 둘러싼 해방기 담론의 정치적 함의」, 『민족문학사연구』 64, 민족문학사연구소, 2017 참조.

한편 설정식의 학문적 관심과 예술적 취향은 그의 이념 편향과는 달리
좌우를 넘나드는 특징을 보여준다. 유서 깊은 유학자 집안에서 태어나
양질의 교육을 통해 최고 수준의 지적 교양과 학력을 갖춘 엘리트였던
설정식은 정통 영문학자로서 최초의 셰익스피어 전공자이자 번역가였으
며[4], 미국소설의 현대적 경향을 두루 설파하는 비평적 감식안과 '잃어버
린 세대(lost generation)'를 대표하는 작가 토마스 울프의 모더니즘적 특
징을 정확히 짚어내는 문학적 혜안을 지니고 있었다.[5] 이러한 미적 심미
안과 지적 재능은 설정식의 작품에도 면면히 삼투되어 있어 해방 후 문맹
이 민족문학의 창작방법으로 제시한 '진보적 리얼리즘과 혁명적 낭만주
의'의 테제로는 그의 시를 설명하기 어려운 측면이 많다.[6] 정치적으로
사회주의의 길을 택하였지만 그의 시에서 발견되는 여러 특징은 좌파적
예술이념이나 창작방법과 어울리지 않는 예가 적지 않다. 가령, 시적 화
자의 특질로 거론되는 '예언자적 목소리'는 신학적 상상력과 신화적 모티
브가 결합된 형태를 취하고 있는데, 이를 진보적 리얼리즘의 관점에서

---

4 설정식이 번역하여 간행한 『하므렡』(1949)은 셰익스피어 원문 「햄릿」을 한국어로 옮긴
   최초의 사례이다. 설정식의 「햄릿」 번역이 지닌 역사적 의의에 대해서는 윤혜준, 「『하
   므렡』의 번역자 설정식과 연희전문 문과의 영어영문학 교육」, 『동방학지』 168, 연세대
   국학연구원, 2014 참조.
5 설정식의 평론은 그 수가 많지 않지만, 유학에서 돌아온 직후 발표한 「현대 미국소설」
   (1940)과 「토마스 울프에 관한 노트」(1941)는 당대 미국소설의 예술적 경향을 자신만의
   비평적 식견과 입론을 바탕으로 정치하게 분석한 평문들이다. 특히 '잃어버린 세대'에
   속하는 모더니스트들에게 관심이 많았던 것으로 보이는데, 헤밍웨이의 소설 「불패자」
   를 번역한 것(1941)도 이를 방증한다.
6 김남천이 주창한 '진보적 리얼리즘의 추구와 혁명적 로맨티시즘의 결합'은 이 시기의
   작품들을 분석하고 해석할 때 자주 이론적 잣대로 활용되어왔다. 설정식에 대한 논의도
   예외는 아니어서 문맹의 테제에 근간하여 그의 문학적 특징을 고찰한 것이 연구의 주를
   이루었다. 대표적 예로 한용국, 「설정식론」, 『동국어문론집』 8, 동국대 국어국문학과,
   1999; 김은철, 「정치적 현실과 시의 대응양식–설정식의 시세계」, 『우리문학연구』 31,
   우리문학회, 2010; 최윤정, 「식민지 이후의 탈식민주의–설정식 시를 중심으로」, 『한민
   족문화연구』 39, 한민족문화학회, 2012 참조.

설명하려다 보니 그의 시에 나타나는 서사적 경향과 화자의 어조를 무리하게 결합시켜 해명하려는 확대해석(over reading)이 발생하기도 한다.

　설정식의 시가 해방기 좌익계열의 문학을 대표하는 것은 부인할 수 없는 사실이다. 그러나 이를 선험적으로 전제하고 작품을 독해하는 것이 그의 문학적 성향과 개성에 부합하는 것인지, 오히려 그의 시 세계를 곡해하거나 협소하게 한정 짓는 것은 아닌지 재고할 필요가 있다. 그의 시는 대부분 투쟁적 계급의식이나 혁명적 당파성의 구현과 거리가 멀고, 대중적 선동의 수단이 되어 사회주의를 제1의 원리로 주창하는 급진적 프로파간다에도 부합하지 않기 때문이다. 설정식은 해방 직후 여러 차례 강연회, 낭독회 등에 참여하였는데, 1946년 7월 조선문학가동맹 주체로 열린 '수해 구제 문예강연회'에서 그가 낭송한 시는 폐병으로 인해 젊은 나이에 유명을 달리한 대학 선배를 애도한 「사(死)」였고, 같은 해 8월 국치일 기념 대문예강연회에서 낭독한 시는 태양의 향일성에 숨겨진 양가적 힘을 비판하면서 새 생명을 잉태한 '아내'의 모습을 상징적으로 표현한 「또 하나 다른 태양」이었다. 당시의 낭송시가 집단적 분노를 표출하는 형태로 창작되었고, 함께 참석한 시인들이 직설적이고 과격한 언사를 사용하여 대중의 울분을 북돋우는데 집중했던 것과 비교할 때, 설정식의 낭송시는 그러한 '분노의 언어'와는 내용과 형식면에서 결을 달리 한다.[7]

7　설정식과 함께 낭독회에 참석했던 이들 중에는 '전위시인'으로 불린 유진오, 김상훈 등이 있는데, 이들 신진시인들의 시에 나타나는 분노의 표출을 가리켜 김기림은 "우리 시가 분노라는 감정을 시적 감정에까지 끌어 올렸다고 하는 것은 우리 시의 새로운 수확이었음에 틀림없다"라고 평하면서 이를 조선시의 새 경향으로 지목한바 있다. 낭송시가 현장감을 중시하고, 청중을 '우리'라는 새로운 공동체로 '지금 이곳'에 출현시키는 수행적 효과를 발휘한다는 점을 고려할 때, 이들 시의 분노의 전경화는 문학적 프로파간다의 역할을 충실히 이행한 예로 꼽을 수 있다. 그런데 이런 맥락에서 볼 때, 설정식이 낭독회에서조차 시의 정치성을 전면화하는 데 적극적이지 않았다는 점은 그의 시가 문맹 계열과는 이질적인 것이었음을 예시한다. 인용된 김기림의 서술은 김기림, 「시와 민족」, 『김기림전집 2 - 시론』, 심설당, 1988, 152쪽; 전위시인들의 '분노의 언어화'가

이런 맥락에서 볼 때, 설정식의 시는 좌파적 정치 이념에 자신의 생래적인 예술취향과 미학이 불가분의 관계로 결합된 형태로 이해될 필요가 있다.[8] 그의 시가 5년여라는 짧은 시간 동안, 특히 해방기라는 특수한 역사적 배경 하에 쓰였고, 비극적 생애 탓에 정치이념을 우선시하는 시각이 그의 문학 이해에 압도적일 수밖에 없지만, 그의 시를 자세히 들여다보면 이데올로기 비평을 앞세운 기존의 논의와 달리 훨씬 흥미롭고 다양한 특징들을 발견하게 된다.

홍명희와의 대담에서 설정식은 자신을 가리켜 "저는 문학도이지 무슨 주의자가 아닙니다"[9]라고 강하게 피력한 바 있다. 시인의 말을 그대로 신뢰할 필요는 없지만, 스스로를 '문학도'로 규정하는 단어 속에는 이데올로기의 번역적 표상으로 시를 도구화해서는 안 된다는 태도와 문학을 정치에 종속시키는 여타의 이념적 기획에 대한 경계의 시선이 내포되어 있다. 그는 『제신의 분노』에서 자신의 시작(詩作) 의도를 다음과 같이 말한다. "사실의 투영을 그려서 사실에 필적케 하려는 것이 나의 시작 의도였다. 남조선 사태는 때로 그럴 여유조차 주지 않는다. 결국, 사실 자체 속으로 돌입할 수밖에 없지 않은가. 시의 의상을 희생하고 시의 육체를

지닌 문학사적 의미와 정치적 특성에 대해서는 졸고, 「해방기 '전위'의 초상-『전위시인집』의 특징을 중심으로」, 『한국학연구』 45, 인하대 한국학연구소, 2017, 48~53쪽.

8 설정식의 시가 문맹의 테제와 어울리지 않는다는 점은 정지용에 의해 이미 언급된 바 있다. 설정식의 시집 『포도』에 대해 쓴 평문에서 정지용은 "정식이가 어찌 '프롤레타리아' 시인일 수 있으랴? 하물며 '빨갱이' 시인일 수 있겠느냐?"라고 기술한다. 흥미로운 건 설정식의 별명이 "우익시인 설정식"임을 밝힌 부분인데, 좌파 계열을 대표하는 시인으로 알려졌던 설정식이 우스갯소리로 "우익시인"으로 불렸다는 점은 "'프롤레타리아' 시인이 아닌, 과격파가 아닌" 바로 그 점을 당시의 문인들도 설정식의 개성으로 받아들였음을 시사한다. 정지용, 「『포도』에 대하여」, 『산문』, 동지사, 1949, 240쪽.

9 「홍명희-설정식 대담기」, 『신세대』, 1948, 5; 『설정식전집』, 설희관 엮음, 산처럼, 2012, 785쪽 재인용.(이하 설정식의 시와 산문은 『설정식전집』에서 인용하며 『전집』으로 표기)

남길 도리밖에 없다. 다만, 객관화시키기를 잊지 말자."[10] 시인으로서 그가 맞닥뜨린 '사실 자체'는 시 그 자체가 되어서는 안 될 일이지만, 역사적 현실의 급박함이 때로 시의 "의상"—시의 형식, 기교, 스타일—을 다듬는 여유를 허락하지 않고, 그로 인해 날 것의 "육체"만이 시에 남을지라도 그것을 예술적으로 객관화하는 것만큼은 포기하지 않겠다는 그의 미적 의지는 뚜렷하다. 전기적 사실의 안팎과 당대 정치적 지형과의 관계, 생래적 감각과 예술적 취향, 시작(詩作)을 위한 근본적 지향 등을 고려할 때, 설정식의 시는 지금까지와는 달리 좀 더 유연한 시각과 다양한 접근 방법을 통해 고찰될 필요가 있다. 본고는 그 시도의 한 사례로서 그간 주목되지 않았던 설정식 시의 몇 가지 특징을 주제화하여 살펴보려 한다. 특히 그의 시에 나타나는 윤리적 인식의 특징과 문학적 형상 간의 관계가 관심 대상이다. 정치적 현실을 윤리적 정당성의 관점에서 파악하는 설정식의 사유는 해방기의 여타의 시인들과 그를 구분 짓는 중요한 특징이라 할 수 있다. 따라서 윤리적 주체 형성의 내적 요구가 어떤 논리에 근거하고 있는지를 살피고, 그것이 시적 형상화를 통해 어떻게 유의미한 문학적 주제로 구체화되는지 확인하고자 한다.

2. 문학적 화두로서의 '윤리' 개념

설정식의 시가 보여주는 복잡한 양상은 우선 그의 세대적 특징과 관련이 있다. 설정식은 1912년 생으로 백석과 동갑내기이며, 위로는 임화·김기림(1908), 아래로는 이용악·김광균(1914)과 가깝다. 정지용(1902)·이태준(1904)과는 10년 정도 차이가 난다. 그런데 그를 백석, 이용악 등과

---

10 『전집』, 204쪽.

같은 문학 세대로 묶기는 어렵다. 이들이 시인으로 활약할 당시 설정식은
문단에 이름을 올리긴 하였으나[11] 미국 유학 등으로 이렇다 활동이 거의
없었다. 해방이 되었을 때, 설정식의 나이는 이미 33세였지만 문단 내에
서의 위치는 신인 급에 속하였다. 하지만 당시 막 등단한 신진시인들과
설정식은 사회적 성장 배경의 차이로 인해 세대적 성격이 많이 달랐다.[12]
어느 세대에도 속하지 않는 그의 이러한 위치는 그를 문학적 예외종으로
만들었다고 할 수 있다. 그는 신세대 시인들만큼 과격하지 않았으나 강한
정치색을 띠었고 그 때문에 매우 현실비판적인 시를 썼으며, 강한 당파성
이나 계급의식의 노출에 거리를 두었던 점은 정지용·김기림에 비근하나
이들보다 반제·반파시즘, 인민민주주의자로서의 노선을 확고히 견지하
였다. '전위시인'으로서의 자의식은 강하지 않았지만 정치상황에 대한
비판의식은 첨예했던 것이다.[13]

---

11 설정식이 문단에 이름을 알리게 된 것은 1932년 『중앙일보』 현상모집에 희곡이 당선되
고, 같은 해 『동광』지가 주최한 학생문예경진대회에 입선하면서부터이다.

12 해방과 함께 대거 등장한 전위시인파, 신시론 동인 등의 신세대 시인들은 거의 대부분
1920년대 생들이다. 1920년대 생 시인들의 세대적 특수성은 다른 선행 연구들에서 이미
설명되었는바 이들이 한국어보다 일본어에 능숙했던 이중언어세대이며, 제국의 상징체
계 내에서 성년화 과정을 거쳤고, 학병과 징용으로 강제 징집되었던 세대였다는 점은
임화 세대와 이들 세대를 구분 짓는 중요한 차이라 할 수 있다. 이에 대해서는 졸고,
위의 글, 33쪽 참조.

13 티보 머레이의 회상기를 보면, 설정식이 좌파 입장에 서게 된 것은 미군정에서 근무한
후 미군의 통치방식에 크게 실망하면서 미국이 새로운 제국주의자로 조선에 군림하고
있다는 인식을 굳히게 되면서이다. 이에 대해 설정식은 다음과 같이 기술하고 있다.
"남한에 미국인들이 들어왔을 때, 나는 희망과 낙관에 가득 차 있었다. 나는 우리 민족의
처지가 마침내 나아지리라고 믿었다. (중략) 그러나 나는 미국인들에게 실망하였던 것
이다. 나는 그들이 자기네 군사기지가 있는 나라에 대한 관심보다 군사기지 자체에 더
많은 관심을 가지고 있음을 보았다. 나는 농민과 노동자들이 전과 다름없이 비참한 생활
을 하고 있으며, 아무런 경제적 향상도 없다는 것을 알았다. 나는 또 그들이 부패와
인권의 억압을 못 본 체하고, 그 무자비한 독재자 이승만만을 전폭적으로 믿고 있다는
것도 알게 되었다."(『전집』, 793쪽) 미국 본토에서 생활한 바 있기에 그가 품었을 기대와
희망은 경험적인 만큼 진실했을 것이다. 그러나 남한에 주둔한 미군정의 실체를 목도하

그렇다면 문학적 동료이지만 세대를 달리하는 신진시인들과 연령대는
비슷하나 선배인 정지용, 임화 세대 등과 설정식을 구분하는 특징은 무엇
일까? 그의 시 세계를 일관하고 있는 문제의식을 한 문장으로 정리하면,
'윤리적으로 정당하지 않은데, 어떻게 정치적으로 정당할 수 있는가?'라
할 수 있다. 그가 해방기의 어떤 시인들보다 남다른 윤리감각을 지니고
있었다는 것은 곳곳에서 드러난다. 문학에서의 윤리 문제—문학의 윤리
뿐만 아니라 윤리적 주제의 형상화까지 포함하여—에 깊이 착목하고 있
었다는 것은 유학을 마치고 돌아와 발표한 평문에서 이미 확인된다.

개성은 정신적 질서 분화 특히 **윤리적 질서 분화의 도수**(度數)에 의하여
형성되어 가는 것이다. 이러한 점으로 보아 미국은 아직 개성을 가지지 못한
문화권이라 하겠다. (중략) 경험의 빈약과 개성의 미숙, 이것은 문학 특히
소설에 가장 밀접한 관계가 있는 것이다. 대체 소설이 문제 삼는 것이란
경험세계이고 그중에도 가장 핵심을 이루는 것이 **윤리적인 것**인데 **윤리적
경험의 축적**이 박약하여 **윤리와 논리의 구분**조차 모호한 문화세계에서 위대
한 작가나 작품이 나올 수 없다.[14] (강조-인용자)

유럽에는 '피'의 대립 상극이 있고 그것을 규정지어 내려오는 전통적 윤리
의식이 있다. 아메리카에는 유럽과 반대로 '피'의 혼합이 있고 **윤리와는 그
내용을 달리하는 모럴(도덕)**이 있다. 유럽에는 모럴이 없고 아메리카에 윤
리가 없는 것은 아니다. 그러나 (중략) **윤리는 그 근거를 생물학적 범주에
두고 행동의 내용을 관념화한 것, 모럴은 이것을 받는 형식**이라는 데 그쳐둔
다.[15] (강조-인용자)

미국은 지금 국가 민족 형성에 있어서 그 형식 준비에 바쁘다. 논리의

며 그가 느낀 낙담은 실망을 넘어 절망과 분노에 이르렀던 것으로 보인다.
14 「현대 미국소설」, 『전집』, 473쪽.
15 위의 글, 474쪽.

형식인 '사회'에 대하여 최대 관심을 두는 것은 그 까닭이다. 행동에 대한
태도도 어디까지든지 형식주의로 규정지으려 한다. 이것은 생물적 조건이
정리 안 된 역사에 있어서 불가피한 것이다. '사회적 약속'과 '사회적 양심'이
'개인적 약속'과 '개인적 양심'에 대치되는 것을 본다.[16]

「현대 미국소설」(1940)에서 설정식이 주목한 것은 미국이라는 국가의
정신적 질서이다. 미국의 현대문학은 이에 대한 문학적 투영과 대응으로
이해된다. 특히 문학적 개성의 근간을 윤리적 질서의 분화로 보고, '문화
의 특수한 차별성'[17]인 개성이 말 그대로 문화적 차이의 실상이 되려면
그 사회 혹은 국가의 정신적 질서의 정도(程度)로부터 자양분을 공급받지
않으면 안 된다고 설명한다. 위 인용문에 따르면 설정식이 파악한 개성의
토대로서의 정신적 질서란 그 사회 내의 뿌리 깊은 윤리의식과 다르지
않다. 그런데 미국 사회는 그러한 고유한 윤리의식을 형성하고 있지 못하
다. 설정식은 윤리적 경험의 부족과 그에 따른 개성의 몰각─개성의 유형
화, 상이성의 상실, 의식의 규격화와 정량화─이 미국적 심성의 저변을
이루고 있다고 진단한다. 흥미로운 것은 그가 "윤리"와 "도덕"을 구분하
고 있다는 점이다. 그렇다면 윤리와 도덕은 어떻게 다른가? 그의 설명에
따르면, 윤리는 "행동의 내용을 관념화한 것"이고, 도덕은 "이것을 받는
형식"이다. 다시 말해 윤리는 개인이 취해야 할 행동 내용을 추상화·원리
화하는 것이고, 도덕은 그렇게 원리화된 행동 내용을 사회적 원칙으로
형식화하는 것이다. 여기서 훗날 설정식이 홍명희와의 대담에서 언급하
게 될 칸트의 정언명령을 눈여겨볼 필요가 있다. 설정식은 "혁명자적 양
심과 민족적 양심"을 언급하는 홍명희의 말에 그러한 양심의 구체적 내용
과 기준으로 "칸트가 『실천이성비판』에서 "너의 격률이 동시에 제삼자의

---

16 위의 글, 474쪽.
17 위의 글, 472쪽.

격률이 될 수 있는 것을 가지고 행동하라"고 한 그것이 오늘날 와서는 민족적 양심에 해당"[18]할 수 있다고 답한다. 이를 근거로 보건대, 칸트의 정언명령은 "행동의 내용을 관념화"한 대표적 예로 꼽을 수 있다. 칸트의 실천철학이 유럽의 윤리적 전통의 하나임은 주지의 사실이다. 따라서 칸트의 예시로부터 유추컨대, 개인이 자신의 행동 내용을 준칙화하는 것, 그것을 규범적 명령으로 삼는 것, 그것이 곧 윤리이다. 그리고 도덕은 그러한 윤리의 내용을 실현하는 형식적 틀인 것이다.

이처럼 설정식은 윤리와 도덕을 개념적으로 구분한다. 그의 논리에 따르면, 윤리는 어떤 누군가가 자신의 양심에 따라 올바른 행동을 실천하려 할 때 그것의 실행 기준으로 규범화된 내용이므로 그러한 내용의 제출은 문화적으로, 역사적으로 오랜 경험을 축적한 사회에서만 가능하다. 그리고 그러한 사회에서는 형식화된 도덕의 강제란 불필요하다. 하지만 윤리의 전통이 부재하거나 아직 성립되지 않은 사회에서는 개인의 행동 규범을 사회적 약속으로 강제하는 것이 필요하다. 그러한 사회적 약속의 강제가 바로 도덕이다. 설정식이 당대 미국 사회가 행동의 태도를 '형식주의로 규정지으려한다'고 말한 것은 이러한 맥락에서이다. 유럽에 비해 신생국인 미국은 사회적 양심으로서의 도덕을 세우는 데는 분주하지만 정신적 질서로서의 윤리의 전통은 아직 요원한 것이다. 그렇다면 윤리와 도덕의 의미를 구분한 설정식에게, 그리고 윤리의 전통이야말로 사회의 정신적 질서이자 문화적 토대라고 파악한 그에게 이제 막 신생국가로 탄생한 조선의 상황은 어떻게 인식되었을까?

외는 거꾸로 먹어도 제멋이라는 격으로 자기네 흥겨워하는 것을 따라가며 막는 것도 도로(徒勞)일는지 모르나 그러기에 저는 문제를 쉽게 **염치** 문제로

---

18 「홍명희-설정식 대담기」, 『전집』, 786쪽.

돌리고 싶습니다. 이 남조선 사태를 직시하고 앉아서 제집이 저도 모르는
사이에 두 번, 세 번 저당으로 넘어가고 있는 줄도 모르고, 술을 부어가며
아름다운 꽃이여, 나비여 하며 음풍영월을 하고, 그것을 또 염려체(艶麗體)
로 그려놓고만 앉아 있을 작정이라면 이건 단순히 **염치가 있느냐 없느냐**
하는 것으로 귀결을 짓기만 하여도 족할 줄 압니다.[19] (강조-인용자)

   민족문화 수립이란 이렇게 먹고 싶으면 먹고 마시고 싶으면 마시고 토하
고 싶으면 토하는 것의 축적으로 될 것이 아니라 좀 더 일관한 **고행**으로
쌓아야 될 일종의 취사선택이 어느 정도 **엄밀**해야 될, **극기(克己)의 누적**이
되어야 할 줄 아는데요.[20] (강조-인용자)

문학과 정치의 관계에 대한 홍명희의 의견에 답하면서 설정식은 위와
같은 내용을 말한다. 그는 음풍농월이 문학의 본질인 양 현실을 회피하고
함구하는 순수문학적 태도를 당대 문학의 가장 큰 폐단으로 꼽는다. 그리
고 이러한 태도를 "염치가 있느냐 없느냐"의 문제로 환원한다. 여기서
지칭된 '염치'의 뜻은 문맥상 양심에 가깝다. 그러니까 문학인이 양심을
가지고 있느냐 없느냐의 여부가 민족과 국가가 다시금 '저당' 잡히고 있
는 현실을 바로 볼 것인지 외면할 것인지를 결정하는 요인이라 할 수
있다. 작금의 순수문학이 양심을 저버리고 있다는 이러한 비판은 문학이
위태로운 시대에 맞서 가져야 할 올바른 태도란 무엇인가를 묻고 있는
것과 다르지 않다. 그리고 작가적 양심이야말로 문학의 정당성을 좌우하
는 중요한 기준이라 할 수 있다. 이처럼 문학의 현재적 가치와 윤리적
정당성을 양심과 결부시켜 생각하기 때문에 설정식은 새로운 민족문학
수립을 위한 조건으로 "고행" "엄밀" "극기의 누적" 등을 제시한다. 이
단어들이 모두 윤리적 함의를 담고 있음은 새삼 강조할 필요가 없다.

---

19 위의 글, 774쪽.
20 위의 글, 775쪽.

결국 진정한 민족문학을 수립코자 한다면 문학은, 그리고 문학을 창작하는 작가는 일관된 고행과 취사선택의 엄밀함과 스스로를 이겨내는 최대의 노력을 기울여 자신의 '염치'를 다해야 한다. 그것이 문학이 취해야할 윤리이며, 그러한 윤리적 실천 없이 유의미한 민족문화의 축적이란 불가능하다. 미국문학의 문화적 미성숙이 희박한 윤리의식에서 비롯한다고 진단했을 때와 같은 논리로 설정식은 당대의 민족문학과 민족문화를 바라보고 있는 것이다.

주목할 것은 정신적 질서로서의 윤리의식을 말했을 때, 그가 뜻한 윤리는 모든 역사적·문화적 산물을 아우르는 광의의 개념이라는 점이다. 그에게 윤리는 인간적 산물이라면 예외 없이 관여되는 보편윤리로서의 관념과 정신이다. 따라서 윤리적 정당성의 문제는 인간과 관계된 것이라면 예외가 있을 수 없다. 그렇다면 정치를 사유할 때도, 민족과 국가를 사유할 때도, 설정식은 윤리의 관점에서 이를 인식하고 판단하였으리라는 점을 유추할 수 있다. 그에게 윤리적 정당성은 정치적 정당성과 동의 관계에 있다.

3. 민족의 악덕과 파국적 우화(愚話)의 세계

설정식이 정치적 정당성을 윤리적 관점에서 사유하였음을 살피기에 앞서 문학에서의 양심의 문제를 조금 더 살펴보기로 하자. 양심은 해방기 문단의 주요 화두 중 하나였다. 임화는 '봉황각 좌담회'로 알려진 「문학자의 자기비판」(『인민예술』 2, 1946)에서 식민지하에서 문학인들의 행보를 양심에 의거하여 참회하는 것이 새로운 시대를 맞이한 이들의 진정한 자기반성임을 말한다. 이후 대일협력의 행적을 자아비판하는 문인들의 고백이 줄을 잇게 되는데, 설정식과 임화 세대가 문학가의 양심을 각기 다른 차원에서 제기하고 있음을 주의 깊게 볼 필요가 있다. 선배 문인들이 양심을 '민족의 죄인'으로서 갖는 부채의식과 결부시킬 때, 설정식은 그것을 인간 주체가 실천해야 할 보편윤리의 개별 단위로 본다. 그가 뜻하는 양심은 루소가 전(前)-이성적 성격을 띠는 인간 내면의 보편적 심성으로 정의[21]한 것과 같이 자기 행위에 대해 가치와 시비를 판단할 수 있는 인간이라면 누구나 지닌 내적 의식을 의미한다. 때문에 민족 앞에 죄인된 자의 양심은 민족에 대한 속죄를 통해 회복되고 치유될 수 있다면, 보편윤리의 개별적 단위인 양심은 '~에 대하여'와 같이 대상을 설정하고 그에 대해 속죄하는 방식으로 행해지지 않는다. 요컨대 핍박받는 민족은 선(善)이고, 그 앞에서의 참회는 선(善)의 실현이라는 등식이 성립할 때에만 친일 문학가의 자기반성은 윤리적으로 참된 것이 될 수 있다. 그런데 설정식이 인식하는 보편윤리의 관점에서 보면, '양심을 잃은' '염치를 잊은' 민족은 비록 자기민족일지라도 선(善)이 아니므로 민족 자체를 절대적 선인 양 상정하는 것은 곤란하다. 민족을 절대화하여 그에 대해 속죄하는 것은 면죄의 가능성을 용이하게 할 뿐 누가 정말 '양심 있는 자'인지를 되묻고 그러한 자들의 공동체를 새롭게 구성하는 것이야말로 민족 앞의 양심선언을 역사 속에서 휘발되지 않는 진정한 윤리적 실천으로 만든다. 대일협력의 이력으로부터 자유로웠기에 이처럼 양심을 보편적 층위에서 사유할 수 있었던 점은 설정식을 이전 세대와 구분 짓는 특징에 해당한다. 양심을 민족에 대한 부채의식과 분리시켜 생각하는 이러한 특징으로 인해 '민족의 죄'에 대한 설정식의 인식은 당대 어느 문학인보다 날카롭다. 이를 잘 보여주는 예가 토마스 만의 「마(魔)의 민

---

21 루소는 양심의 함양을 보통의 인간이 '시민'으로서 사회화되는 과정의 필수조건으로 꼽고, 양심을 깨우치는 도덕 교육이야말로 시민 교육의 첫 번째 항목임을 강조한다. 루소, 『에밀』, 김중현 옮김, 한길사, 2003, 512~513쪽, 518~521쪽.

족」의 번역이다.

본래 「독일과 독일인」(1945)이라는 제목으로 종전 직후에 발표되었던 만의 이 산문은 세계대전을 일으킨 자기 민족에 대한 통렬한 비판을 목적으로 하고 있다. 만은 이 글에서 독일 낭만주의가 어떻게 자신들만의 독특한 민족성을 형성하게 되었는가를 분석한다. "이미 노예가 된 민족이 세계 노예화를 꿈꾸고 있었다"[22]라고 일갈하는 부분은 독일의 국가사회주의에 대한 강력한 비판에 해당한다. 특히 정치가 무엇인지를 모르고 정치적 타협을 허식으로 여기는 민족이 정치를 국가적 이기주의를 위해 택하는 순간 커다란 악이 세계를 대상으로 행사된다는 점을 문제시한다. 그런데 이러한 자기민족에 대한 신랄한 공격이 만의 궁극적 목적은 아니다. 만이 정말 하고자 하는 말은 자신이 바로 그러한 민족적 악에 속해 있다는 자기고백이다. "모든 것은 내 안에 있었다. 나는 그것을 다 한 번 겪었다"[23]라는 말은 악의 민족성이 자기 내부에도 있으며, 그것의 표출이 어떤 결과를 낳는지를 그 스스로 행동에 옮기고 경험하고 기억하고 있기 때문에 잘 알고 있다는 참담한 자기반성을 함축한다. 그런데 자기 민족과 자기 자신을 향한 만의 이러한 매서운 비평을 설정식은 왜 당시 조선인이 읽어야 할 글이라고 생각했을까? 그가 이 산문을 번역한 목적은 무엇일까?

그는 이 산문 앞에 붙인 주(註)에서 토마스 만의 반파시즘 행보를 강조하고 있다. 그렇다면 종전을 기념하여 독일의 파시즘을 되돌아보려 한 것이 번역의 첫 번째 목적일 수 있다. 그리고 미국을 제국주의로 인식하기 시작한 그로서는 제국주의 국가의 악덕을 다시금 알리는 것이 두 번째 목적이었을 수 있다. 하지만 보다 더 중요한 목적은 민족의 악은 어떤

---

22 「마의 민족」, 『전집』, 563쪽.
23 위의 글, 574쪽.

경위를 통해 형성되는가, 민족이 악을 행할 때 무슨 일이 벌어지는가, 왜 민족은 악이 되는가라는 심원한 질문을 제기하기 위해서였다고 할 수 있다. 이를 짐작할 수 있는 대목이 만이 자유의 의미를 서술한 곳에 붙인 설정식의 각주이다. 만은 자유의 정치적 뜻을 "정치력의 내적 도덕성"이라고 설명한다. 그리고 "내적으로 자유를 갖는 동시에 자유는 평화회의에 가만히 앉아 있을 수 없다"[24]고 부연한다. 그런데 설정식은 "내적으로 자유를 갖는 동시에"라는 문구 뒤에 괄호를 넣고 "또한 그것에 대하여 책임을 질 수 있는 민족이 아니고는 외적 자유를 향유할 수 없다"[25]는 주를 단다. 이것이 암시하는 바는 무엇인가? 만은 자유를 정치를 행사하는 힘의 내적 도덕성과 등치시킨다. 즉 자유는 도덕의 내면화를 우선 그 정치적 토대로 갖추어야 한다. 설정식은 만의 정의를 이렇게 해석하였기에 '자유에 대하여 책임 질 수 없는 민족은 외적 자유도 향유할 수 없다' -'향유해서는 안 된다'라는 뜻에 더 가까운-는 문구를 주석으로 붙인 것이다. 자유를 도덕과 연관 짓는 데서 더 나아가 "책임"을 자유의 필수 덕목으로 덧붙인 셈이다.

갑작스레 등장한 탓에 유별나 보이는 이 문구는 실은 설정식의 (무)의식적 의도를 담고 있다. 그의 각주가 가리키는바 '민족'은 당연히 자신의 번역문을 읽을 사람들, 즉 조선인을 지시한다. 해방기 내내 자유는 대중에게 해방의 의미를 알리는 정치적 키워드였다. 해방은 곧 자유를 뜻했다. 설정식은 자유의 진정한 의미, 특히 민족의 자유가 무엇인지를 전하고자 이 각주를 붙인 것이며, 자유를 책임이라는 윤리의 문제로 제시하고자 한다. 이 점이 강조되어야 할 까닭은 분명하다. 조선 민족은 독일 민족처럼 악한 민족이 되어서는 안 되기 때문이다. 윤리와 도덕을 잊는 순간,

24 위의 글, 563쪽.
25 위의 글, 563쪽.

어떤 민족이든 독일 민족같이 될 수 있다. 악의 민족이란 생물학적 혈통
이나 타고난 본능에 의해 정해지는 것이 아니다. '마의 민족'은 만의 지적
처럼 내적 도덕성을 상실하는 순간, 자유의 외연 확장에만 골몰하는 순간
탄생한다. 설정식은 이를 자기 민족을 향해 말하고 싶었던 것이며, 그렇
기에 「독일과 독일인」을 해방기 조선인들이 읽어야 할 글로 소개한 것이
다.[26] 더불어 그는 악한 민족의 예로 제국주의를 정치적으로 무기화하는
민족을 시로써 구현한다.

  ⅰ) 이리하여 파쇼와 제국이/ 한 대낮 씨름처럼 넘어간 날/ 이리하여 우월
과 야망이/ 올빼미 눈깔처럼 얼어붙은 날 이리하여/ 말세 다시 연장되던
날/ 인도 섬라 비율빈 그리고 조선 민족은/ 앞치마를 찢어 당홍 청홍 날리며
/ 장할사 승리군 마처 불역으로 달렸다// 이날 한구 무창에/ 밤새 폭죽이
터지고/ 이날 불인 난인은/ 주권을 반석 위에 세우려고 거기에/ 선혈로 율법
을 쓰고/ 아! 이날 우리는/ 쌀값을 발로 차올리면서까지/ 승리군을 위하여/
향연을 베풀지 않았더냐// 그러나 그대는 들었는가?/ 양귀비 난만한 동산/
「백인의 부담」이란 우화를/ 그리고 얄타회담으로 몰아가는/ 캬듸략 바퀴

---

26 토마스 만의 번역문에 붙은 설정식의 각주를 본고보다 먼저 주목한 선행 연구가 있다.
정명교는 그의 글에서 설정식이 민족에 관해 문맹의 동지들과 다른 생각을 가지고 있었
다고 지적하면서 민족을 당연시하는 입장에서는 '민족의 구원'이 국가 건설의 결과로서
응당 주어지는 것으로 보았다면, 설정식은 그와 달리 "민족 그 자체의 올바른 정립이
국가 건설의 조건"인 것으로 인식했다고 설명한다. 그러한 추정의 근거로 만의 산문
번역을 제시하는데, 정명교 또한 "민족에 대한 정확한 인식이 죄악을 범하지 않을 조건"
이라는 만의 견해에 설정식이 공감한 것으로 파악한다. 그리고 그가 만의 '자유'의 대한
언급에 각주를 붙인 것은 "토마스 만을 넘어서 민족에 대한 생각을 더욱 전진시키려는
의지가 강했"음을 보여주는 예로 풀이한다. 정명교의 이러한 해석은 설정식의 각주가
민족(의 죄악)에 대한 그의 사유를 반영한다고 보는 본고의 견해와 일치한다. 다만 정명
교는 그것이 설정식의 윤리와 도덕 개념, 윤리적 전통의 문화적 가치 및 보편윤리에
대한 근본적 사유 등과 결부되어 있고, 자기민족에 대한 우려와 고민을 함축한 상징적
표식이라는 점은 구체적으로 설명하고 있지 않다. 정명교, 「설정식 시에 나타난 민족의
형상-조국건설의 과제 앞에 선 해방기 지식인의 특별한 선택과 그 시적 투영」, 『동방학
지』 174, 연세대 국학연구원, 2016, 238~239쪽.

소리를/ 흰 손이 닿는 퇴운 문소리를 그리고/ 샴펜주 터지는 소리를
-「우화」 중

ⅱ) 흙탕물/ 과연 흙탕물이다 어드맨들/ 아니 흐를 법 없는/ 혼탁한 파시즘
의 흐름이여/ 그리로써 하야 석유는/ 서반아로 흘러가는 것이냐// 오만 생령
이/ 마드리드 바로 피앗자/ 지하옥 썩는 내음새를 막기 위하여/ 다섯 가지
경찰로써 하여금/ 향수를 뿌리게 하고/ 칠야에 미소하며 염주를/ '에리 에리'
구을려/ 주검을 헤아리는/ 프랑코의 흰 손을 다시 잡기 위하여// 아 내 어찌/
이렇게 은혜 모르게 되었느냐/ 슬프도다/ '자유'를 차라리/ 마지막 한 모금
물로써 바꾸지 않은/ 독립군의 의를 용을/ 다 그만두더라도/ 제퍼슨, 페인의
아름다운 사상을/ 또 그 뒤에 저 많은/ 민주주의의 계승을/ 그리고 대작하는
바람의 자취/ 저 위대한 산천을/ (중략) / 와이오밍에서 코로라도/ 기름진
평야로 들어서는/ 옥수수 밭고랑 고랑은 진정/ 내 고향과도 같이/ 어데 어데
를 가도/ '자유', 그 말에 방불한 토지를/ 파씨스타의 무리여/ 너희들 까닭에
나는/ 휘트맨의 곁에 가차이 설 수 없고/ 또 이날에도/ 찬가로써 하지 못하고
/ 두 폭 넓은 비단 청보에 '원망'을 싸는도다
-「제국의 제국을 도모하는 자—미국 독립기념일에 제하여」 중

위의 두 시는 내용 전개상 공통되는 특징이 있다. ⅰ)ⅱ) 모두 미국에
거는 타민족의 기대가 얼마나 큰 것이었던가를 전경화한 후 그러한 기대
가 깊은 실망으로 바뀐 상황을 토로한다. ⅰ)은 2차 대전의 종전을 모티브
로 한 시로, 연합국의 승리에 아시아 전체가 기뻐하는 정황을 묘사하고
있다. 그러나 승전은 착각에 불과할 뿐 그날은 "말세가 연장된 날"이나.
피압박 민족의 해방이 왜 '말세의 연장'인가? "「백인의 부담」이란 우화"
에 그 까닭이 함축되어 있는데, 시의 제목인 "우화"는 여기서 제유된 상징
이다. 「백인의 부담」은 키플링의 시 「The white man's burden」의 번역
어로 미국이 필리핀을 식민지로 삼게 된 것을 축하하며 창작된 이 시는
미개한 인종을 개화시키는 임무가 백인에게 주어져 있음을 기꺼이 받아

들이자는 내용을 담고 있다. 전형적인 백인 우월주의를 드러내고 있는
셈인데, 이 시의 문제점은 여기에 그치지 않는다. 미국의 필리핀 지배에
는 끔찍한 피의 역사가 숨어 있다. 오랫동안 스페인의 지배를 받았던
필리핀인들은 독립운동을 통해 잇따른 식민화에 대항하였지만 무자비한
탄압으로 인해 실패하고 만다. 이때 살해된 필리핀인의 수가 25만 명에
이른다. 미국은 대규모의 학살로 자신들의 제국을 세웠던 것이다. 「백인
의 부담」은 그것을 감추고 미화한 시이다. 설정식은 승전국 미국의 정체
를 이 세 마디로 폭로한다. 그리고 그것은 '얄타회담'으로 향하는 '캐딜락
바퀴소리'와 '샴페인 터지는 소리'로 연결된다. 이 환유적 연결고리는 작
금의 조선이 필리핀처럼 또 다른 식민화에 직면할 수 있음을 경계하는
묵시적 수사에 해당한다.

　이 시를 통해 시인이 말하고자 하는 바는 분명하다. 지금 조선 민족이
환대해 마지않는 미국은 타민족의 희생을 당연시하고 무엇이 문제인지
조차 반성하지 않는, 윤리의식이 전혀 결여되어 있는 부도덕한 '마의 민
족'이다. 그래서 "흑풍이 불어와/ 소리개 자유는/ 비닭기 해방은 그림자
마저/ 땅 위에 걷어차고 날아가"(「우화」)는 중이다. 미제국의 윤리적 부당
성은 ii)에서도 그려진다. ii)에서 시인은 아메리카가 얼마나 아름답고
위대한가를 그들의 드넓은 국토와 울창한 자연과 민주주의 정신을 통해
표현한다. 하지만 이것들은 모두 파시즘의 혼탁한 "흙탕물"로 변해가고
있다. 수많은 주검을 말없이 헤아리는 스페인의 독재자 "프랑코의 흰 손"
을 잡았기 때문이다. 자신들이 파시즘을 종결하였다고 하지만, 악한 세
력과 타협하는 미국의 행태는 여전히 파시즘의 궤적 내에 있다. 대자연이
선사한 우월성과 가능성을 저버리고 '자유'라는 허울 좋은 가면을 쓴 채
민족적 타락의 길로 가고 있는 미국의 행보를 시인은 슬프게 바라본다.
그의 안타까움은 마치 '역사의 천사'[27]가 느끼는 우울에 가깝다. 그 또한
'역사의 천사'가 그렇듯 현재 상황을 죽은 자들의 잔해가 널브러져 있고,

산산조각 난 파편들의 더미가 점점 더 높아져만 가는 '말세'로 본다. 그가 마주한 역사의 사실은 "흙탕물/ 과연 흙탕물"의 범람이다. 이러한 파국의 연속으로부터 조선은 벗어날 수 있을까? 이 물음에 답할 수 없는 시인은 '찬가'가 아닌 '원망'을 "두 폭 넓은 비단 청보"에 싸고 있다.[28]

설정식의 제국주의 비판의 핵심은 윤리적 정당성을 잃은 민족과 국가는 결코 정치적 정당성을 주장할 수 없다는 사실이다. 자기 행위를 돌아보지 않는 정치권력은 도덕적 타당성과 인간 윤리의 대원칙을 저버린 악의 행사라는 점에서 억압된 민족의 해방이든 자유와 민주주의의 실현이든 그 어떤 대의명분을 주장할지라도 타민족의 구속과 희생과 착취를 감추고 미화하는 파국적 우화(愚話)일 뿐이다. 이 부패하고 부당한 우화의 혁파는 "골목에서 거리로/ 거리에서 세계로/ 꾸역꾸역 터져나가는 시커먼 시위를/ 팔월에 해바라기 만발한대도/ 다시 곧이 안 듣는/ 민족[이] 조수같이 밀려 나"(「우화」)와 전면적으로 개시할 때 비로소 가능할 것이다. 이때 "민족"은 각각의 개별민족이 아니라 악의 통치에 대항하는 세상 모든 민족을 가리킨다. 민족적 연대란 이렇듯 무엇이 악덕인가를 깨우치는 윤리적 자각을 통해서만 이루어질 수 있다. 불의한 정치는 참된 윤리의 회복 없이는 총체적 파탄의 필연성을 피할 수 없는 것이다. 그런데 정치적 온당함을 윤리적 차원에서 궁구하는 그의 이 같은 날카로운 상황

---

27 벤야민의 '역사의 천사'에 대한 서술은 그의 유명한 역사철학테제 아홉 번째에 등장한다. '역사의 천사'가 내포하는 의미에 대해서는 이창남, 「역사의 천사—벤야민의 역사와 탈역사 개념에 관하여」, 『문학과사회』 69, 2005 봄호 참조.

28 사회주의자였으니 역사의 진보를 신뢰했으리라는 예상과 달리, 설정식은 자기 민족의 앞날을 음울하게 전망하였다. "내 간 뒤에도 민족은 있으리니/ 스스로 울리는 자유를 기다리라/ 그러나 내 간 뒤에도 신음은 들리리니/ 네 파루를 소리 없이 치라"(「종」), "아 해방이 되었다 하는데/ 하늘은 왜 저다지 흐릴까"(「원향」), "해바라기는 어디가서 피었는지 분간 못 할 백야/ 하였으되/ 이것은 꿈이냐/ 맑아지지 않는 백야는 긴 꿈이냐"(「삼내 새로운 밧줄이 드리우다 만 날」) 등에 표현된 민족의 운명에 대한 시인의 예견은 '역사의 천사'가 흘릴 법한 눈물을 그 속에 품고 있다.

인식은 제국주의 국가나 타민족에게만 해당하는 것일까? 아니, 민족의 악덕은 어느 민족에게나 발원할 수 있다. '우리'도 부도덕한 민족, 죄 지은 민족이 될 수 있다. 과연 설정식은 이를 가장 강력한 경고의 형식인 예언의 목소리로 발한다.

4. 예언의 윤리성 : '아모스'와 '카르노스'의 사이에서

　　이제 너희가/ 권세 있는 이방 사람 앞에 무릎을 꿇고/ 은을 받고 정의를 팔며/ 한 켤레 신발을 얻어 신기 위하여/ 형제를 옥에 넣어 에돔에 내어주니// 내 너에게 흔하게 쌀을 베풀고/ 깨끗한 이빨을 주었거늘/ 어찌하여 너희는 동족의 살을 깨무느냐// 동생의 목에 칼을 대는 가자의 무리들/ 배고파 견디지 못하여 쓰러진/ 가난한 사람들의 허리를 밟고 지나가는 다스커스의 무리들아/ 네가 어질고 착한 인민의/ 밀과 보리를 빼앗아/ 대리석 기둥을 세울지라도/ 너는 거기 삼대를 누리지 못하리니/ (중략) / 옳고 또 쉬운 진리를/ 두려운 사자라 피하여/ 베델의 제단 뒤에 숨어 도리어/ 거기서 애비와 자식이/ 한 처녀의 감초인 살에 손을 대고/ 또 그 처녀를 이방인에게 제물로 공양한다면// 내 하늘에서 다시/ 모래비를 내리게 할 것이요/ 내리게 하지 않아도 나보다 더 큰 진리가/ 모래비가 되리니/ 그 때에 네 손바닥과 발바닥에 창미가 끼고/ 네 포도원은 백사지가 되리니

―「제신의 분노」 중

『구약성서』의 「아모스서」와 상호텍스트적 관계에 있는 위 시는 민족의 악행을 열거하며 그 모든 죄를 응징하려는 신의 심판이 곧 임박했음을 알리는 선지자 아모스의 예언을 창의적으로 모방하고 있다. 「아모스서」의 5장 2절을 시의 제사(題詞)로 인용한 것 외에도 2장 6절의 "그들은 은을 받고 의인을 팔며/ 신 한 켤레를 받고 가난한 자를 팔며"와 2장 7절

의 "아버지와 아들이 같은 여자에게 드나들며/ 나의 거룩한 이름을 더럽
혔다"[29]라는 구절이 변용되어 삽입되어 있다. 성경의 표현을 일부러 고쳐
쓴 단어는 시인의 의도를 담고 있어 더 주목을 요하는데, 가령 "광야를
헤매기 삼십육 년"은 '사십 년'—이스라엘 민족이 이집트에서 탈출하여
광야를 헤맨 시간—으로 쓰인 것을 일제 치하 기간으로 고쳐 써서 시의
"너희"가 조선 민족을 가리키게끔 만든다. 그리고 '은을 받고 의인을 팔
며'의 '의인'을 "정의"로 옮겨서 "너희"의 대죄는 돈을 쫓아 정의를 저버린
것, 즉 부정을 일삼고 불의를 수락한 것임을 분명히 한다. '짐진 자'를
뜻하는 아모스는 구약에서 '정의의 선지자'로 불린다. 부자들이 빈민을
착취하고 자신의 이익을 위해서라면 동족을 이방인에게 팔아넘기는 행
태도 꺼리지 않는 것을 과감히 비판하였기에 붙은 호칭이다. 위 시는
이러한 아모스의 입을 빌어 정의를 잊은 민족은 무서운 징벌을 피할 수
없고, 정의란 '가난한 자'들을 더 가난하게 만드는 착취와 핍박과 예속의
금지이자 이를 어긴 자들에 대한 합당한 처벌을 의미한다는 것을 공표한
다. 그러므로 "가난한 사람들의 허리를 밟고 지나가는" "어질고 착한 인민
의/ 밀과 보리를 빼앗아/ 대리석 기둥을 세우"는 '너희'는 신의 징계를
피할 수 없는 상황에 놓여 있다. 그리고 이 '너희'는 다름 아닌 조선 민족
이다. 시인 설정식이 보기엔 오래 전 이스라엘 족속이 범한 죄가, 동족의
살을 깨물고 동생의 목에 칼을 대며 아버지와 아들이 같은 여자를 간음하
여 희생양으로 삼는 일들이 '지금 여기' 조선에서 벌어지고 있다.

그런데 이러한 참담한 일이 발생하고 있는 것은 국가적 상황과 관련이
있다. 이 시에서 성경과 다르게 쓰인 또 하나의 단어가 "조국"이다. 시의
제사로 인용된 「아모스서」 5장 2절은 "처녀 이스라엘이 쓰러져서/ 다시
일어날 수 없구나/ 제 땅에 버려졌어도/ 일으킬 자가 없구나"[30]인데, 설정

29 『성경전서—표준새번역 개정판』, 대한성서공회, 2001, 1304쪽.

식은 뒷부분을 "**조국**의 저버림을 받은 아름다운 사람이어/ **더러운 조국**
에 이제 그대를 일으킬 사람이 없도다"(강조-인용자)라고 달리 표현한다.
'조국'은 시의 마지막 연에도 등장하는데, "그리하면/ 비록 허울 벗기운
너희 **조국**엘지라도/ 이스라엘의 처녀는 다시 일어나리니"(강조-인용자)
라는 구절이 그것이다. 시의 맨 처음과 끝에 모두 '조국'이 언급되고 있는
셈이다. 이는 조선 민족의 악행이 국가의 폐해와 관련이 있음을 환기한
다. 앞뒤 문맥을 고려할 때 '더러운'은 쓰러진 자를 일으켜 세우지도 못할
만큼 제 기능을 발휘하지 못하는 국가의 무능과 무관심을 내포한 **표현**에
가깝다. 또한 조선 민족이 세우고 있는 현재의 국가가 민족의 악덕을
막거나 제어하기엔 무력한 체제임을 에둘러 암시한다. 신생국으로서의
조선은 개인적 약속과 양심('윤리')도, 사회적 약속과 양심('도덕')도 제대
로 관념화·형식화하지 못하고 있으며, 그 속에서 조선 민족은 파국을
향해 가고 있는 것이다. 이런 이유로 시인은 신의 분노를 유발한 민족으
로 '너희-조선'을 호명한다. 인간의 분노가 옳고 그름의 판단을 통해 생
겨나는 이성적 반응으로서 정의실현의 욕구를 바탕에 둔 정치적 정념에
가깝다면[31], 신의 분노는 이성적 판단 영역 밖에서 닥쳐오는 거대한 재앙
이자 선을 부정하고 거역한 결과 필연적으로 닥칠 처벌과 파멸을 상징한
다. 인간적 분노의 표출은 올바름의 실현을 언제나 견인하지는 않지만,
신적 분노의 분기(奮起)는 인간-종을 멸망시켜서라도 선과 참과 의를 반
드시 세우고자 한다. 신의 분노를 산 족속은 결코 지상에 살아남을 수
없다.[32] 조선 민족이 그러한 분노의 대상으로 상상된다는 것은 시인이

---

30 위의 책, 1308쪽.
31 분노라는 감정의 정치적 의미에 대해서는 졸고, 위의 글, 50~52쪽 참조.
32 이를 강조하고자 시인은 「제신의 분노」의 첫 연을 「아모스서」와는 다르게 시작한다.
    본래 「아모스서」는 "드고야의 목자 아모스가 전한 말이다. 그가 이스라엘에 일어난 일의
    계시를 볼 무렵에, 유다의 왕은 웃시야이고, 이스라엘의 왕은 요아스의 아들 여로보암이

자신이 직면한 현실을 얼마나 심각하게 보고 있는지, 그리고 조선 사회 내부의 참다운 윤리와 도덕의 실현을 얼마나 강하게 염원하는지를 역으로 반증한다.

자기 민족이 '마의 민족'으로 화(化)하는 것을 경계하고 깨우치려는 의도야말로 「제신의 분노」의 궁극적 목적일 것이다. 그런데 이 시가 국가와 민족이 초래하는 악의 현실을 고발하고자 신적 분노라는 형식을 방법화한 것은 신의 목소리를 전유하는 방식이라는 점에서 한 가지 의문을 낳는다. 즉 시인이 자신 또한 국가와 민족의 일원이라는 것을 망각하고, 만이 자기를 민족적 악에 속한 자로 고백한 것과 비교할 때 스스로를 공동체로부터 초월된 절대적 타자로 정립하려는 것은 아닌가라는 의구심을 갖게 한다. 달리 말해, 예언자—신의 자리를 점유하는 것은 절대자의 위치를 자기 정립의 자리로 욕망하는 것으로 해석될 수 있다. 그렇다면 이것은 문제적일 수 있는데, 초월적인 절대자란 그 자체 무소불위의 특권을 의미하며, 그에 대한 욕망이란 비록 그것이 무의식적이라 해도 인간이 욕구할 수 있는 범위의 한계치를 넘어 윤리 영역 밖으로 자기를 탈구시키는 작업이 되기 때문이다. 즉 시적 화자를 통한 예언적 목소리와의 자기 동일시

었다"(『성경전서』, 위의 책, 1303쪽)로 시작한다. 그런데 「제신의 분노」는 "하늘에/ 소래 있어/ 선지자 예레미야로 하여금 써 기록하였으되/ 유대왕 제데키아 십 년/ 데브카드레자—자리에 오르자/ 이방 바빌론 군대는 바야흐로/ 예루살렘을 포위하니/ 이는 이스라엘의 기둥이 썩고/ 그 인민이 의롭지 못한 까닭이요/ 그늘이 서희의 시도자를 옥에 가둔 소치라"로 시작한다. 시 전체는 아모스의 목소리를 취하고 있지만, 시의 서두는 예레미야의 기록을 먼저 이야기한다. 구약성경의 가장 위대한 선지자로 꼽히는 에레미야는 이스라엘 민족의 잘못을 비판하며 신의 분노와 심판을 쉼 없이 예고하지만, 아무도 그의 말에 귀 기울지 않고 오히려 그를 죽이려 한다. 그러나 그의 예언은 결국 실현되어 이스라엘은 파괴되고 그들 족속은 바빌론 유수에 처해지게 된다. 「제신의 분노」가 이러한 예레미야의 이야기로 시작하는 것은 그의 예언이 현실이 되었듯, 지금 이 시에 기록된 시인—아모스의 계시 또한 현실이 될 것임을 역설하기 위해서이다. 다시 말해 에레미야의 인용은 민족의 앞날을 전하는 이 시의 묵시가 곧 사실이 될 것이고, 어느 종족도 신의 분노를 피할 수 없듯 조선 또한 같은 운명에 이를 것임을 강하게 경고하는 효과를 지닌다.

는 시인-주체의 욕망의 정도(程度)를 표식하는 것으로 이해될 수 있다. 그러나 이 지점에서 시의 발화 방식으로 선택된 예언의 형식을 다시 주목할 필요가 있다. 예언은 말하는 자와 듣는 자 모두에게 고도의 윤리적 태도를 요구하는 말하기 방식이기 때문이다.

예언은 미래의 시간을 끌어와 현재의 시간을 장악하려는 발화이다. 예언의 말이 지닌 현재에 대한 영향력과 지배력은 두 가지 사실에서 생겨난다. 첫째는 예언이 실현될 수도 있다는 가능성이다. 미래를 알 수 없는 인간에게 예언의 실현 가능성은 그 말을 무시할 수 없게 만들 뿐더러 두려움을 불러일으키는 원천이다. 둘째는 예언이 가정(假定, if)의 언어라는 점이다. '만약 그것이 사실이라면?'이라는 물음과 '만약 그것이 거짓이라면?'이라는 상반된 가정적 질문을 예언은 동시에 내포하고 있다. 현실화의 가능성을 배제할 수 없지만, 그 말 자체를 믿을 수 없다는 의심을 예언은 떼어낼 수 없다. 만약 예언이 불길한 것일 때 그것을 믿는 것도 문제지만, 믿지 않는 것도 문제다. 믿는다면 현재는 미래에 종속될 수밖에 없고, 믿지 않는다 해도 실현 여부를 알 수 없는 그 불투명함으로 인해 현재의 자유는 예언이 드리운 어두운 그늘에서 완전히 벗어날 수 없다.[33] 예언의 도래는 미래에 속한 것이므로 그 안으로 이입될 수 없는 현재는 앞으로의 시간 전개를 쉽게 무시할 수 없기 때문이다. 그렇기에 실현 여부가 불투명한 예언은 듣는 자를 압박한다. 그것은 그러한 일이 일어날 것임을 알려주었음에도 그것을 듣고도 믿지 않은 자에게 전적인 책임을 지운다. 듣는 이가 자신의 책임 소재를 피할 수 없는 말, 예고된 바가 이루어질 시 듣는 이의 책임을 회피할 수 없게 만드는 말, 그것이

---

33 외디푸스가 자신에게 내려진 불길한 신탁을 믿지 않았음에도 불구하고 신탁의 언어가 드리우는 그림자에서 벗어나고자 고향을 떠났으나 종국엔 자신의 비극을 피할 수 없었던 점을 상기하면, 미래의 계시인 예언이 현재에 미치는 영향력이란 결코 가볍지 않음을 알 수 있다.

예언이다. 따라서 예언은 듣는 이에게 강한 윤리성을 요구한다. 예언을 믿고 따를 것인가, 혹은 반대로 믿지도 따르지도 않을 것인가는 오로지 듣는 자 스스로의 결정에 달려 있다. 자신의 결정이 징벌과 파멸과 비극을 초래할지라도 그 모든 최후는 자신이 감당할 몫이다. 판단하고 결정해야 할 자에게 이보다 더 강하게 윤리적 책임을 부과하는 언어는 없다. 이러한 특징들로 인해 예언은 그것을 말하는 자에게도 강한 책임성을 요구한다. 예언은 아무나 함부로 하지 않으며, 함부로 해서도 안 된다. 예언하는 자는 미래의 시간을 끌어다 현재를 장악하는 자이며, 현재가 아닌 미래로부터 권위가 부여된 자이기에 결코 쉽게 참칭되어서는 안 된다. 그런데 그가 거짓 참칭자인지, 진짜 선지자인지 알 수 없기에 예언자는 참칭의 죄를 짓고 있다는 혐의에서 자유롭지 못하다. 미치광이 취급을 받을 수도 있고, 끔찍한 죽음을 감내해야 할 수도 있다. 누구든 자신을 예언자로 자칭하려면, 자신에게 닥칠 수 있는 불행을 감당해야 한다. 그것이 예언하는 자가 짊어진 숙명적 윤리이다. 결국 예언은 발신자와 수신자 모두 윤리적 책무에서 벗어날 수 없게 만든다.

그러므로 시인이 시적 화자로서 예언자의 목소리를 취한다는 것은 그것이 시라는 허구적 방식에 기댄 것일지라도 예언적 발화가 빚어내는 효과를 자신의 책임으로 수락하는 작업이라 할 수 있다. 「제신의 분노」에 나타나는 예언자-화자를 윤리적 주체의 시적 형상으로 이해할 수 있는 까닭은 예언적 발화의 형식에 내재된 이러한 윤리적 특징에서 비롯한다. 그런데 설정식의 시에는 신의 분노를 대리한 권위 있는 선지자만이 등장하는 것은 아니다. 그와는 정반대로 헛소리를 지껄이는 광기의 예언자도 등장한다. 이러한 또 다른 예언자의 형상이야말로 설정식이 인식한 시인으로서의 자기-이미지(self-image)에 해당한다.

아, 내 사연이야 이루 사뢰어 무삼하리오 다만/ 자비로운 아배의 집에서 하루아침/ 나는 억울한 도적이 되었소/ 글쎄 몇 해를 더 갈 것인지 차차/ 굳어지는 혓바닥 알아듣지 못하시더라도/ 글쎄 어떻게 하면 좋을 것인지 나도-// 네! 물론 내가 미쳐서 무슨 모진 살을 들어내어/ 놓는 것이라면 자손이 두려웁겠소 오직/ (중략)// 그러기에 아포로라고 덮어놓고 믿을 수 없는 것은/ 삼천 년 전에도 초열삼복에는 청춘의 신/ 주검의 사자되어 무지할 수밖에 없어/ 카네이오쓰-아 바로 어제의 아포로의 손아귀에/ 눌리지 않은 목덜미 몇이 남았던가/ 그때는 물론 삼천 년 전이니까 일제시대는 아니니까/ 경찰서라는 것이 없었겠지 그런데도 어떻게// 스파르타 국민은 역기로 사람을 잡았던지/ 카르네이야 대회 선수파견 만세는/ 헤이디쓰의 주권 푸루토의 주최였고 그보다도/// 무슨 소린지 통 모를 것이오 하지만/ (…중략…)// 감아라 감아라 눈이거든 감아라/ 다 가고 없는 땅에 무엇이 있다고-// 이렇게 하여 니오베는 돌이 되었소/ 이렇게 하여 바위에마다 비가 내려/ 눈물인지 샘물인지 가시고 없는 땅을/ 누가 오롯하게 분별할 것이오?/ 이렇게 하여 나는 미치고/ 이렇게 하여 내 혀는 천년을 앞에 두고/ 굳어졌소이다
-「상망」 중

「제신의 분노」가 구약성서와 상호텍스트적 관계에 있다면, 위 시는 그리스 신화와 상호텍스트적 관계에 있다. 위에서 "카네이오쓰-"라고 표기된 카르노스(carnus)는 아폴론 신을 섬겼으나 간자(間者)로 오해되어 살해된 예언자로 카르네이오스(carneus)라고도 불린다. 그리스 신화에 따르면, 아폴론과 헤라클레스의 자손들이 펠로폰네소스 원정을 하였을 때, 아폴론의 신탁을 받은 카르노스가 신의 말을 전하기 위해 헤라클레스의 자손들을 찾았으나 알 수 없는 말을 쏟아내는 그를 펠로폰네소스에서 보낸 스파이로 오해하여 히포테스가 창을 던져 죽이게 된다. 이후 군대 내에 재앙이 닥치고 신탁을 통해 그것이 카르노스의 죽음에 분노한 아폴론의 징벌임을 알게 된 헤라클레스의 자손들은 신의 뜻에 따라 새 지도자를 세워 위험에서 벗어나게 된다. 그리고 억울하게 죽은 예언자의 혼을 달래기 위해 아폴론 카르네이오스 숭배를 관습화한다. 시에서 표현된

스파르타의 "카르네이야 대회 선수파견"은 기원전 스파르타에서 아폴로 카르네이소스를 기념하기 위해 카르네이아(karneia) 제전이 치러진 사실을 인용한 것이다.

중요한 것은 시의 화자로 등장한 카르노스의 특징이다. 그리스 신화에서 가장 비극적 예언자로 꼽히는 카산드라처럼, 그의 예언은 반드시 전해져야 할 신탁임에도 사람들에게 닿지 못하는 엉터리 말이 되고 만다. 그의 허튼소리는 제 구실을 하지 못하는 실패한 언어이다. 그런데 지금 시인은 그의 이러한 헛소리를 자기 언어로 삼고 있다. 위 시에서 시인은 자신의 말을 가리켜 "알아듣지 못하"는 "굳어진 혓바닥"의 말, "무슨 소린지 통 모르실" 말, "내가 미쳐서" 하는 말이라 표현한다. 위 시가 일상적 논리를 벗어난, 그래서 의미파악이 불가능한 파편적 언어로 나열된 것은 횡설수설하는 예언자의 언어를 차용하고 있기 때문이다. 그럼에도 불구하고 이 비규범적인 언어의 더미를 뚫고 전달되는 내용이 있다면, 아마도 그것은 신의 말에 버금가는 진리일 것이다. 왜냐하면 그것은 헛된 단어들의 뭉치를 뚫고 솟아나온 예언의 일부이기 때문이다. 이를 상징적으로 암시하는 것이 시의 제목인 '상망'이다. '상망'은 『장자』「천지」편에 나오는 인물로 황제가 잃어버린 '검은 진주', 즉 진리를 찾아낸 자이다. 그러니까 이 시의 주인공은 '상망'이자 곧 '카르노스'이다. 그는 진리를 찾아내어 말하는 자, 하지만 평범한 언어로는 전달하지 못해 오해를 피할 수 없는 자, 그럼에도 진실을 말하고 있다는 점은 부인될 수 없는 자이다.

그런데 이렇게 적고 보니 '상망-카르노스'는 누군가와 몹시 닮았다. 그것은 다름 아닌 시인이다. 시인이야말로 진실을 말하기 위해서라면, 그것을 도모하기 위해서라면, 인간 언어의 한계를 뛰어넘어 자신에게 필요한 실험과 시도를, 무수한 시행착오를 마다하지 않는 자이기 때문이다. 그래서 시인의 언어는 때로 이해불가의 미지(未知)가 되기도 하고, 해석을 거부하는 수수께끼가 되기도 한다. 시 「상망」은 그러한 실험의 한 예라 할 수 있다. 그러니까 시인 설정식은 지금 미친 예언자 '상망-카르노스'로 화(化)하여 진실을 말하려 한다. 그가 말하고자 하는 진실은 간간히, 간신히 전해진다. 가령 "문을 닫고 앉아 있어도 무서운 것/ 호랑이가 아니라는 것/ 다 아시는 사실이 아니오리까" 혹은 "감아라 감아라 눈이거든 감아라/ 다 가고 없는 땅에 무엇이 있다고─" 또는 "이렇게 하여 바위에마다 비가 내려/ 눈물인지 샘물인지 가시고 없는 땅을/ 누가 오롯하게 분별할 것이오?"와 같은 말들. 이 말들은 하데스의 지옥같이 헐벗고 메마른 식민의 땅을 대면한 자의 말이다. 이렇게 황폐한 세계를 마주하고 있기에 시인은 "내 혀는 천 년을 앞에 두고/ 굳어졌"다고 노래한다.

　그러나 그는 시인으로서의 제 역할을 다하고자 한다. 그것이 그에게 부과된 책무이자 그가 행해야 할 최선의 윤리이기 때문이다. 그래서 "상망이 구슬을 찾아오는 날까지/ 차디찬 바위가 되어 벙어리로 천년을 가리라"(「상망」)고 말한다. 이처럼 「상망」은 설정식이 시인으로서 자기 자신에게 요구하고 있는 윤리적 주체의 모습이 무엇인지를 뚜렷이 보여준다. 그는 자신이 처한 불우한 세계의 진실을 말하기 위해서라면 천 년 동안 벙어리로 사는 것조차 마다하지 않겠노라 말하고 있다. 설정식의 예언적 화자는 이질적인 두 가지 형상 사이를 오간다. 아니, 더 정확히 말하면, 두 형상 사이에 찢겨져 있다. 한편에 신적 권위를 위임받은 예레미야-아모스의 형상이 있다면, 다른 한 편에 자신의 말을 그 누구에게도 이해받지 못해 미치광이로 오인되는 카르노스의 형상이 있다. 전자가 신학적-헤브라이즘적 예언자라면, 후자는 신화적-헬레니즘적 예언자이다. 둘은 마치 거꾸로 마주선 거울에 비추어진 것처럼 서로를 부정한다. 전자가 후자를 부정하고, 후자가 다시 전자를 부정한다. 두 화자의 동시적 공존은 거듭되는 자기 부정의 연속을 보여준다. 흔히 그렇듯 시적 화자를 시인의 자기 인식의 투영으로 이해한다면, 이러한 화자를 통해 유추되는 설정식의 시인으로서의 자기-이미지는 위대한 선지자와 광기의 계시자 사이에, 도저히 하나로 합치될 수 없는 두 형상 사이에 분열되어 있다고 할 수 있다. 아모스와 카르노스의 간극은 시인의 자기부정의 양상을 상징적으로 보여준다. 이는 위대한 신적 권위(에레미야-아모스)를 자기부정하는 내적 장치(상망-카르노스)가 그의 자기인식 속에 내재되어 있음을 가리킨다. 아울러 이것은 시의 화자를 통해 환기되는 설정식의 윤리적 주체로서의 자기정립의 양태를 한 번 더 확인시킨다.

5. '인민'의 이름으로 : '민족'과 '인민'의 경계 짓기

앞서 「제신의 분노」를 분석하면서 이 시에 민족이 아닌 "인민"이라는 단어가 사용되었다는 점을 지적하지 않았다. 인민은 물론 성경과는 무관한 표현이다. 「제신의 분노」만을 놓고 보면, 민족과 인민은 동의어로 보인다. 그러나 그의 시에서 민족과 인민은 각기 다른 함의를 지닌다. 흔히 민족은 오랜 세월동안 공동생활을 하며 혈연적·언어적·문화적 공통성을 기반으로 형성된 공동체를 가리킨다. 설정식도 이러한 사전적 의미에 따라 이 단어를 사용한다. 다만 그가 조선 민족을 자주 이스라엘 민족에 비유한 점을 고려하면, 민족은 같은 핏줄로 이어져 내려온 자연적 공동체를 지칭하는 개념으로 이해할 수 있다. 예컨대 "민족이 라자로 기적 앞서 일어난다면/ 강물은 다시 노들에 흐르리"(「원향」)나 "이방 사람의 밀을 받고/ 이스라엘의 흙을 파는 자/ 동족은 벌써 아닐 수밖에 없는 슬픈 칼자루"(「조사」) 등의 표현은 조선 민족과 이스라엘 민족을 유사성의 관계로 파악한 것으로, 이는 시인이 조선 민족을 이스라엘 민족처럼 같은 혈통의 종족 집단으로 인식하고 있음을 보여준다.[34] 민족을 이처럼 생물

---

34 설정식이 '민족의 구원'을 해방과 함께 자연적으로 주어지는 것이 아니라 "민족 그 자체

학적 혈통에 기반하여 자연적으로 생성된 집단으로 여기는 것은 전형적인 낭만적 사고에 해당한다. 민족을 자연에 비유하고 자연의 순환을 따르는 대상으로 인식하는 것, 가령 봄—여름—가을—겨울처럼 민족 또한 생성—번창—소멸한다고 보거나 자연이 영원하듯 자연에서 발원한 민족도 영원하다고 인식하는 것은 헤르더적 민족 관념의 대표적 유형에 속한다. 설정식도 이러한 낭만주의적 관념에 의거하여 민족 개념을 수용한다.

　　그런데 인민의 개념은 이와 다르다. 「제신의 분노」에서 "이는 이스라엘의 기둥이 썩고/ 그 인민이 의롭지 못한 까닭이요"라고 했을 때의 "인민"은 민족 전체의 도덕적 부패가 죄의 근원으로 지목되는 문맥에 따라 민족을 대체한 동의어로 읽힌다. 하지만 시를 자세히 보면 인민의 뜻은 미묘하게 분화된다. 마지막 연의 "그리로 하여 가난하고 또 의로운 인민의 뒤를 따라/ 사마리아 산에 올라 울고 또 뉘우치라// 그리하면 비록 허울 벗기운 너희 조국엘지라도/ 이스라엘의 처녀는 다시 일어나리니"라는 구절에서 무너진 나라는 '가난하고 의로운 인민'에 의해, 그리고 그들이 가는 길을 따르다보면 종국에는 다시 복구될 것으로 암시된다. 이로부터 유추컨대, 인민은 첫째 전체 민족을 뜻하기도 하고, 둘째 몰락에 처한 민족과 국가를 새롭게 회생시키는 정의로운 무리를 뜻하기도 한다. 「제신의 분노」에 따르면, 민족은 '가난하고 의로운 자들'과 그들을 짓밟고 괴롭히는 '불의한 자들'로 나뉜다. "가난한 사람들의 허리를 밟고 지나가는 다마스커스의 무리들"이 민족을 타락으로 이끄는 주범이라면, "어질고 착한 인민" "가난하고 또 의로운 인민"은 민족을 구원하여 새로 복원시키는 "생산의 어머니"이다. 결국 민족 모두가 인민은 아니며, 민족 내에서

의 올바른 정립"을 통해 이루어지는 것이라고 보았다는 정명교의 지적은 설정식이 조선 민족을 이스라엘 민족과 동일시하였다는 점에 비춰 볼 때도 옳은 해석이다. '조선'과 '이스라엘'을 유사성의 관계로 비유하였다는 것 자체가 이스라엘이 그러했듯 조선 또한 '구원받아야 할 민족'으로 인식하였음을 알려주는 지표이다. 정명교, 위의 글, 238쪽.

도 '가난하고 착하고 어질고 의로운' 이들이 인민이다. 인민은 민족 가운
데 솎아내진 참된 무리로, 헐벗었지만 정의로운 자들로 구성되며, 윤리
적으로, 도덕적으로 올바른 자들이기에 민족과 국가를 되살리는 역할을
한다. 이들이야말로 민족을 어두운 과거로부터 단절시켜 쇄신의 역사로
이끄는 주체들이다. 윤리적으로 정당한 공동체 주체의 이름, 그것이 바
로 인민이다. 민족과 인민은, 비유컨대 전자가 뿌리라면 후자는 열매인
관계로, 뿌리가 썩어 죽어갈 때 땅에 떨어진 열매는 다시 뿌리를 틔우는
그러한 관계라 할 수 있다. 민족이 인민의 원천이면, 인민은 민족의 핵자
(核子)이다.[35]

　민족의 역사를 이끌어가는 진정한 주체로 명명된 이러한 인민-공동체
의 형상은 설정식만의 고유한 상상은 아니다. '인민주권' '인민공화국'
'인민민주주의' '인민전선' 등 인민과 결부된 정치적 아젠다는 해방기 내
내 진보적 이념과 사상을 전략적으로 구체화하는 주요 키워드였으며,
이때 인민의 호명은 새로운 공동체성을 구축하는 핵심 방법으로 좌우의
경계를 허무는 대안적 기표로 작용하였다. 민족이 국민국가의 새로운
집단 공동체로 거듭나야 할 역사적 전환기에 구시대의 구태와 단절하고
'자유 시민'의 공동체를 결성코자 했던 이 시기의 많은 노력과 기획과
상상들은 인민의 발견과 성격 규정, 인민과 민주주의의 결합을 지배적인
정치 담론으로 부각시켰다. 사회주의 이념에 쉽게 동조하지 않았던 문학
인들까지 피익 단체에 참여하여 활동할 수 있었던 것은 인민민주주의를
제1의 테제로 삼았던 '인민전선'론에 크게 호응하였던 때문이다. 설정식
의 정치적 입장 또한 인민주주의의에 가까웠다고 할 수 있는데[36] "그런

35　정명교는 이를 "인민과 민족은 순환한다. 인민은 민족을 복원하고 민족은 인민을 낳는
　　다"고 표현한다. 정명교, 위의 글, 248쪽.

36　설정식에 대한 최근 연구도 이 점에 주목하고 있는바 그의 시에서 민족의 재창출과
　　인민에의 상상이 각기 다른 층위에서 인식되고 있고, '인민주권'의 확립을 중시하는 것

너 존엄한 주권이어/ 무명은 기다리라/ 들에 불이 붙었으되"(「단조」) "일
어선 우람한/ 성채는 바워라 그는 곧/ 인민공화국 주권이니"(「헌사」) "그
대들 땀이 땅에 말라 쌓여/ 소금 기둥 되어서/ 일어서는 주권이/ 내 이마
에 닿을 때까지"(「송가」) 등의 구절은 인민주권의 수립을 해방기 제1의
정치 과제로 생각하였음을 보여준다. 이 문구들은 특히 민족이 자연적
소산으로 상징되는 것과 달리 주권자로서의 인민은 인위적 노력을 통해
구성되는 집단적 주체로 상상되었음을 잘 보여준다. 인민은 의지적으로,
의도적으로 기획되고 창안되어야 할 인공적 공동체였던 것이다.

　인민-공동체를 둘러싼 이러한 인식과 상상을 바탕으로 설정식은 '인
민'이라는 기표에 '가난한 자' '착한 자' '어진 자' '의로운 자'라는 의미를
보태고, 가난한 자들이 복된 자이며 이들을 통해 부활과 재생이 이루어진
다는 전통적인 신학적 테마를 인민의 공동체적 속성으로 새긴다. 인민을
새로운 주권적 공동체로 창출하는 이러한 상징화 작업은 설정식만이 시
도한 것은 아니지만 윤리적 자질에 의거하여 인민을 민족 내의 '다른 주
체성'으로 경계 지은 것은 여타의 시인들과 구분되는 특징이라 할 수 있
다.[37] 가령 김기림의 경우

이 그의 주된 정치적 입장이었다는 평가는 그의 시 세계가 다층적 시각에서 검토되어야
함을 다시 한 번 상기시킨다. 설정식이 민족과 인민을 따로 인식하고 있다는 점에 대해
서는 최윤정, 위의 글; 정명교, 위의 글 참조. 인민주권에 대한 문학적 상상과 기획에
대해서는 정영진, 「설정식의 낭만주의 기획과 인민주권의 상상」, 『한국문학연구』 60,
동국대 한국문학연구소, 2019 참조.

37　최윤정은 설정식의 '인민'은 '민족적 하위 단위[의] 총칭'(위의 글, 366쪽)으로 "민족보다
사상을 우위에 둔 모든 세력들에 대항하는 모든 단위"(위의 글, 352쪽)를 뜻하며, "제국
주의의 음모를 간파하고 민족적 미래를 제시할 수 있는 존재로 발견된다"(위의 글, 350
쪽)고 설명한다. 한편 정영진은 "전체로서의 인민"(위의 글, 315쪽)이 설정식의 시가
제시하는 인민의 상(像)이며, 그것의 속성은 "무한이자 절대"(위의 글, 325쪽)인 것으로
상징화된다고 서술한다. 두 입장 모두 설정식이 민족 내의 '다른 공동체성'으로 인민을
상상하고 있으며, 프롤레타리아와 같은 계급적 표지가 그가 지시하는바 인민의 특징은
아님을 지적한다.

　벽을 헐자/ 그대들과 우리들 사이의/ 그대들 속의 작은 그대들과 또 다른
그대들 사이의/ 우리들 속의 작은 우리들과 또 다른 우리들 사이의// 아마도
그것은/ 금과 은과 상아로 쌓은 치욕의 성일지도/ 모른다 그러면 더욱 헐자
// (중략) 그대들과 우리 다/ 함께 갈 대로를 뽑자

―「벽을 헐자」³⁸ 중

라며 '우리' 내부의 장벽과 균열과 차이를 없애어 너와 내가 구분되지
않는 단일한 하나(一者)가 되자고 호소한다. 민족이든 인민이든 중요한
것은 개념적 명칭이 아니라 '우리' 안에 존재할지 모르는 경계를 없애어
통일된 전체로 거듭나는 것이다. 이러한 상상적 기획은 결국 '우리' 안의
이질성을 문제시하고 '우리' 내부의 타자를 용인하지 않는, 오직 서로의
동일성만을 수락하는 배타적 전체를 창출한다. 이러한 발상은 만일 '우
리'가 하나로 통합된다면, 그렇게 하나가 된 것만으로 '우리'는 충분히
선하고 참되다는 생각을 전제로 한다. 그러나 "우리들 속"은 많이 다르며,
쉽게 동일화되지 않을뿐더러, 전체로서의 '우리'가 선하고 참되다고 단정
할 근거도 없다. 민족 안의 균열과 차이를 바로 보지 않는 이러한 섣부른
동일화의 논리와 달리, 유진오의 경우는

　휘모리치는 비바람에/ 고향은 있어도 흙 한 줌 없는/ 아― 이 나라는 언제
나 남의 땅 같구나// 물구덩이 속에서 피눈물을 뿌려도/ 은신할 처마와/ 몸
가림 옷가지 하나 없어도// 왕궁 안 오만한 주인의 수라상 우엔/ 진수성찬이
향기로워도/ 우리에겐 비에 젖은 주먹밥뿐이다.// 공손히 뭉쳐 나누어 주는
손/ 헌 옷일망정 덮어주는 손들만이/ 비와 눈물에 젖은 마음을 어루만지는구
나,/ 보라 이 비가 머즌 다음날엔/ 진정 폭풍우 같은 우리의 아우성이/ 새로
운 장마를 마련할 것이다.

―「장마」³⁹ 중

---

³⁸ 『김기림전집 1―시』, 심설당, 1988.

에서 드러나듯 '우리'의 내부를 이질적인 것들의 공존으로 본다. 위 시는 '우리'의 안과 밖을 명확히 나눈다. '우리'의 바깥에는 '우리'를 착취하고 억압하는 새로운 제국(미군정)이 있다. 이들 외부의 타자는 "왕궁 안 오만한 주인"이 되어 "진수성찬"을 누리고 있는데 정작 '우리'는 "은신할 처마와/ 몸 가릴 옷가지 하나 없"이 "비에 젖은 주먹밥"만을 쥐고 있다. 이토록 고통 받는 가난한 동족들이야말로 '우리'의 내부이다. 그리고 이들을 위해 주먹밥을 "뭉쳐 나누어 주"고 "흰 옷일망정 덮어주는" "폭풍우 같은" 젊은 '우리'가 또 다른 내부를 이룬다. 그렇다면 이 '가난한 우리' 외에 또 다른 '우리'가 있을까? "오만한 주인"으로 군림하는 외부 세력과 결탁한 부패한 내부 세력, 그들이 '우리' 안의 타자이다. 이들은 '우리' 안에 존재하지만 김기림이 상상한 것처럼 벽을 허물어 하나가 될 수 있는 '우리'가 아니다. 유진오는 미제국이라는 외부의 타자를 통해 '우리' 안의 타자를 변별하고 '가난한 우리'로부터 이들을 구분해 낸다. 바깥의 타자를 인식함으로써 민족 내부의 균열과 모순과 차별을 직시하는 것이다. 따라서 이들은 타도의 대상이자 민족 내에서 몰아내야 할 또 다른 적이다. 유진오의 '인민'은 이처럼 정치적 항거의 관점에서 구획된다.

그런데 설정식의 경우 가난한 자들로서 우리-인민을 경계 짓는다는 점은 유진오와 같지만, 그 내용이 도출되는 방식은 다르다. 설정식에게 '우리' 안의 외부란 바깥의 타자('미제')를 매개로 인식되는 것이 아니라 오래 전부터 상존해온 사회적 모순으로서 역사적으로 유구한 계보를 갖는다. '우리' 안의 타자는 역사적 시기에 따라 그 내용과 현상을 달리했을 뿐 부도덕하고 불의한 자들로서 존재해왔다. 그가 조선 민족과 이스라엘 민족을 동일시한 까닭은 민족 바깥의 타자('이방인')에 의해서가 아니라 민족 안의 타자('의롭지 못한 자들')에 의해 파멸에 이른 역사를 상호

39 『전위시인집』, 노농사, 1946.

공유한다고 보았기 때문이다. 그리고 민족 내의 이러한 타자는 비도덕적이고 비윤리적인 무리라는 이유 때문에 소멸되거나 사라지지 않고 역사 속에 반복되어 나타난다고 인식한다. 민족 내에서의 도덕과 윤리의 상실은 어제 오늘의 일이 아니며, 정신적·문화적 질서가 확립되지 못한 공동체에서라면 언제든 나타날 수 있는 악의 잠재적 기원이다. 만약 민족 내부에 '또 다른 외부'가 존재한다면, 그것은 민족의 생존을 위협하는 외부의 타자가 침입하거나 그들과 결탁한 불순한 세력이 창궐하기 때문이 아니라, 윤리적 주체들에 의해 형성되는 바람직한 공동체성이 내적으로 파괴된 데 따른 결과이다. 이러한 논리에 근거하여 설정식은 민족과 인민을 경계 짓는다. 민족 내에는 윤리적 주체로 스스로를 정립하지 못한 무리가 있으며, 이들의 힘이 커지거나 그 수가 많아지면 민족은 언제든 '마의 민족'으로 전락할 수 있다. 반면 윤리적 주체성을 수호하는 '가난하지만 의로운 자'들의 무리가 '우리' 안에 있어 이들에 의해 민족은 회생과 복원과 부활을 꿈꿀 수 있다. 이들이 곧 인민이다. 하지만 인민의 윤리성은 영원하지 않다. 인민이 그들의 주체성을 잃어버리면, 인민 또한 타락의 길로 접어들 수 있다. 바로 그렇기에 설정식은 「제신의 분노」에서 민족 대신 인민이라는 단어를 쓴 것이다. 인민이 민족의 핵자라 하여도, 뿌리가 썩으면 열매 또한 썩을 수 있기 때문이다.

'우리-인민'을 민족과 경계 짓는 내적 논리가 이렇게 다르기 때문에 유진오의 인민 형상과 설정식의 그것은 다를 수밖에 없다. 전자가 단일대오로서의 '우리'를 강조한다면, 후자는 다수의 단독자들로 '우리'를 구현한다.

> 호올로 설 수밖에 없고 또/ 호올로 도저히 설 수 없는/ 해바라기/ (중략) // 내 이제 무엇을 근심하리오/ 열 겹 스무 겹/ 백 겹 천 겹으로/ 해바라기/ 호올로 서 있음을/ 만 겹 백만 겹으로 싸고 또/ 싸돌아가면서 꺽지 낀 그대들

의/ 두터운 어깨는/ 태산이 아니오?// (중략) /이십 년 삼십 년을/ 바위를
흙가루인 양/ 꾸역꾸역 밀고 일어선 송백이오
ㅡ「내 이제 무엇을 근심하리오」 중

이 시의 "해바라기"는 "호올로" 선 단독자이다. 그것은 개별적 주체로
서 자신을 굳건히 세우고 있다. 하지만 이 존재는 모순되게도 "호올로
도저히 설 수 없"다. 해바라기ㅡ단독자는 또 다른 해바라기를 필요로 한
다. 그래서 벌판에 늘어선 해바라기'들'은 혼자 서 있으면서 혼자 서 있지
않은 단독자들의 집합체이다. 그러니까 이것은 집단을 이루기 위해 자신
을 버리거나 남에게 동화되는 동일한 전체(一者)가 아니라 각기 자기를
유지하면서 집단을 유지하는 다중(多衆)이다. 자기의 개체성을 상실하지
않으면서 공동으로 행동하고 실천하면서 함께 일어선 사람들, 그래서
"만 겹 백만 겹"으로 서로를 에워싸고 "이십 년 삼십 년"을 견뎌 끝내
바위를 흙가루로 만드는 "송백"이 되는 자들, 이것이 설정식이 형상화한
"그대들" 인민의 모습이다. 자신의 의지에 따라 서로의 주체성을 지키면
서 '우리'를 수호하는 이 형상이야말로 설정식이 상상한 최고의, 최선의
새로운 역사적 공동체의 모습이다. 이들의 힘찬 생명력과 생생한 자유의
지는 "죽는 것과 사는 것이 둘이고/ 또 하나인 천년 잠열"로, 마르지 않는
바다와 같이 차고 넘치는 "청춘의 등분"(「해바라기 화심」)이다. "어느 것이
먼저 가더라도 항상 남아/ 타는 지속"(「해바라기 화심」), 삶과 죽음을 서로
교대하면서까지 포기하지 않는 이 다수성의 지속은 시인이 꿈꾼 인민의
원형적 상(像)이며, 푸르른 청춘의 힘을 내재한 해바라기는 그것의 시적
전형이라 할 수 있다. 이러한 공동체의 형성을 위해 시인 설정식은 "절대
다수의 양심이 숫자적으로 절대일 때에는 조그마한 내 개인의 양심 같은
것은 버리는 것"[40]이 윤리적으로 옳은 일이 아닌가 생각하고, 그 길의
올바름을 믿으며 자신의 시가 "인민 최대 다수의 공유물"(「FRAGMENT」)

이 되기를 희망한다. 그러나 그는 그가 소원한 결말을 끝내 보지 못하였다. 그는 믿기 힘든 말을 하는 '카르노스'였고, 민족과 인민은 그의 말에 귀 기울이지 않았으며, 좌우 양측에서 모두 외면한 그의 시는 오랫동안 역사 속에 봉인되어야만 했다. 비극적인 예언자의 숙명을 '짐진 자', 그것이 설정식의 최후의 모습이었다.

6. 맺음말

설정식의 시는 자신이 직면한 정치 현실과 이념의 방향을 윤리적 시각에서 사유하는 시인의 인식적 특징을 자기반영하고 있다. 윤리를 도덕과 분리시켜 이해하는 그는 한 사회의 정신적 질서란 윤리적 전통으로부터 형성·유지되며 고유한 윤리의식의 보유와 정도(程度)가 문화적 개성을 창안하고 성숙시키는 원동력이라 생각한다. 또한 윤리적 경험과 내용이 결핍된 문화는 개성의 몰각과 유형화를 피할 수 없다고 본다. 인간 주체가 실천해야 할 보편윤리의 정립은 시대를 막론하고 모든 사회 공동체에 부과된 정신적·문화적 과제라고 할 수 있는바 정치권력의 정당성 또한 윤리적 정당성을 근거로 판단되어야 할 문제로 인식된다. 이에 따라 당대 현실을 향해 제기되는 설정식의 문학적 물음은 '윤리적으로 정당하지 않은 권력이 정치적으로 정당할 수 있는가?'로 요약된다. 그가 신생국으로 재탄생한 해방기 조선사회의 제일의 과제로 윤리적 주체의 형성을 제시하는 것은 이러한 논리에 근거하고 있다. 그는 우선 당대가 요구하는 민족문학의 수립은 문학가의 양심과 그 실천에 의해 가능할 것으로 본다. 이때 양심은 대일협력의 이력을 속죄하고자 민족에 대한 부채의식을 전

---

40 『전집』, 786쪽.

면에 내세우는 임화 세대처럼 자민족을 의심 없는 참된 선(善)으로 절대
화하는 심급으로 이해되지 않고, 민족 자체를 윤리적 판단의 대상으로
파악하고 만일 민족이 죄지은 바 있다면 그러한 민족적 죄와 악을 성찰할
수 있는 개인 주체의 내적 의식으로 풀이된다. 설정식은 문학가가 지녀야
할 그러한 양심의 표본으로 토마스 만의 「마의 민족」을 제시한다. 이
글의 번역을 통해 그는 민족의 자유를 외적으로 확산되는 향유의 대상이
아니라 '책임'의 내면화를 요구하는 윤리적·도덕적 과제로 치환한다. 그
리고 윤리의식을 상실한 민족은 자신의 정치적 힘을 잘못 행사함으로써
'마의 민족'으로 전락할 뿐만 아니라 각각의 개인에게 악의 민족성을 침
윤시키는 우를 범하게 된다는 점을 경고한다.

　제국주의 국가는 그러한 민족적 악을 대표하는바 그의 시에 나타나는
제국주의 비판의 핵심은 자신의 죄악을 돌아볼 줄 모르는 민족과 국가는
마땅히 지녀야 할 윤리적 정당성을 상실하였기에 정치적 정당성 또한
주장할 수 없다는 사실에 모아진다. 그는 자기 행위를 반성하지 않는
정치권력은 그 어떤 대의명분을 내세우더라도 종국엔 타민족의 구속과
희생과 착취를 당연시하는 파국적 우화(偶話)에 불과함을 시를 통해 구현
한다. 그와 동시에 민족의 악덕은 어느 민족에게서나 나타날 수 있으며,
조선 민족 또한 예외가 아니어서 이에 대한 강력한 경고가 예언적 목소리
를 빌려 발화된다. 이스라엘 민족에 빗대어 표현된 조선 민족의 현실은
사회적 약속으로서의 도덕도, 개인적 양심으로서의 윤리도 제대로 수립
하지 못하고 있으며, 이제 막 건설 중인 국가는 이를 제어할 정치체제로
서의 기능과 역할을 수행하지 못하는 상태로 그려진다. 설정식은 이를
신적 분노의 대상으로 상징함으로써 조선 민족의 윤리성의 회복을 문학
적 주제로 전경화한다.

　그의 시에서 윤리적 주체 형성의 요구는 크게 두 가지 방향으로 분화된
다. 하나는 윤리적 주체로서의 자기 정립이며, 다른 하나는 새로운 윤리

적 공동체로서 인민의 창출과 기획이다. 전자는 '아모스'와 '카르노스'로 상징되는 예언적 화자의 목소리로 구체화된다. 신의 분노를 대리하는 전지적 선지자 '아모스'가 민족적 악에 잠식되는 조선의 현실을 경계하기 위해 의도적으로 차용된 목소리라면, 신들린 예언자 '카르노스'는 진실의 언어로 민족의 앞날을 계시하려 하지만 오해의 비극을 피할 수 없음을 예감한 시인 자신의 무의식적 목소리로, 예언을 원용한 이러한 특수한 발화 형식은 말하는 자와 듣는 자 모두에게 고도의 윤리적 책무를 부여하는 효과를 낳는다. 무엇보다 '아모스-카르노스'로 대별되는 두 화자의 동시적 공존은 설정식의 시인으로서의 자기-이미지가 두 형상 사이에 분열되어 있고, 둘은 거듭되는 자기 부정의 관계에 있음을 암시하므로, 그의 자기인식의 양태는 신적 권위를 내적으로 부정하는 (무)의식적 작업을 수반하는 것으로 유추된다. 이것이야말로 설정식의 윤리적 주체로서의 자기 정립의 특징으로 꼽을 수 있다.

한편 후자는 민족과 인민을 경계 짓는 데서 출발하는데, 민족을 절대시하지 않고 민족의 악덕을 직시할 때 비로소 민족의 구원과 재생을 희망할 수 있다고 여기는 설정식의 관점에서는 만약 민족이 불의하다면 그러한 불의를 극복할 수 있는 정의로운 '우리'의 무리가 민족 내부에서 솎아져야만 한다. 인민은 바로 그렇게 민족 안에서 분화되는 '다른' 공동체로서 '가난하지만 의로운' 이들에 의해 구성되며 민족의 역사를 쇄신할 새로운 주권적 공동체로 상상된다. 민족이 타락의 길로 빠질 때, 인민은 민족적 악을 치유하여 공동체를 복원하며, 인민의 바람직한 공동체성이 내적으로 파괴될 때, 윤리와 도덕을 망각한 정치권력은 민족의 악을 확산시켜 민족 전체를 파멸로 이끈다. 민족과 인민의 이러한 관계 설정에는 인민을 윤리적으로 정당한 공동체로 가름하는 설정식의 고유한 사유가 개재되어 있다. 특히 '우리 안의 타자'로 민족 내의 불의한 무리를 지목하는 그에게 인민의 발견과 창출은 민족 내부의 이질성이 이민족의 침탈과 같은 일시적 사건에서 비롯하는 것이 아니라 자기 공동체의 정신적·문화적 미성숙과 민족 내의 갈등과 모순과 균열을 해결하지 못한 체제의 오랜 무능에 따른 것으로 자각될 때 비로소 가능해지는 기획이다.

새로운 공동체의 상(像)으로 민족과 인민이 적극 호명되던 해방기에 그것의 개념과 담론을 이처럼 윤리적 정당성의 시각에서 성찰한 그였기에, 그의 시에 구현된 인민의 형상은 자기의 주체성을 '홀로' 세우되 집단을 이루기 위해 배타적 동화를 강요하지 않는, 서로의 주체성을 지키면서 '우리'를 수호하는 다중(多衆)의 모습으로 그려진다. 민주주의가 위기에 처할 때면 언제든 다시 소환되는 이 다수성의 이미지는 설정식의 시가 지닌 현재적 가치를 되돌아보게 한다. 윤리적 주체들이 만드는 집합적 공동체에 대한 시적 상상은 과연 설정식이 살았던, 정치적 혼종성이 유례없이 분출되었던 그의 시대만의 꿈이었을까? 그것은 더 나은 정치 공동체를 바라는 민주적 열망이 기존의 체제를 허물고자 할 때면 놀라운 역동성으로 사람들(people) 사이에서 되살아나는 미래진행형의 염원은 아닌가? 정치적 정당성은 윤리적 정당성을 근간으로 하며, 윤리를 잊은 정치의 권한 행사는 어떤 설득력도 가질 수 없다는 설정식의 명제는 민주주의를 오늘날에도 추구할 가치가 있는 이념으로 만드는 최고의 원리일 것이다. 하지만 닿아야 할 곳에 닿지 못한 '카르노스'의 노래처럼, 미래가 되지 않고서는 허튼 소리임을 면치 못하는 모든 예언들의 숙명처럼, 그의 시는 전쟁과 분단이라는 거대한 소용돌이 속에서 그의 죽음과 함께 묻히고 만다. 오랜 시간이 지나 우리가 그의 시를 다시 불러낸 것은 한국 시사(詩史)의 몇 안 되는 불행 중 다행이다.

참고문헌

1. 자료
『설정식전집』, 설희관 엮음, 산처럼, 2012.
『김기림전집 1-시』, 심설당, 1988.
『전위시인집』, 노농사, 1946.

2. 저서 및 논문
강계숙, 「해방기 '전위'의 초상-『전위시인집』의 특징을 중심으로」, 『한국학연구』
　　　45, 인하대 한국학연구소, 2017.
＿＿＿, 「'시인'의 위상을 둘러싼 해방기 담론의 정치적 함의」, 『민족문학사연구』
　　　64, 민족문학사연구소, 2017.
곽명숙, 「설정식의 생애와 문학 연구」, 『한국현대문학연구』 33, 한국현대문학회,
　　　2011.
＿＿＿, 「해방기 문학장에서 시문학의 자기비판과 민족문학론」, 『한국시학연구』 44,
　　　한국시학회, 2015.
김기림, 「시와 민족」, 『김기림전집 2-시론』, 심설당, 1988.
김용직, 『한국시와 시단의 형성전개사 : 해방 직후 1945~1950』, 푸른사상, 2009.
김윤식, 「소설의 기능과 시의 시능-설정식 론」, 『한국현대소설비판』, 일지사, 1981.
김은철, 「정치적 현실과 시의 대응양식-설정식의 시세계」, 『우리문학연구』 31, 우
　　　리문학회, 2010.
윤혜준, 「『하므렡』의 번역자 설정식과 연희전문 문과의 영어영문학 교육」, 『동방학
　　　지』 168, 연세대 국학연구원, 2014.
이창남, 「역사의 천사-벤야민의 역사와 탈역사 개념에 관하여」, 『문학과사회』 69,
　　　2005 봄호.
정명교, 「설정식 시에 나타난 민족의 형상-조국건설의 과제 앞에 선 해방기 지식인
　　　의 특별한 선택과 그 시적 투영」, 『동방학지』 174, 연세대 국학연구원, 2016.
정영진, 「설정식의 낭만주의 기획과 인민주권의 상상」, 『한국문학연구』 60, 동국대
　　　한국문학연구소, 2019.
정지용, 「『포도』에 대하여」, 『산문』, 동지사, 1949.
최윤정, 「식민지 이후의 탈식민주의-설정식 시를 중심으로」, 『한민족문화연구』
　　　39, 한민족문화학회, 2012.

한용국, 「설정식론」, 『동국어문론집』 8, 동국대 국어국문학과, 1999.

『성경전서-표준새번역 개정판』, 대한성서공회, 2001.
루소, 『에밀』, 김중현 옮김, 한길사, 2003.

'환자-여행자-(공화국)시인'으로서
기행시를 (못) 쓰기
:오장환의 소련 기행시 창작 및 개작 양상을 중심으로

조영추

1. '환자-여행자-(공화국)시인'으로서의 여정과
시 쓰기의 딜레마

려관을 거진 다 가서 길에서 우연히 시인 오장환을 맞났다. 부인과 조각가 조규봉씨와 동행이었다. 어느틈에 북조선에 와 있었나싶은데 인제는 또 쏘련에 가게 되었다는 것이다. 그의 신병은 남조선에서 고칠 수가 없어서 북조선에 온것인데 북조선에서도 고칠수가 없어서 쏘련에 가서 고치게 되었다는 것이다.(겉으로 보기엔 아무렇지도 않다.)

"만사새옹지마"(萬事塞翁之馬)란 시인 오장환을 두고 한 말이다. 병때문에 쏘련에로 기게 돠다ㅣ. 잔간 김에 서서 이야기하는 동안에도 그의 문학에 대한 정렬은 대단했고 남조선 형제들에 대한 애정은 더욱 간절했다. 조각가 조규봉씨는 종시 말이 없었으나 나중에본 문화영화에 등장한 것을 보면 맹렬히 작품활동을 하고 있는 것이 분명하다.

『해방탑』(解放塔)의 조각을 비롯해 북조선에는 해방후에 된 역사적 조각이 많은데 조규봉씨는 八·一五 직후에 남조선에서 북행한 만큼 반드시 중요한 역할을 했을것이다. 상허(尙虛)댁에 놀러가는 길이라 한다. 나도 같이 가고싶었으나 동행인 기자들도 있고 해서 훗날로 미루기로하고 헤졌다.[1]

「북조선의 인상」은 1948년 김동석이 『서울타임스』의 특파원 자격으
로 한 달 정도 북조선에 머물며 4월에 남북협상회담을 취재한 뒤 북조선
에 대한 인상을 기록한 여행기이다. 그는 이 여행기에서 상기와 같이
길에서 우연히 오장환 부부를 만나게 된 경위를 기록하고 있다.[2] 김동석
의 서술을 통하여 그가 무엇보다 오장환이 새옹지마 격으로 병환 덕택에
소련을 방문할 수 있는 소중한 기회를 얻었음을 부러워했다는 감정을
느낄 수 있다. 한편 박남수(현수)는 『적치 6년의 북한문단』에서 "오장환이
소련서 돌아왔다. 수많은 쏘련서적을 가지고, 그의 병은 낫지 못하였다.
그는 병을 고치려 쏘련에 간 것이 아니라 그것을 핑계로 쏘련 구경을
하고 많은 서적을 사 가지고 온 것이리라. 그의 쏘련 여비의 염출이 어디
서 났는지 확실하지 않으나, 일설에 의하면 박헌영에게서 지출되었다
한다"[3]고 오장환의 소련행의 '내막'을 기술한 바 있다.[4] 김동석은 오장환
이 지병인 신장병을 치료하러 소련에 갈 수 있는 기회를 얻었다는 점을
'전화위복(轉禍爲福)'의 계기로 보고, 오장환의 인생에 나타난 우연성과

---

1   金東錫, 「北朝鮮의 印象 -理性的인 것이 現實的이고, 現實的인 것이 理性的이다」, 『문
    학』 8, 1948, 120쪽. 저자명이 차례에는 김동석으로 표기되어 있으나, 본문에는 김석동
    으로 잘못 표기되어 있다.
2   김동석은 오장환의 병세는 물론 그가 병 치료차 소련에 가게 된 상황도 소개하고 있는
    바, 만약 동행자들이 없었다면 오장환 부부와 함께 이태준의 저택을 방문함으로써 그
    소감도 자세히 기록하였을 터였다. 여기서 김동석은 의도치 않게 후세의 문학사가들이
    주목할 만한, 그리고 사건의 전개가 미흡해 유감스러웠던 '역사적 순간'을 고스란히 드
    러내고 있다 할 것이다.
3   박남수(현수) 저, 우대식 편저, 『적치 6년의 북한문단』, 보고사, 1999, 182쪽.
4   관련 실상의 파악이 곤란하여 현수의 이러한 회고는 어느 정도의 정확성과 신빙성을
    가졌는지를 판단하기가 어렵지만, 박헌영이 1948년 9월 9일에 조선민주주의인민공화국
    부수상 겸 외무상에 선임되었으며, 1949년 3월에 북한 정부 대표단의 일원으로 김일성
    과 홍명희 등 함께 모스크바를 방문하기도 한 경력을 상기하면, 1948년 12월부터 1949년
    7월 초까지 소련에서 머물었다는 오장환의 소련 방문 일정과 시간적으로 겹쳐진 부분이
    있음을 확인할 수 있다. 임경석, 『이정 박헌영 일대기』, 역사비평사, 2004, 428쪽 및
    434쪽.

예측불가능성에 주목했다면, 현수는 오장환의 소련행이 사적인 이익을 누리기 위해 공적인 자원이나 제도를 유용한 것으로 보고 그것에서 지식인에게 부여된 '특혜'를 누렸던 시인의 '불순한 동기'에 대해 지목하며 부정적으로 평가한다고 볼 수 있다. 보다 일찍이 1946년과 1947년에 한두 달 동안에 공적인 시찰 업무를 수행하기 위해 소련을 방문하게 된 이기영이나, 이찬, 이태준, 한설야 등의 경우를 함께 고려하면, 오장환의 소련에서 반년 남짓을 머문 경력은 그 출발 계기와 일정, 진행 절차 등 여러 면에서 기존에 문인들이 수행해왔던 소련행과 매우 차별적이고 예외적 사례임을 짐작할 수 있다. 해방 이후 연이어 성사된 이기영과 이태준, 한설야 등의 소련행의 경우 문인들이 다분히 '문화행정가'로서의 역할을 수행한 모습을 보여 당대 공론장에 크게 이목을 끌었다면, 단독정부 수립 이후 오장환이 소련을 방문하게 된 것은 사적인 요소가 크게 개입·추동했다는 점에서 이슈화되었다고 본다.

그러나 이처럼 오장환이 '환자'라는 지위를 갖고 있었음에 주목하여 소련을 여행할 수 있는 기회를 얻은 것에 대한 타당성과 공평성의 여부를 추궁하기보다, 본고는 시인이 소련에서 환자였기 때문에 온전한 여행을 다니기가 힘들었으며, 여행 경험의 결손으로 인해 좋은 기행시를 창작할 수 없는 곤경에 처해 있었다는 상황을 보다 중요하게 주목할 것이다.

마치 오장환이 소련을 다녀와서 「내가 본 소련 노동자들」[5]이라는 좌담

---

5   이번 좌담회에 참가자 명단을 보면 오장환은 시인 대표로, 이태준은 소설가 대표로 나왔으며, 기타 참가자는 노동상 허성택과, 직업총동맹중앙위원회 위원장 최경덕, 보건성 의무 국장 최창석, 교육성 성인교육부장 조백하, 외무성 박기여, 『노동자』사 주필 박기호, 부주필 겸 사회 한상운, 그리고 기자 3명이었다. "노동자들에 대한 소비에트 정권의 배려", "소련 노동자들의 노동조건", "노동자들의 거대한 증산 성과와 방법 및 진행 정형", "소련 노동자들의 향상된 문화생활", "굳어지는 조소친선"이라는 총 다섯 세션으로 나누어 의견을 나누었는데, 오장환과 이태준의 발언 분량은 다른 참가자들보다 비교적 적은 것으로 나왔다. 오장환 저, 박수연·노지영·손택수 편, 『오장환 전집 2-산문』,

회에서 한 발언을 통해서, 오장환은 입원생활을 해야 했기 때문에 소련에
머물었던 반년 동안에 이동하면서 목도한 풍경과 인적 교류 경험 등이
극도로 제한적이었다는 것을 알 수 있다. 소련 여행에서 본 소련 노동자
들의 생산, 문화, 생활 등 여러 모습을 교환하는 취지에 열린 이 좌담회에
서 오장환은 "모스크바에 약 반년 간 있었으나 주로 병석에 누워있던 관
계로 직접 노동자들이 일하고 있는 공장을 별로 가볼 사이가 없었"다고
했으며, 그 대신 병원에 입원한 카자흐스탄 출신의 탄광 노동자에 관한
이야기[6]를 나누었다. 또한, 소련에서 느낀 소련 인민들의 조선 인민에게
대한 우정에 대하여 이야기해 달라는 사회자의 질문에 오장환은 톰스크
의 길거리에서 어떤 소련 사람이 자신한테 손시늉을 하며 다짜고짜 이끌
었다는 에피소드를 언급했다. 오장환은 당시에 마침 주변에 있던 조선인
유학생이 통역해 준 덕분에 이 소련 사람은 북조선에 왔던 비행사였다고
알게 되었다. "그래서 이 소련 동무는 내 얼굴이 조선사람 같으니까 데리
고 가서 자기가 떠날 때 조선사람이 환송하던 것처럼 환영해주겠다고
가자는 듯이 하더군요. 그러나 나는 병중에 있는 사람이라 그렇게 놀
수 없다고 했더니 그는 내 대신 통역을 하여 준 학생들을 끌고 갔는데
후일 유학생들의 말에 의하면 큰 대접을 받았다고 합니다."[7] 이처럼 시인
은 낯선 소련 사람과의 작은 에피소드를 서술함으로써 일면식도 없었던
소련 사람과 조선 사람 사이의 우호적이고 인간미가 넘치던 관계를 부각
시켰지만, 그 가운데 자신이 치료에 임해야 했기 때문에 현지에서 소련
사람들과 진일보하게 교류하고 서로에 대한 이해를 증진시키지 못했던
한계도 함께 노출하게 되었다.

솔, 2018, 324~355쪽.(오장환 외, 「내가 본 소련 노동자들」, 『노동자』, 1949.10.)
6　오장환 저, 박수연·노지영·손택수 편, 위의 책, 326~327쪽.
7　오장환 저, 박수연·노지영·손택수 편, 위의 책, 353쪽.

그러나 오장환이 소련에서 머문 동안 실제 경험했던 입원 생활과 치료에 대한 시적 묘사도 사실 1950년 5월에 출판된 소련 기행 시집 『붉은기』[8]에서는 매우 드물게 보인다. 실은 이태준이나 한설야의 소련 여행기에서도 여로에서 겪은 병환이 그려지지 않은 것은 아니다. 예컨대, 이태준은 조선에서 호열자가 도는 바람에 모스크바에 도착하기에 앞서 여러 날 동안 격리 조치가 되며, 이 때문에 사절단과 여정을 같이 하지 못한다. 또한 그 후의 포도 재배의 꼴호즈를 구경하러 가는 길에서도 교통사고를 당하는가 하면 기후와 음식에 맞지 않은 관계로 치통과 소화불량 등을 앓게 된다.[9] 한편 한설야는 여행이 끝나갈 무렵 몸이 불편하여 소련 병원에서 검진을 받기도 한다.[10] 그럼에도 이들의 병환은 다만 장거리 여행에서 우발적으로 발생한 작은 사건에 지나지 않기 때문에 이태준이나 한설야 할 것 없이 모두 자신들의 여행기에서 그 과정을 소략히 취급하고 만다. 그러나 그들의 기행문에 여로에서 생긴 신체적 불편도 소련 방문 경험의 일부로 전달한 것으로 나타난다. 이와 달리, 오장환의 경우는 병환 자체가 소련으로 가게 된 직접적 원인이었기 때문에 참관이나 방문 일정보다는 병실에서의 안정과 치료를 주요 일정으로 소화해야 했지만, 오히려 그의 기행시집에서 오장환은 자신의 병환이나 그 치료과정에 관한 서술을 거의 가시화하지 않고 회피하는 경향을 보인다.

이 시집 중에 유일하게 「모스크바의 五·一절」이라는 시에서 "아 이처럼 가슴 뛰는 날/나는 병상에 누어 있으나/마음은 어느듯/그리로-/그리로-/붉은 마당의/굳세인 행진에 발을 맞춘다"[11]라는 시구를 통하여 병상

---

8 오장환, 『붉은 기 – 소련기행시집』, 문화전선사, 1950.

9 이태준, 『(이태준 전집6) 쏘련기행 중국기행 외』, 소명출판, 2015, 19~28쪽/101~102쪽.
   (이태준, 『쏘련기행』, 조소문화협회조선문학가동맹, 1947.)

10 한설야, 『(레뽀르따쥬)쏘련 旅行記』, 교육성, 1948, 332쪽 및 340쪽.

11 오장환, 『붉은 기 – 소련기행시집』, 문화전선사, 1950, 115쪽.

에 누우면서 노동절을 맞이하던 시인의 실태를 노출한다. "1949.5.1. 모스크바 시립 볼킨병원에서"라는 시의 말미에 부기된 정보를 통하여 이 시의 집필은 모스크바의 보트킨 시립 병원[12]에서 이뤄졌음을 확인할 수 있다. 한편에 오장환이 소련 기행 시집이 출간 이전에 1950년 2월에 잡지 『노동자』에서 「국립똠스크병원」이라는 시베리아 똠스크주 국립똠스크 병원에서의 치료 경험을 토대로 쓴 시 작품을 발표한 바 있기도 하다. "내 조국에서 멀리 떠나와/낯선 곳 병상에 누어 있으나/날마다 새로히 펼쳐지는/새 사실이 놀라던 마음"[13]라는 시구에서 보는 것처럼 이 시는 시인이 모스크바로 향해 가는 여로에서 시베리아의 병원에서 잠시 머문 동안에 쓰인 작품으로 추정할 수 있다. 시인이 입원 생활을 하면서 어느 날에 극북 한촌에서 부상한 벌목 노동자가 생겼다는 소식이 오자 병원에서는 그를 구하기 위해 눈보라 속에서도 비행기를 띄워 데리고 온 이야기를 묘사함으로써 소련의 사회 제도가 노동자들에게 준 배려를 찬양한다. 이 작품에 대하여 박태일은 소련 기행 시집 중에 "다른 어느 작품보다 구체적인 장면 제시를 보여 주는 시임에도 오장환은 이 작품을 『붉은 기』에 싣지 않았다."[14]고 추정한 바 있다. 이에 오장환은 소련에서 경험했던 치료 생활을 시화하지 않은 것이 아니라, 소련 기행 시집이라는 이른바 '여행' 경험이 주가 된 내용 체계 속에서 소련에서 환자로서의 경험을 최소한으로도 드러내거나, 아니면 그것을 주제로 시를 쓰되 기행 시집 안에 넣지 않고 소련 방문 경험의 일부로 간주하지 않은 것으로 보인다.[15]

---

12 김태옥, 「소련기행시집 『붉은 기』 연구」, 『한민족어문학』 79, 한민족어문학회, 2018, 180쪽, 각주 14번 참조.

13 오장환, 「국립똠스크병원」, 『로동자』 2, 1950, 53쪽.

14 박태일, 「새 자료로 본, 재북 시기 오장환」, 『한국시학연구』 52, 한국시학회, 2017, 92쪽.

15 월북 이후에 북조선에서 병 치료의 경험을 토대로 쓰인 「남포병원」이라는 시 작품에서도 그러했듯이, 오장환의 「국립똠스크병원」은 시인의 병 치료와 그것이 지닌 정치적

어쩌면 시인이 소련 기행시를 쓰거나 기행 시집을 기획하는 데에 소련에
서 '환자'로서의 자신의 처지와 관련 경험을 되도록 동원하고 표출하지
않으려는 의도에 기인한 것인지도 모른다.

이는 소련에서의 일정을 기록화하고 문학화한 오장환의 기행시가 결
국에는 그 실제 일정 및 내용(즉 치료)으로부터 이탈되었음을 보여주는
것이라 할 것이다. 또한 이것은 그의 기행시가 내용적 차원에 있어 충실
히 그 '일정'을 기록하지 못하게 됨으로써 '기행'이라는 본질적 요소를

상징성을 부각시키는 데에 주력한다. 당시 소련에서 보건과 의료 원조 사업에서 수혜
받은 북조선에서 병 치료를 받거나 요양 시설을 이용한 일자체가 일종의 사회적 복지로
서 그것이 드러낸 북조선 사회의 제도적·정치적 우월성을 찬탄하며 고마움을 표현하는
문학 작품들이 한동안 많이 창작·발표된다. 오장환의 「남포병원」과 「국립똠스크병원」
은 이 맥락 속에 창작된 사례임을 볼 수 있다. 더 면밀한 조사와 검토가 필요하겠으나,
현재까지 필자가 정리한 북조선에서의 요양원 경험을 소재로 삼거나 의사 및 간호사를
대상으로 한 소설, 시, 수필, 희곡들로는 다음과 같은 작품들을 들 수 있다.
金夕陽, 「陽德休養所에서 (休養生活記)」, 『조선녀성』 7월호, 1947; 미·쩰지벨 작; 崔重
淵 역, 「쏘련女軍醫의手帖에서」, 『조선녀성』 7월호, 1947; 李公周, 「松濤園休養所에
서」, 『조선녀성』 9월호, 1947; 韓水巖, 「長津休養所」, 『새조선』 제7호, 1948; 金化清,
「삼녀의 休養所」, 『새조선』 제7호, 1948; 朴載信, 「軍醫 미하일노브氏의 印象」, 『새조
선』 제1권 제9호, 1948; 崔英一, 「'유—나'의 追憶」, 『새조선』 제1권 제9호, 1948; 최명
익, 「隔離病院記」, 『새조선』 제1권 제2호, 1948; 李園友, 「松風療養」, 『새조선』 제1권
제2호, 1948; 李園友, 「松風療養」, 『창작집』, 국립인민출판사, 1948; 양명문, 「松濤
園」, 『창작집』, 국립인민출판사, 1948; 이춘진, 「안나」, 『위대한 공훈(쏘련군 환송 기념
창작집)』, 문화전선사, 1949; 한설야, 「남매」, 『(8.15 해방 4주년 기념출판) 소설집』,
문화전선사, 1949; 리원우, 「療養院」, 『청년생활』 7월호, 1949; 「松濤園 休養所歌」,
『로동』 제1호, 1949; 李園友, 「白雲臺로 올라간다」, 『문학예술』 제4호, 1949; 김북인,
「휴양가는 길」, 『조선녀성』 6월호, 1949; 조기천, 「휴양소로 가는 길」, 『로동자』 6월호,
1949; 조민, 「휴양하는 옥분이」, 『로동자』 6월호, 1949; 조창석, 「外金剛」, 『로동』 제1
호, 1949; 「內金剛 休養所歌」, 『로동』 제2호, 1949; 김기암, 「三防靜養記」, 『로동』 제2
호, 1949; 양명문, 「看護員의 노래」, 『인민보건』 제1권 제2호, 1949; 鄭昌壽, 「戲曲
外科醫 크레체트를 보고」, 『인민보건』 제1권 제2호, 1949; 「訪問記—의료기구는 우리손
으로(平壤醫療器具製作所)」, 『인민보건』 제1권 제2호, 1949; 金石萬, 「두다리 대지에
뻗히고 서서 (詩)」, 『인민보건』 제1권 제7호, 1949; 「은희의 수기」, 『인민보건』 제1권
제7호, 1949.

상실하고 말 위험을 내포하고 있음을 암시하기도 한다. 소련 체류 기간 대부분 시간을 병실 내에서 갇혀 지내야만 했던 시인은 여행 견문의 결핍으로 인해 '소련기행'이 당시 남과 북에서 지니고 있는 거대한 정치적 의미나 독자의 기대지평을 만족시키기가 어려웠을 것이다. 그러면, 시인 오장환은 '기록할 견문'이 전무하다시피 한 이러한 창작적 곤경을 어떻게 헤쳐 나갈 수 있었을까? 소련 방문에서 이른바 '여행'으로서의 경험이 결여한 가운데, 주로 일정이었던 병을 치료하는 생활을 기행 시의 시적 대상으로 삼지 않은 상황 속에 정치적인 메시지와 격정의 파토스로 흘러 넘치는 시구만으로 소련 기행 시편의 외형과 내포를 채우고 확보할 수 있었을까?

사실 오장환의 소련 기행 시집에서 소련 및 스탈린에 대한 찬양, 구호식의 시구 등을 쉽게 발견할 수가 있기 때문에 이 시집은 이데올로기를 구가하는 선전물로 보거나 그 농후한 정치적 색체로 하여 '시'로서의 문학적 가치와 시인의 비판적 시선을 상실하였다고 판단하는 것도 무리가 아닐 것이다. 오장환의 식민지 말기와 해방 직후의 시적 편력과 창작 특징을 비추어 보면, 『붉은 기』의 시들에서 "과거의 『병든 서울』과 귀향 후 농촌시들이 보여주었던 시적 밀도는 더 이상 찾기 어렵"다는 박민규의 지적[16]은 합당하다고 볼 수 있다. 그러나 위에서 살펴봤듯이, 소련에 머물었던 시인은 실제 이동을 통하여 얻었던 방문 견문을 기록하고 시화하는 작업을 완결하려는 욕망(혹은 주어진 업무)과 '환자'라는 자신의 지위로 인해 그 불가능성도 동시에 감수해야 했다. 따라서 오장환의 소련 기행 시편들이 이러한 곤경 속에서 생산되었다는 점을 염두에 두고, '환자-여행자-(공화국)시인'이라는 정체성들 사이의 충돌을 중층적으로 내장한

---

16 박민규, 「오장환 후기시와 고향의 동력 ─ 옛 고향의 가능성과 새 고향의 불가능성」, 『한국시학연구』 46, 한국시학회, 2016, 231쪽.

텍스트라는 점 역시 중요하게 다뤄져야 할 필요가 있다. 학계에서 『붉은 기』에 대한 연구로는 역사적 연구 방법과 고증적 방법으로 시에서 제시된 장소이나 인물 등을 통해 오장환의 실제 여행 경로를 복원함으로써 오장환이 소련에서의 행동 궤적을 추정한 작업[17]이 있으며, 그의 시에서 드러난 노골적인 정치 구호식 표현을 통해 오장환의 친소 경향과 혁명적 낭만주의를 짚어내는 작업[18]도 있다. 그러나 이러한 연구들은 소련 방문에서 오장환이 경험했던 내용과 기행시의 내용 사이에 반영적인 관계가 형성되지 않았던 (혹은 못했던) 점에 대해 간과하며 오장환의 소련 기행 시집 『붉은 기』의 이면에 존재하던 창작에서의 내적 모순에 관한 논의와 물음이 뒤따르지 않아 아쉬움이 남는다.

이러한 문제의식에서 출발하여, 본 장의 목적은 오장환의 소련 기행시의 문학적 가치를 평가하거나 정치적 성격을 재확인하기 위한 것이 아니라 병의 치료로 인해 이동보다 정체(停滯)의 상태를 경험해야 했던 시인에 있어 그가 소련 기행시라는 특수한 장르성·내용성·공공성을 지닌 작품을 창작하는 데에 어떠한 새로운 문학적 도전 혹은 난제와 조우하게 되었는지를 탐구하는 데 있다. 특히, 이 논문은 오장환의 소련기행 시편에 나타난 구체적인 내용적 요소를 살핀다기보다 시인이 어떻게 공간성을 더 강조한 시집의 전체적 편성 전략을 이용하여 소련 방문 경험을 재구축했는지, 그리고 어떻게 시집 출판되기 전에 시 작품들을 대거 개작함으로써 시인이 기행시라는 창작 체제가 일반적으로 준수해야 한 직선적 시간성과 현장성을 교란시켰는지를 분석하고자 한다. 기행문이라는 장르가 내적으로 따르는 시간성을 와해하는 방식은 소련에 대한 시인의 실제

---

17 김태옥, 「소련기행시집 『붉은 기』 연구」, 『한민족어문학』 79, 한민족어문학회, 2018.
18 박윤우, 「오장환 시집 붉은 기에 나타난 혁명적 낭만주의에 관한 고찰」, 『한중인문학연구』 40, 한중인문학회, 2013; 도종환, 「오장환 시 연구」, 충남대학교 박사학위논문, 2006, 186~187쪽; 김학동 편, 『오장환전집』, 국학자료원, 2003, 64~66쪽.

견문의 결핍이 초래한 내용성의 빈약이라는 중압을 어느 정도 해소 혹은
은폐하는 역할을 했으며, 소련에서 다녀와 약 1년간 기행 시작품을 개작
하여 소련에서 이루어진 경험과 서술들을 조절함으로써 기행시가 지닌
기록성과 현장성을 파괴하는 데에 유효하다고 생각되기 때문이다.

더불어, 소련 '여행'의 일정이 완결되었지만, 오장환의 여행에 관한
시화 혹은 발화가 종결되지 않은 채 개작을 통하여 새로운 시적 풍경이
펼쳐진 양상에 대해서도 세밀히 고찰할 필요가 있다. 시적 내용과 감정의
차원에서 잡지에 실린 기행시 초판본과 기행시집 『붉은 기』에 수록된
버전을 함께 비교하는 작업이 아직 선행 연구에서 보이지 않은 바, 본고
는 이들을 한자리에 모아서 면밀히 검토하고 독해함으로써 오장환의 소
련 기행시편 창작의 전모를 온전히 밝히고자 할 것이다. 두 버전에서
오장환의 시는 분연 방식, 시어 선택, 한자의 노출 빈도, 맞춤법, 문장부
호 등에 있어서 현격한 차이가 발견되어 시인이 남긴 개작의 흔적들을
쉽게 확인할 수 있다. 보다 중요한 것은, 시의 내용을 대폭 손질해서 시적
감정의 무게중심을 전반적으로 바꾸어낸 오장환의 기행시 개작의 수법
과 지향점, 이유 등에 대해 세심한 주의를 기울여야 한다는 점이다. 이
작업을 통하여 오장환의 『붉은 기』는 결코 가볍게 일반적인 의미에서의
'기행시(집)'만으로 볼 수 있는 성격의 것은 아니라는 점을 강조하고, 선행
연구들이 종종 비판해온 관점들을 보완하고 오장환의 소련 기행시집을
재평가해야 할 필요성을 제기할 수 있으리라 생각한다.

2. 분해된 '기행'의 시간성과 현장성 :
시집 『붉은 기』의 편성 체계와 개작 시도

오장환의 소련 기행시 작품을 본격적으로 분석하기에 앞서 해방 후

소련을 방문한 적이 있는 기타 북조선 시인들의 기행시 창작 양상[19]을
비추어 살펴보자. 이찬은 1946년 10월에 공식적으로 소련에 파견된 최초
의 방소 사절단의 일원으로서 이기영과 이태준, 김경옥, 김민산, 박영신,
윤병도, 이동식, 이석진, 최창석, 허민, 허정숙과 함께 약 두 달간 소련을
방문하고 돌아왔다. 그는 이기영과 공동 저자로 1947년 4월에『쏘련參觀
記(一)』을 펴낸 다음에, 1947년 9월에 단독 저자로『쏘聯記』를 내놓았다.
『쏘련參觀記(一)』은 보고서의 형식으로 소련의 예술문화와 국제 교류 등
일반적인 상황을 소개하는 소책자이며,『쏘聯記』는 소련 방문의 일정과
장소대로 소련에서 목격한 풍경과 사회주의 사회의 제반 모습을 상세히

---

19 한편에 중국 시인의 경우, 각각 1945년 2차 세계대전 종전 전후와 1950년에 소련을
방문한 중국 작가 궈모뤄와 시인 아이칭(艾青, 1910~1996)도 시의 형식으로 여행의
견문과 소감을 작품화한 바 있다. 다만 역시 체계적인 기행시집으로 묶을 수 없는 짧은
분량으로 인해 기행문 안에 삽입되거나 시선집의 일부로 수록된다. 구체적으로 보면,
궈모뤄의 기행문에서 방문 감회를 시의 형식으로 표현한 경우는 총 13군데이다. 레닌
박물관과 쓰딸린 방직공장, 마야콥스키 박물관, 오스트롭스키 박물관 등 기관을 참관하
고 나서 방문록에 소감을 남겨야 했을 때는 지은 백화문 시는 주가 되며, 연회(宴會)에
술을 먹고 시흥이 떠올랐거나 여정 도중에 아직 외우내환에 처하고 있었던 고국을 생각
나서 우려의 마음을 토로했을 때 창작한 한시도 있다. 郭沫若,『蘇聯五十天』, 新中國出
版社, 1949.
아이칭의 경우는 총 12편의 소련 기행시 작품을 창작한 바 있는데, 이는『寶石的紅星(보
석과도 같은 붉은 별)』이라는 시 선집의 제1부에 해당된다.「奧特堡(오트포르)」,「車過
貝加爾湖(기차, 바이칼 호를 지나다)」,「西伯利亞(시베리아)」,「呼喊 (외침)」,「在菩提
樹的林蔭路上(보리수나무의 가로수길에서」,「寶石的紅星(보석과도 같은 붉은 별)」,
「十月的紅場(시월이 붉은 광장)」,「克裏姆林 (크레물린)」,「普希金廣場(푸시킨 광장)」,
「牛角杯(쇠뿔잔)」,「新的城市(새 도시)」,「巴庫的玫瑰(비쿠의 장미꽃)」 등 시 제목에
보듯이, 아이칭도 역시 여정에 주요 목적지들을 중심으로 기행시를 창작하고 편성한
것으로 보인다. 그리고 본고의 내용과 다소 관련이 없는 이야기이지만, 이 시 선집에도
북조선 무용가 모녀인 최승희와 안성희를 대상으로 한 시 작품「母親和女兒(어머니와
딸)」도 수록된다는 점이 주목을 요한다. 이 시는 "최승희에게"와 "안성희에게"라는 두
부로 구성되고, 시의 말미에 "1951년 6월초, 베이징"이라는 각주도 달린다. 1949년부터
1958년까지 최승희는 여러 차례 중국에 방문한 경력들이 있으며, 그가 중국 문화계
인사들과의 교류 양상 등 역사적 사실과 그 전모를 추후 조사하여 다른 지면에서 밝힐
것이다. 艾青,『寶石的紅星』, 人民文學出版社, 1953.

기록한 기행문이다.[20] 또한 그는 사절단 중의 유일한 시인으로서 역시
시의 형식으로 여정의 견문과 감회를 표현한 바 있는데, 여행 도중에
창작된 이러한 시 작품들이 나중에 『쏘聯詩抄』로 엮어 출판된 바가 있음
을 당시의 출판 광고문과 조소문화협회의 출판목록에 의해 확인할 수
있다. 1947년 3월에 출간된 『朝蘇文化』에 실린 이찬의 『쏘聯詩抄』에 관
한 광고문에서 "菊版高級表紙布裝, 定價 三十圓, 三月下旬發賣(現在印刷
中)"라는 정보가 이를 방증할 수 있다. 그리고 아래에 인용된 광고문 내용
에 보듯이, 『쏘聯詩抄』에 수록된 시 작품은 총 40여 편임을 알 수 있다.
또한 1947년 11월에 출간된 『조쏘문화』 제8집의 권말에 실린 1947년 10
월말까지의 조쏘문화협회 「출판서적총목록」을 참조하면, 이찬의 이 시
집은 페이지 수 "菊版六四", 가격 "四〇圓〇〇"로 적혀 있음으로 당시에
이미 출판되었을 가능성이 큰 것으로 보인다.[21]

　　第一次 訪蘇人民使節團의 文化藝術을 代表하여 갔든 詩人 李燦 先生이
滯蘇 七旬 間 모스크바 쓰딸린그라드 레린그라드 等을 爲始하여 알메니야
구루지야 에삐 차기까지 各處로 歷訪하면서 보고서 느낀 것을 作品化한 珠
玉詩 四十數편을 모아 놓았다.
　　先進쏘련國家의 風모가-그리고 쏘련 人民들의 높은 氣魄이-老境에 가까
워 가고 있는 우리 詩人의 感激한 인스푸레이슌을 通하야 芳香郁郁하게 읊
어진 이 詩集이야말로 文化建設의 찬란한 한 페-지로써의 그리고 民族文化
樹立의 드높은 先鋒으로써의-名作이 되고 도남을 것이다.[22]

현재까지 학계에서 이 시집이 아직 발굴된 바 없어, 시집에서 수록된

20　이기영·이찬, 『쏘련參觀記(一)』, 노동출판사, 1947.4; 이찬, 『쏘聯記』, 조쏘문화협회
　　중앙본부, 1947.9.
21　조소문화협회중앙본부, 「출판서적총목록」, 『조소문화』 8, 1947.11.
22　광고, 『조소문화』 4, 1947.3.

40여 편의 시작품의 전모를 확인할 수 없다. 그러나 이찬의 소련 기행
시편들이 단행본으로 출판되기에 앞서, 즉 1946년 12월부터 1947년 2월
초에 당시 『조선신문』[23]과 『문화전선』, 그리고 『건설』 등 신문·잡지에
'쑈聯詩抄'라는 표제나 출처 정보를 달고 실린 바 있다. 시집 원서를 확보
하지 못해 이찬의 소련 기행시집의 전체 구성과 편성 특징을 구체적으로
살펴볼 수 없지만, 아래와 같이 정리된 표를 통하여 단편적이나마 이찬의
소련 기행시 작품들을 파악할 수 있다.

〈표 1〉 신문·잡지에 실린 이찬의 소련 기행시 작품 목록

시 작품	표제 혹은 각주
「勝利의 大地」, 『朝蘇文化』 3, 1946.12.	모스크바途中記
「讚쓰딸린 大元帥」, 『朝鮮新聞』, 1947.1.9., 3쪽.	쑈聯詩抄 1, 워로실브 八·一五 기념랑독
「푸른港口: 볼가運河」, 『朝鮮新聞』, 1947.1.11., 3쪽.	쑈聯詩抄 2
〈再建 쓰딸린그라드〉, 『朝鮮新聞』, 1947.1.17., 3쪽.	쑈聯詩抄 3
「黑海의 月夜-休養地스후미를 노래함」, 『朝鮮新聞』, 1947.1.19., 3쪽.	쑈聯詩抄, 於구르지야
「아르메니야 휘야르모니야 國立音樂舞踊劇場」, 『朝鮮新聞』, 1947.1.29., 3쪽.	쑈聯詩抄, 於首都에레반
「勝利의 꼴호-즈」, 『建設』 3, 1947.2.	쑈聯詩抄에서
「어서가라 大쑈聯邦의 품으로: 天來의 집시 쯔-간族에게」, 『文化戰線』 3, 1947.2.	續·쑈聯詩抄
「워로시로프의 八·一五」, 『文化戰線』 3, 1947.2.	續·쑈聯詩抄
「遠東·草原에서」, 『文化戰線』 3, 1947.2.	續·쑈聯詩抄, 於防疫캄프
「붉은 廣場」, 『文化戰線』 3, 1947.2.	續·쑈聯詩抄

---

23 1947년 1월 9일자 『朝鮮新聞』에 실린 「편집자의 말」에 "날카로운 知性과 豐富한 感情을
가진 이 詩人은 延巡途程에서 얻은 詩篇을 '쏘련詩抄'라 이름하였다. 오늘부터 本報에
서는 그중 七篇을 골라 讀者에게 소개한다"는 편집 취지를 붙여 있다. 그러나 실제 게재
된 시 작품은 총 5편으로 나타났는데, 이는 연재하다가 중단한 가능성이 있다.

　물론 소련과 중국, 몽골, 월남 등 사회주의 여러 나라를 방문하여 쓰인 북조선 문인들의 기행시 작품들이 '시초(詩抄)'라는 표제를 붙이지 않고 출판된 경우도 있었다. 이를 테면 민병균의 경우, 그는 1954년에 북조선 작가대표단의 일원으로서 소련을 방문하게 되었으며 관련 기행시 작품 11편[24]을 나중에 작가 대표단이 공동 저자로 출판된『(소련기행문집) 크나큰 우의』에 수록되었다. 김귀련은 1950년에 아시아제국여성대회에 참가하여 중국을 방문하게 되었는데, 그 경험들을 토대로 대회 보고서와 중국 여성 작가 딩링(丁玲)과의 만남을 주제로 쓰인 수필 등을 발표한 가운데「우리는 모였다 : 아세아 제국여성대회에서」[25]라는 시 작품도 창작했다.[26] 홍순철도 역시 1952년에 넉 달 동안 중국을 방문하여 베이징과 항저우, 난징, 한커우, 난징 등 도시에서 쓰인 관련 기행 시편들을『문학예술』등 잡지에 실었으며, 곧바로 같은 해에 중국에서 관련 기행 시편들을

24 「영예」(1954. 4, 하바롭쓰크 비행장에서), 「모쓰크바」(1954. 5, 모스크바에서), 「두 수령」(1954, 모스크바 붉은 광장에서), 「어머니」(1954. 6, 모스크바에서), 「레닌그라드에」(1954. 5, 레닌그라드에서), 「자매」(1954. 5, 레닌그라드 공장지구에서), 「쓰딸린그라드여」(1954. 5, 쓰딸린그라드에서), 「평화의 성벽」(1954. 6, 휴양 도시 쏘치에서), 「즐거운 사람」(1954. 5, 그루지야 가맹 공화국에서), 「따지끼쓰딴」(1954. 6, 따지끼쓰딴 가맹 공화국 왁쉬벌에서), 「쏘베트의 품을 떠나며」(1954. 7, 씨비리 차창에서)라는 총 11편의 기행시 작품이 있다. 민병균 외, 『(소련기행문집)크나큰 우의』, 조선작가동맹출판사, 1954.
25 김귀련, 「우리는 모였다 - 아세아 제국여성대회에서」, 『조선녀성』 2, 1950.
26 이 시기에 김귀련이 발표한 아세아 제국여성대회 참가기를 비롯한 다른 텍스트들이 다음과 같다. 「아세아 제국녀성대회의 거대한 성과」, 『조선녀성』 1월호, 1950; 「조국 창건에 이바지하는 중국의 로동녀성」, 『조선녀성』 2월호, 1950; 「평화를 위한 투쟁에서 녀성들의 단결을 강화하자」, 『조선녀성』 4월호, 1950; 「作家丁玲을 만나고」, 『문학예술』 4월호, 1950. 김귀련이 해방 이후부터 북조선에서 문필 활동과 더불어 여성대표로서 국제회의 참석 등 문화외교적 활동을 적극적으로 수행한 바 있는데, 이에 대한 연구는 아직 학계에서 주목받지 못한 상태다. 사회주의 세계에서 친선 행보를 보이고 관련 경험을 문자화한 경력을 가진 문인들이 거의 남성 작가만 주가 된 상황 속에서, 김귀련의 이러한 정치적 실천과 창작 활동이 지닌 특징과 의미가 무엇인지 등 문제를 추후에 다른 지면을 빌려 보다 자세한 논의를 진행하기로 한다.

엮어서 『光榮歸於你們(영예를 그대들에게)』[27]라는 시집을 번역·출판하기
도 했다.

  그러나 이찬으로부터 시작된 '소련시초'라는 표제가 훗날 소련을 방문
한 김순석, 박승수, 박석정 등 북조선 시인들이 소련의 기행시편[28]을 명명
하는 데에 활용되었다는 점은 유의할 만하다. 또한, 1950년대에 중국이

---

27 한국어 원서를 아직까지 확보하지 못하기에 중국어 번역본 『光榮歸於你們』에 수록된
   시 목차를 통하여 홍순철이 쓴 중국 기행 시편들의 일단을 살펴보자. 시집 서두에 궈모
   뤄가 써준 「발문」과 시집 뒤에 붙인 「작가 후기」, 그리고 「작가 소개」를 제외하며 수록
   된 시편들의 목차는 다음과 같다.
   「獻給毛澤東主席(마오쩌둥 주석께 드리는 시)」, 「獻給偉大的中國弟兄們(위대한 중국
   형제들에게 드리는 시)」, 「光榮歸於你們 - 祝賀中國弟兄們捐獻武器的勝利(영광은 그
   대들과 함께: 중국 형제들이 무기 기증 운동에서 승리를 거둔 것을 축하하여)」, 「我們最
   可愛的人' - 訪中國人民志願軍部隊(우리의 '가장 사랑스러운 사람' - 중국 인민지원군
   부대를 방문하여)」, 「永遠懷念著的戰友 - 獻給回國療養的光榮的中國人民志願軍傷員
   們(영원히 그리운 전우들 - 귀국하여 요양 중인 영광스러운 중국 인민지원군 부상자들에
   게 드리는 시)」, 「剛毅的人 - 獻給榮譽軍人仲俠英雄(굳건한 이 - 영예로운 군인 중샤(仲
   俠) 영웅에게 드리는 시)」, 「永遠活著的人們 - 在雨花台人民革命烈士墓前(영원히 살아
   있는 사람들 - 위화타이(雨花臺) 인민혁명열사 묘지 앞에서)」, 「靑年們, 更勇敢地前進
   吧 - 慶祝'五四', 獻給中國靑年朋友們 (청년들이여, 더욱 용감하게 전진하라 - '5·4'를
   경축하여 중국의 청년 벗들에게 드리는 시)」, 「可愛的'紅領巾' - 獻給中國的少年兒童(사
   랑스러운 '붉은 넥타이' - 중국 소년과 아동들에게 드리는 시)」, 「五月的宣言 - 慶祝'五
   一'節在北京(오월의 선언 - 베이징에서 '5·1'절을 축하하며)」, 「戰鬥的朝鮮的呼聲 : 獻
   給參加北京'五一'勞動節觀禮的各國代表們(싸우는 조선의 목소리 - 베이징 '5·1' 노동절
   관례식에 참가한 각국 대표들에게 드리는 시)」, 「大地之歌 - 爲豐産模範村王蟒村而作
   (대지의 노래 - 증산 모범 마을 왕망촌(王蟒村)을 위하여 지은 시)」, 「歌頌人民的西湖
   (인민의 서호를 노래하며)」, 「歌頌勝利 - 獻給中國人民(승리를 노래하며 - 중국 인민들
   에게 드리는 시)」
   시 제목에서 제시한 바, 홍순철은 '항미원조' 전쟁 시기에 중국을 방문했기 때문에 방문
   견문을 시의 형식으로 작품화하기보다 마오쩌둥 주석과 중국 인민지원군, 중국 인민
   등 대상을 향해 노래한 시를 주로 창작한 것으로 엿볼 수 있다. 홍순철, 『새날의 노래 -
   항주 서호를 찾아서』, 『문학예술』 9월호, 1952; 홍순철, 『光榮歸於你們』, 人民文學出版
   社, 1952.
28 김순석, 「쏘련 방문 시초」, 『조쏘문화』 3월호, 1955.3; 김순석, 「쏘련 방문 시초(속)」,
   『조쏘문화』 5월호, 1956.5; 박승수, 「쏘련 방문 시초」, 『조쏘문화』 11월호, 1956.11;
   박석정, 「쏘련 방문 시초」, 『조쏘문화』 3월호, 1957.3.

나 몽고, 월남 등 기타 사회주의 신생 국가를 방문하여 창작된 기행시 가운데 '시초'라는 표제로 명명한 예로는, 박팔양, 홍순철, 박세영, 조학 래 등 작품[29]을 들 수 있다. 이는 박인환이 1955년에 대한해운공사 사무장 의 가칭으로 미국을 여행 다녀와 쓴 총 11편의 기행시편을 「아메리카 시초」라는 제목으로 발표한 경우를 상기시키기도 한다. 그 가운데, 『붉은 기』의 출판 광고문에도 역시 "작자는 정열과 투지에 벅찬 섬예한 감정 과 핍진한 표현력을 갖춘 시인이며 병중에서 다감한 정서를 담은 노래 十九 편을 모아 이 시초 『붉은 기』를 엮었다"[30]고 소개되면서 오장환의 소련 기행시는 '소련시초'의 계열에 귀속되었다. 그러나 '소련시초'나 '아메리카 시초'를 막론하고, 이 시기 기행시편들이 구태여 '시초'라는 편찬 의 형식을 거쳐 발표된 이유가 무엇인가. 이는 결코 시 창작 형태와 출판 양식이 우연히 겹쳐진 것이거나 그냥 편의상의 조치였던 것은 아닌 것으로 보인다. 기행시가 '시초'라는 편성 체제로 선택되고 묶여질 때 여행 서사의 일반적 창작 요구와 시의 장르적 특징 사이의 내적 갈등이 완화되 거나 모종의 합일점을 찾게 되는 것인지도 모른다. 이는 시인으로 하여금 매일이다시피 시를 창작함으로써 그 여행 경험과 소감을 꼬박꼬박 표현 해야 하는 '고역'에서 해탈 가능하도록 하는 창작 패턴이자 독자로 하여 금 기행시를 통해 여행의 전모를 파악하고자 하는 기대지평을 포기하고 시인에 의해 선택된 대표적 견문이나 시적 감정의 클라이맥스에 집중할 수 있도록 하는 장치이기도 하였을 것이다. 비록 이러한 '시초'는 여행

---

29 박세영, 「몽고 방문 시초」, 『조선문학』 제11호, 1955; 박세영, 「몽고시초」, 『국제적 벗 을 찾아서-몽고, 월남, 독일 민주주의 공화국 방문기』, 국립출판사, 1956; 조학래, 『(월 남 방문 시초) 한줌의 흙』, 조선작가동맹출판사, 1956; 박팔양, 「중국 방문 시초」, 황건 외, 『중국 방문기』, 평양국립출판사, 1956 등 작품들을 그 예시가 된다. 박세영의 몽고 방문과 조학래의 월남 방문 등 상황에 대한 보다 자세한 소개는 박태일, 「윤세평의 몽골 기행문학」, 『한국지역문학연구』 8(1), 한국지역문학회, 2019, 46쪽을 참조할 수 있다.
30 광고문, 『문학예술』 제3권 제6호, 1950.

일정의 흐름에 대해 완전하게 제시할 수는 없지만 시인의 '시흥'이 자연스레 발동하는 (혹은 주어진 창작 요구에 의해 '발동해야' 하는) 장소와 감정이 절정에 달하는 순간을 표시해 준 좌표 혹은 '깃발'로서 작동함으로써 독자로 하여금 구성적 장치에 따른 새로운 문학적 여행이 가능하도록 하였을 것이다.

이처럼 '시초'라는 느슨한 구성 체제로 나온 소련 방문 시편들은 시인들로 하여금 기행시라는 형식자체 부여된 연속성의 '구박'에서 벗어나, 단절적인 방식으로 여행 견문을 작품화할 수 있도록 허용한다. 오장환의 소련기행 시집 『붉은 기』의 시편 뒤에 명시된 최초 집필 시점을 통하여 우리는 시인이 소련에서 경험하면서 기행시를 창작한 빈도와 그 시간 간격을 파악할 수 있다. 김태옥의 연구를 통하여 시인은 작품이 없는 1949년 4월을 제외하고 1948년 12월과 1949년 3월에 각각 4편의 시를, 그리고 1949년 1월부터 8월까지는 매달 주기적으로 2편의 시를 창작했다는 사실[31]을 확인할 수 있다. 그러나 이러한 기행 시편들을 엮어 출판된 『붉은 기』의 차례를 살펴보면, 오장환은 여행 일정이나 창작 시점에 따른 시간 순서에 의해 배치한 것이 아니라, 권두시 「붉은 기」를 설정하며 이어서 '씨비리 시편', '모스크바 시편', '살류-트 시편' 총 3부로 구성하였다. 이 중에서 제1부 '시베리아 시편'은 소련을 왕복하는 과정 모두에서 반드시 경유하게 되는 시베리아에서 창작한 9편의 시로 구성되어 있는데, 「씨비리 치창」과 「비행기 위에서」, 「눈 속의 도시」, 「씨비리-달밤」, 「크라스노야르스크」, 「씨비리 태양」이라는 6편의 시는 열차나 비행기 안에서 창밖으로 바라본 풍경과 심경을 묘사했으며, 「김유천 거리」와 「변강당의 하룻밤」은 모스크바를 가는 길에 열차의 체류 도시인 하바롭스크에 내려 방문한 김유천 거리와 콤 강사실의 견문을 소재로 하바롭스

---

31 김태옥, 위의 글, 177~178쪽.

크라는 도시가 가진 혁명 역사와 의미를 부각시켰다. 마지막에 놓인 「연가」는 소련을 가기 위해 고향과 멀게 떨어진 시인의 향수를 유발한 공간으로서의 시베리아를 그려냈다.

〈표 2〉『붉은 기』 중 '씨비리 시편'의 목차 및 시들의 창작 시점

시편	창작 시점	시 제목
씨비리	1948.12.	씨비리-의 車窓
	1948.12.	김유천 거리-하바로프스크의 즐거운 滯留에서
	1948.12.	비행기 위에서
	1948.12.	변강당의 하로밤-하바로프스크 끄라이 꼼 강사실에서
	1949.1.	눈속의 都市
	1949.1.	씨비리-달밤
	1949.8.	끄라스노알스크
	1949.8월경으로 추정[32]	씨비리-태양
	1949.7.	連歌

제2부 '모스크바 시편'은 「스딸린께 드리는 노래」, 「레-닌 묘에서」, 「김일성 장군 모스크바에 오시다」, 「모스크바의 五·一절」라는 4편의 시가 포함된다. 시 제목에서 보듯이, 소련과 북조선의 지도자와 노동 인민을 대상으로 노래한 작품들을 주로 모았다. 이로써 모스크바라는 공간이 사회주의 국가 소련과 북조선의 지도자와 노동 인민들이 소재한 정치적 중심지로서 그것이 지닌 상징적 장소성을 집중적으로 부각시키게 되었다.

---

32 김태옥, 위의 글, 177쪽.

198 제1부 한국 현대문학사의 의제들

<표 3> 『붉은 기』 중 '모스크바 시편'의 목차 및 시들의 창작 시점

시편	창작 시점	시 제목
모스크바	1949.7.	스딸린께 드리는 노래
	1949.3.	레-닌 墓에서
	1949.3.	김일성 장군 모스크바에 오시다
	1949.5.1.	모스크바에 五·一절

제3부 '살류-트 시편'도 모스크바에서 창작된 작품들로 구성되는데, 「붉은 표지의 시집」(역사박물관, 시에서 묘사된 장소, 필자 주), 「올리가 크니페르」, 「살류-트」(모스크바 하늘), 「고리키 문화공원에서-어린 동생에게」(고리키 공원), 「"프라우다"」(지하철 매점), 「우리 대사관 지붕 위에는」(모스크바 하늘)이라는 총 6편의 시가 포함되어 있다. 김태옥이 제3부 시편은 제2부 시편과 달리, 주로 문학, 예술, 언론과 관련된 인물 및 내용이 포함되었으며, "'살류트' 시편에 포함된 「우리대사관 지붕 위에는」과 「살류트」의 내용이 문학, 예술보다는 정치 분야와 연관되어 있어 이를 '살류트 시편"에 포함시킨 이유에 대해서는 정확하게 규명하기 어렵지만, 오장환은 자신이 모스크바 체류 시기에 창작한 작품들에서 예술과 정치, 두 테마 사이의 균형을 유지하려 했던 것으로 보인다"[33]고 '살류-트 시편'의 구성적 특징을 지적한 바 있다. 필자도 이 분석에 일면 동의하며, 다만 창작 시점에서 봤을 때, 1949년 3월에 오장환은 「붉은 표지의 시집」, 「우리 대사관 지붕 위에는」, 「레-닌 묘에서」, 「김일성 장군 모스크바에 오시다」 총 4편의 작품을 썼는데 소련의 지도자와 인민을 형상화함으로써 모스크바라는 장소가 지닌 지도적 성격을 띄우기 위해 「우리 대사관 지붕 위에는」을 제2부 '모스크바 시편'에 제외시켜, 「붉은 표지의 시집」

---

33 김태옥, 위의 글, 193쪽.

과 함께 제3부 '살류-트 시편' 안으로 배치한 가능성도 제기할 수 있다고
본다. 실은, 내용적 측면에서 시집의 제3부 가장 뒤에 놓인 「우리 대사관
지붕 위에는」은 시집의 권두시인 「붉은 기」와 함께 각각 모스크바의 상
공에 휘날린 소련의 국기와 북조선의 국기라는 표상을 경유하여 노래한
것이라는 점을 고려하면, 「우리 대사관 지붕 위에는」은 제3부에 속한
시편일 뿐만 아니라 권두시와 서로 상응하여 소련 기행시집의 마무리를
의미하는 피날레로 보일 수도 있지 않을까 싶다. 요컨대 제2부 '모스크바
시편'을 통하여 상징적 차원에서 모스크바의 의미를 내보인다면, 제3부
'살류-트 시편'은 붉은 광장, 역사박물관, 지하철, 모스크바예술극장, 고
리키 공원 등 모스크바에 소재한 여러 방문지에 관한 시 작품들을 통합함
으로써 실제 여행의 차원에서 모스크바라는 도시의 역사적·문화적 특성
을 집중적으로 드러낸다고 판단할 수 있다.

〈표 4〉『붉은 기』중 '살류-트 시편'의 목차 및 시들의 창작 시점

시편	창작 시점	시 제목
살류-트	1949.3	붉은 표지의 시집
	1949.2	올리가·끄닢벨
	1949.5	살류-트
	1949.6	고리끼 文化公園에서-어린 동생에게
	1949.6	'쁘라우다'
	1949.3	우리 대사관 지붕 위에는

　요컨대, 오장환의 소련 기행시집은 방문의 일정이나 작품 창작 시점
등에 따라 시간적 순서로 구성되었다기보다 시베리아와 모스크바라는
두 공간에 깃든 역사적·문화적·정치적 위상을 집중적으로 드러내기 위
해 시편들의 순서가 재정비되었다. 이처럼 기행시집에서 기행 시편들을
재배치한 것은 독자로 하여금 시인이 여행 일정에 따라 빈번하게 이동하

는 주체의 모습보다 시베리아와 모스크바라는 공간을 깊이 점유하는 주
체로서의 목소리에 더 깊이 주목하게 만든다는 효과를 갖는다.

다음에, 오장환이 1948년 말부터 1950년 초에 잡지에서 실린 소련 기
행시 작품들은 1950년 5월에 출간된 『붉은 기』에 수록된 시작품과 확연
히 달랐다는 점에서 『붉은 기』 속에서 기행시들이 원래 담긴 '기행'의
현장성이 소거된다는 문제를 살펴보자. 오장환의 탄생 100주년에 맞춰
2018년에 다시 발간한 오장환 전집의 작품 연보와 박태일의 연구에서
발굴한 문헌 정보[34]에 참조하며 필자가 새로 확보한 세 편 시의 원발표지
도 함께 살펴보면, 『붉은 기』에서 수록된 총 20편 시 작품 중에 17편은
시집으로 수록되기 이전에 연달아 북조선의 『문학예술』, 『청년생활』,
『노동자』, 『조소친선』, 『조선여성』, 『민주조선』 등 잡지에 발표되거나
다른 시 선집에 미리 실린 바 있음을 확인할 수 있다. 「붉은 표지의 시집」
과 「고리키 문화공원에서-어린 동생에게」, 「'뿌라우다'」라는 3편의 시
를 제외하고, 나머지 17편 기행시의 원발표지 정보는 다음 표와 같이 정
리된다.

〈표 5〉 『붉은 기』 시 작품들의 최초 발표지 정보

『붉은 기』 시 제목[35](창작년월)	게재년월	시 제목	원발표지
씨비리-차창(1948.12)	1949.8.	씨베리야의 車窓	『청년생활』
심유천 서리-하바로프스크의 즐거운 滯留에서(1948.12)	1949.10.	김유천 기리	『노동자』
변강당의 하로밤-하바로프스크 끄라이 꼼 강사실에서(1948.12)	1950.3.	변강당의 하로밤-하바로스크 끄라이·꼼 강사실에서	『문학예술』

34 오장환, 박수연·노지영·손택수 편, 『오장환 전집 2-산문』, 솔, 2018, 376~377쪽; 박태
    일, 「새 자료로 본, 재북 시기 오장환」, 『한국시학연구』 52, 한국시학회, 2017, 84쪽.
35 『붉은 기』의 목차가 본문 속에 나오는 시 제목과 일치하지 않은 경우가 있다. 먼저,

비행기 위에서(1948.12)	1949.6.	飛行機 위에서	『문학예술』
눈속의 都市(1949.1)	1950.4.	雪中의 都市	『문학예술』
씨비리-달밤(1949.1)	1950.3.	씨비리-달밤	『조선여성』
붉은 기(1949.2)	1949.10.	쏘련詩帖-붉은 기	『문학예술』
올리가·끄닢벨(1949.2)	1950.1.	오리가·끄닢벨	『조선여성』
우리 대사관 지붕 위에는(1949.3)	1949.10.23.	우리 대사관 지붕 우에는 우리의 깃발이 휘날립니다	『민주조선』[36]
레-닌 墓에서(1949.3)	1949.10.	레닌墓에서	『조소친선』
붉은 표지의 시집(1949.3)	미상	미상	미상
김일성 장군 모쓰크바에 오시다(1949.3)	1949.10.	김일성 장군 모스크바에 오시다	『조선여성』
모쓰크바의 五·一절(1949.5.1)	1950.5.	모쓰크바의 五·一節	『문학예술』
쌀류-트(1949.5)	1949.10.	쏘련詩帖-쌀류-트	『문학예술』
고리-끼 文化公園에서-어린 동생에게(1949.6)	미상	미상	미상
'뿌라우다'(1949.6)	미상	미상	미상
쓰딸린께 드리는 노래(1949.7)	1949.12.21.	쓰딸린께 드리는 노래	『민주조선』
連歌(1949.7)	1950.4.	連歌	『문학예술』
씨비리-태양(1949.8월경으로 추정)	1950.4.	씨비리-태양	『문학예술』
끄라스노얄스크(1949.8)	1950.3.	끄라스노얄스크	『문학예술』

이처럼 개작을 거쳐 『붉은 기』는 시인의 소련 방문 경험을 반영한 시작

목차에는 제1부의 마지막 시인 「連歌」가 누락된 것이다. 다음에 목차의 시 제목과 본문
에 표시된 시 제목과 다른 경우가 있는데, 주로 조사와 외래어 표기법의 차이가 보인다.
본문 속의 시 제목과 다르게 표기된 시집 차례의 시 제목들은 다음과 같다: 「씨비리-의
車窓」, 「김일성 장군 모스크바에 오시다」, 「모스크바에 五·一절」, 「고리끼 文化公園에
서-어린 동생에게」, 「끄라스노얄스크」. <표 5>에 정리된 시집의 시 제목들은 본문의
시 제목에 의해 표기하고 통일시켰음을 미리 밝혀 둔다.

36 조기천 외, 『영광을 스탈린에게-이.브.쓰딸린탄생 七十주년기념출판』, 북조선문학예
술총동맹, 1949.12, 159~163쪽.

품이 가진 현장성이 상실되면서, 북조선으로 귀환하여 여행 이후의 주체
가 경험하고 있던 그 '현장성'이 새로 덧붙여 있는 셈이다. 따라서, 북조
선에서 출발하여 모스크바에서 머물었다가 다시 북조선으로 귀환한다는
과정을 모두 경험하여 일반적 의미에서의 '여행'이 완성된다고 한다면,
오장환은 귀국 이후의 개작 실천을 경유하여 '여정'이 끝난 이후 주체가
새로 획득한 경험과 소감, 그 가운데 여행 주체와 외부 환경의 변화까지
함께 반영하여 기행시를 가미함으로써 텍스트 차원에서 '여정'의 길이와
폭을 확장시켰다고 볼 수 있다. 결국 개작을 거쳐 출판된 기행 시집 『붉은
기』가 초판본 시편들 속에 내포된 시간성과 현장성은 와해된 것으로 나
타난다.

　　오장환은 『붉은 기』의 편성 체제를 방문 공간에 따라 나눔으로써 기존
소련 기행 시편들이 가지고 있던 보편적인 시간성과 현장성보다 장소적
특성을 중점적으로 부각했고, 다시 쓰기를 통하여 기존에 기행시 초판본
이 보유된 시간성과 현장성도 분해시켰다. 이에 독자들이 일정의 순으로
배치되지 않고 뒤섞어 놓은 『붉은 기』의 시편들을 읽었을 때 그들이 느끼
게 된 '오장환의 소련행'은 시인 본인이 여행과 글쓰기 주체로서 실제로
직선적 시간에 따라 얻었던 소련에서의 경험 및 소감과 판이했을 터이다.
그러나 오장환의 소련 기행시집에 드러낸 이러한 괴리는 우리로 하여금
다음과 같은 보다 근본적인 질문들을 새삼 생각하게 된 계기도 제공할
수 있을 지도 모른다. 즉 시간의 직선성과 현장성에 따라 기행시집을
만들거나 독해하는 것 말고는 타인의 여행 견문과 감회를 이해하는 다른
방식이 없을까? 혹은 오장환의 소련 기행시집은 이처럼 기본적인 기행시
의 시간성과 현장성이 결여되어 있는데, 우리가 기행시집의 정의를 가지
고 이 작품집을 이해하고 해석하는 것이 타당한 접근 방식일까?

3. 소련을 위한 찬가에서 '우리 혹은 나의' 노래로 :
개작을 통한 '노래'의 변주

선행 연구에서 밝혀진 것처럼, 1946년에 이기영과 이태준, 이찬을 비롯한 제일차 방소사절단 성원이 소련을 방문한 이래, 1950년대까지 소련을 비롯한 사회주의 나라들과 국제주의적 친선 관계를 맺고 교류도 잦아짐에 따라 더 많은 북조선 문인들이 '사회주의 세계'를 직접 방문한 기회를 얻게 되었다. 그 결과로, 방문 국가의 정치나 경제, 문화예술 등 제반 영역의 발전 상황과 역사를 널리 소개하는 공식 보고서와, 여정에 따라 순차적으로 문인의 방문 경험과 소감을 담은 본격 기행문, 특정한 영역에 초점을 둔 가벼운 방문 인상기, 그리고 기행시 등 여러 장르의 기행 텍스트들이 풍부하게 생산되어 종종 잡지·신문에서 실리거나 기행문집으로 출간되었다. 그러나 여행의 견문과 소회를 서술하거나 사회주의 국제 친선의 정치적 메시지를 전달할 때, 보고서와 기행문, 그리고 인상기와 같은 산문적 서술 방식과 시라는 형식을 통해 이루어진 글쓰기의 실천들이 과연 같은 것인가라는 문제를 제기할 수 있다. 기행 산문의 경우는 흔히 일기 형식, 혹은 참관 지점과 일정에 따라 기록되고 체계화되었음은 주지의 사실이다. 그러나 시의 경우는 그 장르적 특징에 있어서 고도로 집약된 간략한 형식과 언어의 다의성, 시공간의 복합성과 중첩성, 그리고 화자의 다중적 발화 등을 특징으로 하기 때문에 직선적 서사와 언어의 명료성을 고집하는 기행 서사의 일반적 요구와는 내적 갈등을 빚기 마련이다. 더불어 시 장르가 지닌 자유성과 개방성, 그리고 실험성 등 특징은 여행 견문을 완전하게 기록하고 충분히 전달해야 한다는 여행 서사의 일반적 요구에 비추어 볼 때 오히려 마이너스적 한계로 작용하고 만다. 특히, 해방 이후 북조선과 소련과의 우호적 관계를 구축하고 서로의 교류와 합작을 추진하는 데 "소련 기행"이라는 글쓰기자체가 명확한 정치적 지향이 주어지며 중요한 선전적 역할도 담당해야 했던 상황을 고려한다면, '시'는 독자들의 다의적 해석을 늘 허용 혹은 유발하는 장르적 특성이 내재되어 이는 과연 지상명령인 정치 메시지를 늘 효과적으로 전달할 수 있을까라는 의문이 남을 수밖에 없다. 이 점에서 시의 경우를 논의한 것이 아니지만, 영국과 프랑스 여성 지식인의 소련 여행 서사에 주목한 안젤라 커쇼(Angela Kershaw)의 연구는 여러 가지로 흥미롭고 많은 시사점을 던져준다고 생각한다. 그는 소련 방문 체험에 기초한 스코틀랜드 소설가이자 시인인 나오미 미치슨(Naomi Mitchison)의 소설과 앙드레 지드 및 영국 작가 샬럿 홀데인(Charlotte Haldane)의 기행문을 분석 대상으로 함으로써 서사 장르와 견문에 대한 기록, 그리고 정치적 회의감에 대한 언술 등 3자 간의 내재적 관계를 밝혀내고 있다.

홀데인과 지드는 공산주의의 공공 관계와 다름이 없었다. 지드는 공산주의 계발 하에 문화적 반파시즘 입장을 지닌 프랑스의 무식쟁이었고 홀데인은 공산주의 입장을 지닌 기자로서 영국 지식층의 공산주의 리더였던 J.B.S. 홀데인의 부인이기도 했다. 이들은 각자 자기 나라에서 공산주의 동반자라는 중요한 공공 지식인으로서의 역할을 맡고 있었다. 그렇기 때문에 두 사람은 이러한 자기 역할을 포기해야 하는 리스크를 감수하지 않는 한 자신들의 회의감을 표명할 수가 없었다. 미치슨의 소설에서 표현된 소련에 대한 과격한 회의감은 다른 한편 홀데인과 지드의 문학 및 정치 생애를 반증해주는 예라 할 것이다. 즉 이들이 공산주의와 가장 밀착되어 있을 때 소설 창작을 기피하였던 것은 이미 소설이 도달할 지점을 미리 예기하고 있었기 때문이 아니었을까? 회의감을 드러내고 탐색하는 소설의 힘이 두려웠던 것이 아닐까. 이들은 소설과 다의성 간의 갈라놓을 수 없는 연관성을 두려워 하고, 이러한 연관성이 자신들이 기타의 콘텍스트 하에서 지켜온 견고한 저항성을 배신할까 두려워했던 것은 아닐까? 이들은 소설이 해석에 대한 통제에서 일탈하는 경향이 있음을 염려했던 것은 아닐까?[37]

앞에서 언급하였다시피 오장환은 시라는 장르 형식을 통해 자신의 소
련 방문 소감을 드러내고 있으며, 흔히 기행산문에 요구되는 기록성, 현
장성, 시간성 등과는 반대로 기행 텍스트의 그러한 장르적 특징을 해체시
키고 있다. 특히 그는 시집을 통한 기행시의 재편성과 '고쳐 쓰기'를 통해
기행 텍스트의 창작 및 읽기의 새로운 가능성을 탐색한다. 그가 일찍
신문 잡지를 통해 발표한 기행 시편들이 조소 친선 관계를 구가하고 기행
장르 문학으로서의 현장성을 담지하였다면 시인은 시집 출간을 빌어 이
러한 기행 시편들을 고쳐 씀으로써 소련에 대한 찬양을 줄이고 대신 자신
의 주체적 의식을 드러내는 시구들을 많이 선보인다. 즉 텍스트의 대상이
'소련'으로부터 여행 주체 혹은 그 주체가 대표하는 국가(민족)로 옮기게
되고, 따라서 시집에서 드러낸 시적 감정의 기폭과 중심 자체가 흔들리게
된다. 물론 시집 『붉은 기』 역시 소련의 위대한 성취나 조·소 친선 등
정치적 메시지들을 주된 내용과 특징으로 하고 있지만 오장환은 고쳐
쓰기를 통해 시의 다의성과 보다 폭넓은 해석이 가능한 시적 효과를 노린
것이다. 그럼으로써 이는 시의 내적 의미와 감정의 다중성을 회복하고자
하는 글쓰기 작업이라고 볼 수 있다. 이에 개작 이전의 시와 개작 후의
판본들을 비교함으로써 그 구체적인 양상을 살펴보도록 한다.

현재까지 확보된 17편의 기행 시편 중에 첫 발표시의 판본과 그 후
수정된 판본을 비교하여 본 결과, 「씨비리 - 달밤」과 「우리 대사관 지붕
위에는」, 「끄라스노얄스크」, 「모스크바의 五·一절」, 「씨비리 - 태양」 등
5편의 시 작품은 시의 전반적인 내용과 분행 방식, 시적 감정 등을 흔들리
지 않은 채 비교적 적은 부분이 수정된 것으로 나타난다. 이와 달리 나머

---

37 Angela Kershaw, "French and British Female Intellectuals and the Soviet Union.
The Journey to the USSR, 1929~1942", E-rea [En ligne], 4.2, 2006, document 7,
mis en ligne le 15 octobre 2006, consulté le 26 octobre 2020. URL : http://journals.
openedition.org /erea/250

진 시편들에서 수정된 흔적들이 두드러지게 나타나는데, 이는 시인이
기행 시집을 간행하면서 원발표면에 실린 시 중에 (1)과잉 반복된 시구들
을 삭감하거나[38] (2)분연을 통해 시의 호흡과 길이를 조절하거나 (3) 일부
시구를 삭제하고 그 빈자리에서 완전 다른 내용으로 채우고 추가하는
등 여러 방식으로 개작을 수행한 결과라 하겠다. 본고는 (3)에 해당한
수정 양상들을 보다 주목하고자 하는데, 이들이 기행시의 외형과 내포,
그리고 시적 감정의 차원에서 잡지에 실린 초판본과 시집에 수록된 개작
판본이라는 두 세트의 기행시 텍스트군 사이에 어떠한 차이를 드러내
주었을 뿐만 아니라, 오장환이 기행 시집을 간행하면서 개작하는 데에
그 전략과 지향하고자 한 방향이 무엇인지도 제시해 주었기 때문이다.
앞질러 말하자면, 오장환은 시행을 재배치하고 잡지에서 발표 시 소련에
대한 찬탄이나 소련 사회 발전 상황에 대한 묘사들이 시집의 개작 판본에
서 여럿이 삭감되며, 그로 인해 생긴 공백에서 '공화국'이라는 북조선의
정체성을 강조하는 내용을 삽입하거나 개인의 역사적 기억을 환기하는
시적 장치를 넣었다는 개작 양상의 특징이 두드러지게 나타난다.

먼저, '공화국'으로 갓 거듭난 북조선의 주체성을 보다 강조하는 개작
경향을 살펴보자. 「김일성 장군 모스크바에 오시다」의 개작 판본에는
잡지 초판본에 없었던 "당신을 마지하는/역두에/붉은 친위대의 사렬은

---

[38] (1)의 경우 잡지에서 첫 발표 시 중복된 시적 표현들을 대폭 삭제한 사례로는 「살류-트」
를 들 수 있다. 잡지 초판본 중에 있지만 개작 판본에서 찾아보지 못한 시구들이 다음과
같다. 즉 1연의 마지막 2절인 "축포는 꽃가루 분수로/흩어 지도다"와, 4연에 "영용한/쓰
딸린그라드 승리와/伯林入城의/찬연한 밤에도", 8연의 마지막 3절인 "저 넓은 하늘/귀
흔들며/연달아 쏘아 울리는 저 불길!", 그리고 10연에 "아 오늘/단란한 모쓰크바의 밤에
는/비 개이려는 하눌에/고은 무지개 서듯/축포의 꽃다발/하눌높이 치 솟는 도다."라는
시구에서 보는 것처럼 이들이 모스크바의 밤하늘에서 꽃다발처럼 폭발하는 축포의 찬란
하고 아름다운 모습이 반복하게 부각됨을 알 수 있다. 오장환, 「쏘련詩帖-쌀류-트」,
『문학예술』, 1949.10, 154~156쪽.

씩씩하고/그들이 주악하는/우리의 애국가는 우렁차도다"[39]라는 내용을
3연에서 추가된다. 이는 소련이라는 이국이자 사회주의 '모국'에서 환영
받았던 김일성 장군과 울려 퍼진 애국가 등 정치적 색채가 짙은 표상들을
묘사함으로써 '세계'에서 인정받은 북조선의 독립 주권 국가로서의 이미
지를 부각시킨다. 이에 더해, 아래의 표[40]에서 4연부터 6연까지의 내용을
보면, 5연의 경우 시집 판본에는 "위대한 사회주의 소비에트공화국연맹
과/우리 조선민주주의인민공화국의 끝없는 결합을"이라는 주권 국가의
이름과 성격을 명확하고 자세하게 호명한 시구는 원발표면에는 그저 "조
쏘의 끝없는 결합을"이라는 약칭으로 되어 있다. 시인은 「김일성 장군
모스크바에 오시다」라는 시에서 모스크바에 방문한 김일성 장군의 모습
을 일차적으로 묘사하고 노래하는 데에 그치지 않고, 위와 같은 개작을
통하여 국제 사회에서 등장한 독립 국가로서의 북조선이라는 존재를 본
격적으로 선언함으로써 시의 상징적 의미를 한층 심화시켰다.

<표 6> 「김일성 장군 모스크바에 오시다」 일부

개작본	초판본
쓰딸린이시어! 당신이 해방하신 나라 장군이시어! 당신이 이끄시는 나라 굳건한 조국은 이제 늠늠히 민주와 평화의 전렬에 어깨 가즈런히 나섰다	쓰딸린이시어! 당신이 해방한 나라 장군이시어 당신이 이끄신 조국 굳건한 새조선은 이제 늠늠히 민주와 평화의 진두에 말머리를 가즈런히 했구나

39 오장환, 『붉은 기-소련기행시집』, 문화전선사, 1950, 105쪽.
40 오장환, 위의 책, 105~107쪽; 오장환, 「김일성 장군 모스크바에 오시다」, 『조선여성』, 1949.10, 70~71쪽.

설레이는 가슴아-웨쳐라 위대한 사회주의 쏘베트공화국련맹과 우리 조선민주주의인민공화국의 끝 없는 결합을… 당신들의 뜨거운 악수여! 이 것은 二億과 三千萬의 힘찬 손잡음이다 젊은 가슴아! 더 더 웨쳐라	설레는 가슴아! 웨쳐라 조쏘의 끝없는 결합을… 당신들의 뜨거운 악수여! 이것은 二億萬과 三千萬의 힘찬 손잡음이다 이젊은 가슴아! 더 더 웨쳐라

이처럼 기행 시집에 수록된 판본에서 주권 국가와 국민의 정체성 확립이라는 대목을 진일보하게 부각시키려는 시인의 개작 의도는 「비행기 위에서」라는 시의 초판본 및 수정 판본과의 비교를 통하여 더욱 분명하게 엿볼 수 있다. 이 시는 모스크바를 향해 가는 비행기를 탑승한 시인이 창밖으로 넓은 벌판을 내려다보면서 자신의 소감을 집약적으로 표현한 작품이다. 초판본에는 시인이 소련 인민들이 건설 사업에 몰두한 모습과 스탈린의 지도 아래 경제 계획을 성공적으로 전개한 사회주의 사회의 약진상을 고무적인 어조로 노래함으로써 목전에 보인 넓은 시베리아의 벌판을 그 자연 풍경 이상에 지닌 개발지로서의 광활한 발전 비전과, 빛나는 희망을 기약해준 공간으로 부각시킨다. 그 가운데, 시인은 "씩씩한 얼굴 /새나라 공민!"이라는 신분으로 비행기를 타면서 다른 노동자들과 함께 이 희망의 공간으로 진입하게 되어 커다란 환희의 감정을 표출했다. 그러나 개작본을 살펴보면, 소련의 경제 계획과 건설 사업이 나날이 발전하고 있는 면에서 시베리아와 소련 인민의 생활을 노래하는 것을 대신하여, 일인칭의 시적 자아가 자신이 주권 국가 국민으로서의 정체성을 전면에 내세움으로써 북조선이라는 '새 나라'에 대한 전망을 세우는 데에 더욱 주력했다. 아래의 표[41]에서 봤듯이, 개작 시 버전에는 "우리

---

41 오장환, 위의 책, 38~42쪽; 오장환, 「飛行機 위에서」, 『문학예술』, 1949.6, 59~61쪽.

공화국 려권을/가슴에 지닌/자랑스런 젊은이", "어였한 새나라 공민이란
/개운한 마음" 등 표현을 비롯한 네 연의 시구를 삽입함으로써 공화국의
여권을 공식적으로 발급받은 합법적인 공민으로서 비행기를 탄 시적 화
자의 마음속에 분출한 강한 자랑과 희열을 돋보이게 한다.

<표 7> 「비행기 위에서」 일부

개작본	초판본
나도 오늘은 우리 공화국 려권을 가슴에 지닌 자랑스런 젊은이	
機首는 흔들리지 않아도 가슴 설레이나이다 오 위대한 나라 쏘베-트여!	機首는 흔들리지않어도 가슴 울렁거리나이다 오 偉大한나라 쏘련이시어! 이제는 저 넓은들 더 더 멀리 大陸을 뒤덮어 그곳에 살고 있는 모든 인민이 당신의 힘으로
이제는 저 넓은 들 훨신 더 멀리 大陸을 뒤덮어 이제 모두가 진정한 민주 국토들―	
비행기는 하늘 끝 권운층의 우으로 한가히 날러도	오늘은 토지를 논고 공장을 찾어 새로운 살림이 시작됐나니 오 풋땅에서 하늘을 찌르는 환희와 건설의 힘찬 노래여!
뭉게 뭉게 피어가다 이제 아주 굳어지는 구름천지여! 나도 오늘은 어였한 새나라 공민이란 개운한 마음	

그러기에 온 시야를 모다덮은 저 구름 마저 나에게 안기는 꽃다발이라	
三十二人乘 경쾌한 려객기 안에는 끓는 茶의 진한 내음새	三十二人乘 경쾌한 旅客機안에는 부-페트에서 끓이는 까까오의 진한 내음새
방 안은 한집안 같은 화기 가운데 바쁜 나라 일로 비행기에 나르는 이 곳의 일꾼들!	나도 오늘은 씩씩한 얼굴 새나라 공민! 바쁜 나라일로 비행기에 나르는 이나라 일꾼아! 우리는 이렇듯 한자리에 앉어 따뜻하니 茶를 나누며 찬란한 새날을 말하는구나
우리는 이렇듯 한자리에 따뜻하니 茶를 나누며 취하는듯 앞날을 꿈꾸는도다	전후 스탈린적 五個年계획을 또다시 四년째에 끝내려는 위대한 나라야, 우리도 二개년째 인민경제계획을 빛나게 마치려한다
구름 위에 나르는 비행기! 비행기는 안온히 푸로페라 소리뿐	구름우에 나르는 비행기 비행기는 안온히 푸로페라 소리뿐
機窓에는 가없이 펼쳐지는 구름천지 아득히 끝이 없는 씨비리-平原	機窓에 悠然히 펼쳐지는 씨비리의 大自然이여! 사회주의 새나라의 빛나는 건설들이여!

또한, 「쓰딸린께 드리는 노래」라는 시 작품은 역시 『붉은 기』 중에 스탈린을 향해 시인의 찬양과 감격을 극진히 노래한 대표적인 사례이지

만, 개작본에는 이 '노래'의 내용과 대상이 크게 바뀌었다는 점이 주목할
만하다. 시적 화자는 자신을 거창한 숲 속에서 "작고 또 작은 새"로 비유
하여 자신의 존재를 낮추는 듯 보이지만 오히려 이를 통하여 스탈린을
향하여 "즐거운 내 노래", "노호하는 내 노래"를 목청을 돋우어 불러 드리
려는 의지와 감정의 강렬함을 한층 더 부각시켜 준다. 아래의 「쓰딸린께
드리는 노래」[42]의 5연에서 보는 것처럼, 시적 화자의 '노래'는 "전 세계
인민의 각성 위에서", 또한 "평화와 자유를 위하는 진격의 깃발 밑에서"
불리기 시작한다. 초판본 중에 이 '노래'는 조선 민족을 오래된 식민지
통치의 압박과 멍에에서 풀어주셨다는 스탈린을 격정적인 어조로 호명
하면서 그에 대한 고마움을 표현하는 데에 주력한다. 그러나 개작본의
경우, 스탈린을 향하여 송가를 불러 주기보다, 시적 화자가 자신 혹은
자기 민족을 위한 '노래'를, 즉 조선 민족의 수난사를 거쳐 오늘에 와서야
해방되어 독립 자주적인 나라가 된 사실을 "아름다운 모국어"로 세계 인
민들 앞에서 목청껏 부르는 장면을 묘사한다. 5연에서 보는 것처럼, "내
노래"가 불러지겠다고 선언하자, 시적 화자는 "그 얼마나 기다려지던 날
이었습니까"라는 반문을 통하여, 자유롭게 노래를 부를 수 있는 날이 오
기까지 얼마나 오랫동안 참아왔고 힘겨워왔던가를 호소하는 것으로 시
작한다. 이는 무엇을 노래하는 것을 들려주는 데 앞서, 마음껏 '노래'할
수 있는 권리와 자유를 박탈당했던 과거와 이젠 드디어 그 노래하는 주체
성이 회복되었음을 세계 인민이라는 청중들에게 알려준다. 그동안 식민
당국의 억제로 인해 조선 민족의 노랫소리는 자유롭게 세계에서 울려
퍼지지는 못했지만, 저류 속에 끊임없이 흐르고 있고 속삭이던 '우리의
노래'를 이젠 스탈린과 세계 인민들 앞에서 노래하는 자리에서 환기할
수 있는 것으로 묘사된다.

---

42 오장환, 위의 책, 82쪽; 오장환, 「쓰딸린께 드리는 노래」, 『민주조선』, 1949.12.21, 3쪽.

<표 8> 「쓰딸린께 드리는 노래」 일부

개작본	초판본
아 오늘 도도히 흐르는 전세계 인민의 각성 위에서 평화와 자유를 위하는 진격의 깃발 밑에서 내 노래는 불러집니다	아 오늘 도도히 흐르는 전세계 인민의 각성 우에서 평화와 자유를 위하는 진격의 깃발밑에서 내 노래는 불러집니다
그 얼마나 기다려지던 날이었습니까 두터운 어름짱 밑에서도 쉬지 않고 흐르는 큰 내ㅅ물같이 불러 오던 우리의 노래	아 어두우ㅂ던 우리의 목숨에서 암흑을 내쳐주신 당신! 아 무거우ㅂ던 예속의 멍에에서 억매이던 우리들을 풀어주신 당신!
오래-니 막혔던 가슴 풀고 아 오늘은 아름다운 모국어 빛나는 제 나라 글로 사랑하는 인민 앞에 불러집니다	
우리는 노래합니다 당신의 커단 발자국 밝은 인류의 새력사 위에 뚜렷히 그어지는 행복의 시대를	우리는 보았습니다- 당신의 커단 발자욱 밝은 인류의 새 력사우에 환연히 그어지는 커단 발자욱

여기서 "오장환은 항상 무엇의 '아래(밑)'를 주목한다. 물 '아래', 얼음 장 '아래', 흙 '아래'. 그것들 '아래'에 무장한 생명들이 숨 쉬고 있다. 얼음 장 밑에는 우리의 슬픔이 숨어있다"[43]는 조영복의 시사적인 관점을 다시 상기하면, "두터운 얼음장 밑에서도"라는 시적 표현이 등장한 것을 통하 여 시인은 자신만의 '노래'도 함께 불렀던 것처럼 느낄 수 있다. 결국, 개작본에서 시인이 부르고자 한 '노래'는 오랜 압박에서 벗어나 해방감과 희열을 전달하면서도 동시에 자신 혹은 민족의 깊은 마음속에서 숨긴 '슬픔'의 울음도 함께 들리게 했다. 초판본이 약자를 구해준 구원자의

---

43 조영복, 「오장환의 '노래' 충동과 신세대 시인들의 우리말 구어체 감각-한국시학회 제 41회 학술대회 '오장환과 그의 시대'에 부쳐」, 『한국시학연구』 55, 한국시학회, 2018, 140쪽.

미덕과 강한 힘을 노래하는 작품이라고 한다면, 개작본은 암흑의 시대에 갓 벗어난 '약자'는 세계 인민들 앞에서 오로지 자신을 위해 한 곡을 부르고자 한 마음을 표현한다고 본다.

　다음에는 시인이 개인적인 회고를 적극 소환하려는 개작의 시도를 살펴보자. 『붉은 기』 중에 「연가」라는 시가 가진 예외적인 성격에 대하여 일찍이 홍성희의 연구에도 짚어본 바가 있다. 그의 논의에 따르면 시인이 소련 방문 과정 중에 비행기, 기차, 신문, 박물관, 문화공원 등 방문지에서 "'제공'된 것들을 보고 들으며 나머지 부분은 익숙하고 안전한 상상들로 채워 넣는 데에 만족한"[44] 것과 달리, 「연가」에서 시인은 "자신의 내면을 더듬어 기억 속의 풍경을 구체적으로 살피고 그 안에 구체적인 인물들을 새겨 넣는다"[45]는 점이 있는데 이에 대해 각별한 주목을 요한다고 한다. 이 시는 "'체제'의 목소리를 실천하고 있는 동안에도 완전하게 소거되어버릴 수 없었던 '시인'의 흔적을 조심스럽게 드러내 보여주고 있기 때문이라 한다."[46] 필자도 이러한 섬세한 지적에 전적으로 동의하며, 다만 여기서 「연가」의 잡지에서 첫 발표 시의 것과 시집이 간행하면서 후에 발표된 것과 함께 놓여 비교해 보면, 체제가 요구된 목소리로 환원될 수 없었던 "미세한 초과"[47]로서의 시인의 흔적들이 개작 양상을 통하여 더욱 선명하게 구현된다는 점을 제기하고자 한다. 구체적으로 보면, 「연가」는 총 2부로 나누어져 있는데, 두 가지 판본에 1부는 "해 종일을/급행차가 헤치고 가도/끝 안 나는/밀보리 이랑//이 풍경/내 고향과 너무 다르기/내 다시금/향수에 묻히이노라"라는 내용으로 같을 뿐, 2부는 다음과

---

44 홍성희, 「'이념'과 '시'의 이율배반과 월북 시인 오장환」, 『한국학연구』 45, 인하대 한국학연구소, 2017, 107쪽.
45 홍성희, 위의 글, 108쪽.
46 홍성희, 위의 글, 106쪽.
47 홍성희, 위의 글, 108쪽.

같이 현격한 차이가 있다.

<표 9> 「연가」 일부

개작본	초판본
메마른 산등성이 붉은 흙산도 높이 일군 돌개밭으로 지금은 六月유두 한창 때 밀보리 욱어졌을 나의 고향아!	메마른 산등성이 붉은 흙산도 높이 일군 돌개밭으로 지금쯤은 밀 보리 욱어졌을 나의 고향아
그 곳에 하늘 맑고 모래 힌 남쪽 반부는 어머니가 계신 곳	내 고향 남반부는 나를 낳은 곳 그 곳에는 아직도 원쑤들이 하곡마저 뺏으러 오나
돌개밭 밀보리 새로 패는 고랑 밑에는 설익은 보리마저 훑어가는 원수를 기다려 총뿌리 겨누고 섰을 나의 형제들	돌개밭 밀 보리 새로 패는 고랑 밑에는 빛나는 총뿌리 겨눠 대이며 원쑤놈의 길목을 지키일 우리동무들
각각으로 車는 조국에 가까워 와도 아 나의 마음 어찌하여 이리도 멀기만 한가	빛나는 빨지산은 거기에 있으리 빛나는 유격대는 거기 있으리

위의 표[48]에서 봤듯이, 시인의 고향인 '남부'를 언급하는 2부의 제2연으로부터 원발표지와 시집에 실린 두 판본의 시적 내용이 확연하게 달라지기 시작한다. 원발표지에서 시인이 기차의 창밖으로 시베리아의 벌판 풍경을 바라보면서 떠올린 '남부'라는 곳에 하곡을 뺏으러 온 "원쑤놈"들

---

48 오장환, 위의 책, 76~78쪽; 오장환, 「連歌」, 『문학예술』, 1950.4, 58쪽.

이 있을 테지만, 총부리를 겨눠 길목에서 지키고 있는 빨치산 "우리 동무"
들이 있어서 안전하겠다는 상상을 전개한다. 따라서 '남부'는 빛나는 유
격대가 수호해 준 시인의 고향으로 부각되며, 이는 원수에 대한 적개심과
빨치산 유격대에 대한 예찬으로 시적 감정의 주축을 이루게 된다. 그러나
개작본을 살펴보면, 원수에 대해 매우 절제한 표현으로 언급되었을 뿐만
아니라, 유격대라는 중요한 시적 대상이 아예 없애버려지게 된 점이 특히
눈에 띈다. 이에 따라 '남부'는 우선 시인의 어머니와 "원수를 기다려 총
부리 겨누고 섰을 나의 형제들"이 소제한 옛 고향으로서 조선을 향해 달
리던 기차에서 시적 화자가 빨리 귀가하고 싶은 마음과 애틋한 향수를
유발한 장소로 그려낸다. 특히, "각각으로 車는/ 조국에 가까워 와도/아
나의 마음/어찌하여/이리도 멀기만 한가"라는 마지막 연을 보면, 시인은
드디어 독립국가로서의 조선이라는 '조국'을 가지고 호명할 수 있고 이동
하는 기차가 '조국'을 향해 점점 가까워지게 됐지만 시인은 '어머니'와
'나의 형제들'을 만나지 못했기 때문에 '조국'도 실은 '고향'이 없던 낯선
곳이라는 점을 제기하기도 한다. 몸으로는 '조국'과 지리적으로 가까워질
수록 시인은 오히려 더욱 과거에 대한 회상 속에 잠겨 마음으로는 현실
세계 속의 '조국'이라는 지리적 공간과 멀어지고 있는 괴리감과 소외감이
어린 심적 상태를 극진히 그려낸다. 원발표지의 판본과 같이 비교해보면,
시인이 역시 처음에는 빨치산 유격대를 향해 격앙하여 노래한 「연가」를
창작하여 소련 기행 시편이 당위적으로 '가져야 했'을 정치적 상징성을
확보한 다음에 시집을 간행하면서 개작을 거쳐 자신이 상실했던 과거를
마음 깊 속에서 다시 끌어올려 잔잔하게 노래하고자 한 또 다른 '연가(戀
歌)'를 탄생시켰다.

　이처럼 구체적인 인물과 기억들을 새겨 넣음으로써 개작된 시의 면모
와 시적 감정을 크게 변경한 경우는 소련 군인을 묘사 대상으로 한 「씨비
리 - 차창」에도 해당된다. 초판본에 제16연에서 제19연까지, 즉, "극한을

정복하는 그대들이여!/자연을 순응시키는/그대들이여!/씨비리-資源/ 무진장한 그 보화를/캐어내는 그대들이여!//환연히도 마음속에는/환연 히도/알리어지는구나/오 人類歷史를/바른길로 개조하는/위대한 쏘련의 人民이여!//거룩한 영웅들!/너희들은/빛나는 저 군복벗으면/진정 이곳 에 살고있는/로동자와 농민의/천연한 모습들//내 마음/단번에 넓어져라 /이 광막한 씨비리!/나의도량/단번에 광대해져라/오 갈쑤록/깊이 정드 는 씨비리-눈벌판/이여!"[49]라는 시구들을 개작본에서 삭제함으로써 역 시 소련 병사들을 비롯한 소련 인민들의 공적과 위대한 발전 도정을 통해 시베리아라는 곳이 지닌 정치적 상징성을 돋보이는 시적 분위기를 크게 희석했다. 시인은 개작하는 데에 초판본에는 목전에 관찰된 소련 병사들 을 약소민족인 조선을 해방해준 원조자로서의 집단적인 이미지로 부각 시킨 방법을 지양한 것으로 확인할 수 있다.

또한 아래 표[50]에서 봤듯이, 시의 제8연에서 "세사람 다섯사람의 兵士 들"이라는 시 구절은 시집 개작본에서 "몇 소대, 몇 분대의 병사들"로 바뀌어 시인이 차창에서 보인 멀리 있던 낯선 소련 병사들이 모호하고 익명의 존재로서가 아니라 어느 소속에 있던 병사로서 그 이미지를 구체 화하게 만들었다. 다음 연에 시인은 계속해서 이들이 "원산, 청진, 아오 지, 내 사랑하는 우리 조국"이라는 구체적인 도시 이름을 언급함으로써 소련 병사들의 각각 북조선 어디서 출발했는지 거슬러 올라가 그들의 여정 이야기를 상상을 통해 채워보려고 한다. 고향을 떠나 낯선 이국의 땅을 밟고 다시금 귀국하게 된 '귀향자(歸鄕者)'로서의 처지는 모스크바에 서 출발하여 귀국하는 열차에 타고 있었던 시인과 북조선에서 출발하여 귀국의 여정을 경험하고 있었던 소련병사들이 공유하고 있다는 점이 포

---

49 오장환, 「씨베리야의 車窓」, 『청년생활』, 1949.8, 67쪽.
50 오장환, 위의 책, 23~24쪽; 오장환, 「씨베리야의 車窓」, 『청년생활』, 1949.8, 66쪽.

착된다. 창밖으로 멀리 보인 이러한 소련병사들을 각각 한 개인으로서 그들의 북조선과의 관계와 이야기를 상상함으로써 시인은 내적으로 그들과 일종의 감정적·윤리적 연결 지점을 찾게 되기도 한다.

김태옥은 오장환의 「씨비리-차창」은 1948년 10월 19일부터 철수를 시작한 소련 병사들이 귀국 열차에 하차한 장면을 포착한다는 점에서 이 시는 역사적 의미를 지닌다고[51] 평가한 바 있는데, 여기서 본고가 차별적으로 주목하는 점은 시인이 시선이 닿은 멀리 있었던 소련 병사들의 각각의 구체적인 '과거'를 상상에 의해 재구축한 시도가 어떠한 새로운 관계성을 창출했는지 라는 문제다. 오장환의 기행시는 자신의 소련 여정을 주제로 한 것일 뿐만 아니라, 북조선에 철수한 소련 병사들의 여정도 부분적으로 '경험'하게 된다. 이로써 오장환과 낯선 소련 병사들과의 모종의 심정적 동일시가 형성되는데, 그것이 두 주체가 모두 '여행자'나 '귀향자'로서 서로의 '여정' 노선들이 겹쳐진 지점에서 상대방을 인지하게 된 상황에서 나온다. 이는 흔히 방문하러 온 손님과 대접을 해준 주인, 구조자와 피구조자, 해방자와 피해방자 등 구도 안에서 해석·인식된 소련인과 조선인의 '관계'와 사뭇 다른 '사이'라 볼 수 있다.

<표 10> 「씨비리-차창」 일부

개작본	초판본
아 이 곳에 나리는 몇 소대, 몇 분대의 兵士들 등에는 저마다 가벼운 짐 꾸리고 멀어지는 車窓에 손을 젓는다	아 이곳에 나리는 세사람 다섯사람의 兵士들 등에는 저마다 가벼운 짐 꾸리고 멀어지는 車窓에 손을 젓는다

51 김태옥, 위의 글, 189쪽.

그대들 나리는구나 꽉 채인 차중의 여러날을 원산, 청진, 아오지, 내 사랑하는 우리 조국에서 떠나온 그대들은 정녕 이 곳에서 나리었구나	그대들 손 저음 나를 향함은 아니나 갑짜기도 서운하여라 진정 서운하여라 오 거룩한 쏘련장병아!
	그대들 돌아가누나 정녕 돌아가누나 내 어찌 모르랴 그날! 위대한 조국방위에서 삽시간에 약소민족 해방으로 칼머리들 돌려 우리조선 해방한 그대들!

이에 더해, 다음의 표[52]에서 봤듯이 시의 마지막 두 연에서 시인은 움직이는 열차 속에서 소련 병사들이 멀어져 가는 장면을 그리고 있는데, 초판본에서는 역시 "위대한 인민아", "쏘련 공민아"라고 그 집단성을 호명하면서 "그대들 모습"을 더듬는다. 즉 시에서 시인은 눈보라 속의 소련 병사들의 뒷모습을 군상(群像)으로 그린 후 시선을 거두어 장차 열차가 향할 종착점을 지향하게 되면서 소련 병사들에 대한 더 이상의 시적 상상을 중단시키기에 이른다. 이와 달리, 개작본인 시집에서 시적 화자는 "맴돌 듯 뿌려치는" 눈보라 속에서 각각 흩어지는 소련 병사들의 뒷모습을 지켜보면서 그들이 "저마다 오래인 戰塵"과 작별하는 화면을 떠올린다. 말하자면 멈춰선 열차 안의 시인은 창밖의 휘몰아치는 눈보라의 함성과 차단되어 있으나 "눈싸라기"가 맴도는 그 소리 없는 정묵(靜默)의 화폭은 그의 뇌리 속에 소리 없이 떠오르는 전진(戰塵) 즉 포화의 전쟁터와 중첩되고, 비교되면서 미묘한 시공간의 반복과 뒤섞임을 낳게 된다. 즉 소련

---

52 오장환, 위의 책, 27쪽; 오장환, 「씨베리야의 車窓」, 『청년생활』, 1949.8, 67쪽.

병사들을 목송(目送)하는 시적 화자의 상상력은 역사적 현장에까지 미쳐 소련 병사들이 누볐던 과거의 전장을 함께 체험하게 된다. 이처럼 시의 마지막 2행에서 시인의 여행 견문은 역사와 과거에 대한 회상과 연상으로 연결된다. 따라서 소련 병사들의 모습은 비록 눈앞에서 점차 멀어져 가다가 종국에는 시야에서 사라지고 마나 역사라는 '거대 서사'를 경유하고 고향과 가족의 품으로 돌아가게 되는 이 개개인들의 향방에 대한 시적 질문과 관심, 상상이 뒤따르게 된다. 그리고 그것은 여운으로 남아 시인 혹은 독자의 무의식 속에 자리하게 되는 것이다. 다시 말해, 초판본에서 이 시는 조선의 해방에 기여한 소련 병사들의 위대한 업적을 노래하는 정형화되고 도식화된 정치적 송가였다면, 개작본에서는 소련병사들이 국가가 맡긴 '시대적 사명'을 완성하고 고향으로 돌아가게 됨으로써 개인성을 되찾는 서정적 과정으로 거듭나게 되는 것이다. 결국 소련행을 마치고 귀향길에 오른 여행자로서 시인이 기차역에서 같은 '귀향자(歸鄕者)'인 소련 병사들의 멀어져가는 뒷모습을 목송하면서 지은 이 시는 어쩌면 보조를 함께 하였던 조소 양국이 장차 다시 갈라서는 미래적 진행에 대한 시인 오장환의 은유적 예언인지도 모른다.

개작본	초판본
맴돌듯 뿌려치는 눈싸래기 눈보라 속에	위대한 인민아 쏘련공민아 어떠한 驛이냐 차차로 멀어지는 창밖에 그대들 모습을 더듬나니
어느덧 썰매길은 덮였다가도 다시 지나가는 썰매들이 길을 내는데 兵士들은 헤어진다 저마다 오래인 戰塵 속에서	오- 방금 이 急行車가 잠시 쉬었다 떠나는 곳은…

위에서 살펴봤듯이, 기행시의 개작을 통해 오장환은 거대 서사 혹은 시대적 흐름 속에 개체로서의 자기만의 '작은 역사/기억'을 삽입하고 있다. 이로써 그의 소련 기행시를 통해 우리는 소련이라는 목적지에 이르러 감격에 겨워 헌시(獻詩)를 올리는 시인뿐만 아니라 이역만리에서 혼자만의 시간을 보내야 하는 병약하고도 침묵에 잠긴 외로운 나그네의 모습과 그의 만감에 잠긴 심경을 읽을 수가 있다. 중국 학자 황완화(黃萬華)는 1949년 이후 중국 작가들의 사회주의 국가 기행문을 분석하며 다음과 같은 아이러니를 지적한다. "문학 영역에 대한 강력한 정치적 개입이 이루어질수록 작가들은 의식적으로 혹은 무의식적으로 그 압력을 해소할 수 있는 탈출구를 찾기 마련이다. 이에 자기모순적인 경우가 발생하게 된다. 즉 이들의 작품은 국가 문학을 구축하는 강력한 추진력을 보이는 한편 개인으로서의 작가가 자기 색깔을 복원하는 '피난지'로서도 작용하는 것이다. 따라서 이들의 작품은 전체화된 감정과 시야를 구축하는 한편 개인으로서의 작가의 슬픔(傷懷)도 보존하게 되는 것이다."[53] 마찬가지로 소련의 병실을 떠나 귀국한 후에야 오장환은 비로소 시집과 시구의 재편성을 통해 나그네 혹은 길손으로서의 정체성과 응당 있었어야 할 심경의 퍼즐들을 맞추게 되었던 것인가. 소련 기행시란 워낙 그렇게 '모순'된 것이어야 하며, 시인은 그 모순성을 복원함으로써 진실된 모습을 되찾으려는 것인지도 모른다.

53 黃萬華, 〈第九章: 跨越'1949'的散文與戲劇創作, 第二節 '集體旅行'中投向域外的目光: 從共和國域外出訪寫作看1949年後散文的變化(제9장: '1949' 넘어서기와 산문 및 희곡 창작, 제2절 '집단 여행'의 역외 시각: 공화국 역외 방문 글쓰기를 통해 보는 1949년 이후 산문의 변화)〉, 『跨越1949-戰後中國大陸、臺灣、香港文學轉型研究·下(1949년 넘어서기-전후 중국 대륙, 타이완 및 홍콩 문학의 페러다임의 변화·하편)』, 百花洲文藝出版社, 2019, 555쪽.

4. 나오며

1948~1950년 사이에 창작된 오장환의 소련 기행시는 '환자-여행자-(공화국) 시인'으로서의 시적 주체의 행보 및 유동성과 맞물려 있다. 본고는 치료차 소련을 다녀 온 오장환의 소련 기행 및 기행시 창작이 단지 예외적 역사 사건이나 이데올로기적 선전물이 아니라 주체의 다중성 및 그 체험과 관여되는 문학적 실천이었음을 논의하였다. 시인은 여정의 시작에서 종결에 이르기까지 환자, 여행자, 시인이라는 동시적 신분에서 자유로울 수가 없었는데, 이러한 다중적 신분의 엇갈림과 그 역학관계의 변화에 따라 같은 소재를 둔 두 가지의 기행시 텍스트(군)을 낳게 된다.

오장환은 소련에서 치료를 받는 한편 극히 제한된 방문활동을 하며 그에 기초한 기행시를 창작해 북조선의 잡지에 발표하였다. 이 기행시들은 그 장소나 시간에 있어서 모두 현장성과 시간적 순서를 통해 진행되는 '기행' 텍스트로써의 고유한 특징을 드러낸다. 특히 그중 대부분의 시는 중소친선이라는 시대적 주제를 표현하였으며 소련의 사회 및 경제적 성과들을 송가식으로 노래하고 있다. 한편 이러한 시대와 정치판의 '현장성'에 대한 포획은 입원 치료로 인해 기행에서의 견문과 현장성이 결핍되었다는 '사실'을 은폐 혹은 보완해주었다 할 것이다. 그 이후 오장환이 치료를 마치고 귀국하게 됨으로써 소련 체류 기간 보였던 치료와 여행 간의 갈등이나 그로 인한 기행시 창작의 난경(難境)은 어느 정도 해소된다. 이에 오장환은 이미 잡지에 발표하였던 소련 기행시들을 시집 『붉은 기』로 묶어 출판하는데 새로운 편성 체계의 마련/구성과 개작을 통해 그 내용에서 시적 정서에 이르기까지 큰 변화를 보인다. 즉 시집에서는 새로운 시적 배열을 통해 기행 순서의 시간성을 분해, 교란시킴으로써 견문 일정과 내용상의 결핍을 극복한다. 또한 소련에 대한 송가식 시구들을 삭제하고 대신 '공화국'으로서의 북조선의 주체성을 강조하는 내용을 삽입하는가 하면 개인의 운명에 주목하고 그 개체로서의 기억을 환기하는 시적 장치를 드러내기도 한다. 따라서 시집 『붉은 기』는 잡지에 처음 발표되었던 기행시들이 지닌 도식화되고 정치적 색채가 농후한 단조로움을 극복하고 국가적 주체성과 개체성에 대한 호명이라는 다중적 '노래'를 추가적으로 드러내게 된다.

　기존의 연구는 대부분 1950년 5월에 출판된 시집 『붉은 기』만을 분석 대상으로 하여 시인의 소련기행 및 그 의미를 짚어내고자 하였기 때문에 흔히 시집이 지닌 정치적 색체와 성격을 지적하는 데 그친다. 이에 본고는 잡지에 처음 발표되었던 기행시와 그 이후 시집을 통한 변화와 개작을 꼼꼼히 대조함으로써 오장환의 소련 기행시가 지닌 텍스트성과 그 변화의 과정, 즉 역동성을 살피고자 하였다. 이를 통해 비록 소련 체류기간 가장 많은 시간과 내용을 점하였던 병의 치료 과정이 시에서 거의 드러나 있지 않지만 '치료'야말로 시인의 기행 견문은 물론 시 창작에 이르기까지 모두 '내적인 저항 요소'로 작용했으며, 나아가서 기행시 창작의 '지연(遲延)'적 완성 혹은 텍스트의 중첩을 낳았음을 알 수 있다. 그리하여 오장환의 소련 기행시는 진실하고 완전한 기행과 그에 준한 창작이 불가능했던 창작의 난경에 대한 '기록'에 가깝다 할 것이다.

참고문헌

1. 자료

김동석, 「北朝鮮의 印象: 理性的인 것이 現實的이고, 現實的인 것이 理性的이다」, 『문학』 8, 1948.

김학동 편, 『오장환전집』, 국학자료원, 2003.

민병균 외, 『(소련기행문집) 크나큰 우의』, 조선작가동맹출판사, 1954.

박남수(현수), 우대식 편저, 『적치 6년의 북한문단』, 보고사, 1999.

오장환 외, 「내가 본 소련 노동자들」, 『노동자』, 1949.

오장환, 『붉은 기: 소련기행시집』, 문화전선사, 1950.

_____, 『오장환 전집 1-시』, 솔, 2018.

_____, 박수연·노지영·손택수 편, 『오장환 전집 2-산문』, 솔, 2018.

이기영, 이찬, 『쏘련參觀記(一)』, 노동출판사, 1947.

이태준, 『(이태준 전집6) 쏘련기행 중국기행 외』, 소명출판, 2015

이찬, 『쏘聯記』, 조쏘문화협회 중앙본부, 1947.

조기천 외, 『영광을 스탈린에게: 이.브.쓰딸린탄생 七十주년기념출판』, 북조선문학
　　　　예술총동맹, 1949.

한설야, 『(레뽀르따쥬)쏘련 旅行記』, 교육성, 1948.

艾靑, 『寶石的紅星』, 人民文學出版社, 1953.

郭沫若, 『蘇聯五十天』, 新中國出版社, 1949.

洪淳哲, 『光榮歸於你們』, 人民文學出版社, 1952.

『조선문학』, 『조선여성』, 『조쏘문화』, 『조선신문』, 『민주청년』, 『노동자』

2. 저서 및 논문

김태옥, 「소련기행시집『붉은 기』연구」, 『한민족어문학』 79, 한민족어문학회, 2018.

도종환, 「오장환 시 연구」, 충남대학교 박사학위논문, 2006.

박민규, 「오장환 후기시와 고향의 동력: 옛 고향의 가능성과 새 고향의 불가능성」,
　　　　『한국시학연구』 46, 한국시학회, 2016.

박윤우, 「오장환 시집『붉은 기』에 나타난 혁명적 낭만주의에 관한 고찰」, 『한중인문
　　　　학연구』 40, 한중인문학회, 2013.

박태일, 「새 자료로 본, 재북 시기 오장환」, 『한국시학연구』 52, 한국시학회, 2017.

_____, 「윤세평의 몽골 기행문학」, 『한국지역문학연구』 81, 한국지역문학회, 2019.

임경석, 『이정 박헌영 일대기』, 역사비평사, 2004.

조영복, 「오장환의 '노래' 충동과 신세대 시인들의 우리말 구어체 감각 : 한국시학회
　　　　제41회 학술대회 '오장환과 그의 시대'에 부쳐」, 『한국시학연구』 55, 한국시
　　　　학회, 2018.

홍성희, 「'이념'과 '시'의 이율배반과 월북 시인 오장환」, 『한국학연구』 45, 한국학연
　　　　구소, 2017.

黃萬華, 『跨越1949: 戰後中國大陸, 臺灣, 香港文學轉型硏究』, 百花洲文藝出版社,
　　　　2019.

박인환 시 다시 읽기

: 마음대로 시를 쓰는 것은 (불)가능한가?

최서윤

1. 들어가며

　박인환(朴寅煥, 1926~1956)은 해방기·50년대 문단을 대표하는 시인 중 한 명이다. 그러나 초기 연구사에서는 그의 시의 문학사적 의의에 대한 부정적인 평가가 주로 제출[1]되었다. 특히, 현실 인식과 지성의 결여를 표지하는 '센티멘털리즘'은 박인환 시 세계의 한계로 지적되었다.[2] 센티멘털리즘(sentimentalism)이 텍스트에 넘쳐 흐르는 감정을 ①'부적절한' 감정의 ②과잉으로 규정할 때 쓰이는 용어[3]임은 널리 알려져 있다. 바꿔

1　예를 들면, 김현은 "그의 시가 한국 시사에서 중요한 위치를 점하고 있지 않다는 점에 대해서, 비평가들이나 시인의 의견은 거의 일치"(김현, 「박인환 현상」, 『김현 문학전집 14』, 문학과지성사, 1993, 259쪽)함을 밝혔다. 또한 초기 연구사에 대한 검토는 정영진, 「연구사를 통해 본 문학연구(자)의 정치성-박인환 연구사를 중심으로」, 『상허학보』 37, 상허학회, 2013, 132~137쪽 참고.

2　오세영은 "그의 시에서 우리 문학적 관습에 대한 어떤 진지한 도전도 찾아보기 힘들"고, "피상적이고 분위기적인 서구 모더니즘을 수용하여 도시적 소재와 문명어를 통해 삶의 허무의식을 자기 체념적 감상주의로 노래했을 따름"이라며 부정적으로 평가했다. 오세영, 「후반기 동인의 시사적 위치」, 이동하 편, 『박인환 평전: 木馬와 淑女와 별과 사랑』, 문학세계사, 1986, 202쪽.

말하면, 과잉된 감정이라 하더라도, 그것이 '적절'한 것으로 판단되면, 센티멘털리즘으로 분류되지 않는다.[4]

흥미롭게도, 2000년대 이후 제출된 선행 연구에서는 박인환 시 텍스트의 센티멘털리즘을 긍정적으로 평가하며, 그 감정에 현상된 시대적 특질에 대해 논구하였다. 곽명숙은 박인환의 시 텍스트에 나타난 "우울(melancholy)"[5]로서의 센티멘털리즘이 "일방향적인 죽음에 대한 도착이나 충동으로 매몰되지 않으면서도 현재의 절망을 정직하게 드러낼 수 있는 방법을 모색하는 과정에서 배태된 것"[6]임을 논의했다. 그리고 최희진은 센티멘털리즘을 "박인환 문학이 도달한 하나의 고유한 세계이자 핵심"[7]으로서 적극적으로 인식해야 할 필요성을 제기했다.[8]

---

3 센티멘털리즘(sentimentalism)은 "그 정서적 반응이 어떤 상황에 대해 고의적으로 선택한 일면적인 판단에 기초한 것이거나 사태의 성격에 맞지 않는 부적절한 것"(김혜련, 『아름다운 가짜, 대중문화와 센티멘털리즘』, 책세상, 2021, 28쪽)임을 규정할 때 활용된다.

4 이와 관련하여 다음을 참고할 수 있다. "여성의 수난에 대해 영채가 흘리는 눈물이 극악무도한 현실에 대한 항의와 거부의 뜻을 갖고 있는 데 반해, 초봉의 눈물은 그 현실로부터 그 현실적 문제들로부터 도피하려는 의도의 산물인 것이다. 억압에 맞선 자연적 도덕 감정이 탈색되고, 감정의 과잉과 탐닉으로 특징지어지는 나쁜 감상주의가 전면화된다." 이수형, 『감정을 수행하다』, 강, 2021, 160쪽.

5 곽명숙, 「1950년대 모더니즘의 묵시록적 우울-박인환의 시를 중심으로」, 오문석 편, 『박인환』, 글누림, 2011, 50쪽.

6 위의 글, 59쪽.

7 최희진, 「박인환 문학의 센티멘털리즘과 문학적 자의식-후기 시편을 중심으로」, 『겨레어문학』 59, 겨레어문학회, 2017, 168쪽.

8 이 외에도 박인환의 시 세계에 나타난 감정 혹은 센티멘털리즘을 중심으로 박인환 시세계의 문학사적 위상을 적극적으로 평가한 선행 연구로는 이기성, 「제국의 시선을 횡단하는 박인환의 시 쓰기-박인환의 탈식민주의」, 『현대문학의 연구』 34, 한국문학연구학회, 2008; 김용희, 「전후 센티멘털리즘의 전위와 미적 모더니티-박인환의 경우」, 『우리어문연구』 35, 우리어문학회, 2009; 박슬기, 「박인환 시에서의 우울과 시간의식」, 『한국시학연구』 33, 한국시학회, 2012; 박지은, 「박인환 시의 불안, 죽음 의식과 이를 통한 시쓰기의 문제」, 『한국시학연구』 55, 한국시학회, 2018; 김정현, 「박인환 시의 시적 주체와 연금술적 상징체계의 상관성 연구」, 『어문연구』 48(3), 한국어문교육연구

하지만 최근에도 박인환 시의 센티멘털리즘을 부정적으로 평가한 논의가 제출되었다. 센티멘털한 것으로 분류된 감정들은 "보편성을 심각하게 결여하고 있으며, 진리와는 거리가 멀고, 파편적이고 지극히 사적인 관심사에 벗어나지 못한 미성숙한 감정"[9]으로 폄하되는데, 그것은 주체가 감정의 "인지적 내용"으로써 서사를 구성해낸다[10]는 인식과 관계가 깊다. 다르게 말하면, "주어진 상황의 유의미성"을 통찰해내지 못한다면, "자신이 처한 시공간적 좌표와 해석적 지평에 의해 개별적인 내러티브를 구성"[11]해낼 수 없다고 보는 것이다. 가령, 한 연구에서 "박인환의 센티멘탈 에토스는 1950년대 모더니즘 시인들의 감상성을 대변"하지만, "과거와 현재에 대한 날카로운 인식을 방해함으로써 모더니티를 극복할 수 있는 강력한 도구를 사장시키는 결과를 초래"[12]했다고 논의되었다. 그러나 서사로 통합 불가능한 '감정의 과잉'은 극한 상황을 경험한 주체가 취할 수 있는 "최선의 반응 양태"라는 점에 주목할 필요가 있다.[13] 도미야마 이치로에 의하면, 전장의 체험을 이야기하던 사람이 "갑자기 허공을 응시하며 울부짖"[14]는 순간에 주목할 필요가 있는데, 그 돌연한 울부짖음은 "이야기된 담론으로 구성될 수 없는 의미의 영역"[15]을 드러낸다.

따라서 박인환 시의 문학사적 의의를 새롭게 규명하기 위해서는 센티

회, 2020; 조혜진, 「박인환 시의 타자성 연구」, 『한국문예비평연구』 67, 한국현대문예비평학회, 2020; 장서란, 「박인환 시의 저항성 연구—능동적 허무주의와 새로운 도덕으로서의 멜랑콜리를 중심으로」, 『국제어문』 95, 국제어문학회, 2022 등을 참고.

9 김혜련, 앞의 책, 33쪽.
10 위의 책, 53쪽.
11 55쪽.
12 김창환, 『1950년대 모더니즘 시의 알레고리적 미의식 연구: 조향, 박인환, 김수영을 중심으로』, 소명출판, 2014, 126쪽.
13 김혜련, 앞의 책, 39쪽.
14 도미야마 이치로(임성모 역), 『전장의 기억』, 이산, 2002, 102쪽.
15 위의 책, 102쪽.

멘탈리즘에 대한 해석학적 판단 중지를 수행하고, 과잉된 감정이 분출된 내적 논리를 면밀하게 검토할 필요가 있다. '전후(戰後)'라는 맥락에 주의를 기울이며, 해방 후 반공주의가 강화된 남한과 그의 시가 불화하는 지점을 분석한 다음 선행 연구들은 눈길을 끈다. 특기할 것은 이 선행 연구들이 박인환의 텍스트에 표상된 '무규정성'에 대한 심층적 독해를 수행했다는 점이다. 박연희는 해방기에 생산된 박인환의 텍스트에 나타난 "무정형의 개인"으로서의 '시민 표상'에 주목하며, 박인환이 "국민국가 이데올로기가 제도화된 역사적 과정에서 불가피하게 은폐된 것의 징후를 표현한 예외적인 작가"[16]임을 밝혔다. 강계숙은 박인환 텍스트의 센티멘털리즘을 "외부 세계와 맺는 관계의 심정적 반영"으로 간주하고, 시적 주체의 '불안'이라는 정동을 매개로, "당대의 집단 심성(mentalité)"과의 상관관계를 규명하여 그러한 "감정의 과잉"을 "문화적·시대적 징후"[17]로 해석해야 함을 주장했다. 그의 시 세계에서 불안은 "자유의 이행에 내재된 무(無)의 심연"[18]을 표지하는 정동이다. 오문석은 박인환의 텍스트에 나타난 "우리", 즉 관계에 대한 사유에 주목하고, "동심원만을 강요하는 전체주의 사회, 그리고 내접선을 두고 대적하는 전쟁상태를 넘어서고자 했던 박인환의 모색"[19]이 그의 시 세계에서 비동일성을 내장한 수학적 개념인 '외접선'으로 재현됨을 논의했다. 다만, 오문석의 논의에서 박인

---

16 박연희, 「전후, 실존, 시민 표상-청년 모더니스트 박인환을 중심으로」, 『한국문학연구』 34, 동국대학교 한국문학연구소, 2008, 181~182쪽 참고.

17 강계숙, 「'불안'의 정동, 진리, 시대성: 박인환 시의 새로운 이해」, 『현대문학의 연구』 51, 한국문학연구학회, 2013, 435쪽.

18 "아메리카 기행 후 발표된 박인환의 시들은 전후 한국사회에서 새롭게 자기 정체화의 시도가 요구되는 상황에서 자유의 이행에 내재된 무(無)의 심연이 얼마나 깊고 어두운 것인가를 불안의 전경화를 통해 드러낸다는 점에서 중요한 의의를 갖는다" 위의 글, 457쪽.

19 오문석, 「동심원을 넘어서」, 『국제어문』 86, 국제어문학회, 2020, 494~495쪽.

환의 텍스트에 나타난 '비동일성'과 시인의 자유에 대한 인식 사이의 상
관관계가 구체적으로 분석되지 않은 점은 아쉽다.

이러한 선행 연구의 문제의식에 동의하며, 이 글에서는 박인환의 시
텍스트의 문제적 지점인 센티멘털리즘이 시인의 자유에 대한 지향이 반
공주의에 비동일적인 것임을 표지함을 텍스트 분석으로써 규명하고자
한다. 전후(戰後) 미국 중심의 자유민주주의 진영으로 재편된 남한 사회
에서 반공주의의 강화는 정치적 자유주의로의 자유의 일원화, 즉 억압을
의미했다. 그러한 맥락에서, 센티멘털리즘은 자유를 독창적인 개인의 마
음에 기초한 것으로 본 박인환 특유의 사유에서 파생된 것으로서, 개인을
억압하는 사회를 감성적 차원에서 거부하고 체제의 바깥에 대한 상상을
추동하는 것이다. 그러므로 이 글에서는 박인환의 시 텍스트를 반공주의
에 대한 미학적 비판의 한 사례로서 다시 읽을 것이다. 이러한 이 글의
논의가 박인환의 시 텍스트를 보다 유연하고 풍성하게 읽는 일에 기여하
기를 희망한다.

2. 해방기 전향과 자유의 불/가능성

세상을 떠나기 3일 전인 1956년 3월 17일, 박인환은 '이상 추모의 밤'에
참석하여 시 「죽은 아폴론: 이상 그가 떠난 날에」를 발표했다. 이 텍스트
는 "이상의 고뇌에 대한 진정한 인식의 흔적이 거의 나타나지 않는"[20]
작품으로 평가된 바 있다. 그러나 후술되듯이 현대 시의 요체(要諦)에 대
한 시인의 인식이 드러나 있어 주목에 값한다.

---

20 이동하, 「박인환 평전」, 앞의 책, 85쪽.

　　정신의 수렴을 위해 죽은/랭보와도 같이/당신은 나에게/환상과 흥분과/열병과 착각을 알려 주고/그 빈사의 구렁텅이에서/**우리 문학에/따뜻한 손을 빌려 준/정신의 황제**//무한한 수면/반역과 영광/임종의 눈물을 흘리며 결코/**당신은 하나의 증명을 갖고 있었다**/'이상'이라고
－「죽은 아폴론: 이상 그가 떠난 날에」[21] 부분

　　위의 시에서 이상(李箱, 1910~1937)은 "빈사의 구렁텅이"에 처해 있던 "우리 문학"에 손을 내밀어 구원해준 "정신의 황제"로 드러나는데, 그 근거로 "'이상'이라는 "하나의 증명'"이 거론되었다. 왜 그러한가? 박인환은 「시단 시평」(1948)에서 "현대시가 지금까지 봉착하지 못한 시대에서 누구를 막론하고 피 흘리며 싸우고 있는 것이다. 여기서 뛰어나온 시, **가장 주관이 명백하고 유행에서 초탈한 시**, 공통된 감정을 솔직하게 전하여 주는 시, 이러한 시만이 거부할 수 없는 조선의 현대시"[22]라고 주장했다. 그렇다면, "하나의 증명"을 내장했던 이상의 문학은 "가장 주관이 명백하고 유행에서 초탈한 시"에 해당된다.[23] 따라서 이상의 시(詩)는 어떠한 문학적 관습으로도 회수되지 않는 '현대시'이다.

　　박인환에게 '현대적인 것'은 공동체의 관습에 동화되지 않은 '개별적인

21　박인환, 「죽은 아폴론: 이상李箱 그가 떠난 날에」, 엄동섭·염철 편, 『박인환 문학전집 1』, 소명출판, 2015, 225쪽. 앞으로 이 글에서 인용하는 박인환의 시는 모두 『박인환 문학전집 1』(엄동섭·염철 편, 소명출판, 2015)에서 가져온 것이며, 서지사항을 표기하지 않을 것임을 밝혀 둔다. 또한 별다른 표기가 없는 한, 이 글에서 밑줄과 굵은 글씨는 모두 인용자의 것이다.

22　박인환, 「시단 시평」, 엄동섭·염철·김낙현 편, 『박인환 문학전집 2』, 소명출판, 2020, 18쪽. 앞으로 제목과 쪽수 이외의 별다른 서지사항 표기가 없는 한 이 글에서 인용하는 박인환의 산문은 모두 『박인환 문학전집 2』(엄동섭·염철·김낙현 편, 소명출판, 2020)에서 가져온 것임을 밝혀둔다.

23　참고로, 박인환은 산문 「현대 시의 변모」에서 이상과 김기림을 다음과 같이 비교했다: "이상 씨에는 한국적인 오리지널리티는 있었으나 기림 씨는 외국 문학의 소개와 그들의 시의 스타일을 이식한 데 지나지 않습니다."(「현대 시의 변모」, 94쪽).

것'을 뜻한다. 아래의 인용문에서는 그 '개별적인 것'이 시인의 자유에 대한 인식과 유관함이 드러난다.

> 그러나 정신적인 체험은 비밀이 하나의 재산인 것과 같이 우리가 발전하여 가는데 좋은 요소이며, **복잡한 세계에 있어서 우리의 마음은 다감하나 순수하며 허식이나 위선은 가치가 없는 것입니다.** 여하간 우리가 성장하여 온 풍토와 환경은 그것이 전쟁적인 것이나 전후적인 것이라 할지라도 망각할 수도 배반할 수도 없는 중대한 현상이며, 이런 속에서 형성되어 가고 있는 **우리의 연대는 무의식중에 혼돈과 불안과 대결**하고 있고, **나아가서는 반개성적인 자아와 저항**하고 있다고 생각합니다./이 참으로 우열한 사회에 있어서 우리들은 **외부의 사념이나 조건 그리고 규격적인 지배를 벗어나 마음의 질서가 지니는 자율적인 사고와 행위에 의해서 호흡**할 것을 나는 원하는 바입니다.[24]

위의 인용문에서는 시대적 과제인 "혼돈과 불안"에 대항할 수 있는 주체의 형상이 제시되었다. 그것은 "반개성적인 자아"와 "마음의 질서"라는 이분법적 대립 구도에서 간취된다. "반개성적인 자아"는 "외부의 사념이나 조건 그리고 규격적인 지배"에 종속된 존재이지만, "마음의 질서"를 따르는 자아는 "자율적"으로 "사고"하고, "행위"하는 존재이다. 그리고 "허식이나 위선"을 부정하는 마음은 "다감"하고 "순수"한 것이다. 요컨대 "마음의 질서"는 자유의 토대이다.

정리하면, 박인환은 위의 인용문에서 주체가 자유를 확보하기 위해서는 기존 관습을 부정함으로써 자기 마음에 토대를 둔 개별적인 존재로의 자기 정립이 선행되어야 함[25]을 주장했다. 이러한 자유에 대한 인식은

---

24 「여성에게」, 371~372쪽.
25 그러한 문제의식은 다음 산문에서도 발견된다. "전후에 있어서 젊은 세대는 **자기를 발견할 만한** 아무 체험도, 조건도 구비되지 못했다. 그저 어떤 야욕과 주제넘은 욕망 때문에

당대에 활발하게 유통되었던 프랑스 발(發) 실존주의 담론과 유관하다. 그 담론에서 자유는 개인의 주관성에 초점을 맞춘 "부정의 자유"[26]였다. 그렇기에 박인환 시에 나타난 불안과 허무의 정서가 그러한 실존주의 담론과 유관하다고 논의한 연구사적 경향은 재고될 필요가 있다. 실존주의 담론은 "절망으로부터 비판을, 불안으로부터 창조를 출현시키는 반전의 회전판으로 기능"[27]했다. 박인환에게 "반전의 회전판"은 '마음의 질서'에 의거하여 행동하는 자유로운 개인이었던 것[28]이다. 그것은 앞서 살펴본 "하나의 증명"과 관계가 깊다. 따라서 아래의 인용문에서 눈여겨볼 것은 박인환이 (문학적) 감수성을 매개로 해방 후 밀려든 '자유'를 정치적 이념이 아니라 '마음'으로 접수했다는 점이다.

태평양전쟁의 종말은 식민지 한국의 자유 독립을 가져왔다. 비록 국토는 양단되었으나 36년만에 한국인은 자유와 데모크라시를 찾았고 **인간의 본능과 욕구의 소산**인 훌륭한 외국영화 작품들이 5년만에 한국에서 다시 상영되게 되었다. 내 자신의 이야기를 여기에 적는다면 **일본의 군국주의 사상의 선전물에 불과했던 많은 우열한 영화에서 해방**되어 비로소 **마음이 확 풀리는 영화를 다시 보게 되었고** 작품 그 자체의 감격보다도 오랫동안 **어두운 실내에 있었던 인간이 신선한 대기를 호흡**하는 것과 같은 그러한 감개를 맛볼 수 있었던 것이다.[29]

자기는, 진실한 인간성은 점차 상실되어 가고 이는 하나의 불길한 공통된 세대로서 불리게 되는 것이다."「자기 상실의 세대: 영화 〈젊은이의 양지〉에 관하여」, 157쪽.

26 권보드래, 「실존, 자유부인, 프래그머티즘」, 『한국문학연구』 35, 동국대학교 한국문학 연구소, 2008, 116~117쪽.

27 정명교, 「사르트르 실존주의와 앙가주망론의 한국적 반향」, 『비교한국학』 23(3), 국제 비교한국학회, 2015, 206쪽.

28 "오늘에 와서 뉴 컨트리 파의 작업은 일종의 '공동 의식의 집단'으로 우리에게 커다란 시사만을 줄 뿐만 아니라 **인생의 처지가 사회와 정치 앞에 지극히 위기롭게 된 이 불안의 세계에 있어서 시와 이에 부수되는 일체의 문명 기구를 절실한 자유 인간의 조건으로** 하였다."「현대 시의 불행한 단면」, 49쪽.

위의 인용문에서 박인환은 식민 지배가 종식된 후 "마음이 확 풀리는 영화"를 보며 자유를 향유했음을 밝혔다. 이러한 그의 태도는 태평양 전쟁 시기에 검열로 인하여 일본의 군국주의에 부합하는 선전 영화만이 상영되었던 것과 유관하다. 그는 검열로 인한 억압에서 벗어나 '자유롭게' 영화를 감상할 수 있게 된 상황을, 빛이 차단된 "실내"에 갇혀 있을 수밖에 없었던 사람이 풀려나, 외부 세계의 "신선한 대기를 호흡"하는 것 비유했다. 따라서 앞서 살펴본 "마음의 질서"는 '검열'과 같이 개인을 억압하는 질서를 부정하는 것이다. 박인환은 "남자나 여자나 자기가 하고 싶은 것을 하는 것이 자유가 아니라 자기가 하고 싶지 않은 것을 하지 않는 것이 자유라고 봅니다"[30]라고 주장했다.

이러한 시인 특유의 자유에 대한 태도는 단정 수립 이후 남한 사회에서 강화된 반공주의와 불화한다. 박인환은 1949년 9월 30일 임호권·박영준·이봉구와 함께 문학가동맹에서 탈퇴했음을 선언하는 성명서를 제출했다. 그리고 2개월 후, 11월 30일에 단독으로 "해방 후 본인이 가맹한 문학가동맹을 비롯한 좌익 계열에서 탈퇴한 지는 이미 오래이다. 일반의 의혹이 있음으로 재차 탈퇴함을 성명하여 대한민국에 충성을 다할 것을 굳게 맹서함."[31]이라는 성명서를 한 번 더 제출했다. 이러한 "중복탈당"은 드문 일[32]이었으며, 그 경위에 대한 논의는 아직 완료되지 않았다. 최근 연구에

---

29 박인환, 「문화 10년의 성찰: 예술적인 특징과 발전의 양상—특히 외국영화를 중심으로」, 『박인환 영화평론 전집』(맹문재 편), 푸른사상, 2021, 186쪽; 이 산문에 대한 선행연구로는 방민호, 「박인환과 아메리카 영화」, 『한국현대문학연구』 68, 한국현대문학회, 2022, 111~112쪽 참고.

30 「좌담: 남성이 본 현대 여성」, 520쪽.

31 박인환, 「성명서」, 『자유신문』, 1949.12.4.를 엄동섭·염철·김낙현 편, 『박인환 문학전집 2』, 소명출판, 2020, 965쪽에서 재인용.

32 "중복탈당은 보통 서로 다른 신문에 거의 유사한 형식과 내용으로 성명서를 발표한 경우가 많은데, 박인환은 집단과 단독이라는 차이 때문에 같은 신문에 성명서를 발표한 예외적인 사례라 할 수 있다." 조은정, 「해방 이후(1945~1950) '전향'과 '냉전 국민'의 형성—

서 그러한 박인환의 두 번의 전향이 "외압에 의한 것이 아니라 지극히
내발적인 것"[33]이었음이 논의되었다. 그러나 유의할 것은 해방 후 대한민
국에서 '전향'은, '중'을 '좌'로 이동"시킴으로써, "'좌익'을 생산하는 기
제"[34]로 작동했다는 점이다. 다르게 말하면, 중간파에게 전향은 '극좌' 혹
은 '극우' 중 하나만을 선택해야 하는 상황에 내몰린 것을 의미했다.[35]

박인환이 제출한 두 번의 '전향성명서'도 이러한 맥락에서 검토될 필요
가 있다.[36] 박인환의 전향성명서는 전형적인 형식에서 벗어나지 않는데,
이는 그의 전향이 강압에 의한 것임을 방증한다.[37] 해방기 박인환의 정치
적 성향이 '중간파'였음은 알려져 있다.[38] 박인환이 시와 평론을 발표했던
『신천지』는 중도적 성향의 잡지였다.[39] 특히, 그가 1945년 12월부터 1948
년 봄까지 종로에서 경영했던 마리서사[40]는 "민족주의에 의해 과잉 규정
되었던 해방 공간의 역사적 실체를 재조명"[41]하는 데 중요한 공간이다.
흥미로운 것은, 그 당시를 '자유로운 시기'로 진술한 김수영[42]과 달리,

전향성명서와 문화인의 전향을 중심으로」, 성균관대 박사학위논문, 2018, 189쪽.

33 방민호, 앞의 글, 89~90쪽 참고.

34 조은정, 앞의 글, 184쪽.

35 같은 글, 148쪽.

36 관련 선행 연구는 정우택, 「해방기 박인환 시의 정치적 아우라와 전향의 반향」, 『반교어
문연구』 32, 반교어문학회, 2012, 315~317쪽; 오문석, 「동심원을 넘어서」, 474쪽.

37 "전향성명서가 전형적인 서술구조를 가졌다는 사실은 전향의 형식성 내지 강제성으로
인한 주체의 수세적 대응을 보여준다고 할 수 있다." 조은정, 앞의 글, 195쪽.

38 박연희, 앞의 글, 176~178쪽; 엄동섭, 앞의 글, 145쪽; 방민호, 「박인환 산문에 나타난
미국」, 『박인환』, 236쪽.

39 지신영, 「해방기 잡지 『신천지』 매체 특성과 시 문학」, 『국제한인문학연구』 32, 국제한
인문학회, 2022, 150쪽.

40 중간파로서의 박인환의 정치적 성향과 마리서사 사이의 상관관계에 대해서는 정우택,
앞의 글, 292~294쪽 참고.

41 박연희, 앞의 글, 165쪽.

42 김수영, 「마리서사」, 이영준 편, 『김수영전집 2』, 민음사, 2018, 178쪽.

박인환은 '아름다운 시기'로 회고했다는 점이다. 박인환은 한국전쟁 중 쓴 편지에서 그 시기에 대해 "1946년에서 1948년 봄에 이르기까지 우리의 아름다운 지구는 역시 서울이었습니다. 그리고 서울은 모든 인간에게 불멸의 눈물과 애증을 알려 주는 곳입니다⁴³라고 언급했다. 1948년 남한 사회는 "좌파 문인들의 작품이 군정청에서 나온 국정 교과서에 실려 있을 정도"⁴⁴로 사상적으로 덜 경직되었다. 그렇다면, 그 시기 서울에서는 앞에서 언급한 "마음의 질서"에 의거하여 자율적으로 정치적 이념을 '선택'할 수 있었을 터이다. 따라서 전향은 자신이 "냉혹한 자본의 권한에 시달려/또다시 자유정신의 행방을 찾아" "한없이 이동"할 수밖에 없는 "운명의 순교자"(「정신의 행방을 찾아」)임을 예민하게 감지했던 사건이었다.⁴⁵

이러한 전향과 관련하여 「1950년의 만가」⁴⁶에 주목할 수 있다. 「1950년의 만가」가 박인환 시 세계의 주요 텍스트 중 하나로 손꼽힘은 잘 알려져 있다. 이 시의 발표 시기가 한국전쟁 직전이라는 점에 주목하여, 여러 논자들은 이 시에서 한국전쟁에 대한 불안한 예감을 짚어낸 바 있다. 하지만 오문석은 "국가가 강요한 충성서약서에 서명하고 그가 남긴 작품이 「1950년의 만가」"이며, "나는 죽어간다"라는 구절에는 "국가기구에 의한 동일성의 폭력 앞에서 그는 시인으로서의 자기 상실을 경험"⁴⁷한 것이 반영되었다고 논의했다. 이러한 선행 연구의 논의에 동의하며,

---

43 「이봉구 형」, 480쪽.
44 유종호, 이남호 대담, 「1950년대와 현대문학의 형성」, 강진호 편, 『증언으로서의 문학사』, 깊은샘, 2003, 103쪽.
45 「정신의 행방을 찾아서」에서 드러나는 현실 비판적 태도를 논의한 선행 연구로는 조은주, 「박인환 시와 일제강점기」, 『우리어문연구』 48, 우리어문학회, 2014, 462쪽; 박연희, 앞의 글, 180쪽; 장서란, 「박인환 시의 저항성 연구─능동적 허무주의와 새로운 도덕으로서의 멜랑콜리를 중심으로」, 『국제어문』 95, 국제어문학회, 2022, 360쪽 참고.
46 관련 선행 연구는 정애진, 「박인환 시 연구─'희망'과 '불안'의 두 세계를 중심으로」, 『문화와 융합』 43(11), 한국문화융합학회, 2021, 467쪽 참고.
47 오문석, 「동심원을 넘어서」, 475쪽.

아래의 시에서 화자가 자신을 "모멸의 개념"으로 지시했음을 눈여겨볼 것이다.

> 불안한 언덕 위로/나는 바람에 날려 간다/헤아릴 수 없는 참혹한 기억 속으로/나는 죽어 간다/아 행복에서 차단된/지폐처럼 더럽힌 여름의 호반/ 석양처럼 타올랐던 나의 욕망과/예절 있는 숙녀들은 어데로 갔나/불안한 언덕에서/나는 음영처럼 쓰러져 간다/무거운 고뇌에서 단순으로/나는 죽어 간다/지금의 망각의 시간/서로 위기의 인식과 우애를 나누었던/아름다운 연대를 회상하면서/나는 하나의 모멸의 개념처럼 죽어간다
>
> ―「1950년의 만가」

이 글에서 눈여겨보는 "모멸의 개념"은 수치와 관련이 있다. 자크 알렝 밀레르에 의하면, 주체는 자신의 "절대적으로 독자적인 것(유일무이한 것)"[48]이 훼손되었음을 (무)의식적으로 인지할 때 수치를 느낀다. 그러한 '훼손'에 대한 감각은 "지폐처럼 더럽힌 여름의 호반"에서 암시받을 수 있다. 이러한 감각은 위의 시에서 "죽어 간다"가 반복적으로 진술되는 것과 관계가 깊다.

"죽어 간다"가 화자의 '이동'을 의미함은 이미 박인환 연구사에서 여러 차례 논의된 바 있다. 그가 "불안한 언덕 위"에서 "바람에 날려가는 것"은 "헤아릴 수 없는 참혹한 기억" 속으로 '죽어가는' 행위와 동일한 것으로 제시되었다. 그렇다면 여기에서 한 가지 의문을 제기할 수 있다. 어째서 과거로의 회귀가 죽어가는 행위와 동일시되었는가? 다수의 논자들이 지적한 것과 같이, 박인환의 시 세계에서 '죽음'은 현실에 대한 극단적인 부정을 의미한다.[49] 하지만 위의 시에서 '죽음'은 심층적으로 화자가 서

---

48 자크-알렝 밀레르, 「섭리적 민주주의 사회에서 '수치'의 기능」, 정과리 옮김, 『문학과사회』 17(1), 문학과지성사, 2004, 436쪽.

있는 "불안한 언덕"과 회상의 대상인 "아름다운 연대" 사이에는 '간극'이 있음을 표지한다. 바꿔 말하면, 훼손된 현실의 공간을 의미하는 "불안한 언덕"에서 "행복에서 차단된" 채로 '죽어' 가지 않는다면, 화자는 "아름다운 연대"에 도달할 수 없다. 요컨대 "아름다운 연대"는 "불안한 언덕"에 비동일적인 것이다.

문제는 시의 문맥에서 "아름다운 연대"가 뜻하는 바가 명확히 드러나지는 않는다는 점이다. 물론 "예절 있는 숙녀"들이 있었으며, 화자가 "위기의 인식"과 "우애"를 나눈 시기로는 드러나지만, 어째서 그 시기가 '아름다운' 시기로 규정되는지 파악하기 어렵다. 하지만 화자의 욕망이 "석양처럼 타올랐던" 시기였다는 점이 눈에 띈다. 앞서 살펴본 "모멸의 개념"이 표지하는 '자기 훼손'에 주목한다면, "아름다운 연대"는 화자가 "유일무이한 존재"로서의 자기 정립이 가능했던 시기임을 알 수 있다. 따라서 '죽음'은 그러한 자유의 실현 불/가능성을 나타낸다.

그러한 불/가능성에 대한 인식[50]은 한국전쟁기에 발표된 텍스트에서 더욱 심화된 형태로 나타난다. 한국전쟁은 "1945년 8월 이후 전개되었던 정치갈등의 대단원인 동시에 1953년 이후 한국의 국가, 즉 한국 정치사회의 출발점"[51]이었다. 무엇보다, '적과 동지'라는 극단적 이분법에 바탕을 둔 반공주의가 강화[52]되었다. 박인환 역시 전쟁의 목격자[53]로서 그는 전

---

49 시적 주체가 '죽음'으로써 현실에 대한 '부정'을 드러냄을 논구한 선행 연구는 김정현, 「박인환 시의 시적 주체와 연금술적 상징체계의 상관성 연구」, 『어문연구』 48(3), 한국어문교육연구회, 2020, 212쪽; 장서란, 앞의 글, 371쪽.

50 이러한 전향의 관점에서 해방기와 한국전쟁이 연속선상에 고찰될 수 있음을 밝힌 선행 연구로는 박현수, 「전후 비극적 전망의 시적 성취」, 앞의 책, 106쪽; 정우택, 앞의 글, 318~319쪽 참고.

51 김동춘, 『전쟁과 사회』, 돌베개, 2000, 102쪽.

52 한국전쟁을 기점으로 '빨갱이'로 압축되는, "좌익, 전향, 부역, 월북(남) 등의 냉전 금기들이 종합적으로 재구성된 민족 반역프레임이 주조, 구축되면서 국가 폭력을 능가하는, 어느 면에서는 그보다 더 집요한 규율장치로 군림"(이봉범, 「냉전 금제와 프로파간다」,

전(戰前)에 간파한 자유의 '불/가능성'이 '불가능성'으로 악화되는 상황을 경험했다.

> 내가 옛날 위대한 반항을 기도하였을 때/서적은 백주의 장미와 같은/창연하고도 아름다운 풍경을/마음속에 그려주었다/소련에서 돌아온 앙드레 지드씨/그는 진리와 존엄에 빛나는 얼굴로/자유는 인간의 풍경 속에서/가장 중요한 요소이며/우리의 영원한 '풍경'을 위해/자유를 옹호하고자 말하고/한국에서의 전쟁이 치열의 고조에/달하였을 적에/모멸과 연옥의 풍경을/응시하며 떠났다//(…)//나는 눈을 감는다/평화롭던 나의 서재에 군집했던/서적의 이름을 외운다/한 권 한 권이/인간처럼 개성이 있었고/죽어간 병사처럼 나에게 눈물과/불멸의 정신을 알려준 무수한 서적의 이름을……//(…)//이러한 시간과 역사는/**또다시 자유 인간이 참으로 보장될 때/반복될 것이다**//비참한 인류의/새로운 미주리호에의 과정이여/나의 서적과 풍경은/내 생명을 건 싸움 속에 있다
>
> -「서적과 풍경」 부분

그간 위의 시의 열쇳말을 "서적"으로 인식하고, 이를 중심으로 해석한 논의들이 제출되었다. 박인환이 앞서 살펴본 서점 '마리서사'를 경영할 정도로 책에 대한 남다른 열정을 갖고 있었음은 잘 알려진 사실이다. 그러한 시인의 전기적 사실에 초점을 맞추어, 이 시에 그러한 시인의 열정이 반영된 것으로 논의되었다.[54] 뿐만 아니라, '전쟁'이라는 극한의 상황에서 드러난 시인의 현실 도피적 경향을 나타내는 것으로도 풀이되었다. 가령, 한 선행 연구는 「서적과 풍경」에서 나타난 "시인의 도서관 환상은 바로 현실을 거부하고 현실의 질문에 대해 침묵하는 세계"[55]이며,

『대동문화연구』107, 성균관대학교 대동문화연구원, 2019, 131쪽)하게 되었다.

53 이와 관련하여 박현수, 앞의 글, 101쪽 참고.
54 이동하, 「서적과 풍경」, 앞의 책, 237쪽.

"시인은 그래서 전쟁에 대항하고 전쟁의 비참에 저항하는 것이 아니라 책 속의 세계를 위협하는 현실의 세계, 관념과 마음의 세계를 위협하는 구체성의 세계에 대립"[56]한다고 주장했다.

그러나 '서적의 죽음'은 그가 해방기에 제출한 새로운 이상인 "풍토와 개성과 사고의 자유"가 사멸했음을 나타낸다.[57] "한 권 한 권이/인간처럼 개성이 있었고/죽어간 병사처럼 나에게 눈물과/불멸의 정신을 알려준 무수한 서적의 이름"이 진술된 까닭은 여기에 있다. 이와 관련하여 "앙드레 지드"에 주목할 필요가 있다. 앙드레 지드는 박인환의 텍스트에서 거의 언급되지 않았다. 평론에서 T. S. 엘리엇, W. H. 오든, S. 스펜서 등이 주로 거론되었음은 유명하다. 범박함을 무릅쓰고 질문하면, 어째서 "소련에서 돌아온 앙드레 지드"가 소환된 것인가?

위의 시에서 언급된 '앙드레 지드의 재전향' 사건은 전쟁으로 인해 남한 사회에 정치적, 사상적 자유가 보장되지 않음을 우회적으로 드러낸다. 앙드레 지드는 1932년에 소련 정부에 대한 지지를 공개 선언하며 공산주의자가 되었지만, 1936년 소련 정부의 초청을 받아 소련을 방문한 후 돌아와, 공식적으로 자신이 공산주의로부터 재전향했음을 밝혔다.[58] 그는 방문 당시 소련이 자유가 보장되지 않는, "공포로 통치되는 사회"[59]이며, 그곳에서 "획일성, 비인격화한 순응주의를 발견"하고 충격을 받았

---

55 조영복, 「근대 문학의 '도서관 환상'과 '책'의 숭배-박인환의 「서적과 풍경」을 중심으로」, 『한국시학연구』 23, 한국시학회, 2008, 363쪽.

56 위의 글, 370쪽.

57 이에 대해서는 김정현, 앞의 글, 227쪽에서 논의된 바 있다. 그러나 연금술적 상징을 매개로, 「서적과 풍경」을 "서적-인간인 박인환의 內面的 상상력의 총체"(위의 글, 227쪽)로 분석한 김정현의 논의는 "앙드레 지드"와 "전향"에 초점을 맞춰 논의한 이 글과는 그 논점을 달리한다.

58 황동하, 「앙드레 지드(André Gide)의 『소련 방문기(Retour de l'URSS)』에 나타난 소련 인상」, 『사림』 49, 수선사학회, 2014, 107쪽.

59 위의 글, 129쪽.

다.[60] 그러한 앙드레 지드의 '재전향' 사건은 스티븐 스펜더·아서 쾨슬러·앙드레 지드 등 "한때 공산주의자였거나 공산주의에 동조했던 저명한 서구지식인들의 공산주의체험 에세이집"[61]인 『실패한 신(The God That Failed)』(1949)에도 수록되었다. 이 책은 "제 2차 세계대전 후 세계체제 재편 과정에서 공산주의에 대항한 이데올로기의 개발을 통해 공산주의의 확산을 저지해야 했던 서구 자유주의 진영이 이 현안을 해결하기 위해 기획한 전략적 구상의 산물"[62]이었고, 한국에서는 1952년에 처음 번역, 출간[63]되었다. 하지만 그러한 출간 전략과 달리, 책의 저자들은 '공산주의에 대한 무조건적 혐오와 자유주의에 대한 절대적 지지'를 선언하지 않았다. 그들의 재전향에서 주목할 것은 "이중부정의 태도"로서 그들은 "서구 민주주의와 공산주의(체제)의 경계지대에 존재"[64]했다. 경계인으로서의 '이중부정의 태도'는 앞서 살펴본 중간파로서의 박인환의 입장과 상당히 유사하다.

그러므로 위의 시에서 "앙드레 지드"를 매개로 우회적으로 드러낸 '풍토와 개성과 사유의 자유의 불가능성'은 한국전쟁 이후 강화된 반공주의에 대한 상당히 의미심장한 비판이 아닐 수 없다. 그렇다면, 50년대에 생산된 박인환의 시 텍스트는 "거대한 전쟁 체험을 직접 감당할 수 없었던 한국어 내지는 한국시가 스스로 취할 수밖에 없었던 위기의식의 자폐현상"[65]을 대표하는 것인가? 이 글의 다음 장은 그러한 질문에서 출발한다.

---

60 같은 글, 123~124쪽.

61 이봉범, 「냉전 텍스트 『실패한 신(The God That Failed)』의 한국 번역과 수용의 냉전 정치성」, 『대동문화연구』 117, 성균관대학교 대동문화연구원, 2022, 417쪽.

62 위의 글, 417쪽.

63 이 책은 한국에서 5번 번역, 출간되었는데, 그와 관련된 자세한 논의는 같은 글, 422쪽 참고.

64 420쪽.

65 김재홍, 「모더니즘의 空果」, 『박인환 평전』, 191쪽.

3. 센티멘털리즘과 애도의 불가능성

전쟁이 종료되면, 국가에서는 전사자(戰死者)들을 국가의 영웅으로, 그리고 그들의 죽음은 숭고한 희생으로 규정하며, "전사자 숭배"[66]를 수행한다. 이러한 전사자 숭배의 목적은 "전쟁을 정당화하고 후세들의 전쟁 참여를 유도하는 '전쟁 경험의 신화화'"[67]이다. 한국도 예외는 아니었다. 한국전쟁 이후, 정부에서는 "아군 전사자를 위한 현창·송덕·영웅화에만 자원과 시간을 집중"시키며, '전사자 숭배'에 총력을 기울였다.[68] 중요한 것은 국가가 주도하는 '전사자 숭배'가 과잉으로 이루어질 때 "전사자에 대한 애도는 부적절한 반응으로 간주"[69]된다는 점이다. 전사자를 향한 슬픔은 "정치적으로 옳지 않은 감정"[70]으로 재단된다. 바꿔 말하면, '전사자 숭배'는 학살당한 군인들에 대한 애도를 억압함으로써 실행된다. 아래의 인용된 시에서 화자가 자신을 "이단의 존재"에 비유한 까닭은 여기에 있다.[71]

---

66 강인철, 『전쟁과 희생-한국의 전사자 숭배』, 역사비평사, 2019, 44쪽.

67 위의 글, 580쪽.

68 같은 글, 587쪽.

69 587쪽.

70 "(…) 전사자들을 향한 슬픔, 절망, 아픔, 원망, 안타까움, 그리움 따위는 상황과 전혀 어울리지 않는 감정, 혹은 정치적으로 옳지 않은 감정이 되어 버린다. 제2차 대전 패전 직전의 일본이나 한국전쟁 직후의 **한국처럼 전사자에 대한 과잉 영웅화와 신격화가 두드러진 사회에서는 애도 감정의 표출 자체를 억압하려는 경향이 실제로 나타났다.**" 587~588쪽.

71 박인환의 시에 재현된 한국전쟁기 전사자들에 대한 애도가 국가에서 수행한 전사자 숭배라는 맥락에서 이해되어야 할 필요성은 안지영, 「박인환 시에 나타난 애도와 멜랑콜리-1930년대 문인과의 관계를 중심으로」, 『인문학연구』 33, 인천대학교 인문학연구소, 2020, 186~192쪽에서 제기된 바 있다. 그러나 그러한 박인환의 시에서 "피해자로서의 전쟁체험에 집착하는 센티멘털리즘"(위의 글, 188쪽)이 드러남을 논의했다는 점에서 이 글과는 논점을 달리한다.

　　-형님 저는 담배를/피우게 되었습니다-/이런 이야기를 하던 날/바다의 반사된 하늘에서/평면의 심장을 뒤흔드는/가늘한 기계의 비명이 들려왔다/**이십 세의 해병대 중위는/담배를 피우듯이/태연한 작별을 했다**//그가 서부 전선 무명의 계곡에서/복잡으로부터/단순을 지향하던 날/운명의 부질함과/생명과 그 애정을 위하여/**나는 이단(異端)의 술을 마셨다**//우리의 일상과 신변에/우리의 그림자는/명확한 위기를 말한다/**나와 싸움과 자유의 한계는**/가까우면서도/망원경이 아니면 알 수 없는/생명의 고집에 젖어 버렸다/죽음이여/회한과 내성의 절박한 시간이여/적은 바로/나와 나의 일상과 그림자를 말한다//연기와 같은 검은 피를 토하며……/안개 자욱한 젊은 연령의 음영에……/**청춘과/자유의 존엄을 제시한**/영원한 미성년/우리의 처참한 기억이/어떠한 날까지 이어갈 때/싸움과 단절의 들판에서/**나는 홀로 이단의 존재처럼/떨고 있음을 투시한다**
　　　　　　　　　-「어떠한 날까지-이중위의 만가(輓歌)를 대신하여」

　위의 시에서 전쟁 중 사망한 "이 중위"의 죽음은 "태연한 작별"을 고한 것으로 나타난다. 즉, 그는 전쟁터에서 '초연한 태도'로 죽음을 맞았다. 이러한 태도는 "한줄기 눈물도 없이/인간이라는 이름으로서/그는 피와 청춘을/자유를 위해 바쳤다"(「한줄기 눈물도 없이」)에서도 드러난다.
　이러한 이 중위의 태도는 그를 애도하는 화자의 태도와 대조적이다. 이 중위는 "담배를 피우듯" 초연하게 죽음을 맞이했지만, 화자는 이 중위의 죽음을 "연기와 같은 검은 피를 토"한, "처참"한 것으로 기억한다. 또한 그는 "운명의 부질함과/생명과 그 애정"을 떠올리며 "이단의 술"을 마신다. 앞에서 전사자들을 '숭배'하는 것이 국가가 주조한 공적(公的) 감정임을 살폈다. 그렇다면, "이 중위"를 영웅으로 추앙하지 않고, 그의 삶이 "처참"하다고 느낀 것은 국가 이데올로기에 속박되지 않는, 화자의 고유한 감정이다. 요컨대 화자가 "홀로" 수행하는 애도는 공적 애도에 비동일적인 것이다.
　이러한 비동일성은 그간 연구사에서 박인환 텍스트의 한계로 거론된

'센티멘털리즘'과 관계가 깊다. 앞당겨 말하면, 센티멘털리즘은 전쟁 이후 상처 입은 개인이 자율적으로 수행하는 애도와 반공주의 정권 주도로 구축된 (1)'민족의 슬픔'·(2)'자유의 수호'라는 공적 내러티브 사이에는 '간극'이 있음을 드러낸다. 이러한 간극은 반공주의가 "남한이라는 특정한 장소에서 역사적으로 형성되어 온 사회적 감성/감정"[72]이기도 하다는 점과 유관하다. 먼저, 민족의 슬픔과 센티멘털리즘 사이의 간극은, 한국전쟁으로 인해 발생한 "훼손과 상실의 체험"을 "국가와 민족이라는 숭고한 대아(大我)를 향하여 승화"[73]시키는 서사가 재현된 박영준의 중편 소설 「애정의 계곡」과의 비교를 통해 확인된다.

> 6·25의 커다란 민족적 감정을 가지고 작곡만 한다면 베토벤의 〈황제(皇帝)〉나 슈베르트의 〈군인행진곡〉 같은 것이 나올는지도 모른다. 진통이 크면 클수록 위대한 예술이 창조된다. 밀턴의 실낙원(失樂園)이 그랬고, 위고의 레미제라블이 그랬다. 역사적 진통인 6·25를 전후하여 위대한 작품이 생산되어야 한다는 것은 민족의 한 과업이어야 할 것이다. (…) **그러나 예술적인 정열과 민족적인 성실성이 개인의 고독으로 상실되지나 않을지 그것이 걱정이 되었다.**[74]

---

72 "반공주의를 보다 다각적으로 이해하기 위해서는 그것이 단일한 논리 체계를 가진 정치한 이념이나 사상이 아니라 동시대의 다른 담론들과 결합하고 갈등하면서 서로 상충되는 담론과 정서를 내포하는 비균질적인 언설의 복합체일 뿐만 아니라, 동시에 남한이라는 특정한 장소에서 역사적으로 형성되어 온 사회적 감성/감정이라는 점에 주목할 필요가 있다." 이하나, 「1950~60년대 반공주의 담론과 감성 정치」, 『사회와 역사』 95, 한국사회사학회, 2012, 204쪽.

73 관련 부분을 조금 더 자세히 인용하면 다음과 같다. "『애정의 계곡』에서도 피난, 납북, 입대 등 그 수많은 여정은 훼손과 상실의 체험 이외에 어떤 의미도 없다. 피아니스트였던 순일은 손가락을, 소희는 '순결'을, 제2국민병에 자원한 재만은 다리를, 주인공 연길은 목숨을 잃는다. 그들은 국가의 승전을 위해 자신의 사적인 훼손을 감내하고, 이 소아(小我)적인 상실의 경험을 국가와 민족이라는 숭고한 대아(大我)를 향하여 승화시키고자 한다." 반재영, 「붉은 청년과 반공의 교양: 한국전쟁기 젊음(적)의 재현과 성장(전향)의 서사」, 『한국문학연구』 65, 동국대학교 한국문학연구소, 2021, 283쪽.

위의 인용문에서는 피아니스트였던 순일이 전쟁으로 인해 손가락을 상실함으로써 더는 피아니스트로 살아갈 수 없게 되었지만, '민족'을 위한 "위대한 작품"을 작곡한다면, 그러한 상실 속에서 의미를 창출해낼 수 있음을 역설한다. 바꿔 말하면, 개인이 감당해야만 했던 '훼손과 상실의 체험'을, "위대한 예술"을 매개로, 민족의 슬픔에 통합시킴으로써 "상실과 훼손의 체험"에 대한 내러티브를 구축한 것이다. 요컨대 "우리의 슬픔은 대한민국의 슬픔"[75]이었다. 이러한 통합·승화의 내러티브는 표면적으로는 한국전쟁이라는 거대한 재난을 딛고 새로운 미래를 기획하는 과정을 재현한다. 그러한 승화의 결과물로서의 '민족의 슬픔'에 "개인의 고독"은 그것에 통합될 수 없는, 비동일적인 것으로 진술되었다.

다시 「어떠한 날까지」로 돌아 가보자. 앞에서 화자의 애도가 국가 주도의 내러티브로 회수되지 않음을 살폈다. 화자는 전사한 이중위가 "자유의 존엄"을 제시했음을 밝혔지만, 이중위를 민족의 영웅으로서 추앙하며, 그의 정신을 계승하며 앞으로 살아나갈 것을 다짐하지 않았다. 그는 "싸움과 단절의 들판에서/나는 홀로 이단의 존재처럼 떨고 있음을 투시"했다. "이단의 존재"는 화자가 한국전쟁의 의미를 '자유'로 접수할 수 없음을 표지한다. 그것은 한국전쟁 이후 남한에서 자유가 반공주의적으로 전유된 정치적 자유주의로 점차 일원화된 상황과도 어긋난다.[76] 이 어긋남은 50년대 문단의 주요 비평가 중 한 명인 이어령의 한국 전쟁에 대한 회고와 비교했을 때 확인된다. 이어령은 한국전쟁을 "자유의 영점(零點)으로 표상"[77]했고, "「宣傳文學」과 「參加의 文學」의 차이는 「人間의 自

74 박영준, 「애정의 계곡」, 『만우 박영준 전집 8』, 도서출판 동연, 2006, 320쪽.
75 위의 글, 421쪽.
76 권보드래, 앞의 글, 140쪽.
77 권보드래, 「『광장』의 전쟁과 포로-한국전쟁의 포로 서사와 '중립'의 좌표」, 『한국현대문학연구』 53, 한국현대문학회, 2017, 181쪽.

由」"[78]임을 주장했다.

굳이 그때의 대학생들이 지닌 의식을 건축과 같은 조형물로 가시화할 수
있다면 아마 부산 피난 시절의 판잣집 가교사(假校舍)와 미군들이 쓰다가
내준 환도 후의 동숭동 문리대 건물, 그리고 폐허의 도시 지하실 한구석을
차지하고 있었던 음악 감상실이 될 것입니다. **보통 때 같았으면 담과 벽
때문에 똑바로 갈 수 없었던 길을 우리는 자유롭게 넘어 다녔지요.** 폭격으로
부서져 설계 도면처럼 구획만 남아 있는 남의 집 부엌과 화장실과 거실을
가로질러 '르네상스'나 '돌체' 같은 음악 감상실을 드나들 때의 그 **역설적인
자유로움. 그래요. 우리가 믿고 의지할 수 있었던 것은 조국도 이념도 철조
망이 아니라 붕괴된 벽을 횡단하여 만난 모차르트, 그리고 베토벤과 브람스
의 음악**이었어요.[79]

위의 인용문에서 눈에 띄는 것은 그러한 폐허를 만들어낸 참혹한 전장
의 과정이 탈각되었다는 점이다. 요컨대 그가 경험했던 '자유'는 전쟁이
라는 현실을 '초월'한 것이다. 그는 "모차르트, 그리고 베토벤, 브람스의
음악"을 '매개'로, 전쟁의 폭력적인 실체와 그가 황무지 위에서 예술을
향유했던 일상을 분리해낸다. 바꿔 말하면, 전쟁으로 황폐해진 현실은
"조국도 이념도 철조망"도 넘어서는, 보편적인 것인 예술에 의해 승화되
었다. 이러한 승화는 "상승의 도식, 높은 것을 향하는 움직임"[80]으로서의
정화에 부합한다.

정화의 논리는 자신을 오염시키는 타자를 부정·배제함으로써 자기 동
일성을 확보하는 것[81]이다. 보편성을 내장한 예술을 매개로 한국전쟁으

---

78 이어령, 「사회 참가의 문학―그 원리적인 문제」, 『새벽』 7(5), 새벽사, 1960.5, 278쪽.
79 이어령·이상갑 대담, 「전후 문학과 '우상'의 파괴」, 앞의 책, 57쪽.
80 위의 글, 256쪽.
81 자크 데리다(정승훈·진주영 역), 「법 앞에서」, 『문학의 행위』(데릭 애트리지 편), 문학

로 인해 발생한 고통을 승화(정화)하는 작업은 전후 남한 사회에서 공고화
된 반공주의와 공명한다. "빨갱이는 죽여도 된다", 즉 "'빨갱이 청소'"의
논리는 정화의 논리에 다름 아니다.[82] 중요한 것은 예술을 매개로 한 이러
한 정화의 논리가 앞서 살펴본 『애정의 계곡』에서 재현된 민족의 슬픔으
로의 동일시의 서사와 동일하다는 점이다. 그 내러티브에는 새로운 미래
에 대한 기획이 내장되었음을 앞에서 언급했다. 이러한 맥락에서, 박인
환의 "시를 쓴다는 것은 내가 사회를 살아가는 데 있어서 가장 의지할
수 있는 마지막 것이었다. 나는 지도자도 아니며 정치가도 아닌 것을
잘 알면서 사회와 싸웠다."[83]라는 이 유명한 발언이 갖는 의미는 문자
그대로 이해될 필요가 있다. 그것은 아래에 인용된 시에서 나타난 '불가
능한 애도'와도 유관하다.

　넓고 개체 많은 토지에서/**나는 더욱 고독하였다**/힘없이 집에 돌아오면
세 사람의 가족이/나를 쳐다보았다. 그러나/나는 차디찬 벽에 붙어 회상에
잠긴다//전쟁 때문에 나의 재산과 친우가 떠났다/인간의 이지를 위한 서적
그것은 잿더미가 되고/지난날의 영광도 날아가 버렸다./그렇게 다정했던 친
우도 서로 갈라지고/간혹 이름을 불러도 울림조차 없다/오늘도 비행기의
폭음이 귀에 감겨/잠이 오지 않는다//잠을 이루지 못하는 밤을 시를 읽으면/
공백한 종이 위에/그의 부드럽고 원만하던 얼굴이 환상처럼 어린다/미래에
의 기약도 없이 흩어진 친우는/공산주의자에게 납치되었다/그는 사자만이
갖는 속도로/고뇌의 세계에서 탈주하였으리라//**정의의 전쟁은 나로 하여금
잠을 깨운다**/오래도록 나는 망각의 피안에서 술을 마셨다/하루하루가 **나에
게 있어서는**/비참한 축제이었다/그러나 부단한 자유의 이름으로서/우리의
뜰 앞에서 벌어진 싸움을 통찰할 때/나는 내 출발이 늦은 것을 고한다//나의

과지성사, 2013, 256~257쪽 참고.
82 김동춘, 앞의 책, 373~375쪽 참고.
83 「『선시집(選詩集)』 후기」, 105쪽.

재산…이것은 부스러기/나의 생명…이것도 부스러지/아 파멸한다는 것이
얼마나 위대한 일이냐//마음은 옛과는 다르다. 그러나/내게 달린 가족을
위해 나는 참으로 비겁하다/그에게 나는 왜 머리를 숙이며 왜 떠드는 것일까
/나는 나의 말로를 바라본다/**그리하여 나는 혼자서 운다**//이 **넓고 개체 많**
은 토지에서/나만이 지각이다/언제 죽을지도 모르는 나는/생에 한없는 애
착을 갖는다

-「잠을 이루지 못하는 밤」

위의 인용된 시의 화자가 우울한 주체임은 박인환 연구사에서 이미
논의되었다. 그는 전쟁으로 인해 "재산"과 "친우", "지난날의 영광"과 "인
간의 이지를 위한 서적"을 잃었다. 그가 자신을 비난하는 한편, 삶에 대해
양가적인 감정을 드러낸다는 점이 눈에 띈다. 프로이트가 우울증자를
진단할 때 과도한 자기 비난[84], 자살 충동[85], 그리고 양가감정[86]을 주요
특징으로 언급했음은 유명하다. 화자 또한 자신이 "비겁"하다며 스스로
를 비난하고, 자신의 "말로", 즉 죽음을 떠올리지만, 다른 한편으로는
삶에 "애착"을 갖고 있다.

우울증자들이 외부 세계에 대한 관심을 철회하고 내면으로 침잠[87]함은
잘 알려져 있다. 이 시의 화자도 첫 번째 연에서 "세 사람의 가족"과 자신
을 "그러나"로써 분리하며, 고독감을 토로한다. 주지하듯이, 이러한 내면
으로의 침잠은 박인환의 50년대 시의 대표적인 특징으로 논의되었다.
이는 현실에서의 도피로 해석되었는데, 박인환의 현실 인식의 부재의
증거로서 센티멘털리즘을 비판하는 논자들의 주요 근거 중 하나였음은

---

84 자세한 내용은 지그문트 프로이트(윤희기·박찬부 역), 「슬픔과 우울증」, 『정신분석학
     의 근본개념』, 열린책들, 1997, 247~251쪽 참고.
85 위의 글, 256쪽.
86 262~263쪽.
87 244~245쪽.

널리 알려진 사실이다. 즉, 부정적으로 감지한 현실을 비판적으로 넘어설 수 있는 시적 사유도 제출하지 않고서 감정에 함몰된 점이 그의 시 세계의 한계로 거론되었다.[88]

그러나 내면으로의 침잠은 "자유의 이름"으로 전쟁의 의미를 승화시키는 일과 상실의 경험 사이에는 간극이 있음을 드러낸다. 화자가 자신이 '늦었음'을 반복적으로 언급한다는 점을 주목할 필요가 있다. 화자가 "자유의 이름으로서" 전쟁을 통찰하는 일은, 전쟁의 의미가 자유로 수렴될 수도 있음을 나타낸다. 그러나 뒤이어 '재산과 생명'의 덧없음과 "파멸"을 언급하며 그가 그럼에도 불구하고 무의미에서 벗어날 수 없음을 밝히며 그 진술을 번복한다. 그는 전쟁으로 인해 상실한 것을 대체할 수 있는, 새로운 대상으로 자유를 수용함으로써, 애도를 종료하는 작업을 무의식적으로 지연시키고 있다.

시의 마지막 부분에서 "그리하여 나는 혼자서 운다"라고 발언한 것은 그가 애도를 완료할 수 없음을 드러낸다. 앞에서 도미야마 이치로가 전쟁에 대한 기억을 진술하던 사람이 그것을 끝맺지 못하고 돌연 울부짖을 때, 그 울음은 '의미의 공백'을 노정한다고 밝혔음을 살폈다. 따라서 화자의 울음은 "자유의 이름"을 앞세워 공산주의에 대항하는 반공주의의 논리로써 구성된 전쟁의 의미에는 균열이 있음을 나타낸다.

그러한 애도의 불가능성은 「밤의 미매장」에서도 "영원한 밤/영원한 육체/영원한 밤의 미매장/나는 이국의 여행자처럼/무덤에 핀 차가운 흑장미를 가슴에 답니다"로 재현된다. 장례식은 "죽은 자를 보내는 산 자들이 내일을 살아가기 위해서 행하는 애도 의식"[89]이다. 따라서 애도를 종료하지 못한 화자에게 '미래'는 발생 불가능한 시간이다. 눈에 띄는 것은

88 최근 선행 연구로는 안지영, 앞의 글, 193쪽 참고.
89 이소마에 준이치(심희찬 역), 『상실과 노스탤지어』, 문학과지성사, 2014, 166쪽.

화자가 그러한 자신을 "이국의 여행자"에 비유했다는 점인데, 이는 앞서 살핀 '이단'을 상기시킨다. 자유와 민족의 이름으로써 한국전쟁의 의미를 승화(정화)하는 내러티브에는 전쟁을 딛고 새로운 미래를 건설하고자 하는 기획이 담겨있음을 앞에서 언급했다. 따라서 "이국의 여행자"라는 자기 인식은 그러한 미래 전망에 대한 화자의 무의식적인 거부를 노정한다.

종합하면, 50년대 박인환의 시적 주체는 전후 한국 사회에 공고화되어 간 반공주의에 비동일적인 존재이다. 이러한 비동일성은 50년대 박인환의 대표적인 시 텍스트 중 하나로 유명한 「목마와 숙녀」에서 주체 통합의 불가능성으로 재현된다.

한 잔의 술을 마시고/우리는 버지니아 울프의 생애와/목마를 타고 떠난 숙녀의 옷자락을 이야기한다/목마는 주인을 버리고 거저 방울 소리만 울리며/가을 속으로 떠났다 술병에서 별이 떨어진다/상심한 별은 내 가슴에 가벼웁게 부서진다/그러한 잠시 내가 알던 소녀는/정원의 초목 옆에서 자라고/문학이 죽고 인생이 죽고/사랑의 진리마저 애증의 그림자를 버릴 때/목마를 탄 사랑의 사람은 보이지 않는다/세월은 가고 오는 것/한 때는 고립을 피하여 시들어 가고/이제 우리는 작별하여야 한다/술병이 바람에 쓰러지는 소리를 들으며/늙은 여류 작가의 눈을 바라다보아야 한다/……등대에……/불이 보이지 않아도/거저 간직한 페시미즘의 미래를 위하여/우리는 처량한 목마 소리를 기억하여야 한다/모든 것이 떠나든 죽든/거저 가슴에 남은 희미한 의식을 붙잡고/우리는 버지니아 울프의 서러운 이야기를 들어야 한다./두개의 바위 틈을 지나 청춘을 찾은 뱀과 같이/눈을 뜨고 한 잔의 술을 마셔야 한다/인생은 외롭지도 않고/거저 잡지의 표지처럼 통속하거늘/한탄할 그 무엇이 무서워서 우리는 떠나는 것일까/목마는 하늘에 있고/방울 소리는 귓전에 철렁거리는데/가을바람 소리는 내 쓰러진 술병 속에서 목메어 우는데

— 「목마와 숙녀」

이 시는 일견 다음과 같이 요약된다. "우리"는 "작별"의 순간을 앞두고

(1) "한 잔의 술"을 마시며, (2) "버지니아 울프의 생애"와 (3) "목마와 숙녀"에 대해 이야기를 한다. 화자에게 "버지니아 울프"가 갖는 의미는 "거저 간직한 페시미즘의 미래"와 연관[90]되어 있다. 그 실마리는 "……등대에……"라는 시적 진술에서 간취된다. 이것은 버지니아 울프의 소설 『등대로(To the Lighthouse)』를 지시함은 잘 알려져 있다. 그러나 시의 제목이기도 한 "목마와 숙녀"는 '우리는 버지니아 울프의 생에서 의미를 추출해낸 "페시미즘의 미래"를 새기며 살아나가야 한다'로 간명하게 요약될 수 있는 시의 서사를 모호[91]하게 한다. 앞당겨 말하면, "목마와 숙녀"의 이야기는 표면적으로는 "우리"와 "버지니아 울프"를 매개하는 것으로 읽히지만, 심층적으로는 오히려 화자와 "버지니아 울프" 사이의 간극을 노정한다.

그러한 공백은 숙녀의 정체가 불분명함과 유관하다.[92] 먼저, '숙녀'를 버지니아 울프와 동일 인물로 간주하기는 어렵다. 표면적으로 "버지니아 울프"와 "목마와 숙녀" 이야기의 교집합은 '여성'과 '죽음'으로 보인다. 하지만 죽음을 맞이한 것은 "목마"[93]이다. 목마의 죽음은 "목마는 주인을

---

90 관련 선행 연구는 조혜진, 앞의 글, 59쪽.

91 이 시의 '모호성'을 지적한 선행 연구는 다음과 같다. "「목마와 숙녀」에서 시적 방점은 의미의 전달성과 메시지의 핵심에 놓여 있지 않다. 시는 근원을 알 수 없는 슬픔과 외로움, 그 분위기를 읽게할 뿐이다." (김용희, 앞의 글, 82쪽)

92 이와 관련된 선행 연구는 위의 글, 78쪽 참고. 송희복은 텍스트 외적 맥락을 참조하여 시에 언급된 버지니아 울프와 박인환의 영화 평론에 기대어 "숙녀의 지시대상"을 (1) 버지니아 울프, (2) 소설 「등대로」의 주요 인물인 화가 릴리 브리스코, (3) 영화 「제니의 초상」의 제니로 제시했다. 그러나 이 글에서는 숙녀의 지시 대상이 모호하게 나타나는 원인을 텍스트의 내적 논리 분석으로써 추적할 것이다.

93 (1) 이별의 대상으로서의 목마는 다음 시에서도 나타난다. "목마의 방울 소리/또한 번갯불/이지러진 길목/다시 돌아온다 해도/그것은 사랑을 지니지 못했다" (「침울한 바다」) (2) 다음 선행 연구의 논의는 '목마의 죽음'에 대한 해석이 난해함을 방증한다. "목마는 주인(숙녀)을 버리고 그저 방울 소리만 울린다. 이 대목은 버지니아 울프의 죽음(자살)을 말하고 있다. 이 같이 슬픈 사연은 지속적으로 이어져간다. 마지막에서 목마는 마차

버리고", "목마는 하늘에 있고" 등을 통해 유추할 수 있다. 그렇다면, 두 번째로 추정 가능한 대상은 "내가 알던 소녀"이다. 여기에서 유념할 것은 다음 구절이 의미가 명확하지 않다는 점이다. 문장 구조 상, '소녀'를 '숙녀'와 같은 인물로 판단하기 위해서는, "정원의 초목 옆에서 자라고/문학이 죽고 인생이 죽고/사랑의 진리마저 애증의 그림자를 버릴 때"라는 구절이 뜻하는 바가 소녀에서 숙녀로 성장하는 시간이 되어야 할 것이다. 그런데 "문학이 죽고 인생이 죽고/사랑의 진리마저 애증의 그림자를 버릴 때"라는 구절이 그러한 시간의 흐름을 의미하는지 분명하지 않다. 여기에서 "애증"은 '감정'인데, '감정'은 살아있을 때 느끼는 것이므로, "애증의 그림자"를 '버렸음'은 생물학적 죽음을 뜻한다. 그렇기에 그 구절은 "문학"과 "인생"과 "사랑"의 죽음을 의미한다. 하지만 그 구절이 "목마를 탄 사랑의 사람", 곧 "숙녀"의 죽음을 의미한다고 판단하기는 어렵다. 그 것은 "보이지 않는다"가 의미하는 바가 모호하기 때문이다. 즉, 숙녀가 시야에서 사라진 것인지, 아니면 죽음으로써 지상에서 사라진 것인지 가늠할 수 없다.

시의 마지막 부분에서 화자와 "목마와 숙녀"의 이야기가 겹쳐짐으로써 "숙녀"와 화자가 동일 인물일 가능성이 모호하게 암시된다. 김정현은 "버지니아 울프"와 "숙녀"가 동일 인물임을 주장[94]하고, "박인환과 숙녀(버지니아 울프)는 동전의 양면처럼 동일한 존재이며, '목마가 숙녀를 버리고 떠난' 황무지적 상황에 처해있다는 점에서 중요"[95]함을 논했다. 하지만 "목마는 하늘에 있고/방울 소리는 귓전에 철렁거리는데"라는 구절에서

가 아니라는 데까지 나아간다. 목마는 하늘에 있고……이때의 목마는 운구용 마차이거나 목관(木棺)을 가리키는 듯 하다." 송희복, 「폐허와 비전의 이중주, 애상을 노래하다―박인환의 「목마와 숙녀」」, 『비평문학』 81, 한국비평문학회, 2021, 79쪽.

94 김정현, 앞의 글, 231쪽.

95 위의 글, 232쪽.

"귓전"이 누구의 것인지 불분명하다. "철렁"은 사전적으로 물이 넘칠 듯 흔들리는 소리를 의미하는데, 이러한 물소리는, 액체라는 점에서, 화자가 마시는 '술'과 연동된다. 문제는 화자가 '목마의 방울 소리'를 마음에 사무치게 기억해야 할 필연성에 대한 단서는 시에서 제공되지 않았다는 점이다.

종합하면, "숙녀"는 "버지니아 울프"·"소녀"·화자 중 누구로도 통합되지 않는다. 이러한 주체 통합의 불가능성은 시에서 '뱀 이미지'로 재현된다. 특기할 것은 "두개의 바위틈을 지나 청춘을 찾은 뱀"의 의미가 모호하다는 점이다. '청춘을 찾음'은 "두 개의 바위"가 아니라, 다른 세계에 도달했음을 의미한다. 즉, "뱀"은 두 개의 바위 사이에서 분열된 존재가 아니라, 그 두 개의 바위를 "떠나"서, 바위들 '바깥의 장소'에 도달한 존재이다. 선행 연구에서는 "청춘"에 주목하여, 그 의미를 "생명력의 회복"[96]으로 해석했으나, 시의 내적 논리에 유의하면 그 이미지에 내장된 모호성을 다음과 같이 분석할 수 있다. 첫째, '뱀'이 '소녀'와 같이 어린 경우이다. 이 경우, '청춘을 찾음'은 '바깥'이라는 장소에 '도달'했음을 의미한다. 둘째, '뱀'이 "늙은 여류 작가", 혹은 화자와 같이 이미 청춘을 지난 존재일 경우인데, 그러한 경우에서는 그 장소로의 회귀를 의미한다.

이러한 모호성은 시가 화자의 '울음'으로 끝난다는 점과 관계가 깊다. '떠남'을 생각하는 화자의 내면은 "목메어 우는" "가을바람 소리", 즉 울음소리로 가득 차 있다. 앞에서 전쟁 체험자의 '울음'이 공적 담론이 생성한 전쟁 담론에 내재된 균열을 노정함을 언급했다. 그런데 이 시에서 화자의 울음은 그가 자신이 제출한 "페시미즘의 미래" 기획을 완수할 수 없음도 나타낸다. 앞에서 살핀 것과 같이 숙녀로 인해 화자는 자신을 버지니아 울프에 동일시할 수 없다. 그러나 그 (불)가능성은 박인환의 50년대 시가

---

96 김정현, 앞의 글, 233~234쪽.

"전쟁의 비극을 체험한 50년대 시단의 한 전형으로서 벗어날 길 없는 주체의 붕괴 과정을 대변"[97]했음을 가리키지 않는다. "두개의 바위"로 분열된 장소를 떠나지 않는다면, 미래를 자유롭게 기획할 수 있는 "청춘"의 회복이 가능하지 않음을 드러낸다. 즉, 양극으로 분열된, 냉전 체제하의 남한 사회에서는 불가능하지만, 체제의 바깥에서는 자유롭게 미래를 상상하는 일이 가능하다.[98]

그러므로 박인환의 시 세계에 재현된 센티멘털리즘은 반공주의 체제 안에서는 개인이 체제의 억압에서 벗어나 자율적으로 미래를 기획하는 일이 (불)가능함을 드러냄으로써, 전후 남한 사회에 공고화된 반공주의에 대한 미학적 비판을 수행한다. 어떠한 관습으로도 회수될 수 없는 비동일성을 정서적 차원에서 표상한 박인환의 시 세계의 문학사적 의의가 다시 규명되어야 할 까닭은 여기에 있다.

참고문헌

1. 자료
김현, 「박인환 현상」, 『김현 문학전집 14』, 문학과지성사, 1993.
맹문재 편, 『박인환 영화평론 전집』, 푸른사상, 2021.
박영준, 「애정의 계곡」, 『만우 박영준 전집 8』, 도서출판 동연, 2006.
엄동섭·염철 편, 『박인환 문학전집 1』, 소명출판, 2015.
엄동섭·염철·김낙현 편, 『박인환 문학전집 2』, 소명출판, 2020.
이영준 편, 『김수영 전집 2』, 민음사, 2018.

---

[97] 박민규, 「1950년대 전쟁 체험의 시적 양상과 주체의 문제—박인환과 전봉건을 중심으로」, 『우리문학연구』 60, 우리문학회, 2018, 346쪽.
[98] 앞에서 박인환의 시적 주체가 자신을 "이국의 여행자"로 지시했음을 살폈다.

2. 저서 및 논문
강계숙, 「'불안'의 정동, 진리, 시대성: 박인환 시의 새로운 이해」, 『현대문학의 연구』 51, 한국문학연구학회, 2013.
강인철, 『전쟁과 희생-한국의 전사자 숭배』, 역사비평사, 2019.
강진호 편, 『증언으로서의 문학사』, 깊은샘, 2003.
공현진·이경수, 「해방기 박인환 시의 모더니즘 특성 연구-『新詩論』 제1집과 『새로운 都市와 市民들의 合唱』을 중심으로」, 『우리문학연구』 52, 우리문학회, 2016.
권보드래, 「실존, 자유부인, 프래그머티즘」, 『한국문학연구』 35, 동국대학교 한국문학연구소, 2008.
_____, 「『광장』의 전쟁과 포로-한국전쟁의 포로 서사와 '중립'의 좌표」, 『한국현대문학연구』 53, 한국현대문학회, 2017.
김동춘, 『전쟁과 사회』, 돌베개, 2000.
김정현, 「박인환 시의 시적 주체와 연금술적 상징체계의 상관성 연구」, 『어문연구』 48(3), 한국어문교육연구회, 2020.
김지녀, 「해방기 시에 나타난 '장미'의 현대성 연구」, 『한국시학연구』 42, 한국시학회, 2015.
김창환, 『1950년대 모더니즘 시의 알레고리적 미의식 연구: 조향, 박인환, 김수영을 중심으로』, 소명출판, 2014.
김혜련, 『아름다운 가짜, 대중문화와 센티멘털리즘』, 책세상, 2021.
맹문재 편, 『박인환 깊이 읽기』, 서정시학, 2006.
문심정연, 『빈 몸 속의 찬 말: 해방기 문학의 존재론적 균열과 자기 건립의 의지』, 보고사, 2017.
박민규, 「1950년대 전쟁 체험의 시적 양상과 주체의 문제-박인환과 전봉건을 중심으로」, 『우리문학연구』 60, 우리문학회, 2018.
박슬기, 「박인환 시에서의 우울과 시간의식」, 『한국시학연구』 33, 한국시학회, 2012.
박연희, 「전후, 실존, 시민 표상-청년 모더니스트 박인환을 중심으로」, 『한국문학연구』 34, 동국대학교 한국문학연구소, 2008.
박지영, 「한국 현대시 연구의 성과와 전망」, 『반교어문연구』 32, 반교어문학회, 2012.
박지은, 「박인환 시의 불안, 죽음 의식과 이를 통한 시쓰기의 문제」, 『한국시학연구』

55, 한국시학회, 2018.

반재영, 「붉은 청년과 반공의 교양: 한국전쟁기 젊음(적)의 재현과 성장(전향)의 서
사」, 『한국문학연구』 65, 동국대학교 한국문학연구소, 2021.

방민호, 「박인환과 아메리카 영화」, 『한국현대문학연구』 68, 한국현대문학회, 2022.

송희복, 「폐허와 비전의 이중주, 애상을 노래하다-박인환의 「목마와 숙녀」」, 『비평
문학』 81, 한국비평문학회, 2021.

안지영, 「박인환 시에 나타난 애도와 멜랑콜리-1930년대 문인들과의 관계를 중심으
로」, 『인문학연구』 33, 인천대학교 인문학연구소, 2020.

오문석 편, 『박인환』, 글누림, 2011.

오혜진, 「카뮈, 마르크스, 이어령」, 『한국학논집』 51, 계명대학교 한국학연구원,
2013.

유성호, 「박인환 시편 「세월이 가면」의 원전과 창작 과정」, 『한국근대문학연구』 28,
한국근대문학회, 2013.

이기훈, 『청년아 청년아 우리 청년아』, 돌베개, 2014.

이동하 편, 『박인환 평전: 木馬와 淑女와 별과 사랑』, 문학세계사, 1986.

이봉범, 「냉전 금제와 프로파간다」, 『대동문화연구』 107, 성균관대학교 대동문화연
구원, 2019.

_____, 「냉전 텍스트 『실패한 신(The God That Failed)』의 한국 번역과 수용의 냉전
정치성」, 『대동문화연구』 117, 성균관대학교 대동문화연구원, 2022.

이수형, 『감정을 수행하다』, 강, 2021.

이어령, 「사회 참가의 문학-그 원리적인 문제」, 『새벽』 7(5), 새벽사, 1960.

이하나, 「1950~60년대 반공주의 담론과 감성 정치」, 『사회와 역사』 95, 한국사회사
학회, 2012.

장서란, 「박인환 시의 저항성 연구-능동적 허무주의와 새로운 도덕으로서의 멜랑콜
리를 중심으로」, 『국제어문』 95, 국제어문학회, 2022.

정명교, 「사르트르 실존주의와 앙가주망론의 한국적 반향」, 『비교한국학』 23(3), 국
제비교한국학회, 2015.

정애진, 「박인환 시 연구-'희망'과 '불안'의 두 세계를 중심으로」, 『문화와 융합』
43(11), 한국문화융합학회, 2021.

정영진, 「연구사를 통해 본 문학연구(자)의 정치성-박인환 연구사를 중심으로」, 『상
허학보』 37, 상허학회, 2013.

정우택, 「해방기 박인환 시의 정치적 아우라와 전향의 반향」, 『반교어문연구』 32,

반교어문학회, 2012.

조영복, 「근대 문학의 '도서관 환상'과 '책'의 숭배-박인환의 「서적과 풍경」을 중심으로」, 『한국시학연구』 23, 한국시학회, 2008.

조은정, 「해방 이후(1945~1950) '전향'과 '냉전 국민'의 형성-전향성명서와 문화인의 전향을 중심으로」, 성균관대 박사학위논문, 2018.

조혜진, 「박인환 시의 타자성 연구」, 『한국문예비평연구』 67, 한국현대문예비평학회, 2020.

지신영, 「해방기 잡지 『신천지』 매체 특성과 시 문학」, 『국제한인문학연구』 32, 국제한인문학회, 2022.

최희진, 「박인환 문학의 센티멘털리즘과 문학적 자의식-후기 시편을 중심으로」, 『겨레어문학』 59, 겨레어문학회, 2017.

황동하, 「앙드레 지드(André Gide)의 『소련 방문기(Retour de l'URSS)』에 나타난 소련 인상」, 『사림』 49, 수선사학회, 2014.

도미야마 이치로(임성모 역), 『전장의 기억』, 이산, 2002.

마르쿠스 가브리엘(김남시 역), 『예술의 힘』, 이비, 2022.

자크-알렝 밀레르(정과리 역), 「섭리적 민주주의 사회에서 '수치'의 기능」, 『문학과사회』 17(1), 문학과지성사, 2004.

데릭 애트리지 편(정승훈·진주영 역), 『문학의 행위』, 문학과지성사, 2013

이소마에 준이치(심희찬 역), 『상실과 노스탤지어』, 문학과지성사, 2014.

지그문트 프로이트(윤희기·박찬부 역), 「슬픔과 우울증」, 『정신분석학의 근본개념』, 열린책들, 1997.

문단의 '명동시대'와 다방의 문인 네트워크

김지윤

1. 문화예술장의 개편과 제도권 밖의 문인들

1950~60년대는 변화와 재건의 시기였다. 1970년 겨울호『문학과 지성』은 로버트 니스벳의 글[1]을 싣고 있는데, 니스벳은 혁명적 변혁기에 법, 가정, 사회, 학교 등에서 전통적인 권위가 파탄되고 있는 현실을 지적했다. 인류 역사를 보면 이런 파탄 속에서 사회 건설에 필요한 "창조적인 상상력을 해방"(331)시키는 면도 있지만, "권위가 파탄으로 휩쓸려 들어가는 것"이 새롭고 보다 높은 개인의 자유를 탄생시키는 것"(331)이 아니라 혼돈을 발견하는 사람이 더 많고 사회적 권위가 퇴조한 공백에 권위의 영역을 찬탈하려는 권력의 침범이 있는 경우가 많다는 것이다. 니스벳은 "현대의 지적 상황에서 가장 위험한 국면은 권위와 권력의 구분을 거부하는" 사고방식이라 지적한다. "권위와 권력 간의 차이를 구별하는 데 실패한다면 나타날 결과란 오직 권력이 끊임없이 권위를 대체한다는 것"(337)이다.

"권력(노골적인 獨裁란 의미로)"(332)에서 괄호 안에 덧붙여 놓은 '독재'라

1　Robert Alexander Nisbet, 「권위의 몰락」, 『문학과 지성』, 겨울 1(2), 1970.

는 단어와 글 끝에 있는 편집자의 변에 "무자비한 권력을 초래할, 사회질
서와 권위의 와해현상에 깊은 우려"를 보이고 있다고 적어놓은 것을 보면
전쟁과 혼란기를 겪고 군사정권 하에 놓여있던 당대 현실에서 『문학과
지성』이 니스벳의 글을 소개한 이유를 짐작할 수 있다.

　전후 한국은 전통적 권위가 해체되었거나 해체된 것처럼 보이는 공백
현상을 맞고 있었다. 한국전쟁은 사회적 권위 해체 및 도덕의 붕괴를
초래했다. 6.25라는 엄청난 규모의 살상과 파괴는 기존 질서의 근간을
흔들었다. 한국전쟁의 비극적 특징은 좁은 국토에서 전선이 따로 존재하
지 않아 군인 뿐 아니라 일반인들이 전쟁에 노출되었다는 것이다. 점령
지역 안에서의 갈등과 분열을 겪고 전후기에도 각종 보복, 부역 혐의
등으로 적대와 의심에 시달린 사람들은 전통적 가족 개념과 인간관계의
해체 등 공동체의식의 총체적 파탄을 경험했다.

　전후 한국은 사회적 권위, 문화적 권위의 상실과 그로 인한 공동체의
와해라는 공백을 무방비하게 드러내고 있었다. 그 빈자리에 침습하게
된 권력이 그 이후 이승만식 국가주의로 나타났다는 사실을 떠올리게
된다. 전쟁 때는 시스템이 부재하거나 기능하지 못했기 때문에 공백이
발생했고 전후에는 시스템의 재건 과정으로 인해 그 이전에 존재했던
자연스러운 권위들이 상실된 빈자리를 권력이 대체하게 되었다.

　백낙청은 1965년 『청맥』에 실은 글에서 "문학과 예술, 지성이 그저
불리한 정도가 아니라 순교의 문제를 실감하게 되는 상황, 궁핍한 시대에
봉착해 있다"[2]고 썼고 그 이후 다른 글에서도 "한일회담반대서명 작가의
구속, 노벨수상작의 번역 금지 등은 지난 한 해 동안 어느 작품의 출현에
못지않게 중대한 사건"이었으나 그것이 개인의 일로 끝나버리고 "문단
전체로서의 행동은 물론 충분한 토의조차 없"[3]었다고 비판했다. 이는 공

2　백낙청, 「궁핍한 시대와 문학정신」, 『청맥』, 1965.6.

론장에서의 문학이 왜소해져 있음에 대한 문제의식을 보여주는데, 김현주는 이러한 문제적 상황이 5·16 이후 박정희 정부 주도 하에 추진되고 있던 언론, 문화 영역의 광범한 재편의 일환이자 결과[4]라고 보았다.

당시 정권은 주로 대학교수나 언론인으로 구성된 전문가 집단을 국가기구에 활용했으며 전체 문화예술계와 학계를 통제와 검열로 관리했다. 물론 검열은 그 이전 시대에도 존재했지만, 박정희 시대의 검열은 50년대의 국가권력의 관제검열과 달리 민간검열기구들의 자율적 심의를 확대[5]하는 기획으로 인해 더욱 심화되었다. 관권검열[6]뿐 아니라 문학예술 전반에 걸쳐 자율규제기구가 설립되었고 '자유가 따르지 않는 사이비 자율'이라는 비난[7]을 받으면서도 광범위한 자율적 검열이 시행되어, 문학예술에 대한 감시와 통제가 다원화[8]된 것이다.

문학의 자유를 제한하는 검열과 더불어 공론장의 폐쇄, 문화예술단체와 개인에 대한 선택적 지원과 규제 등의 방식을 통해 1960년대 문화예술계는 통제되었다. 국가의 규제, 지원 대상에 포함되느냐 배제되느냐에 따라 언론, 방송, 문인단체, 영화 등 문화예술계 단체들의 명운이 결정되었고 반정부적 정론잡지들도 쇠퇴했다.[9] 문화 언론 영역의 장과 각종 제

---

3 백낙청, 「문단의 한 해, 문학의 한 해」, 『조선일보』, 1965.12.19.

4 김현주, 「1960년대 후반 비판담론에서 자유의 인식론적 정치적 전망」, 『권력과 학술장』, 혜안, 2014, 105쪽.

5 이봉범, 「1960년대 검열체재와 민간검열기구」, 『대동문화연구』 75, 2011, 415쪽.

6 관권검열에 있어서도 박정희 정권은 문화행정의 제도적 정비, 지속적 문화관련 입법 추진에 의거한 효율적인 검열 시스템을 구축했고 이데올로기적 국가기구를 적극적으로 동원한 헤게모니 지배력의 확장과 동의기반의 창출 등 이승만 정권보다 훨씬 체계적인 제도적 문화규율시스템을 효과적으로 가동했다.(이봉범, 위의 글, 417쪽)

7 천관우, 『言官史官』, 배영사, 1969, 98쪽.

8 이봉범, 앞의 글, 472쪽.

9 김건우, 「1960년대 담론 환경의 변화와 지식인 통제의 조건에 대하여」; 임경순, 「1960년대 검열과 문학, 문학제도의 재구조화」, 『대동문화연구』 74, 대동문화연구원, 2011 참조.

도의 재편 과정에서 문학계는 급속한 위축을 맞았고, 국가의 지원이나 승인으로 인해 제도권 안에 편입된 이들과 시스템 바깥으로 밀려난 이들이 분화되었다.

한국 문단의 특성상 문단과 아카데미의 구성원이 겹치는 경우가 많기 때문에 관제 아카데미즘의 지배[10] 및 국가 주도의 제도화는 문학과 학계에 동시에 억압적으로 작용했다. 또한 물적 지원과 규제를 병행하는 정부의 전략은 학술/문화예술 단체 및 매체의 협력을 얻는 데 효과적이었으며, 이에 반해 고립화의 대상이었던 반정부적 단체나 정론 잡지들은 자본력의 부족과 직, 간접적 탄압으로 철폐의 위기에 직면해 어려움을 겪어야 했다.[11] 이에 1960년대 문인과 지식인들은 제도권 바깥에서 대응을 모색했고, 이는 한국 '재야[12]'의 일부를 형성한 기초가 되었다.

당시 제도권 밖에 있던 문인들의 거점이 되었던 공간이자, 자체적으로 대안적 시스템을 형성하려고 했던 움직임을 찾아볼 수 있는 공간이 '다방'이다. 일부 서점이나 종교적 장소, 개인적인 공간도 있었지만 대부분 '다방'이었다. 이 글은 다방 공간에서 형성된 문인 공동체의 교류를 '다방 네트워크'라고 명명해보고, 전후시기에 문학인들이 특정한 공간을 매개

---

10 이에 대해서는 강명숙, 「제도화된 학술장으로서의 대학과 국가 통제」, 이봉범, 「1960년대 권력과 지식인 그리고 학술의 공공성」, 서은주, 「민족문화담론과 한국학」(『권력과 학술장』, 혜안, 2014)의 논의들을 참고할 수 있다.

11 김현주, 앞의 글, 105쪽.

12 박명림의 연구(박명림, 「박정희 시대의 민중운동과 민주주의: 재야의 기원, 제도관계, 이념을 중심으로」, 『한국과 국제정치』 24(2), 2008)에서 '재야'를 규정하는 바는 군부권위주의 시기에 국가의 억압에 도전한 사회운동이자 세력이라는 것이다. 물론 본격적인 재야세력의 시작은 1970년대 민주화운동기부터라고 할 수 있겠으나 '제도 밖의 반대자들'으로서의 재야의.형성은 이미 1960년대에 시작되었다고 할 수 있다. 박명림도 논문(「박정희 시대 재야의 저항에 관한 연구, 1961~1979: 저항의제의 등장과 확산을 중심으로」, 『한국정치외교사논총』, 한국정치외교사학회, 2008)에서 연구의 범위를 1961년부터 시작하는 것으로 놓고 있다.

로 공동체 사이의 내적 소통을 이루었던 네트워크를 파악하려 한다. 환도
후 새롭게 형성되었던 '다방'을 살펴보면 해방기 다방 〈마돈나〉가 한국전
쟁기 부산 피난지역의 〈밀다원〉으로 이어지고 그 이후 서울의 명동으로
옮겨온 후 또 다른 이동을 거치는 것처럼, 일련의 과정이 하나의 의미
있는 흐름을 형성하고 있다.

이 글에서 살펴보려는 '명동시대'는 전후~60년대 중반까지의 시기다.
물론 명동에는 한국전쟁 이전에도 돌체, 피가로 등의 다방이 있었고 명동
장, 무궁원과 같은 대중 목로주점들도 "6.25 동란 전까지 명동 예술인들
의 소굴"[13]이었으나 이 글의 관심은 환도 이후 다방을 중심으로 이루어진
문인 네트워크에 있다. 피난지에서의 문인들의 네트워크와 전후 이른바
'명동시대'의 문인들의 네트워크가 연결되고 월남문인들이 합류되면서
가장 그 규모가 컸던 시기였고, 군부권위주의 시기 검열제도와 제도적
문화규율시스템으로 인해 '시스템 안'에 속할 수 없었던 문화예술인들이
모이는 제도권 바깥의 공간으로 기능하게 된 것에 주목하려는 것이기
때문이다. 이 시기는 '다방 네트워크'가 가장 활발하게 이루어졌던 시기
이면서 시대의 궁핍을 공동체성, 공공성의 회복으로 극복하려 했던 당대
인들의 움직임을 보여주는 문예 부흥기였다.

선행 연구[14]에서 충분히 다루어지지 않은 '다방 네트워크'는 문학사적
으로 더욱 주목될 필요가 있다. 환도 이후 50년대의 한국문단사는 다방을
빼놓고 이야기하기 어렵다. 이 글은 전쟁기 부산 피난지에서의 밀다원을

---

13 조병화, 「명동시대」, 『대한일보』, 1969.4.7~1970.12.10; 강진호 엮음, 『한국문단이면
    사』, 깊은샘, 1999, 432쪽, 337쪽.
14 이 시기 명동 다방과 관련된 선행 연구는 문화예술경영학 분야에서의 문화지리학적
    연구, 공간 특성에 관한 연구(장은지, 2014; 오선희, 2013; 이가언, 2008 등)가 이루어진
    바 있으나 문학 연구와 거리가 있고, 문학 분야에서도 일부 연구(최호빈, 2020; 박태진,
    2012; 권경미, 2016 등)가 이루어졌으나 단편적으로 이루어지거나 특정 문인 중심으로
    연구되어 전체적인 맥락을 파악하기에는 불충분한 점이 있었다.

중심으로 한 문인/지식인의 네트워크가 환도 후 명동에서 새롭게 형성된 다방들로 이어지는 흐름을 고려하여 그 연결성을 파악하고 총체적으로 조망해보려 한다. 기존의 연구들은 다방의 문예이면사를 소략하게 다루거나 다방의 향락성 등에 비추어 부정적으로 평가하거나 친교, 만남의 장소로서의 기능에만 중점을 두고 본 경우가 많았다. 그러나 이 시기 다방의 문인 네트워크는 식민지기 다방, 문학 살롱과도 구별되어야 한다.

조병화는 이 시기를 회상하며 "문인·예술인들은 한때 엉켜서 이 명동 지대에서 살았다. 「호적이 없는 가족」이라 했다. 호적을 같이하고 있는 것은 아니지만 한 가족이라는 뜻이다"[15]라고 말하기도 했다.

그들은 위기의 국면에서 함께 모였다. 문화 예술, 언론과 출판에 정치적 폭력이 가해지고 "극단적으로 타율적인 상황"[16]에 놓인 시대에 자율적인 공동체를 이루고 공공성을 회복하려고 한 이 시기 다방 네트워크는 문학사적인 의미를 가진다.

정명교는 "전 세상의 해답이 아무 것도 해결해주지 않았"을 때 위기와 불안이 오며, "세상에 대한 근본적인 질문"[17]이 도래하는 때라고 보았다. 위기는 세계를 변화시키는 호기가 되기도 하므로, "이러한 위기/호기의 전환을 인간은 어떻게 치러내는가, 라는 물음"[18]은 숙고해야 할 문제이다.

당시의 다방은 어떻게 네트워크의 결절점이 될 수 있었을까? 이 글은 1950~60년대의 문학공동체의 지리적 거점이자, 비공식적인 공론의 장인 명동의 다방을 재평가하고, '명동시대' 이후 이어진 70년대의 '종로시대'까지 살펴볼 것이다.

---

15 조병화, 「명동시절」, 『한국문단이면사』, 깊은샘, 1983, 331쪽.
16 백낙청, 앞의 글(1965.6).
17 정명교, 「위기가 아닌 적이 없었다. 그러나 때마다 위기는 달랐다 : 위기 담론의 근원, 변화, 한국적 양태」, 『현대문학의 연구』 51, 2013, 11쪽.
18 위의 글, 같은 쪽.

2. 만송족 논란과 문화예술장의 재편

다방 네트워크가 형성된 배경을 이해하기 위해서는 먼저 '만송족'에 대한 설명이 필요할 것이다. 만송족(晩松族)은 만송 이기붕(晩松 李起鵬)과 관련된 논란에 연루된 일련의 집단을 일컫는 조어다. 만송족과 관련된 논란은 민감한 사회 문제를 반영하고 있으며, 당시 첨예한 논란의 대상이었고 당대 문단을 이해하기 위해 중요한 부분인데도 지금까지 공식 문학사에 언급되거나 문학 연구 논문으로 자세히 다루어진 바를 찾아보기 힘들다.

만송족에 대한 논란은 4월 혁명을 계기로 하여 거세게 일어났는데, 소설가 오상원이 「만송족은 숙청돼야 한다. 문단에 보내는 공개장」(1960년 5월 8일자 『동아일보』)을 실었고 시인 조향이 「나는 고발한다 상; 하」(상 -『동아일보』, 1960. 5. 10. 『동아일보』, 하-1960. 5. 12)에서 '민주주의의 역적' 이라며 문총 임시총회의 부당한 풍경을 고발했던 것처럼 이기붕을 지지했던 문인들에 대한 성토의 목소리를 높이는 사람들이 생겨났다. 그들은 부통령 출마자였던 이기붕의 지지성명을 『서울신문』에 낸 바 있는 예술가와 문인들을 규탄했다. 만송을 지지하는 문필과 행사에 참여했던 이들을 "만송족(晩松族)"이라고 처음 칭한 사람은 시인 신동문이었다. 조지훈도 지식인의 타락상에 비판의 목소리를 높이며 4월 혁명 발발 이전인 1960년 2월 15일에 "학자 문인까지 지조를 헌신짝같이 아는" 세태를 한탄하며 「지조론」(「새벽」 3월호)과 같은 글을 쓰기도 했다.

만송족에 대한 공식적인 비판을 가장 크게 가했던 사람은 시인이며 문학평론을 겸하던 이영일(李英一)이었다. 그는 경향신문을 통해 문총 해체에 대한 강한 주장을 펼쳤다. 이 논의가 설전과 필전을 거듭하며 더욱 뜨겁게 번지게 된 것은 단순히 일부 문인과 예술인들이 특정 정치인에 대한 지지성명을 냈기 때문만은 아니다. 이 논란이 불거지면서 당시의

'주류문단'에 포함되고 국가 지원 사업 등의 수혜자가 되었던 문인들이 정치권과 밀착된 소위 '어용집단'이라는 사실에 대한 비판으로 번져갔고 이와 더불어 국가의 규제-지원 시스템 하에서 주류문단에서 소외된 문인들이 존재한다는 것을 드러냈기 때문이었다.

당시 만송 이기붕은 이승만 대통령을 보좌하던 정치계의 거물로, 현직 국회의장이면서 이승만 대통령의 뒤를 이을 자유당 정권의 2인자로 여겨지며 부통령에 출마한 상태였다.

이영일은 4월 혁명이 일어나고 이승만 정권이 하야하고 이기붕도 자결한 뒤 「혁명과 문화」(『경향신문』, 1960.5.3)에서 "혁명을 맞이하는 태도와 앞으로의 전망"대해 쓰며 전후 정권, 정치세력에 편승하였던 예술인과 문인들을 고발하고 모든 문화단체를 재검토하며 응당한 책임을 져야 한다고 비판했다. 이영일은 또한 1960년 5월 16일자 『경향신문』 4면에 실린 글 「문화정신의 확립 관제문인, 문화단체, 문단적 병리 상(上)」에서 이영일은 이 당시의 논쟁에 대해 돌아보는 글을 올렸는데, 이 글을 읽어보면 당시의 상황을 대체적으로 파악할 수 있다. 그는 같은 해 2월 발행되었던 문총회보에 '반공예술인단'을 산하단체로 표기해놓았던 것을 들며 문총과 반공예술인단의 유착관계를 고발하였다. 그에 따르면, 반공예술인단(反共藝術人團)이 반공의 기치를 내걸었으나 사실상 반공 이데올로기를 무기로 하여 자유당의 전위대 구실을 하며 문화예술계에 막대한 영향력을 행사했던 단체였으며 '시민 위안의 밤'을 주최해 서울운동장 등지에서 연예인들을 동원해 이승만 대통령과 이기붕 부통령을 당선시키려는 선거운동을 하기도 했다. 1960년 3월 6일 서울운동장에서 열렸던 '이승만 박사, 이기붕 선생 출마환영 예술인대회'는 대회 회장 임화수의 개회사를 시작으로 각 분야 문화 예술인들과 5만 명 시민이 모인 가운데 성대하게 개최[19]되었다. 반공예술인단의 단장이었던 임화수는 5·16 이후 혁명재판정에서 사형이 언도되어 집행된 바 있기도 하다.[20]

이영일은 이어 〈한국문협〉, 〈자유문협〉 등 문화단체들의 부정을 지적하며 이 단체들의 해체를 요청했다. 이영일은 바로 다음날인 1960. 5.17에 실린 '하(下)'편에서는 한국전쟁 당시 "지금의 일부 문총간부들이나 〈한국문협〉 기타 문화단체들은 누가 문단이나 문화계의 헤게모니를 잡느냐하고 눈이 충혈"되어 있었고 "문단정치가들이 환도 후에는 더욱 노골화한 문단정쟁을 일삼아왔었고 백해무익한 문단 '보스. 씨스템'의 성곽을 쌓아왔다. 이러한 문단파쟁은 제각기 기관지를 가지게 됨으로써 한층 조직화하고 음성화되어 갔"으며 "집권정당에 편승하는 한편 예술원 회원 '씨이트' 쟁탈전을 공공연히 벌리었다"라고 신랄하게 비판했다.

문단 내에서도 매우 엇갈린 평가를 받고 있었던 만송을 지지하는 쪽에서는 만송이 서대문구 홍제동에 문화촌(文化村)이라는 예술인 마을을 만들었고 예술인들에게 쌀 지원 등을 했던 공이 있다는 것 등을 들어 긍정적으로 평가했다. 만송에 대해 다소 너그러운 입장을 가지고 있던 김시철은 소위 '만송족'을 옹호하는 논조의 「먼저 구정물을 토해내고 발언하자!」라는 제목의 글을 『조선일보』에 연 3회에 걸쳐 싣기도 했다. 당시 김시철은 『자유문학』 편집을 하고 있었는데 순수문학 계열 월간잡지였던 『자유문학』은 문총의 산하단체인 〈한국자유문학자협회(韓國自由文學者協會)〉의 기관지의 역할을 했다. 이에 김시철은 김광섭, 모윤숙, 이헌구 등 『자유문학』을 기반으로 하고 있던 문인들을 대변하여 입장을 펼친 것[21]이었다.

그는 이 글에서 "한두 마리의 빈대를 잡기 위해 초가삼간에다 불지르는 미련한 짓은 하지 말자"며 문총이 문화예술계의 발전을 위해 애써 온

---

19 「예술인대회 성황」, 『조선일보』, 1960.3.7.

20 '반공예술인단', 『한국민족문화대백과』, 한국정신문화연구원, 1991.

21 이에 대해서는 김시철, 『격랑과 낭만』, 청아, 1999, 179~188쪽 참조. 『자유문학』 발행인이었던 김광섭은 〈자유문협〉 위원장을 역임했고 모윤숙은 〈자유문협〉 시분과 위원장이었다.

업적이 더 많다는 것을 설명하고 있다.

이영일은 이에 대해 "문화인이란 스스로의 양심에 의하여 자신을 구속할 줄 알아야 한다"라면서 김시철 등의 답변이 "죄과를 도호하려는 또 하나의 비열한 항변"이라고 비난했다.

당시 김시철의 입장은 『자유문학』을 옹호할 수밖에 없는 상황이었다. 그는 『자유문학』 혁신호부터 편집을 맡아 만들었던 인물이었다. 김시철이 만송에 대해서 우호적인 입장을 취했던 것은 『자유문학』의 핵심 인물들이기도 했던 순수문학 진영의 일부[22]가 만송을 옹호했던 사실 때문이었다. 〈자유문협〉의 태생이 〈문총〉의 핵심 주체 몇 명의 주도로 발족된 문학단체였기 때문에 이와 관련해서 비판에 놓이게 되었던 것이다. 그러나 『자유문학』이 거의 '기관지'였다고는 해도 실제 원고료나 운영에 있어서 발행인 김광섭의 사재가 들어가는 등 개인이 운영하던 잡지에 가까웠고 1만부에 달하는 발행부수를 내던 문예지로서의 위상이 있었으므로 자유문학자협회 해체 이후에도 독립적인 잡지로 좀 더 운영하다 1963년에서야 폐간되었다.

김시철은 이후 1970년대에 가서 명동의 나일구 다방 2층 당구장에서 "원수 외나무 다리에서 만나듯 이영일과 마주쳤을 때, 우리는 서로 씁쓸한 웃음으로 악수를 교환함으로써 만송론 논쟁은 슬그머니 막을 내리고 말았다."[23]고 쓰고 있지만 실제로 이 논쟁은 해결된 것은 아니었고, 문단의 실질적인 혁신, 정화도 이루어지지 못했다.

문총은 1961년에 해체되었고, 문총 뿐 아니라 여러 관제단체들이 비판

---

22 고은은 "친 이승만 계열 문총 지도자"에 대해 "김광섭, 이헌구, 모윤숙을 필두로 해서 이인석, 김규동 등은 자유당 중앙위원이기도 했고 여기에 비문총계열 조연현이 여당지 향의 곡예를 시작했던 것"이라고 언급한 바 있다.(고은, 「고은의 자전 소설─나의 산하 나의 삶 〈140〉」, 『경향신문』, 1993.7.17)

23 김시철, 앞의 책.

에 직면해 해산하였다. 4월 혁명 이후 문단에 이러한 비판 여론이 높아졌던 사실 자체는 의미가 있다. 염무웅은 이 시기를 돌아보면서 "4·19혁명과 5·16쿠데타라는 정치적 격동은 문단 지형에 적잖은 변화를 가져왔다. 무엇보다 4·19는 문단 지도부의 어용적 행태에 타격을 가했다."[24]라고 말하기도 했다. "조지훈·박두진·박남수 등 한국시인협회 시인들의 현실 비판적 발언이 나온 것도 이런 문맥 속"이었다는 것이다. 『사상계』 4월호에 정준하는 마치 4월 혁명을 예고하듯 당시 문인들의 '추태'를 고발하기도 했다. "… 더욱 가슴 아프게 한 것은 부정과 불의에 항쟁은 못할망정 오히려 야합하여 춤춘 일부 종교가·작가·예술가·교육가·학자들의 추태다 … 지조 없는 예술가들이여, 너의 연기(演技)를 불사르라. 너의 연기는 독부(毒婦)의 미소 섞인 술잔이다. 부정에 반항할 줄 모르는 작가들이여, 너의 붓을 꺾어라. 너희들에게 더 바랄 것이 없노라."

이러한 비판여론은 문총의 해체를 촉발했다. 문총이 해산된 정황은 김시철의 글 「〈자유문협〉 해체와 『자유문학』의 진로」에 드러난다. 4월 혁명 이후 "한동안 자유당 정권이 양산해 냈던 숱한 관제단체들이 설자리를 잃고 속속 자진해산 되었는데, 역시 온갖 구설수에 오르며 관제단체라는 멍에를 짊어진 〈문총〉도 긴급 임시총회를 열어 자진해체라는 결의"[25]를 하게 된 것이었다. 문총의 해체와 함께 산하단체들도 해체하게 되어 〈자유문협〉도 임시총회를 열었고 해산하게 되었다.

당시 문단은 문학 공동체들이 "우리나라 문화의 창달과 문화인의 권익 옹호보다는 어떤 특정인이나 그룹의 주도권 장악을 위한 파쟁의 온산이 되"었다는 사실을 비판적으로 인식하고 "이합집산을 거듭해오던 우리나

---

24 염무웅, 「이슈 창간 70주년 기획—염무웅의 해방 70년, 문단과 문학 시대정신의 그림자 (8) 4·19, 다양성 억압한 전후 '순수문학'의 판을 뒤흔들다」, 『경향신문』, 2016.8.8.
25 김시철, 앞의 책, 226~230쪽.

라의 예술문화단체는 사월혁명이 이룩되자 재검토할 계기를 얻었다."[26]
고 인식하고 있었다. 말하자면 문화예술계의 병폐를 치유할 수 있는 기회
가 주어졌던 것이었다.

　한국문학가협회도 1955년 5월 문총을 탈퇴하였다. 4월 혁명 이후 일부
회원들이 독재정권에 협조하였다는 사실 때문에 〈자유문협〉과 같이 해
체론도 대두되었으나, 해체는 하지 않고 존속하는 대신 대표회원들의
사표를 모두 수리하였다. 이로 인해 김동리, 박종화, 조연현, 박용구,
곽조원, 오영수 등이 중요인물이었던 한국문학가협회는 이종환 사무국
장 외 모두 공석이 되었다.[27]

　그러나 4월 혁명 이후 자유당 관련 관제단체들이 일부 해체되기는 했
지만, '만송족' 관련 인물들의 과오를 밝혀 책임소재를 묻거나 공개적인
사과를 하는 등의 조치가 없이 흐지부지되고 말았고, 결국 사회 혁신을
이룰 기회를 살리지 못했다.

　비판의 목소리를 높이던 사람들도 4월 혁명이 5·16으로 이어지게 되
면서 미완의 혁명으로 끝나고 말았다는 실의로 인해 동력을 잃었고, 사회
문제들이 제대로 논의되고 해결되지 못한 채 생긴 권위의 공백에 권력이
개입해 들어오면서 4·19혁명 세력에 의한 대대적 변화와 재편도 제대로
시행되지 못했다. 만송족에 대한 평가와 책임 소재 규명 등도 제대로
이루어질 수 없었던 것으로 보인다.

　자유당에 결탁했거나 정치권력을 위해 봉사했던 문화인들과 문화단체
들에 대한 비판은 있었으나 기존의 단체와 기구들이 해체된 빈자리에
오히려 5·16 이후 권력이 개입하여 다른 방식의 재편을 이루게 된다.
문화예술계와 정치권의 유착이라는 근본적인 문제 해결이나 체질 개선

---

26 「우리나라 藝術文化(예술문화) 團體白書(단체백서)」, 『조선일보』 5면, 1961.3.19.
27 위의 글.

이 이루어지지 못한 채 다시 군사정권이 시작되면서 1960년대의 문단은 한층 더 혼탁해졌다.

4·19 이후 5·16 이전 민주당의 문화정책은 자유당 치하의 억압적 문화적 분위기를 해체하는 데 초점이 맞춰져 있었으나 5·16 이후 61년 6월 공보국이 공보부로 격상되며 문화정책을 전면적으로 실시하게 되었다. 이 문화정책은 기본적으로 "대상을 선별하여 물질적으로 지원하는 것"[28]이었다. "도서관법의 제정은 출판계의 기대를 불러일으켰으며 미술, 음악, 연극, 문학 등 거의 모든 문화계에 구체적인 지원이 실시되거나 약속되었"음에도 그 지원은 선별적으로 이루어졌고 지원에는 "강압과 동원이 기본적인 전제로 깔려있었다. 쿠데타의 정당성을 선전하는 각종 행사에 문화단체가 전면적으로 동원된 것이나 문화단체의 일방적 해산 및 예총의 창립 역시 이 시기 문화정책의 일환이었다." 문화계는 이에 맞게 재편되었으며 4월 혁명 이전과는 다른 방식으로 문화예술인들을 억압하게 되었다. 예술원과 관련된 논란은 이를 잘 보여준다. 61년 1월 21일 문화보호법 개정은 예술원이 추천하거나 제청한 자로 회원을 한정해서 모든 문화인에게 부여되어 있었던 선거권을 박탈[29]했다.

표면적으로는 이전 헌법에 있던 언론, 출판, 집회, 결사의 자유에 대한 유보조항이 삭제[30]되는 등 자유가 확대된 것처럼 보였으나 실제 검열이 엄혹하게 작동했으며 제한적이고 선별적으로 이루어진 지원으로 인해 문인들은 문화정책의 규제의 틀을 벗어나 사상, 표현의 자유를 행사할 수 없었고 공적인 영역에서 제대로 목소리를 낼 수 없게 되었다.

---

28 임경순, 「1960년대 검열과 문학, 문학제도의 재구조화」, 『대동문화연구』 74, 성균관대학교 대동문화연구원, 2011, 99~134쪽을 참조할 것. 이어지는 관련 구절들의 인용 쪽은 이 글의 104쪽임.

29 「문화보호법개정안 원안대로 통과」, 『동아일보』, 1960.1.21.

30 임경순, 앞의 글, 111쪽.

이러한 상황에서, 문단의 실권을 행사하며 제도권의 지원을 받았던 일련의 문인 그룹과 이에 소외된 문인들과의 간격은 커져갔다.

염무웅은 "젊은 문인들이 일종의 반란을 시도한"[31] 사례라면서 '전후문학인협회'(〈전후문협〉)과 '청년문학가협회'(〈청문협〉) 결성에 대해 언급했다. 염무웅에 따르면 1960년 5월 28일 창립총회를 열고 결성한 〈전후문협〉은 당시 문단에서 주목을 받았던 신진작가들[32]이 대거 포진해 있었으나 1961년 5월 25~26일 개최 예정인 제3회 문학강연회가 신문(경향신문 1961년 5월 15일)에 보도되었을 뿐 5·16쿠데타로 인해 행사는 불발로 그쳤을 가능성이 높고, 〈전후문협〉 주최의 다른 행사도 기록을 찾을 수 없으며 "이 단체들은 1961년 6월 군사정권의 포고령에 의해 모두 해산"[33]되었다는 것이다.

이후 1960년대 소위 '4·19 세대'라고 불리는 일련의 신진 문인들이 문단에 등장하며 1967년에 결성되었던 것이 '청년문학가협회'(〈청문협〉)[34]였다. 동인지 '산문시대'(1962~1964)의 간행, 동인 '비평작업'(1963)이 발족하는 흐름도 있었다. 염무웅은 이런 흐름들이 모여 이루어진 것이 〈청문협〉이라고 평가하고 있다. 그런데 1968년 통일혁명당(통혁당) 사건과 관련해서 〈청문협〉 간사 몇 명이 통혁당에서 발간하던 진보 잡지 『청맥』에 기고한 것[35] 때문에 "〈청문협〉이 통혁당 산하조직이라고 보도되는 사

---

31 염무웅, 앞의 글.

32 서기원, 오상원, 이호철, 최상규, 송병수, 김동립, 최인훈 등 소설가, 신동문, 구자운, 박성룡, 성찬경, 박희진, 고은, 민재식 등 시인, 홍사중, 이어령, 유종호 등 평론가들이 창립회원이었다.

33 위의 글.

34 〈청문협〉은 시인 이근배를 총무 겸 대표간사로 하여 임중빈(섭외)·조동일(기획)·염무웅(출판)·김광협(권익)·이탄(시분과)·김승옥(소설분과)·김현(평론분과) 등으로 간사단을 구성하고 등사판으로 자료집을 만들어 두세 번 정도 공개 세미나를 개최한 것으로 당시 유인물에 기록되어 있다.(위의 글에서 재인용)

35 조두진, 「이근배 시인이 증언하는 통혁당·문인간첩단 사건」, 『매일신문』, 2017.9.12.

태가 벌어"[36]지면서 결국 〈청문협〉은 더 이상의 활동을 할 수 없게 된다. 군부권위주의 시기에 나름대로 새로운 문학의 흐름을 만들고 저항의 기틀을 마련해보려고 했던 단체들이 잇따라 외부의 억압에 의해 해체된 것이다.

억압이 강력해질수록 그 반작용으로 저항도 더욱 높아지던 시기에 주류 문단에서 소외되고 공식적인 단체 결성조차도 자유롭게 할 수 없었던 문인들은 제도권 바깥[37]에서 비공식 네트워크를 형성했다. 네트워크가 이루어진 공간은 친목, 소통, 교류뿐 아니라 담론을 만들고 문화예술 창작과 활동을 하는 다양한 행위가 이루어지는 장이었는데 주로 '다방'이었다.

3. '명동시대'의 기원과 형성

명동이 1960년대까지 문화인들의 집결지로 절정의 '명동 시대'를 구가하였던 것은 명동의 다방들과 국립극장의 영향이 크다. 명동 구 극립극장은 명동의 한복판에 서서 미도파백화점부터 명동성당까지 한축으로 묶

---

36 염무웅, 앞의 글.
37 다방 네트워크에 속해 있었던 문인들이 항상 제도권 바깥에 있었던 것은 아니다. 1950년대에는 어떤 단체에 속했거나 문단의 주류에 있던 사람들이 1960년대에 와서 문단의 재편과 단체의 해산 등으로 인해 공식적인 소속 공동체나 상징 공간을 잃은 경우도 많았다. 과거에는 내부에서 활동했으나 현재에는 의도적이든 아니든 간에 제도권 바깥에 있게 된 경우도 있었다. 주의해야 할 것은, 제도권 밖에 있는 공간이라고 해서 반드시 반제도적이었던 것은 아니고, 전혀 다른 성격의 집단이 동시에 이용한 경우도 있다는 점이다. 예를 들어 〈마돈나〉 다방을 거점으로 하여 교류했던 '낙랑클럽'은 김활란 총재와 모윤숙 회장을 중심으로 이화여전 출신들이 모인 공동체였는데 이승만 정권, 친연성을 가지고 있었고 미 군정청에 로비를 하거나 외교적 목적을 달성하기 위해 조직되었다. 그러므로 중요한 것은 공간 그 자체라기보다는 그곳을 거점으로 해서 이루어진 네트워크다.

는 서울의 문화지대를 형성[38]했고 화가와 문인 등 예술인들이 서식하게
된 하나의 문화적 중심지로의 기능을 했다.

문화예술인들의 서식처로서의 명동의 위상은 60년대 중반 이후 점차
퇴조하였다. 1961년부터 시작되었던 도심부 재개발 사업의 첫 대상지가
명동이었으며 이후 1960년대 중반부터 명동아동공원 폐지 및 백화점 건
립 등 지형도가 바뀌게 되며 명동의 상점들이 차차 문을 닫거나 이전하게
되고, 결과적으로 문화예술인들의 모임과 활동이 사라져버렸기 때문이
다. 이에 따라 문화예술의 중심지로서의 명동의 위상은 사라지고 국립극
장 역시 1973년 장충동으로 이전하게 된다.[39] 따라서 문인 네트워크가
활발히 이루어졌던 '절정기'인 '명동시대'는 그 시기를 전후~60년대 중반
까지라고 보는 것이 적절할 것이다. 그런데 이 '명동시대'의 기원은 피난
지 부산으로 거슬러 올라간다.

김동리의 「밀다원 시대」[40]는 1951년 1·4 후퇴 때 부산 피난민 생활
경험을 근거로 쓴 소설로 1955년 4월 『현대 문학』에 발표해 같은 해 제3
회 자유 문학상을 수상했다. 실제 부산에서 피난생활을 한 문인들과의
교류를 바탕으로 쓴 소설로, 이 작품을 보면 당시 부산에서 형성되었던
문인 공동체의 면모를 알 수 있다. "광복동 로터리에서 시청 쪽으로 조금
내려가서 있는 다방으로 아래층 한쪽에는 〈문총〉 간판이 붙어있었"(71)던
〈밀다원〉은 부산의 문인들이 모여 있는 곳이었다. 명동에서 피난 온 손소
희가 운영하면서, 피난문단의 작가들이 이곳을 근거지로 모인 것이다.

당시 피난을 온 대부분의 문인들의 형편이 곤궁하여 하루의 대부분을
거리에 나와 있었고 "서울서 온 문화인들은 모두 밀다원에 모인다지

---

38 김정동, 『근대건축기행』, 푸른역사, 1999, 186쪽 참조.
39 이가언, 「1900년대 초중반 명동지역 다방의 변천과 역할에 관한 연구」, 2008, 33~35쪽.
40 이 글에서 참고한 판본은 김동리, 『밀다원 시대』, 계간문예, 2013.

요"(63)라는 말이 나올 정도로 자연히 다방에 모이게 되었다. 그러나 박운삼(실제 인물 전봉래)의 자살 이후 〈밀다원〉에 모이던 문인들은 쫓겨 나오다시피 되어 광복동 로터리 주변에 있는 다른 다방들로 분산되어 가는데, 로터리를 중심으로 하고 더러는 남포동 쪽의 〈스타〉다방으로 나가고, 절반은 창선동 쪽의 〈금강〉다방으로도 나갔다(90)고 되어 있다. "〈금강〉은 〈밀다원〉보다 면적도 훨씬 좁았을 뿐 아니라 다방다운 시설이나 장치라고는 전혀 없는 어느 시골 간이역 대합실과도 같은 집"이었으나 "바로 건너편에 있는 『현대신문』에 친구가 있기 때문"에 이 소설 주인공 이중구는 "K통신사의 윤의 소개로 『현대신문』에 논설위원 일을 보게" 된다.(91)

그 후 조현식이 중구의 소개로 "『현대신문』 이층 한쪽 구석방에서나마 〈문총〉 간판을 옮겨 붙일 수 있게" 된다. 이 소설에서 이중구는 가족의 이산과 전쟁으로 인한 내적혼돈과 불안을 밀다원에서 동료 문인들과의 교류를 통해 해소하는 모습을 보인다. 등장인물들의 이름은 실제 문인들과 예술인들의 이름을 조금씩 변형한 것으로 주인공 이중구는 소설가 자신이나 이봉구, 조현식은 평론가 조연현을, 오정수는 소설가 오영수를, 길선득은 소설가 김말봉을, 박운삼은 전봉래를 모델로 하고 있다. 밀다원 역시 당시 부산의 광복동에 실제 있었던 다방의 이름이다.[41] 「밀다원 시대」에 재현되어 있는 문인들의 고뇌, 불안은 당대 현실을 반영한 것이라 하겠다.

이봉구의 『명동백작』[42]은 명동의 다방들에 모였던 많은 문인들을 다루고 있다. 부산 광복동의 금강다방과 광복동 입구의 에덴 다방, 국제 시장 안의 태양 다방에 모였던 문인들이 자연스럽게 네트워크를 형성하게 된

---

41 송명희, 「「밀다원 시대」에 나타난 '부산'과 '밀다원'의 장소감」, 『한국문학이론과 비평』 54, 한국문학이론과 비평학회, 2012 참조.
42 이봉구, 『명동백작』, 일빛, 1990.

배경과 그들의 교류에 대해 자세히 술회하고 있다. 그들의 네트워크는 환도 후 서울 명동에서 계속 이어지게 되었다.(50)

피난 시절 부산 광복동에는 〈밀다원〉을 포함해 20여 곳의 다방이 있었는데 전쟁기 다방들은 단순히 문학 살롱의 역할 뿐 아니라 전쟁통에 소식을 전달받고 여론을 형성할 수 있었던 언론이자 매체의 기능을 수행했다. "소식을 들을 수 있는 유일한 수단인 전화기와 신문이 있었다. 다방은 이들이 정보를 교류하는 공간이자 문화·전시공간을 해결해준 오아시스 같은 곳이었다. 특히 '밀다원'에는 유독 예술가들의 발길이 잦았다. 아래층에 피난 시절 '문총(文總)' 임시 사무실이 있었던 영향도 있었다. 피난 예술가들은 이 다방에서 부산 예술인들을 만나 도움을 받기도 했다."[43]는 서술에서 드러나듯 이곳은 단순한 친목 교류나 피난지의 외로움을 달래기 위한 곳만은 아니었다. 이 시기는 전후~1960년대의 상황처럼 '시스템의 밖으로 밀려났다'기보다는 '시스템이 부재'하였던 시기라고 할 수 있다. 그래서 부산 다방들은 전쟁을 피해 있는 피난지이자, 시스템이 부재한 상태에서 임시적으로 구축된 대안 공간이었을 뿐 시스템 바깥에서 현실적 대응을 모색하는 네트워크의 장으로서의 기능은 비교적 크지 않았다. 물론 한국전쟁 시기 피난지에서의 다방 네트워크가 이후 '명동시대'의 르네상스를 이끄는 초석이 되었고 전쟁기 문화예술을 이어간 거점이 되었던 의의를 가지지만 특별히 어떤 정체성을 가지고 있었다고 보기는 어렵다.

〈마돈나〉는 원래 해방기 서울의 유명 다방이었다. '조선청년문학가협회'의 순수문학파 작가들의 아지트 역할을 했던 동시에 정지용, 이용악 등의 좌파 문인들이 드나들기도 했다. 이 안에서 서로 다른 사상과 지향을 가진 네트워크들이 공존하며 서로 긴장하고 경계를 넘나들며 교류했

---

43 김진하, 「제비의 귀천 문예다방 60년」, 근대서지 (18), 2018.12 참조.

다는 데 주목할 필요가 있다. 『명동백작』에는 처음 문을 열었던 〈봉선화〉
다방이 문을 닫고 〈에덴〉이 생긴 후 〈봉선화〉에 출입하던 사람들이 자연
스럽게 모이게 되는 과정이 드러난다. 그후 〈마돈나〉가 생기자 김동리,
조연현, 김송을 비롯한 문협 인사들이 이곳을 기반으로 교류하며 네트워
크를 형성했다. 이 〈마돈나〉의 멤버들이 피난지에서 다시 다방으로 모여
교류했고 환도 후 서울에서 다시 '다방 네트워크'를 이어갔다.

　이봉구 소설 『명동 2년』을 보면 "명동은 포화 속에 타버리고 무너져
반 조각이 되어버렸다. 명동 입구에서부터 문예서점, 명동극장, 국립극
장 쪽만 남고 건너편 동순루를 비롯해 많은 건물이 허물어졌고 〈마돈나〉
로 통하는 명동거리가 충무로쪽으로 절반이 타버려 〈명동장〉, 〈무궁원〉,
〈돌체〉, 〈휘가로〉가 빈 터만 남아 있었다."[44]라고 쓰여 있다. 다시 사람들
은 돌아오기 시작했지만 "없어진 사람도 많았다. 납치 또는 월북으로 이
거리의 단골들이 보이지 않"게 된 것이다. 그러나 죽거나 월북, 혹은 실종
되지 않고 서울에 남은 사람들은 전쟁으로 파손된 명동에 다시 모이기
시작했다.

　전후 문단에서 "문예살롱 대성 갈채 모나리자 동방살롱 돌체 청동 에
덴 봉선화 마돈나 남강 미네르바 오아시스 고향 코롬방 라뿌름 올림피
아… 등에 오갈데 없는 반실업의 문인들이 하루 종일 진을 치고 앉아 있는
모습"[45]을 흔히 볼 수 있었다.

　다방에 모이는 문인들은 서로를 '토끼족'으로 칭하기도 했다. "모나리
자다방은 문학예술인 만나는 아지트"였고 여러 명이 모이면 빈대떡집으
로 옮겨 가 술을 마시기도 했다. "고향생각에 눈물제목부터 우리 패를
토끼족으로 표현하면서 술을 마셔도 횟수로 따지는 성급한 동물이 있다

44 이봉구, 「명동 2년」 (25), 조선일보, 1965.9.26.
45 장석주, 「시인 김관식(기인열전 내멋에 산다 4)」, 『세계일보』, 1997.9.10.

고 쓰기 시작했다."[46]는 것이다. 장수철은 '토끼족'에 대해 다음과 같이 설명하고 있다. "명동산맥을 지킨 지도 오래 되었지만 한 굴속에 오래 있지 못하는 성품 때문에 새로 등장하는 샘터(술집)라면 언제든 맨 먼저 발견하는 토끼족은 이광수 최요안 윤용하 김영일 강소천 이붕구 필자 이덕진 김상덕 박흥민 제씨 등이다. 이들은 「모나리자」굴에서 약 30m 떨어진 곳의 두붓집으로 간다. 그렇지 않으면 빈대떡집 「모루코」. 거리는 마찬가지이고 집은 수숫대로 세운 움막 같다. 주인 여자는 두 집 모두 절구통, 동물로 치면 곰 같다. 서비스 같은 것, 애교 따위는 찾아볼 수 없고 다만 손님이 청하는 술 말만 헤아리고 전신주 같이, 쌀뒤주같이 서서만 있다. 그러한 집은 곰이 주인이 돼야 제격인가? 이들은 그 집을 하루 최고기록 12회까지 출입하는 수가 있다…"[47]

'명동시대'가 절정기를 구가하던 시기에는 다방의 수도 많고 음악다방처럼 특화된 곳도 있었지만, 당시의 문인 네트워크는 크게 '모나리자'파('모나리자'가 폐업한 이후에는 '동방살롱'으로 이동)와 '문예살롱'[48]파로 나뉘었다고 할 수 있었다.

50년대 국가주의와 반공주의 이데올로기는 소위 관변문학과 '만송족'으로 상징되는 어용문인들을 만들어냈고 전후 공론장에서의 문학은 점점 더 왜소해졌다. 4월 혁명 이후 주류문단에 포함되고 국가 지원 사업 등의 수혜자가 되었던 문인들이 국가권력과 결탁한 것이 비판되었으며 문단의 병폐를 치료하고 정화할 수 있는 계제가 생겼으나 그 기회를 살리지 못했고, 곧 이은 5·16과 군사정권으로 인해 국가 주도의 다른 방식의 재편이 이루어지게 된다.

---

46 장수철, 「명사들의 인생회고/격변기의 문화수첩:27」, 『국민일보』, 1990.6.13.
47 위의 글.
48 당시 '싸롱'과 '살롱' 표기가 혼용되었는데 이 글에서는 주로 '살롱'이라고 표기하되 원문을 인용할 때는 원문의 표현을 그대로 따르기 때문에 "싸롱, 살롱"을 혼용하게 될 것이다.

문학인들의 사랑을 받았던 다방은 식민지기에 '다방취미'라는 비하적 표현과 함께 비난받은 바 있다. 지식인의 무이상, 무기력, 무의지, 권태 등을 나타내는 곳[49]이라는 비판적 지적도 있고 '다방문화'가 50년대 전후의 피폐한 현실에서의 도피라고 보는 시각도 존재한다. 그러나 문화공간도 없던 1950~60년대 한국의 다방 공간은 복합문화공간으로 기능했으며 문학, 미술, 음악, 영화인들이 교류하고 영향을 주고받는 범문화적 공간이기도 했다. 문학인들은 다방에서 창작, 발표, 담론의 형성 및 정보교환을 했다. 출판기념회가 열리고 각종 행사가 개최되기도 했으며 "소비적인 사교장이 아니라 예술과 인정이 교류하고 창작 의지를 재충전하는 산실"[50]이었고 문화예술단체를 지원하는 기능까지 담당했다.

4. 환도 후 명동의 다방 네트워크

장석주의 회고에 따르면 당시 "명동의 문예살롱과 동방살롱은 한국문단사의 중심"[51]에 있었으므로, 이 두 다방에 대해 좀 더 자세히 살펴볼 필요가 있다. 먼저 〈동방살롱〉을 보자.

〈동방살롱〉의 기원은 〈모나리자〉에 있으므로, 〈동방살롱〉에 대해 이야기하기에 앞서 〈모나리자〉에 대해 먼저 알아보아야 한다. 〈모나리자〉는 환도 후 서울에서 가장 먼저 문을 연 다방이었다. 배우 겸 가수였던 강석연이 운영했기 때문에 김복희, 왕수복 등 가수들도 많이 출입했다. 소위 '명동백작' 이봉구를 주축으로 많은 문인들과 문화예술인들이 이곳

---

49 현민, 「현대적 다방이란」, 『조광』, 1938.6.
50 오태진, 「달라진 풍속도-문화인 사랑방」, 조선일보, 1984.11.14.
51 장석주, 위의 글.

에서 교류했다.

장수철의 시 「모나리자 다방」(「월간문학」 5월호, 1998)에는 그 당시 문인
들의 심경이 잘 드러나 있다.

"멀리 들려오는 포성소리에/ 불안한 얼굴들을 마주보며/ 하루종일 앉
아서/ 시간을 씹어먹던 모나리자 다방/ 허둥지둥 파도처럼 피난길을 떠
났다가/ 수복되어 다시 모여든 명동거리/ 살아서 다시 만난 기쁨 하나로
/ 폐허속의 주막을 쏘다니며/ 안주도 없는 술에 취했으면서도/ 길을 잃
지 않고 돌아오곤 하던/고향의 품 같던 모나리자 다방/따스한 정들 오갔
던 곳"

조병화 역시 〈모나리자〉의 단골이었다. 부산의 다방 네트워크가 서울
〈모나리자〉로 이어지면서 "부산의 금강, 밀다원의 서울 친구들이 이곳에
다시 합류되어 아침부터 저녁 늦게까지 모나리자는 실로 서울의 문인,
예술인들, 그리고 기자들의 시장바닥이 되었다. 일단 이곳에 모였다간
끼리끼리 뿔뿔이 이 술집, 저 술집, 대폿집들을 찾아서 인생 실존의 애수
를 달래가며 공동의 운명을 나누러들 갔다"[52]는 것이다.

장수철은 한국아동문학회의 탄생도 〈모나리자〉 다방을 기반으로 하고
있었다고 술회[53]한다. 그에 따르면 당시 아동문학을 하는 사람들끼리 주
로 모이던 회동 장소가 〈모나리자〉 다방이었으며 "피란생활도 끝나고
서울도 수복돼 차츰 안정기에 접어들었으니 아동문학의 창달을 위해 또
아동문학가의 친목을 위해 어떠한 모임이 필요하지 않겠는가 하는 여론
이 비등했"고 "이렇게 해서 탄생한 것이 한국아동문학가협회"였다는 것
이다. 한국아동문학가협회는 1954년 1월 10일에 창설되었다.

---

52 조병화, 앞의 글, 431쪽.

53 관련된 내용은 장수철, 「정동시절」의 단편①(명사들의 인생회고/격변기의 문화수첩:30」,
    (「국민일보」, 1990.6.19).

〈모나리자〉가 폐업한 후, '모나리자'파들은 1955년 개업한 〈동방살롱〉
으로 이동한다. 이동한 '모나리자'파들은 철학자 김기석의 실존주의 강의
등 학술 이론 강의와 연구도 진행했으며 강민 등, 이런 강의로 인해 연행
된 이들도 있었다. 주로 문인 중심이었지만 〈동방살롱〉은 "문인들 뿐만
아니라 이해랑 장민호 김동원 유치진 등과 같은 연극계 인사들과 음악·영
화계 사람들"[54]이 출입했던 곳이기도 했다.

조병화의 회고에 따르면, "다방 모나리자가 망하고 새로 동방살롱이
생"기고 난 후 "일거 동방살롱으로 대이동을 했다. 동방살롱(상호명이 아니
라 동방살롱의 사장 김동근을 지칭하는 듯하다.)은 문학 애호가이며 「동방문화
회관」이라는 이름 아래 〈동방뉴스〉라는 사진 화보를 내고 있었고 많은
편의를 우리 예술인들에게 베풀어주었다. 이곳으로 장소를 옮긴 문인,
예술인들은 신개척지의 서부인들처럼 날이 갈수록 대성시를 이루었"고
"박종화, 양주동, 이하윤, 이헌구, 김광섭, 이홍열, 이무영, 여러 문총의
수뇌부를 비롯해서 무명의 문학청년까지 예술인의 메카처럼 이곳은 초
만원을 이루었"[55]다. 〈동방살롱〉과 동방살롱 부근 술집촌들의 단골 등
중에는 "명동에서 (그와 함께) 술을 안한 문인·예술인은 거의 없을 것"이
라고 조병화가 언급한 정음사 최영해나 "명동의 길목대감"이라고 부른
문예서림 김희봉 등을 비롯하여 문화와 예술에 대한 이해와 애정을 가지
고, 문인들을 지원하기도 했던 출판 관계자들도 있었다.[56]

김시철은 〈동방살롱〉과 〈갈채〉의 손님들에 대해 매우 자세히 기록[57]해
놓고 있다.

54 장석주, 「시인 김관식(기인열전 내멋에 산다 4)」, 『세계일보』, 1997.9.10.
55 조병화, 앞의 글, 348쪽.
56 위의 글, 349쪽.
57 인용한 명단의 출처는 김시철, 앞의 책, 26쪽, 37쪽.

동방살롱

〈소설〉

김팔봉(金八峰), 이봉구(李鳳九), 김광주(金光洲,), 최태응(崔泰應), 최인욱(崔仁旭), 임옥인(林玉仁), 박계주(朴啓周), 송지영(宋志英), 정비석(鄭飛石), 김송(金松), 장덕조(張德祚), 박연희(朴淵禧), 최정희(崔貞熙), 곽하신(郭夏信,), 김리석(金利錫), 정한숙(鄭漢淑), 조흔파(趙欣坡), 유호(俞湖), 박흥민(朴興珉), 곽학송(郭鶴松), 김광식(金光植), 김장수(金長壽), 선우휘(鮮于輝), 방기환(方基煥), 김중희(金重熙), 임수일(林秀逸), 염대하(廉大河), 홍성유(洪性裕), 안동민(安東民), 유승규(柳乘畦), 윤금숙(尹金淑), 구혜영(具暳瑛), 정연희(鄭然喜) 등등.

〈시〉

공중인(孔仲仁), 조영암(趙靈岩), 양명문(楊明文), 김용호(金容浩), 조병화(趙炳華), 김종문(金宗文), 김규동(金奎東), 김수영(金洙暎), 유정(柳呈), 박인환(朴寅煥), 이인석(李仁石), 석계향(石桂香), 김윤성(金潤成), 구상(具常), 이봉래(李奉來), 고원(高遠), 김경린(金琼鱗), 정한모(鄭漢模), 김영삼(金永三), 박거영(朴巨影), 이영순(李永純), 장수철(張壽哲), 장호강(張虎崗), 노영란(盧映蘭), 이용상(李容相), 조지훈(趙芝薰), 박남수(朴南秀), 왕학수(王學洙), 전봉건(全鳳健), 유근주(柳根周), 김관식(金冠植), 함윤수(咸允洙), 홍윤숙(洪允淑), 김남조(金南祚), 천상병(千祥炳), 장호(章湖), 구경서(具慶書), 이활(李活), 한무학(韓無學), 박화목(朴和穆), 김차영(金次榮), 이석인(李石人), 조남두(趙南斗), 최광렬(崔光烈), 이영일(李英一), 송석래(宋晳來), 이형기(李泂基), 김소영(金昭影), 석용원(石庸源), 임인수(林仁洙), 박이문(朴異文), 박태진(朴泰鎭), 안장현(安章鉉), 이덕진(李德珍), 황명(黃命), 김광(金光)林, 김원태(金元泰), 이성교(李性敎), 이경남(李敬南), 박성룡(朴成龍), 김최(金最淵), 임진수(林眞樹), 안도섭(安道燮), 노문천(魯文千), 박치원(朴致遠), 김요섭(金耀燮), 이흥우(李興雨), 김지향(金芝鄉), 정벽봉(鄭僻峰), 추은희(秋恩姬), 장윤우(張潤宇), 김시철(金時哲) 등등.

〈평론〉

홍효민(洪曉民), 윤고종(尹鼓鍾), 박기준(朴琦俊), 임긍재(林肯載), 김우종(金宇鍾), 윤병로(尹炳魯), 정창범(鄭昌範), 최일수(崔一秀), 김상일(金相一), 이어령(李御寧), 이철범(李哲範), 김용권(金容權), 원형갑(元亨甲), 강범우(姜凡牛), 장백일(張伯逸), 신동한(申東漢).

〈아동문학〉

김영일(金英一), 이원수(李元壽), 김상덕(金相德), 김요섭(金耀燮), 박경종(朴京鍾), 어효선(魚孝善), 박홍근(朴洪根).

〈희곡/시나리오〉

서항석(徐恒錫), 박진(朴珍), 유두현(劉斗鉉), 이청기(李淸基), 차범석(車凡錫), 김경옥(金京鈺), 이근삼(李根三), 하유상(河有祥), 김자림(金玆林), 박현숙(朴賢淑), 강성희(姜誠姬).

〈수필가〉

이명온(李明溫), 조경희(趙敬姬), 전숙희(田淑禧), 정충량(鄭忠良), 최성실(崔誠實), 조동화(趙東華), 조능식(趙能植), 최백산(崔白山), 조성출(趙誠出), 지금송(池金松), 정명숙(鄭明淑).

갈채 다방

김동리(金東里), 곽종원(郭鍾元), 조연현(趙演鉉), 서정주(徐廷柱), 황순(黃順元), 계용묵(桂鎔默), 최정희(崔貞熙), 신석초(申石艸), 박영준(朴榮濬), 박기원(朴琦遠), 손소희(孫素熙), 김윤성(金潤成), 정태용(鄭泰榕), 구경서(具慶書), 박경리(朴景利), 이종항(李鐘恒), 오영수(吳永壽), 강신재(康信哉), 이원섭(李元燮), 박목월(朴木月), 조지훈(趙芝薰), 유치환(柳致環), 허윤석(許允碩), 송욱, 이한직(李漢稷), 곽학송(郭鶴松), 한무숙(韓戊淑), 한말숙(韓末淑), 황금찬(黃錦燦), 이동주(李東柱), 김구용(金丘庸), 이범선(李範宣), 김종길(金宗吉), 추식(秋湜), 차범석(車凡錫), 정창(鄭昌範), 서기원

(徐基源), 이수복(李壽福), 이호철(李浩哲), 오유권(吳有權), 이문희(李文熙), 최상규(崔翔圭), 홍사중(洪思重), 김운학(金雲學), 이형기(李炯基), 문덕수(文德守), 박재삼(朴在森), 오상원(吳尚源), 구자운(具滋雲), 유종호(柳宗鎬), 김상일(金相一), 천상병(千祥炳), 성찬경(成贊慶), 박희진(朴喜進), 고은(高銀), 함동선(咸東鮮), 윤병로(尹炳魯), 김우종(金宇鍾), 이성교(李性教), 박성룡(朴成龍), 서윤성(徐允成), 손장순(孫章純), 황운헌(黃雲軒), 김최연(金最淵), 송원희(宋媛熙), 성춘복(成春福), 김후란(金后蘭)

김시철 자신이 〈동방살롱〉을 더 많이 드나들었기 때문에 〈갈채〉보다 〈동방살롱〉 위주의 기록인 점이 있겠지만, 〈모나리자〉가 문을 닫은 이후 갈 곳을 잃었던 사람들이 대거 옮겨오는 등 많은 사람들이 모이다보니 규모 자체도 〈동방살롱〉이 더 컸고, 실제 3층짜리 건물을 모두 문화공간으로 사용했기 때문에 면적도 더 넓었다. 〈동방살롱〉을 중심해서 무수한 판잣집 술집들[58]이 있었는데 〈갈채〉 쪽의 술집보다 더 저렴했던 이유도 있었다. 그래서인지 〈동방살롱〉에 대한 기록이 훨씬 길고 자세하다.

1961년 등단해서 당시 청년문인이었던 이근배의 회고에 따르면 "1950년대 후반 기준으로 우리나라 문단의 총인구는 서울 지방을 합해도 200명 안팎이었고 서울에 사는 문인들의 숫자도 100명 안팎"[59]이었다. 김시철 역시 "전체 문인의 수가 250명은 넘지 않았고, 그중에서도 약 4분의 1정도가 지방문인이라 하면 서울의 문학인구는 기껏 200명 안팎이다. 그 200명 중에서도 3분의 2가 넘는 문학인들이 주로 〈동방싸롱〉을 찾아들었고, 나머지가 〈문예싸롱〉, 〈갈채〉, 〈청동〉, 〈나일구〉다방 등으로 모여든 셈이다."[60]라고 했다. 김시철은 "당시 동방싸롱을 출입했던 문학인,

---

58 조병화, 앞의 글, 432쪽.
59 이근배, 「문학시장이 섰던 갈채다방−대가에서 지망생까지 동업자들 북적」, 『동아일보』, 1990.10.12.
60 김시철, 앞의 책.

예술인들은 줄잡아 150명 정도로 추산"된다고 했는데 서울의 문학인구가
200명 안팎인데 특정 다방에 출입하는 문인의 숫자가 이렇게 많았다는
것은 다방이 당시 문인들이 모이는 거점이었음을 알 수 있게 해준다.
이근배는 "오후에 명동을 나가면 서울의 문단 사람을 100% 만날 수 있었
을 정도"[61]였다고 회상한다.

김시철의 글[62]에 따르면 "카톨릭 문인들은 공초 오상순(空超 吳相淳)씨
가 터줏대감처럼 자리하던 명동 〈청동〉다방으로 몰려들었고, 또 〈돌체〉
다방에는 음악애호가들, 〈나일구〉다방에는 주로 영화인들이 모여들곤
하였"으나 "당시 문인들이 가장 많이 출입했던 다방은 〈동방싸롱〉이었
다". 그들은 "해질 무렵이면 예외 없이 삼삼오오 뒷골목 통술집(드럼통집)
으로 자리를 옮겨 앉아 막걸리 몇 잔에 목청을 높이곤 하였"고, 〈동방살
롱〉 다방은 단순한 다방을 넘어선 '동방문화회관'의 일부였다. 35세의
청년 사장이었던 김동근은 1955년에 3층짜리 건물을 개관하며 1층은 식
음료를 판매하는 〈동방살롱〉이었고 2층은 집필실, 3층은 회의실로 구성
한 〈동방문화회관〉이라고 이름을 지었다. 집필과 행사, 회의가 다 가능
한 복합공간이었다.

김시철의 회고[63]에 따르면 동방살롱의 손님들은 4,50대의 중견 문인들
이 많았고 20~30대 문인들의 수는 상대적으로 적은 편이었다. "30대를
바라보는 축으로는 전봉건(全鳳健), 유근주(柳根周), 이철범(李哲犯), 이덕
진(李德珍), 원형갑(元亨甲), 이영일(李英一), 김관식(金冠植), 김우종(金宇
鐘), 홍성유(洪性裕), 김원태(金元泰), 이어령(李御寧), 윤병로(尹炳魯)"와
김시철이 해당되었다.

---

61 이근배, 「한국인의 초상 (14) 作家(작가)들 사랑방 변천사」, 『동아일보』 11면, 1995.6.13.
62 김시철, 「첫시집 〈〈능금〉〉 나오다〉−처음 알게 된 관서북 문인들」, 앞의 책, 61~64쪽.
63 김시철, 앞의 책.

"〈갈채〉파가 다른 다방엘 잘 드나들지 않듯이 〈동방〉파도 다른 다방엘 잘 가지 않았"[64]고 그들은 별개의 문단 네트워크를 형성하게 된다.

〈갈채〉는 〈문예살롱〉과 연결되기 때문에, 〈문예살롱〉부터 살펴보아야 한다.

〈문예살롱〉은 1949년 창간되었다가 1954년 폐간된 월간 순문학지 『문예(文藝)』와 연관이 깊다. 〈문예살롱〉은 『문예』지를 발간[65]하던 남대문로 2가 문예빌딩 1층에 자리했으며 김동리가 편집인으로, 말하자면 〈밀다원〉의 계보를 이어갔다고 할 수 있다. "김동리 조연현 중심의 〈청년문협〉 구성원들"[66]이 많았다. 『문예』지는 5호부터 조연현이 편집을 맡았고 강신재, 장학용, 손창섭, 전봉건, 이형기, 박재삼, 황금찬 등의 문학인을 중심으로 하고 있었다. 『문예』지의 인적 구성원은 대부분 〈문예살롱〉에서 만나고 중요한 의제도 상의했으며 문단인들과 교류하기도 했다.

전쟁이 난 1950년 6월 27일에도 조연현은 『문예』의 원고를 챙겨들고 문예살롱에 갔다고 회상[67]한다. 그는 피난 보따리에 『문예』의 원고를 간직한 채로 피난길에 올랐고 9월 28일 국군을 따라 연건동의 집으로 돌아왔다가 다시 문예사로 나가 김동리, 모윤숙 등과 재회한다. 그러나 간행

---

64 위의 책.

65 '문예싸롱파'는 인적 구성원 자체가 『文藝』와 관련이 있었다. 『文藝』 주간은 김동리, 편집장은 조연현이었다. 당시 정부의 귀속재산이었던 서울신문이 박종화를 사장으로 해서 개편되고, 김동리가 서울신문으로 자리를 옮기면서 조연현이 실질적으로 운영하게 되었는데, 조연현은 좌, 우익의 대립이 심각하던 해방정국에서 황순원, 계용묵, 최정희 등과 접촉하며 『文藝』에 좌익 계열 작가들도 반영하였고 미술가, 음악가들과도 교류했다고 회고한 바 있다. 이후 『文藝』의 창간과 폐간에 이르는 상황은 이 글을 참조한 것이다.(조연현, 「문예시대」, 『대한일보』, 1969.4.7~1970.12.10; 강진호 엮음, 『한국문단이면사』, 깊은샘, 1999.)

66 위의 글.

67 『文藝』의 창간과 폐간에 이르는 상황은 조연현의 위 글에 나오는 회고를 참조한 것이다.(373~381쪽)

자금도 없고 판매할 서점도 확인되지 않은 상황에서 어렵게 전시판을 제작하였던 『문예』는 국군의 서울 철수로 인해 직원들이 부산으로 다시 피난을 가게 되며 부산을 중심으로 일부 전시판을 배부했다. 그 당시 문예사의 '사무실'은 부산 광복동의 〈금강〉다방이었는데 환도 후 다시 〈문예살롱〉으로 이어지게 된 것이다.

명동에서 모이는 멤버들은 부산에서의 구성원들과 유사했는데 〈문예 살롱〉과 그 바로 앞에 있던 〈명천옥〉이라는 한식집에 "부산에서처럼 매일 거의 고정적인 사람이 한 자리에 모여 술을 마시고 노래를 하고 춤도 추곤 했다."고 장수철은 회상[68]한다. 주로 모이던 사람들은 장수철의 기억에 의하면 "김동리 조연현 모윤숙 곽종원 최정희 박기원 김윤성 이형기 오영수 이종환 박용구 곽학송 조애실 등"이었다.

환도 후 『文藝』는 1954년 신춘호와 3월호를 낸 후 속간할 수 없게 되지만 폐간 6개월 후 『현대문학』이 창간된다. 조연현 주간, 오영수 편집장의 『현대문학』, 그리고 오영진 발행인에 박남수 편집주간의 『문학예술』, 『자유문학』이 당대의 주요 문학지[69]였다. "『현대문학』은 대한교과서에서 발행 운영되었고, 『문학예술』은 을지로 2가의 흥사단 건물 일각에서 개인 자금으로 간행되고 있었다. 『자유문학』은 태평로의 옛날 KBS 건물 앞쪽에 자리한 문총회관(文總會館−藝總의 전신) 안에서 김광섭 발행, 김용호 주간, 박연희 편집으로 간행되었다. 『현대문학』에는 훗날 순직한 임상순과 박재삼이 기자로 활약했고 『문학예술』은 원응서가 단행본 쪽으로 옮겨 앉으면서 시인 김요섭이 편집일에 관여했다."[70]

---

68 장수철, 「우정 넘치는 술자리(명사들의 인생회고/격변기의 문화수첩:28」, 『국민일보』, 1990.6.14.

69 『자유문학』은 1956년도에 창간되어 1963년도에 문을 닫았고 『문학예술』은 1954년도에 창간되어 1957년도에 종간되었기 때문에 약간의 시간차는 있다. 『현대문학』은 1955년 1월에 창간되어 현재까지 발간되고 있다.

〈갈채〉 다방에는 소위 '현대문학파'들이 주로 다니게 된다.[71] 〈갈채〉 다방에 옮겨온 〈문예살롱〉 멤버들은 김동리, 조연현 및 『문예』 잡지의 구성원들이었던 멤버들, 『현대문학』 관계자들이 포함되어 있었다.

위 김시철의 기록을 살펴보면 〈갈채〉 다방에 모이는 멤버 명단 중 박종화를 위시하여 〈한국문학가협회〉 멤버들인 김동리, 서정주, 조지훈, 손소희 등이 눈에 띄고, 〈청년문협〉 구성원들 및 강신재, 박재삼 등 『문예』의 핵심 멤버들도 보인다. 〈전후문협〉 창립회원이었던 이호철, 서기원, 오상원, 최상규, 구자운, 성찬경, 박희진, 홍사중 등이 모두 〈갈채〉의 단골 손님이었던 것이 확인된다.

〈갈채〉다방에서 모이던 상황은 곽종원의 회상에 잘 나타나 있다. "우리는 환도 직후에 글 쓰는 친구들이 갈채 다방에 집결해 있었던 때가 있었다. 그때만 해도 전화 가설이 불충분해서 가정으로 연락이 잘 안되기 때문에 같은 다방에 모여 있음으로 해서 신문사, 잡지사와의 원고 거래가 잘 되었다. 그때에 우리는 매일 저녁이면 다방에서 술집으로 자리를 옮겼고, 그 자리는 일종 예술 토론장이기도 했다. 김동리, 황순원 등 부산 금강 다방에 모이던 멤버 외에 환도 후에 나타난 전광용, 정한숙, 정한모, 구경서, 이형기, 윤병로 등 많은 사람이 들끓었다. 문학은 동서양을 막론하고 토론의 대상이 안 되는 것이 없었고 예술 전반에 걸친 예술론도 때로는 거론되었다."[72]

다방들은 단지 유흥이나 친분을 위한 공간이 아니었고 열띤 토론을 벌이는 공론의 장이었다. 동서양을 넘나드는 문학에 대한 논의와 예술론이 거론되었고 정보를 교환하고 담론을 만들며 창작의 산실이기도 했다.

---

70 김시철, 앞의 책, 37~51쪽 참조.

71 김진하, 앞의 글, 74쪽.

72 곽종원, 「문총시대」, 『대한일보』, 1969.4.7~1970.12.10; 강진호 엮음, 『한국문단이면사』, 깊은샘, 1999, 407쪽.)

시인이자 아동문학가였던 장수철은 "단골집 찾아가면 몇 명은 으례 잔 기울여/작품비평·전망 등이 주요화제"였다고 회상[73]한다. "사무적인 일로 찾아가는 곳은 역시 명동"이었다. "새로 발표된 작품들에 대한 비평, 앞으로의 전망, 원고소개"[74] 등도 이곳에서 이루어졌다. 신인을 소개하는 자리가 되기도 했다.

'다방 네트워크'는 문인 뿐 아니라 출판인들이 많이 포함되어 있었기 때문에 자연스럽게 출판, 발표지면과 이어지는 경우도 많았다. 문예살롱이 있던 문예빌딩의 2층에 『文藝』지 편집실이 있었고 편집을 맡아보던 박용구가 장수철의 회고에 따르면 "하루에도 몇 번씩 살롱으로 내려오곤 했"고 「아세아재단」 부설 진문출판사의 일을 보던 그 자신도 문예살롱을 매일같이 찾았다. 「아세아재단」의 전신은 「자유아세아연맹」으로 사무실을 관훈동 2층으로 옮긴 후부터 명칭을 개칭했는데, 도보로 이동할 거리는 아니었지만 퇴근 후 늘 문예살롱을 찾았다는 것이다.

황금찬 시인의 '문예살롱'에 대한 회고는 당시 풍경을 잘 보여준다. "그 명동, 어디서 만났는가 하믄 문예싸롱에서. 문예, 그…. 최***라는 부인 모윤숙 씨 집이 돼서 건물이 돼서 거기 다방이 문예싸롱이거든요. 거기서 매일 만나요. (중략) 그러고선 인저 문예싸롱에서 만나게 되믄, 다 옵니다. 돈 있는 문인이나 없는 문인이나 다 오거든. (중략) 그런데 어… 59년에 〈문예싸롱〉에서 시낭독을 했어요. 제가 그때 시골 있다가 서울 왔는데 신문에서 그걸 보고 그 〈문예싸롱〉을 찾아갔어요. 누구를 만나러 찾아갔는가 하믄 저, 저, 김윤식. 예, 영랑. 그 분이 시낭독을 한 대요. 그 분 볼라고 찾아갔어요. 찾아갔더니 저기, 사회를 누가 봤는가 하믄 사람이 그리 많지는 않구요, 쪼끄만 다방에 갔는데. 조연현 선생이

---

73 장수철, 「명사들의 인생회고/격변기의 문화수첩:27」, 『국민일보』, 1990.6.13.
74 장수철, 앞의 글(1990.6.14).

사회를 봐요. 그땐 인사도 없을 때입니다. 이래요. 오늘은 시인 아닌 시인 하날 소개하겠습니다. 근데 이 분이 시를 잘 써요. 시인 아니에요. 나오시오. 노시인님. 보니까 노천명이에요, 노천명. (웃음) 그래 가지고 박수 막 치고 웃었죠. 근데 그 담에 누가 나오는가 하면 영랑이 나옵니다."[75]

다방들은 비록 〈동방살롱〉과 〈갈채〉를 찾는 구성원에 차이가 있었던 것처럼 손님들이 나뉘기도 했지만, 그 구성원이 자연스럽게 섞이는 경우도 많았고 다방의 단골손님들도 계파를 나누거나 연고에 따라 지역을 나누지도 않은 채 어울리는 경우가 많았다. 신인과 기성문인들이 어울리고, 이해관계에 얽매이지 않은 건설적인 논의가 이루어졌다. 또한 장르의 구분을 넘나드는 범문화적인 공간이었으며 영화인, 화가, 음악가, 작가들이 서로의 예술 세계에 영향을 주고받으며 토론과 교류를 하던 곳이었다. 장수철에 따르면, 다방은 휴식 장소일 뿐 아니라 "원고청탁, 원고료 전달 등"[76]까지 이루어졌던 업무공간이기도 했다. 문인들의 행사도 자주 열렸기 때문에 다방에는 신문기자들도 많이 다녀가곤 했다. 다방이 많은 문인들이 매일같이 드나들던 거점이었을 뿐 아니라 서로 소개하고 소통할 수 있는 공간으로, 문학에 대한 생각을 자유롭게 나누고 문학 행사를 가지며 원로문인과 젊은 신인이 격의 없이 어울릴 수 있었던 곳이 었음을 알 수 있다. 1960년대의 문인들은 국가 지원 대상에서 소외되고 가혹한 검열제도 아래 놓여 있던 당시 현실에서 대안이 될 수 있는 자생적인 네트워크를 모색하였다. 다방은 신인을 발굴하고 작품과 담론을 공유하며 문학계의 상황을 바로 알 수 있는 정보 교류의 장이었다. 출판인들의 입장에서는 동향을 파악하여 출판을 할 뿐 아니라 그것에 대해 바로

---

75 한국예술인복지재단, 「구술로 만나는 한국예술사 (2): 다방과 원로예술인의 사교」, 2013. 11.6. 16:38, http://kawfzine.net.

76 장수철, 앞의 글(『국민일보』, 1990.6.14).

피드백도 받을 수 있는 곳이었다.

다방 네트워크는 문화예술단체를 지원하는 역할까지 담당했다. 장수철은 「아세아재단」에서 '현장'을 파악하기 위해 다방에서 정보를 얻었다고 말하기도 했다. "여러 예술단체를 돕는 사업을 벌였다. 그러기 위해서는 실태를 파악해야 하기 때문"[77]이었다.

당시 주류에서 소외된 문화예술단체들은 국가지원을 받지 못했기 때문에 상당히 열악한 실정이었다. 연극계의 경우 공연을 위한 기본 장비를 갖추는 것조차 어려운 경우가 많았다. 임경순은 "1960년대 군정의 문화정책은 쿠데타의 정당성을 전파하기 위한 각종 축전에 이들 단체를 동원하는 것을 한편으로 하고 다른 한편으로 물적 자원을 분배하여 준다는 아주 초보적인 형태의 자본검열"의 형태를 띠었다고 평가했다.

다방은 발표 지면이 없고 행사를 할 공간이 없고, 장비가 없는 문화예술인들에게 작품을 발표할 수 있고, 출판인들과의 교류를 통해 제도권 내의 주류 출판사가 아닌 소규모나 독립 출판사에서 발표, 출판의 기회를 만들며 행사도 열고 다른 단체나 문화예술인에 대한 지원까지 이루어지는 공간이었던 것이다. 특히 문학은 다른 예술분야에 비해 기본 장비나 제작비가 그다지 필요하지 않은 예술이었기 때문에 자본이 국가에 종속되어 있던 시기, 자본 검열과 문단 시스템 바깥에 놓인 상황이었음에도 불구하고 그들은 자생적인 대안 시스템을 구축할 수 있었다.

---

77 위의 글.

5. 월남문인들과 다방

피난지와 환도 이후 다방을 중심으로 이루어진 문인 네트워크 중 눈에
띄는 것은 월남문인들이다. 이유식의『문단 풍속, 문인 풍경: 풍속사로
본 문단』[78]을 보면 북에서 월남한 문인들은 다음과 같다.

> 해방 직후부터 6·25 직전까지에 내려온 문인들
> 시 : 김동명, 구상, 이인석, 김규동, 유정
> 소설 : 안수길, 임옥인, 황순원, 최태응, 손소희, 박연희, 정한숙, 전과용,
> 　　　이범선, 장용학
> 아동 : 박화목
> 희곡 : 오영진, 김진수
>
> 1·4후퇴 시 내려온 문인들
> 시 : 박남수, 양영문, 김영삼, 김시철
> 소설 : 김이석
> 아동 : 한정동, 강소천, 장수철, 박경종
> 평론 : 윤병로
> 번역 : 원응서

위 정리한 내용처럼, 해방 직후부터 한국전쟁 직전까지 내려온 문인들
도 있고 1·4후퇴 때 내려온 문인들도 있다.『국어국문학자료사전』[79]의
내용을 비교해서 명단을 추가하면 먼저 내려온 문인은 최상덕, 최태응,
조영암, 함윤수, 한교석이 추가된다. 이들은 월남 후 주로 민족진영에
가담해서 활동했다. 1·4 후퇴 때 월남했던 최인훈처럼, 위에 거론된 명단

78 이유식,『문단 풍속, 문인 풍경: 풍속사로 본 문단』, 푸른사상, 2016, 114~115쪽.
79 편집부,『국어국문학자료사전 상·하』, 한국사전연구사, 1994.

에 들어있지 않은 월남문인도 많다.

월남문인들은 피난지였던 대구나 부산에 모여 네트워크를 이루었는데, 환도(還都) 후에는 이것이 서울로 이어졌다. 6·25 이전에 내려온 것과 1·4후퇴 시 내려온 것에 따라 차이는 존재하지만 월남문인들은 사고무친에 외롭고 고립되어 있다는 공통점이 있었다. 그들은 월남하여 기존의 공동체가 상실된 상태였고 그들이 서로 만나기 위해서는 다방과 주점이 필요했다.

예를 들어 〈갈채〉다방은 카운터 탁자에 증정본 잡지와 원고청탁서, 출판기념회 초청장 등을 놓아두었는데, 이처럼 다방은 인맥이 빈약했던 월남문인들에게 원고 청탁, 행사 참여 등의 기회를 얻을 수 있게 해주는 곳이었다. 대개 형편이 곤궁해 거처가 마땅치 않고 전화기도 없었던 월남문인들이 문단의 소식을 듣거나 인적 교류가 가능한 공간이기도 했다.

이유식은 그들이 "명동이나 충무로, 을지로 기타 등지에서 '함흥냉면' '평양냉면' '원산면옥'을 보면 마치 고향집을 찾아가듯 그런 곳을 단골로 드나들었고 또 원고료라도 생긴 날이면 서로 어울려 대폿집 '평양댁' '함흥집' '단천집' '해주집'을 찾아 들어가 시름을 풀었다."[80]고 했다. "이들에게 구세주 역할을 해주는 곳"이 바로 다방이었다.

당시 주요 문예지들의 발행인과 편집자가 거의가 이북 출신들이었다는 사실이 주목된다. 『문학예술』은 전쟁 중 피난지 부산에서 설치되었던 문총 북한지부에서 발간했던 타블로이드판 『주간문학예술』을 이어서 발행한 것으로, 당시 제작했던 인적 구성원이 서울에서도 이어졌다.

"문학사적으로 보면 이들은 그때그때 전쟁문학, 반공문학, 실향문학, 분단문학, 이산문학 등에 이른바 재남(在南)의 문인들보다 큰 기여도 했"고 "이북 출신의 상당수 문인들도 있었다.

---

80 이유식, 앞의 책, 116~117쪽.

"김광섭, 모윤숙, 이헌구, 정비석, 최정희, 전숙희, 전봉건, 김광림, 곽학송, 김성한, 함동선 등"도 이북출신으로 서로 교류했다. 그들은 이북에서 출생해서 성장하다 서울로 옮겨와 활동하던 상태였던 사람들이었다. "6·25 이전부터 삶의 터전이 서울이다 보니 자연 실향민이 된 경우"[81]였다.

해방, 전쟁 이전의 네트워크를 잃은 이북 출신 문인들은 제도권 안에도 편입할 수 없었으므로 시스템 바깥에서 새로운 공동체를 형성했다.

김시철이 제1시집 『林檎』(삼천리, 1956)을 출간할 즈음 이 재야 공간에서 관서, 관북 문인들과 교류했던 경험을 회상한 글[82]에서, 당시의 이북 출신 문인들의 네트워크를 일부 파악할 수 있다.

다음은 그가 정리한 〈동방살롱〉에서 만났던 이북 출신 문인들이다.

> 김송(金松), 공중인(孔仲仁), 박연희(朴淵禧), 박계주(朴啓周), 윤금숙(尹金淑), 최정희(崔貞熙), 모윤숙(毛允淑), 김광섭(金珖燮), 이헌구(李軒求), 안수길(安壽吉), 김규동(金奎東), 구상(具常), 전숙희(田淑禧), 손소희(孫素熙), 임옥인(林玉仁), 조애실(趙愛實), 윤고종(尹鼓鐘), 이활(李活), 김요섭(金耀燮), 유정(柳呈), 김봉래(李奉來), 박홍근(朴洪根), 박경종(朴京鐘), 김중희(金重熙), 함윤수(咸允洙), 김경수(金京洙), 김광림(金光林), 조동화(趙東華), 이호철(李浩哲) 씨 등등, 이분들이 관북쪽이었고, 관서쪽은 백철(白鐵), 전봉건(全鳳健), 선우휘(鮮于輝), 곽학송(郭鶴松), 홍윤숙(洪允淑), 정한숙(鄭漢淑), 박화목(朴和穆), 임인수(林仁洙), 정벽봉(鄭僻峰), 임진수(林眞樹), 정월촌(鄭月村), 김원태(金元泰), 윤병로(尹炳魯), 이영일(李英一), 김종문(金宗文), 김종삼(金宗三), 이경남(李敬南), 김경옥(金京鈺), 김자림(金玆林), 양명문(楊明文), 박남수(朴南秀) 씨 등이었는데, 당시 필자는 갓 문단에 얼굴을 내민 신진이었으므로 서열로 보자면 이분들 맨 꽁무니에 서야

81 위의 책, 117쪽.
82 김시철, 앞의 책, 61~64쪽.

되는 입장이었다. 이분들 역시 저녁이면 동방싸롱에 모여들었는데 거의가 다 거처도 마땅치가 않고 오갈 데도 별반 없는 처지라 그럴 수밖에 없었다.[83]

위 명단이 상당히 상세하고 많은 인원을 포함하고 있는 것을 알 수 있듯 동방살롱에 모였던 이북 출신 문인들은 매우 많았다. 당시 해방 후 한국전쟁 종결 시점까지의 월남자 총수(101.4~138.6만 명으로 추산)는 북한 인구의 10.7~14.7%에 해당[84]했으며 월남문인들의 수도 적지 않았지만 그들이 주류 문단에 진출할 길은 제한적이었다.

"명동은 지금 서북 사투리/ 개척지의 밤"으로 시작되는 조병화의 시 「바.갈릴레오」는 당시 문인들이 많이 드나들었던 술집 갈릴레오에 대한 시다. 이 시에서 드러나듯 당시 월남민 출신 문인들이 명동에 상당히 많이 모였음을 알 수 있다. 위 김시철의 서술에서도 드러나듯 그들이 동방살롱에 모인 것은 "거의가 다 거처도 마땅치가 않고 오갈 데도 별반 없는 처지라 그럴 수밖에 없었"던 점이 있었다.

다방에서는 "들르기만 하면 누군가 익숙한 얼굴이 있어 외로움을 곧 풀 수 있었고 손쉽게 용무를 볼 수 있었"[85]기 때문에 기존의 네트워크를 상실하고 고립무원의 처지였던 월남문인들에게 필요한 공간이었다.

'관북'(함경남도와 함경북도를 합한 용어)과 '서북'(평안남북도와 황해도를 합한 용어) 출신 월남문인들은 문예지를 통해 자신들의 위치를 재정립했고 문단에서의 거점으로 삼았다.

당시 3대 문예지 중 하나였던 『문학예술』의 제작과 발행의 주체는 박남수, 원응서, 김이석 등이었는데, 모두 1·4후퇴 시 내려왔던 월남문인

83 김시철, 위의 책.
84 강인철, 『한국의 개신교와 반공주의』, 중심, 2007, 410쪽.
85 김용호, 「자유문협주변」, 『대한일보』, 1969.4.7~1970.12.10; 강진호 엮음, 『한국문단 이면사』, 깊은샘, 1999, 493쪽.

들이었다. 주요 집필자였던 백철, 이호철, 선우휘 등도 월남문인이었다.

그런데 이북 출신 문인들 중에서도 서북문인과 관북문인의 구분은 필요하다. 1950년대 한국의 지식과 공론의 장이었던 『사상계』가 서북 지역 출신 지식인·문인들의 거점 역할을 했던 것은 이미 잘 알려진 사실이다. 초대 주간 김성한, 2대 주간 안병욱, 3대 주간 김준엽, 4대 주간, 5대주간 양호민 모두 고향이 이북이었는데 김성한 외에는 전부 평안도 출신[86]이어서, 편향된 지역주의의 문제가 계속 제기될 정도였다.

이처럼 서북 지역 문인들은 관북 지역 문인들에 비해 매체에 있어 보다 유리한 위치를 확보하고 있었고 문단 내에서도 지위가 있었다. 서북 출신 월남인들은 일찍 월남하여 공동체를 확보했고, 기독교, 친미, 반공주의 특성을 강조하며 미군정 하의 남한 사회에 성공적으로 정착[87]했던 데서 이유를 찾을 수 있다. 이에 비해 관북 지역 문인들은 대부분 한국전쟁 이후 월남했으며, 훨씬 곤궁한 처지였다.

『사상계』의 주간들이 모두 평안도 출신이었던 것처럼 당시 제작자, 편집위원 등 매체의 중심에 위치에 있었던 인물들은 서북 문인들이었다. 박남수, 백철, 선우휘 등도 출신지역이 모두 서북쪽이다. 이광수, 김동인, 전영택, 주요한, 등 근대문학 초창기 문단의 중심에 있던 많은 문인들이 서북 출신이었고 그 계보가 서북 출신 월남문인으로 이어질 수 있었다는 점도 고려해야 할 것이다. 서북 문인들은 이미 지역 정체성을 공유하는 커뮤니티를 형성하고 한국 문단에 성공적으로 정착해 있었고 서북 출신 월남 문인들 역시 이 커뮤니티의 도움을 받을 수 있었다.

다방을 주요 활동 공간으로 삼고 활동했던 월남문인들은 서북, 관북

---

86 김건우, 「광복 70년 특별기획 | 대한민국 설계자들 ⑥」, 『주간동아』 1005, 2015.9.14.
87 김상태, 「평안도 친미 엘리트 층의 성장과 역할」, 『한국기독교역사연구소소식』 51, 2001.

쪽 문인들이 섞여 있었지만 뒤늦게 월남한 관북문인들에게 다방 네트워크가 더욱 절실했을 것이라고 짐작할 수 있다.

〈동방살롱〉에 자주 다녔던 안수길, 임옥인, 〈갈채〉에 자주 다녔던 이호철 등도 대표적인 월남민인 소설가들이다. 이호철과 안수길, 임옥인 모두 관북 출신 문인들이다.

"1945년부터 1953년, 혹은 한국전쟁 상황이 어느 정도 정리되었다고 여겨지는 1955년까지 약 10년에 걸치는 시간 동안, 관북 출신 월남인들은 이러한 지식장 내에서의 헤게모니 획득 과정에서 소외되었을 뿐 아니라, 오히려 서북 출신 월남인들의 안착 과정에서 대타항으로 소환"[88]되기까지 했다.

관북 문인들도 자신들만의 매체를 만들려 시도했는데, 이것이 문예지 『자유문학』이었다. 예술원 사태와 매체이념의 충돌로『현대문학』과 첨예한 대립을 이루었던『자유문학』을 간행하는 데 주축이 된 사람들은 김송, 김광섭, 이헌구, 모윤숙이다. 이들은 모두 함경도 출신으로, 관북 문인들이었다. 물론 이들은 다른 관북 문인들에 비해 일찍부터 서울에 와서 해방 이전부터 중앙문단에 진출해 활동했던 문인이므로 한국전쟁 직전이나 전쟁 중에 남하하게 된 관북 문인들보다 처지가 나았다.

모윤숙은『문예』의 발행인이었으나, 김동리·조연현과 예술원 문제 등으로 대립한 후『자유문학』의 중심 간행주체 중 한 사람으로 자리매김하였다.[89] 미리 문단에 진출해 있던 관북 문인들은 소위 '다방 네트워크'를 통해 교류하며 뒤늦게 월남한 관북 출신 문인들에게 도움을 주었다. 함경도 출신의 재만(在滿)작가였던 안수길은『자유문학』지에 같은 고향

88 김준현, 「관북 출신 월남문인의 정착과 전후 문학 장」, 『한국근대문학연구』 31, 한국근대문학회, 2015, 73쪽.
89 위의 글.

출신인 최인훈을 등단시켰다. 이호철은 『문학예술』지에서 같은 월남문
인인 황순원의 추천으로 등단했다. 김시철 역시 김송의 도움을 받아 『자
유문학』의 편집자가 되었으며 편집을 맡게 된 그 해에 첫 시집을 발간하
기도 했다.

앞 장에서 살펴본 바와 같이 『문학예술』 및 『사상계』는 주로 서북문인
중심으로 월남문인들을 포함하려고 했고 『자유문학』은 관북지역 출신
문인 중 먼저 문단에서 활동하고 있던 소수의 문인들을 포함하는 매체로
서의 역할을 했다. 관북문인들은 『자유문학』과 『문학예술』 등을 통해
주로 작품을 발표했으며 〈동방살롱〉, 〈갈채〉에 다니며 자유문학파들이
나 다른 월남문인들과 교류했다.

그들은 『현대문학』, 『문학예술』, 『자유문학』 등 당대의 주요 잡지 매
체들과 인연을 맺고[90] 있었는데, 이 잡지들과 명동의 〈갈채〉, 〈동방살롱〉
등의 '다방 네트워크'가 어떤 연관성이 있는지는 앞에서 이미 상세히 다
룬 바 있다.

함경도 출신 월남인들은 서북문인들과 달리 분단 초기부터 월남하여
공동체를 조직한 경우가 드물고 대부분 북한 체제에서 수 년 이상 지내다
월남한 경우라 서북문인들처럼 적극적인 반공주의자로서의 면모를 보여
주기는 어려웠다. 월북, 납북 문인들이 배제되고 문단이 재편되었던 남한
사회에 안착하는 데 있어서 그들의 출신은 걸림돌이 되었다. 이로 인해
그들은 대부분 주류 문단의 중심이 되기보다는 재야로 편입[91]되었다.

---

90 김준현, 위의 글, 69쪽.
91 물론 모든 함경도 출신 문인들을 일반화시킬 수는 없고, 관북문인들도 그 안에서 다양한
    층위로 나뉜다. 특히 김광섭, 모윤숙 등 중앙문단에서 이미 오랫동안 활동하고 있었던
    문인들은 월남문인으로 규정하기는 어려운 점이 있다. 그러나 인간관계라는 것의 특성
    상 명확하게 경계를 짓고 구분하기는 어려운 점이 있고, 네트워크의 전체적인 파악을
    위해서는 보다 넓은 관점에서 다양한 맥락을 고려하며 조망할 필요가 있다.

앞에서 동방살롱에 자주 출입했던 월남문인들의 목록을 작성한 김시
철 역시 고향이 관북이었다. 1924년 함경북도 성진에서 출생한 김시철은
1·4 후퇴 때 남하한 월남문인이다. 이 시기 남하한 관북문인들은 대개
생활의 근거를 잃고 처지가 곤란했다. 김시철 자신이 월남문인이었기
때문에 주변 문단인(문학인)들 역시 이북 출신들이 많았다. 김시철을 문단
에 편입시켜 준 것은 같은 관북 출신이었던 김송이었다.

자유문학자협회의 사무국장직을 새로 맡게 된 소설가 김송이 『자유문
학』 주간이 되면서 함께 하자고 제안하여 『자유문학』의 편집을 담당하게
된 것이다. 이 해 삼천리(三千里)사에서 첫 시집 『林檎』을 발간 후 시집에
대한 홍보 역시 다방에서 이루어졌다. 김시철은 같은 이북 출신 문인이었
던 전봉건이 "〈동방싸롱〉으로 나가 나에게 일일이 문인들을 소개시켜
주기도 하였다"[92]고 회상했다. 다방은 인적 교류의 공간이자 다른 문학인
들과 이어지는 통로였고 연대의 공동체를 형성하는 사회적 관계의 장이
기도 했다.

소위 '명동시대'는 60년대에 끝나게 되는데 명동이 금융 중심지이자
소비 공간으로 바뀌고 젊은 금융인들이 새로운 주인이 되면서 문인들이
명동에서 밀려난 것[93]이다.

6. 명동시대 그 이후 : 종로의 다방들

명동이 금융중심지와 패션을 선도하는 공간으로 바뀌면서 명동시대가

---

92 김시철, 앞의 책.
93 관련 내용 장석주, 「문인들의 장소 문인들의 공간 이야기」, 『시인세계』, 문학세계사,
    2008 여름호 참조.

막을 내리자 문인들의 아지트는 종로의 반쥴, 아리스 다방, 사슴, 낭만
등으로 옮겨갔다. 1960년대 이후 급속도로 진행된 산업화와 도시정비
사업은 서울의 문인들로 하여금 "명동성당(聖堂) 고갯길/청동다방 아랫
골목을 내려가 휘가로 다방 사람들은 가고 옛 다방도 헐"리면서 "추억도
무상(無常)"(박태진, 「한(恨)은 표류한다」)해진 현실을 탄식하게하기도 했
다. 조병화 역시 "명동은 지금 변했다. 낭만 대신에 돈, 돈 대신에 자본으
로 변해 버렸"고 "남은 벗"들도 "뿔뿔이 「폴 베르레트」의 가을 낙엽처럼
흩어져 버리고 말았다"[94]고 세태를 개탄했다.

1962년 서울이 특별시가 되었고, 1963년 박정희 정권이 단행한 행정구
역 개편은 60년대 도시 정비사업의 진행이 본격화되면서 서울은 대팽창
을 이루었다. 이호철의 『서울은 만원이다』(1966)는 한국의 근대화가 급속
한 도시화를 가져오면서 서울에 인구가 밀집되고 있었음을 잘 보여준다.
명동에서 종로로 옮겨가고 70년대가 지나면 마지막 명맥을 유지하던 다
방 공간들도 사라져버리는데 이러한 문화적 '상실의 지점'은 도시의 변화
와도 시기적으로 겹친다.

명동에서 교류하던 문인들은 종로의 다방들에 모이기 시작했다. 특히
음악다방 '르네쌍스'가 가장 성황을 이루었다. 최일남의 「서울의 초상」
(『소설문학』, 1983. 5)의 대화에서처럼 르네쌍스는 "거기는 약간 데카당들
이 모이는 곳이란다. 분위기도 고급이고 모이는 애들도 남녀 가릴 것
없이 뭣 좀 안다는 치들"인 곳이었으며 고전음악다방으로 고급문화의
정점에 있었다.

르네쌍스는 1959년에 종로1가 영안빌딩 4층에 문을 열었다. 대구에서
영업하다 전후 서울로 옮겨온 것이었던 이 음악다방은 명동시대를 접고
종로로 옮겨온 문인들이 옮겨오면서 가장 전성기를 이루었다. 김동리,

---

94 조병화, 앞의 글, 352쪽.

전봉건 등도 르네쌍스의 단골이 되었으며 시인 신경림은 "학교 대신 르네 상스로 출근"[95]했다고 할 정도였다. 그리고 70년대 말부터 80년대 중반에 이르기까지 서서히 쇠락의 길을 걷다 운영난으로 1987년 문을 닫을 때까 지 많은 문인들의 아지트가 되었다.

김수영은 '박인환'에 대한 그리움을 "광화문 네거리에서/인환(寅煥)네 처갓집 옆의/이 우울한 시대를 파라다이스처럼 생각한다"(「거대한 뿌리」) 와 같이 토로하고, 정진규는 「홍옥 한 알」에서 "어느 겨울날 아리스 다방 골목길 과일 가게에서 김종삼 시인이 하얀 손수건 꺼내 조심스럽게 싸들 던 홍옥 한 알"을 추억한다. 김종삼 자신도 "조지훈(趙芝薰)/장만영(張萬 榮) 선배님"(「기사(記事)」) 등의 작고 문인들이 종종 쉬어갔다는 광화문 아리스 다방에서의 한때를 반추하곤 했다.

김종삼은 종로 아리스 다방의 대표적인 단골 시인이었다. 그의 시 「누 군가 나에게 물었다」에서 시인은 서울을 무작정 돌아다니는데, 그중 "무 교동과 종로"거리가 포함되어 있음이 눈에 띈다. 시인은 결국 "엄청난 고생 되어도/ 순하고 명랑하고 맘 좋고 인정이/ 있으므로 슬기롭게 사는 사람들이/ 그런 사람들이/ 이 세상에서 알파이고/ 고귀한 인류이고 영원 한 광명이고/ 다름 아닌 시인이라고" 깨달음을 얻는데 종로와 무교동이 그가 문학적 질문에 대한 답을 찾아가는 공간으로 언급되고 있음이 흥미 롭다. 종로의 다방에서 만난 문인들의 모습은 장석주에 의해서 술회되고 있기도 한데, 장석주는 "광화문에 있는 아리스다방에 가면 거의 틀림없이 김종삼 시인을 만날 수 있었다. 아리스다방 건너편에 있던 동아방송의 촉탁직원으로 일하던 김종삼을 만나서 나는 아리스다방으로 갔다. 원고 를 받기 위해서였다. 거기서 나는 소설가 이병주의 실물을 처음으로 보았 다. 아리스다방과 지척에 있던 귀거래다방이나 연다방도 1980년대 초까

---

95 김대홍, 「한국 현대사는 다방에서 만들어졌다?」, 『오마이뉴스』, 2005.10.21. 참조.

지는 문인들과 쉽게 마주칠 수 있는 공간이었다."[96]고 종로의 다방들을 추억하고 있다. 그러나 종로는 서울의 도시화가 가져온 변화와 함께 결국 예전의 모습을 잃게 된다. 1962년 도시계획법이 수립되면서 서울은 시역을 두 배 이상 확장하고 11개 면을 통합시켜 지금과 같은 크기의 도시로 면적이 커지게 되었고 공간 구성도 달라졌다.

이 과정에서 종로는 예전의 위상을 잃게 되었다. 문인들의 교류의 터전이자 문학의 산실이었던 장소들은 점점 변질되거나 사라지게 되었다. 관철동 『한국문학』 인근 〈가락지〉, 종로5가 『현대문학』 인근 〈항아리〉 등"의 주점, 〈르네상스〉 등의 다방들이 종로에 성행했던 것은 잡지사와 출판사 덕택도 있었으나 여러 잡지사들의 지방 이전은 종로의 다방과 주점이 호황을 누리지 못하게 된 원인이 되었다.

또한 소설가 김원일의 분석처럼 "문단 특유의 동인시대가 개인적인 활동으로 바뀌어"[97]가며 문학 활동이 소그룹화된 데다가 전화기가 일반화되면서 연락 공간으로서의 역할이 줄어들게 되는 등 여러 가지 요인이 겹쳐 '명동시대'는 다시 재생되지 못했다.

종로의 쇠락[98]은 광화문 지하도 건설로 10월 세종로쪽 전차 궤도가 철거된 것이 큰 계기[99]가 되었다. 1960년대 중반까지 서울 사람들은 일상적

---

96 장석주, 앞의 글.

97 오태진, 「달라진 풍속도- 문화인 사랑방」, 조선일보, 1984.11.14.

98 이하 관련 내용 서울시정개발연구원·서울시립대학교 서울학연구소 공편, 『서울 20세기: 100년의 사진기록』, 서울시정개발연구원, 2000; 김창석·남진, 「서울시 도심부 공간구조의 변천에 관한 연구-1960~1994년까지의 변화를 중심으로」, 『서울학연구』 10, 서울학연구소, 1998; 임동근·김종배, 『메트로폴리스 서울의 탄생』, 반비, 2015; 송은영, 『서울 탄생기: 1960~1970년대 문학으로 본 현대도시 서울의 사회사』, 푸른역사, 2018 참조.

99 1960년대까지만 해도 대중교통 노선은 도심으로만 집결되어 있었고 종로에는 도심을 가로지르는 노면전차가 다녔다. 그러나 1968년 11월 시내 노면전차가 아예 사라지게 된 이후 지하철, 버스 기준으로 교통이 재편되었고, 이후 종로는 점차 쇠락의 길을 걷는다.

으로 돌아다니는 경로가 겹치곤 했고 문인들의 경우 더욱 그러했던 것으로 보인다. 특히 명동과 종로에서 만나게 되는 경우가 많았다.

이호철의 『서울은 만원이다』의 일부를 보면 이를 알 수 있다. "서울은 만원이지만 대개 나도는 사람은 같은 사람들이다. 아침나절에 명동 입구에서 만나서 반갑게 악수를 나눈 사람들이 점심 때 무교동 근처에서 우연히 마주쳐서 악수는 생략하고 씽긋이 웃기나 하고 저녁나절에는 또 세종로 근처에서 마주쳐 피차 종일토록 빌빌거리는 것이 쑥스러워서 슬그머니 외면을 하고 지나치는 경우가 허다"[100]했던 것이다. 이렇게 한정된 공간 안에서의 문인 네트워크 역시 자연스럽게 특정 공간들에 집중될 수 있었으나 1970년대 이후 도시 정비사업의 진행이 본격화되며 서울이 대팽창을 이루고, 사정은 달라진다. 이호철의 『서울은 만원이다』(1966)는 한국의 근대화가 급속한 도시화를 가져오면서 서울에 인구가 밀집되고 있었던 것을 잘 보여준다. 정부에서 수도권 과밀화 해소와 수도권 인구분산 정책이 실시된 것이 이 소설이 창작된 1966년이었는데, 이호철은 당시 서울 인구가 370만이었다고 이 소설에서 쓰고 있다. 1956년 인구가 150만이었던 것과 비교해보면 얼마나 폭증한 것인지 알 수 있다. 서울의 인구가 늘어나고 폭증한 인구를 수용하기 위해 서울의 공간도 확장되었다. 도시는 복잡화되었고 인구분산정책 등의 영향으로 사람들도 흩어지게 되었다. 이에 따라 "만나고 싶은 사람이 있으면 가기만 하면 되는"[101] 공간은 결국 사라지게 되었다. 김종삼은 80년대에 쓴 시 「기사(記事)」에서 그 심정을 잘 표현하고 있다.

스무 몇 해나 단골이었던 그 다방도 달라졌다 지저분한 곳이 되었다

---

100 이호철, 『서울은 만원이다』, 문우출판사, 1966, 109쪽.
101 오태진, 앞의 글.

주방이라는 구석도 불결하게 보이곤 했다. 메식메식한 가요 나부랭이가
울려퍼질 때도 있었다
　그곳은 작고하신 선배님들이 쉬었다가 가시던 곳이다
　조지훈
　장만영 선배님도 오시던 곳이다
　죽음을 의식할 때마다
　나의 邑城이 되는,
　바하와
　헨델을, 들을만한 것도 없다
　있다 하더라도 청소년들이 차지한다
　고정된 볼륨이 폭발적이다
　볼륨 조절이 안돼 있다 청소년들의 취미에 맞는 것들이 요란하게 판치고
있다
　나의 벗,
　전봉건이여 말해다오.

-김종삼, 「기사(記事)」 전문

　"스무 몇 해나 단골이었던 그 다방"은 이제 그에게 사실상 '상실된 장
소'가 되었다. 인터뷰에서 "나는 모차르트와 바흐를, 그리고 드뷔시와
구스타프 말러의 곡을 좋아해요. 음악이 없으면 그나마 글 한 줄도 못썼
을 겁니다."[102]라고 말했듯 음악을 대하는 태도가 경건함에 가까웠던 김
종삼에게 고전음악이 흘러나오던 음악다방의 시대가 가고 그의 안식처
였던 곳이 "죽음을 의식할 때마다/ 나의 邑城이 되는/ 바하와 헨델을"
더 이상 들을 수 없는, "메식메식한 가요 나부랭이"가 볼륨 조정도 안된
채 울려 퍼지는 곳이 되었다는 것은 깊은 우울감을 주는 일이었다. 음악
을 어디에서 듣느냐는 기자의 질문에 "종로구 옥인동의 판잣집이 헐려서

---

102 『일간스포츠』, 1979.9.27.(『김종삼 전집』, 북치는소년, 2018, 312쪽에서 재인용)

정릉 산꼭대기에 셋방을 살고 있는데 무슨 재주로 집에서 음악을 들어요?"라고 반문하는 김종삼 시인의 말에서는 서울 개발로 인해 자기만의 거주공간이었던 종로 옥인동의 집이 헐려버리고 다른 지역으로 밀려나 셋방을 살고 있는 그의 처지처럼 예전에 듣던 음악조차 더 이상 들을 수 없는 현실에 대한 절망감이 느껴진다. 그가 단골로 출입하던 종로의 다방에서는 그가 듣던 음악이 들려오지 않고, 함께 했던 "조지훈, 장만영"과 같은 선배들도 없고 동료 문인들도 더 이상 걸음하지 않게 되었던 것이다. 김종삼이 다방에서 교류했던 사람들은 사실상 40년간 '이방살이'를 했던 그에게 서울생활의 고독함을 달래주었던 존재였다. 그에게 그곳은 더 이상 의미가 없는 곳이 되었고, 그 사실이 주는 깊은 슬픔과 쓸쓸함을 공감해줄 사람으로 김종삼은 위 시에서 "나의 벗 전봉건"을 호명한다. 김종삼과 절친했던 전봉건 역시 아리스에 빈번하게 출입했다. 전봉건이 박재삼에게 보낸 편지[103]에는 "이 소년에게 돈 좀 보내 주세요. 책이 나왔으면 함께 부탁합니다. 저녁에 아리스로 나오세요."라는 문구가 눈에 띈다. 장윤우는 아리스 다방을 문우들과 드나들었던 전봉건[104]을 회상하기도 했다. 그는 양천문인협회 월례발표회에서 발표한 글 「자전적 편력 60년」 중에서 "그 무렵은 종로 뒷골목 〈복지〉, 광화문 조선일보 옆 〈아리스〉, 〈월계수〉, 〈전원〉, 〈태을〉 다방에 문인들이 진을 쳤다"고 떠올리고 있다. 박봉우는 자신의 시에서 지친 일상의 한가운데에서 "영원히 미쳐갈 줄 알고 염려한/명동·종로·광화문·무교동 주점의/참으로 고독했던 사랑스런 이름들"(「참으로 오랜만에」)을 이야기한 바 있다.

그러나 1970년대가 지나며 공간은 변질되고, 문인들도, 예술가들도

---

103 인용 부분은 한국현대문학관 '편지'전에 전시되었던 전봉건의 편지 일부다.(2012년 10월부터 2013년 2월까지 전시되었다.)

104 장윤우, 「그토록 오랜 백지위의 표류─현대시학 100회 연재 기념글」, 『현대시학』, 1976년 5월호.

흩어져 떠나게 된다. 랠프는 추상적, 기능적, 무형적, 물리적인 공간에 인간의 경험, 느낌, 기억, 기대 등을 통해 의미가 부여되며 구체적이고 미학적인 '장소'가 된다고 했다. 체험과 기억을 잇는, 삶에 기반을 둔 장소가 예전의 모습을 잃어버렸거나 돌아갈 수 없는 곳이 되어 버렸을 때 나타나는 현상을 에드워드 랠프는 '장소상실(placelessness)'[105]라고 명명한 바 있다. 장소 상실로 인해 나타나는 무장소성은 장소에 대한 의미 상실을 뜻하는데, 이는 "삶의 기억이 담긴 적소(niche)적 공간인 장소"[106]의 사라짐이다.

명동과 종로의 다방들은 문인들에게 '장소'로서 기능했고 이러한 장소를 상실한 느낌과 그 장소에 대한 기억은 여러 문인들의 시 작품 속에서 '친우'를 그리워하는 감정으로 표현되거나 문인 공동체들을 추억하는 모습에서 확인된다.

서울이 거대 메트로폴리스로 변화하며 사람들이 분산되고 모임이 자연스럽게 흩어진 점도 있지만, 더 큰 이유는 더 이상 다방이 고급문화의 형성이나 예술가들의 네트워크를 도모할 수 없는 공간이 된 까닭이 크다. 공간이 변질되었기 때문에 더 이상 사람들을 모으는 구심점이 되지 못한 것이다. 80년대 이후로는 신촌에서 카페문화의 번성과 함께 록카페, 신촌블루스, 우드스탁의 음악으로 상징되는 새로운 문화공간이 형성되지만 문인 네트워크는 재생되지 않았다. 그렇게 명동시대를 이어가려 했던 종로의 문인 네트워크는 와해되었다.

61년 문총 해체와 63년 『자유문학』 폐간이 일어나게 된 원인은 문단의 헤게모니를 둘러싼 문제였고 『자유문학』을 둘러싼 비판적 논의에서처럼 전후 새로 구축된 모임의 일부는 전쟁 이후 문단의 재편성, 새로운 문학

---

105 에드워드 랠프, 『장소와 장소상실』, 논형, 2005.
106 조명래, 『공간으로 사회읽기』, 한울, 2013, 154쪽.

장의 형성 과정에서 정치권과 친연성을 가진 세력과 관계되었다. 어용문인에 대한 비판 및 월간 문예지의 권력화에 대한 문제 제기에 직면한 월간지들은 점차 1960년대 중반 이후 새롭게 등장한 계간지 시스템으로 전환되게 된다. 이러한 시대적 배경 속에서 명동의 다방들은 4월 혁명 이후 나름대로의 반성과 자정(自淨) 과정을 거치며 여러 구성원들을 포용하고 다양한 담론에 개방된, 자유로운 토론이 가능한 공간으로 형성되어 갔다.

다방 네트워크를 통해 문인들은 새로운 모색을 할 수 있었고 시스템의 바깥에서 대응을 모색하였다. 이들은 시스템의 바깥에서 자신의 사회적 역할을 고민했으며 억압적 현실에 대응하며 제도 밖의 대응을 계속해나갔고 문예부흥을 가져왔다. 그리고 이는 한국 재야 1세대의 기초[107]를 형성하기도 했다.

"무리를 잃어버린 사람들은 외로움을 안다. 그러나 이 외로운 사람들끼리 또 하나의 무리를 서로 감지할 땐 이미 이 외로움은 외로움이 아니다."(조병화, 「서시」 전문)라는 시 구절과 같이 1960년대 '명동시대'의 전성기를 구가했던 다방들은 비록 '시스템' 바깥으로 소외되었지만 제도권의 틀 바깥에서 자생적으로 새로운 장을 만들어 공공성을 회복하려고 했다.

1960년대 이후 본격화된 도시 정비사업의 진행 과정 속 문인들의 거점 공간이 명동에서 종로로 이동하게 되고, 다시 종로의 쇠락과 함께 소멸해 가는 모습은 사람들에게 특별한 장소감을 줄 수 있는 공간들이 점점 사라

---

107 비록 명동 다방 문인 네트워크의 전성시대는 60년대로 막을 내렸지만, 이후 종로, 동숭동 등지에 생겨난 다방들이 그 계보를 이어갔고 그것들이 쇠퇴해가던 70~80년대에도 〈학림다방〉처럼 일부 다방들이 남아 김지하, 백기완 등 민주화 운동 중심세력의 아지트로 기능했다. 1970년대 이후 체제저항에 문인들이 대거 참여했고 1973년 12월 24일 개헌청원 발기자 명단에도 문인들이 상당수 포함되어 있었다. 사회운동은 갑자기 돌출될 수 있는 것은 아니며 그 이전에 축적되었던 네트워크나 그 안에서 이루어진 논의들, 축적된 공통감정과 의식, 사회적 에너지를 기반으로 촉발된다.

져가고, 의미를 형성하고 공유할 수 있는 가능성을 점차 소실해가고 있음을 상징적으로 드러낸다. 랠프는 "인간답다는 것은 의미 있는 장소로 가득 찬 세상에 산다는 것"[108]이라고 말했는데, 이를 적용시켜보면 장소의 망실이 이루어지는 세상은 인간다움을 상실해가는 세계이기도 하다. 다방 네트워크의 형성과 소멸은 이를 우리에게 다시 상기시킨다.

 '공공의 장'으로서의 문학장, 자생적인 문학 생태계를 만들고자 했던 '명동시대'와 문인 네트워크는 소위 '커먼즈'로서의 문학, 문학의 공공성을 회복하기 위한 모색이 요청되는 작금의 현실에서 나아갈 길을 찾는 데 유의미한 시사점이 되어준다.

참고문헌

1. 자료
강진호 엮음, 『한국문단이면사』, 깊은샘, 1999.
김동리, 『밀다원 시대』, 계간문예, 2013.
김시철, 『격랑과 낭만』, 청아, 1999.
김종삼, 권명옥 엮음, 『김종삼 전집』, 북치는소년, 2018.
김정동, 『근대건축기행』, 푸른역사, 1999.
이봉구, 『명동 20년』, 유신문화사, 1966.
_____, 『명동백작』, 일빛, 1990.

2. 단행본 및 논문
강인철, 『한국의 개신교와 반공주의』, 중심, 2007.
강진호 엮음, 『한국문단이면사』, 깊은샘, 1999.
권경미, 「문화계급과 노스텔지어 명동공간의 내러티브-명동백작 이봉구를 중심으

---

108 에드워드 랠프, 앞의 책.

로」, 『인문과학』 60, 2016, 성균관대학교 인문학연구원, 2015.

김상태, 「평안도 친미 엘리트 층의 성장과 역할」, 『한국기독교역사연구소소식』 51, 2001.

김준현, 「관북 출신 월남문인의 정착과 전후 문학 장」, 『한국근대문학연구』 31, 한국근대문학회, 2015.

김창석·남진, 「서울시 도심부 공간구조의 변천에 관한 연구—1960~1994년까지의 변화를 중심으로」, 『서울학연구』 10, 서울학연구소.

임경순, 「1960년대 검열과 문학, 문학제도의 재구조화」, 『대동문화연구』 74, 성균관대 대동문화연구원, 2011.

장은지, 「문화생태계 관점으로 본 문화매개공간의 개념 및 역할 변화」, 추계예술대학교 예술경영석사학위논문, 2014.

박명림, 「박정희 시대 재야의 저항에 관한 연구: 저항의제의 등장과 확산을 중심으로」, 『한국정치외교사논총』 30(1), 한국정치외교사학회, 2008.

_____, 「박정희 시대의 민중운동과 민주주의: 재야의 기원, 제도관계, 이념을 중심으로」, 『한국과 국제정치』 24(2), 2008.

서울시정개발연구원·서울시립대학교 서울학연구소 공편, 『서울 20세기: 100년의 사진기록』, 서울시정개발연구원, 2000.

송은영, 『서울 탄생기: 1960~1970년대 문학으로 본 현대도시 서울의 사회사』, 푸른역사, 2018.

송명희, 「밀다원 시대」에 나타난 '부산'과 '밀다원'의 장소감」, 『한국문학이론과 비평』 54, 한국문학이론과 비평학회, 2012.

에드워드 랠프, 『장소와 장소상실』, 논형, 2005.

이가언, 「1900년대 초중반 명동지역 다방의 변천과 역할에 관한 연구」, 추계예술대학교 석사학위논문, 2008.

이봉범, 「1960년대 검열체재와 민간검열기구」, 『대동문화연구』 75, 2011.

이호철, 『서울은 만원이다』, 문우출판사, 1966.

임동근·김종배, 『메트로폴리스 서울의 탄생』, 반비, 2015.

임경순, 「1960년대 검열과 문학, 문학제도의 재구조화」, 『대동문화연구』 74, 대동문화연구원, 2011.

오선희, 「한국 다방 실내 디자인의 시대 구분과 공간 특성에 관한 연구—서울 명동지역을 중심으로」, 숙명여대 석사학위논문, 2013.

정명교, 「위기가 아닌 적이 없었다. 그러나 때마다 위기는 달랐다 : 위기 담론의 근원,

변화, 한국적 양태」, 『현대문학의 연구』 51, 2013.

천관우, 『言官史官』, 배영사, 1969.

최호빈, 「전봉래의 문학적인 삶과 삶의 문학화」, 『한국시학연구』 63, 한국시학회,
　　2020.

3. 기타

고은, 「고은의 자전 소설-나의 산하 나의 삶 〈140〉」, 『경향신문』, 1993.7.17.).

김대홍, 「한국 현대사는 다방에서 만들어졌다?」, 『오마이뉴스』, 2005.10.21.

김태완, 「명동의 다방」, 『월간조선』, 2016.10.

김건우, 「광복 70년 특별기획-대한민국 설계자들 ⑥」, 『주간동아』 1005, 2015.9.14.

김진하, 「제비의 귀천 문예다방 60년」, 근대서지 (18), 2018.12.

Robert Alexander Nisbet, 「권위의 몰락」, 『문학과 지성』, 겨울 1(2), 1970.

백낙청, 「궁핍한 시대와 문학정신」, 『청맥』, 1965.6.

＿＿＿, "저항문학의 전망", 「조선일보」, 1965.7.13.

박태진, 「지성이 불모했던 시대」, 『박태진 시론집』, 시와산문사, 2012.

류승훈, 「류승훈의 부산 돋보기-피란수도 부산과 밀다원 시대」, 『부산일보』,
　　2016.6.8.

염무웅, 「이슈 창간 70주년 기획-염무웅의 해방 70년, 문단과 문학 시대정신의 그림
　　자(8) 4·19, 다양성 억압한 전후 '순수문학'의 판을 뒤흔들다」, 『경향신문』,
　　2016.8.8.

장석주, 「시인 김관식(기인열전 내 멋에 산다 4)」, 『세계일보』, 1997.9.10.

＿＿＿, 「문인들의 장소 문인들의 공간 이야기」, 『시인세계』, 문학세계사, 2008 여
　　름호.

오태진, 「달라진 풍속도- 문화인 사랑방」, 조선일보, 1984.11.14.

이근배, 「문학시장이 섰던 갈채다방- 대가에서 지망생까지 동업자들 북적」, 『동아일
　　보』, 1990.10.12.

＿＿＿, 「한국인의 초상 (14) 作家(작가)들 사랑방 변천사」, 『동아일보』 11면,
　　1995.6.13.

이유식, 『문단 풍속, 문인 풍경: 풍속사로 본 문단』, 푸른사상, 2016.

장수철, 「우정 넘치는 술자리(명사들의 인생회고/격변기의 문화수첩:28」, 『국민일
　　보』, 1990.6.14.

＿＿＿, 「명사들의 인생회고/격변기의 문화수첩:27」, 『국민일보』, 1990.6.13.

_____, 「정동시절'의 단편①(명사들의 인생회고/격변기의 문화수첩:30」, 『국민일
      보』, 1990.6.19.
조두진, 「이근배 시인이 증언하는 통혁당·문인간첩단 사건」, 『매일신문』, 2017.9.12.
편집부, 『국어국문학자료사전 상·하』, 한국사전연구사, 1994.
한국예술인복지재단, 「구술로 만나는 한국예술사 (2): 다방과 원로예술인의 사교」,
      2013.11.6.
현민, 「현대적 다방이란」, 『조광』, 1938.6.
「예술인대회 성황」, 『조선일보』, 1960.3.7.
『한국민족문화대백과』, 한국정신문화연구원, 1991.
「우리나라 예술문화 단체백서」, 『조선일보』, 1961.3.19.

제2부

한국문학 비평의 키워드

경험적인 것을 선험적인 것으로
받아들이지 않고, 어떻게?*
: 김현 초기 시 비평의 문제의식

조강석

1. 선험적인 것과 경험적인 것, 그리고 문화의 고고학

이 글의 목적은 김현 초기 시 비평의 위상과 면모를 당대적 맥락 속에서 살펴보고 그 의미가 무엇일지를 상고하여 현재에 비추는 것이다.[1] 이를 달리 말하자면 다음과 같은 질문들에 답해보고자 하는 취지로 이 연구가 개시되었다는 것이다: "1960년대 초중반에서 1970년대 초반에 이르는 동안 한국 시단의 흐름은 어떻게 전개되고 있었으며 이에 대한 당대 논자

---

* 김현 비평 초기의 핵심적 문제의식을 담고 있는 이 질문은 최인훈의 『크리스마스 캐롤』을 다룬 글에서도 중요하게 반복된다. 개인적인 심회를 조금 톺아보자면, 김현 사후에 발간된 『전체에 대한 통찰』(나남, 1990)에 실린 최인훈론에서 이 대목을 읽는 순간이 당시 영문학과 학부생이었던 필자에게는 삶의 경로를 바꾸어 여는 새로운 지평과 같은 것이었다.

1 여기서 김현의 초기 시 비평이라 함은 주로 1960년대 중반부터 1970년대 초반까지 쓰인 비평을 지시하는데 이 글들은 주로 『상상력과 인간』(일지사, 1973)과 『시인을 찾아서』(민음사, 1975)에 실렸다가 이후 구성상 약간의 편집을 거쳐 김현 전집 제3권(『상상력과 인간/시인을 찾아서』에 수록되었다. 이하에서는 필요한 경우 글의 제목과 원출처를 표기하고 인용은 주로 김현 전집 제3권(이하 전집 3)에서 하되 김현의 글인 경우 필자 이름은 생략한다.

들의 관점은 무엇인가?", "19660년대 초중반에 본격적으로 비평 활동을
시작한 김현은 당대의 시단을 어떤 관점에 의해 파악하고 있었으며 그
요체는 당대의 다른 비평가들의 관점과 어떻게 변별되는가?", "이 변별점
은 당대의 한국 시단을 조망하는 데 어떤 의미를 지니는가?", "이 시기
김현이 시 비평에서 전개한 관점은 한시적인 것인가 혹은 김현 비평의
지속적인 기저를 형성하는 것인가?"

연관된 후속 연구를 필요로 하는 마지막 질문에 대한 대답만을 유보하
며 위의 질문들에 포괄적으로 답해보려는 것이 이 글의 의도이다. 우선
김현의 비평을 본격적으로 추동하는 계기가 되고 줄곧 김현의 비평의
기저에 놓여 있었던 문제의식을 보여주는 다음 대목들을 눈여겨볼 필요
가 있다.

> (1) **여하튼 20세기의 초기에 얻어진 유럽 대륙의 불온한 공기를 나는 내
> 자신의 내부 속에 선험적으로 존재하는 것으로 받아들이지 않을 수 없었고,
> 거기에 추호의 의심도 품지 않았다.** (중략) 유럽 문학, 특히 내가 도취되어
> 있었던 프랑스 문학을 나는 나의 정신의 선험적 상태로 받아들였고, 그 상태
> 속에서 모든 것은 피어나야 한다고 믿고 있었기 때문이다. (중략) **나는 가령
> 말라르메와 서정주가 다른 언어를 가지고 시를 쓰고 있다는 사실을 까맣게
> 잊고 있었다.**[2]

> (2) **나는 프랑스 문학도 한국 문학도 다만 문학이라고 생각했었다. 이러
> 한 나의 태도가 어느 정도 수정을 받게 된 것은, 역설적이지만, 말라르메를
> 통해서였다.** (중략) 이 말라르메가 준 교훈은 대체로 두 가지로 압축될 수
> 있을 것 같다. **하나는 외국 문학을 선험적인 것으로 받아들였을 때는 반드시
> 두 가지 방향의 부작용이 생긴다는 것이며, 또 하나는 자기가 공부하는 것만
> 옳다고 주장할 때 진실은 스스로 숨어버린다는 그것**이다.[3]

---

2 「한 외국 문학도의 고백」, 『시사영어연구』 100, 1967년 6월호, 전집 3, 15~16쪽.

(3) **선험적으로 들어온 외국의 풍속**이 아직 이 땅에 정착되지 못한 반면에, **여기의 풍토 아래 자라온 풍속들**은 점점 그 시효를 잃어가고 있다.[4]

(4) 그렇다면 우리는 어떤 행동을 할 수 있을까? **썩지 않고, 경험적인 것을 선험적인 것으로 받아들이지 않고, 어떻게 우리의 착란된 문화를 이끌어나갈 수 있을까?**[5] (강조-인용자)

김현은 3년 후인 1970년에 쓴 다른 글에서 이 '고백'을 두고 "1967년에 씌어진 이 센티멘틀한 고백은 그러나 나의 진실을 그대로 노출하고 있다"[6]고 말한 바 있다. 또한 "한국에서는 왜 글을 쓰는가? 나는 이 어려운 문제에 대하여 답하기 위해 나 자신에게서부터 시작할 작정이다"[7]라고 이 문제를 재차 상기한 바 있다. 이처럼, 위에 인용된 대목에 담긴 문제의식은 불문학 연구자이자 한국 문학 비평가 김현에게 있어 중요한 출발점으로 간주될 수밖에 없다. 그 요지는 무엇인가? 불문학에 심취하여 프랑스 문학, 나아가 유럽 문학의 특수성을 문학 일반의 보편성으로 간주하던 태도를 지양하고 한국 문학의 구체성으로부터 착수해야 한다는 자기인식이 그것이다. 그리고 그 핵심은 "경험적인 것을 선험적인 것으로 받아들이지 않고, 어떻게?"라는 질문에 단적으로 압축되어 있다. 이 묵중한 질문[8]은 초기부터 김현 비평의 기저에 자리잡으며 이후 그의 전 생애에

---

3 위의 글, 전집 3, 16~17쪽.
4 위의 글, 전집 3, 19쪽.
5 위의 글, 전집 3, 22쪽.
6 「글은 왜 쓰는가-문화의 고고학」, 『예술계』, 1970년 봄호, 전집 3, 27쪽.
7 위의 글, 전집 3, 27쪽.
8 고백컨대, 본 연구자로 하여금 본격적으로 한국 문학 연구자의 길을 선택하게 한 것은 1990년도의 어느날 접한 『전체에 대한 통찰』의 한 대목, 김현이 최인훈의 『크리스마스 캐롤』 연작을 두고 던진 바로 이 질문이었다. "경험적인 것을 결코 선험적인 것으로 받아들이지 않는 방법을 통해서, 그러면 그 궁극 도달점은?"(김현, 「풍속적 인간」, 『전

걸쳐 탐구될 성질의 것이었다. 1970년에 김현은 이 질문에 답해보기 위한 방법이자 과제로서 "문학의 고고학"을 상정한다.

> **이 오류를 극복하기 위해서 오랫동안 성찰한 끝에 나는 문화의 고고학이라는 내 나름의 결론에 도달할 수 있게 되었다.** (중략) 한국 문학은 근대화의 초기에 왜 판소리를 버리지 않으면 안 되었는가? 시조 부흥론은 왜 자주 거론되는가? 한국어로서 시와 산문을 과연 구별할 수 잇는 것일까? 그것이 가능하다면 어떻게? 아니 유럽식의 시, 유럽식의 소설이 한국문학에서는 가능할까? **새것 콤플렉스**에서 기인하는 외국 작시법의 암송과 적용은 과연 바람직한가? **이 모든 질문은 외국의 문학 사조를 선험적인 것으로 받아들이지 않으려고 하는 자들에겐 필요 불가결한 것이다. 그 질문에 대답하려는 태도를 나는 문학의 고고학이라고 부른다.** 이 질문에 대한 대답이 없는 한, 한국 문학은 계속 혼돈을 거듭할 수밖에 없다. 글을 쓴다는 개성적인 행위는 글을 쓰는 자의 자리에 대한 탐구가 없는 한, 도로(徒勞)에 그쳐버릴 우려가 많다. 자기 문화의 특수성을 깨닫지 못하는 자가 어떻게 자기 문화를 만들어낼 수 있단 말인가/
>
> **문화의 고고학은, 그러므로, 자기가 서 있는 상황을 투철히 인식하고, 그것을 고려하여 극복해나가려는 태도를 말함이다.**[9]

"경험적인 것을 선험적인 것으로 받아들이지 않고, 어떻게?"라는 질문에 대해 김현 스스로 제출한 답변은 "문학(문화)의 고고학"이다. 김현은 이를 자기 문화의 특수성, 즉 자기가 서 있는 상황을 투철히 인식하고 이를 극복해나가려는 태도로 정식화한다. 달리 말하자면, 문학(문화)의 고고학이란 보편을 지향하되 특수성에 대한 귀납으로부터 연원하는 태도, 즉 귀납적 보편의 방법으로 문학(문화)을 탐구하는 것이라고 할 수

체에 대한 통찰」, 민음사, 1990, 38쪽)

9 「글은 왜 쓰는가–문화의 고고학」, 전집 3, 28쪽.

있다. 이처럼 김현의 초기 문학 비평은 선험적인 것과 경험적인 것에 대한 사유로부터 촉발된 귀납적 보편에 대한 요청을 중요 의제로 설정한다. 우리가 그의 초기 비평에서 다음과 같은 질문들을 빈번하게 목격하게 되는 것은 바로 그 때문이다: "한국 땅에서, 그렇다면 글은 왜 쓰는가?"[10], "왜 우리 시에서는 원초적 감정의 광맥이 정서적 긴장을 얻어 단단한 질서를 획득하지 못하는 것일까?"[11], "한국어로 씌어진 시가의 총체를 지배하고 있는 것은 무엇이며, 그것은 어떻게 현대의 한국시에서 나타나고 있느냐 하는 문제"[12], "한국 현대시와 암시력은 어떤 함수 관계에 있는가?"[13] 등등.

2. 1960년대의 한국 시단과 두 개의 앤솔로지

선험적인 것과 경험적인 것에 대한 사유로부터 촉발된 귀납적 보편에의 요청, 그리고 이에 대한 답변으로서의 문학의 고고학을 논의의 초점에 놓고 보자면, 1967년에 발표된 「시와 암시—언어파의 시학에 관해서」에 주목하지 않을 수 없다. 그의 '기본계획'의 밑그림이 이 글 안에 모두 담겨있기 때문이다. 이 글은 본래 1967년에 신구문화사에서 간행한 『현대한국문학전집』의 제18권인 『52인 시집』에 발표되었다. 따라서 1960년대 시를 개괄하는 총론들 중 하나로 발표 당시 원제는 「암시의 미학이

---

10 위의 글, 26쪽.
11 「감상과 극기」, 『한국 여류 문학 전집』 6, 1967, 전집 3, 41쪽.
12 「시와 암시—언어파의 시학에 관해서」, 현대 한국 문학 전집, 제18권 『52인 시집』, 전집 3, 53쪽.
13 「한국 현대시에 대한 세 가지 질문—'평균율 동인'에 대한 소고」, 『현대문학』, 1972년 6월호, 전집 3, 227쪽.

갖는 문제점-언어파의 시학에 관해서」이다. 원제가 암시하듯, 이 글은 말라르메의 암시의 시학을 통해 1967년 당시 한국의 시단을 조망하되, 암시의 시학이 한국적 조건에서 성립되기 어려운 이유를 천착하는 글이다. 그 구체적 면모에 대해서는 잠시 뒤에 살펴보기로 하고 우선 1960년대의 한국 시단에 대한 당대의 관점들을 잠시 확인해 보자.

2.1.

1967년에 출간된 『52인 시집』(이하 『52』)은 1960년대 한국 시단의 전체적인 면모를 보여주는 대표적인 앤솔로지 중 하나이다. 이 앤솔로지는 1960년대 초반에 출간된 『한국전후문제시집』(1961, 이하 『전후』)과 더불어, 1960년대 한국 시단에서 활동한 주요 시인들의 작품이 망라된 작품집이다. 1961년에 신구문화사에서 발간한 『전후』는 해방 이후부터 1960년대 초반에 이르기까지의 한국 시문학의 흐름을 집대성하여 보여주는 앤솔로지이다. 백철, 유치환, 조지훈, 이어령 등이 편집위원으로 참여했는데 이들은 책의 앞머리에 서문 격으로 실은 「이 책을 읽는 분에게」에서 "어쨌든 '앤솔로지'로서는 이것이 최대규모의 것이 아닌가 생각되며 전후 시인들이 공동의 광장 속에 이렇게 한 자리에 모이게 된 것도 이번이 처음이라고 믿는다"[14]라고 말하고 있다. 해방 이후부터 활발하게 활동을 해 온 30여명의 시인들의 작품과 간단한 시론을 싣고 있는 이 책에서 흥미로운 점 중 하나는 해방 이후 한국 시단의 흐름을 정리하는 세 논자의 글을 일종의 총론격으로 싣고 있다는 것이다. 김춘수의 「전후 십오 년의 한국사」, 박태진의 「구미시와 한국시의 비교」, 이어령의 「전후시에 대한 노오트 2장」이 그것이다. 여기서 그 양상을 세세히 살펴볼 수는 없지만[15]

---

14 「이 책을 읽는 분에게」, 『한국전후문제시집』, 신구문화사, 1961, 3쪽.

세 명의 논자들이 해방 이후부터 1960년대까지의 한국시의 흐름을 기술하는 양상과 준거들을 잠시 살펴볼 필요는 있겠다.

김춘수는 통시적 접근을 시도한다. 그는 해방 이후의 시단을 3기로 구분하고 각각의 시기에 주목되는 시인들을 열거한 후 인상적인 작품을 인용하고 분석한다. 우선 1945년 8월부터 1950년 한국전쟁에 이르는 시기의 수확으로 청록파와 신시론 동인들의 사화집 『새로운 도시와 시민들의 합창』을 언급한다. 다음으로 1950년부터 1955년 1월 『현대문학』 창간에 이르는 기간에는 후반기 동인들에 주목하는 한편, 전봉건의 작품을 이례적으로 고평한다. 여기서 『현대문학』 창간이 시기 구분의 기준이 된 것은 1955년 1월에 『현대문학』이 창간된 것을 기점으로 『문학예술』(1955년 8월 창간), 『자유문학』(1956년 7월 창간)이 연이어 창간되고 『사상계』와 신춘문예를 통해서도 시인이 배출되는 등 문인들의 수가 대폭 증가하고 발표 지면이 확장되었기 때문이다.[16] 끝으로 1955년 『현대문학』 창간에서 1961년에 이르는 동안 새로운 성취를 얻은 시인으로 송욱, 신동문, 김구용, 김수영, 성찬경 등을 꼽고 있다.

박태진은 해방이 비로소 한국인들에게 통상의 인생경험을 가져다 주었고 이에 따라 시인들 역시 체험에 기반하고 한국어의 실정에 맞는 시들을 쓰게 되었다고 강조한다. 따라서 박태진에게 해방 이후 시의 성취를 변별하는 중요한 기준이 되어준 것은 "민주주의 사회에 있어서 인생의 문제성"[17]이다. 그런 맥락에서 그는 "산수적(山水的) 이미쥐가 현대의 인

---

15 그 세세한 양상에 대해서는 「1960년대 한국시의 이미지-사유와 정동의 정치학」(『한국학연구』 52, 2019.2)에서 논한 바 있다.

16 이와 관련하여, 『현대문학』의 창간을 기점으로 시인들의 수가 급증했다고 설명하며 김춘수가 "이년 전(~1959년도로 추정) 신년호 『현대문학』에 실린 「현역문단인 주소록」을 보니 147명이나 된다. 그 이후를 가산한다면 이 수는 더 붙게 될 것이다"라고 언급한 대목은 흥미롭다. 『한국전후문제시집』, 신구문화사, 1961, 310쪽.

17 박태진, 「구미시와 한국시의 비교」, 『전후』, 317쪽.

텐시티와 야합하기 어렵다"[18]는 관점에서 '청록파의 아류'들을 비판하고 상대적으로 후반기 동인을 위시한 소위 모더니스트들의 시운동에 주목하고 있다.[19]

이어령은 "행동이 끝나는 데서 언어가 시작된다"와 "언어가 끝나는 데서 행동이 시작된다"라는 두 개의 명제를 통해 현실에 대한 시인의 두 태도를 변별적으로 설명한 후 전자의 대표주자로 서정주를, 후자의 대표주자로 전봉건을 꼽으며 후자의 시 경향의 분발을 촉구한다. 또한 시적 딕션(poetic diction)의 변화에 주목하며 일상생활에서 사용하는 어휘(ex: "도라무통", "할로", "오강뚜껑")를 파격적으로 시 속에 도입한 전영경과 전쟁 용어를 도입한 전봉건, 신동문의 시를 설명한다.

정리하자면, 김춘수는 문학 외적 상황 변화에 따른 통시적 기술을 택했고 박태진은 새로운 생활 체험을, 이어령은 언어와 행동 그리고 시적 딕션을 시적 경향을 변별하는 준거로 삼았다. 편집위원들의 설명처럼 『전후』가 해방 이후 한국시의 흐름을 폭넓게 전시하고 여러 경향을 집대성한 최초의 본격적인 앤솔로지라는 점을 감안하고 보면, 총론을 실은 세 논자의 글은 대체로 한국시의 흐름에 대한 전체적 조망의 시야를 독자들에게 제시하기 위한 의도로 인해 다소 평이한 개괄에 그치고 있어 한국시의 보편적 구조와 특이점들을 본격적으로 설명하는 데까지 나아가지는 못하고 있다고 할 수 있다. 아마도 이에 대한 시도가 나타나는 것은 1960년대의 중반이 지난 시점에, 다시 말해 1960년대의 시단의 흐름까지 포괄하며 다시 등장한 앤솔로지인 『52인 시집』의 총론들에서라고 할 수 있겠다.

---

18 박태진, 위의 글, 『전후』, 322쪽.

19 박태진 스스로가 「후반기」 동인의 일원이었으며 사화집 『현대의 온도』(1957)에도 참여한 바가 있다.

2.2.

1967년에 간행된 『52인 시집』에는 52인의 작품 각 10여편과 시인들의 짧은 시론들(「작가는 말한다」)이 실려 있고 유종호, 김주연, 조동일, 김현의 평론이 「문제의 주변」이라는 부제 하에 묶여 있다. 흥미로운 것은 이 네 편이 각기 일정한 의도하에 구성된 것이라는 점이다. 이는 네 편의 평론의 제목에서 직접적으로 드러난다. 「전후시 십오 년-그 개관과 문제를 위한 시안」이라는 제목에서도 드러나듯 유종호의 글이 그중에서도 일종의 총론의 성격을 띤다고 한다면, 김주연의 글(「자연과 서정-서정파의 현대적 양상」)은 "서정파"를, 조동일의 글(「시와 현실참여-참여시의 시적 가능성」)은 '참여파'를, 그리고 김현(「암시의 미학이 갖는 문제점-언어파의 시학에 관해서」)의 글은 "언어파"를 초점에 두고 있다. 아마도 이는 『52인 시집』의 편집위원(백철, 황순원, 선우휘, 신동문, 이어령, 유종호)들이 1960년대 시단의 지형을 서정파, 언어파, 참여파라는 구도 속에서 보고 있었음을 의미한다고 볼 수 있을 것이다. 네 편의 평론은 말하자면 총론과 각론의 성격을 띠는 것이라고 할 수 있다. 이 점을 염두에 두고 각각의 평론을 살펴볼 필요가 있다.

유종호는 글의 서두에서 이 글이 "'나는 왜 오늘의 시를 사랑할 수 없는가'라는 점에 의탁해서 한 독자가 본 현대시의 문제점을 소박하게 기록해 본 것이라고 밝히고 있다. 그는 우선, "해방 후의 많은 시들이 썩 불투명해지고 직선적인 감동을 거부하고 있다"[20]며 시가 소수의 전문가들의 향유물이 되어 가고 있다는 비판으로 글을 시작한다. 그 연장선상에서 이른바 난해시·실험시들이 십여 년을 실험에 몰두했다면 "납득할 수 있는 새 정식(定式)의 공표쯤인 있어야 할 것"[21]이나, 사회적, 역사적 문맥 속에

---

20 유종호, 「전후시 십오 년-그 개관과 문제를 위한 시안」, 『52인 시집』, 신구문화사, 1967, 423쪽.

서 현실적으로 요청된 결과, "내적 사상의 필연적 전개로서의 〈기법〉이
그 현장성에 대한 고려 없이 직수입되어 공허한 소동을 첨가할 뿐"²²이라
고 비판하고 있다. 또한, "생활에서 유리되면 유리될수록 시가 풍부해지
리라가 믿으면서 이루어질 수 없는 시선(詩仙)에의 꿈을 좇는 초속(超俗)
주의, 리리시즘과 유행가를 동일시하는 천박한 고식(固式)주의, 시선을
내면으로 고정시킴으로써 심각을 위장하는 내향의 자세는 새로운 가치
의 변혁이라는 관점에서 비판되고 수정되어야 할 것이다"²³라고 초월적
지향을 담은 상투적 서정형의 시 역시 비판하고 있다. 따라서 이 글은
1960년대에 본격적으로 대두된 소위 난해시와 실험시뿐만 아니라 재래
의 상투적 서정시에 아쉽게 결여된 바를 지적하는 쪽에 초점이 맞춰져
있다. 나아가 유종호는 개별적 평가를 통해, 탁월한 성취를 이룬 시인으
로 서정주, 유지환, 박목월, 조지훈, 박두진을 곱고 서정주와 청록파의
영향권에 놓인 시인으로 이기형, 박재삼, 김관식, 구자운을 꼽고 있다.
또한 전후 모더니즘을 계승하는 시인으로 김수영, 박인환을, 전쟁 소설
의 시적 대응물로 전봉건, 신동문의 시를, 모더니즘의 중간 지점에서 내
면 응시를 지속하는 시인으로 김춘수, 김윤성을, 신고전파로 박희진을,
파격적인 실험가로 김구용을 꼽고 있다. 이처럼 이 글은 개괄적 총론의
성격을 띠고 있다.

  김주연은 "리리시즘의 시풍은 한마디로 자연에의 편성(偏性)이라고 부
를 수 있는데 현대시에서 논의되고 있는 온갖 실험과 언어의 문제에도
불구하고 대부분의 우리 시의 중요한 기본 심리로 남아 있다"²⁴고 설명하
며 소위 서정파 시인들의 시가 여전히 큰 비중을 차지하고 있다고 우선

21 유종호, 위의 글, 같은 책, 427쪽.
22 유종호, 위의 글, 428쪽.
23 유종호, 위의 글, 430쪽.
24 김주연, 「자연과 서정-서정파의 현대적 양상」, 『52인 시집』, 434쪽.

현상을 기술한다. 그러나 이 현상을 두고서는, "우리의 서정시인들이 가진 표정들은 대강 몇 개로 그 특징이 드러나고 있으나 시적 본질에 있어 시인에 따라 상이한 아무런 내용이 없다"[25]고 회의적 진단을 내리고 있다.

조동일의 평론은 참여시를 대상으로 하고 있는데 이 평문의 요지는 다음과 같은 단락으로 거의 내용의 손실 없이 요약된다: "비현실적인 언어유희가 시를 대변하는 것처럼 행세하는 시기가 있다. 무리하게 요약하기는 힘들지만, 진취적인 기백이나 문화적 창의력을 잃은 지배층을 위해 시가 봉사할 때면 대개 그렇다. 생생한 생활과 감동을 가진 민중이 시를 잃고 있을 때면 그렇다. 이정권(李政權) 때도 그런 시기의 하나였다. 그러다가 숨어 있던 힘이 새롭게 역사의 전면으로 뛰쳐 나오면 시는 필연적으로 달라진다."[26] 이런 맥락에서 황동규의 「태평가」를 '초보적인 각성 단계'의 시로, 김수영의 「어느날 고궁을 나오면서」를 사태의 현상과 본질을 파악했지만 아는 대로 행동하지 못한다는 자책 단계에 머무는 시로 비판하고 신동엽의 「껍데기는 가라」를 개별적인 현상의 의미와 본질을 파악하고 이를 잘 시적으로 잘 집약시킨 작품으로 높이 평가한다. 말하자면, 4·19 이후 시에 요청되는 참여의 수위가 달라졌다는 판단하에 시의 현실 개입 정도를 단계적으로 구분하여 참여시를 평가하고 있는 셈이다.

이렇듯 『52인 시집』에 실린 네 편의 평론 중에 유종호의 글은 총론적 개괄의 성격을 지니고 있으며 김주연과 조동일의 평론은 서정파와 참여파의 시들을 평면적인 유형화에 의해 분류하고 설명하고 있다. 이는, 미리 말하자면, 김현의 글이 한국시의 바탕을 이루는 보편적 구조에 관심을 기울이는 것과는 성격이 다르다고 하겠다.

---

25 김주연, 위의 글, 439쪽.
26 조동일, 「시와 현실참여-참여시의 시적 가능성」, 『52인 시집』, 453쪽.

3. 암시의 시학과 수직적 이원론의 토착화 가능성

3.1.

앞서 언급한 것처럼 4편의 글의 성격상 김현에게는 소위 난해파, 서정파, 참여파의 범주에 해당하지 않는 경향의 시인들의 시 세계 조망에 대한 요청이 있었을 것이라고 보는 것이 타당하다. 김현은 이 시인들을 '언어파'로 분류했다. 그리고 소위 언어파의 범위 속에 들어올 수 있는 시인들로 김종삼, 박희진, 김광림, 김영태, 신동집, 김춘수, 전봉건, 김구용, 박태진, 황운헌, 김종문, 성찬경, 박인환, 마종기 등을 꼽았다. 물론 이때 중요한 것은 분류 자체가 아니라 이들을 '언어파'로 묶일 수 있게 만드는 저 범주화의 구조 원리일 것이다. 김현은 앞서 살펴본 세 편의 평론과는 달리 수평적 유형 분류가 아니라 언어파라는 범주를 형성하는 보편적 구조에 관심을 기울이며 한국적 상황에서 그것의 가능성과 한계를 살펴보는 것을 글의 목적으로 삼고 있다. 그 양상을 들여다보자.

「암시의 미학이 갖는 문제점—언어파의 시학에 관해서」(이하 「암시」)의 기본 전제는 전통의 단절 이후 내적, 정신적 질서가 아직 확고하게 서지 못한 상태에서 한국시의 혼돈과 혼란이 갈수록 심해지고 있다는 것이다. 이런 판단에 따라 김현은 문제의식을 다음과 같이 정식화한다.

> **한국시가 당면하고 있는 혼돈과 혼란에서 벗어나기 위해서 우리가 해야 할 일은 지금의 한국시가 가져야 할 어떤 틀을 찾는 일일 것이다. 그것은 한국시라고 우리가 흔히 부르고 있는, 한국어로 씌어진 시가의 총체를 지배하고 있는 것은 무엇이며, 그것은 어떻게 현대의 한국시에서 나타나고 있느냐 하는 문제를 말한다.** 이러한 문제는 매우 천착해가기 힘들고 어려운 것임에 틀림없다. 사실상 이러한 문제에 대해 방법론적으로 사고하고 그것의 흔적을 우리에게 보여준 사람은 거의 없었다고 생각된다. (중략) 한국시의

상황에 대한 여러 가지의 성찰 중에서도 **우리에게 가장 중요한 것은 한국 시가의 총체를 지배하는 어떤 것에 대한 것이다.**[27]

이 글에서 김현의 관심사가 무엇인지, 또 앞서 살펴본 다른 평론에서 동시대 시문학에 접근하는 관점과는 어떻게 변별되는지가 명료하게 드러나는 대목이다. 한마디로 말하자면, 김현의 관심사는 양적 계량에 기초한 기술(既述)이 아니라 한국시의 질적 바탕을 이루는 구조에 대한 분석이다. 그것은 "한국 시가의 총체를 지배하는 어떤 것"이라는 말로 지시된다. 「암시」는 '언어파'의 시를 시계(視界)에 넣고 그 근저를 이루는 공통 구조에 대해 통찰하는 글이다. 김현은 편집위원들의 요청에 응하되, 단지 언어파의 작품 세계를 일별하는 것이 아니라 이들의 시세계에 대한 관심 속에서, 이를 기화로 당대 한국 시의 기저에 놓인 구조쪽으로 시선을 옮겨놓고 있다. 즉, 요청에 부응하되 이를 계기로 삼아 한국시의 기저에 대해 말하는 쪽으로 글을 전개시키고 있다는 것이다. 그 전개과정은 3단계로 이루어진다.

　　한국시에서는 의미와 주장이 중요한가, 혹은 그 반향과 마력이 본질인가, (중략) 여하튼 한국시가 이 두 개의 경향을 함께 가지고 있다는 것만은 확실한 듯하다. 어느 것이 옳고 그르냐 하는 문제는 **한국어에 어느 것이 보다 올바르게 접촉되고 밀착될 수 있느냐 하는 것에 의해 좌우될 것이다.** (중략)
　　이 두 가지의 태도 중에서 김춘수, 전봉건, 김구용, 김종삼, 신동집, 박희진, 김광림, 김영태, 마종기 등은 한국시의 본질이 '반항과 마력'에 있다고 믿는 부류에 속한다고 생각된다. 이러한 시인들의 가장 큰 특징은 그들이 시적 본질로서 **"미가 시의 유일한 합법적인 영역"**이라는 저 **포오의 명제**에 대한 굳은 신앙과, 그 **미가 흔히 상정하듯이 "하나의 질이 아니라 효과"**를

---

27 「암시의 미학이 갖는 문제점―언어파의 시학에 관해서」(이하 「암시」), 『52인 시집』, 신구문화사, 1967, 443쪽.

__의미한다고 하는 말라르메적인 명제에 대한 찬동__에 있는 듯이 생각된다.[28]

우선, 김현은 송욱이 『시학평전』에서 리차즈(I.A. Richards)와 본느프와(Yves Bonnefoy)를 원용하며 '주장과 의미'가 중요한 영미시적 경향과 '반향과 마력'을 지닌 노래를 강조하는 프랑스적 경향으로 시의 흐름을 대별한 것을 수용하며 당대 한국시 역시 대체로 이 두 개의 범주에 의해 설명 가능하다고 전제한다. 그리고 앞서 언급한 것처럼, 편집진의 요청에 의해 '언어파'를 시계에 두고 있는 김현은 '언어파'를 반향과 마력에 시의 본질이 있다고 믿는 부류로 재규정하고 그들의 공통분모를 포우와 말라르메의 명제를 통해 추출한다. 그리고 바로 이 대목에서 김현은 논의의 두 번째 단계로 진행한다.

> __단순한 서정주의자들이 자기가 아름다운 것을 보고 감동한 자연적 감정을 그대로 묘출하는 것과는 반대로, 이 시인들은 이 감동을 얻은 혼에 의해 느껴진 감정을 묘출하고 있다.__ 이 말은 매우 주의력 있게 이해되지 않으면 안 된다. (중략) 서정풍의 시인들은 "시는 항상 묘사해야 한다"라는 리바놀의 시학에 입각해서 언어를 다루고, 우리가 '마력과 반향'에 역점을 두고 있다는 점에서 언어파라고 부를 수 있는 시인들은 __"시는 절대 묘사해서는 안 되고, 항상 곁에서 그리고 멀리서 대상에 교감하는 감정을 야기시킬 것을 암시해야 한다"라는 말라르메의 시학에 입각__해 있기 때문이다.
> 말을 보다 더 쉽게 하면 이 __언어파의 시인들이 노리는 것은 효과와 암시에 의한 작시(作詩)__라고 할 수 있을 것이다.[29]

세 가지 사실을 확인할 필요가 있다. 첫째, 시의 본질이 반향과 마력'에 있다고 믿는 시인들을 "언어파"로 명명한다. 둘째, 그들의 대타항에 "단

28 위의 글, 443~444쪽.
29 위의 글, 444~445쪽.

순한 서정주의자들"을 위치시킨다. 셋째, 이때 '언어파'는 "효과와 암시에 의한 작시"를 강조한 말라르메의 시학을 통해 설명 가능하다는 것이다. 이것이 「암시」의 두 번째 단계의 핵심이다.[30] 여기서 말라르메의 시학을 자세히 설명할 여력은 없다. 말라르메의 시학에 '언어파' 시인들의 시가 실제로 얼마나 부합하는가를 순분증명하는 방식으로 논하는 것에는 실익이 별로 없다. 오히려 중요한 것은 ① 당시에 김현이 파악하고 있는 말라르메의 시학의 요체가 무엇이며 ② 그 요체가 당대의 한국시를 얼마나 요령 있게 설명하고 있는가, ③ 말라르메의 시학을 설명의 핵심틀로 가지고 올 때 김현이 궁극적으로 의도한 바가 무엇인가를 살펴보는 것이다. ①은 이 시기 김현이 발표한 다른 평론들 속에서 거듭 확인할 수 있으며 ②와 관련해서는 김춘수론인 「존재의 탐구로서의 언어」(『세대』, 1964년 7월호)와 김구용의 구곡(九曲) 연작 중 하나인 「삼곡(三曲)」을 다룬 「현대시와 존재의 깊이」(『세대』, 1965년 3월호)가 충분한 논거를 제공할 것이다. 그리고 ③은 지금 살펴보고 있는 「암시」의 후반부, 즉, 세 번째 단계의 논의를 통해 설명할 수 있다. 이를 차례로 살펴보자.

3.2.

김현은 이 시기에 쓰인 여러 평론에서 상징주의와 말라르메의 시학에 대해 여러 차례 설명하고 있다. 예컨대 김현은 상징주의의 요체에 대해 "언어의 질감을 확인하려는 미학적 노력, 절대에 대한 타는 듯한 갈망,

---

30 나아가 김현은 피에르 미셸이 말라르메의 말을 인용하여 암시의 미학과 관련된 여섯 가지 방법을 설명한 것에 비추어 그 방법에 가까운 한국의 시인들을 분류해 본다. 그 내용은 다음과 같다. 1) 효과를 그릴 것: 김영태 2) 암시할 것: 김종삼 3) 유사(類似)에 의해 행할 것: 전봉건, 김춘수, 김구용 4) 어휘를 혁신할 것: 성찬경 5) 말들을 산문적 논리에서 해방시킬 것: 김영태, 박휘진, 김광림, 전봉건, 김구용, 6) 멜로디를 찾을 것: 박희진, 송욱.

세계의 이원론적 파악"[31]이라고 간명하게 언급하고 있으며 말라르메의 시학에 대해서는 "결론부터 말하자면 가능한 한 산문적인 요소는 배제되어야 한다고 나는 생각한다. 시는 말라르메가 말하듯이 '암시'해야 한다고 나는 생각하고 있기 때문이다"[32]라고 말하고 있다. 거듭 말하지만, 여기서 상징주의와 말라르메의 시학에 대한 자세한 검토보다도 중요한 것은 이를 정돈하는 김현의 관점과 그것의 의의이다. 김현이 상징주의와 말라르메의 시학을 설명하는 것은 네 가지 키워드와 결부되어 있다. 언어의 질감, 절대 혹은 무한, 이원론적 구조, 그리고 암시가 그것인데 아마도 이 키워드들을 통해 한국시를 설명하려는 시도가 가장 적극적으로 드러난 것은 「존재의 탐구로서의 언어」와 「현대시와 존재의 깊이」일 것이다.

(1) **김춘수의 무한은 말라르메의 그것과 거의 동가인 것처럼 나에게는 보인다.** 역사적 사건으로 떨어져나간 무성하던 잎과 열매의 중추이었던 나목을 통해, 그 예민한 가지를 통해 시가 무한에 접근한다는 것을 말해주고 있는 그의 시는 다만 "대문자로 씌어진 책을 한 권 쓰기 위해" 노력한 말라르메의 시와 비슷한 점이 있기 때문이다. 그러나 **시어를 통하지 않고는 무한에 들어갈 수 없다는 것을 말라르메의 실패는 우리에게 가르쳐준다. (중략) 무한이란 말을 바꾸면 절대이며, 사물의 실재이다. 플라톤적인 표현으로 바꾸면 그것은 사물의 이데아이다. 시는 이 무한으로 가는 통로이다.** 이 통로를 통해 인간 조건은 극복될 수 있기 때문이다. 결국 시는 초극이며 해설이다. 사람이 무한, 사물의 실재에 도달할 때, 의식의 때가 완전히 벗겨질 때 사람들은 해탈한다. 죽음까지도 그때는 하나의 초극의 대상인 것이다.[33]

---

31 「시와 톨스토이주의」, 『시인』, 1969년 10월호, 전집 3, 124쪽.
32 「산문과 시」, 『세대』, 64년 7월호, 전집 3, 334~335쪽.
33 「존재의 탐구로서의 언어」, 전집 3, 180쪽.

(2) **우리가 한 사물을 인지한다고 말할 때, 혹은 그 이미지를 그린다고 말할 때, 사실 우리는 그 이미지 혹은 사물의 외면을 둘러싸고 있는, 그리하여 정확히 그곳으로 들어가 그것을 인지하려는 것을 막고 있는 언어를 만난다. 실재에의 차단이다.** 그리하여 정말 잘 언어를 다루는 사람들은 그 **언어의 부정확성**에 놀라고 … (중략) **그들은 언어가, 그들이 선택한 언어의 양태가 사물의 실재와 너무나도 떨어져 있음을 안다.** 그리고, 그들은 정말로 사물을 잘 인지했을 때에는 침묵할 수밖에 없다는 것을 알게 된다. **말라르메가 그러했듯이 김춘수도 이것을 알고 있었다.**[34]

위에 인용된 것은 김춘수의 「나목과 시」 연작에 대한 설명의 일부이다.[35] 김현은 김춘수의 「나목과 시」 연작과 「꽃」, 「분수」 등에 대해, 언어를 통해 무한 혹은 절대를 지향하지만 언어는 실재에의 통로이자 동시에 접근을 차단하는 오염된 사물이라고 설명하며 김춘수의 시가 말라르메의 경우와 마찬가지로 절대에의 지향 의지를 보여주고 있다고 설명한다. 이때 절대는 지시될 수 있는 것이 아니라 암시되고 환기될 수 있을 따름인데 이런 절대 지향이 명백하게 드러내는 바는 절대나 무한 혹은 실재나 이데아의 실체가 아니라 존재의 수직적 이원 구조일 따름이라고 김현은 강조하는데 절대 지향의 시에서 수직적 이원 구조를 발견하고 이를 강조하는 양상은 김현이 "깊이의 시"[36]로 명명한 김구용의 「삼곡」을 다룬 평론에서도 명료하게 드러난다.

---

34 위의 글, 전집 3, 181~182쪽.

35 대표적으로 「나목과 시·서장」은 다음과 같다. "겨울 하늘은 어떤 不可思議의 깊이에로 사라져 가고,/있는 듯 없는 듯 無限은/無花果 나무를 裸體로 서게 하였는데,/그 銳敏한 가지 끝에/닿을 듯 닿을 듯 하는 것이/詩일까,/言語는 말을 잃고/잠자는 瞬間,/無限은 微笑하며 오는데/茂盛하던 잎과 열매는 歷史의 事件으로 떨어져 가고,/그 銳敏한 가지 끝에/明滅하는 그것이/시일까,"

36 「현대시와 존재의 깊이-김구용의 〈삼곡〉에 관하여」, 『세대』, 1965년 3월호, 전집 3, 208쪽.

(1) 왜 김구용은 이렇게 이미지를, 혹은 어휘를 다룰 수밖에 없었을까. 아마도 그것은 그가 낡고 닳아진 언어로써는 도저히 표현하지 못할, 언어 없이 경험된 어떤 의식의 질을 언어로써 표현하려 한 데 있었을 것이다.[37]

(2) 시는 행위를 언어 속에 이끌어들이고 그 속에서 녹이고 용해시키는 반면에 산문은 행위가 언어를 학대하고 이끌고 다니기 때문이다(딴사람들은 어떤지 모르지만 적어도 나에게는 시와 산문의 구별점이란 이것밖에 없다고 생각된다).[38]

(3) 사실상 「삼곡」에 무게를 부여해주고 있는 것은 주인공의 이러한 외적 생활에 있는 것은 아니다. 그의 내적인 삶, 그의 부재에서 존재로 넘어오려 는 그 부단한 노력에 「삼곡」의 중요성은 있다.[39]

(4) 「삼곡」은 보다 본질적인 것―무의미에서 의미를 끌어내려는 인간의 한 절망적인 노력이다. 그러나, 그것은 항상 실패한다.[40]

(5) 이것이 「삼곡」의 전부라고 나는 말하고 싶다. 그러나, 나는 주저하고 당황하기까지 한다. 이것은 산문이고 「삼곡」은 시이기 때문이다. 시라는 점 에서 「삼곡」은 우리가 영원히 들어갈 수 없는 유리 저편에 응결된 행위이다. 우리는 다만 멀리서 바라볼 수 있을 따름이지 그것을 확인할 도리는 없다.[41]

(6) 「삼곡」은 구조의 시이다. 그런 뜻에서 그것은 존재에 대한 하나의 태 도이다. (중략) 이 시는 확실히 읽을 만한 시이다. 그리고 아마 우리가 인간 이며, 그래서 우리의 불안이 끝나지 않는 한 「삼곡」은 거기에 대한 하나의 깊은 성찰이 될 수 있을 것이다.[42]

이와 같은 설명을 통해 우리는 김현이 서정파와 참여파의 바깥에 놓인 시인들을 왜 '언어파'로 명명했는지를 알 수 있으며 이때 '언어'라는 기호

---

37 위의 글, 전집 3, 217쪽.
38 위의 글, 전집 3, 217쪽.
39 위의 글, 전집 3, 220쪽.
40 위의 글, 전집 3, 221쪽.
41 위의 글, 전집 3, 225~226쪽.
42 위의 글, 전집 3, 226쪽.

의 지시대상에 무엇이 한정되는지를 존재론적 시학과의 관계 속에서 파악할 수 있다. 위에 인용된 요지가 간명하여 새삼 부연은 필요 없을 것이다. 그런데 「삼곡」에 대한 김현의 평론을 이와 같은 맥락에서 읽고 독서를 마치기 직전에 우리의 발목을 잡는 것이 하나 있다. 위에 인용된 바와 같은 정치한 분석의 끝자락에 김현은 우리가 「삼곡」에 대해 만족을 느끼지 못하는 이유를 묻고서는 "「삼곡」에서는 행위가 항상 언어를 뛰어넘으려 하고 있기 때문인지도 모른다"[43]고 스스로 답하고 있다. 나아가 송욱의 「해인연가」가 「삼곡」보다 더 시적으로 느껴지는 것은 "그것의 행위가 항상 언어 속에 잠겨 있기 때문이다."[44]라고 설명하고 있다. 말하자면, 「삼곡」은 우리를 문제의 입구에까지 끌고 가지만 개방과 차단의 양의적 통로가 되어주는 바로서의 시적 언어로 모든 것을 걸고 잠그는 대신 이내 행동으로 자꾸만 나아가려 하기 때문이라는 것이다. 그리고 글의 마지막 대목에 다음과 같은 과제를 남겨 놓는다.

> **우리에게는 깊이의 시가 없는 것이 치명적이라고 나는 생각한다.** 그것은 동양인의 사고가 분열을 모르기 때문인지 어쩐지 나는 모르지만, 다만 내가 아는 것은 분열을 통해서 인간은 성장하고 문학 역시 자란다는 그 사실뿐이다.[45]

김구용의 「삼곡」에 대한 평론의 마지막 단락은 글을 맺는 군말이 아니라 이후의 과제를 미리 보여주는 또 다른 문이 된다. 1964년에 발표된 김춘수론에서 언어-무한(절대)-수직적 이원 구조-암시라는 키워드로 상징주의 시학의 요체를 시연해 보인 김현은 1965년에 발표된 김구용의

---

43 위의 글, 전집 3, 226쪽.
44 위의 글, 전집 3, 226쪽.
45 위의 글, 전집 3, 226쪽.

「삼곡」론에서 상징주의 시학이 한국적 '풍토'에 고스란히 포개어지지 못하고 어그러지는 지점을 발견한다. 그리고 그 어그러짐이 발생하는 장소는 1967년에 발표된 「암시의 미학이 갖는 문제점-언어파의 시학에 관해서」에서 보다 자세하게 고시된다. 방법이 숙제가 되는 현장, 「암시」로 다시 돌아가 보자.

3.3.

우리는 「암시」를 읽는 데 있어 세 번째 단계를 남겨둔 바 있다. 여기가 거기다. 말라르메의 시학이 한국 문학에 고스란히 연역되지 않는 자리가 불거지자 '토착적' 구조 혹은 구조의 토착화 문제가 본격적으로 대두된다.

(1) **이 암시의 미학은 이원론적 구조를 가지고 있다.** 이 미학의 근저에는 플라톤의 동굴의 비유에서 보여지는 것처럼 실재계와 현상계의 이원론이 숨어 있다. 이 암시의 미학이 가장 바라는 것은 **주술적 언어를 통해 실재에 도달한다는 것이다.** 이러한 노력 때문에 그것을 항상 **좌절시키는 육체나 이데아 자체인 무, 심연 등에 대한 탐구**가 나타난다. **그러나 우리 나라에서는 이처럼 단순하지는 않다.**[46]

(2) **이원론의 전통은 우리에게는 없었던 듯이 생각된다.** 가령 음양의 이원론은 매우 평면적인 것이고 상호대립적인 것이다. 그러나 **서구의 이원론은 수직적인 것이고 상호 침투 혹은 상호 종속 관계에 있다.** 바로 이 점 때문에 우리의 시에서는 **깊이의 리얼리즘**이라고 서구의 비평가들이 부른 것이 성립되지 않는다. **평면적인 대립에서 확산이 있을 뿐이지 깊이는 없기 때문이다.**[47]

---

46 「암시」, 『52인 시집』, 449쪽.
47 위의 글, 『52인 시집』, 449~450쪽.

(3) **적어도 암시의 미학이 한국에서 그 타당한 존재 이유를 얻기 위해서는 수직적 이원론의 토착화가 행해지지 않으면 안 된다.** 정신의 태도에 따르는 것이 확실한 예술에 있어서 **새 술을 옛 부대에 담을 수는 없기 때문이다.** 결론을 말하자면 이렇다. **반향과 마력을 그 본질로 삼고 있는 언어파의 암시의 미학이 한국시의 바람직한 기둥이 되기 위해서는 수직적 이원론의 전면적인 팽대가 이루어져야만 한다.** 수직적 이원론의 전면적 확산이 불가능하다면 이 언어파의 시들은 어쩌면 영영 이해되지 않을지 모른다.[48]

위에 인용된 대목들의 요지는 이렇다: ① (언어파 시인들이 기대고 있는) 암시의 미학은 언어를 통해 실재에 도달하고자 하는 수직적 이원론 구조를 가지고 있다. ② 한국의 상황에서는 평면적 대립에서 오는 확산은 있지만 수직적 이원론에 기초한 깊이의 리얼리즘이 성립되지 않는다. ③ 언어파 시인들의 미적 준거가 되는 암시의 미학이 한국시의 이념이 되어 폭넓은 이해를 구하기 위해서는 수직적 이원론의 전면적 확산이 필수적이다.

이 대목의 함의를, 오해를 피해 읽는 것은 중요하다. 이 글은 서두에서 살펴본 '센티멘탈한 고백' 즉, '경험적인 것을 선험적으로 받아들이지 않고, 어떻게?'라는 질문이 본격화되던 1967년에 발표된 것이다. 따라서 여기서 김현이 말하고 있는 확산과 깊이의 문제, 즉 한국에 수직적 이원론이 존재하지 않았다는 진단은 서구라는 표준에 비추어 결여되고 결격된 바를 비판하기 위한 것이 아니다. 이 대목의 요지는 '경험적인 것을 선험적으로 받아들이지 않고, 어떻게?'라는 질문을 건넌 이의 구조 진단에 가깝다. 김현은 위에 인용된 대목들 바로 뒤에 "이러한 결론 밑에서 소위 언어파의 범위 속에 들어올 수 있는 몇 사람들"[49]에 대해 언급하겠다

48 위의 글, 『52인 시집』, 450쪽.
49 위의 글, 『52인 시집』, 450쪽.

고 하면서 김종삼, 박희진, 김광림, 김영태, 신동집, 김춘수, 전봉건, 김
구용, 박태진, 황운헌, 김종문, 성찬경, 박인환, 마종기의 시세계에 대해
앞서 살펴본 '암시의 시학'이라는 설명틀에 입각해 각기 짧은 설명을 덧
붙이고 있다. 말하자면, 김현이 보기에 언어파의 도래는 1967년 현재 이
미 한국 시단에 발생한 사건이다. 이들의 시적 특징은 암시의 시학에
의해 가장 잘 설명되는데 암시의 시학이 한국적 상황에서 타당한 존재
이유를 가지고 이해를 구하려면 그 구성적 조건인 수직적 이원론이 필수
적으로 요청되는 것이라고 하겠다. 다만, 이때의 수직적 이원론은 플라
톤으로부터 기독교적 전통에 이르기까지의 서구에서와 같은 방식이 아
니라 한국적 상황 속에서 발생할 수밖에 없을 것이다. 김현은 이를 "수직
적 이원론의 토착화 문제"[50]로 규정하고 있다. 이를 조금 더 적극적으로
해석하자면, (그것이 작풍의 모방이건, 언어에 대한 자각이건) 이미 도래
한 언어파의 시는, 한국의 제반 문화적 근저가 수직적 이원론의 토착화
방향으로 진행된다면 가장 설득력 있고 절실한 호소력을 얻으며 한국시
의 한 이념형에 가닿게 될 것이요, 그렇지 못한다면, 구조로부터 발원하
는 것이 아니라 형식만을 '선험적으로' 차용한 것에 지나지 않게 되리라
는 것이 이 대목에서의 김현의 진의로 읽힌다. 김현이 이 글의 말미에
"김종삼의 「앙포르멜」에서 하나의 해답을 얻을 수 있을 것 같다"[51]고 말하
며 "이 매우 아름다운 시는 정신적·수직적 이론이 토착화되어가는 도중
에 살고 있는 한 시인의 찢긴 위치를 노래하고 있다"고 평가한 것은 정확
히 그런 맥락에서 읽을 수 있다. 찢긴 위치, 그것이, "선험적으로 들어온
외국의 풍속이 아직 이 땅에 정착되지 못한 반면에, 여기의 풍토 아래
자라온 풍속들은 점점 그 시효를 잃어가고 있는'[52] '착란된 문화' 속에서

---

50 위의 글, 『52인 시집』, 451쪽.
51 위의 글, 『52인 시집』, 451쪽.

최선을 다해 경주해야 할 태도, 곧 "새로운 이념을 한국 사회의 자연적인 형성 과정에서 유출하여 논리화시켜 한국 사회의 상징적 기호로 만드는 어려운 노력"[53]이 발효하는 정확한, 그리고 정직한 좌표이기 때문이다. 김현이 이런 맥락에서 궁구한 문학(문화)의 고고학은 얼마간 바로 이 찢긴 위치의 좌표들로 구성되어갈 성질의 것이었다. 김현의 시 비평 초기에 엿보이는 흥미로운 양상 중 하나인 '이미지 계보학'은 바로 그런 좌표들을 그러모으는 예비작업의 일환으로 볼 수 있다.[54]

4. 이미지 계보학

(1) **30년대 이미지즘의 대두**로 회화적인 아름다움, 이미지의 조소성(彫塑性)이 한국시의 주류를 이룬다. (중략) 이미지즘의 대두로 말미암은 **이미지의 조소성은 대상을 외관에 치중하여 관찰하게 만든다.** 이 태도는 풍자의 시에서도, 묘사의 시에서도 그대로 보여진다. 바로 그랬기 때문에 **60년대의 내면 탐구의 시가 발생**하게 된다. **대상을 외관보다는 시인의 시적 공간 속에 투영된 그림자로 파악하겠다는 태도**는 내면의 시를 공격하고 있는 저항의 시에서도 마찬가지이다. **대상을 객관적으로, 사실적으로 묘사한다는 태도는 대상을 의식의 동굴에 투영된 그림자로 파악하겠다는 태도로 바뀐 것**이며, 그러한 태도의 시적 대상이, 60년대에 넓게 회자된 '바다'이다. **대상을 단순한 외관에 의해 파악하는 태도의 한 극명한 시적 표현이 '꽃'이라면, 그 반대의 경우가 '바다'인 셈이다.** 김춘수 이전과 이후를 가르는 시적 대상은 꽃과 바다이다. **정현종이 시인으로 자신을 정위시키려 한 것은 꽃과 바다**

---

52 「한 외국문학도의 고백」, 『시사영어연구』 100호, 1967년 6월호, 전집 3, 19쪽.

53 「글은 왜 쓰는가」, 『예술계』, 1970년 봄호, 전집 3, 26쪽.

54 그러나 이는 또 다른 지면을 통해 상세히 논해야 할 주제 중 하나이므로 아래에서는 그 단초만을 짧게 살펴보고자 한다.

의 변모가 서서히 진행되고 있던 65년경이다.[55]

(2) 한국 현대시의 입장에서 본다면, 그의(-고은, 인용자주)『바다의 무덤』은 60년대말의 한 조류를 이룬 바다시의 진정한 방향을 제시한다.[56]

(3) 김춘수·박남수 등의 시적 탐구의 한 결정으로 한국 현대시에 그 중요한 한 페이지를 담당하게 된 '새'의 이미지는, 50년대의 '꽃'과 60년대의 '바다'와 함께 이제 일대 유행의 이미지가 됨으로써, 김춘수·박남수의 시적 노력의 가치를 감소시키려 하고 있다. "새가 새가 날아든다. … 씨 뿌려라 재촉을 한다"는 유의 계절의 오감을 나타내던 재래의 새는 위의 두 시인에 의해 비상과 좌절이라는 상징주의적 특성을 부여받는다. 그러한 탐구의 결과는 순수시의 가능성에 집착한 김춘수나 조소적 이미지의 구축에 매달린 박남수의 경우, 무리 없는 내적 필연성을 보여준다. 사물과의 대결, 혹은 자체로 충족되어 있는 어떤 것에 대한 탐구가 일상적인 삶에 의해 잔인하게 도전받을 때 오는 결과란 비상과 좌절의 두 측면일 수밖에 없기 때문이다. 그렇기 때문에 같은 새를 다루고 있으면서도 김춘수의 경우는 삶의 비속성이, 박남수의 경우는 날아갈 곳을 날아갈 수 없다는 일종의 문화사적·세계사적인 갈등이 주된 톤을 이룬다. 그리고 그것은 "새의 못 날음"이라는 시적 표현을 얻는다.

그러나 최근 유행되고 있는 새의 못 날음은 위의 두 시인의 시적 탐구와는 무관한 자리에서 행해져, 일종의 상투형으로 변모해 있다.[57]

김현의 초기 시 비평에서 눈에 띄는 중요한 특징 중 하나는 이미지 계보학이다. 최근의 일련의 연구에서 주목하고 있듯이 문학 이미지는 단지 재현의 도구나 표상의 수단에 그치는 것이 아니며 원본보다 저열한

---

55 「바람의 현상학」, 『월간문학』 1971년 2월호, 전집 3, 270쪽.
56 「『바다의무덤』에 대하여」, 월간문학, 1970년 5월호, 전집 3, 363쪽.
57 「시와 상투형」, 『월간문학』, 1971년 4월호, 364~365쪽.

모사에 그치는 것도 아니다. W.J.T. 미첼은 이렇게 말한다: "이미지의 삶은 사적인 것 혹은 개인적인 것이 아니다. 그것은 사회적인 삶이다. 이미지는 계보학적인 혹은 유전적인 계열 속에서 살면서 시간이 흐를수록 스스로를 재생산하고 문화들 사이를 옮겨 다닌다. 이미지는 또한 다소 분명하게 구분되는 세대나 시대 속에서 집단적으로 동시 현존하면서, 우리가 '세계상'(world picture)이라고 부르는 몹시 거대한 이미지 형성물의 지배를 받는다.[58] 이처럼 미첼은 이미지 스스로가 계보학적 계열 속에서 사회적 삶을 산다고 설명하는데 이는 본고의 맥락과 관련하여 시사점을 제공한다. 문학의 고고학에 입각한 접근이 구체적으로 빛을 발하는 곳 중 하나가 이미지 계보학을 통해 한국시의 흐름과 그것이 기반한 문화적 관습을 짚어내는 대목들이다. 범박하게 말하자면, 이는 문학 내적·외적 상황 모두를 상관적 관계 속에서 귀납적으로 아우르는 시선이 만드는 문학 고고학의 일환이라고 할 수 있다. 위에 인용된 글들은 그 단초를 제공하고 있다. 김현은 꽃과 바다 이미지가 그 자체로 한국 근대시사의 한 양상을 계통적으로 대변하고 있음을 여러 평론을 통해 보여주고 있다. 1930년대에 대두된 이미지즘 이후로 회화적 조소성과 외관 묘사에 치중하던 한국시가 1960년대 중반을 기점으로 내면 탐구의 시로 변모하는 양상을 여러 시인들의 작품에 나타난 꽃 이미지와 바다 이미지를 통해 귀납적으로 설명하고 있는 「꽃의 이미지 분석」(『문학춘추』, 1965년 2월호), 「시인의 상상적 세계」(『사계』 3호, 1968), 「식물적 상상력의 개발」(『현대시학』, 1970년 4월호) 등의 평론이 그 예가 된다. 그 단적인 면모를 위에 인용된 대목들에서도 여실히 살펴볼 수 있다. 여기서 김현은 꽃과 바다 이미지를 시적 기교의 양상으로부터 상상력의 패턴과 문화적 이념에까

---

58 W.J.T. 미첼 지음, 김전유경 옮김, 『그림은 무엇을 원하는가—이미지의 삶과 사랑』, 그린비, 2010, 141쪽.

지 결부시키며 이 이미지들의 계보학을 통해 1965년을 기점으로 하는 한국시의 변모를 통시적으로 기술하는 한 요령을 얻고 있다. 위에 제시된 '새'의 이미지 역시 그런 맥락에서 설명될 수 있다. 김현은 새 이미지가 김춘수와 박남수에게 있어 "비상과 좌절이라는 상징주의적 특성"을 부여받은 것으로 설명하면서 단순히 이 이미지를 피상적으로 답습한 상투형들을 솎아내고 있다. 이런 대목은 귀납적 이미지 계보학에 의해, 이미지가 어떻게 관습적 패턴, 통시적 변화, 그리고 문화적 이념에 의해 여러 겹으로 읽힐 수 있는지를 보여준다. 그런 맥락에서 보자면, 1930년대로부터 1960년대 후반으로 이어지는 꽃과 바다 이미지가 어떻게 1970년대의 정현종의 '바람' 이미지에 인계되는지, 또 그것의 중층적 함의가 무엇인지를 보여주는 「바람의 현상학」은 이미지 계보학의 요령과 의의를 동시에 보여준다고 하겠는데 이에 대해서는 추후의 연구 과제로 남겨두고자 한다.

5. 나오며

논의가 길어졌으므로 별도의 정리와 첨언을 대신해, 모든 사태가 "경험적인 것을 선험적인 것으로 받아들이지 않고, 어떻게?"라는 질문으로부터 비롯되어 여전히 모든 사태가 그 질문에 걸려 있다는 것을 환기하며 글을 맺고자 한다.

참고문헌

1. 자료

김 현, 『전집』 제3권, 『상상력과 인간/시인을 찾아서』, 문학과지성사, 7쇄, 2013.

_____, 「시와 암시-언어파의 시학에 관해서」, 『전집』 3, 『상상력과 인간/시인을 찾아서 』, 문학과지성사, 7쇄, 2013.

_____, 『상상력과 인간』, 일지사, 1973.

_____, 『시인을 찾아서』, 민음사, 1975.

2. 본문에 인용된 김현의 글

김 현, 「산문과 시」, 『세대』, 1964년 7월호.

_____, 「현대시와 존재의 깊이-김구용의 〈삼곡〉에 관하여」, 『세대』, 1965년 3월호.

_____, 「감상과 극기」, 『한국 여류 문학 전집』 제6권, 1967.

_____, 「암시의 미학이 갖는 문제점-언어파의 시학에 관해서」, 『52인 시집』, 신구문화 사, 1967.

_____, 「한 외국 문학도의 고백」, 『시사영어연구』 100호, 1967년 6월호.

_____, 「시와 톨스토이주의」, 『시인』, 1969년 10월호.

_____, 「글은 왜 쓰는가」, 『예술계』, 1970년 봄호.

_____, 「글은 왜 쓰는가-문화의 고고학」, 『예술계』, 1970년 봄호.

_____, 「바람의 현상학」, 『월간문학』, 1971년 2월호.

_____, 「시와 상투형」, 『월간문학』, 1971년 4월호.

_____, 「한국 현대시에 대한 세 가지 질문-'평균율 동인'에 대한 소고」, 『현대문학』, 1972년 6월호.

_____, 「『바다의무덤』에 대하여」, 월간문학, 1970년 5월호.

3. 기타

김주연, 「자연과 서정-서정파의 현대적 양상」, 『52인 시집』, 신구문화사, 1967.

박태진, 「구미시와 한국시의 비교」, 『한국전후문제시집』, 신구문화사, 1961.

유종호, 「전후시 십오 년-그 개관과 문제를 위한 시안」, 『52인 시집』, 신구문화사, 1967.

조강석, 「1960년대 한국시의 이미지-사유와 정동의 정치학」, 『한국학연구』 52, 2019.

조동일, 「시와 현실참여-참여시의 시적 가능성」, 『52인 시집』, 신구문화사, 1967.

W.J.T.미첼 지음, 김전유경 옮김, 『그림은 무엇을 원하는가-이미지의 삶과 사랑』, 그린 비, 2010.

폭력과 유토피아,
그리고 문학이라는 세계

한래희

1. 들어가며

『말들의 풍경』은 김현 사후에 출간된 마지막 평론집이다. 이 책에 실린 평론들은 1988년에 발표된 『분석과 해석』 이후에 작성된 것들인데 이전의 평론집에 실린 글과 여러 가지 면에서 꽤 다른 모습을 보인다.

우선 『말들의 풍경』의 목차를 보면 '시세계'란 표현이 상당히 많이 사용되고 있음을 발견할 수 있다. 1부에 10편의 글이 실려 있는데 이 중 5편의 제목에 '시세계' 혹은 '시적 세계'란 표현이 사용되고 있고 나머지 평론들도 시세계란 표현을 사용하지 않았을 뿐 비평의 대상이 된 시인들이 하나의 독자적 세계를 구축하였다는 점을 제목과 본문 여기저기에서 명시적으로 드러내고 있다. '시세계'는 시 평론에서 흔히 쓰이는 관용어라는 점을 생각하면 특별한 의미를 부여할 필요가 없는 대목으로 보이기도 한다. 그러나 『말들의 풍경』이 '문학주의', '도피주의'라는 비판에 대한 대응이라는 면을 지니고 있고 문학의 '자율성'이 김현 비평의 주요 화두라는 점을 고려할 때, 시세계의 반복적 사용은 문학의 자율성과 그 사회적 의미에 대해 이 시기 김현이 어떤 생각을 하고 있었는가를 알려줄 실마리의 하나라는 점에서 주목할 만한 대목이다.

『말들의 풍경』에서 또 하나 눈에 띄는 점은 부패·죽음의 이미지와 죽음이 탄생이라는 모순어법의 반복적 등장이다. 부패의 이미지는 더러움, 썩어 문드러짐, 쓰레기 등으로 변주되며 여러 평론에서 주된 분석의 대상이 되고 있다.[1] 대표적 예로「거대한 변기의 세계관 : 최승호론」은 인간을 '변기 위에서 해체되는 똥덩어리', '더럽고 하찮은', '쓰레기', '썩어 문드러질 육체'로 바라보는 시인의 독특한 인간관을 부각시키고 있다. 부패와 죽음은 인간은 본질이 없는 '두부'와 같은 존재라는 이미지, 그리고 죽음은 곧 태어남이라는 사유로 연결되며 부정적 이미지는 생명과 탄생의 이미지로 뒤바뀐다.「게워냄과 피어남 : 최승자의 시세계」를 보면 '송장의 썩어나오는 물', '내 삶의 썩은 즙'에서 아름다운 시가 태어난다는 점이 강조된다. 안과 밖의 구분이 없는 '원'의 이미지는 죽음이 탄생이라는 역설적 사유를 뒷받침하는 강력한 근거로 제시되고 있다.

시세계란 표현을 반복적으로 사용한 이유는 무엇일까, 그리고 부패·죽음의 이미지, 죽음이 탄생이라는 모순어법을 담은 시들에 대한 김현의 관심에 담긴 의미는 무엇일까에 대한 탐색이 이 글의 주요 관심사이다. 1980년대 김현 비평을 광주에서 일어난 야만적 폭력에 대한 문학적 대응의 과정이라고 할 때 위와 같은 탐구는 1980년 폭력에 대한 김현의 분석이 어떠한 방식으로 귀결되었는가라는 문제의 해명과도 연결된다. 이것은 결국 야만적 폭력의 시대에 유토피아적 꿈으로서의 문학이 '물신' 혹은 '이데올로기'로의 전락(轉落)을 피하면서 사회부정이 될 수 있는 방법은 무엇인가에 대한 해명을 종착지로 한 탐색이 될 것이다.

---

1 『분석과 해석』에 실린 오규원론「무거움과 가벼움」에서도 '썩음', '고름'이 핵심적 이미지로 다뤄지고 있다. 그러나 '부패', '죽음'의 이미지가 중심적 분석 테마로 등장하는 것은 『말들의 풍경』에서이다.

2. 상상하려는 의지와 미적 유토피아

1980년 3월에 출간된 『문학과 유토피아』에서부터 이야기를 시작해 보자. 이 책은 제목에서 암시하듯 '문학은 유토피아에 대한 꿈'이라는 김현 문학론의 핵심적 명제가 체계화된 형태로 제시된 평론집이다. 『문학과 유토피아』라는 제목에 대해 김현은 '문학은 현실을 부정하는 힘을 가진 가능태라는 것을 보여주기 위해서'라고 책머리에서 밝히고 있다. 문학이 현실 부정의 힘을 가지고 있다는 것의 구체적 함의는 무엇일까.

> 문학은 꿈에 비추어 어떤 것이 어떻게 결핍되어 있는가 하는 것을 부정적으로 드러낸다. 문학의 자율성이 획득한 최대의 성과는 현실의 부정적 드러냄이다. 그 부정적 드러냄을 통해서 사회는 어떤 것이 그 사회에 결핍되어 있으며, 어떤 것이 그 사회의 꿈인가를 역으로 인식한다.[2]

문학이 현실 부정의 힘일 수 있는 이유로 문학의 유토피아적 꿈은 현실에 무엇이 결핍되어 있는지 드러내주기 때문이라는 답변이 제시되고 있다. 여기서 문학이 제시하는 꿈이 유토피아인 이유는 현실에서는 억압의 대상인 쾌락원칙의 활동과 만족이 그곳에서는 가능하기 때문이고 그러한 만족의 경험은 현실의 억압성과 자신이 억압당하고 있음에 대한 인식을 일깨우기 때문이다.

그렇다면 문학이 제시하는 유토피아란 어떤 성격의 것일까라는 의문이 자연스럽게 제기된다. 1970년대 후반 김현은 마르쿠제 이론에 대한 탐구를 토대로 '억압 없는 사회'를 문학이 추구할 유토피아의 이상으로 상정하고 유토피아의 사회비판적 역할과 의미를 집중적으로 탐구한다.

---

2 김현, 『문학사회학』(전집 1권), 문학과지성사, 1992, 220쪽.

「바슐라르와 마르쿠제의 두 문단의 설명」라는 글을 보면 김현은 문학이 제도 안에 있지만 제도 밖의 자유를 추구하게 만들기 때문에 '떠돌이'의 자유를 가능케 한다는 점을 강조한다. '떠돌이의 자유'를 가능케 하는 유토피아의 특징은 현실을 규정하는 기준으로 판단할 수 없는 '무엇'이고 개념화되는 순간 더 이상 '꿈'일 수 없는 '무엇'이다. 개념화할 수는 없고 어딘지 구체화할 수도 없지만 현실을 제약하는 억압적 법칙을 벗어난 세계가 어딘가에 존재한다는 것만으로도 현실과 다른 세계를 꿈꿀 수 있는 계기를 마련할 수 있다는 점이 두드러지게 강조된다.

그런데 이런 떠돌이의 자유가 가능하려면 상상력의 활동과 거기에서 가능한 쾌락의 만족이 필수적이다. 주목할 것은 김현에게 상상력은 의지와 분리되지 않고 '상상하려는 의지'의 형태로 존재한다는 점이다.

> 아름다운 이미지는 세계를 아름답게 보려는 의지·욕망 없이는 생겨나지 않는다. 아름다운 이미지를 산출하려는 의지·욕망의 상상력은 세계를 살 만한 곳으로 만들려는 욕망과 동형이다. 세계는 아름답다라고 외치기 위해서는 먼저 세계는 아름다워야 한다라고 생각해야 한다. 그 생각은 놀랍다. 그것은 세계를 닫힌 것으로, 유용한 것으로 보려는 의식을 계속 일깨우기 때문이다.[3]

미적 이미지를 생산하는 상상력은 아름다운 세상에 대한 의지에 의해 뒷받침될 때 비로소 힘을 발휘할 수 있다는 점이 부각되고 있다. 바슐라르의 상상력 이론에 기초한 이런 관점은 유용성의 가치와 현존 질서만을 유일한 대안으로 간주하는 태도에 대한 강력한 도전이자 새로운 세계에 대한 탐구를 가능하게 한다는 점에서 의미가 있다. 문학을 통해 상상력의 자유를 경험하고 그렇게 느낀 자유로운 상태를 살아가려는 의지를 다질

---

3 김현, 『책읽기의 괴로움』(전집 4권), 문학과지성사, 1992, 96쪽.

때 문학은 억압적 현실을 부정할 수 있는 유토피아적 힘이 될 수 있다. 문학적 자유는 쾌락원칙에 의거한다는 점에서 억압적이지 않고 현실에서는 경험할 수 없는 벗어남을 가능하게 한다는 점에서 해방적이다. '나는 단순한 시의 독자이고 싶다.'라는 말은 이런 기반 위에 제출된다.

> 그 님을 무엇이라고 관념적으로 번역할 수 있느냐 하는 것은 그 다음 문제이다. 그것을 나는 철학자나 문학사가에게 맡기고 싶다. 나는 단순한 시의 독자이고 싶다. 이 소외되고 타락한 세계에서 나는 우선 세계를 아름답게 보아야 한다는 욕망을 키우고 싶기 때문이다.[4]

인용문은 평론가의 역할에서 잠시 벗어나 시 애독자로서의 개인적 바람을 글 말미에 잠시 표출한 것으로 보이기도 한다. 그러나 바슐라르의 상상력 이론에 대한 김현의 기대를 고려하면 이것이 희망의 즉흥적 드러냄이라기보다는 문학의 사회적 존재방식에 대한 1980년 이전 김현의 문학적 관점을 대표하는 구절로 보는 것이 더 적절하다. 소비사회에 의해 주입되는 가짜 욕망은 '소외'를 야기하는 가장 핵심적 요인이고 이러한 소외에서 벗어나려면 억압된 욕망의 해소 내지 승화가 필수적이다. 바슐라르적 의미의 상상력·의지는 억압된 욕망의 '완전한 승화'를 가능하게 하고 그것을 통해 소외에서 벗어날 수 있다는 점이 이 시기 김현에게는 매우 중요하다. 역동적 상상력에 세계를 아름답게 보아야 한다는 욕망·의지가 합해진다면 미적 세계와 억압적 현실의 낙차에 대한 인식을 통해 문학은 유토피아적 기능을 수행할 수 있다. '단순한 시의 독자가 되고 싶다'라는 바람은 이런 토대 위에 나온 희망의 피력이자 문학적 승화를 통해 사회적 소외를 극복할 수 있다는 강한 믿음의 표출이라 볼 수 있다.

---

4 김현, 위의 책, 같은 곳.

그러나 1980년 5월 이후 벌어진 상황은 이러한 문학적 입장과 그것을 뒷받침하는 전제들에 심각한 위기를 가져오게 된다.

3. 폭력의 사회와 부정적 유토피아

앞서 잠시 살펴본 바와 같이 1970년대 중반 체계화된 김현의 문학론은 '쓸모없음'에서 유용성을 비판할 수 있는 가능성을 발견하고 자율적 문학이 소외와 거짓욕망을 비판하고 억압하지 않는 세계 만들기에 기여할 수 있다는 관점에 기초하고 있다. 하지만 1980년 이후 목적 없음, 유용하지 않음은 '비판'을 위한 필수조건이라기보다는 사회와 무관한 존재, 무해함이라는 의미에 가까워진다. '파국 이후에 일어선 문화에서는 예술이 그 순수한 존재로 인해 어떠한 내용에 앞서 이미 전적으로 이데올로기적인 면을 지닌다.'는 아도르노의 말과 같이 사회적 영향으로부터 자유로운 개체라는 의미의 자율성은 이제 부정적 사회에 아무런 해도 끼칠 수 없는 존재를 의미하기도 한다. 이렇게 되면 문학 또한 자신이 피하고자 했던 '물신'의 하나가 되어 사회비판적 계기를 상실하고 자신의 의사와는 무관하게 야만 상태의 공범자의 일부가 될 위험을 피하기 힘들다.

1980년 광주에서 일어난 폭력은 문화의 존립 자체를 위험하게 만드는 충격적 사건이었다. 문학은 그 특유의 무용함으로 인해 유용함을 최우선의 가치로 여기는 교환사회를 비판할 수 있다는 관점은 문화적 노력 자체를 뿌리에서부터 부정하는 야만적 폭력 앞에서 큰 의미를 가질 수 없게 된다. 더구나 야만적 폭력의 희생자의 죽음은 부정성의 '감싸기'나 '승화'와 같은 상징화 작업 끊임없이 거부하는 사건이라 할 수 있다. 폭력에 대한 분석은 이런 상황을 극복하고 사회에 대한 문학의 태도를 재정립하기 위한 노력의 일환이다.

김현의 폭력 분석은 지라르·푸코의 이론에 대한 탐구, 시에 나타난 욕망에 대한 분석의 두 방향에서 전개된다. 폭력 분석의 결과 김현은 폭력과 초월세계가 모두 욕망이라는 동일한 뿌리를 지니고 있다는 결론에 도달한다. 공정성과 평화가 지배하는 영역으로 간주되던 초월세계 역시 욕망의 소산이라면 초월세계도 욕망의 폭력적 성격이 지닌 영향에서 자유로울 수 없게 된다. 김현은 폭력의 제어 수단으로 사랑에 의한 폭력 감싸기를 생각해보기도 하지만 이러한 윤리적 방법의 영향력은 제한적일 수밖에 없다. 폭력의 뿌리가 욕망이라는 결론이 김현에게 특히 문제적이었던 것은 김현이 보기에 '원한'에 의한 파괴욕망이 존재하는 한 '영속적' 질서는 불가능하기 때문이다. 지배자의 폭력은 피해자의 원한을 낳고 이 원한은 현존 질서의 파괴욕망으로 이어져 무질서의 원인이 된다. 그런데 가해자와 피해자는 뒤바뀔 수 있어도 폭력에 의해 생기는 원한은 사라지지 않는다는 점에서 원한과 파괴욕망은 피할 수 없는 악순환의 고리로 작용한다.

이러한 결론은 문학적 유토피아에 대한 기존의 관점을 재검토하지 않을 수 없는 요인이 된다. 이에 따라 '문학은 꿈이다'라는 명제에서도 상당한 변화가 감지된다. 1970년대의 경우 김현이 꿈으로서의 유토피아를 이야기할 때 그것의 초월적·사회비판적 기능이 강조되지만 1980년대 중반에 오면 문학이 보여주는 유토피아는 언제나 '부정적' 유토피아로 정의된다. 문학이 제시하는 유토피아는 '있어야 할 세계'이지만 그것의 실현은 불가능할 뿐만 아니라 실현되어서는 안 되는 세계이다.

그는 이어도가 없다는 것을 알고 있지만, 이어도가 있어야 한다는 것도 알고 있다. 그 당위가 그를 죽음의 섬이며 동시에 구원의 섬인 이어도로 가게 만든다.[5]

고향은 떠날 수 없는 곳이지만 되돌아갈 수도 없는 곳으로 나타난다. (중

략) 있되 분위기로만 드러나는 시원의 빛, 그의 표현을 빌자면 우리를 가득
채우는 마지막 꿈(꿈, 47)은 자신을 은폐하면서 자신을 드러내는 모순의 빛
이다.[6]

이어도와 고향으로 대표되는 이상적 세계는 부정적 현실을 살아가기
위해 있어야 할 세계이다. 그러나 그런 세계에 도달하거나 그 안에서
사는 것은 불가능하다. 이것은 이어도가 말로만 존재하는 미지의 섬이고
고향이 이미 사라진 곳이기 때문이 아니다. '어떤 의미에 몸을 맡길 때,
그 의미는 살아 있는 의미로 작용하기를 그치고 관습과 억압이 되어'버린
다는 점에서 유토피아는 있되 분위기로만 존재하는 세계이어야 한다.
부정적 유토피아주의라 부를 수 있는 유토피아가 있을 때에만 '그 원형들
을 생활할 수 없다 하더라도, 삶은 최소한도의 초월성을 간직'할 수 있다
는 점이 중요하다. 이렇게 보면 억압적 현실과 유토피아로서의 문학 간의
대립은 유토피아 내부의 긴장·대립으로 자리를 옮겨 나타난다고 할 수
있다. 유토피아의 지향은 멈추지 않되 그것의 실현은 불가능하다는 점을
되새겨야 한다. 이런 긴장을 유지하지 못하면 유토피아는 또 하나의 억압
체가 되어 사회 부정이나 초월의 계기로서 기능하지 못하게 된다.

유토피아가 언제나 '부정적 유토피아'이어야 하는 것은 쾌락원칙 내부
에 존재하는 분열에서도 그 이유를 찾을 수 있다. 억압 없는 사회라는
이상을 향해 가는 데에 쾌락원칙의 활성화가 필수적이지만 쾌락원칙 자
체가 그러한 이상을 가로막는 요인이 되기도 한다는 점도 간과할 수 없
다. 쾌락원칙의 원리인 에로스는 행복했던 과거의 기억을 활용하여 억압
적 현실질서에 반대하지만 시간에 지배되는 세계 속에서 에로스와 현실

5 김현, 『분석과 해석』, 문학과지성사, 1991, 157쪽.
6 김현, 『젊은 시인들의 상상세계』, 문학과지성사, 1992, 162~164쪽.

질서의 싸움을 에로스의 실패가 예정된 싸움이다. 시간이 에로스를 압도하는 한 쾌락의 충족을 확대하고 영구화하려는 에로스의 활동은 잃어버린 과거나 이미 이루어진 조화의 이미지에 집착하게 된다.「속꽃 핀 열매의 꿈」이라는 평론에서 김현이 보여준 바와 같이 욕망의 승화를 통해 이루어진 화해에 상태에 머물려는 충동은 '갈등이 해소되어 편안해진 상태'에 대한 집착으로 이어진다. 이렇게 되면 쾌락원칙은 억압적 사회에 대한 부정으로서의 기능을 더 이상 수행할 수 없다.

1980년대 후반으로 가면 부정적 유토피아주의는 '고난의 시학'이란 이름으로 재탄생한다. 고난의 시학은 '현실 밖에 극락이나 천국이 존재하지 않는다. 극락과 천국이 있다면, 이 땅에 있어야 한다'라는 명제를 기초로 하고 있다. 고난의 시학은 도피주의라는 비판에 대한 대응의 일환으로 유토피아가 우리가 딛고 있는 현실에 있음을 믿는 세계관이라는 점을 특별히 강조한다. 그런데 그 현실은 1970년대와는 달리 소외와 거짓욕망이 지배하는 현실이 아니라 야만적 폭력에 의해 억울하게 희생된 자들이 편안하게 죽음을 맞이하지 못하는 현실이다. 이런 상황에서 '야만적 현실/현실 밖 어딘가에 있는 유토피아'의 대립은 더 이상 의미를 갖기 힘들다. 그렇지만 김현에게 현실에서 '벗어나려는' 움직임은 여전히 유효한 '부정'의 방법이다.

> 시인은 조용히 있는 것이 아니라, 기존의 세계에서 벗어나기 위해 꿈을 꾼다. 꿈꾸는 꿈의 주체는 이제 자기의 욕망을 서서히 드러낸다.(중략) 그 누군가가 누구인가는 그리 중요하지 않다. 그 누군가가 민중이건, 개인이건, 여하튼 그녀는 자신의 불감증·마스터베이션을 벗어날 수 있는 누군가를 찾아나서려 한다. 그러나 중요한 것은 아직 찾아나선 것이 아니고 찾아나서고 싶다라고 말했다는 사실이다.[7]

현실 밖이 어디이고 현실 밖에 있는 더 나은 세상이 개념적으로 무엇이라 규정되는가는 중요하지 않다. 기존의 세계 밖으로 벗어나려는 움직임을 미적 형태로 표현해 냈다는 점이 더 중요하다. 현실 밖 어딘가를, 현실 밖에 있는 누군가를 규정하려 하는 순간 그것 자체가 또 다른 규제나 억압으로 작용할 수 있다는 우려가 그런 세계나 인물에 대한 규정을 피하게 만드는 요인이 된다. 이른바 '역사적 전망'을 통해 미래상의 실체를 규정하고 그런 규정에 맞는 사고와 행동을 요구하는 태도를 '오만'과 '파시즘적 사유'라 김현은 강하게 비판하고 있다.

그러나 '누구'와 '무엇'을 괄호에 넣고 '벗어나려는' 행위 자체에 사회부정의 의미를 부여하는 관점은 진리독점에 기초한 문화적 파시즘의 위험성과 성격은 다르지만 피할 수 없는 위험성을 가지고 있다. 야만적 폭력의 시대에 '예술이라는 것이 도대체 가능한가'라는 문제 앞에서 미학적 목적의 부재 혹은 불확실성은 현존하는 속박에 아무런 '해'도 끼칠 수 없는 자기 위안이 아닐까라는 의문이 그것이다. 문학의 '찾아 나섬', 초월적 움직임이 도피주의, 문학주의가 아닐 수 있는 길이 있을까.

4. 나오며

폭력 분석의 결과 김현이 맞이한 결론은 대항 이념의 폭력성은 지배이념의 폭력성과 같은 유형의 폭력성과 마찬가지이고 피해자의 원한이 존재하는 사랑과 용서에 의한 상처 '감싸기'로는 '영구적' 질서를 구축할 수 없다는 점이다. 남은 길은 문학적 이미지를 통한 폭력적 욕망의 승화 작업, 그것을 통한 폭력성의 해체이고, 현존 질서에 대한 안주를 거부하고 미지의 자유를 향해 '여기를 벗어나려는' 노력이다. 그러나 고통 속에

---

7 김현, 『말들의 풍경』, 문학과지성사, 1993, 101~102쪽.

서 죽었으나 산 자들의 마음속에 여전히 살아 있는 이들의 존재는 현실 '밖'의 유토피아가 아니라 죽음의 땅 여기에서 유토피아를 꿈 꿀 수밖에 없는 요인이 된다. 죽은 자에 대한 '기억'에 머물기라는 태도는 이런 과제에 대한 김현의 최종적 답변에 해당한다.

> 그러나 그는 젊은이답게 절망의 심연에 빠지지 않는다. 그를 절망의 심연에 빠지지 못하게 하는 것은, 저주받은 도시에 대한 회상·기억과 풀꽃처럼 져간 동료들에 대한 추모의 정이다.(중략) 과거의 사건, 과거의 인간들은 그의 의식 속에서는 아직도 현재적이다. 그는 그 과거의 사건을 부단히 되살려내고, 죽은 사람들의 넋을 진혼하여, 그들의 뒤를 따르려 한다.(중략) 그는 절대 흔들리지 않으리라 다짐하고 다짐한다. 그들이 들꽃이듯 그도 또한 들꽃이다. 그는 그들이 되고 싶다.[8]

야만적 폭력에 의해 '죽어야 되기 전에' 억울하게 희생된 자들은 어떠한 종류의 상징화로도 메울 수 없는 결핍이다. 죽은 자에 대한 기억이나 회상은 분명 고통스러운 과제로 유토피아적 꿈과는 전혀 관련이 없어 보이지만 이제 고통 속에 사라져간 이들에 대한 망각의 거부라는 과업을 거치지 않으면 어떠한 종류의 유토피아도 가능하지 않다. 발터 벤야민이 긴장으로 가득 찬 상황 속에서 '지금 시간(Jetztzeit)' 메시아적 정지의 표지를 발견하려 했던 것처럼 파국의 시대에는 죽은 자에 대한 기억 속에서 구원을 찾는 수밖에 없다.[9] 마르쿠제의 말대로 과거의 고통을 잊는 것은 고통을 야기한 세력과의 싸움을 포기하는 것과 같다. 원한과 복수가 폭력

---

8 김현, 위의 책, 162~164쪽.
9 물론 이때의 기억은 지나간 일의 떠올림(Erinnerung)이 아니라 구제되어야 할 대상으로서의 과거에 대한 기억(Eingedenken)에 가깝다. 벤야민과 김현의 '기억' 개념 간에는 상당한 차이가 있어 두 이론가의 '기억' 개념을 동일한 것으로 간주할 수는 없을 것이다. 지면관계상 자세한 논의는 다른 지면을 기대할 수밖에 없다.

의 악순환을 일으키고 용서는 더욱 가능하지 않다고 할 때 폭력적 질서의 거부를 선언한 자들에게 남은 것은 미약한 '기억'뿐이다. 더 나아가 위 인용문에 나와 있듯이 죽은 자와 같은 들꽃이 '되어' 허무와 자기부정의 늪에 빠지지 않는 것이다. '들꽃'과의 동일화는 비타협의 징표이며 죽음 의 질서가 생명의 질서로 바뀔 수 있다는 믿음의 산물이다. '들꽃' 이미지 와의 동일화를 통해 죽음은 고통인 동시에 다가올 유토피아일 수 있다.

앞서 『말들의 풍경』에서는 시세계란 말이 반복해서 사용된다는 점을 살펴본 바 있다. 현실에서 독립된, 독자적인 본질을 가진 자율적 세계라 는 것이 '존재한다면', 그런 세계는 1980년대와 같은 야만적 현실에서 도피주의의 일종이거나 현실과 무관한 자폐적 세계라는 비판을 벗어나 기 어렵다. 그런데 그런 세계가 '존재해야 한다면' 그것은 고통스럽게 죽은 이들이 새로운 생명과 더 나은 세상의 상징임을 보여주는 세계이어 야 한다. 그것은 소멸로서의 죽음이 아니라 새로운 탄생일 수 있는 죽음 이 제시되는 세계, 고통의 기억이 구원의 시작인 세계를 의미할 것이다. 폭력과 불모의 시대에 문학이 '위대한 거절'일 수 있다면 그것은 폭력적 구호나 직접적 실천을 통해서가 아니다. 그것은 미적 '가상'으로서의 말 의 세계를 통해서일 수밖에 없고 그것에 대한 믿음만이 그것의 도래를 가능케 한다는 것이 김현 비평이 도달한 종착지이다. 시세계란 말의 강박 적 반복이 지닌 의미는 여기에서 찾을 수가 있다.

아도르노의 『미학이론』은 '축적된 고통에 대한 기억을 떨쳐 버린다면 역사 기술로서의 예술이라는 것이 무슨 의미를 지닌단 말인가'라는 말로 마무리된다. 유토피아는 고통에 대한 현재적 기억의 '형태' 속에 존재한 다는 『말들의 풍경』의 전언은 야만의 시대에 예술의 존재의미에 대해 고민했던 이들에 대한 응답이자 '문학의 정치'를 고민하는 오늘날의 문학 인들에게 던지는 중요한 화두 중 하나일 것이다.

참고문헌

김현, 『문학사회학』(전집 1권), 문학과지성사, 1992.

____, 『책읽기의 괴로움』(전집 4권), 문학과지성사, 1992.

____, 『분석과 해석』, 문학과지성사, 1991.

____, 『젊은 시인들의 상상세계』, 문학과지성사, 1992.

____, 『말들의 풍경』, 문학과지성사, 1993.

T.W. 아도로노, 홍승용 역, 『미학이론』, 문학과지성사, 2005.

세대론들

:「젊은 시인을 찾아서」 다시 읽기

양순모

1. 세대론이란

세대(론)와 관련하여 대개 우리는 두 가지 반응을 보인다. 먼저 자신이 속한 세대의 특징들에 관한 관심으로, 이는 이를테면 혈액형이나 MBTI와 같이 '나'의 정체성과 관련한 규정들이되, 당대 주요한 사회적 사건들에 대한 반응을 그 내용으로 삼는 규정들이다. 4.19세대, 86세대 등이 대표적이며, X세대, MZ세대와 같은 이름들 역시 정치경제적인 것에 연동되는 문화(적 사건들) 안에서의 반응을 그 내용으로 삼는 규정들로, 각 세대에 이름을 부여하는 원리는 다르지 않다.

세대와 세대 사이에는 분명 체감 가능한 상식적 수준의 여러 실질적 구분선들이 존재하며, 각 세대의 이름은 여러 논쟁에도 불구하고 최소한의 사회적 합의를 획득한 이름이기도 하다. 다만 세대론은 그 자신의 결정적 한계, 즉 세대 내부의 '차이들'을 충분히 고려할 수 없다는 문제를 안고 있으나, 어느덧 그 한계를 담론장 대다수가 하나의 상식으로 공유하며 이런저런 '인식'의 '보조적' 도구로서 제 기능을 수행하고 있다. 이를테면 우리는 매우 느슨한 수준으로 [혈액형 A형=아무래도 소심함]과 같은 편견을 세대론에서도 작동시키며, 스스로 및 타인과의 관계에 있어 불필요한 마찰을 줄이는 도구 정도로 사용하고 있다.

다음으로, 대개 우리는 '세대'라는 어휘를 마주하며 거의 즉각적으로 '청년'과 같은 '젊은 세대'의 특성들로 그 관심을 이어간다. 앞서 예시로 든 세대의 이름들에서도 확인할 수 있는 것처럼, 각 세대의 '이름'은 '젊은 시절'에 구축된 사회적, 문화적 정체성들에 의해 구성된 이름들로, 즉 각 세대의 구별되는 '이름'은 이전 세대의 젊음을 기준으로 그것과 구별되는 새로운 젊음의 내용들이 규정될 때 비로소 탄생한다. 요컨대 새로운 세대는 '새로운 젊음'에 다름 아닌 셈. 새로운 세대의 '이름'은 언제나 우려와 기대 사이에서 진동하며 탄생·개진하는 '새로움—젊음'으로, 세대론은 저 새로움을 안전하면서도 혁신적인 것으로 만들기 위해 구성되는 담론에 다름 아닐 것이다.

그러므로 MBTI 이상의 인식 틀로서 세대론을 인지하고 이를 개진하는 것이 어떤 정당성을 획득할 수 있었다면, 그것은 전적으로 '새로운 젊음' 때문일 것이다. 가능성만큼이나 낯설고 위험한 것으로서 '새로움'은 기존 사회의 '불가피함들'을 과감하게 '거부'하며 그야말로 하나의 '대안'이자, 동시에 이전 세대로 하여금 그간의 스스로를 되돌아보게끔 하는 반성의 계기로 역할할 수 있기 때문이다. 이처럼 세대론이라는 담론은 젊은 세대의 낯선 새로움을 대상으로 나머지 세대가 이에 관심을 가지고, 그 가능성을 각 세대 및 전체 사회에 유의미한 변화로 이어지게끔 하는 사회적 차원의 인식 틀로서 구성, 기능하고 있다. 이를테면, 실제 존재하지는 않지만 일종의 개방형 혈액형, MBTI처럼, 계속해서 새로이 추가되는 타입은 기존의 타입들을 긴장시키며 조금씩 그 내용을 바꿔나가게끔 자극한다.

2. 거부의 거부, 성장소설의 성장소설

청년이 왜 부정의 상징으로 어릿광대 노릇을 해야 하냐는 그럴듯한 반박
이 출현하는 것은 21세기의 초엽, 바로 오늘이다. 개인화의 알레고리로서
등장한 청년, 전체 세계의 대립 항으로서의 청년. 그러한 역정을 거치며 청
년은 세계 속에서 자신의 위치를 찾아왔다. 그러나 청년은 더이상 전과 같은
영예로운 정체성을 갖지 못한다. 그들은 비참하고 우울하며 무엇보다 빈곤
하다. 그런 점에서 청년은 마침내 사라지고 있다. 그것은 인구학적 세대로서
즉 사회집단을 분류하는 명칭 가운데 하나로 돌아간다. 이는 세계의 문화적
은유이자 상징으로서 청년은 마침내 사라지고 있음을 알리는 징후이다. 연
령대라는 분류의 표지 말고는 가난과 실업이라는 사실적 상태 말고는 여느
사회집단과 특별히 다를 게 없는 청년. 이것이 오늘날 청년 세대가 마주하는
가장 큰 위기일 것이다.[1]

그런 세대론이 위기에 처했다. 젊음과 새로움을 청년 스스로 거부하고
있는 까닭이다. "청년이 왜 부정의 상징으로 어릿광대 노릇을 해야 하냐
는" 반박은 "전체 세계의 대립 항으로서"의 젊음이 더 이상 불가능함을
말해준다. 거부에의 합리적인 정당함도 있다. "그들은 비참하고 우울하
며 무엇보다 빈곤하다." 어느덧 생명정치의 유력한 범주로서 '인구학'에
저항이 아닌, 순응을 선택한 '젊은 세대'는 "여느 사회집단과 특별히 다를
게 없는" 세대로, 더 이상 특별할 것 없는 젊음으로 스스로를 규정하고
만다. 청년은 '사회'를 부정하며 이끌어나가는 '전위'적 주체가 아니라,
'사회'의 보살핌을 받아야 하는 '몫 없는 자'들이다.

그러나 〈90년대생이 온다〉는 걸, 아니 이미 왔다는 걸 모두가 체감하
고 있을뿐더러, 무엇보다 2014,15,16년 이후 대대적인 세대교체를 통해

---

1   서동진, 「세대라는 눈길 그리고 청년세대의 몰락」, 『건축신문』 vol.17, 2016 (서동진
    개인홈페이지 homopop.org에서 확인 가능.)

명백히 기존과는 구별되는 흐름을 보여주는 문학장을 보고 있자면, 위의 인용문은 충분한 비판이 되는 것 같지가 않다. 세대론은 오늘날 젊은 세대들이 보여주는 저 "그럴듯한 반박"을, 즉 '거부의 거부'까지를 '새로운 젊음'으로 명명하며 세대론을 거듭 이어가고 있기 때문이다. 예컨대 소위 'MZ세대'라는 새로운 젊음을 마주하며 이전의 세대들은 새로운 세대와 어떻게 마찰 없이 잘 지낼 수 있을지를 공부하고, 이를 기준으로 그간의 스스로를 되돌아보고 있는 가운데, 우리는 사회 전체에 작지 않은 변화가 시작되었음을 체감하고 있다. 하지만 그럼에도, 어떤 아쉬움과 씁쓸함이 남는다. 2021년 4월 서울시장 보궐선거에서의 20대 남성 지지율과 같은 극단적 양상 등을 차치하더라도, 오늘날의 변화를 마주하며 쉽사리 규정하기 어려운 감정에 사로잡힌다.

> 교양소설에서 그려내는 문학 내적 존재로서의 청년이란 부르주아혁명 이후 등장하게 된 개인과 사회의 갈등을 화해시키는 인물로서의 청년이다. 부르주아 사회의 모순은 개인의 삶에서는 자신의 욕망을 타협하며 결국 사회와 화해하는 삶의 드라마로 펼쳐진다. …그렇지만 그는 현실적 생존을 선택하는 것이 옳은 것임을 깨닫고 성숙해지며 어른이 된다. 그리고 그는 자신의 욕망과 꿈을 철부지의 미몽(迷夢)으로 흔쾌히 처분한다. 이처럼 부르주아 사회는 어쩔 수 없이 그것이 부과한 운명에 따라 살아가야하는 자들의 타율성을 자신의 삶의 선택하는 자유로운 개인의 자율성으로 둔갑시킨다. 그렇지만 그것은 상처를 남긴다. 성장소설이나 교양소설은 예외 없이 시큼한 우울을 우리에게 남긴다.[2]

교양소설이라는 문학의 한 장르는 '청년'을 주인공으로 한다. 세계와 정면으로 대립하는 청년 주인공은 결국 "현실적 생존을 선택"하고, 청년

---

2 위의 글.

은 개인 수준의 '성숙함'을 획득한다. 그러나 저 성숙의 이야기는 독자에게 "예외 없이 시큰한 우울을" 남긴다. 세계와 화해하는 청년을 응원하는 마음이 크지만 동시에 그렇게 "자신의 욕망을 타협"하는 모습에서 우리는 말 못 할 안타까움을 느끼는 것 역시 사실이다. 하지만 저 예외 없는 '시큰한 우울'이야말로 교양 소설을 '사회'와 구별되는 '문학'이게끔 한다. 성장 소설은 '자유'를 둘러싼 우리 '사회'의 한계를 거듭 환기하며, 그 스스로 이 사회의 '부정'으로서 존재하기 때문이다. 소설 속 '청년'의 '부정'은 실패했을지언정, 실패한 '청년의 이야기'는 외면하기 어려운 '부정'의 흔적을 우리들 마음속 한 켠에 깊이 새긴다. 그리고 독자는 저 시큰한 우울감을 털어내 버리기 위해서라도 어떤 반성과 지양의 길을 모색해 나간다.

그런데 교양 소설의 독자가 느낀 시큰한 우울은, 앞서 MZ세대로부터 이전 세대가 느낀 감정, 어떤 아쉬움 및 씁쓸함과 유사한 감정은 아니었을까. 그러니까 우리는 젊음의 몰락을 새로운 세대론으로 전유해내는 가운데, 성장소설과 유사한 '실패의 이야기'를 전달받고 있던 것은 아니었을까. 사회 전체를 부정하는 전위로서 젊음은 더 이상 없다. 이제 '젊음'은 누구보다 똑똑하게 이 사회에 '적응'코자 하며 그 적응에 방해되는 것들을 거부할 뿐이다. 그러므로 새로운 젊음과 더불어 반복되던 장르로서 성장소설은 불가능하다. 여기서 우리는 '성장소설의 성장소설'을 목도한다. 반복되던 '젊음의 저항' 그 자체가 온전히 이 세계에 투항해버림으로써 성장소설이라는 장르를 추동했던 갈등은 봉합되고, 이로써 그 결론에 다다랐기 때문이다. 청년-젊음은 더 이상 주인공이 될 수 없다, 청년-젊음을 주인공으로 하는 성장소설은 어느덧 다 자라버렸다.

그러므로 성장소설과 그것의 독자 사이의 관계는, '거부를 거부'하는 오늘날 젊은 세대와 그것을 MZ세대 등으로 명명하는 이전 세대 사이의 관계와 동일하다. 우리는 메타적 수준에서 진행되는 (성장소설의) 성장

소설을 마주하며 시큼한 우울과 같은 어떤 아쉬움과 씁쓸함을 느낀 셈이
다. 그리고 우리는 젊음의 종언을 메타적 수준까지 쥐어짜 체감하는 가운
데, 이번 세대를 끝으로 더 이상의 세대론은 불가능하다는 사실을 예감한
다. 부정과 화해를 반복하는 젊음의 성장소설은 끝났다. 성장소설은 성
장해버렸다. 그러므로 저 무심코 느낀 아쉬움과 씁쓸함은 동시대 젊은
세대에 대한 감정을 넘어, 젊음-성장소설-세대론 자체가 더 이상 불가
능하다는 사실로부터 기인하는 한층 더 절망적인 감정일지도 모른다.

3. 요즘 것들의 문학

오늘날 문학장의 경우는 어떨까. 15년 표절 사태 및 16년 문단 내 성폭
력 고발 운동 이후 '독자'와 '여성'을 중심으로 세대교체를 수행한 문학장
은 90년대 개진된 진정성-내면 문학에서부터 00년대 미래파 문학에 이
르기까지, 세계-상징계 전체를 부정하는 '실재에의 열정(에의 열정)'으로
서의 문학성을 거부하며 새로운 문학성을 개진하고 있다. '사회의 조건'
을 비판하는 맑스주의식 '변혁의 정치'가 '주체화'(내면)의 문제로 변형,
이를 '실재에의 열정'으로서 문학이 상대해 왔다면, 새로운 세대는 기존
의 문학적 부정이 수행한 폭력성을 부정하며 '사회의 조건'이 아닌 '사회'[3]
수준에서 이루어지는 '해방의 정치'[4]를 수행한다.

---

3 '사회' 개념과 관련하여 이를 1848년 노동자 혁명이 (1789년 부르주아 혁명의 산물로서)
  공화국에 가한 "원초적 상흔"을 봉합하기 위한 발명품으로 보는 시각으로, 자크 동즐로,
  주형일 옮김, 『사회보장의 발명 : 정치적 열정의 쇠퇴에 대한 시론』, 동문선, 2005 참고.
4 "해방의 정치는 본질적으로 공동체 속에 제도화된 시민권을, '평등-자유' 명제에 기초한
  부정적이고 봉기적인 시민권의 대중적 발동을 통해, 공동체의 경계 너머로 확장하는
  정치라고 볼 수 있다. 여기서 공동체의 경계란 내국인과 외국인의 구분과 차별을 제도화
  하는 '외부의 경계'를 의미할 뿐 아니라 그에 못지않게 다수자와 소수자, 정상과 비정상,

요컨대 새로운 젊은 세대는 그간의 부정, 즉 총체적 부정의 부작용을 거부하며, 현실적인 수준의 부정을, 즉 거창하지는 않지만 실질적인 부정에서부터 그 운동을 차근히 수행하고 있다. 무엇보다 그간 뛰어나다 평가받은 문학인들 상당수가 권력 관계를 이용한 성 비위에 연루된 바, 그들이 개진해온 '문학성'은 의심과 부정의 시선을 피하기 어렵다. 어쩌면 그간의 문학은 사회 전체를 비판하는 가운데, 실질적 변화보다는 비판의 역설적 이득을 취하고만 있었는지도 모른다.[5] 그러므로 이전 세대의 입장에서 세계에의 부정을 새롭게 수행하는 문학장의 젊은 세대들을 보고 있자면, 그 과감함에 조금 놀라기도 하겠지만 그보다는 어떤 기특함을 느끼지 않을 수 없겠다. 젊은 세대의 새로운 부정성과 더불어 비로소 문학장은 다시 태어나고 있는 까닭이다. 그렇게 다수의 이전 세대는 새로운 세대가 개진하는 부정의 움직임에 찬동하며 기존 문학을 둘러싼 젠더링 및 퀴어링 등의 새로운 작업들에 귀 기울인다. 얼마나 깊은 수준의 학습을 달성했는지 장담할 순 없겠지만, 그들은 나름으로 스스로와 그간의 문학성을 반성한다. 문학 안에서의 세대론은 건재하다.

정치, 사회적 권리들을 다소간 온전하게 누리는 자들과 그렇지 못한 자들, 요컨대 능동적 시민과 수동적 시민의 위계와 차별을 제도화하는 '내부의 경계'를 의미하기도 한다. 해방의 정치는 기존의 체계에 의해 '수동적 시민'으로 분류되어온 자들을 저항과 봉기의 행위 속에서 정치를 실천하는 진정한 '능동적 시민'으로 역전시키고, 외국인, 불법 이주자로 차별받는 자들을 정치, 사회적 시민권 내에 명시적으로 포함시키는 것을 목표로 한다." (최원, 「역자 해제 : 이론의 전화, 정치의 전화」, 에티엔 발리바르, 최원·서관모 옮김, 『대중들의 공포』, 도서출판b, 2007, 577~578쪽.)

5 "현대 문학은 인간이나 삶의 부조리하고 억압적인 면을 날것 그대로 드러냄으로써 억압을 최소한도로 줄여야 한다는 당위성에 오히려 억압당하고 있다. 그래서 그 부조리와 억압을 성급하게 드러내려고 애를 쓰다가 그 노력을 오히려 사회 속에 편입시키려는 지배적 이데올로기의 내적 운동에 자신을 맡겨버리게 되는 것이다. 사회의 모순을 과감하게 드러내려는 사람이 그 사회에 의해 인정받기를 바라는 희한한 사태가 벌어지는 것도 그것 때문이다. 그 사회의 억압을 드러냄으로써, 그 사회 속에 건전하게 자리 잡는다는 그 역설!" (김현, 「문학은 무엇에 대하여 고통하는가」(1975), 『한국 문학의 위상』, 문학과지성사, 1991, 56~57쪽.)

그러나 정말 그러한가. 오늘날 젊은 세대를 중심으로 재편되는 문학장을 두고 이전 세대들은 어떤 씁쓸함과 아쉬움을 전혀 느끼지 않는 것일까. 90년대, 아니 그 이전부터 이어져 온 '실재에의 열정'에 기반한 저 오랜 문학성이 그 깊이의 차원에서 분명 거부당하고 있는 가운데, 기존의 문학성으로서 '부정'에 익숙한 이들에게 오늘날의 '부정'은 상대적으로 어떤 한계적인 부정으로 보이는 것이 사실이다. 예컨대 오늘날 문학장은 "이렇게 흥이 안 난 시기가 있었을까 싶"[6]은 문학장으로, 사회의 조건 수준에서의 투쟁이 아닌 사회 수준에서의 투쟁은, 정답 없는 투쟁이라기 보다 정답을 향해 가는 투쟁에 가까워 보이며, 그렇기에 전방위적인 투쟁임에도 반성적 깊이가 부재한 투쟁으로 보인다. 무엇보다 오늘날의 부정은 머잖아 (혹은 이미) 사회-시장의 거대한 힘에 포섭되어 역설적으로 작용할 것만 같기에, 문학장 내 이전 세대들은 어느덧 새로운 세대의 부정 앞에서 (남몰래) 고개를 갸웃거린다.

이처럼 문학장 내에서도 예외 없이 어떤 아쉬움과 씁쓸함은 발견된다. 문학사 역시 성장소설로서, 문학사-성장소설은 성장의 끝을 향해 달려 나가고 있는 셈이다. 전체 문화장에 비해 여유가 있는 것이 사실이지만, 문학 안에서의 젊음 역시 소멸 중이다. 이곳에서도 세대론은 가망이 없어 보인다. 그런데 조금 더 생각해보면 사실 '젊음의 종언'은 별 특별할 것 없는 사건일지도 모른다. 그것은 '역사의 종언', '진정성의 종언', '예술의 종언', '근대문학의 종언' 등 헤겔 역사철학에 기반한 종언론들과 큰 차이

---

6 "내게 있어서 2010년대는 의미의 공백이다. 나는 2000년대를 통해 본격적으로 이 판에 들어왔지만, 내게는 2000년대가 한껏 제 자유주의의 꽃을 피워낸 것과는 다르게 2010년 대는 그것들이 새로운 분출구를 향해 나아가지 못한 채 자기혐오에 시달렸던 시대로 생각된다. 의미의 공백이자 자기 혐오의 시대. '공백'이 전사와의 단절의 결과라면, '혐오'는 문학이라는 행위를 둘러싼 모든 상황에 대한 일종의 저항일 것이다. 시를 쓰면서 안으로든 밖으로든 이렇게 흥이 안 난 시기가 있었을까 싶다." (이현승, 「공백과 혐오를 넘어서 : 2010년대 한국시」, 『모:든시』2019년 겨울호, 52쪽.)

를 발견하기 어렵기 때문이다. 젊음-세대론에 기반한 문학사 역시 마찬
가지로, 종언론에 따라 이미 지금 이곳이 포스트-히스토리 시대에 이르
렀다면, 종언론 운운하며 어떤 아쉬움과 씁쓸함을 느끼는 것은 전적으로
시대착오적인 이전 세대들만의 것일지도 모른다.

　그런즉 오늘날 문학장 내에는 역사철학 단위의 대립과 분리가 있다.
이전 세대들의 입장에서 오늘날 문학장은 아직까지는 세대론이 작동 가
능한 '부정-운동'의 현장일지 모르겠지만, 부정을 매개로한 진보적 변화
로서 세대론은 포스트 히스토리 시대의 새로운 세대들과는 무관하다.
즉 세대론의 종언을 고수하는 이상, 오늘날 문학장에 등장한 새로운 세대
는 기존의 세대론의 구성과 작동원리와 상관없이 진행되는 부정의 운동
들인 것으로, 그런즉 오늘날 젊은 세대들에게서 발견되는 부정의 운동을
'운동'이 아닌 예컨대 '캠페인'[7]이라 명명하고 규정하는 것이 현 상황을
보다 정확하게 기술하는 방법 중 하나일 것이다.

　그러니까 기존의 세대론은 그 효과의 차원에서든 논리적 차원에서든
결코 유의미한 도구가 될 수 없다. "2010년대 후반 이후 문학계의 변화를
돌아보면서, 변화무쌍한 문학을 밋밋한 반복으로 만들어버리는 것은, 그
리하여 기껏해야 예전에 있던 것이거나 곧 사라질 뻔한 흐름으로 만들어
버리는 것은, 어쩌면 비평이 아닌가"[8]라는 진단이 암시하듯, 젊은이들의

7　리처드 로티를 따라 한국 문학장의 변화를 '운동/ 캠페인'으로 구별한 논의로는 다음을
　참조. "운동이 '숭엄을 다른 숭엄으로 대체하는' 것과 달리, 그리고 자율성의 존재론적
　신화가 시를 여러 오독의 고독 속에 빠뜨리는 것과 달리, 캠페인(의 활력)은 그때그때
　헌신적 참여의 의향에 대해 세례문답과 같은 사상검증이나 옳고 그름, 진리/비진리라는
　판단의 잣대를 들이대지 않는다. 캠페인에 참여하는 사람은(그것이 단지 자기 자신에
　국한되는) 아주 조그마한 변화라 할지라도 상황이 더 좋은 방향으로 흘러갈 수 있다는
　쪽으로 희망을 건다." (정한아, 「운동의 윤리와 캠페인의 모럴 : '시와 정치' 논쟁에 대한
　프래그머틱한 부기」, 『상허학보』 35집, 상허학회, 2012, 201~202쪽.)
8　소영현, 「여성, 저자, 독자: (여성) 비평(가)의 불안 1」, 『자음과모음』 2020년 겨울호,
　300쪽.

부정을 바라보는 독자로서 이전 세대는 세대론적 관점을 고수하는 한, 젊은 세대들이 발신하는 메시지를 통한 반성이건, 시큼한 우울감으로부터 기인하는 반성이건 결국 모두 실패하고 만다. 따라서 '부정'과 '반성'을 그 작동원리로 삼는 세대론으로부터 우리는 어떤 단절을 수행해야 한다. 그렇지 않으면 생물학적으로 젊은 세대와 이전 세대 사이의 대화는 사실상 다른 언어로 대화하며, 서로 듣고 싶어 하는 것만 듣고 서로를 오해하고 마는 괴상한 대화가 되어버릴 공산이 크다.

4. 다른 세대론 : 「젊은 시인을 찾아서」

오래전 한 비평가는 젊은 문학을 논하며 우리에게 익숙한 세대론과는 조금 다른 얘기를 전해준 적이 있다. 그러나 그 짧은 글은 매우 모호한 것이기도 하여 그 의미를 분명히 파악하며 생각을 이어가기가 어려웠던 것이 사실이다. 다만 분명한 것은 '욕망(의 욕망)'의 차원에서 문학의 '젊음'을 바라보았던 김현은 '부정'의 기능을 '대화'와 '인정'의 차원으로 끌어올리며 그간의 세대론과 구별되는 사유를 개진했다는 것으로, 그에 따르면 우리가 욕망하는 한, 젊음은 몰락할 수 없다.

잘 감싸여진 힘을 우리는 절제 있는 힘이라 부른다. 그 절제 있는 힘이 젊은 시인들의 시에는 많이 드러나 있지 않다. 절제는 넘쳐나는 모든 것을 자르고 베어낸다. 그것은 자기가 수용할 수 있는 것만을 수용한다. 젊은 시인들의 시는 그런 의미에서 모든 것을 다 수용한다. 자기 내부의 욕망과 그 욕망에 감염된 모든 것을. 그것은 그래서 삶의 모습에 가장 가깝다. 삶의 전체성이란 모든 것을 향한 움직임 속에서 구현되는 것이지, 자기 속에 삶을 끼어 맞출 때 얻어지는 것이 아니다.[9]

젊은 문학인들은 스스로를 초과하는 "모든 것을 다 수용"하고 "욕망"한
다. 스스로의 한계를 모르는 젊음은 그것이 옳은 것이건 그른 것이건
"삶의 모습에 가장 가까"울 모든 것을 욕망한다. 그것이 젊음이다.[10] 젊음
은 '부정'과 무관하게 저 과도한 욕망의 능력에 닿아있음에 다름 아닌
것이다. 젊음은 감당할 수 없는 것을 수용하고 표현하는 가운데 '절제'를
모르고, 그러나 절제 없는 그 힘 속에서 우리는 "삶의 전체성"을 발견한
다. 충분히 소화하지는 못했지만, 젊음이 인간으로서 제 분수를 모르고
맞닿은 무엇(환상 ; 욕망의 욕망)을, 그리고 그것이 추동하는 욕망들을, 절
제되지 못한 힘을 통해 이전 세대들에게 전달한다.

> 젊은 시인들의 시는, 문학이 많은 사람들 사이의 대화라는 것을, 대가들의
> 시보다 훨씬 진솔하게 보여준다. ⋯ 서툰 사람들의 서툰 대화도 대화는 대화
> 다. 대화는 내가 나이면서, 내가 아니라는 것을 확실하게 보여주는 삶의 한
> 양태이다. ⋯ 내가 타자라는 인식은 끔찍스러운 인식이지만, 피할 수 없는
> 인식이다. 젊은 시인들의 시는, 내가 타자라는 것을 솔직하게 보여준다. 그
> 들의 시는 그들의 시이면서 타인들의 시이다. ⋯ 내 육체 속에 많은 타자들이
> 자리잡고 있는 것은, 사람들의 욕망의 뿌리가 동일하기 때문이다. 모든 사람
> 에게는, 자기의 모든 욕망을 다 채우려는 욕망이 있다. 욕망은 현실에 의해
> 제한될 수 있지만, 욕망의 욕망은 제어될 수 없다. 욕망의 욕망은 욕망의
> 뿌리다.(13~15쪽)

9　김현,「젊은 시인을 찾아서」(1984),『젊은 시인들의 상상세계/ 말들의 풍경』(전집 6권),
　　1992, 13쪽. 이후 인용은 본문 내 쪽수로 표시.

10　반대로, '달관세대', '소확행' 등 요즘 젊은 사람들에게서 보이는 경향에 근거해 위의
　　정의가 부당하다는 이의를 제기할 수 있을 것 같다. 그러나 욕망이 '자유'가 아니라 '안
　　전'을 향한 것을 두고 욕망이 줄어들었다고 말하기는 어려울 것이다. 또한 '워라밸'이라
　　는 단어에서 유추할 수 있듯, 늙어서 저렇게(직장 내 상사처럼) 되고 싶지 않다는 생각과
　　판단에 따라 퇴사 결정을 내리는 젊은 세대에게서 우리는 또 다른 욕망을, 아니 더 큰
　　욕망을 발견한다.

그런데 젊은 문학은 서툴다. "욕망의 뿌리"는 결코 잘라낼 수 없고, 거기에서 피어나는 욕망들 모두를 젊음은 누구보다 제 것으로 삼은 바, 자신을 역량을 초월해 이 세계의 "모든 것을 다 수용"하고 "욕망"코자 했던 젊음은, 그것을 감당하지 못하고 서툰 대화를, 서툰 문학을 수행한다. "많은 사람들 사이의 대화"로서 문학이란 "내가 나이면서, 내가 아니라는 것을 확실하게 보여주는" 작업으로, 그간 한계를 모르며 수용한 과도한 욕망을 마주하며 젊음은, 그것의 타자성을 좀처럼 인정하지 못한 채 난감한 상황에 처한다. 어느덧 '나는 타자다.' '나는 세계다.' 그리고 그것은 "끔찍"하다. 그렇기에 저 끔찍함을 인지하고 인정하는 과정에서 젊은 문학은 가장 서툴다. '나'는 끔찍한 '세계'를 '나'안에서 발견하지만, 그러나 '나'는 그런 '나'를 좀처럼 인정할 수 없다.

그렇다면 오늘날 문학장의 젊음은 실재에의 욕망과 같은 과도한 욕망을 '성숙'한 방식으로 '포기'하고 본인이 할 수 있는 문학을, 감당할 수 있는 대화를 수행했다고 볼 수 있을까. 그러한 규정은 김현이 말하는 '젊음'과 어울리지 않는다. 젊음은 누구보다 가장 맹렬히 욕망하는 존재들로, 위의 정의에 따르자면, 오늘날 문학하는 젊음은 '실재에의 열정'이 놓칠 수밖에 없는 '사회 수준'의 실질적 변화들까지 모두 제 것으로 삼고자 욕망했던 것이라 볼 수 있으며, 오늘날 젊은 문학은 그 욕망을 마주하며 터져 나오는 '서툰 대화'라 볼 수 있을 것이다.

그런즉 이전 세대들은 서투른 대화를 엿보고 엿들으며, 그 결과물을 두고 그 자체로 인지하기보다, 그 안에서 젊은 세대의 과도한 욕망을 통해서 비로소 인지한 새로운 현실 및 그 현실을 좀처럼 인정하지 못하고 있는 젊음의 분열을 읽어낼 필요가 있다. 세계에 사로잡혔지만 (문학적) 대화를 통해 세계의 끔찍함을, 더 정확히는 '나'의 끔찍함을 인지한 젊음이 이를 좀처럼 받아들이지 못하며 드러내는 분열. 위와 같은 논리에 따르면, 오늘날 젊은 문학들이 보여주는 어떤 얌전함과 단정함은 스타일이기보다 저 분열을 감추며 드러내는 미봉책일지 모른다. 그렇다면 오늘날 이전 세대들은, 젊은 문학의 결과물을 새로운 것이라며 맹목적으로 추수하거나, 반대로 의심의 눈초리로 마지못해 승인하는 것이 아닌 다른 모습을 보여주어야만 한다. 이전 세대는 젊음과 함께 나아가야 한다.

> 같은 시공 복합체 속에서 살고 있는 사람들 사이에는 대화가 없을 수 없다. 대화의 아름다움은 같이 나아감에 있다. 젊은 시인들의 시는, 시가 같이 나아가고 있는 정신의 한 양태라는 것을 분명하게 보여준다. 나아가다니? 어디로 같이 나아가는가? 모든 대화의 종말이 그러하듯, 따뜻하게 헤어질 수 있게 나아가는 것이다. 나와 타자들이 부버의 표현을 빌면, 나-그것이 아니라, 나-너의 관계로서 헤어질 수 있게 나아간다. 그것이 함께 나아감이다.(14쪽)

따뜻하게 헤어지기 위해 나아가야 한다. 그것도 "나-그것이 아니라, 나-너의 관계로서 헤어질 수 있게" 나아가야 한다. 그래야만 "함께 나아감"이다. 그러나 젊음은 좀처럼 나아가지 못한다. 겁 없는 욕망의 추구를 통해 이 세계의 증상과 징후로서 '나' 속에 세계의 끔찍함을 드러내지만, 그것을 온전히 '나'의 것으로 인정하고, 긍정하기란 참으로 어려운 까닭이다. 젊음은 '나'에 갇혀 있다. 더 정확히 젊음은 '나-그것'의 관계처럼 세계와 관계하며 '나' 안에 갇혀 있다. "사랑은 '나'에 집착하여 '너'를 단지 '내용'이라든가 대상으로 소유하는 것이 아니(라) 사랑은 '나'와 '너' '사이'에 있다"[11]라는 문장이 알려주는 바, 젊은 '나'는 '세계'의 일부가 아니라, '세계'와 대립해 있으며, 바로 그 '나'는 세계를 "내용이라든가 대상으로 소유"하고자 하는 욕망에 사로잡혀 있는 것으로, 젊음은 '사랑'을 알지 못한다. 그렇다면 이전 세대들은? 그간 세대론의 작동원리를

11 마르틴 부버, 『나와 너』, 표재명 옮김, 문예출판사, 1995, 26쪽.

보자면 이전 세대들은 젊음을 정확하 '나-그것'의 관점에서 바라보지 않았던가. 젊음을 대상으로서, 도구로서 바라보지 않았던가.

5. 따뜻한 헤어짐을 위하여

나는 나에게 욕망의 욕망이 있음을 인정한다. 그것은 나에게만 있는 것이 아니라, 너에게도, 그리고 그에게도, 그녀에게도 있다. 그것이 내 속에 있는 타자들의 존재 근거이다. 문제는 욕망의 욕망을 부정적인 것으로만 생각하지 않는 데 있다. 그것은 세계를 있는 그대로의 세계와 있어야 되는, 아니 차라리, 꿈으로 있는 세계 사이의 간극으로 이해하는 긍정적인 힘이 될 수 있다.(15쪽)

이전 세대들은 어떻게 젊은 세대와 함께 나아가야 하는가. "나-너의 관계로서 헤어질 수 있게" 그들과 '대화'해야 한다. 만나기 위해서가 아니라 헤어지기 위해서, 잘 떠나보내기 위해서. 우리는 그러한 떠나보냄과 더불어 조금은 그간의 '나-그것'의 '나'를 넘어 다시 '너'를 만날 수 있는 희망을 품어볼 수 있다. 그러므로 이전 세대는 '제 안에 있는 젊음'을 '나-그것'의 관계가 아니라, '나-너' 관계에의 믿음과 더불어 떠나보내기 위해서 제 바깥의 '젊음'과 '대화'해야 한다. "욕망의 욕망이 있음을 인정" 하는 일은 더 이상 젊음만의 의무나 특성이 될 수 없다. 젊음과 함께 나아가야 하는 이전 세대들은 경험과 도덕 등을 동원해 욕망의 욕망을 관리할 것이 아니라, 젊은 세대처럼 이를 인정하며 자신의 '젊음'을 (잘 떠나보내기 위해) 되살려 내야 한다.

사람은 흔히 그 두 세계 중의 하나에 머물러 있다. 젊은 시인들의 시는 그 두 세계의 가운데가 있을 수 있다는 것을 보여준다. 마치 사랑이, 너에게

만 있는 것도 아니고, 나에게만 있는 것도 아니고 너와 나 사이에 있듯이. 젊은 시인들의 시는 억압을 드러내되, 억압하지 않는 문학의 원형이다. 욕망의 욕망은, 조금 과감하게 말하자면, 세계를 향해 마음을 열어놓은 사람들의 마음의 구조이다. '나는 세계다'와 '나는 세계를 바꾸고 싶다'는, 결국, 하나이다. 나는 있다, 그러니까 세계는 바뀌어져야 한다. 나는 타자다, 그러니까, 세계는 바뀌어져야 한다. (15쪽)

앞서 확인한 것처럼 '젊음'은 "세계를 향한 마음을 열어놓은 사람들의 마음의 구조"로서 '욕망의 욕망'에 누구보다도 맞닿아 있다. 젊음은 저 욕망의 욕망으로부터 기인하는 욕망을 누구보다 열심히 제 것으로 삼았으며, 어느덧 제 몸 안에 무수한 타자들을 들여놓았다. 그렇게 "나는 세계다." 그런데 욕망을 낳는 뿌리, 즉 욕망의 욕망에 맞닿은 젊음은 거기서 멈추지 않는다. 그들은 나, 세계를 넘어 기어이 "세계를(=나를) 바꾸고 싶다"까지 나아간다. 그러므로 가장 열정적으로 욕망하는 젊음은 '서툰 대화'로서 문학을 수행하며, 저 두 세계, 즉 두 '나' 모두를 함께, 가장 극적으로 드러낸다. '타자로서 나(세계)'와 '꿈꾸는 나(세계)', 이 두 '나-세계'는 젊은 문학 안에 동시에 등장한다.

거듭 주의할 것은 저 서툰 대화는 결코 저 두 '나'를 매끄럽게 종합시키지 못한다는 사실일 것이다. 사람들이 "흔히 그 두 세계 중의 하나에" 머무르며 하나를 선택할 때, 젊은 문학은 별수 없이 "그 두 세계의 가운데"에 있다. 비록 저 '가운데'가 두 '나' 사이 종합되기 어려운 찢어짐과 분열의 공간이라 할지라도, '젊은 문학'은 어디에도 치우치지 못하고 '타자로서 나'와 '꿈꾸는 나' 모두를 밀어붙이며 긴장적으로 존재한다. 그리고 우리는 바로 이곳에서 이전 세대와 젊은 세대가 제각기 수행할 수 있는 역할을 확인한다.

'욕망의 욕망'을 인정함과 더불어, 욕망을 거듭 추구함에 따라 가능해

진 '꿈꾸는 나'("세계를 바꾸고 싶다")는 '타자로서 나'("나는 세계다")를 반성
할 기회로 작동한다.[12] 꿈은 반성을 가능케 한다. 그러나 젊은 문학의
서투름은 이를 좀처럼 수행하지 못한다. 다만 젊음은 둘 사이의 "간극"을
거듭 제 몸으로 증명하며 이 세계를 '가능성'으로 인식케 한다.[13] 하지만
이전 세대는 다르다. 그들이 욕망의 욕망을 인정한 이후라면, 그들은 젊
은 문학이 끝까지 밀어붙이며 획득한 저 '꿈꾸는 나'(세계를 바꾸고 싶다)에
깊이 공감할 수 있으며, 그 마음과 더불어 세계의 끔찍함을 포용하고
제 것으로 받아들일 수 있다. 물론 어른이라고 그것이 쉬운 일 일리는
없겠으나, 이것이야말로 '나-너'라는 근원적 환상에의 믿음을 회복하며
'제 안의 젊음'을 따뜻하게 떠나보내는 방법이자 젊은 세대에게 진 빚(새
로운 문제의식, 새로운 끔찍함의 발견)을 갚는 일이라 한다면 얘기는 조금
달라진다.

사랑다운 사랑, 대화다운 대화가 존재한다면 그것은 "나와 너 사이에"
있어야 한다. 젊은 세대가 세계와의 '대화' 가운데 두 '나', '세계'에 이율
배반으로, '간극'으로 갇혀 있다면, 이로써 세계를 거듭 '가능성'으로 현
시한다면, 젊은 세대와 '대화'하는 이전 세대들은 저 이율배반 속에서
고통하는 젊은 세대 곁에 존재하며 대화를, 사랑을 이어가야 한다. 그렇
다면 어떻게, 젊음이 끌어올린 "문학의 원형"을 이전 세대는 어떻게 가공
하여 '동시대 문학'으로 만들어 갈 것인가. 그에 대한 저마다의 해답이

---

12 "꿈이 있을 때 인간은 자신에 대해서 거리를 취할 수 있다. 다시 말해서 반성할 수 있다.
   꿈이 없을 때 인간은 자신에 대해 거리를 가질 수 없으며, 그런 의미에서 자신에 갇혀버
   려 자신의 욕망의 노예가 되어버린다."(김현, 「문학은 무엇을 할 수 있는가」, 『한국문학
   의 위상/문학사회학』(김현 문학전집 1), 문학과지성사, 1991, 53쪽.).
13 "세계를, 있는 그대로의 세계와 있어야 되는, 아니 차라리, 꿈으로 있는 세계 사이의
   간극으로 이해하는 긍정적 힘이 될 수 있다."(김현, 「젊은 시인을 찾아서」, 앞의 책,
   15쪽)

기존의 세대론을 갱신할 수 있을, 조금은 복잡한 또 다른 세대론의 양태를 보여줄 것이다.

참고문헌

김현, 「문학은 무엇을 할 수 있는가」, 『한국문학의 위상/문학사회학』, 문학과지성사, 1991.

_____, 「문학은 무엇에 대하여 고통하는가」, 『한국문학의 위상/문학사회학』, 문학과지성사, 1991.

_____, 「젊은 시인을 찾아서」, 『젊은 시인들의 상상세계/ 말들의 풍경』, 1992.

소영현, 「여성, 저자, 독자: (여성) 비평(가)의 불안 1」, 『자음과모음』 2020년 겨울호.

이현승, 「공백과 혐오를 넘어서 : 2010년대 한국시」, 『모:든시』 2019년 겨울호.

정한아, 「운동의 윤리와 캠페인의 모럴 : '시와 정치' 논쟁에 대한 프래그머틱한 부기」, 『상허학보』 35, 상허학회, 2012.

마르틴 부버, 『나와 너』, 표재명 옮김, 문예출판사, 1995.

에티엔 발리바르, 『대중들의 공포』, 최원·서관모 옮김, 도서출판b, 2007.

자크 동즐로, 『사회보장의 발명 : 정치적 열정의 쇠퇴에 대한 시론』, 주형일 옮김, 동문선, 2005.

그런 나는 차마,

홍성희

나는 오랫동안 그 초상화를 바라보았다. 길고 갸름한 얼굴에 이글거리는 눈빛과 단호한 표정. 내 얼굴이 분명했다. 내가 그 주의 복권에 당첨된 사람이 아니라는 점을 분명하게 알려줄 수 있는 소개 기사를 신문에 싣기로 한 것은 매우 적절한 결정이었다. 왜냐하면 나는 신중하게 생각한 끝에, 『방금 도착한 이의 기록』에 나오는 내 초상화—독자가 읽은 유일한 초상화—가 왠지 "방금 복권에 당첨된 사람의 얼굴"을 하고 있다는 사실을 알아차렸기 때문이다.
— 마세도니오 페르난데스, 「『방금 도착한 이의 기록』에 나온 내 초상화에 대한 전기」(『방금 도착한 이의 기록』, 쿠아데르노스 델 플라타, 1929)[1]

□

흔히 '시녀들'이라 번역되어 불리는 벨라스케스의 그림 〈라스 메니나스(Las Meninas)〉는 현재의 제목으로 불리게 되기까지 '시녀들과 여자 난쟁이와 함께 있는 마르가리타 공주', '펠리페 4세 가족' 등으로 칭해져 왔다.[2] 그림에는 총 열 한 명의 인물이 나오는데, 그 가운데 왕비 마리아

---

1 마세도니오 페르난데스, 『계속되는 무』, 엄지영 옮김, 워크룸 프레스, 2014, 71쪽.
2 Lesser, Casey. "Centuries Later, People Still Don't Know What to Make of "Las Meninas"". *Artsy*, 24 Mar. 2018, https://www.artsy.net/article/artsy-editorial-centuries-people-las-meninas; "Las Meninas". *Wikipedia*, 22 Jul. 2022, https://en.wi

나와 국왕 펠리페 4세, 공주 마르가리타가 포함되어 있기 때문일 것이다. 특히 마르가리타 공주는 화면의 중앙에 배치되어 가장 많은 빛을 받고 있는 인물이며, '시녀들'이 몸을 돌려 둥글게 감싸고 있는 공간의 중심에서 화면의 바깥을 향해 선명한 시선을 던지고 있기도 하다. 그에 비하여 왕비와 국왕은 화면의 중앙에서 조금 비껴난 자리에 걸려 있는 거울에 상으로 맺혀, 선명하지 않게 그려져 있다. 그럼에도 이 그림은 '마르가리타 공주'만 아니라 '펠리페 4세 가족'의 '초상화'로도 여겨졌고, 오랜 시간 왕실에 보관되었다.

후에 그림이 대중에 공개되면서 그로부터 왕실 가족의 '초상화' 이상의 의미를 발견하고자 하는 시선들이 힘을 얻었고 그림은 '시녀들'이라는 제목으로 불리게 되었다. 하지만 이 그림을 이해하고 해석해 온 궤적에서 가장 중요하게 언급된 것은 그림 속에 배치된 '시녀들'이 아니라, 열 한 명의 인물 가운데 한 명이 그림을 그리고 있는 화가 벨라스케스라는 점이었다. 그림이 공개되기 전인 1696년 이 그림이 왕실의 초상화이기보다는 벨라스케스 자신의 초상화에 가까워 보인다고 기록한 이가 있을 만큼,[3] 왕실이 소장하는 왕실 가족 '초상화'에 벨라스케스가 자신의 '초상화'를 더하고 있다는 것은 정치적으로, 미학적으로, 철학적으로 중요하게 여겨졌다. 그림 안팎의 세계에 질서를 부여하는 왕실의 권위 속에 스스로를 위치시킴으로써 고귀한 직위에 대한 욕망을 표현했다는 해석에서부터,[4] 그림 밖에서 그림을 그리고 있는 화가의 시선과 그림 속에서 그림에 표시되지 않는 대상을 그리고 있는 화가의 시선, 그림 속 화가가 그리고 있는

---

kipedia.org/wiki/Las_Meninas#Interpretation.

3   Felix da Costa, *Antiguidade da arte da pintura*, 1696.

4   Marias, Fernando. "Las Meninas, El Triunfo de la Pintura", *Historia National Geogr aphic*, 08 Jun. 2021, https://historia.nationalgeographic.com.es/a/meninas-triun fo-pintura_15378.

Velazques, Diego. Las Meninas. 1656, Museo del Prado.

대상의 자리와 그림을 바라보고 있는 관람객의 자리가 겹쳐질 때 만들어
지는 맹점 등 시선의 문제를 중심으로 재현의 에피스테메가 변화하는
시점을 발견한 푸코의 해석까지,[5] 〈라스 메니나스〉를 둘러싼 많은 해석

---

[5] 미셸 푸코, 『말과 사물』, 이규현 옮김, 민음사, 2021, 24~43쪽.

들은 자신이 재현하는 세계 속에 무언가를 재현하는 자신을 그려 넣음으로써 벨라스케스가 궁극적으로 무엇을 재현하고 있었는가를 살피는 일에 집중했다. 그가 그 자신을, 혹은 그의 재현을 그려 넣을 때 〈라스 메니나스〉는 구체적 인물의 재현이자 재현 자체의 재현이자 에피스테메의 재현이 되었고, 재현 행위로서의 회화의 본성과 재현의 매커니즘 및 역사를 검토하게 하는 중요한 작품으로 거듭 소환되었다.

하지만 작품 이전에 있는 작가의 목적과 의도를, 혹은 작품의 완성 이후에 비로소 발휘되고 독해되는 작품의 고유한 의미와 효과를 파악하는 이러한 세심한 해석들이 외려 간과하고 있는 것이 있다면, 그것은 작가가 자기 자신을 그려 넣을 때 그 의도와 효과 사이를 채우고 있는 그리기의 시간과 그 시간을 채우고 있는 그리기 행위 자체에 대한 작가의 자기인식이 언제나 배면에서 작동하고 있다는 사실일지도 모른다. 벨라스케스의 그림 속 벨라스케스처럼 그리는 자가 그리는 자신을 재현하며 마주하는 것은, 그림을 통해 구현해내는 것의 실체성이나 그 실체를 경유하여 성취하고자 하는 것의 구체만은 아닐 것이다. 그리는 자신을 그리는 일은 어쩌면 그 모든 것보다 먼저, 그리는 자신을 둘러싸고 있는 현실, 자신이 그리기 위해서, 그리는 일을 계속하기 위해서 끊임없이 확인하고 주의를 기울여야 하는, 드러나거나 감추어진 맥락들이 무엇인가를 그려내는 일이지 아닐까.

이를테면 그것은 가장 흐릿한 상으로 그려낼 때에조차 그림에 대한 통제력을 가지는 존재에 대한 의식이라든가, 빼곡하게 벽을 채우는 회화의 역사들로 둘러싸인 어두운 공간, 그 안에 사각진 빛을 만들고 그 빛으로 재현의 대상을 발견해야 하는 자의 위치와, 그 시선이 선택해야 하는 방향과 높이, 혹은 자신을 드러내는 방법인 동시에 몸을 숨기는 방편이 되는 거대한 캔버스의 뒷면 같은 것을 그려내는 일인지도 모른다. 그림을 그리는 일이 이루어지는 그림 바깥의 현실을 그림을 그리는 일이 이루어지는 그림 안의 현실로 만들어내는 방식으로 〈라스 메니나스〉는 어쩌면, 그려지는 와중에 있는 이 그림이 처해있던 현실 자체를 실시간으로 재현하는 동시에 그러한 현실 속에서 그림을 그리는 일이란 대체 무엇인가에 관하여 물음을 던진다.

그렇기 때문에 이 '초상화'는 '펠리페 4세 가족'이기도, '시녀들'이기도, '벨라스케스'이기도 하지만, 어떤 이름을 붙이든 다만 바로 그들이 살아있는 세계 속에서 그들을 그리는 일 자체에 관한 그림이기도 하다. 〈라스 메니나스〉를 해석하는 논의들에서 주목하는 어떤 재현 대상들보다 앞에 놓인 거대한 캔버스의 뒷면은, 그림으로 재현된 것을 보는 이에게, 그림이라는 재현을 수행해내는 작가 자신에게 그림이 재현하는 것의 내용보다 '앞서' 그리기라는 재현의 조건을 지속적으로 보여주는 중이다. 그 캔버스의 앞이자 옆이자 뒤에서 그림 속 벨라스케스는 '초상'으로 고정되지 않는 그리기의 시간을 성실히 지시하고 있다.

□

'나'가 등장하는 시를 읽을 때 비평과 연구의 장은 시 속의 '나'가 시를 쓰고 있는 시인 자신인지 혹은 그와는 구분되어 시 속에 독립적으로 존재한다고 가정되는 발화자인지를 파악하고자 해왔다.[6] 누가 쓰는가와 누가

---

6 이 글의 논의는 최근 시에서 '나'가 재현되는 방식에 집중하지만, 소설과 에세이, 수기 등 다른 문학 장르에서 '나'라는 일인칭이 어떤 방식으로 작동한다고 여겨지는지에 관한 논의와 분리되어 있지 않다. 최근 '오토 픽션'이라는 용어와 관계된 일인칭의 작동 방식 역시 이 글의 논점과 가까이에 있다. 기실 이 글은 "'나'의 문학적 실존 형식"이라는 특집의 일부로 엮여 발표된 것으로, 근대문학 전반에서 '자아' 개념이 성립되어 온 방식과 최근의 여러 시, 소설 형식에서 '나'가 재현된 방식을 논의한 다른 글들과 연결되어 있기도 하다.
    다만 이 글은 다른 문학 장르들에서 '나'가 재현되는 방식과 시에서의 방식이 완전히

말하는가 사이에서 시 속의 '나'를 '누구'로 설명하려는 작업은 각도가 다른 문제의식들 속에서 끊임없이 새로운 시각을 요청했고, 그 가운데 오히려 역으로 단순한 논의 구도를 반복하기도 했다. 최근 몇 해 동안 '일인칭'이라는 단어를 중심으로 성기게 개진된 시 속의 '나'에 관한 논의들은 소위 '서정시'의 '자아'나 '미래파'의 '나'와는 결이 다른 최근 시들의 '나'의 출현 방식을 분석하여 한국의 문단이 마주한 현실의 국면을 최근의 시가 어떻게 관통해가고 있는가를 자세히 살폈다. 하지만 작품 밖과 작품 안에 경험을 발화하거나 인용하는 자로서의 실체가 있다는 가정, 혹은 언어의 복판에서 일종의 가장(假裝)으로 혹은 소급적 자기 인식으로 실체의 형상이 출현한다는 다소 익숙한 가정을 반복하여, '나'를 실체로 치환하는 방식 자체가 가지는 폐쇄성을 문제적으로 검토하는 작업까지는 나아가지 않기도 했다. 전과는 다른 '일인칭'의 시대 혹은 세대를 말하려는 작업은 기존의 '나'의 형상을 둘러싼 비평적 서사들을 참조점으로 논의를 시작하여 '다름'을 말하는 방향으로 나아가고자 하는 만큼, 최근 한국 문학장에서 시가 처한 상황을 '시'라는 이름 아래 축적되어 온 역사

일치한다고 전제하지는 않는다. 한국 문학사에서 시가 '나'를 재현하는 방식에 관한 논의에는 '서정적 자아'라는 개념어가 오래도록 관계되어 왔고, '서정적 자아'를 전제하는 일은 시를 다른 근대 문학 장르와 구분하는 작업과 언제나 긴밀하게 연결되어 있었다. 각종 문학 교육을 통해 '서정적 자아' 개념을 경유하여 시를 이해해온 궤적 속에서 근현대 시가 '나'를 재현하는 방식을 헤아리는 작업은 '서정적 자아'와 '시' 장르 사이의 밀착된 관계에 대한 오랜 믿음의 흔적으로부터 자유롭기 어렵다. 시 장르를 중심으로 세대 구분을 시도하는 논의들이 과거의 '서정적 자아'로서의 '나'를 유효한, 혹은 넘어서야 할 참조점으로 적극 호출하는 이유는 그 때문일 것이다. '나'를 '서정적' 존재로 간주하는 믿음이 근대시의 변별성에 대한 믿음과 구분되지 않는다면, 시에서 '나'가 재현되는 방식은 다른 장르의 방식과는 구분되는 논의의 자리를 역사적으로 요청하고 있을 것이다. '나'의 재현 방식을 중심으로 시의 세대 구분을 시도한 예로는 신형철, 「2000년대 시의 유산과 그 상속자들: 2010년대의 시를 읽는 하나의 시각」, 『창작과비평』 2013년 봄호; 조대한, 「1인칭의 역습, 그리고 시」, 『문학과사회』 2019년 가을호. 참고. '나'의 재현과 시 장르의 형성 과정을 긴밀하게 연결하여 한국 근대시의 역사를 꿰뚫어 읽는 작업으로는 정과리, 『한국 근대시의 묘상 연구』, 문학과지성사, 2023. 참고.

적 구성물로서의 '시'의 문제가 아니라 시를 쓰거나 시 속에서 말하는 '주체'의 문제에, 어쩌면 여전히 시를 쓰는 자 혹은 시 속에서 말하는 자에게 '시'의 존재 방식과는 분리되는 오롯한 있음의 자리를 약속하는 문제에 머물게 하기도 했다. '시'가 달라지기를 기대하는 마음으로 '일인칭'를 호명하는 방식은 역으로, 그 인칭에 모든 것을 기대어 '시'가 스스로를 반성하지 않을 수 있게 하는 알리바이가 될 수도 있었다.

시의 목소리의 주인을, 이를테면 이 그림이 누구의 '초상화'인지를 판정하는 일로부터 자유롭기 어려워 온 비평과 연구의 장이 이곳에 있다면, 그 시선의 대상이 되는 최근 한국 문학장의 시들은 외려, 대체 목소리의 주인이란 무엇인지, 그것이 무엇이라고 믿어온 역사 속에서 무엇이 생산되어 왔으며 그 가운데 '시'는 어떤 방식으로 존재해 왔는지를 물으며, 시인 혹은 화자의 '초상화'가 아니라 '초상화'에 대한 '시'의 욕망을 들여다보는 일에 골몰하고 있는 것으로 보인다. 오늘의 시들을 연결하여 읽는 데 있어 중요하게 느껴지는 지점은, 여러 시인들의 시 속에서 호명되는 '나'가 시를 쓰는 사람, 쓰는 일을 반복하며 살아가는 사람으로서의 의식을 거듭 드러낸다는 점이다. 이때 시 '밖'에서 시를 쓰는 자로서 쓰고-쓰이고 있는 시인과 시 '안'에서 시를 쓰는 자로서 쓰이고-쓰고 있는 시인이 '나'라는 인칭 명사로 서로 포개어지는 매 순간, 그/그들의 시는 그가/그들이 포개어지는 현장으로서 쓰고/쓰이고 있는 바로 그 시 자체가 무엇으로서 지금 여기에 있는지를 스스로에게 묻고 있는 듯하다.

> 티브이에 춤추고 노래하는 내가 나온다
> 생선을 바르다 말고 본다 이 무대를 끝으로 은퇴를 선언할 댄스 가수 얼굴을 애써 외면하지 않는다
> 술 취한 자들의 노래만큼 엉망이었지 흥얼거리다 사라질 이름인데 너무 오래 쓴 거야 돌려주긴 그렇고 버리는 것이지
> 나도 잃어버린 것을 주워다 썼으니까

코러스 없이는 노래를 못해요 무반주는 아주 곤란해요 악보 볼 줄 몰라요
춤은 자신 있어 함성 질러주면 노래 열심히 안 해도 될 텐데
　무거운 가발을 벗으면서 묻기를, 시작하는 게 두려워? 끝내는 건? 남겨진
질문에 흔들리는 귀걸이의 큐빅으로 대신 말한다
　잘 모르겠어 모르는 게 많아 신비로울 줄 알았던 텅 빈 해골에 사람들은
찬사를 보내고 내장까지 꽉 찬 헛기침으로 구름을 걷고
　내가 누군가의 기분이 될 수 있으리라 당신의 흥미를 비틀거리게 하리라
　하지만 난 신의 오르골이 되었지 이쯤 해둘까 끝나지 않는 인터뷰 말미에
는 말하게 될 것
　무대를 떠나겠다고, 내가 남긴 노래 내가 남긴 말, 나의 춤보다 먼저 늙어
버릴 육신!
　질 좋은 무대의상이 있었지 출처도 모를 협찬이었지만 전 재산을 바쳐
그것을 걸쳐 입고 마지막 무대에 올라선다
　밥상 밑에서 맨발을 긁적거리며 하얀 생선살을 가지런하게 바르고 있었다
　노랫말처럼 살다 간 사람이 있었다네 베스트 앨범에선 아직 분장을 지우
지 않고 잠든 이가 깨어나
　무한한 밤 홀로 미러볼 켜네
−서윤후, 「무한한 밤 홀로 미러볼 켜네」 전문[7]

　위의 시를 표제작으로 하는 서윤후의 시집은 시집 전체를 가로질러
"무대를 끝내"는 일에 관해 말한다. 그의 지난 시집에 엮인 시 「백만 번째
낭독회」[8]에서 '무대'는 '시인'이 "세상에 처음 선보이는 시를 읽기 시작"하
는 장소였다. 그곳에서 '시'는 분명 '처음' 발음되고 있는데, 자신의 "슬픔
을 토막 내 인용해온" 시인의 "아름다운 문장"은 무대 밖의 사람들에게
"어디서 본 적 있"는 것, "베껴 온 것"으로 여겨진다. 사람들의 술렁임

7　서윤후, 『무한한 밤 홀로 미러볼 켜네』, 문학동네, 2021. 이하 이 시집에 실린 시를
　　언급하거나 인용할 때에는 각주 없이 본문에 시의 제목을 표기한다.
8　서윤후, 『소소소小小小』, 현대문학, 2020.

속에서 시인은 무대를 떠나고, '발음'되지 못한 무엇이 남아 그의 일생을 가로지르게 되는 가운데 이 시 속 무대는 '새로움'을 '기다리는' 사람들의 수근거림으로 일종의 판결이 내려지는 장소처럼 읽히기도 한다. 하지만 어쩌면 서윤후의 무대에서 중요한 것은 무대 위에서 시인이 무엇을 발음하거나 하지 못하고 그에 대하여 무대 밖의 사람들이 어떤 판정을 하는가 하는 것만은 아니다. 그에게 있어 무대를 무대이게 하는 것, 무대를 작동시키는 것은 그 위를 오르내리거나 그것을 둘러싸고 있는 사람들만이 아니라, 무대 위이면서 무대 뒤인 스크린 위에 태연하게 맺혀 있는 '시'이기 때문이다.

"백만 번째 낭독회"에서 '베낌'의 혐의를 입은 시인은 무대를 등지고 떠나지만, 그가 떠난 무대 위에 그의 시는 여전히 '내려앉아' 있다. "시인이 없는 채로 시가 발음되는" 이 무대 위에서 한 편 한 편의 시는 "방향키를 누르"는 간단한 손짓 하나로 사라져 버리기도 하지만, 스크린은 그것을 발음할 시인이 먼저 떠나거나 아직 도착하지 않은 무대 위에 계속해서 시를 '시'로 띄움으로써 시인 없이도 이 무대가 계속해서 '무대'일 수 있게, 시가 계속 '시'일 수 있게 한다. 그렇게 시를 '낭독'하는 것은 시인의 '고유한' 목소리가 아니라 시를 '시'로 띄우는 스크린의 각진 프레임이다. 그것이 지탱하는 무대의 세계에서 자신의 시를 처음 선보인다 믿는 시인들은 "우리 어디선가 본 적 있지 않아요?" 서로에게 이 말을 가장 또렷하게 발음할 따름이며, "떠나는 시인과 막 도착한 다음 차례의 시인"이 그 발음을 나누는 동안 '낭독회'를 '백만 번' 반복하는 것은 화면을 넘기듯 "무엇이 와야 끝나는지" 모르는 채로 연속되는 중인 '시'이다. 이를테면 '시'는 무대 위에 전시되는 것이기보다 그 자체로 무대이며, 무대인 '시'는 그곳을 다녀가는 시인에, 그곳에 내려앉는 시에 쉽게, 무심하다.

『무한한 밤 홀로 미러볼 켜네』에서 서윤후는 그러한 무대를, 곧 그러한 '시'를 '끝내는' 일에 관해 쓰는 일을 반복한다. 달라진 것이 있다면 무대 위에서 계속되어 온 시인의 시를 향해 수군거리는 일을 무대 밖 사람들이 아니라 시인인 '나' 스스로 수행함으로써, 무대를 등지고 떠나는 대신 자신의 시가 내려앉아 온 '시'의 무대란 무엇이어 왔는가를 무대 위에서, 마주하려 한다는 점이다. '나'의 시에 대한 '나'의 수군거림은 단지 "어디서 본 적 있"는 문장이나 "어디선가 본 적 있"는 '시' 혹은 '시인'의 형상이 아니라, 자신의 시가 스스로를 '인용'한다고 믿어 온 자기 안의 '원본', 자기만의 것이라 믿었던 오래된 '슬픔'을 향한다. "매번 진심이었던"(「내가 되지 않는 것들」) "저의 완전한 고독"(「매복」)이, 그로부터 비롯되던 매번의 시작始作/詩作이 "그래 봤자 양도된"(「누가」) 슬픔을 복기하는 일에 지나지 않아 왔던 것은 아닌지, 어쩌면 "기성품이 되어" 버린 "슬픔의 묘기가 나를 흉내"(「누가 되는 슬픔」) 내어온 것뿐은 아닌지를 시인인 '나'가 물을 때, 그 물음은 자신의 시와 동시에 그가 아름답다 여겨온 '시', 그를 빛나게 해주던 '시'를 향한다. "쥘 때마다 목탄이 자꾸 묻어나고, 지워지지 않는 얼룩도 사랑해 마지않던 그대들"(「그대들은 나의 좋았던 날」)이 그 '얼룩'을 무기이자 방패로 어떤 슬픔을 '나'의 것으로 종용해왔는지를 모르지 않게 되는 일은, 슬픔의 '월계관'을 쓰고 "내가 피어 있는 동안"(「계수나무」) '나'의 시 역시 어떤 슬픔을 종용하는 것이어왔는가를 물어야 하게 되는 일이다.

  그렇게 "곤경을 그리는 데 좋은 도구"(「시」)를 사용해 온 자이자 그 도구에 의해 그려져 온 자로서 '나'는, 슬픔의 '공범'이 되어있던 '나'와 그 '슬픔'을 의심해야 하는 '나' 사이에서, "나를 찢고 밖으로 나가"(「매복」)는 방향과 "나가기 위해 기꺼이 들어"(「초절기교(超絶技巧)」)오는 방향을 동시에 이행해야 하는 위치에 놓인다. 이를테면 서윤후 시에서 '나'의 자리는 "출처도 모를 협찬"을 "전 재산을 바쳐" 걸쳐 입고 사람들의 찬사를 받는 '무대' 위이기도, "이 무대를 끝으로 은퇴를 선언 할" 미래를 선점한 채로 지금 여기에 방영되고 있는 '티브이'의 평면이기도, '무대'와 '티브이'를 마주보며 "생선을 가지런하게 바르고" 있는 자기만의 방 안이기도 하다.
서로의 과거와 미래이기도 한, 동시에 서로 현재이기도 한, 무대 위이기도
그 밖이기도 한 복수의 자리에서 '나'들은 "은퇴를 선언"하는 것, "버리는
것", "마지막 무대에 올라"서는 것을 자꾸만 의식하여 기억하고, 예상하
고, 말한다. 끝을 내려는 마음이 그렇게 겹겹이 '시'가 된다.

　하지만 서윤후의 시에서 중요한 것은 무엇을 끝내는 일, 혹은 끝내고
자 하는 마음의 모습 자체만은 아닐 것이다. 그의 시의 '나'들은 '마지막
무대'가 끝내 마지막이 되지 않은 채로 "무한한 밤 홀로 미러볼 켜"는
것이 지금 여기임을 안다. 과거가 현재로 상영되고 미래가 현재에 은닉되
는 티브이 스크린, 혹은 무대 위의 '시'가 있는 곳은, "베스트 앨범"(「무한
한 밤 홀로 미러볼 켜네」)처럼 어디든 쉽사리 '무대'로 여기기를 멈추지 않는
다. 그리고 '시'의 무대가 지속되는 세계에서 '좋았던 날'을 가진 '나'의
시 역시, "따뜻한 스웨터를 입고 턱을 괸 다음, 무너질 일 없는 의자에
앉아 하게 될 말이란 무엇일까"(「레몬스웨터블루」)를 묻지 않을 수 없는
자리에 여전히 있음을 그는 모르는 척 하지 않는다. 무언가를 '끝내는'
일이 완료될 수 있다고 믿는 순간 "모든 게 나아졌다고 믿"게 되는 것,
그것은 '나'에게 "수모를 겪는"(「안마의 기초」) 일과 다르지 않다.

　그러므로 그는 '끝내는' 일에 관해 쓰는 자신의 시를 끝내 믿지 않아야
하고, '시'를 끝내지 않으면서도 쓰기를 멈추지 않을 자신의 시가 무엇을
정말 '끝낼' 수 있는지를 생각해야 한다. 그것은 시 속에서 시를 쓰는
시인에게도 그러하고, 시 밖에서 시를 쓰는 시인에게도 그러하다. 시를
쓰는 '나'로서 그/그들이 쓰는/쓰이는 시는 그/그들이 쓰는/쓰이는 시를
스스로 완전히 신뢰하지 않는 자리에서만 한 편의 시로서 시작되고, 맺
음 되려 한다. "책상에 앉아 글을" 쓰는 시 안팎에서 "내 손이 망치가
되"어 나의 시를 부수는 시를 쓸 수 있을 때, 시를 쓰는 '나'들은 "어쩌다
매일 결말을 갱신하는 사람"이 되어 "내일도 무언가는 끝장날 것"(「하임

(Heim)」)이라는 전망을, "**부정할 수 없는/돌이킬 수 없는/나아질 리 없는/불행한 시리즈**"(「초절기교(超絕技巧)」)의 한복판에서도 스스로 지키고, 이행할 수 있을 것이다. "누구도 버린 적 없어서/아무도 끝까지 읽은 적 없는 시"의 '폐막식'(「폐막식을 위하여」)을 위하여 그렇게 '나'들은, 자신이 등장하는 하나의 세계를 거듭 끝내고, 한 편 한 편의 시 만큼 '시'의 한 귀퉁이를 끝내며, 그렇게 끝나는 시를 끝내는 일을 반복하는 방식으로 '시'의 무대를 떠나는/떠나지 않는 그/그들 자신의 한 구석을 끝내려 한다. 잘라내어 잊어버림으로써가 아니라, 아마도 떼어두고 반복되지 않게 지켜보는 방식으로 그렇다.

이를테면 권민경의 시는 '시'가 특히 '나'에 관한 환상을 어떤 방식으로 부추겨 왔는가를 기억하는 동시에, 끝내는 '나'를 맴돌게 되는 자신의 시가 '시'가 가르쳐온 환상을 되풀이하는 것이 되지는 않게 하기 위해 분투한다. 그의 시 속에서 '나'는 시를 쓰는 자신을 기록하는 '다큐멘터리' 감독의 자리를 취한다. "네 목소리를 내라 네 목소리" 이명처럼 들리는 명령형의 언어에 따라 "나는 분부대로 낮고 쉰/욕설 비속어 신조어 한글 파괴범/짓 하고 다"니며 "일생을 거친 이미지의 홍수 속에/손을 넣어 휘휘" 저어 건져 올린 것들을 "부러진 우산살 바람 빠진 축구공 정체불명 비닐 8" 성실히 나열한다. "[갈라지는 모양은 엘리트 학생 대백과사전을 참조했다]"고 출처를 표기하고 주를 다는 착실한 '학생'인 '나'는, "진짜?/이거 진짜?" "진짜 내 것?"(「벽」[9]) 자신이 쓰는 것이 자신의 목소리가 맞는지를 의심하는 목소리를 덧대는 '나'이기도 하다. 시가 되는 '나'에 대한 '나'의 의심은 자신이 사용하는 목소리와 이미지가 '진짜 내 것'인지를 믿을 수 없기 때문이기도 하지만, 그런 방식으로 "네 목소리를 내라"는

---

9 권민경, 『꿈을 꾸지 않기로 했고 그렇게 되었다』, 민음사, 2022. 이하 이 시집에 실린 시를 언급하거나 인용할 때에는 각주 없이 본문에 시의 제목을 표기한다.

'분부'에 갇히는 쓰기가 '진짜 내 것'이라고 생각하지 않기 때문이기도 하다. "고통, 지금의 날 만든/고통?" 그런 것을 복기하며 "지난 나를 미화하"거나 무엇의 '이후'를 "정신 승리"처럼 전시하는 "꼰대의 자세를 버리기 위해", 아마 때로 성실한 학생으로서 그 자신도 가졌던 태도를 반복하지 않기 위해, '나'는 "연 적도 없는 기념관의 문을 폐쇄"하고 "제1회 권민경 문학상"이 "영원히 수상자 없음"의 상태로 남아 있게 한다. 그리고 '기념관'이나 '문학상' 같은 방식이 아닌 채로 '나'가 '내 목소리를 내는' 방법을 찾는 모습을 '나'는 시로 쓴다.

'꼰대의 자세'로부터 벗어나려 하면서도 그가 '기념관'이나 자신의 이름을 붙인 '문학상'을 언어화하여 시 속에 위치시키는 것은, 그것을 욕망하는 마음의 유무와 무관하게 시인으로서의 자신이, 자신이 쓰는 시가 그러한 '기념'과 '역사'의 맥락으로부터 자유로울 수 없다는 것을 그가 여실히 알고 있기 때문일 것이다. 권민경 시의 '나'가 분리되고 싶어 하는 것은 고체화된 물질들, 고체이기 때문에 측량 가능하고 축적 가능하며 그러므로 '이력'이 될 수 있는 것들이다. 그에게 가장 힘이 센 고체는 바로 '나'의 몸이다. 모르는 사이 "축적되는 수은"(「맺음, 말-하고 듣고」)처럼 타인의 흔적을, 역사를, '미화'의 자취를 켜켜이 쌓아 가지고 있는 '나의 몸'은 '나'가 가장 믿을 수 없는 소유격, '진짜 내 것'이라 말하고 싶어도 그럴 수 없는 소유격이어서 그는 "육체에서 벗어난 나는/없음으로/없는 나로/남았음 좋겠"(「꿈을 꾸지 않기로 했고 그렇게 되었다」)고 여긴다. 그렇게 '흔적'에 결박되지 않은 소유격의 가능성을 찾아 그는 '메타'를 말하면서(「주제」) 축적-물을 '나'로부터 분리해내려 한다.

그런 그는 시 속에서 종종 "온몸을 벗어 놓"(「활」)는 일에 성공하는 듯 보이지만, 옷처럼 몸을, 물질을 벗어 내려놓아도 '나'는 그 곁을 떠날 수는 없다. "스스로를 떼어 놓고 긴 사냥 떠나"(「사단법인 취업 지침」)는 사냥꾼이 되어 '나'가 찾는 것은 사냥감, 붙잡을 수 있는 몸일 수 밖에 없고, "사냥꾼이자 사냥감인/내가 나를 쫓아"(「활」) 다니는 일은 그렇게 결국 분리해낼 수는 있어도 잊을 수는 없는 '나의 몸'을 맴도는 일이 되기 때문이다. 물질의 역사를 벗어나도 '나'는 그 역사의 서사 위에 놓여 있고, 그렇게 '나'가 '나'를 바라보는 모든 "다큐멘터리는 가공되어 있다"(「그 책」).

그럼에도 불구하고 권민경 시의 '나'는 '나의 몸'이, 그 몸에 쌓인 역사가 '나'를 말하는 유일한 '다큐'이도록 내버려두지 않는다. 두고 떠날 수 없음에도 불구하고 적어도 분리되어 있는 상태만은 지속하는 일, "나는 내 몸 주위를 걷는다/서성인다/그게/1,/일생이다"(「무게」)라고, '1'을 '일인칭'이 아닌 '일생'으로 적는 일, 그렇게 '나'를 물질이 아니라 시간으로, '이력'을 물질에 쌓이는 것이 아니라 시간의 궤적을 향해 열려 있는 것으로 만들어내는 일로서 그는 시를 쓴다. 시를 쓰는 '나'에 관한 '나'의 시 쓰기 역시 일종의 '다큐'이고 그러므로 그의 시는 이미 항상 가공되어 있겠지만, 자신의 시가 여전히 "누군가의 이력을 빌려 쓰는 글"이라고 적는 일, 그러므로 시를 쓰는 '나'에 관한 '나'의 시에서 "나는 나의 출발지를 적으려다 실패"(「맺음, 말─하고 듣고」)한다는 것을 기록하는 일로서 그의 시는 자신이 가공하는 것이 그의 유일한 이력이 되지 않을 수 있는 공간을 종이 위에 벌린다. 그렇게 시 속에서 시를 쓰는 '나'는 스스로 쪼개어지면서 자신이 쓰는 시를 쪼개고, 자신이 쓰이는 중인 시까지를 쪼개는 중이다. '내 목소리'는 어쩌면 굳게 믿어온 '내 목소리'로부터 쪼개어져 나오는 방식으로만, 시로 있다.

'나'와 '시'를 한꺼번에 촘촘한 '이력'을 가진 총체적 세계로 만들어낼 수 있다는 오래된 믿음 속에서 '나'와 '시'의 균열을 동시에 발견하는 최근 시의 움직임은 '시'가 '나'의 전유물이 아니고 '나'가 '시'의 '주인'이지 않

은 시를 쓰는 방법을 고민하는 방향으로도 나아가고 있는 듯하다. 김유림의 시는 그런 면에서 무엇에 관한 시도, 누구에 관한 시도 아닌, 그저 시를 쓰는 장소와 시간의 편린들로 있는 시의 한 모습을 보여주는 것으로 보인다. 그의 시에서도 '나'는 쓰는 일을 계속하는 사람으로 있다. '나'는 "시 쓰기에 대한 시를 쓰는 시인에 대해 생각"(「콜라보는 어려워」)하며 일종의 '메타'를, '도면'을 바라보고 '뜯어보'는 일을 할 수도 있을 것이라 말한다. 하지만 그가 쓰는/쓰이는 시가 하는 일은, 시 쓰기라는 행위가 가지는 의미를 밝혀내거나 시 쓰기가 이루어지는 방식을 검토하는 유의 작업과는 거리가 있다. '나'의 쓰기는 "메타몽을 닮은 거미가 지도의 일부를 이룬다는 가설을 증명해볼 수도 있을 것"(「경로 그리기」)이라는 생각으로 자신이 바라보는 풍경 속에 위치해 있는 스스로를 바라보는 일, 이를테면 시 쓰기에 대한 시를 쓰는 시인이 시 속에 어떻게 있게 되는지를 알아보는 일이다. 그것은 시 쓰기에 대한 시를 쓰는 시인이 접하기 쉬운 도면 '위'의 자리를 그가 바라보는 시 쓰기의 풍경 '속'으로, 모든 것의 '옆'으로 이동시키면서, '메타'의 방식으로 '메타'를 불가능하게 하는 일이기도 하다.

'메타몽'이라는 이름의 포켓몬은 자신이 바라보는 무엇으로든 변신할 수 있지만, 그것은 그가 모든 것의 '위'에 있기 때문이 아니라 무언가의 '옆'을 지날 수 있기 때문이고, 그가 무엇이든 될 수 있는 무형의 상태로 있기 때문이 아니라 세포 구성을 바꾸어 어떤 형체든 취할 수 있는 유형의 몸으로 있기 때문이다. 시 쓰기에 대한 시를 쓰는 시인은 '메타몽'처럼 특정한 위치에서, 특정한 배경의 일부로서 시 쓰기의 장소와 시간을 바라보고, 자신이 바라보는 것을 자신에게 투영하여 스스로의 생각을, 시를 변화시키면서, 시 쓰기에 대한 시를 쓰는 일 자체가 계속해서 이동하는 매 순간 걷기-쓰기의 현장을 쓸 수 있을 따름이다. "일종一種"(「그리펜 호수에 두고 온 것」)으로서 '일부'를 보는 그의 '메타'적 시 쓰기는 그러므로 계속되는 다시 보기와 다시 걷기를 통해 끝나지 않도록 '경로'를 그리는 일로 그려진다.

　누군가와 함께 목격한 삶을 고양이로 착각했다거나 고양이인데 삶이라고 믿을 만큼 날쌔고 또 남달랐다거나 그런 것. 그런 것은 누군가에게 물어보면 또 다른 대답이 된다. 우리가 장미주택을 지나다가 장미주택의 한쪽 담장을 배경으로 사진을 찍었을 때 장미주택에 사는 주민이 걸어 나와서
　골목으로 사라져버린 것
　그것을 나 혼자 목격하고 나 혼자 쓸 수 있게 되었다.

　한쪽 담장을 배경으로 찍어서 그 사진이 어디엔가 저장되어 있더라도 어디엔가의 한쪽 담장인 것처럼 부족하다.

　사람이 보고 싶어서
　사람이 보고 나서

　비켜선 담장을 배경으로 햇살을 담아보았습니다. 거기에 있지 않기 때문에 나와 함께 여기서 액정에 잡히는 모르는 동네의 담장은 어떠한지
　구경하고 있었을 것이다.

　그 사람은 사라지고 없었다.

　(…)

　짝다리를 짚고 서 있지 않으면 서 있을 수 없는 사람이나 그런 사람을 닮은 듯한 나무. 나무는 키가 작고 장미주택의 바깥에 서 있지만 장미주택과 연관이 있어 보인다. 그럭저럭 튼튼한 장미주택의 담장 너머로는 분명 또 하나의 자목련이 있어
　그곳에서
　사람이 비켜

　비켜야만 지나갈 수 있고 그랬습니다.
-김유림, 「우리가 장미주택을 2」 부분[10]

김유림의 시는 '위'가 아니라 '옆'에서 '도면'이 아니라 '경로'를 그리는 일이 '나'에게 어떤 기분을 줄 수 있는지를 잘 알고 있다. '나'가 '일종'으로서 '일부'를 보고, 그렇기 때문에 "가끔은 그것을 이루는 벽을 집으로서 바라"(「우리가 굴뚝새를」)보듯 부분을 전체인 듯 의미화하기도 한다는 것은 '나'에게 언제나 '부족한' 느낌을 주는 동시에, "나 혼자 목격하고 나 혼자 쓸 수 있게" 된 것에 대한 특별한 기분을 주기도 한다. '나'가 풍경의 일부로서 포착하는 풍경은 바로 그 순간 그 풍경 속을 지나가는 타인에게도, 풍경을 찍은 사진을 보게 될 타인에게도 "또 다른 대답"이 될 것이어서, 무수한 것들과 함께 있는 와중에도 '나'의 풍경은 오로지 나만 아는 특별한 '답'이 될 것이다. 그 고유함은 김유림의 시에서 중요해서, 때로 그것은 "김유림의 비기祕機"(「김유림의 祕機 2」, 「김유림의 祕機」)라는 이름으로 서명처럼, 편지처럼, 타인에게 발송된다.

하지만 그 비밀스러운 풍경의 기록은 타인과 '나'를 구분하기만 하지도, 그로써 '나'를 특별하게 만들기만 하지도 않는다. '김유림의 비기'는 바로 그 '비기'를 쓰는 일이 끝난 후에는 타인에게 만큼이나 김유림에게도 '비기'가 된다. 한 번 만난 적 있는 '꽃나무'는 "김유림의 시에 등장한 꽃나무가 맞"고 여전히 "여기 꽃나무가 있"지만, 그것이 시간을 가로질러 같은 위치에 있다는 것을 안다는 사실은 '꽃나무'에 대해서 김유림에게 특별한 위치를 약속해주지 않는다. "김유림은 그것을 중심으로 다양한 경로를 선택할 수 있지만 꽃나무는 청기와 빌라 옆에 서 있을 뿐"(「친구 그리기」)이고, 그는 "얼마간 그들의 일부였"(「우리가 굴뚝새를」)을 뿐이다. 그 사실을 부인하지 않아야만, '중심'이 되려는 자리에서 "사람이 비켜// 비켜야만" 그는 그곳을 '지나갈' 수 있고 그렇게 시 쓰는 일을 계속할

10 김유림, 『별세계』, 창비, 2022. 이하 이 시집에 실린 시를 언급하거나 인용할 때에는 각주 없이 본문에 시의 제목을 표기한다.

수 있다.

김유림은 서로 다른 시에 같은 제목을 붙여 연작인 듯 번호를 붙이거나[11] 번호를 붙이지 않은[12] 채로 나란히 혹은 멀리에 시들을 배치하고, 표현과 문장의 조합 방식을 미묘하게 다르게 하거나 또는 텍스트의 형태를 다르게 하여 서로 닮았으나 다른 시를 쓰며,[13] 시 안에서 같은 문장을 반복하거나 문장 요소의 순서를 바꿔 쓰는 등의 작업을 반복한다. 그것은 "어쩌면 그 카페로 다시 가서 그 사람을 만날 수 있을지도"(「그 카페로 다시」)라는 기대와 "어쩌면 그 카페가 그 카페가 아닐지도 모른다. 그 사람이 그 사람이 아닐지도"(「그 카페로 다시」)라는 예감 사이에서 그가 시 쓰기를 계속하기를 선택하고 있기 때문일 것이다. 그의 시는 모든 것이 파편이고 모든 종류의 연속성과 총체성이 파기된 세계를 쓰는 대신, 연속성의 감각 속에서도 지금을 지금으로 인식하고, 지금의 자신에게 중심의 인력을 스스로 부과하지 않으면서, 축적된 모든 것의 조합으로서의 총체가 아니라 각각의 총체들이 겹쳐있는 지금 여기를 시공간의 조각으로 쓴다. "지금 이 순간을 특별한 추억으로/만들고자" 하는 마음 가득히도 "그러나 나는 평범한 문"(「비밀의 문」), 다만 지금 여기에 쓰이는 중인 문장文이고 지금 여기 이후에는 열고 나가야 할 문門이며 그렇게 계속되는

---

11 「우리가 장미주택을 2」, 「우리가 장미주택을」, 「김유림의 祕機 2」, 「김유림의 祕機」
12 「자기만의 방」, 「자기만의 방」, 「실업 수당 못 받았어요」, 「실업 수당 못 받았어요」, 「그 카페로 다시」, 「그 카페로 다시」, 「목소리를 내고 싶은 사람」, 「목소리를 내고 싶은 사람」, 「느끼고 힘을 준다는 것」, 「느끼고 힘을 준다는 것」, 「미묘한 균형 미묘한 불균형」, 「미묘한 균형 미묘한 불균형」, 「복수는 나의 것」, 「복수는 나의 것」, 「복수는 나의 것」, 「비밀의 문」, 「비밀의 문」, 「비밀의 문」, 「인터뷰의 길」, 「인터뷰의 길」, 「인터뷰의 길」, 「도서관」, 「도서관」, 「비밀의 문」, 「비밀의 문」, 「윤곽이 생겨난 이야기」, 「윤곽이 생겨난 이야기」, 「아주 화가 났지만 괜찮았다」, 「아주 화가 났지만 괜찮았다」, 「갑작스러운 산책」, 「갑작스러운 산책」, 「갑작스러운 산책」「미술관의 기억」, 「미술관의 기억」, 「존나 큰 고양이」, 「존나 큰 고양이」
13 「복수는 나의 것」, 「복수는 나의 것」, 「인터뷰의 길」, 「인터뷰의 길」

지금 여기들을 각각의 답으로 만나가게 될 물음問에 '불과'한 것으로 있다. 그러므로 그의 시의 문장들은 김유림의 '비밀'이면서도 '특별 취급' 당하지 않는, 어떤 '남다른' '기억'도, '계시'(「비밀의 문」)도 가지고 있지 않은 작은 풍경 조각의 지위에 머무른다. 그렇게 쓰이는 시 속에서 시를 쓰는 이가 때로는 '나'로, 때로는 '김유림'으로, 때로는 '유림'으로 적힐 때, 그것은 모두 시를 쓰고 있는 김유림이겠지만 동시에 김유림을 떠난 김유림, 김유림에게 '비기'로 남겨진 김유림들일 것이다. "행복하고 건강하세요."(「김유림의 祕機 2」), 그런 인사는 그렇게 타인들을 향한 것만이 아니라 김유림들과 김유림들이 잠시 속해있던 풍경들 모두를 향한 것이기도 하다. 그런 방식으로만 김유림의 "나는 생생하다."(「목소리를 내고 싶은 사람」)

   김유림의 시처럼 "나는 나에게 쓰이고 싶었다."(「묘지는 묘지라는 것」)는 문장과 "나는 나를 따돌려서 기쁘다."(「실업 수당 못 받았어요」)는 문장 사이에서 문장을 더하는 일들이 오늘의 시 쓰기라면, '나'가 주격과 목적격으로 적어도 한 번은 쪼개어지는 최근의 시가 공유하는 감각이란 강보원의 시가 말하는 것처럼, "불연속과   구조가   중요하다"는 것, "이 둘은 서로   모순되는 두 요소인데   그 말은   둘이 함께   있을 때만 무슨 의미가   있다"는 것일 테다. 그것은 "가령 그와 그가 없는 그의   집이 서로에게 의존하고 있으며 바로   그 사실로부터만 우리가 그를 알아갈 수 있는   것처럼"(「너무 헛기침이 많은 노배우의 일생」,[14]), '나'라는 명백한 있음을 보증하려는 인칭대명사 안에 갇히지 않는 나 들은 바로 그 인칭대명사를 상대하는 일을 자신들의 존재 방법으로 삼게 된다는 것을 의미할 것이다. 이때 인칭대명사 '나'는 선험적으로

---

14 강보원, 『완벽한 개업 축하 시』, 민음사, 2021. 이하 이 시집에 실린 시를 언급하거나 인용할 때에는 각주 없이 본문에 시의 제목을 표기한다.

있는 것을 가리키는 것이 아니라, 있을 것으로 약속된 것, 그러나 아직 이행되지 않아서 계속해서 지금 여기를 지난한 생의 관성으로 느끼게 하는 것으로서 쓰인다. 이를테면 '나'란 약속된, 아직 쓰이지 않은, 무용해진, 그러나 계속 약속된 것으로 떠오르는 "완벽한 개업 축하 시"(「완벽한 개업 축하 시」) 같은 것이다. 그것을 붙잡아 써내는 일은 친구에게 '나'를 입증하고 나에게 '나'를 입증하는 방법일 것이어서 '완벽'하게 이루어져야 할 것이지만, '완벽한 개업 축하 시'는 계속해서 쓰이지 않고, 그렇기 때문에 나는 '나'를 증명하지 못하는 나로 남아 '나'로부터 멀어진 채로, 그러나 '나'를 계속해서 떠올리는 나로 살아간다. '완벽'한 '나'는 그런 하루하루에 속하지 않고, '완벽'하지 못한 하루들은 '나'의 이력이 되지 못한다.

그러나 '완벽한 개업 축하 시'를 쓴, "문예지에 발표한 시"를 쓴 도착하지 않은 '나'를 기준으로 하여 "아마추어 시인"(「완벽한 개업 축하 시」)으로 명명되는 하루하루의 나들은, "레몬 마들렌"이 되지 않은 "레몬 마들렌을 만들기 위한 간단한 레시피"(「레몬 빵 레시피」)들이 시로 적혀 제 안에서 레몬 마들렌을 상상하고 만드는 와중인 것처럼, 지금 여기에서 시를 쓰고, 시로 적혀 여기에 있다. "빗방울이 너무 많아서 하나하나 셀 수가 없어서 비란 건 없다고 생각"(「비가 오는 세계」)하는 방식 속에서 하루하루의 시들은, 한 편 한 편의 나들은 '나'가 되지 못하는 파편들로 여겨질지 모른다. 하지만 총합으로서의 혹은 '완벽'한 결정체로서의 '나'에 도달하지 않은 채로도, 혹은 거꾸로 빗방울 하나하나에 제각각의 '나'가 있다고 말하는 것으로 만족해버리지 않은 채로도, 최근의 시들은 '나'라는 인칭으로 묶이는 나 들이 파편도 총체도 아닌 연속되는 각자의 조각들로 있을 수 있다는 것을 인칭이 아닌 언어로 적어내고자 한다. 이를테면 '가로수'라는 말로 통칭되면서도 하나마다 각자의 숫자가 되는 "여섯 그루의 가로수"처럼, 오늘의 시는 천천히 걸으며 "가로수 하나를 지나고, 가로수 둘을 지나, 가로수 셋을 지나, 가로수 넷을 지나, 가로수 다섯을 지나 …"(「나무들」)고 있음을 적는 일을 계속한다. 모든 나무를 '가로수'로 통칭하는 일이나 모든 가로수에 서로 다른 이름을 붙여 부르는 일이 착각으로부터 비롯되는 것만큼, 가로수 하나 하나를 하나 하나의 가로수로 적는 일의 의미 역시 일종의 착각에 기인하고 있더라도 말이다.

조금 덧붙이자면, 나는 강아지를 묻은 나무가 어떤 나무인지 잊어버렸다. 안타까운 일이지만, 나무는 다 다르게 생겼는데, 다르게 생긴 것에 일정한 규칙이 없으므로 결국에는 모든 나무가 다 똑같아 보이고, 모든 나무가 다 똑같아 보인다면, 어떤 한 나무를 기억하는 일은 몹시 힘든 일이다. 우리가 우리에게 소중한 나무의 변별적인 특성을 결국 잊어버리게 된다는 건 받아들이기 힘든 일이지만 가끔 언덕을 오르다 보면 내가 그 나무를 구분해 낼 수 있다는 강한 확신이 드는 순간이 있다. 물론 나무가 있는 곳으로 돌아갔을 때는 그런 확신이 나의 착각이었다는 점이 명확해지지만, 아마도 그것이 평화연립주택에서 일어나는 일인 것 같다. 그렇다고 해도 내가 아직 나의 강아지를 그리워하고 있다는 것만은 사실이며, 또다시 그런 확신이 드는 순간들이 발생하는 것은 나의 의지가 아니므로, 내게는 어쩔 수 없는 일이라 생각된다.

─강보원, 「평화연립주택 입주자를 위한 안내서」 부분

나무를 구분할 수 없을 거라 생각하면서도 나무들을 향해 걷고 '그 나무'를 생각하는 강보원의 '나'에게 중요한 것은 정말로 '그 나무'를 구분해내는 일이 아니라 나무들 사이 어디엔가 '그 나무'가 있다는 것을 잊지 않는 것, '그 나무'가 자신에게 중요한 이유를 간직하는 것인지도 모른다. 그에게 '그 나무'를 구분해낼 수 있을지도 모른다는 '확신'은 가장 마지막에 잠시, 달성되지 않은 채로도 지금 여기의 순간을 반짝, 빛낼 것처럼 '발생'하는 것으로서 의미를 가질 따름이다. 어쩌면 정말 중요한 것은 분명한 '나'로서 분명한 무엇을 움켜쥘 수 있다고 믿는 것이 아니라, 선명한 언어로 붙잡을 수 없는 것을 그럼에도 불구하고 없지 않은 것으로 쓰는 것, 지칭될 수 없는 것이 지칭될 수 없는 채로도 여기에 있다는 것을 지금 활자로 적어내어 보는 것, 그 활자의 몸으로 '나'로 말해지지 않는 나를 여기에 있게 하는 것인지도 모른다. 있음을 말하기보다 없지 않음을 적는 일, 적은 것에 온몸을 기대기보다 적힌 것 속에 적히지 않은 채로 남아 있는 것을 가늠하며 그 안녕을 묻는 일, 그러한 쓰기를 통해서만 '그 나무'는, '나'는 잠시, '발생'할 수 있는 것 아닐까.

[   ]

"써봐 은선아 넌 잘할 것 같아", 시인의 기억과 기억을 향한 육성에 밀착해 있는 것으로 읽히는 백은선의 시는 이미 항상 가장 선명한 '나'의 의식을 가지고 있는 채로 쓰이는 듯 보인다. 그러나 속에서부터 살이 베일 것처럼 날카로운 구체를 풀어내는 '나'의 언어 속에서 '나'는 외려, 그럼에도 불구하고 말해지지 않는 것, "막 써버릴 것처럼 부풀어 올라 벅차고 떨리고 막 무엇이든 쓸 수 있을 것처럼 전능해져 빨리 쓰고 싶어 안달이 난 채로 가장 가볍고 커다란 존재가 되어/책상에 앉아/자판에 손을 얹으면" "우물쭈물하며 쪼그라들어 아무것도 쓰지 못하"(「언니의 시」[15])게 되는 것, 부풀어 오른 채로 남겨지는 그 무엇을 가장 선명하게 감각한다. 백은선의 '나'가 가지는 분명한 힘이 있다면, 고통을 발화하는 생생한 목소리로서만큼이나, 혹은 그보다 더, 아무리 말해도 충분하지 않은 언어들의 복판에 아무리 말해도 충분히 말해지지 않는 고통을 말해지지 않은 채로도 생생히 있게 하는 그 쓰기의 방법 자체에 있을 것이다.

---

15 백은선, 『도움받는 기분』, 문학과지성사, 2021. 이하 이 시집에 실린 시를 언급하거나 인용할 때에는 각주 없이 본문에 시의 제목을 표기한다.

어쩌면 '나'는 그가 풀어내는 이야기 속에서 '인물'로 나타나는 것이 아니라, 이야기되지 않은 것이 있다는 사실을 이야기에 속하지 않은 채로 기록한 문장들에서 '인물'로 환원되지 않는 무엇의 흔적으로 드러난다.

죽은 사람을 만났네 똑바로 볼 수 없었네, 나였네
나와 내가 마주 보는

소실점 속에서

숲은 빛으로 부풀고

숲은 빛으로 부푼다를 빼고 이 글을 다시 읽어보세요 이상합니다

이제 내가 소녀와 소년 얘기를 해줄까

휘파람 소리
슬레이트 지붕 위로 비 쏟아지는 소리
눈물이 볼을 타고 흘러내리는 소리
네가 머리를 쓸어 넘기는 소리
죄를 고백하는 나의 목소리
갑자기 터져 나오는 웃음소리
낭독이 끝난 뒤의 박수 소리
경적 소리
오래된 나무가 한밤중 삐걱하고 틀어지는 소리
침묵에 가까운 네 숨소리

어째서 내가 숲이 빛으로 부푼다고 끝이 없을 것처럼 적어댔는지

말씀드리겠습니다

유리창이 깨지고 눈발이 마루에 들이치던 밤을
심장이 뛰는 소리가 온몸을 뒤흔들던 고요를
피와 피가 뒤섞이고 눈물이 비명의 앞을 가리던

용서의 시간
기도의 시간

귓속에서 날갯짓 안쪽으로 파고들던 나방
사각사각
팽창하며 뒤틀리며 열어젖혀지는 감각을

말로 할 수 없는 절박을

말씀드리겠습니다

¿

—백은선, 「반복과 나열」 부분

위의 시에서 "말로 할 수 없는 절박"은 "나를 망치며 당신을 증오하겠습니다" "불처럼 타오르겠습니다" 같은 분명한 언어로, 그러나 동시에 "숲은 빛으로 부푼다/숲은 빛으로 부푼다", 선명하지만 분명하지 않은 문장의 반복으로 적힌다. '나'는 "검지와 중지를 목구멍 깊숙이 집어넣어 전부 토해"내듯 문장을 쓰지만, "잊히지 않는 장면을 반복해서 생각하다 보면 장면은 조금씩 변하고 거기서 나는 사물처럼 웃고 있"어서, '나'의 안에 쌓여온 무엇들은 처음 쌓이던 그 모습 그대로 토해내어지지 않는다. '나'의 기억은 '나'의 기억 그대로 적히지 않으며, 무수히 반복되는 생각과 쓰기의 와중에 '나'의 언어는 마땅히 '나'의 것인 채로도 어쩌면 '나'의 것으로 온전히 소유되지 않는다. '나'가 '나'를 마주보는 '소실점'에서조차 하나의 마침표가 되지 못한 채 무수히 쏟아지고 이어지는 글자들의 복판에서 '나'는 '장면'이 시작되고 이어지며 끝나는 어느 시점에서도 끝내 말해지지 않는 무언가가 있다는 느낌에 시달리고, 장면이 되지 않는 문장을 만들어 그 느낌의 시점들을 다만 적어 넣는다. 그 문장은 장면에 분명한 무엇을 덧대지도, '나'의 무엇을 선명히 전하지도 않지만, 그 문장을 빼고 글을 읽으면 그 글은 '이상'해지고 만다. 구체를 말하는 문장들만큼이나 '나'를, 시를 지탱하는 '그 문장'을 적는 일로 인하여 시를 쓰는/시로 쓰이는 '나'는 장면에 등장하는 '인물'이기만 하지 않은 '나'로 있으며, 그가 쓰는/쓰이는 시는 장면이거나 이야기이기만 하지 않은 시로 있다. 그렇게 백은선 시의 '목소리'는 터져 나오는 자기 진술의 목소리로 '전부' 치환되지 않는다.

명확한 '인물'의 목소리로 읽혀온 백은선 시의 '나'는 그런 점에서 외려, 시 속에서 시를 쓰며 시로 쓰이고 있는 '나'들을 이해하는 일이란 그들을 시 속 '등장인물'로 혹은 시 밖의 '인물'의 투영으로만 보지 않는 데에서 시작되어야 하는 것은 아닐까를 거듭 질문하게 한다. 어떤 방식으로든 가공된 언어의 세계에서 "나는 이 연극의 주인공"이고 "나는 존재"하겠지만, 그 '나'가 반드시 시라는 무대 위에 오르는 누군가의 '초상'일 뿐일 것이라 여길 때에 '이 연극'은, 등장인물의 퇴장이나 죽음으로 끝맺어지는 '이야기'로 다만 소비되어 버릴지도 모른다. 시 속에서 '나'를 발견하는 일이 시에 서사를 부여하고 그 결말을 확정하여 '기념'의 방식으로 이야기를 끝내버리기 위한 것이 아니라면, 무대 위에 '인물'로 등장하는 듯 보이는 '나'만큼이나 "무대 안에 있을 수 없"(「0의 방백」)는 채로 없지 않고 있는 것이 무엇인지를, 그것이 '나'를 움켜쥐려는 '나'의 소유물이 아닌 문장으로 어떻게 쓰이고 읽히는지를 물어가는 일이 오늘은 더, 중요할 것 같다. 그런 '주인공'으로서 '나'는 차마, 손에 잡히지 않더라도 말이다.

참고문헌

강보원, 『완벽한 개업 축하 시』, 민음사, 2021.

권민경, 『꿈을 꾸지 않기로 했고 그렇게 되었다』, 민음사, 2022.

김유림, 『별세계』, 창비, 2022.

마세도니오 페르난데스, 『계속되는 무』, 엄지영 옮김, 워크룸 프레스, 2014.

미셸 푸코, 『말과 사물』, 이규현 옮김, 민음사, 2021.

백은선, 『도움받는 기분』, 문학과지성사, 2021.

서윤후, 『무한한 밤 홀로 미러볼 켜네』, 문학동네, 2021.

_____, 『소소소小小小』, 현대문학, 2020.

신형철, 「2000년대 시의 유산과 그 상속자들: 2010년대의 시를 읽는 하나의 시각」, 『창작과비평』 2013년 봄호.

정과리, 『한국 근대시의 묘상 연구』, 문학과지성사, 2023.

조대한, 「1인칭의 역습, 그리고 시」, 『문학과사회』 2019년 가을호.

"Las Meninas". _Wikipedia_, 22 Jul. 2022, HYPERLINK "https//en.wikipedia.org/wiki/Las_Meninas#Interpretation", "https://en.wikipedia.org/wiki/Las_Meninas#Interpretation"

Lesser, Casey. "Centuries Later, People Still Don't Know What to Make of "Las Meninas". _Artsy_, 24 Mar. 2018, HYPERLINK "https//www.artsy.net/article/artsy-editorial-centuries-people-las-meninas" "https://www.artsy.net/article/artsy-editorial-centuries-people-las-meninas"

Marias, Fernando. "Las Meninas, El Triunfo de la Pintura", _Historia National Geographic_, 08 Jun. 2021, HYPERLINK "https//historia.nationalgeographic.com.es/a/meninas-triunfo-pintura_15378" "https://historia.nationalgeographic.com.es/a/meninas-triunfo-pintura_15378"

Velazques, Diego. _Las Meninas_. 1656, Museo del Prado, HYPERLINK "https://www.museodelprado.es/coleccion/obra-de-arte/las-meninas/9fdc7800-9ade-48b0-ab8b-edee94ea877f?searchMeta=las%20meninas"

모빌리티 텍스트학의 모색
:장치로서의 (임)모빌리티와 그 재현

김나현

1. 들어가며

이 글의 목적은 미셸 푸코의 통치성(governmentality) 연구와 영국 랭커스터대학 모빌리티연구소를 중심으로 한 최근의 모빌리티(mobi- lity) 연구 사이의 접점에서 새로운 텍스트 연구 방법을 모색해보는 데에 있다. 언뜻 생각하기에 이 두 가지 연구 방법은 거리가 멀어 보인다. 주지하다시피 푸코의 작업은 문학에서부터 역사학, 사회과학 등 인문·사회학 전방위를 아우르지만 그중에서도 광기와 이성이 분리되는 과정에 대한 치밀한 분석을 보여주는 『광기의 역사』[1]나 한 사회가 범죄자들을 처벌하는 격리와 배제의 방식을 추적하는 『감시와 처벌』[2] 등을 통해 우리가 주목하게 되는 것은, 특정한 공간에 누군가를 (물리적인 동시에 사회적으로) 격리시키는 장치를 둘러싼 푸코 특유의 지적 관심이다. 콜레주 드 프랑스강의 시리즈를 통해 한층 더 명료해지는 통치성 연구에서 푸코는 근대

---

[1] 미셸 푸코, 이규현 옮김, 『광기의 역사』, 나남출판, 2020.
[2] 미셸 푸코, 오생근 옮김, 『감시와 처벌』, 나남출판, 2020.

규율 권력의 생명정치로의 이행에 주목하는데,[3] 이때에도 중요한 분석 대상이 되는 것은 이동성(mobility)이 아니라 부동성(immobility)이다.

　반면에 모빌리티 연구는 모든 것이 이동 중이라는 사실에서 출발한다. "가끔은 온 세상이 이동 중인 것 같다"[4]라는 존 어리의 『모빌리티』 첫 문장은, 복잡다단한 원인들이 작동한 결과로서의 오늘날 세계를 표현한 문장인 동시에, 바로 그 원인을 표현한 문장이기도 하다. 사람과 물자 및 자본, 문화와 테크놀로지, 지식과 권력을 비롯한 모든 것의 모빌리티가 엄청나게 증대하고 있는 동시에 일상화되고 있어서, 이제 모빌리티는 '나'를 구성하는 가장 기본 단위가 되었고 모빌리티에 대한 권리는 세계 인권선언에 명시된 우리 모두의 중요한 기본 권리이기도 하다. 또한 자동차모빌리티에 수반되는 기술적이고 환경적이며 사회적이고 인문학적이기도 한 여러 문제들은 지금 이 시각에도 가장 뜨거운 글로벌 쟁점이다. 따라서 모빌리티 연구자들이 주목하는 현대 사회의 모빌리티 경관과, 부동성에 기반하고 있는 푸코적인 파놉티콘의 시각장은 자칫 상반된 지적 여정을 보여주는 듯 보인다.

　하지만 이 두 가지 연구 경향이 은밀하게 연결되어 있음에 주목한 연구자들이 있다. 루체른대학의 사회학과 교수인 카타리나 만더샤이트(Katharina Manderscheid), 옥스퍼드대학 지리환경학부 교수 팀 슈바넨(Tim Schwanen), 랭커스터대학 모빌리티연구소의 데이비드 타이필드(David Tyfield)가 펴낸 『모빌리티와 푸코』[5]가 바로 이 연구의 결실이다. 이 책의

3　미셸 푸코, 오트르망 옮김, 『안전, 영토, 인구』, 난장, 2011; 미셸 푸코, 오트르망 옮김, 『생명관리정치의 탄생』, 난장, 2012.
4　존 어리, 『모빌리티』, 김태한 옮김, 앨피, 2022, 17쪽.
5　카타리나 만더샤이트 '팀 슈바넨' 데이비드 타이필드 엮음, 『모빌리티와 푸코』, 김나현 옮김, 앨피, 2022. 원서는 Katharina Maderscheid, Tim Schwanen & David Tyfield (edit), *Mobility and Foucault*, New York; Routledge, 2015.(이후 이 책에서의 인용은 본문 내 쪽수만 표기.)

연구자들이 공통적으로 주목하는 것은 푸코적인 연구 방법이 모빌리티
를 개념화하는 데에 상당한 지적 자극을 준다는 점이다.

오늘날 모든 것이 이동하고 있다는 게 자명한 사실이라면, 이 모빌리
티의 수행에 관여하는 것들이 어떤 방식으로 결정되고 조직되는지에 주
목하지 않을 수 없다. 그리고 이때 지식-권력에 대한 푸코의 통찰은 모빌
리티 개념을 보다 깊이 있게 만들어준다. 누군가의 혹은 무언가의 모빌리
티를 결정하고 분류하고 배치하는 기술은 특정한 지식과, 동시에 특정한
권력과 불가분의 관계이기 때문이다. 모빌리티는 효과적인 규율 권력인
동시에 자기 통치 기술이기도 하다. 국경을 넘나드는 차원까지 포괄하는
다양한 물리적 거리 간의 이동뿐만 아니라, 특정한 몸짓과 자세 등 이동
의 문제와는 다소 무관해 보이는 모든 움직임 안도 푸코적인 의미의 권력
문제를 경유한 모빌리티 연구 대상이 될 수 있다.

『모빌리티와 푸코』의 저자들은 모두 푸코를 경유하면서 오늘날 모빌리
티의 문제를 사유한다. 크리스 필로(Chris Philo)는 푸코의 텍스트를 재독
하면서 콜레주 드 프랑스 강의를 포함하여 그의 여러 작업 속에 모빌리티
에 대한 사유가 이미 풍부하게 드러나고 있음을 밝혀내는 데에 주력한다.
특히 푸코의 저작 안에 드러난 모빌리티와 임모빌리티의 관계를 검토하
면서 임모빌리티가 '긍적적' 모빌리티를 훈련시키고 관리하기 위해 동원
된 것임을 확인한다. 푸코의 논리 안에서 모빌리티-임모빌리티는 이미
권력과 지식의 작동 방식을 잘 보여주는 중요한 사회적 현상이었던 것이
다. 이어 나다니엘 오그래디(Nathaniel O'Grady)는 영국의 소방서 부지
결정 과정을 검토하면서 푸코의 '환경(milieu)' 개념의 중요성을 역설한다.
푸코가 생명권력과 안전장치를 이야기하면서 주목했던 것이 바로 인구를
관리하는 방식이었고, 그중 대표적인 안전장치가 바로 도시의 도로나
수로 같은 '환경'이다. 오그래디는 이 개념에 주목하면서 사회적인 모빌리
티를 잃어버린 사람들에게 모빌리티를 부여하는 문제에 적용한다.

세 번째로 크리스토프 민케(Christophe Mincke)와 앤 르몬(Anne Lemmone)의 연구는 푸코적인 의미의 감옥을 다루고 있다. 일찍이 푸코가 감옥을 통해 '정상성'의 탄생에 주목했던 것처럼, 이들은 벨기에를 비롯해 사형집행을 하지 않는 현대 서구 국가들의 사법제도 안에서 정상성을 둘러싼 감옥에 대한 논의가 어떻게 나타나고 있는지 검토한다. 특히 이들은 감옥에 대한 담론에서 죄수는 책임감 있는 모빌리티 능력이 부족한 것으로만 재구성된다는 점에 주목했다. 푸코의 통치성 연구에 집중한 논문도 있다. 마크 어셔(Mark Usher)는 푸코가 만들어낸 개념인 통치성에 주목하지만 푸코의 논의를 반복하는 데에 그치지 않고 싱가포르의 물에 관한 통치를 분석하면서 이를 도시 순환의 문제와 연결시킨다. 이로써 모빌리티와 생명정치 사이의 긴밀성을 확인한다.

이상의 논문이 모두 푸코에 대한 꼼꼼한 연구에서 출발해 모빌리티에 대한 논의로 나아가는 방식으로 쓰였다면, 이어지는 논문들은 현대 도시의 문제에서부터 시작한다. 매튜 패터슨(Matthew Paterson)은 모빌리티 연구에서 중요한 부분이기도 한 탄소배출 문제를 다룬다. 끊임없이 확장되는 모빌리티의 산물인 동시에 현재의 정치·경제 질서에 있어 불가분의 요소인 탄소 시장은 기후 변화에 대처하기 위한 새로운 지식과 기술이 생산되는 장이기도 하다. 특히 패터슨은 '저탄소' 실천을 위한 여러 규범과 주체 중심 거버넌스를 푸코적인 의미에서 해석해낸다. 이어 데이비드 타이필드(David Tyfield)의 연구는 기후변화문제에서 간과할 수 없는 핵심 장소인 중국을 다룬다. 푸코의 권력 개념 속에서 중국 내 자동차모빌리티 문제와 그에 대한 대응과 사회 시스템 전환 문제를 고찰한다. 마지막으로 카타리나 만더샤이트는 푸코의 '장치' 개념을 경유해 자동차모빌리티 문제를 사유한다. 특히 오늘날 자동차모빌리티가 체계적으로 (재)생산하고 있는 불평등 문제가 깊이 있게 다뤄지고 있어 주목을 요한다.

결국 『모빌리티와 푸코』는 지금, 여기의 문제를 다루고 있다는 점에서 오늘의 우리에게 더없이 생생하게 다가온다. 오늘날의 도시 모빌리티를 다루면서도 도시공학적인 기술 혹은 경험적인 사례 연구에 머무르지 않고, 푸코적인 의미에서의 지식과 권력, 안전과 통치의 문제와 교차시킴으로써 논의의 지평이 확장된다는 점에 학문적 의의가 있다. 이러한 연구 방법은 실제 세계 내 모빌리티에 대한 경험적 연구나 모빌리티 실천에 수반되는 사회적 관행 연구에서 한걸음 더 나아가, 모빌리티 재현에 대한 연구에도 충분히 적용될 수 있다. 이미 소설과 영화 등 대중서사에서의 모빌리티 재현 양상을 검토해보는 연구들이 늘고 있다. '새 모빌리티 패러다임'의 관점에서 텍스트의 미학적 실천을 검토해보는 연구 방법에 대한 이론적 모색[6]뿐만 아니라 다양한 분과 학문에서 텍스트 분석 연구도 꾸준히 제출되고 있는데, 한국문학 연구에서는 식민지 후반 이선희의 소설을 중심으로 조선인들의 모빌리티 양상을 검토한 연구[7], 소설 『토지』에 드러난 공간 인식과 재구성 양상을 모빌리티 관점에서 검토한 연구[8], 1970~80년대 박태순의 국토기행문 작업과 통치 권력의 국토개발 사이에서 나타나는 모빌리티 양태를 고찰한 연구[9] 등이 있고, 재일조선인 작가의 디아스포라 서사에 나타난 모빌리티 재현에 대한 검토[10], 중국의 3대 여행기 중 하나인 최부의 『표해록』을 모빌리티 관점에서 검토한 연구[11]

---

6 이진형, 「새 모빌리티 패러다임과 모빌리티 텍스트 연구 방법의 모색」, 『대중서사연구』 48, 대중서사학회, 2018.

7 하신애, 「제국의 법역으로서의 대동아와 식민지 조선인의 모빌리티」, 『한국현대문학의 연구』 57, 한국현대문학회, 2019.

8 이승윤, 「소설 『토지』에 나타난 모빌리티 연구: 공간의 재인식과 관계의 재구성」, 『현대문학의 연구』 72, 한국현대문학회, 2019.

9 김나현, 「국토라는 로컬리티: 1970~80년대 박태순의 국토기행문」, 『사이間SAI』 30, 국제한국문학문화학회, 2021.

10 양명심, 「일본명 조선인 작가의 디아스포라 서사와 모빌리티 재현」, 『일본어문학』 79, 한국일본어문학회, 2018.

11 정은혜, 「모빌리티 렌즈로 바라본 최부의 『표해록』」, 『인문학연구』 42, 경희대학교 인

등도 주목을 요한다.

　여기에서 한걸음 더 나아가 모빌리티 재현의 문제를 지식−권력과 통치의 문제와 긴밀히 연결해보는 작업은 모빌리티 연구에 새로운 지평을 열어줄 것이다. 본고에서는 『모빌리티와 푸코』에 수록된 필로, 그리고 민케와 르몬의 논문을 중심으로 푸코적인 방식 안에서 모빌리티와 임모빌리티의 역동적 관계에 주목해보고자 한다. 그리하여 이를 김중혁의 단편소설 「1F/B1 일층, 지하 일층」의 분석에 적용해보고 푸코적인 틀에서 모빌리티 개념을 활용한 다양한 텍스트 분석 가능성을 모색해보려고 한다. 건물관리인이 처한 (임)모빌리티 현실을 극적으로 보여주고 있는 이 소설은 임모빌리티와 모빌리티의 교차적 배치를 통해 구성되는 현대 도시성과 권력, 그리고 주체의 문제를 사유하게 하는 흥미로운 우화다. 또한 「목화맨션」, 「치킨 런」, 「줄넘기」 등 김혜진의 단편소설이 보여주고 있는 '주저하는 모빌리티' 재현을 검토하겠다. 이 소설들은 주체를 구성하고 있는 장치로서의 (임)모빌리티를 잘 보여준다.

2. 임모빌리티의 모빌리티와 재현

2.1. 임모빌리티의 모빌리티

　모빌리티가 정지된 곳이 있다. 혼자, 혹은 허가된 소수의 인원만이 사용해야 하는 좁은 방 안에서의 생활이 강제된 곳, 특별한 경우에만 엄격하게 통제된 상태에서의 이동이 허락되는 곳, 바로 감옥이다. '비정상'적인 정신질환자를 격리 수용하기 위해 18세기 말에 등장한 정신병원도 마찬가지다. 이 공간 안에서는 수감자들의 '정상성' 회복을 위한 보호,

문학연구원, 2020.

교정, 치료라는 다양한 명분 아래 수감자의 모빌리티가 극단적으로 제한된다. 그래서인지 그간 모빌리티 연구에서는 이처럼 움직임이 정지된 공간에는 크게 주목하지 않았다. 이곳에서는 아무것도 움직이지 않는 것처럼 보이기 때문이다. 하지만 이 공간에도 모빌리티는 존재한다. 수감자들은 제한되고 훈련된 형태 안에서 움직이고 이동한다. 필로의 연구[12]는 바로 이 지점에서 출발한다. 고정되어 움직이지 않는다고 생각됐던 임모빌리티 공간 안에서 모빌리티가 어떻게 조직되고 배치되는지에, 다시 말해 "임모빌리티 안에서의 모빌리티라는 이상한 현상"(16)에 주목하는 것이다.

모빌리티의 문제가 중요하게 부상하는 때는 사실 모빌리티가 정지된 순간, 임모빌리티의 순간이다. 높은 담으로 둘러싸인 교도소의 공간 배치는 더 이상 확장되거나 개방될 여지가 조금도 없는 고정성 그 자체이며, 이 안에서 생활하는 수감자들은 말 그대로 수감된 상태이므로 움직이고 있지 않은 것처럼 셈해진다. 그러나 이 공간 안에도 움직임이 있다. 자유롭게 아침 조깅을 나가거나 글로벌 비즈니스를 위해 비행기로 국경을 넘나드는 화려한 모빌리티가 아니더라도, 수감자들은 지정된 운동장에서 체조를 하거나 정해진 복도를 열 맞춰 걸으며 식당으로 이동하는 등의 모빌리티를 수행하고 있다. 말하자면 푸코적인 의미에서 "규율화된 모빌리티"(17)인 것이다. 그런데 사고를 더 진척시켜보면, 자유롭게 보이는 조깅 코스도 도시계획안에 따라 설계된 인공 호수변 산책로를 벗어나지 못한 채 구성되고 있으며 글로벌 라이프스타일을 상징하는 해외 출장도 기업과 자본의 엄격한 통제와 계획 하에서 조직되고 있음을 눈치챌

---

12 Chris Phillo, "One must eliminate the effects of … diffuse circulation and their unstable and dangerous coagulation: Foucault and beyond the stopping of mobilities", *Mobility and Foucalut*, New York; Routledge, 2015, pp.15~33.

수 있다.

우선 푸코가 그리는 규율화된 모빌리티의 공간을 검토해보자. 『광기의 역사』나 『감시와 처벌』에서 주목하고 있는 공간은 "일상적인 사회적 공간의 정상적('비-광인'이며 '비-악인'인) 구성원들을 방해하거나 심지어 오염시키는 것을 막기 위한 공간"(18)이다. 공간 구획을 통해서 수감자들의 모빌리티를 제한하는 것은 '정상성'과 '비정상성'이라는 특정한 자격부여와 밀접한 관련을 갖는다. 감옥과 같은 통제 공간은 임모빌리티를 통해 '비정상성'에 특정한 의도를 행사하기 쉽도록 설계된 공간이다.

> 푸코는 근대적 '규율 권력' ─무엇보다 규율은 공간 안에 개인을 배치하는 것에서 출발함에 주목해야 한다(Foucalut 1976, 150) ─에 필수적인 '배치'의 기술을 설명하기 위해 근대적 감옥과 기관들이 내포하고 있는 거시적 및 미시적 임모빌리티를 기술한다. 여기서 첫 번째 원칙은 폐쇄된 공간에 대상 인구를 배치하는 포위 상태를 유지하는 것이다. 나머지 '우리'와의 원활한 소통을 막기 위해, 그리고 규율 통제 프로그램을 엄격하게 적용하기 위해 특정 인구 집단을 임모빌리티 상태로 만드는 것이다. 두 번째 원칙은 격리다. 시설 내 공간을 세분화하고 모든 수감자를 가능한 한 독방에 배치함으로써 수감사자들 사이의 (물리적, 도덕적) '감염'을 줄이고 보다 쉬운 관리가 가능해진다.(19)

인용문에서 드러난 것처럼 해당 공간을 그 바깥의 '정상성'과 접촉하지 못하도록 포위함과 동시에, 포위된 '비정성상' 사이의 접촉도 제한하기 위한 격리 상태를 유지하는 것이 감옥 공간의 핵심 작동 원리이다. 지식─권력을 동원해 공간을 배치하는 규율 권력이 행사한 것은 결국 임모빌리티의 배치이기도 했던 것이다.

그런데 필로가 주목하는 것은, 푸코가 폐쇄적으로 구획된 공간에서 작동하는 규율 권력에 관심을 기울이는 동시에 그 안에서 허락되는 통제

된 모빌리티에도 주목해, 순종적인 신체의 모빌리티를 통해 규율 권력의
작동 방식을 독해한다는 점이다. 순종적인 신체의 모빌리티란 예컨대
군대 안에서 신병들에게 일련의 제식동작을 훈련시키는 방식에서 찾아
볼 수 있다. 군인의 만들어진 걸음걸이는 왼발과 오른발 중 어느 발을
먼저 앞으로 뻗을지, 보폭을 어느 정도로 할지, 팔을 어디까지 치켜들지,
이때 고개는 어디를 향해야 하는지 등이 철저하게 약속된 움직임이다.
훈련을 마친 신병들은 이 고도로 "숙련된 모빌리티"(20) 속에서 임모빌리
티를 유지하게 된다. 군인들이 꼼짝 않고 열을 맞춰 서 있는 것은 언제든
지 움직일 태세가 갖춰진 상태에서 움직이지 않고 서 있는 것이다. 이는
임모빌리티 속의 모빌리티이며, 모빌리티 속의 임모빌리티라고 명명할
만하다.

푸코가 명시한 바대로 사물과 사람을 고정시키는 것은 규율 권력의
기본 기술이었지만, 사실 권력의 작동 방식은 사람이나 사물을 고정하여
질서를 부과하는 방식 즉 임모빌리티를 통해 구체화된다기보다는, 언제
나 모빌리티와 임모빌리티의 역동성 아래 놓인 것이었다.

민케(Christophe Mincke)와 르몬(Lemmone)의 연구[13]도 푸코의 감옥에서
시작한다. 이들은 감옥에 대한 우리의 일반적인 이해가 모빌리티와 정확
히 반대되는 지점에 놓여있었음을 지적한다. 물론 이것은 기본적으로
규율 권력에 대한 푸코의 연구로부터 영향받은 이해 방식이다. 감옥에
들어간다는 것은 한 개인의 삶에 있어 급진적인 '단절'을 의미하며, 구금
을 통한 사회적 '무능' 상태를 말한다. 이때 수감자는 분할된 공간 속에서
통제된 역할을 부여받는 동시에 완벽하게 반복적이면서도 끝이 정해진
시간을 부여받는다. 즉 감옥에서의 삶은 "완전히 멈추는 삶"(54)이다. '살

---

[13] Christophe Mincke & Anne Lemmone, "Prison and (im)mobility: What about
Foucault?", *Mobility and Foucalut*, New York; Routledge, 2015, pp.50~71.

게 만들고 죽게 내버려두는' 생명권력 아래에서도 통계학에 근거한 통치 지식을 보유한 전문가들이 인구의 공간을 구획하고 통제한다. 특히 감옥은 모빌리티가 엄격히 제한된 닫힌 공간으로 묘사되어 왔다. 하지만 민케와 르몬은 감옥을 임모빌리티가 강제되는 공간이라기보다는 제한적인 모빌리티가 강요되는 공간으로 해석해나간다.

특히나 실제로 감옥의 규율은 변화하고 있고 범죄자의 범죄행위를 멈추게 하는 방법도 다양해지고 있다. 신뢰할 수 있는 테크놀로지의 발전에 힘입어 범죄자를 특정한 공간에 구금하지 않고 '전자발찌' 같은 GPS 추적 장치를 부여하는 방식으로 범죄자의 모빌리티에 개입할 수도 있다. 우리가 주목할 것은 누군가를 정해진 공간에 고정시켜놓는 행위가 아니다. 안전을 위해 통치 권력이 조치를 취해야만 하는 범죄자의 경우에도 이제는 하나의 고정성에서 다른 고정성으로 이동하는 방식으로 관리된다. 오늘날의 사회는 "기준점 자체가 이동 중"(63)인 '흐름-형태'(flow-form)의 구조로 이해해야 한다.

이러한 흐름-형태(flow-form)의 맥락에서 임모빌리티는 불가능하고 생각할 수조차 없다. 모빌리티는 본능적이고 막을 수 없는 것이다. 따라서 임모빌리티는 단순한 환상일 수밖에 없으므로 거부되고, 공간과의 관계를 설명할 수 없기 때문에 거부된다. 이러한 사회적 시공간의 구조 속에서 사회적으로 모빌리티와 관련된다 여겨지는 것은 더 이상 제한-형태의 틀로는 설명할 수 없다. 이것이 우리가 '모빌리티 전환(mibility turn)' 개념을 이해해야 하는 맥락이다(Sheller & Ury 2006). 더욱이 움직일 수 없는 것이 불가능하고 모빌리티가 우리 모두의 필연적인 운명인 한 모빌리티는 그 자체로 가치 개념이 된다.(63)

저자들은 모든 것이 흐름으로 연결되는 현대 사회에서 한 장소에 고정되어 움직이지 못하는 임모빌리티는 상상조차 하기 어려운 것이 된 동시에 모빌리티는 하나의 가치 개념이 되었음을 강조한다. 심지어 범죄자를 구금하는 일조차도 모빌리티의 맥락에서 설명되어야 한다. 시공간의 구조 안에서 모든 것은 움직이고 있기 때문이다. 하지만 그렇다고 해서 감옥에 대한 푸코적인 설명이 시효를 다했다고 볼 수는 없다. 여전히 푸코의 설명은 '죽게 만들고 살게 내버려두는' 규율 권력의 장소에서 '살게 만들고 죽게 내버려두는' 생명 권력의 장소로의 이동[14]과 임모빌리티와 모빌리티의 역동적 관계를 생각해보게 해주기 때문이다.

또한 '모빌리티 전환'의 맥락에서는 푸코가 천착했던 '정상성'과 '비정상성'의 문제도 재사유하게 된다. 푸코는 '정상성'을 위해 사회적 배제의 논리와 다양한 통치 규범이 작동했음을 밝혀주었고, 통계학을 위시한 근대적 통치 지식에 힘입어 안전장치가 고도로 발전해왔음을 지적했다. 그리고 이때 사회적 안전을 해칠 위험이 있는 '비정상성'의 모빌리티를 고정시키는 방식이 적극적으로 동원되었다. 하지만 감옥에 대한 새로운 담론에서는 '정상화'라는 이데올로기가 거부된다. 구금은 범죄자의 모빌리티를 일률적으로 고정시키는 행위로 설명될 수 없다. 수감자의 임모빌리티는 여러 상황적 타당성이 셈해져 작용되는 문제이며, 구금된 범죄자역시 하나의 자율적 행위자라는 대전제는 변하지 않는다. 감옥 안에서의 생활도 다른 사회생활과 다를 바가 없는 방식으로 작동한다. 따라서 이때 요구되는 것은 수감자의 임모빌리티가 아니다.

> 이는 투명성이 전제된 상태에서의 완벽한 추적가능성(traceability)으로 대체된다. 다시 말해서 대상의 임모빌리티화가 필요한 것이 아니라 (거의) 방해하지 않고 따라갈 수 있는 시선이 필요한 것이다. (…) 이 효과는 파놉티콘의 효과와는 상당히 다르다. 감시의 단계로 구성된 파놉티콘 효과는 시선

---

14 미셸 푸코, 오트르망 옮김, 『안전, 영토, 인구』, 난장, 2011.

을 집중시키는 감시를 통해 감시 자체를 목표로 삼음으로써 내면화의 효과
를 가져온 반면, 추적가능성은 시선을 집중시키는 것이 아니다. 오히려 정반
대로 분산시키는 것이며 시간적, 공간적 경계를 넘나든다. 추적가능성은 항
상 공간의 연속성을 확인하는 동시에 상황에 대한 잠재적 지배력을 유지한
다.(66~67)

감시해야 하는 대상에게 임모빌리티를 강제하는 것이 아니라, 그 대상
의 모빌리티를 따라갈 수 있는 시선을 확보하는 것이 중요해졌다는 말이
다. 파놉티콘식 감옥이 대상을 고정시키고 시선을 집중시킨 반면, GPS
추적 장치를 이용한 감시 체제에서는 오히려 분산을 허락하면서 시간과
공간을 관리한다.

정상/비정상의 이분법 안에서 구획되는 통제 공간이 아닌 일상적이고
연속적인 공간 안에서 모빌리티를 관리하는 기술의 출현은, 모빌리티와
임모빌리티의 관계를 다시 생각해보게 한다. 이때 요구되는 통치술은
절대 탈출할 수 없는 폐쇄적인 감옥 건물을 설계하는 것이 아니라 연속적
인 감시를 유지하는 일이다. 다시 말해 모빌리티를 임모빌리티로 강제하
는 것이 아니라 모빌리티를 중단 없이 관리하는 것이며, 이렇게 관리되는
모빌리티는 빅데이터 기술과 만나 이미 일어난 모빌리티의 데이터를 축
적하고 앞으로 일어날 모빌리티를 예측하는 새로운 형태의 통치술로 이
어진다. 이는 일찍이 푸코가 주목했던 특정 형태의 권력과 지식 사이의
결합 문제와 맞닿는다. "추적가능성을 통한 권력"(68)은 새로운 유형의
지식-권력으로서 지금 이 시각에도 우리 삶에 침투하면서 모빌리티 문제
에 대한 재사유를 추동한다.

요컨대 두 편의 논문에서 보여주고 있는 것은 푸코가 주목했던 권력의
특징, 즉 지식-권력에 기반해 사람과 사물을 특정한 공간에 배치하는
기술이 모빌리티에 대한 사유를 갱신할 수 있는 새로운 지평을 열어준다

는 점이다. 모빌리티는 빠른 속도와 효율성을 가지고 움직이는 중인 대상만을 설명하는 개념이 아니다. 미동 하나 없는 군인의 정지 동작 속에는 명령이 떨어지면 언제든 제식 동작을 해낼 수 있는 모빌리티가 잠재되어 있고, 새로운 감시 모델 하의 피감시자는 자유롭게 일상의 공간을 활보할 수 있지만 그의 모빌리티에는 추적장치가 붙어 있다. 모빌리티와 임모빌리티 사이의 역동적 긴장관계는, 통치성이 임모빌리티를 강제하는 단순한 규율권력이 아님을 다시금 환기시켜준다.

정상/비정상, 모빌리티/임모빌리의 단순한 이분법을 넘어서는 사회적 모빌리티 형태는 오늘날 우리 사회에서 속속 등장하고 있을 뿐 아니라 이미 여러 형태로 재현되고 있다. 예컨대 폐쇄적인 좁은 방 혹은 건물 안에서만 진행되는 이야기라든가 고정된 CCTV 화면의 재현만을 통해 전개되는 서사도 일반화되었는데, 모빌리티 연구는 이러한 텍스트 연구에서도 유효하다. 모든 사회적 구성은 모빌리티에 기초해 있으며, 때로는 모빌리티가 정지된 것처럼 보이는 곳에서 모빌리티 문제는 더욱 첨예하게 드러나기 때문이다.

2.2. 「1F/B1」, 관리인의 모빌리티

2009년 『문학동네』 여름호에 발표된 김중혁의 「1F/B1 일층, 지하 일층」은 극한의 상황에 처한 건물관리인의 (임)모빌리티가 만들어내는 독특한 단편소설이다. 『모빌리티와 푸코』의 연구가 시사하는 새로운 모빌리티 연구 방법에 기대어 유의미하게 독해할 수 있는 닫힌 공간 속 모빌리티 서사라고 평가할 수 있다. 대략의 줄거리는 다음과 같다.

주인공 윤정우는 고평시 네오타운에 위치한 홈세이프빌딩의 관리인이다. 비슷한 시기에 건축된 소형 주상복합건물로 빼곡한 네오타운 전체에 어느 날 갑작스러운 정전이 발생한다. 정전 수습을 위해 지하 관리실에 돌아온 윤정우는 다른 관리인으로부터 걸려온 '비상전화'를 통해 이 정전이 단순한 사고가 아님을, 그리고 지하 관리실에 숨은 통로가 있으며 그 통로를 통해 네오타운의 모든 건물관리실이 연결되어 있음을 알게 된다. 네오타운 건물관리인연합회원들은 각자의 지하 관리실에서부터 연결된 통로를 통해 한곳에서 집결하고 정전 속의 건물침입자들과 '암흑 속의 전투'를 벌인다. 사실 이 대규모 정전은 일대의 원활한 재개발을 위해 네오타운 전체를 겁먹게 만들려던 개발사의 의도된 계략이었는데, 건물주과 공권력이 총동원된 작전이었기에 네오타운은 무방비로 무법지대가 될 수밖에 없었다. 이후 불안감에 세입자들이 점차 떠나가면서 네오타운은 황량해졌지만, 윤정우는 몇 해째 홈세이프빌딩 관리실을 지킨다. 관리실 구석의 작은 비밀문을 열어둔 채 어두운 통로를 응시하면서.

이 소설은 고정된 모빌리티를 잘 그려낸다. 일단 이야기는 처음부터 끝까지 고평시의 작은 빌딩 공간을 벗어나지 않은 채, '지하에서 옥상까지'의 공간 안에서 진행된다. 이 소설 속에서 『지하에서 옥상까지』는 고평시 건물을 여러 채 소유한 건물주이자 '건물관리인연합'을 창설한 인물 구현성이 네오타온 건물관리인들을 위해 쓴 책의 제목이기도 하다. 구현성은 자신의 권한이었던 네오타운 전력 통제권을 잠시 새로운 개발사 비혼건설에게 넘겨줌으로써 4시간 동안의 대규모 정전사태를 일으킨 열쇠를 쥐었던 인물이다. 그는 사건 당일 빌딩의 맨 꼭대기 사무실에 앉아 암흑이 내려앉은 네오타운 정전사태를 감상한다. 지하에서 옥상까지의 폐쇄적인 수직 공간의 맨 아래에, 관리인 윤정우의 공간이 있다.

대규모 정전이라는 '비상사태'가 발생하기 전에도 이미 홈세이프빌딩 지하의 관리실은 비일상적이고 예외적인 공간처럼 묘사된다. 이곳은 흡사 교도소의 감방처럼 좁고, 폐쇄적이며, 안락하지 않다.

네오타운의 관리실 구조는 대개 비슷하다. 지하 일층 주차장 끝의 문을 열고 들어가면 전원, 환기, 인터넷, 비상등, 방범 등의 상태를 확인할 수 있는 수십 개의 컨트롤박스가 좌우에 늘어서있고, 그 끝에 세 평 정도의 관리자 방이 있다. 침대 하나 책상 하나 의자 하나가 가구의 전부이고, 창문은 당연히 없었다. 잠을 자거나 밤에 라면을 끓여먹을 때 말고는 윤정우가 방에 들어가는 일은 거의 없었다. 창문이 없는 방에서 살아본 사람은 조금이라도 짐작할 수 있겠지만, 그곳에 있으면 한마디로 우주의 끝까지 내몰린 기분이다. 윤정우는 문을 열어놓은 채 잠들고 싶었지만 기계 소리 때문에 어쩔 수 없이 문을 닫아야 했다. 잠을 자기 위해 불을 끄면 사방이 우주의 귀퉁이처럼 깜깜하고, 문 너머에서는 기계 돌아가는 소리와 배수관의 물 흐르는 소리가 까마득하게 들려온다. 우주 전체의 크기를 가늠할 수 없는 것은 물론이고, 방이라는 작은 세계의 크기조차 가늠할 수 없게 된다. 네 개의 벽이 방을 둘러싸고 있지만 크기를 가늠할 수 없을 때, 그 벽은 무의미해진다.[15]

관리자 방의 크기며 가구 배치, 게다가 바깥을 향한 창문이 없다는 사실까지도 감옥 공간을 연상시킨다. 이 방의 주인인 윤정우 자신도 관리실 공간에서 편안함을 느끼지 못한다. 그는 잠을 자거나 라면을 먹을 때 등 꼭 필요한 경우 말고는 방에 들어가지 않았다. 보통 수면시간은 아무에게도 방해받지 않는 지극히 개인적인 공간을 점유하면서 흘러가는 시간임에도 불구하고, 윤정우는 "문을 열어놓은 채" 잠들고 싶어 한다. 관리실 방은 극단적으로 폐쇄적인 공간이기 때문에 역설적으로 "크기조차 가늠할 수 없"는 막막함으로 연결된다.

하지만 윤정우의 관리실이 감옥의 독방과 다른 점이 하나 있다. 관리실 공간이 특별해지는 것은 인용문 첫머리에 나오는 "수십 개의 컨트롤박스" 때문이다. 감옥의 독방 안 수감자는 독방 공간을 자유롭게 통제할 수 없다. 자신이 갇혀 있는 독방의 문을 열고 싶을 때 열 수 없는 것은

15 김중혁, 「1F/B1」, 『1F/B1 일층, 지하 일층』, 문학동네, 2012, 178~179쪽.

당연한 사실이니까 말이다. 하지만 윤정우의 '독방'에서는 그 자신의 방 뿐만 아니라 건물 전체 공간을 통제할 수 있다. 전원, 환기, 인터넷, 비상 등, 방법 등 건물 전체와 연결된 시스템을 제어하는 장치가 바로 지하의 이 좁은 관리실 공간에 있다. 다시 말해 어떤 의미에서 윤정우는 홈세이프빌딩에 갇힌 인물이라기보다는 빌딩 공간 전체를 장악한 인물이다. 콘트롤박스를 조작할 수 있는, 그래서 정전이라는 비상사태에 대처할 수 있는 지식과 테크놀로지를 갖고 있는 사실상 유일한 사람이다. 윤정우가 가진 직업적 자부심은 바로 여기에서 나온다.

대개 건물관리인의 노동은 건물 안을 순회하는 반복적인 모빌리티로 이루어지기 때문에 생산적인 의미를 갖기 어려운 것으로 재현되기 일쑤다. 실제로 이 소설의 앞부분에서도 구현성이 쓴 책의 한 대목의 형식을 띠고, 자신의 노동을 감시하듯 지켜보는 세입자 앞에서 형광등을 갈아 끼워야 하는 건물관리 노동의 고충이 제시된다. 뜨거운 형광등 앞에 선 건물관리인들은 "가장 좋은 방법은, 어서 빨리 형광등을 끼우고 이곳을 나가는 것"이라는 생각으로 그것을 갈아 끼운다. 그런데 윤정우는 이같은 통념을 위반하는 인물로 건물 안에서 일어나는 자신의 반복적인 노동을 의미화하려고 노력한다. 그가 고집스럽게 계단을 오르내리는 것도 그런 의미에서다.

> 윤정우는 평상시에도 엘리베이터를 타지 않고 계단을 이용했다. (…) 그는 계단을 오르내릴 때마다 숫자를 셌다. 지하의 관리실 칠판에는 언제나 몇 개의 숫자가 적혀 있었는데, 윤정우가 오르내린 계단의 수를 적어놓은 것이었다. 저녁이 되면 윤정우는 칠판에 적힌 숫자들을 모두 합해서 그날 오르내린 계단 수를 확인했다.[16]

---

16 김중혁, 「1F/B1」, 『1F/B1 일층, 지하 일층』, 문학동네, 2012, 176쪽.

윤정우는 매일 오르내리는 계단의 숫자를 세고, 기록하고, 계산하는 일을 통해 자신의 노동을 수치화하고 새롭게 의미화한다. 관리실 칠판에 적힌 숫자들은 콘트롤박스를 가득 채운 스위치들과 마찬가지로, 건물을 통제하고 관리하는 테크놀로지다. 구현성은 "건물관리자는 자신의 몸에 집중하면 안 되는 거야. 건물의 리듬에 자신을 맡겨야지."[17]라고 충고했지만 윤정우는 고집스럽게 자신의 몸에 집중하는 모습을 보인다. 이런 기록을 통해 자신이 건물 안에 붙박인 상태가 아니라 끊임없이 이동 중임을 확인한다.

그런데 결코 건물 바깥으로 확장되지 않았던 윤정우의 모빌리티는 뜻밖의 사건을 맞아 뜻밖의 방식으로 확장된다. 일단 콘트롤박스에 의지한 정상적 건물관리를 무력화시키는 대규모 정전사태 앞에서 윤정우는 무력해진다. 깜깜한 복도를 지나는 동안 입주자 그 누구도 윤정우에게 손전등을 빌려주지 않아 결국 그는 암흑 속에서 계단을 내려오게 되고, 계단의 끝에 위치한 지하 관리실은 관리의 기능을 상실한 진정한 의미의 '독방'이 되고 마는 것이다. 하지만 그때 '비상전화'가 울리고 윤정우의 책상 뒤에 비밀 통로로 향하는 '문'이 있었음이 드러난다. 네오타운의 모든 건물 지하 관리실은 이 비밀 통로로 연결되어 있었다. 장소의 확장은 뜻밖의 방식으로 일어난다. 인물들은 문제를 해결하기 위해 건물 바깥으로 나가지 않고 건물 '내부의 내부'로 나가(는 동시에 들어오)게 된 것이다. 이 역설적 중첩 구조는 「1F/B1」이라는 소설 제목의 엠블럼에 시각적으로 이미 기입된 것이기도 하다.

지하 비밀 통로는 윤정우가 온몸으로 거부했던 관리실 방의 확장판이다. 훨씬 더 적극적인 감금의 방식으로 확장되는 소설의 공간 구성은 임모빌리티 속에서 조직되는 모빌리티를 잘 보여준다. 비밀관리실에 모

---

17 김중혁, 「1F/B1」, 『1F/B1 일층, 지하 일층』, 문학동네, 2012, 177쪽.

인 건물관리인연합회원들은 대형 모니터에 3차원 입체지도와 CCTV 등을 띄워 사태를 주시한다. 이들은 꼼짝없는 임모빌리티 상태지만 건물관리의 지식과 테크놀로지를 소유했기 때문에 공간을 장악할 수 있다. 물론 나중에 이 CCTV 화면은 조작된 것이었음이 밝혀진다. 더 높은 곳에서 더 먼저 지식-권력을 행사한 것은 건물주 구현성으로부터 시작해 새로운 개발자 비혼건설로 이어지는 자본가였으니 말이다.

이 서사에서 진정한 승리자는 아무도 없는 듯 보인다. 전력센터와 경찰의 암묵적인 조력을 받아 대규모 정전을 일으키며 무질서를 만들어낼 특공 직원을 파견했던 비혼건설에서도, 윤정우를 앞세운 건물관리인연합의 예기치 않은 활약으로 특공 직원들이 체포됨에 따라 계획에 차질이 생겨 모든 재개발사업을 중단한다. 입주자들이 앞다투어 떠나간 네오타운의 오피스텔과 상가는 쓰러져가는 문화재처럼 낡아가고 있으며, 건물관리인들의 생활에도 변화가 생겼다. 자동화되어있던 건물 관리 시스템이 정전 사태 이후 전면 수동으로 바뀌었기 때문이다. 건물관리인연합은 공식적으로 해산하고, 윤정우를 중심으로 SM(슬래시 매니저)이라는 이름의 지하조직으로 탈바꿈하게 된다.

일차적으로 이 소설은 모빌리티가 정지된, 혹은 제한된 인물들이 펼치는 투쟁의 서사로 읽을 수 있다. 창문도 없는 지하 관리실로 상징되는 억압으로부터 탈출하여 해방적인 모빌리티를 획득하려는 서사로 말이다. 그러나 세밀하게 독해할수록 점점 드러나는 것은 모빌리티와 임모빌리티를 단순한 해방과 억압으로 읽을 수 없다는 점이다. 윤정우의 모빌리티는 반복(건물의 계단을 오르내리는 일)과 고정(지하 관리실을 지키는 일) 속에서 발생하며, 가장 폐쇄적이었던 관리실 방으로부터 비밀통로로 가는 가능성의 공간이, 역설적이게도 한층 더 폐쇄적인 방식으로 열림으로써 도시를 재개발하려는 통치 기술을 전복시켰다.

SM을 조직한 후 윤정우가 건물관리자회보에 쓴 글이 소설 말미에 나오는데, 이 글은 여러모로 의미심장하다.

> 저는 늘 계단을 이용합니다. 오층이든 십층이든 언제나 계단으로 올라갑니다. 처음에는 운동을 목적으로 시작했지만 이제는 계단을 밟지 않으면 마음이 불안합니다. 계단을 올라가고 내려갈 때마다 저는 늘 층을 알리는 작은 표지판을 봅니다. 표지판은 층과 층 사이에 있습니다. 일층과 이층 사이, 이층과 삼층, 삼층과 사층 사이 … 저는 그 표지판들을 볼 때마다 우리의 처지 같다는 생각을 하곤 합니다. 특히 숫자와 숫자 사이에 있는 슬래시 기호(/)를 볼 때마다 우리의 처지가 딱 저렇구나 하는 생각을 합니다. 사람들은 각자의 층에서 행복하게 살고 있지만 우리는 언제나 끼어 있는 사람들입니다. 이곳도 저곳도 아닌, 그저 사이에 있는 사람들입니다.[18]

어디에도 속하지 못하고 끼어 있는 사람으로서의 건물관리인은 각자의 층에서 행복하고 살고 있는 사람들과 대비된다. 건물관리인은 제한된 공간에 붙박인 임모빌리티의 주체고, 다른 사람들은 자유롭게 이동하는 모빌리티의 주체여서가 아니다. 오히려 전자는 "계단"을 향해 어느 층으로든 이동할 수 있는 모빌리티의 주체이고 후자는 "각자의 층"에 머무르고 있는 자다. 더 나아가 1층부터 차례로 계량화되어 나뉜 건물의 각 층이 우리에게 부과된 규율화된 공간 배치라면, 건물관리인은 그 사이의 "슬래시"를 응시하는 자다. 이 "슬래쉬"는 도래할 모빌리티를 조직할 수 있는 가능성의 공간이자, 소설의 맨 마지막에서 윤정우가 응시하는 검은 비밀 통로 구멍 자체이며, 멈추지 않는 운동성을 상징하는 모빌리티의 기호다.

---

18 김중혁, 「1F/B1」, 『1F/B1 일층, 지하 일층』, 문학동네, 2012, 202~203쪽.

3. 장치로서의 모빌리티와 재현

3.1. 장치로서의 모빌리티

새 모빌리티 패러다임의 전제 중 하나는 사람들의 모빌리티 관행이 그들의 공간, 문화, 정치, 경제, 사회 및 개인적 맥락에 내재되어 있다는 것이다.(128) 따라서 사회적 불평등과 관련된 모빌리티의 문제, 나아가 임모빌리티의 문제는 보다 체계적으로 탐구될 필요가 있다. 김중혁의 「1F/B1」 서사를 추동하는 것도 결국 오늘날 한국사회 특유의 '(재)개발' 문제였다. 자본과 통치의 논리에 따라 구성되는 개발계획은 특정 인구의 모빌리티와 임모빌리티를 추동하고 결정한다.

어쩌면 '광주대단지 사건'은 여전히 변주되며 진행중이라고 해야 할지 모르겠다. 광주대단지 사건은 1971년 서울의 판자촌 인구를 지금의 성남 인 경기도 광주로 강제 이주시키며 벌어진 일련의 사건을 이른다. 정부에 서는 광주에 대규모 주거단지를 건설할 것이라 약속하고 주민들을 이주 시켰지만 결국 이뤄진 것은 토지 투기꾼과 개발 업체들의 차익 실현이었 고 대다수의 이주 빈민은 도시 기반시설조차 갖춰지지 않은 광주에 방치 된다. 이전에 삶을 일궜던 장소인 판자촌은 이미 파괴되어 돌아갈 곳이 없고, 새로운 이주지는 주거지로서의 기능을 하지 못해 정착할 수도 없 다. 정주가 불가능한 동시에 이동도 불가능한 이른바 '(재)개발지 주체' 형상은, 광주대단지 사건을 다루고 있는 박태순의 산문[19]과 조세희의 연 작 소설[20], 윤흥길의 소설[21] 등 다양한 재현으로 이어졌다.

권력 행사의 정도는 다르지만 개발을 위한 점거와 이주 문제는 한국

---

19 박태순, 「광주단지 4박 5일」, 『월간중앙』 10월호, 중앙일보사, 1971.
20 조세희, 『난장이가 쏘아올린 작은 공』, 문학과지성사, 1981.
21 윤흥길, 「아홉 켤레의 구두로 남은 사내」, 『창작과 비평』 44, 창작과비평사, 1977.

사회에서 지속적으로 발생하고 있다. 재개발지구로 구획되고 구체적인 계획안이 통과되고 나면 새로운 택지 조성을 위해 기존의 거주자들은 반드시 이동해야만 한다. 재개발 지역에서는 이동을 위한 수단(주로는 자본)이 없어 이동할 수 없는 사람들이 있고, 이곳을 자본 증식을 위한 장소로 삼아 찾아 들어오는 사람들도 있다. 통치와 자본의 논리가 맞물린 재개발 장소에서 사람들의 모빌리티와 임모빌리티는 이분법을 가로지르며 쉴 새 없이 충돌한다.

『모빌리티와 푸코』의 만더샤이트[22]는 모빌리티를 '장치(dispositif)'로 개념화할 것을 제안한다.(129) 이는 푸코의 용어로 푸코는 '장치' 개념을 다음과 같이 설명한다.

> 내가 이 용어로 말하고자 하는 것은 담론, 제도, 건축상의 정비, 법규에 관한 결정, 법, 행정상의 조치, 과학적 언표, 철학적·도덕적·박애적 명제를 포함하는 확연히 이질적인 집합이다. 간단히 말해서 말해진 것이든 말해지지 않은 것이든, 이것이 장치의 요소들이다. 장치 자체는 이런 요소들 사이에 성립되는 네트워크다(Foucault 1980, 194f).(129)

모빌리티를 푸코적인 의미의 장치로 본다는 것은 모빌리티를 현대의 생산적 장치로서 이해하겠다는 뜻이다. 장치로서의 모빌리티는 사회적 의미와 지식, 공간 구조, 교통 및 통신의 경관과 기술, 사회적 관계, 복잡하게 얽힌 경제 및 지리적 네트워크 구성에 동시적으로 기여하며, 헤게모니적, 반 헤게모니적 담론의 구성에도 참여한다. 이로써 "담론은 이동과 정지를 정의하는 지식의 대상으로서 모빌리티를 구성하고 특정한 의미

---

22 Katharina Manderschied, "The movement problem, the car and future mobility regimes: Automobility as dispositif and mode of regulation", *Mobilities*, volume 9, issue 4(November 2014), pp.604~626.

와 가치를 이러한 사회적 사실에 귀속"시킴으로써 "특정한 모빌리티 주체
성을 형성"(130)한다.

이 논문에서 만더샤이트가 집중적으로 다루는 것은 현대 자본주의 국
가 내에서 사실상 '자연화'되고 있는 자동차모빌리티 문제다. 대도시화에
따른 인구 증가, 산업화와 도시화에 따라 자동차모빌리티는 주체성을
구성하는 필수요소로 자리 잡았고, 도시의 공간 계획은 모든 사람이 교통
수단에 평등하게 접근할 수 있는지의 문제를 중시하며 구성되었다.

> 그러나 자동차와 자동차모빌리티에 대한 재현과 담론은 정책이나 교통
> 문제에 국한된 것이 아니다. 오히려 진보, 자유, 자율성, 안전성과 같은 애매
> 모호한 용어와 관련되면서, 자동차모빌리티는 영화와 문학 및 대중가요 가
> 사에까지 널리 퍼져있으며, 이는 자동차광고와 마케팅 전략에 적극 활용되
> 면서 강화된다. 반면 대중교통은 느림, 가난, 즉흥성과 연관되는 경향이 있
> 으며, 현대적이고 진보적이며 신자유주의적인 사고 안에서 매우 부정적인
> 사회적 가치를 띠게 된다.(134)

인용문은 장치로서의 모빌리티, 특히 자동차모빌리티가 낳는 불평등
의 문제를 지적하고 있다. 요컨대 자동차모빌리티의 자연화는 진보나
자유와 같은 가치 개념과 맞붙으면서 심각한 불평등 문제를 낳고 있다는
것이다.

결국 모빌리티를 장치로 개념화한다는 것은, 모빌리티를 주체를 구성
하는 필수 단위로 보는 동시에 주체를 둘러싼 사회적 담론의 네트워크의
표현으로 보는 것이다. 누가 움직이고 있고 누가 움직이지 않는지, 움직
임을 만들어내는 자와 만들어내지 못하는 자는 누구인지, 혹은 임모빌리
티를 만들어내는 자는 누구인지 등을 추적함으로써 우리는 (임)모빌리티
의 주체와 함께 우리를 둘러싼 세계의 배치를 발견하게 된다.

3.2. 주저하는 (임)모빌리티

장치로서의 모빌리티는 일차적으로 이동하면서 생산되는 주체화의 문제를 잘 보여준다. 예컨대 자동차모빌리티에 집중하여 장치로서의 모빌리티를 해석하는 만더샤이트의 연구는 박정희 정권기 국토개발계획의 재현을 분석할 때에도 직접적인 참조점이 된다. 성공적인 국토개발 성과의 재현은 전술한 광주대단지 사건과 동전의 양면과 같은 형상을 하고 있다. 정반대의 사회적 가치를 재현하고 있기 때문이다. 1970년 개통된 경부고속도로를 시작으로 대규모 고속도로 건설사업이 속속 진행되면서 1970년대에는 도로망이 연결하는 산업화의 거점에 따라 국토가 재편되었고 자동차모빌리티를 통해 구성되는 국토 경관은 나날이 갱신됐다.[23] 통치권력이 주조해낸 새로운 국토 경관은 「팔도강산」 시리즈에 드라마틱하게 재현되고 있다.

「팔도강산」은 국립영화제작소에서 기획하고 공보부에서 제작한 사실상 관홍보영화에 다름아니었다. 1967년에 처음 개봉한 뒤 공전의 대성황을 기록하면서 「속 팔도강산–세계를 간다」(1968), 「내일의 팔도강산」(1971), 「아름다운 팔도강산」(1971), 「우리의 팔도강산」(1972) 등 속편이 연달아 제작되면 인기몰이를 했다. 주인공 노부부 내외가 전국 각지에 살고있는 여섯 남매의 집을 방문하는 로드무비 형태를 취하고 있는 이 영화는 강원도, 충정도, 전라도, 경상도 각 지방을 산업화의 정도에 따라 의도적으로 지역화하며 재현한다.[24] 그러나 무엇보다 도착지로서의 로컬 재현에 앞서 주목을 요하는 것은, 부부의 여정 그 자체다. 전국 각지로 여행하는 차 안에서 나날이 새로워지는 국토 경관에 찬사를 보내는 것이 이 영화의 핵심이라 해도 과언이 아니다. 영화에서는 새로 건설된 고속도

---

23 전완근, 「1970년대 국토경관의 사회적 구성」, 서울대학교 사회학과 박사논문, 2019.
24 김한상, 『조국근대화를 유람하기』, 한국영상자료원, 2007.

로, 다목적 댐, 대규모 녹지와 농지 등에 대한 노부부의 감탄이 이어지는데, 이러한 경관의 감상이 가능해진 것은 고속도로 인프라가 전제된 자동차모빌리티 때문이다. 「팔도강산」에서 국가는 자동차모빌리티 장치를 통해 구성되는 통치성의 효과로서 감각된다.

하지만 장치로서의 모빌리티를 읽어내는 텍스트 연구방법은 「팔도강산」류의 로드무비에만 적용할 수 있는 것이 아니다. 물론 일차적으로는 극적인 모빌리티가 발생하는 서사에 주목하게 되기 때문에 최근의 모빌리티 텍스트 연구도 여행기 연구 위주로 전개되고 있다. 그렇다고 해서 이런 연구들이 서사의 모빌리티를 수동적으로 따라가고 있는 것은 아니며 그 속에 내장된 담론과 제도를 독해하고 있음은 물론이다. 하지만 여기에서 한걸음 더 나아갈 수도 있다. 본고에서 『모빌리티와 푸코』를 중심으로 검토한 바와 같이 모빌리티가 긴요한 문제가 되는 것은 임모빌리티와의 긴장이 발생하는 순간이기 때문이다. 전술한 대로 김중혁이 그려낸 폐쇄적인 공간은 주인공에게 임모빌리티를 부과하는 공간인 동시에, 주인공이 모빌리티의 주체로 주체화되는 공간이기도 하다. 이 긴장감이야말로 「1F/B1」 서사의 미학적 핵심임은 두말할 나위 없다.

그런 의미에서 김혜진의 소설 「목화맨션」도 장치로서의 모빌리티와 통치성을 사유하게 해주는 흥미로운 재현을 선사한다고 볼 수 있다. 이 텍스트도 여행기와는 정반대의 서사 진행을 보여준다. 간략히 요약하자면 재개발을 앞둔 목화맨션의 주인과 세입자 사이의 관계를 그린 단편인데, 문제는 재개발이 원활하게 진행되지 않음으로써 발생하는 주인과 세입자의 미묘한 신경전에 있다. 대개 '재개발 서사'라고 하면 떠밀려서 이동하는 세입자들과 개발을 밀어붙이는 자본가 사이의 격정적인 모빌리티 대립이 환기되지만, 「목화맨션」이 짚어내는 부분은 '주저하는 모빌리티'다. 현실적으로 재개발 시점이 다가올수록 주인은 세입자를 구하기 어려워진다. 재개발이 시작되면 철거를 위해 집을 비워야 하기 때문에 충분하고 안정적인 주거 기간을 원하는 세입자를 받을 수 없는 것이다. 「목화맨션」에서도 이 점이 긴장을 만들어내지만 결국 재개발이 거듭 미뤄지면서 주인과 세입자는 6년간 계약을 이어나간다.

> 금방 허물어질 거라고 생각했던 이 집이 지금껏 이렇게 건재하다는 사실, 재개발을 기다리며 허비한 시간이 오 년에 달한다는 사실. 자꾸만 되살아나고 번듯해지는 이 집과의 싸움이 얼마나 지속될지 모른다는 사실. 다시금 실패할지도 모른다는 사실.[25]

집주인 만옥은 재개발이 확정되어 조만간 집이 허물어질 것을 기대하면서 목화맨션을 구입했지만 번번이 재개발이 무산되어 집은 자꾸만 "되살아나고", 세입자 순미의 삶이 깃들게 되면서 자꾸만 "번듯해진다". 이 집이 정상적으로 유지된다는 사실은 만옥에게 하나의 "싸움"이며 "실패"로 받아들여진다. 이것은 모빌리티의 실패이기도 하다. 집주인 입장에서는 세입자가 나간다고 해도 돌려줄 전세금이 당장 없고 세입자의 입장에서는 나갔을 때 바로 구할 수 있는 가격의 집이 없어서, 양쪽 모두 목화맨션에서의 그 어떤 이동도 망설이고 있는 미묘한 상황이 벌어진다.

여기서 발생하는 이 '주저하는 모빌리티'는 장치로서의 모빌리티를 잘 보여준다. 이 모빌리티를 통해 재개발을 둘러싼 제도와 담론, 법과 행정 절차, 자본과 시장, 인간관계 사이의 복합적인 네트워크가 드러나기 때문이다.

이같은 주제의식은 김혜진의 등단작 「치킨 런」에서부터 감지되었던 바다. 「치킨 런」의 주인공은 오토바이 배달부다. 소설을 이끌고 가는 주요 서사는 주인공이 배달을 하다 우연히 자살을 시도하는 남자를 발견하

---

25 김혜진, 「목화맨션」, 『2021 젊은작가상 수상작품집』, 문학동네, 2021, 170쪽.

게 되는데, 일이 꼬이면서 그 남자의 집에 드나들며 결국 그의 자살을 도와주려 노력하는 내용이다. 자살하려는 102호 남자는 이 가난한 동네를 떠나 새로운 삶을 꿈꾸지만 그것이 불가능한 꿈이라는 것을 받아들이고 절망하며 목숨을 끊기로 결심했던 것이다. 주인공을 포함하여 이 소설에 등장하는 모든 사람들은 자신의 동네를 떠나고 싶어한다. 예외적으로 주인공의 여자친구 선미는 사는 방식을 바꾸고 싶다고 말하며 탈출에 성공한다.

> 선미가 떠난 동네를 나는 종일 헤매고 다녔다. 치킨 봉지나 피자 상자를 싣고. 할 수 있는 거라곤 매일 서너 번씩 이사 가는 상상을 하는 것뿐이었다. 여기가 아니면 어디라도. 정말이지 여기만 아니라면 나도 선미처럼 달라질 수 있을 것 같았다. 환하고 반듯한 산책로와 널찍한 도로 가에 일렬로 늘어선 건물들. 그런 동네가 아니라도 기형적인 건물과 위태로운 옥탑방이 늘어선 좁은 골목을 떠날 수 있다면 얼마나 좋을까. 그러니까 떠나기 위해 나는 쉬지 않고 동네를 돌고 또 도는 셈이었다.[26]

"여기가 아니라면 어디라도" 좋을 것 같다는 생각으로 날마다 이사 가는 상상을 하지만 현실은 여전히 이 동네에 붙박여있다. '이사 가는 상상'은 때때로 오토바이를 타고 도로를 질주하며 찰나의 자유로움을 만끽하는 예외적 모빌리티로 구체화된다. 주인공을 지배하는 모빌리티는 임모빌리티 속의 모빌리티다. 다시 말해 좁은 동네를 돌며 배달을 하는 주인공의 모빌리티는 쉬지 않고 움직이는 운동이지만 결국에는 동네를 벗어나지 못하는 임모빌리티이기도 하다. 그의 모빌리티는 "떠나기 위해" 계속해서 "동네를 돌고 또 도는" 운동일 수밖에 없다. 한 자리를 맴도는 「치킨 런」의 모빌리티는 '주저하는 모빌리티'이며, 주체의 행동을 규

---

26 김혜진, 「치킨 런」, 『어비』, 민음사, 2016, 99쪽.

제하고 통제하면서 그를 둘러싼 제도의 배치를 드러내는 장치로서의 모빌리티이다.

게다가 「줄넘기」에서는 작정하고 제자리 뛰기만을 하는 모빌리티가 등장한다. 실연하고 망연자실 상태가 된 주인공이 우연히 공원에서 줄넘기하는 노인을 만나게 되고 노인의 권유로 함께 줄넘기를 하게 되는 내용의 단편소설인데, 쉼 없이 운동하고 있지만 한 발짝도 움직이지 않는 운동인 줄넘기를 통해 주인공은 새로운 삶의 자세에 대한 암시를 받게 된다. "언제나 항상 같은 자세와 똑같은 동작으로 유지되는 운동. 아무것도 새로운 가능성이 없다는 건 사람을 맥 빠지게 했다. 좁은 바닥을 스치다 발목을 때리고 둥글게 솟아오를 때쯤 뒤꿈치에서 정지했다. 줄이 완벽하게 회전했다고 확신하는 순간 그것은 또 어김없이 엉켰다."[27] 주체에게 세계는 계속해서 뛰어넘어 보지만 결국에는 뛰어넘지 못하는 무언가로 감각된다.

그렇다면 우리를 구성하는 세계 곳곳에 배치되어 주체를 통제하고 있는 장치로부터 벗어날 수 있는 방법은 없을까? 관념적인 층위에서의 모빌리티에 대한 권리는 누구에게나 있지만, 자본과 권력이 교차하는 현실적인 층위에서 그 권리는 누구나 행사할 수는 없는 것이 되고 만다. 또한 물리적 모빌리티와 사회적 모빌리티의 불일치는 제자리를 맴돌며 주저하는 모빌리티로 재현된다. 바우만의 지적대로 "더 빨리 움직이고 행동하는 사람들, 운동의 순간성에 가장 근접한 이들이 이제 세상의 지배자들이"고 "그들만큼 빨리 움직이지 못하거나 자유자재로 떠나지 못하는 범주의 사람들이 피지배자들"[28] 인 것은 일견 사실이다. 하지만 동시에 빨리 움직이지 못하고 자유자재로 떠나지 못하는 사람들의 (임)모빌리티야말

---

27 김혜진, 「줄넘기」, 『어비』, 민음사, 2016, 183쪽.
28 지그문트 바우만, 『액체근대』, 이일수 옮김, 강, 2009, 193쪽.

로 사회적 모빌리티를 구성하는 통치와 권력, 지식과 제도의 문제를 새롭
게 바라볼 수 있는 가능성을 확보한다. 그리고 소설의 상상력은 장치를
비틀면서 새로운 배치를 암시한다. 김중혁이 「1F/B1」의 주인공 윤정우를
통해 발견한 슬래쉬의 존재론처럼, 김혜진도 「줄넘기」에서 노인의 입을
빌려 새로운 줄넘기 방법을 제시한다. 하나, 둘, 셋 하면서 세지 않고
"하나, 하나, 하나, 이렇게 줄을 넘어 보"[29]는 것이다. 노인은 줄을 넘으면
서 하나, 하나 세다보면 결국에 줄넘기 500개, 1000개, 1500개를 뛸 수
있다고 말한다. 하나, 둘, 셋 하고 세다보면 줄에 걸려 넘어졌을 때 실패
가 확정되지만, 하나, 하나, 하나 세다보면 실패가 확정되지 않기 때문이
아닐까? 김혜진의 소설은 장치로부터 빗겨서서 새로운 셈법을 제시한다.
임모빌리티와 모빌리티의 역동성이 빚어낼 수 있는 정치학은 바로 이러
한 상상력에서 태어난다.

4. 나가며

이상에서 살펴본 바와 같이 본고는 『모빌리티와 푸코』에서 제기하고
있는 새로운 모빌리티 연구방법을 검토하고, 이를 텍스트 분석에 적용해
보았다. 이러한 텍스트 연구 방법은 모빌리티 텍스트학이라고 개념화할
수 있다. 푸코는 이성/비이성, 정상/비정상을 구분하는 기술을 통해 작동
한 규율 권력에 대한 탁월한 연구를 보여주었기 때문에, 그의 작업은
감옥으로 대표되는 폐쇄적 공간에 대한 연구처럼 보이기 쉽다. 하지만
『모빌리티와 푸코』의 필자들은 푸코의 작업에 이미 모빌리티에 대한 충
분한 연구가 들어있었음에 주목하며 이를 모빌리티 연구에 적극적으로

---

29 김혜진, 「줄넘기」, 『어비』, 민음사, 2016, 187쪽.

접목시킨다. 푸코가 말한 통치성이자 장치로서의 모빌리티에 주목했을 때, 모빌리티와 임모빌리티 사이의 긴장감과 역동성이 강조되어 단순한 이분법을 가로지르는 모빌리티 연구의 가능성이 열린다. 본고는 이같은 연구방법을 적용해 김중혁의 「1F/B1」과 김혜진의 단편소설을 분석했다. 「1F/B1」은 건물 안에 흡사 갇혀있는 듯 보이는 건물관리인의 서사를 담고 있지만, 소설 속 관리인의 모빌리티는 기성의 통념을 관통하며 새로운 공간을 창출하는 데에로 나아간다. 「목화맨션」, 「치킨 런」, 「줄넘기」에서는 동네를 떠나고 싶지만 떠날 수 없는 인물들을 통해 주체의 모빌리티와 임모빌리티를 결정하는 것이 무엇인지를 폭로한다. 『모빌리티와 푸코』의 연구를 참조했을 때 우리는 텍스트 속 모빌리티와 임모빌리티의 역동성에 주목하여 서사를 재독하게 된다.

지금 우리의 속도와 모빌리티는 명백하게 증가하고 있지만, "모든 사람이 동일한 속도, 동일한 자원, 동일한 선택지를 갖고 이동하는 것은 아니다."(127) 모빌리티와 임모빌리티를 둘러싼 불평등의 문제는 「1F/B1」이나 「목화맨션」에서 드러난 바와 같이 이동하기를 주저하거나, 미루거나, 거부하는 서사에서 오히려 섬세하게 포착된다. 『모빌리티와 푸코』가 제기하는 (임)모빌리티와 통치 사이의 긴밀한 상관관계는 오늘날 한국 사회 특유의 (재)개발 현상 및 그것의 서사적 재현에서 재확인되는 셈이다. 지식-권력과 통치성에 대한 푸코의 사유를 토대로 한 텍스트의 (임)모빌리티 재현 분석은 새로운 텍스트를 연구 대상으로 밝혀줌과 동시에 기존의 텍스트 연구를 새로이 갱신해주는 접근 방법이 되리라 기대한다.

참고문헌

김나현, 「국토라는 로컬리티: 1970~80년대 박태순의 국토기행문」, 『사이閒SAI』 30, 국제한국문학문화학회, 2021.

김중혁, 『1F/B1』, 문학동네, 2012.

김한상, 『조국근대화를 유람하기』, 한국영상자료원, 2007.

김혜진, 『어비』, 민음사, 2016.

미셸 푸코, 『안전, 영토, 인구』, 오트르망 옮김, 난장, 2011.

_____, 『생명관리정치의 탄생』, 오트르망 옮김, 난장, 2012.

_____, 『광기의 역사』, 이규현 옮김, 나남출판, 2020.

_____, 『감시와 처벌』, 오생근 옮김, 나남출판, 2020.

박태순, 「광주단지 4박 5일」, 『월간중앙』 10월호, 중앙일보사, 1971.

양명심, 「일본명 조선인 작가의 디아스포라 서사와 모빌리티 재현」, 『일본어문학』 79, 한국일본어문학회, 2018.

윤흥길, 「아홉 켤레의 구두로 남은 사내」, 『창작과 비평』 44, 창작과비평사, 1977.

이승윤, 「소설 『토지』에 나타난 모빌리티 연구: 공간의 재인식과 관계의 재구성」, 『현대문학의 연구』 72, 한국문학연구학회, 2019.

이진형, 「새 모빌리티 패러다임과 모빌리티 텍스트 연구 방법의 모색」, 『대중서사연구』 48, 대중서사학회, 2018.

전완근, 「1970년대 국토경관의 사회적 구성」, 서울대학교 사회학과 박사논문, 2019.

전하영 외, 『2021 제12회 젊은작가상 수상작품집』, 문학동네, 2021.

정은혜, 「모빌리티 렌즈로 바라본 최부의 『표해록』」, 『인문학연구』 42, 경희대학교 인문학연구원, 2020.

조세희, 『난장이가 쏘아올린 작은 공』, 문학과지성사, 1981.

존 어리, 『모빌리티』, 김태한 옮김, 앨피, 2022.

지그문트 바우만, 『액체근대』, 이일수 옮김, 강, 2009.

카타리나 만더샤이트·팀 슈바넨·데이비드 타이필드 엮음, 『모빌리티와 푸코』, 김나현 옮김, 앨피, 2022.

하신애, 「제국의 법역으로서의 대동아와 식민지 조선인의 모빌리티」, 『한국현대문학의 연구』 57, 한국현대문학회, 2019.

Katharina Maderscheid, Tim Schwanen & David Tyfield (edit), *Mobility and Foucault*, New York; Routledge, 2015.

재한조선족 시에 나타난 '대림동'의 재현 양상

전은주

1. 들어가며

조선족 디아스포라의 형성과정에는 망명 이주, 일제의 강제 이주 등 참혹하고 굴욕적인 역사와 한국전쟁 같은 고통스러운 기억이 전제되어 있다. 중국 동북지역, 특히 연변지역에 집거하던 조선족은 중국의 문화혁명 이후의 개혁개방정책과 1992년에 이루어진 한중수교 이후 본격적으로 한국으로 이주하기 시작했다. 이들의 이주는 자본시장의 형성에 따른 노동 이주와 디아스포라의 귀향이라는 복합적인 특성을 지니고 있다. 이들의 이주를 전적으로 신자본주의적 질서로의 귀속으로 설명할 수 없는 것은 동남아시아 노동자들과는 달리 '동일민족으로서의 감성 문제'[1]가 내재되어 있기 때문이다. 서로 다른 국적 또는 이데올로기나 지리적 거리에 앞서 '한민족'이라는 동일성이 빚어내는 욕망이 모든 갈등의 앞자리를 차지한다. 그러나 한국사회가 조선족을 법적으로나 심정적으로 재외동포로 쉽게 받아들이지 못하는 것은 여러 '역사적 트라우마'[2]가

---

1 조선족은 중국을 조국, 한국을 모국으로 상정하면서, 한국과의 관계에서 동일민족이라는 점을 전제로 '상상적 동일화의 욕망'을 지니고 있다. 그런 점에서 이들이 한국에서 겪는 갈등은 기타 이주자들과는 달리 복합적이다.

복합적으로 작용하기 때문이다.

현재 한국에서 조선족이 가장 많이 거주하고 있는 지역은 서울의 영등포구 '대림동'[3]이다. 이곳은 '연변조선족자치주'를 연상케 하는 '서울 안의 연변'으로 불리는 특수한 공간이다. 대림동의 간판은 연변처럼 중국어와 한글이 서로 기묘한 배치를 이루고 있고, 거주민들은 한국어와 중국어를 섞어 쓰는 조선족 사투리를 주로 사용한다. 이곳의 상권은 대체로 조선족 중심으로 이루어지는데, 그들은 중국에서부터 지녀왔던 그들의 '민족의식과 문화'를 고집하는 편이다. 취업정보, 여가활동을 위시하여, 조선족화된 중국 음식을 파는 가게가 즐비하고, 그런 중국화된 식료품 구매 등도 대체로 이곳에서 이루어진다. 그런 점에서 대림동은 '민족-국가-글로벌'의 문제가 충돌하면서 혼용되고, 새로운 질서가 조성되고 있는 공간이기도 하다.

현재 대림동은 중국과 한국, 연변과 서울을 이어주는 조선족의 삶의 공간이며, 중국문화, 한국문화, 조선족 문화가 서로 교차 융합되어 '혼종화'[4]를 일으키는 '장소'[5]이다. 또한 이곳은 'H2 비자'[6]가 표상하듯이, 한국

---

2 한국인의 역사적 트라우마는 '식민 트라우마', '이산 트라우마', '분단 트라우마'가 서로 착종된 구조를 지니고 있다. 이 중에서 특히 한국전쟁 당시 북한 편이었던 조선족과 만날 때 드러나는 분단 트라우마는 분단체제의 적대성과 결합되어 경계, 냉대, 분노, 의심 등으로 표현된다. 건국대학교 통일인문학연구단, 『코리언의 역사적 트라우마』, 선인, 2012, 33쪽 참조.

3 본 연구에서 말하는 '대림동'은, 대림동 이전에 조선족들이 가장 많이 거주하던 가리봉동도 포괄한다. 두 지역은 지리적으로 서로 인접해 있으며, 가리봉동의 도시 재개발로 조선족들의 삶의 중심반경이 가리봉동에서 대림동으로 확장되었다.

4 호미 바바는 두 문화의 접촉으로 형성되는 '제3의 공간'을 새로운 문화의 가능성이 열려 있는 '혼종의 공간'으로 보았다. 호미 바바, 『문화의 위치』, 나병철 역, 소명출판, 2012, 92쪽.

5 이-푸 투안은 '공간'과 '장소' 개념을 구분하고 있는데, 공간은 아직 인간의 경험과 의미가 투여되지 않은 곳이며, 거기에 권력이나 그곳에 속한 사람들의 경험이 어떤 문화적 가치를 부여하게 되면 그 공간이 곧 '장소'로 바뀐다. 이-푸 투안, 『공간과 장소』, 구동

사회와 조선족이 지닌 전통이나 관습, 경제력의 차이 등이 서로 충돌하며 긴장을 조성하는 공간이기도 하다.

그러나 〈청년경찰〉, 〈범죄도시〉 같은 영화를 통해 한국인에게 대림동이 '범죄의 온상지' 같은 부정적 요소로 부각되면서, '이질적이고 비위생적이며 소란스러운 공간', '위험한 곳', '가고 싶지 않은 곳' 같은 곳으로 인식되기도 한다.[7] 이러한 '문화적 조작'[8]을 통해 대림동이 부정적 공간으로 부각된다면 이곳과 조선족은 한국사회로부터 고립되고 유리될 수밖에 없게 된다.

현재적 시점에서 보면, 대림동은 조선족을 바라보는 한국 사회의 위상에 따라 규정될 가능성이 크다. 한국 이주 초기에는 종래에 조선족이 지녔던 정체성과 한국 사회가 지닌 민족성 또는 동포에 대한 관념이 이질적으로 충돌하여 조선족의 정체성이 큰 혼란을 겪기도 했다. 그러나 그 이후 우여곡절을 거쳐 조선족이 이러한 갈등과 정체성의 혼란을 주체적으로 성찰하고 인식의 전환을 통해 새로운 길을 모색하는 방향으로 나아가게 되었다. 이러한 노력은 조선족이 한국 사회에서 차지하는 위상이 다른 양상으로 전개되는 것을 의미한다. 즉, 주체인 조선족이 지닌 인식의 변화에 따라 그 공간이 새로운 장소로 조성됨을 의미한다. 이는 조선

회 · 심승희 옮김, 대윤, 1999, 56쪽.

6 'H2 비자'는 무연고 조선족의 입국이 가능한 '외국인 방문취업' 비자를 말한다. 장기 거주가 가능한 재외동포 F4 비자와 달리 3년마다 중국으로 돌아가 비자를 갱신해야 하며, 특혜고용허가를 받은 업체에서만 취업이 가능하다. 따라서 법적지위가 불안정하고, 그 업체도 주로 건설업같이 취업 환경이 열악한 곳으로 제한되어 있다.

7 최인규 · 전범수, 「영화 〈청년경찰〉, 〈범죄도시〉에 나타난 범죄 장소로서의 다문화 공간 비교」, 『사회과학연구』 35(4), 경성대학교 사회과학연구소, 2019; 신동순, 「영화 〈청년경찰〉 속 조선족과 대림동의 문제적 재현」, 『중국학논총』 69, 고려대학교 중국학연구소, 2020.

8 이는 영화의 상업적이고 대중적인 필요성에 따라 그곳이 지니는 '위법성' 또는 '범죄 가능성' 등이 조작되거나, 과장되게 나타나는 현상을 뜻한다.

족이 지닌 독특하고 새로운 경험이나 특수한 역사의식과 집단 구성원들이 가지는 인식의 변화와 결부된다. 물론 이 경우, '장소성'의 전환을 통한 발전 가능성은 그 주요 집단을 포괄하고 있는 전체 사회의 구성 요소가 지니는 가치를 통해 형성된 '사회적 담론의 구성물'[9]과 연관된다. 이러한 맥락에서 그곳에서 거주하는 조선족의 인식에 따라 대림동은 끊임없이 재구성될 수 있다. 그리하여 친근하고 편안한 '장소'가 될 수도 있고, 두렵고 무서운 '장소'가 될 수도 있다.

문학작품은 작가의 인식을 통해 재현된다는 점에서 그 작가의 인식은 작가의 개인적 경험에 한정되는 것이 아니라 그 작가가 소속된 집단이 지닌 미래지향적 가치관 또는 전체 구성원이 지닌 생명력에 기인한다. 그러므로 본 연구는 이러한 작가의 인식을 그 집단의 미래지향적 인식과 상동관계에 놓는다.

그런 의미에서 본 연구는 재한조선족 시에 나타나는 '대림동'의 장소성과 그 장소에 대한 조선족이 지니는 미래지향적 인식에 주목한다.[10] 이를 위해 먼저 조선족이 한국으로 역이주한 역사와 대림동에 정착하기까지의 과정을 살펴보고, 그들의 시를 통해 재현되는 대림동에 대한 여러 인식의 층위들을 살펴볼 것이다.[11] 그것이 그들의 정체성에 긍정적으로

---

9 하비는 장소(성)는 정태적인 것이 아니라 지속적으로 생성, 발전, 변화, 소멸되며, 다른 장소로 대체하는 특성이 있다고 했다. 이런 점에서 장소(성)는 외적으로 존재하는 실체가 아니라 사회적 인식의 구성물로 보는 것이 타당하다. 데이비드 하비, 『희망의 공간』, 최병두 옮김, 한울, 1993, 64쪽.

10 장소성은 복합적, 중층적인 의미로 형성되는데, 그 장소에서 영향을 주고받는 사람들의 관계 양상도 포함된다. 즉, 장소와 문화적 관련을 맺는 사람들의 인식에 따라 재구성되며, 그곳, 거주민의 인식에 의해 재현된다. 에드워드 렐프, 『장소와 장소상실』, 김덕현 외 옮김, 논형, 2021, 108쪽.

11 한중수교 30년이라는 짧은 시기에 형성된 재한조선족의 인식의 층위가 꼭 순차적으로만 드러나지는 않는다. 그러나 비록 여러 양상이 혼재되어 있더라도 그 속에서 일정한 발전적 지향성을 분석해낼 수 있을 것이다.

작용하는 중요 양상이 될 것이다.

2. 한국으로의 역이주와 '대림동'의 의미

　조선족의 이주사를 살펴보면, 그들은 19세기 중반 이후 자연재해, 조
선왕조의 학정, 일제의 강제 이주 정책 등에 의해 간도로 이주한다. 그들
중에는 독립운동가, 의병, 문인, 교육자들도 있었다.[12] 그들에게 그곳은
새로운 삶의 공간이자 기회의 땅이면서도, 고국의 해방을 위한 투쟁 공간
이며, 자신의 미래지향적 생명력을 구현할 수 있는 장소이기도 했다. 그
곳에서 그들은 황무지를 개척하고 마을을 이루고, 지사들은 자신의 뜻을
행동으로 펼친다. 그 이후, 중국 내전 등에 기여한 공로로 중화인민공화
국의 설립과 더불어 '연변조선족자치주'라는 자신들의 '고향 공간'을 구
축한다. 이는 그들이 척박한 지리적 상황을 다루고, 민족적 정신을 계승
하고, 긍정적 미래를 지향한 개척정신의 결과이다.[13]
　그러나 조선족은 중국의 급변하는 정치 상황과 '과계민족'이라는 불안
정한 위상 때문에 소수민족으로서의 불안과 공포 또는 배제와 차별을
경험하게 된다. 그리하여 자신들이 애써 구축한 고향 연변이, 평화와 만
족감을 주는 공간이라기보다는 소외와 궁핍을 주는 불안한 공간이라고

12　1945년 당시 재중 조선인의 규모는 대략 200~230만 명에 달했다. 일제의 패망과 더불어
　　동북지역 이외에 거주하던 조선인 10만여 명과 동북지역에 거주하던 조선인 80만여
　　명이 한반도로 귀환했고, 100~130여만 명 규모의 조선인들은 동북 현지에 정착했다.
　　전은주, 「한중 수교 이후 재한조선족 디아스포라 시문학에 나타난 정체성 연구」, 연세
　　대학교 박사학위논문, 2019, 50쪽.
13　'행동의 차원'에서 조선족들의 '이주'는 과감성, 진취성, 적극성을 지닌 개척정신의 표현
　　으로 읽을 수 있다. 전은주, 「조선족의 '역사적 트라우마' 치유를 위한 시론 – 이주사와
　　시작품 다시 읽기」, 『통일인문학』 77, 건국대학교 인문학연구원, 2019, 258쪽.

인식함으로써 고향의 의미를 새롭게 성찰하는 계기를 경험한다. 특히 한국은 한중수교 이전까지 정치적으로나 지리적으로 완벽히 차단된 공간이기 때문에, 가고 싶어도 갈 수 없는 '상상속의 고향'이었다. 따라서 그들이 결핍과 소외를 느낄 때마다, 그 고향은 계속 더 미화되어, 현실적으로는 '낯선 공간'임에도 불구하고, 그들의 인식에서 그곳이 안정적이고 넉넉한 곳이 되고, 자신의 정체성을 보장받을 수 있는 그리운 '고향 공간'으로 자리잡는다.

　1976년 문화대혁명이 공식적으로 종결된 후, 중국 사회는 '개혁개방'이라는 새로운 변화를 선택한다. 그러나 변두리 동북지역인 '연변'은 이 정책의 범주에서 제외되고, 조선족의 경제 사정은 갈수록 악화된다. 그러던 차에 1992년 한중수교가 이루어져 한국으로 이주할 수 있는 길이 열리자 많은 조선족이 한국으로 이주한다. 초창기 '친척방문'에서 시작된 그들의 이주는 1993년에 실시된 산업연수생제도 이후 급속히 증가한다. 그러다가 IMF 사태로 잠시 주춤하나 이후 2004년의 '특별고용허가제', 2007년의 '방문취업제'가 실시되면서 이주가 꾸준히 증가하여 오늘날에는 80만 명을 넘어섰다.

　그러나 조선족은 그들이 그리워하던 '상상속의 고향'에 도착하지 못한다. 그들은 고향의 장소감이나 만족감을 얻지 못한 채, 한국사회의 차별과 배제를 경험하면서 연변에서 이루었던 한민족적 정체성의 붕괴와 정체성의 혼란에 빠진다. 그리하여 그들은 한국이 '낯선 고향'이라는 것을 실감한다. 그들이 찾고자 했던 고향은 영원히 돌아갈 수 없는 불가역적 공간[14]일 뿐이었다. 여러 연구에서 이를 한국사회에 내재된 오리엔탈리

14　실향민의 강렬한 귀향 욕망인 노스탤지어는, 공간 개념에서 출발하지만 점차 시간 개념으로 옮겨 가면서, 마침내는 지난날을 향한 동경과 이상으로 바뀐다. 그러나 시간은 불가역적이므로 귀환 역시 영원히 불가능하게 된다. 임철규, 『귀환』, 한길사, 2009, 13쪽.

즘의 현재 진행형으로 분석한다.[15] 본 연구는 이러한 관점을 수용하면서
도, 조선족들이 갈등과 혼란을 통해 이룬 인식의 변화에 더 주목하고자
한다.

　현재 조선족 밀집 거주지는 서울시 영등포구 대림2동으로 흔히 이곳을
'연변거리'로 부른다. 그러나 그 이전의 조선족 밀집 거주지는 가리봉동
이었다. 가리봉동은 60~70년대 '한강의 기적'으로 불리는 서울의 산업
화, 도시화 과정을 압축적으로 보여주었던 곳으로 구로공단 산업인력들
의 밀집 거주지였다. 그러다가 88올림픽을 앞두고 구로공단 내 공장들이
지방으로 이전되면서 노동자들은 가리봉동 쪽방을 떠나게 된다. 대신
이 쪽방들은 한중수교로 이주한 조선족으로 채워졌다. 무엇보다 임대료
가 저렴했고,[16] 공단 내에는 한국 노동자들이 기피하던 3D 일자리가 많았
기 때문이다. 그때부터 2003년 재개발 구역으로 지정되기 이전까지 가리
봉동은 한국에서 가장 큰 조선족의 밀집 거주 공간이었다.

　그 후 재개발로 가리봉동의 부동산 가격이 올라가면서 집과 일자리를
잃은 조선족은 인근 대림동으로 이주했다. 대림동은 저층 주거지의 반지
하, 옥탑방이 많아서 이전의 가리봉동과 마찬가지로 임대료가 저렴했다.
특히 대림동은 지하철 2호선과 7호선이 지나기 때문에, 주변 가리봉동과
구로동으로 쉽게 이동할 수 있었고, 주변 광역도시인 부천, 광명, 인천까
지도 쉽게 접근할 수 있었다. 게다가 시흥, 안산, 수원 등과도 버스로
연결되어 있어서, 경기도 지역에 거주하던 조선족을 비롯한 중국 국적
이주자들이 쉽게 오갈 수 있었다. 그리하여 대림동은 강남 일대의 식당에
서 일하던 조선족 여성과 수도권 인근의 공단 또는 건설현장에서 일하던

15 통일인문학연구단, 『기억과 장소』, 씽크스마트, 2021, 154쪽.
16 쪽방은 보증금 100만원에 월 8~15만원 안팎으로 저렴했다. 김용선, 『대림동 중국동포
　타운 지역활성화 연구』, 한국외국어대학교 박사학위논문, 2018, 24쪽.

조선족 남성 모두에게 편리한 장소였다.

2019년 영등포구 통계에 따르면, 서울 영등포구 내 대림 2동과 대림3동의 외국인 비율(대부분 조선족)은 각각 42.5%(9,453명), 41%(1만 2,093명)에 달한다.[17] 여기에 대림동에 거주 중인 한국으로 귀화한 조선족까지 더하면 그 비율이 훨씬 더 커진다.

3. 시에 나타난 '대림동'의 재현 양상

3.1. 임시거주지

한국 작가의 문학작품에도 자주 재현되는 가리봉동[18]은 재한조선족 시인들의 시에 나오는 '대림동'의 등가적 장소이다. 가리봉동의 주체는 '산업노동자-가출 청소년-실직자-조선족'으로 바뀐다. 물론 이 변화의 밑바탕에는 가난, 낙후의 성향과 비가시적 존재, 사회적 약자, 마이너리티 등의 속성이 깔려 있다.[19]

가리봉동은 한국의 70~80년대에는 가난하고 나이가 어린 여공들이 다른 사람의 주민등록증을 빌려 나이를 속여 위장노동자로 살던 곳이었지만, 90년대 초반에는 비자가 만료된 불법체류 조선족이 숨어 살던 곳이

---

17 통일인문학연구단 기획, 앞의 책, 149쪽.

18 양귀자의 「비오는 날에는 가리봉동에 가야 한다」(1986)에서는 계급적 대립의 공간으로, 신경숙의 『외딴방』(1995)에서는 성장통을 심하게 앓는 공간으로, 「가리봉 연가」(공선옥, 2005), 「가리봉 양꼬치」(박찬순, 2006)에서는 다아스포라가 사는 이주 공간으로 등장한다.

19 정막래·임영상, 「한국문학 속 가리봉동 읽기」, 『글로벌문화콘텐츠』 29, 글로벌문화콘텐츠학회, 2017; 전월매, 「부동한 글쓰기를 통한 공간의 재현 – 한국현대소설에 나타나는 '가리봉동'을 중심으로」, 『중한언어문화연구』 14, 천진사범대학교 한국문화연구중심, 2018.

었다.[20] 그곳은 주로 법의 눈을 피해 모여든 '임시거주자'들이 많았다. 그들에게 가리봉동은 피난처였고 안식처였다. 조선족은 신경숙의 '외딴방'을 새롭게 차지한 사람들이었다.

> ① 창문을 열어도/ 하늘 한쪽 볼 수 없는/ 서울 가리봉 지하쪽방에서/ 소주 한잔에 고독을 안주하는/ 순희야, 너는 행운의 여자냐 (중략) 혼신을 내 던졌던/ 분식집의 열네시간 외/ 일벌레에서 탈출한 순간은/ 홀로의 명절 파티로/ 고독을 달래야 하는 순희야/ 너는 행운의 여자냐// 가난을 털며 행복을 꿈꾸는/ 순희야 너는 복받은 여자냐/ 돈 많이 버는 네가 부러워/ 동네 여자들 들떠 있단다
>
> —송미자, 「순희야, 너는 행운의 여자냐」의 부분[21]

시 ①에 '가리봉 지하쪽방'이 등장한다. 분식집에서 하루 열네 시간을 일하고 순희는 외로운 쪽방으로 돌아와 고독을 달래야 한다. 그곳은 하늘 한쪽도 보이지 않는, '어둡고 숨 막히는 공간'이다. 시인은 소주 한 잔으로 시름을 풀어내며, "너는 행운의 여자냐"라고 묻는다. 자신은 피를 말리며 근근이 버티고 있지만, 고향 사람들은 오히려 그녀를 부러워한다. 고향 사람들의 조건에서 보면 '행운의 여자'지만 시인의 조건에서 보면 행운이 아니다. 그곳이 '아버지의 고향'이지만, 자신이 꿈꾸던 그 공간이 아니라 아버지처럼 '머슴살이'를 하는 타향일 뿐이다.[22] 그리하여 "너는 불운의 여자다!"라고 자조한다. 이러한 부정적 인식은, 초기에 한국으로 이주한 재한조선족 시인들의 시작품에도 자주 드러난다.[23]

---

20 정막래·임영상, 앞의 논문, 176쪽.
21 『동북아신문』, 문화면, 2019.6.7.
22 "아버지의 고향이였던/ 나의 타향은 뉘집 머슴살이였던가", 송미자, 「망향의 한」, 『동북아신문』, 문화면, 2019.6.7.
23 전은주, 앞의 박사학위논문, 2019, 100쪽.

② 화장실이 없는/대림동 쪽방에서/새벽마다 오줌을 참으며/녹음 파일 속 그대 노래/꿈속처럼 들었다./사백 걸음 떨어진/대림동 전철 12번 출구/그 화장실까지/생각은 언제나 혼자 달려가/바다의 품에 안겼다./그러나 이불을 적시지 않았다.

-전무식, 「대림동 추억」의 전문[24]

대림동에 있는 방들은 세를 놓기에 혈안이 되어 있었다. 그래서 화장실이나 세면대도 없는 쪽방도 세를 놓았다. 시인은 용변이 급하면 '대림동 전철역 12번 출구'에 있는 화장실로, 눈이 오거나 빗줄기가 거세어도 달려가야 한다. 그곳에 가면 이미 먼저 온 이웃들이 줄을 서 있다. 그러므로 그곳은 '집'이 아니라 잠시 몸을 누이는 '임시거주지'였다.

이런 인식은 그의 또 다른 시 「대림역 12번 출구 – 길고양이」[25]에서도 잘 드러난다. 이 시에서 조선족은 쫓겨난 기억도 이미 잊은, 고향도 기억하지 못하는 길고양이로 형상화된다. 길고양이의 임시거주지가 골목 구석이듯이, 조선족은 한국의 구석인 대림동에서 산다. 길고양이처럼 차별과 배제로 가득한 '낯선 고향'에서 항상 날카롭게 발톱을 세우고 살며, '낳은 새끼마저 젖을 떼면 버리고 떠나야 하는' 길고양이처럼 떠도는 '나그네'로 표상된다. 그러므로 그 대림동은 그들에게 임시거주지일 뿐이다.[26] 이는 시 ③에서 극대화되어 드러난다.

③ 불 꺼진 계단 술 취한 골목/ 가지런히 벗어놓은 / 낡은 운동화 위/ 굵은 눈발이 쌓이누나!// 어서 일어나요, / 여긴 길바닥이에요!/ 예서 자면 영영

24 『장백산』 4, 장춘출판사, 2020, 56쪽.
25 「대림역 12번 출구 – 길고양이」, 『연변문학』, 2020년 8월호, 연변인민출판사, 99쪽.
26 '거주'는 단순히 물리적인 정주만을 의미하지 않는다. 주체가 정신적, 심리적으로 평온함, 편안함 등을 얻을 때 가능하다. 존어리, 『사회를 넘어선 사회학: 이동과 하이브리드로 사유하는 열린 사회학』, 윤여일 옮김, 휴머니스트, 2012, 222쪽.

고향으로 가요!// 차비가 없는 걸까?/ 집을 잃은 걸까?/ 어쩌다 예까지/ 나
그네로 왔을까?// 한참 지나 급히 온/ 또 다른 취객이/ 넋을 놓고/ 한탄하는
구나!// 집 간다 해놓고, / 왜 여기 누웠니?/ 예가 집이냐, 이놈아!// 굵은
눈발 자꾸/ 골목을 덮는데/ 나는 이제/ 어디로 가야 하나?

－전무식,「대림역 12번 출구 – 취객의 잠」의 전문[27]

시 ③에서 시인은 대림역 12번 출구 근처 '길바닥'에서 자는 취객을
등장시킨다. 취객은 계단 아래쪽 골목에 낡은 운동화를 가지런히 벗어놓
고 '길바닥 방'에서 잠들어 있다. 그곳은 취기 때문에 잠시 머무는 곳일
뿐, 조선족의 상황도 이와 다르지 않다. 한국은, 대림동은 돈을 벌러 와
잠시 머무는 '길바닥 방'일 뿐이다. 그리하여 이 시 ③의 끝부분에서 시인
자신도 갈 곳을 모르는 나그네임을 고백하는 시적 전환이 이루어진다.
그게 재한조선족의 현실이다.

바슐라르는 공간을 안과 바깥으로 분류하며, 안은 외부 세계로부터
자신을 보호해주는 피난처이고, 바깥은 모험, 위험, 무방비의 적대적 공
간으로 본다.[28] 이 시의 취객은 바깥을 안으로, 적대적 공간을 피난처로
착각한다. 그러나 나그네인 시인에게 한국은, 대림동은 바깥과 안의 구
별이 무의미한 곳일 뿐이다. 이미 그들은 고향을, 고향 집을, 고향의 안방
을 모두 잃어버렸기 때문이다.

이처럼 대림동은 그들에게 '쪽방', '셋방', '길바닥' 같은 적대적 공간인
임시거주지로 표상된다. 따라서 그들이 머무는 대림동은 그들의 인식에
서 경계인인 자신들이 잠시 머무는 임시거주지로 표상된다.

---

27 『동북아신문』, 문화면, 2021.7.1.

28 가스통 바슐라르, 『공간의 시학』, 곽광수 옮김, 동문선, 2003, 356쪽.

3.2. 상상적 복원지

연변을 떠나온 조선족은 향수에 젖어든다. 이제 한국이 그들에게 '낯선 고향'이라는 발견과 동시에 그들이 태어나고 자란 연변이 그들의 고향이라는 것을 자각한다. 이제 그들은 고향을 대체할 만한 다른 무언가를 찾는다. 그들 중의 일부는 연변으로 되돌아가거나, 아니면 이 낯선 공간에다 고향을 복원해야 할 절실한 필요성을 느낀다. 그들은 자신에게 가장 익숙한 감각과 생각 등으로, 그것에 의한 상상을 통해 고향 연변을 복원하여 위안을 받으려 든다. 그 경우 고향은 관습과 전통, 냄새와 흔적, 그리고 기억과 정서 같은 과거의 것을 통해 되살아날 수 있다. 그들은 대림동에서 고향의 음식, 냄새, 말투, 거리의 경관 등을 통해 고향을 상상적으로 복원한다.

> ① 무거운 몸을 지탱한 무거운 발걸음들이다/ 어둑한 저녁, 네온등 불빛에 눈부시게 감긴/ 만두 김, 어물전 비린내, 왕족발 구수한 향이/ 허기진 콧구멍으로 밀물처럼 파도쳐 들어온다// 하루 땀 값이다, 핏 값이다, 돈을 쪼개/ 동태 한 마리, 무 한 개, 소주 한 병 산다/ 먹고 남는 것은 꿈이다, 웃음이다, 보람이다/ 차곡차곡 모으고 쌓는 것은 희망을 쌓는 것이다.
> —리문호, 「가리봉시장 일경」의 부분[29]

시 ①에서 시인은 자신을 '무거운 몸'으로 표상한다. 무거운 것은 몸만이 아니다. 고향을 그리워하는 그들의 꿈도 무겁다. 고된 하루를 끝내고 돌아가는 '어둑한 저녁', 시인은 '수척한 그림자'가 되어 '유령처럼' 시장 길을 지난다. 그러나 그 시장길로 들어서면 만두, 족발의 구수한 냄새에 의해, 타자였던 '유령'에서 주체인 '자신'으로 되돌아온다. 시인은 이제

---

29 『동포문학』 3기, 도서출판 바닷바람, 2015, 51쪽.

자신을 위해 동태 한 마리와 무 한 개, 소주 한 병을 허락하고, 고향의 가족을 위해 절약이라는 행복을 선택한다. 그리고 시인은 그 맛을 통해 고향을 상상으로 복원하고, 그 복원지에서 꿈과 희망과 보람을 차곡차곡 모으면서 평온을 되찾는다. 시인의 인식에서 나온 이 상상의 힘은 초라한 쪽방을 상상적 복원지로 만든다.

> ② 건축 현장에서 지친 삭신이/ 미치도록 고향이 그리워 올 때/ 이름도 성도 H2인 나는/ 중국식품 가게로 달려간다// 그곳엔 / 여자의 행복을 땅에다 묻고/ 바보처럼 나만 섬겨 온/ 땅콩같이 고소한 아내의 맛이 있다// 그곳엔 / 이 못난 아들을 위해/ 평생의 고생을 안으로 곰삭혀 온/ 썩두부 같이 진한 부모님의 향이 있다// (중략) 고달픈 코리안드림에/ 몸과 맘의 배터리가 바닥나면/ 나는 중국식품의 품으로 달려가/ 희망과 인내와 오기를 재충전한다
>
> ─윤하섭, 「중국식품 가게」 부분[30]

시 ②의 시인은 삭신이 지치도록 일을 끝내고, 고향이 그리우면 대림동의 '중국식품'[31] 가게로 달려간다. 그곳에서 연변 음식을 사서 부모님과 아내와 자식과 친구를 향한 그리움을 달랜다. '땅콩', '썩두부', '빼갈', '해바라기씨' 같은 연변 사람들이 좋아하던 음식을 통한 상상이 연변을 복원시킨다. 시인은 볶은 땅콩을 씹으며, 구수한 썩두부를 먹으며, 빼갈을 마시며, 그리운 사람들을 미각과 후각의 세계, 상상의 세계에서 만난다. 고달픈 한국 생활에 지쳐서 기운이 '방전'이 될 때마다 시인은 그것들을 통해 고향을 복원시킨다. 그때 그것은 시인에게 희망과 인내와 원기를

---

30 『동포문학』 1기, 2013, 도서출판 바닷바람, 44쪽.
31 대림동의 '중국식품'이라고 이름 붙인 가게들은 중국(한족)식품과 조선족식품을 함께 판매한다.

재충전하게 해준다.

　③ 대림역 12번 출구는/ 고향 정 친구 정이 서로 만나/ 이야기들이 소용돌이치고/ 웃음이 사품쳐/ 만나는 곳// 출구를 나와/ 골목길 따라 가노라면/ 쪽방에서 끓이는 마라탕 내음 발목잡고/ 떡메로 내리치는 하얀 찰떡이/ 군침을 불러온다// 보글보글 청국장에/ 소주 한잔 곁들이면서/ 어머니 손맛 한껏 느끼고/ 어디선가 들려오는 노래가락에/ 고향의 그리움 실어보낸다// 집에 온 듯/ 마음이 평온해지는 대림동거리/ 여기에 미처 적지 못한/ 술 취한 쉼표들이/ 숨 쉬고 살아간다

－최종원, 「대림역 12번 출구」 부분[32]

　시 ③에서 시인은 대림역 12번 출구 바깥에서 펼쳐지는 대림동 골목을 '집에 온 듯/ 마음이 평온해지는' 곳으로 형상화한다. 이곳은 한족 음식과 조선족 음식이 함께 팔리는 연변 시장의 풍경과 닮았다. 시인은 대림역 12번 출구 근처에서 '어머니 손맛을 느끼고' 어디선가 들려오는 노랫가락으로 고향을 상상한다. 그런 상상의 힘을 통해, 그곳을 고향을 똑 닮은 공간으로 전환시켜, '숨 쉬고 살아가는' 삶을 재현한다.

　이처럼 그들은 자신들이 기억하던 고향을 형상화할 수 있는 음식, 냄새, 말투, 경관 같은 독특한 기호들을 통해 고향을 상상적으로 복원한다. 이때 고향의 맛만으로도 이미 그곳은 고향이 되어, 그들에게 고향이 주는 평온함이 내일을 긍정적으로 살게 하는 생명력으로 복원된다.

3.3. 새로운 집

　디아스포라에게 고향은 '인식' 속에서만 존재한다. 조선족은 자신들의

---

32 『연변문학』, 2020년 8월호, 연변인민출판사, 103쪽.

향수를 달래기 위해 대림동에 상상으로 연변을 복원하려는 시도를 하지만 어느새 현실로 돌아오면 그곳은 '낯선 고향'일 뿐이다. 그것은 이미 그들이 연변에서 경험한 것과 다름없다. 현실을 둘러보면 그곳은 언제나 소외되고 낯선 공간일 뿐이다. 그리하여 어느새 주변 문화와 혼종화되고, 어느 틈에 한국적 문화가 스며든 낯선 장소로 되돌아간다.

그들은 그 낯선 공간에서 돌파구를 찾아야 했다. 물론 한국과의 관계를 새롭게 구축하고, 동시에 중국과 연변과 동떨어진 공간을 만들 수는 없다. 그리하여 임시로 거주하거나 상상으로 복원시키는 차원에 머물지 않는, 그들만의 '새로운 장소'가 필요하다는 것을 자각하게 된다. 그러나 이 새로운 장소를 그들이 '집' 또는 '고향'으로 받아들이는 것은 또 다른 문제였다. 왜냐하면 '집은 자의적인 닻 내리기의 장소'로서[33] 문화적이며 심리적인 대상체이기 때문이다.

따라서 대림동에 새로 짓는 집이, 공간이 아닌 장소로서 존재하려면, 삶의 가치를 주체적으로 재발견하는 '인식의 전환'[34]이 이루어져야만 실현될 수 있다. 그것이 달성되면, 그때 짓는 집은 디아스포라가 자신의 정체성을 재확립하는 것이며, 조선족의 정신적 가치를 물질세계에 가시적으로 형상화시키는 것을 뜻한다.

① 대림역 사거리/ 연변양꿰점이/ 순이네 양꼬치로/ 간판을 바꾸었다/ 목 쉰 연변 사투리에/ 매연이 베이스로 깔렸더랬는데/ 이젠 자동구이 기계에/ 16분 음표 싸구려 고음이/ 벽장식으로 걸려 요란스럽다/ 순이의 족보는 모르지만/ 연기만 자욱하던 가게가/ 젊은 손님으로 붐비는 걸 보니/ 양꿰과 양꼬치 사이가/ 장백산과 백두산만큼/ 거리가 멀었나 보다/ 난 뭘 먹을까?/ 신라

---

33 임경규, 『집으로 가는 길– 디아스포라의 집에 대한 상상력』, 앨피, 2018, 43쪽.
34 부르디외가 주장하는, 현실에 대한 자각을 통한 '아비투스의 혁신'과 같은 의미이다. 부르디외·로익 바캉, 이상길 옮김, 『성찰적 사회학으로의 초대』, 그린비, 2015, 530쪽.

면과 옥시국시.

－전무식, 「양꿰과 양꼬치 사이」 전문[35]

시 ①에서 시인에게 이 가게가 '새로운 집'으로 전환될 수 있는 것은 단순히 '상호바꾸기'의 문제가 아니다. 중국에서는 양고기를 잘게 썰어 쇠꼬챙이에 꿰어 구운 것을 '양러우촨(羊肉串)'이라고 부르고, 연변에서는 '양꿰'으로 통하고, 한국에서는 '양꼬치'로 부른다. '양꿰'이 고향의 미각적 인식으로 존재했다면 '양꼬치'는 한국의 미각적 인식을 받아들여야 느낄 수 있다. 이는 문화적 차이를 인식했기 때문이다.

시인은 대림역 사거리의 '연변양꿰'집이 '순이네 양꼬치'로 문화적 이주를 받아들이는 것으로 형상화했다. '양꿰' 가게일 때는 '목 쉰 연변 사투리'로 말하는 조선족 손님들의 매연으로 가득했지만, 간판을 바꾸고 나니 한국의 '젊은 손님'들로 북새판을 이룬다. 이는 인식의 확장을 통한 장소의 변화를 뜻한다. '양러우촨'일 때는 한국에다 '중국'을, '양꿰'일 때는 한국에다 '연변'을 받아들였지만, '양꼬치'로 바꾸면서 이제 그 '집'은 한국문화와의 혼종화를 주체적으로 수용한 '제3의 공간'이 된 것이다.

시인은 그 전환이 '장백산'과 '백두산'만큼이나 대차가 큰 것임을 실감한다. 장백산은 중국에서 부르는 명칭이지만, 백두산은 한국인이 부르는 명칭이다. 장백산과 백두산은 같은 공간이지만 다른 이름에 따라 그곳은 전혀 다른 공간이 된다.

이제 그 '순이네 양꼬치'는 대림동에서 한국 손님과 조선족 손님을 모두 맞이하며 새로운 장소로 전환했다. 그러나 벽의 메뉴판에는 아직도 디아스포라의 고충이 16음표로 걸려 있다. 시인은 그것을 한국인의 입맛을 대표하는 '신라면'과 조선족의 입맛을 대표하는 '옥시국시' 사이에 선

---

35 『동북아신문』, 문화면, 2019.2.5.

'망설임'으로 형상화한다.

> ② 사람 냄새가 하도 그리워/ 서울로 간다/ 이 세상 어딘가에 기대고 싶어 대림역/ 지하철 입구에/ 한그루 나무로 우뚝 선다./ 그곳에는 연변 어디선가 온/ 미스 리의 지분냄새가 있고/ 흑룡강 어디선가 온 강씨 아저씨의/ 사발 깨지는 듯한 높은 억양도 있다./ 사과도 아니고/ 배도 아니고/ 짜그배도 아 닌 내가/ 사과배로 낯설게/ 한무리 또 한무리의/ 하이에나 속에/ 외발로 서 있다!/ 이제는 강한 펀치가 아닌/ 향긋한 맛을/ 보여줘야 하는 때.
>
> ─허창렬, 「사과배」 부분[36]

시 ②의 시인은 지방에 있는 공사장 '함바'에서 지내다가 '사람 냄새가 그리울' 때면 '대림역'으로 간다. 한국이 낯선 만큼 함바에서 보내는 시간 은 더 외롭다. 그러나 시인은 대림동에서 고향에 온 듯한 안도감이나 익숙함을 느낀다. 그곳이 이미 그에게 '제3의 고향'이 되었기 때문이다. 그리하여 그곳에서 시인은 중국과 한국이라는 이중적 정체성을 가졌듯 이, 사과도 아닌 배도 아닌 '사과배'만의 '향긋한 맛'을 보여주는 것에 당당함을 지닌다. 대림동에서 그도, 다른 조선족도 모두 세상에서 유일 한 '사과배'가 되는 것이다. 그는 대림동을 생각하기만 해도 이미 자신은 사과배가 되어 있다. 이는 대림동이 그들의 '새로운 고향'이 되어야 한다 는 자각만으로도 이미 그러한 정체성을 확인하는 것과 같다.

> ③ 대림동 862-4/ 반지하 셋방 마당 한구석/ 갈라진 콘크리트 틈새에/ 무슨들레 한 송이가 외로이 피어나 있다/ 뿌리 내릴 흙 한줌마저도 없는 갈라진 콘크리트 틈새에/ 곰팡이 피는 반지하 셋방마당 구석진 곳에/ 노란 무슨들레 꽃 한 송이가 홀로 피어나 있다.
>
> ─허성운, 「무슨들레」 부분[37]

---

36 『동북아신문』, 문화면, 2020.7.30.

시 ③의 '무슨들레'는 '민들레'의 연변 사투리이다. 많은 작품에서 조선족은 민들레에 비유된다. 민들레의 씨앗은 바람에 흩날려 낯선 땅에 날아가 뿌리를 내린다. 이는 디아스포라가 지닌 '떠남'과 '정착'과 같은 속성을 지닌다. 조선족은 민들레의 홀씨처럼 북만주를 거쳐 이제 다시 한국으로 와서 '제3의 고향'을 일군다. 이곳에서 고단한 삶을 살았지만 시인은 민들레의 '떠남'과 '정착'이란 속성 중에서 '떠남'보다는 '정착'이라는 한국에서의 '집 짓기'와 '고향 이루기'에 더 주목한다. 그 정착은 민들레 홀씨가 내려 뿌리내린 그곳, 바로 대림동이다.

> ④ 7호선 대림역 12번 출구/ 여기에 서울 도심의 외딴 동네가 있다/ 대림,/ 어떤 사람들은 이곳을/ 한국의 작은 중국이라 한다// 웃으면서 부딪히던 술잔에도/ 살아갈 우수가 섞여 있고/ 만취한 채 팔자걸음 한데도/ 걸어야 할 길은 잃지 않는,/ 잃지 못 하는,/ 잃어서는 안 되는,/ 그래서 나,/ 이곳 대림을/ 중국의 작은 한국이라 말하고 싶다
>   −박동찬, 「대림, 그리고 조선족 − 박춘봉 살인사건 그 후」의 부분[38]

시 ④의 대림동은, 조선족 스스로 한국사회로부터 소외되었다고 인식하기 때문에 '외딴 동네'가 된다. 그곳에는 살인마 '박춘봉'이 살고 있지 않지만, 모두 '박 아무개'인 듯이 웅크리고 산다. 한국의 언론이나 한국사회가 그들을 '박 아무개'와 동일시하기 때문이다. 그것이 오로지 '한국 탓'이라면 그것을 바로잡는 것은 조선족의 몫이 아니다. 그러나 조선족이 자기성찰을 통해 스스로의 변화를 꾀할 수 있다면 그것은 조선족의 몫이 된다. 이는 타자에서 주체가 되는 '인식의 전환'을 통해 이루어진다. 그러므로 '인식의 전환'을 이루지 못하면, 조선족이 대림동을 다 차지한다고

---

37 『동북아신문』, 문화면, 2021.6.25.
38 『동포문학』 3기, 도서출판 바닷바람, 2015, 60쪽.

해도 그곳을 고향으로 바꿀 수 없다. "꽈배기는 마르고 순대가 식었다"는 그곳에서 아직 그들은 스스로가 "불쌍해지기도 하고, 불안해지기도 하고, 불편해지기도" 한다. 그러한 인식은 자칫 그들이 '대림동'에 지은 '집'을 또 다시 '임시거주지'로 전락시킬 가능성이 크다. 물론 술에 취하여 팔자걸음을 걷지만, 그들은 '걸어야 할 길을 잃지 않는' 또 '잃어서도 안 되는' 사람들이라고 한다. 그리하여 남들이 '한국의 작은 중국'이라고 부르는 대림동을, 시인은 '중국의 작은 한국'에서 '한국의 연변'으로 바꾸고 싶어 한다.

그러나 한걸음 더 나아가, '한국의 연변'은 연변과는 다른 '제3의 공간'이 되어야 한다. 다시 말하면 단순한 고향 복원의 의미를 넘어서야 한다는 뜻이다. 한민족이지만 국적이 다르듯이, 민족과 국적의 차이를 뛰어넘는 '한국의 작은 한국'을 이룰 수 있어야 한다. 조선족 선조들이 간도에서 자신이 '주체'가 되어 연변이라는 집을 지었듯이, 그들이 주체가 되어 한국 속에 그들만의 한국을 만들어야 한다는 의미로 보아야 할 것이다.

물론 대림동이 아직 그들의 인식 속에 '세계의 중심으로서의 집'으로 자리잡지 못했다. 대림동의 물리적 공간의 변화는 그곳을 다문화적 공간으로 변화시키고 있지만, 탈영토화와 재영토화의 과정에서 오히려 영역주의만을 강화시켜 그들 자신을 대림동에 고립시킬 가능성이 크다. 그러므로 그들에게 더 중요한 것은 자신이 주체가 되어 그들의 인식 속에 새로운 집, 새로운 고향을 구축해야 하는 것이다. 그때 비로소 대림동에 세워진 집과 고향은 재한조선족 디아스포라가 긴 이주의 여정을 끝내고 자신의 정체성을 재정립하여 안주할 수 장소가 될 것이다.

4. 나오며

본 연구에서는 크게 두 가지 측면에서 대림동의 시적 재현 양상을 분석했다. 첫 번째는 조선족 디아스포라가 대림동에 정착하기까지의 역사적 과정과 대림동의 상징적 의미에 대해서 살펴보았다. 여기서 주목해야 할 점은, 조선족이 중국에서 '고향 짓기'를 이루고 난 뒤에 일어난 여러 정치적 변혁을 통해 그곳이 평화와 안식을 주는 고향이 아님을 자각했다는 점이다. 물론 모국인 한국에서도 마찬가지였다. 이곳에서 경험하는 냉대와 차별에 의해 그들은 정체성의 혼란을 겪으며, 고향찾기에 실패한다. 그러나 그들은 좌절하지 않고 새로운 집, 새로운 고향 만들기를 도전한다. 이에 대한 실마리를 두 번째, 시문학에 나타난 대림동의 재현양상을 통해 드러난 인식의 층위를 통해 다음과 같은 세 가지로 밝혀냈다.

첫째, 그들의 '임시거주지'라는 인식을 분석했다. 그들은 한국인도 아니고 중국인도 아닌 '경계인'으로 살면서 한국 사회와의 갈등을 통해 이곳을 '임시거주지'로 인식해왔다. 이는 화장실도 없는 방에서 살아야 하는 지독한 박대, 길바닥에서 잠을 자야 하는 취객의 소외, 그리고 길고양이의 떠돌이 삶으로 형상화된다. 이때 대림동은 생존을 영위하기 위한 수단으로서의 '쪽방'일 뿐이다.

둘째, 그들의 '상상적 복원지'라는 인식을 분석했다. 한국에서의 삶이 힘들고 고통스러울수록 고향에 대한 향수가 짙어져, 고향을 복원할 수 있는 다양한 상상적 방안을 강구했다. 그리하여 그들은 고향을 상상할 수 있는 특별한 기호나 관습적 요소를 통해 상상적 복원을 시도했다. 그러나 이는 상상의 범위 안에서만 가능하지 현실과는 동떨어져 있을 뿐이었다.

셋째, 그들의 '새로운 집'을 시도하는 인식을 분석했다. 그들은 상상을 통해 고향을 복원한다고 해도, 그것은 이미 고향의 허상일 뿐임을 자각한다. 또한 주체로서의 인식을 지니지 못한다면 대림동이라는 물리적 공간을 전부 차지한다고 해도 그곳은 단지 임시거주지에 불과함을 깨닫는다. 이제 그들은 스스로가 당위론적인 이상을 통해, 자신을 주체로 변화시키는 노력을 통해 '새로운 집'을 지어야 함의 필요성을 실감한다.

그런 의미에서 대림동이 임시거주지 또는 상상으로 이룬 복원지가 아니라, 새로운 그들의 집과 고향이 되기 위해서는 다음과 같은 두 가지 점을 주목해야 할 것이다.

첫째, 그들이 주체로서의 진정한 가치를 발견하여 그들 스스로의 인식을 전환시켜야 할 것이다. 대림동이 단순히 배타적 임시거주지 또는 연변의 상상적 복원지가 된다면, 그곳은 한국 사회에서 배제되어 급기야는 게토화될 가능성이 크다. 둘째, 대림동이 문화적 혼종화로 태어난 제3의 공간이라는 사실을 받아들이고, 조선족의 문화적 특성을 유지하며 한국과의 유대를 통해 조선족만의 '한국 속의 새로운 한국'을 이루어야 할 것이다. 그때 비로소 대림동이 조선족의 인식 속에서 고향 또는 열린 장소로 거듭 태어날 수 있을 것이다.

참고문헌

1. 자료
『동포문학』 1~13호, 도서출판 바닷바람, 2012~2022.
『연변문학』, 연변인민출판사, 2020.
『동북아신문』, 2010~2022.

2. 저서 및 논문
가스통 바슐라르, 『공간의 시학』, 곽광수 옮김, 동문선, 2003.
건국대학교 통일인문학연구단, 『코리언의 역사적 트라우마』, 선인, 2012.

통일인문학연구단 기획, 『기억과 장소』, 스마트싱크, 2021.

데이비드 허다트, 『호미바바의 탈식민적 정체성』, 조만성 옮김, 앨피, 2011.

이-푸 투안, 『공간과 장소』, 구동회·심승희 옮김, 대윤, 1999.

서지수, 「서울 대림동의 조선족 '통로'(Portal)로서 장소성 형성」, 『지리학논총』 58, 서울대학교 사회과학대학 지리학과, 2012.

신동순, 「영화 〈청년경찰〉 속 '조선족'과 '대림동'의 문제적 재현」, 『중국한논총』 69, 고려대학교 중국학연구소, 2020.

신명직, 「가리봉을 둘러싼 탈영토화와 재영토화 – 87 이후의 가리봉을 그린 소설과 영화를 중심으로」, 『로컬리티 인문학』 6, 부산대학교 한국민족문화연구소, 2011.

전월매, 「부동한 글쓰기를 통한 공간의 재현 – 한국현대소설에 나타나는 '가리봉동' 을 중심으로」, 『중한언어문화연구』 14, 천진사범대학교 한국문화연구중심, 2018.

전은주, 『한중 수교 이후 재한조선족 디아스포라 시문학에 나타난 정체성 연구』, 연세대학교 박사학위논문, 2019.

_____, 「조선족의 '역사적 트라우마' 치유를 위한 시론 – 이주사와 시작품 다시 읽 기」, 『통일인문학』 77, 건국대학교인문학연구원, 2019.

제3부

한국문학의 안과 밖

대중 투자 텍스트의 화폐 상상

권창규

2020년과 2021년의 팬데믹 시대에 대한 기록에 포함되어야 할 것이 있었다. 바로 자산 시장의 호황이다. 세계적인 자산 시장의 호황 속에서 한국에서도 투자 열풍이 불었다. 세계 주요 도시를 중심으로 부동산 가격 상승이 가팔랐고, 주식 시장에서는 개인 투자자들이 주목을 받았다. 미국의 '로빈후드', 중국의 '인민부추', 한국의 '동학개미'는 모두 주식 개인 투자자를 일컫는 신조어로 회자됐다. 2017년에 화제를 모았던 암호화폐 시장도 극적인 가격 변동을 보이며 뜨거웠다. '1930년대 이후 최악의 경제위기'로 명명됐던 코로나19 대감염의 상황에서 대대적인 적자재정 및 양적 완화 정책이 이어졌지만, 실물경제보다는 자산 시장에 돈이 몰렸다. 경제협력개발기구(OECD)의 국가들 중에서 한국의 적자재정 규모는 가장 작은 축에 속했지만 시중의 유동성 자금은 확장세를 이어가면서 2022년에는 3700조 이상으로[1] 추산된 바 있다.

불과 1년 여 만에 상황은 변했다. 투자의 열기는 식었고 주식 대신에 은행 예금을 찾는 이들이 생겨났다. 한국의 부동산 시장은 2021년 하반기

---

1   2년 미만의 정기예금과 같은 현금화하기 쉬운 유동성을 포함한 수치다(광의의 통화 (M2)에 해당함). 한국은행 보도 자료, 「2023년 1월 통화 및 유동성」(출처: 한국은행).

부터 하락세를 이어가고 있다. 암호화폐 비트코인은 2021년 10월 최고가로 폭등했다가 폭락세로 돌아섰다. 미국의 금리 인상은 투자 시장을 위축시킨 직접적인 원인이 됐다. 우크라이나 전쟁으로 지정학적 관계가 불안해지면서 에너지 위기, 원자재 위기, 식량 위기가 가시화되면서 물가 인상이 금리 인상으로 이어진 것이다.[2] 물가 상승과 경기침체가 동반되는 기이한 경제 현상인 스태그플레이션의 세계 경제 속에 한국도 속해 있다.

투자는 일시적인 붐이었을까? 그렇지 않다. 사람들은 주식에 쏟는 돈도, 시간도 줄였지만 어떻게든 투자를 이어나갈 것이라고 한다. "직장에서 벌 수 있는 돈은 정해져 있고, 자산을 늘릴 수 있는 수단이 투자밖에 없다. 설령 주식 투자를 안 하더라도 부동산이라든지 어떤 식으로든 투자를 계속할 것 같다."[3]고 이야기한다. '정상적으로 벌어서는' 돈을 모으기 어렵고 집 한 칸 장만하기 힘들다. 사람들의 인식은 틀리지 않은 것이 노동소득의 상승률은 자산소득의 상승률과 비교가 되지 않는다. 높은 자산 소득 상승률은 주로 부동산에 기인하고 있으며, 더구나 메가 시티인 서울에서 땀 흘려 노동해서 집을 사기란 불가능에 가깝다. 그래서 투자의 붐이 수그러든다고 해서 투자에 대한 필요와 감각이 바뀌지는 않는다.

한국에서 대중 투자의 출발은 1997년 외환위기로 거슬러 올라간다. 구조조정과 정리해고, 폐업과 도산으로 감각됐던 경제 타격 속에서 투자 열풍은 높았다. 주택담보대출을 비롯한 부동산 투자의 일상화, 주식과 펀드 열풍, 벤처 붐, 신용카드 보급이 그것이다. 부자 담론도 번성했다. '부자 되세요'라는 유명 카드사의 광고 문구는 마케팅 전략으로만 머물러 있지 않았다. 부자학 강의, 부자학연구학회가 대학과 강단에서 화제를

---

2 「홍기빈 글로벌정치경제연구소장, "외교는 미국 따라가더라도 원자재나 에너지는 지혜로운 줄타기 필요한 상황, 공급망 확보 위한 유연한 전략 구사해야"」, 『TBS 신장개업』, 2022.6.28.

3 「다시 만난 '자낳세'…"월급만으로 살 수 없단 생각엔 변함없어"」, 『경향신문』, 2023.1.1.

모으고, 부자학대학연합동아리, 재테크 관련 온라인 동호회도 잇따랐다.[4] 가난하고 어려웠던 시절 부자 담론이 번성했듯이 팬데믹의 투자 열풍은 실업과 폐업의 어려운 시절을 대변했다.

2000년대 초반에 일었던 투자 열풍에서는 정리해고와 구조조정으로 가난해진 '아빠들'이 주축이 되었다면, 지금의 투자 주체는 특정 성과 연령에 국한되어 있지 않다. '건물주 되기'는 청소년부터 노년층까지 아우르는 공통된 소망처럼 회자된다. '주식의 생활화'라는 말이 돌았던 1990년대 후반, 2000년 대 초반을 지나서 이제 '두 사람만 모이면 주식 이야기를 하는'[5] 풍경이 그려진다. 더불어 친족과 가족 간의 '주식 선물'과 '주식 용돈'은 부정적 함의를 벗기 시작했다.

이 글은 1990년대 후반, 2000년대 초반부터 본격화된 대중 투자 현상을 배경으로 투자의 민주화가 뚜렷해진 현재 상황에 주목한다. 투자가 화제인 만큼 투자를 권유하고 훈육하는 텍스트는 차고 넘친다. 구체적인 논의 대상은 투자 담론이다. 대중 투자 담론은 어떤 매체를 통하여 어떻게 소통되며, 어떤 배경에서 누가 누구를 상대로 하는 소통 행위인가. 투자 담론은 투자 열풍을 추동하는 요인이자 투자 열풍을 반영한 결과물이다. 필자는 서적을 비롯한 다양한 투자 텍스트의 담론적 기능에 주목함으로써 투자 텍스트를 비롯하여 텍스트가 생산되는 상황과 맥락으로서의 컨텍스트를 함께 고려하여 담론을 분석[6]하고자 한다. 투자 텍스트가 설득의 성격을 지니는 만큼 담론적 효과를 구성하는 전제와 방법, 상상뿐만 아니라 의미와 배경을 함께 고려할 필요가 있다.

4　정수남, 「'부자되기' 열풍의 감정동학과 생애프로젝트의 재구축」, 『사회와 역사』 89, 2011, 296쪽.

5　신다은 기자, 「"나만 빼고 다 돈 벌었나" 주식 광풍에 박탈감 커진다」, 『한겨레』, 2021.1.11.

6　Guy Cook, *The Discourse of Advertising*, London: Routledge, 1992, p.1.

다양한 투자 텍스트들은 '일반인'에서 투자자로의 변신을 독려하며 성공을 그려내는 설득의 발화를 특징으로 한다. 성공은 부자 되기로 표현되기도 하고 '경제적 자유'·'경제적 독립'으로 표현되기도 한다. 투자형 인간 되기는 후기 근대의 자아 성찰과 발달을 배경으로 한다. 근대 초기 봉건 사회의 질서에 대항하는 부르주아의 개인주의와 달리 후기 근대의 자아 발달은 노동 시장의 변화에 직면한 자아 기획의 가능성을 내포한다.[7] 투자형 인간으로의 개조는 보다 가깝게는 신자유주의적 자기계발 및 경영의 기획과 닿아있다. 투자라는 위험 거래 기술은 사람들을 시장의 개인으로 호출하며 선택의 자유와 결과의 책임도 모두 개인 소관으로 돌린다.

투자 담론이 1990년대 들어 확산된 자기경영 담론과 친연성이 있는 만큼 신자유주의적 자기경영 담론 중에서도 사회학적, 인류학적 연구를 참고할 필요가 있다.[8] 이 글이 일차적으로 참고하는 선행 연구는 일상의 금융화와 투자자 주체에 주목한 연구들이다. 투자자는 신자유주의적 자기 경영 주체가 발전되고 구체화된 양태라 볼 수 있다.[9] 금융자본주의의 물적 토대에서 나아가 사회문화적 변화에 주목한 랜디 마틴, 폴 랭리, 코스타스 라파빗차스, 강내희 등의 연구는 투자자 분석에 도움을 준다.[10]

---

7 울리히 벡(홍성태 역), 『위험사회』, 새물결, 1997, 161~162쪽.

8 서동진, 『자유의 의지 자기계발의 의지』, 돌베개, 2009; 전상진, 「자기계발의 사회학」, 『문화와사회』 5, 2008, 103~140쪽; 이범준, 「한국의 자기계발 담론과 젊은 직장인들의 수용과 실천에 대한 연구」, 서울대 석사논문, 2010; 오찬호, 「불안의 시대, 자기계발 하는 20대 대학생들의 생존전략」, 서강대 박사논문, 2012; 엄혜진, 「신자유주의 시대 한국의 자기계발 담론에 나타난 여성 주체성과 젠더 관계」, 서울대 박사논문, 2015; 이광석·윤자형, 「청년 대중서로 본 동시대 청년 담론의 전개 양상」, 『언론과 사회』 26(2), 2018, 77~127쪽.

9 Paul Langley, *The everyday life of global finance*, Oxford, New York: Oxford University Press, 2008, p.91.

10 Randy Martin, *Financialization of daily life*, Philadelphia: Temple University

알렉스 프라다와 캐런 호는 각각 역사적 자본주의 행위자로서의 투자자 유형과 월스트리트의 머니 트레이더에 대한 연구를 했다.[11] 한국의 사회 문화에 밀착한 연구로 최민석은 1997년 경제 위기 이후에 투자자 주체의 형성에 주목했으며, 오승민은 대중 투자 문화의 형성을 논의했다. 정수 남은 부자 열풍의 감정동학에 주목했으며, 박대민과 이지웅은 주택 투자 담론에 초점을 맞추었다.[12] 이외에도 투자자에 대한 인류학적, 사회학적 분석으로 각각 주식 개인 투자자와 청년 주식 투자자에 주목한 김수현, 이동준 외 연구를 주요 선행 연구로 참조한다.[13]

이 글은 대중 투자 텍스트 중에서도 특히 서적에 주목하고 온라인 플랫 폼과 신문, 잡지, 방송을 부수적으로 참고한다. 다른 텍스트 형태에 비해 책에는 서사 구조가 잘 드러난다. 오늘날 다각화된 매체 환경에서 연쇄 마케팅이 일반화된 가운데 책은 그중 한 고리에 해당한다. 먼저 블로그나 유튜브, 사회관계망서비스(SNS), 온라인 커뮤니티와 같은 온라인 플랫폼 을 통해 인기를 모은 후 출판 시장을 거쳐 신문과 잡지, 방송에 연계되고

Press, 2002; Paul Langley, op.cit.; Costas Lapavitsas, "Financialized Capitalism," *Historical Materialism* 17(2), 2009, pp.114~148; 강내희, 『신자유주의 금융화와 문화 정치경제』, 문화과학사, 2014; Max Haiven, *Cultures of Financialization*, London, UK: Palgrave Macmillan, 2014.

11 Alex Preda, "The Investor as a Cultural Figure of Global Capitalism", Edited by Karin Knorr Cetina and Alex Preda, *The Sociology of Financial Markets*, Oxford: Oxford University Press, 2006; 캐런 호(유강은 역), 『호모 인베스투스』, 이매진, 2013.
12 순서대로 최민석, 「1997년 경제위기 이후 일상생활의 금융화와 투자자 주체의 형성」, 서울대 석사논문, 2011; 오승민, 「가치투자의 수행성과 대중투자문화의 형성」, 연세대 석사논문, 2015; 정수남, 「'부자되기' 열풍의 감정동학과 생애프로젝트의 재구축」, 『사 회와 역사』 89, 2011, 271~303쪽; 박대민, 「담론의 금융화」, 서울대 박사논문, 2014; 이지웅, 「1997년 경제위기 이후 주택 금융화에 관한 연구」, 고려대 석사논문, 2014.
13 김수현, 「개인 투자자는 왜 실패에도 불구하고 계속 투자를 하는가」, 서울대 석사논문, 2019; 이동준·맹성준·강준혁, 「청년 주식 투자자들의 '빚투' 경험에 관한 연구」, 『미래 사회복지연구』 12(1), 2021, 127~160쪽; 김초롱, 「대기업 청년 퇴사자의 개인화된 일과 삶」, 서강대 석사논문, 2017.

다시 온라인의 세계로 확산되는 마케팅 루트를 통해 다양한 투자가 홍보
된다. 출판 시장의 분류를 보면, 투자는 재테크와 함께 묶여 경제·경영
분야에서도 가장 대중화된 부문에 속한다.[14] 투자서는 전문가의 일방적
발화라기보다는 성공한 투자자 모델로서의 경험담을 기초로 하며, 필자
의 이력에는 성공한 투자 이력과 함께 대중의 호응도를 반영한 유튜브나
사회관계망서비스의 구독자 수나 조회 수가 흔히 포함되어 있다.

투자서는 고전에 주목하되 최근 화제작까지 살핀다. 투자서의 설득
담론이 비슷하게 반복되는 만큼 투자서 분야에서는 고전으로 꼽히는 스
테디셀러에 일차적으로 주목하여, 로버트 키요사키·샤론 레흐트와 보도
섀퍼를 비롯해 비슷한 시기에 출간된 부자 연구서 및 취재서, 재테크
서적을 포함한다.[15] 그리고 최근 투자 열풍의 동향을 반영하고자 근래
출판된 화제작도 주요 검토 대상에 포함했다. 흔히 주식, 부동산, 암호화
폐, 보험, 세금 부문으로 나뉘는 출판 시장의 투자서 분류 중에서는 주식,
부동산, 암호화폐 분야에 집중했다.[16] 그리고 실전 투자 기술에 집중한

---

14 투자·재테크 부문 외에 마케팅·세일즈, 기업 경영(조직 관리, 리더쉽, CEO와 비즈니스
   맨을 위한 능력 개발)이 있고, 경우에 따라 창업·취업·은퇴 부문이나 인터넷 비즈니스
   부문이 따로 있다.(인터넷 서점(교보문고, YES24, 알라딘) 참고)

15 Robert T. Kiyosaki & Sharon L. Lechter, *Rich dad, poor dad*, New York: Warner
   Books, 1997(로버트 기요사키·샤론 레흐트(형선호 역), 『부자 아빠 가난한 아빠』, 황금
   가지, 2000); 보도 섀퍼(이병서 역), 『돈』, 북플러스, 2003; 토마스 J. 스탠리·윌리엄
   D. 댄코(홍정희 역), 『이웃집 백만장자』, kmabook, 2002; 한상복, 『한국의 부자들』,
   위즈덤하우스, 2003; 정철진, 『대한민국 20대 재테크에 미쳐라』, 한스미디어, 2006:
   박경철, 『시골의사의 부자경제학』, 웅진씽크빅, 2006 등.

16 주식 부문으로는 박종석, 『살려주식시오』, 위즈덤하우스, 2021; 존 리, 『엄마, 주식
   사주세요』, 한국경제신문, 2020; 강방천·존리, 『나의 첫 주식 교과서』, 페이지2북스,
   2021; 박세익, 『투자의 본질』, 위너스북, 2021 등. 부동산 부문으로는 송희창(송사무
   장), 『EXIT』, 지혜로, 2020; 유대열(청울림), 『나는 오늘도 경제적 자유를 꿈꾼다』,
   알에이치코리아, 2018; 브라운스톤, 『부의 인문학』, 오픈마인드, 2019. 암호화폐 부문
   으로는 강기태(세력), 『서른살, 비트코인으로 퇴사합니다』, 국일증권경제연구소, 2021;
   리샤오라이(박영란 역), 『부자의 길을 선택하다』, 메카스터티북스, 2021; 빗썸코리아

경우보다는 투자와 재테크 일반에 해당되는 경우에 주목했고 관련 재테크 온라인 커뮤니티도 참고한다.[17] 특히 2018년을 전후로 '경제적 자유'를 표제어로 내건 서적이 많이 나왔으므로[18] 조기 은퇴와 관련한 신간 서적과 관련 온라인 커뮤니티도 적절히 참고하도록 한다.

1. '경제적 자유'를 성취한 부자 되기라는 목표

자기계발서는 사람들에게 익숙하다. 베스트셀러로 자기계발서가 에세이의 한 부문을 차지한 지 20년이 넘어간다. 서동진은 한국의 신자유주의적 자기계발 담론에 대한 연구에서 변화 양상을 지적한 바 있다. 이전의 계발서들이 자기 수련에 가까운 행위를 권고하는 교훈적 주장으로 가득 찬 지침서라면, 1980년대 이후의 텍스트들은 경영 담론과 자기계발

씨랩(C-lab), 『한 권으로 끝내는 코인 투자의 정석』, 비즈니스북스, 2021 등. '세력', '청울림', '송사무장' 경우는 모두 파워 유튜버나 파워 블로거로, 온라인의 인기에 힘입어 서적을 출판한 경우다.

17 일반 재테크에 관련된 온라인 카페 중 회원 수가 가장 많은 두 곳을 골랐다. 다음 카페 '텐인텐'(https://cafe.daum.net/10in10)와 네이버 카페 '맘마미아'(https://cafe.naver.com/onepieceholicplus).

18 단행본의 제목만 나열한다. 『월급쟁이 부자는 없다: 서른 전에 평생 돈 걱정을 해결한 젊은 부자 유비의 경제적 자유 실현 프로젝트』; 『경제적 자유를 위한 투자지침서』; 『나는 매일매일 부자로 산다: 파이어족을 위한 경제적 자유 프로젝트』; 『나는 오늘도 경제적 자유를 꿈꾼다: 3년 만에 월세 1,000만 원 만든 투자 철칙』; 『경제적 자유에 이르는 6단계: 돈 걱정 없는 인생 프로젝트』; 『나는 오르는 수익형 부동산만 산다!: 경제적 자유를 위한 쉽고, 확실한 부동산 투자를 시작하라!』; 『(이렇게 하면 당신도) 경제적 자유를 누릴 수 있다』; 『요나나의 월급쟁이 재테크: 경제적 자유를 위한 밀레니얼 세대의 필수 재테크』; 『26살, 경제독립선언: 내 인생의 경제적 자유를 빠르게 실현하는 법』. 이상 단행본은 모두 2018년 전후로 출간된 것들이다(『경제적 자유에 이르는 6단계』와 『26살, 경제독립선언』만 각각 2014년과 2009년에 출간됨). '2020년 출판 시장은 돈과 경제적 자유가 지배'했다고 할 만큼 투자서의 강세가 눈에 띄었다(안티에그, 「돈과 경제적 자유가 지배한 출판시장」, 2021.2.16. https://brunch.co.kr/@miraculum951107/7).

담론 사이의 경계를 넘나들며 "공적인 경제적 주체로서의 삶과 사적인
자아로서의 삶 사이에 어떤 거리를 두지 않는다." 오늘날 자기계발·경영
담론에서 경제적 삶은 자아의 자율성을 위협하거나 오염하는 외부적 힘
으로 여겨지는 게 아니라 자아실현의 능동적 지평으로 바뀌어있다.[19]

자기계발서와도 친연성을 지니는 '경제경영서', '실용서'들은 1990년
대 이후 인기를 얻기 시작했으며[20] '경제적 관념'을 계발할 필요성에 대한
인식이 확산됐다. 『부자 아빠, 가난한 아빠』(1998)는 한국에서 돈과 부자
에 대해 노골적인 관심의 계기가 되었으며 돈에 대한 인식을 긍정적으로
전환하는 데 설득력 있는 이론적 지지대를 제공한 책으로 꼽는다.[21] 가난
한 아빠와 친구의 부자 아빠를 대비한 미국인 남성 투자자의 책은 세계적
베스트셀러로 인기를 모았다. 비슷한 시기에 번역된 보도 섀퍼의 『돈』
(1999)도 경제경영 부문의 스테디셀러로 꼽는다. 『돈』은 유럽식 자기경영
서라는 부제를 달고 부자 되기를 역설했다. 유럽의 유명 머니 트레이더로
국내에 소개된 섀퍼는 경제교육 동화[22] 작가로도 인기를 끌고 있다.

『부자 아빠 가난한 아빠』는 가난한 엘리트가 아닌 부자로 살겠다는
가부장 남성의 목소리를 내세우며 돈에 대한 욕망을 질문했다. 『돈』 역시
가난한 아들의 목소리를 담고 있는데, 섀퍼는 일하다 죽은 변호사 아버지
처럼 살지 않겠다며 부자 되기에 대한 욕망을 밝힌다.[23] 두 책은 공통적으
로 누구나 부자가 되고 싶어한다는 명제를 제시하며 돈에 대한 부정적

---

19 서동진, 앞의 책, 270쪽.
20 대표적 베스트셀러로 스티븐 코비(김경섭·김원석 역), 『성공하는 사람들의 7가지 습
  관』, 김영사, 1994. 시간 관리를 위한 일지로 '프랭클린 플래너'도 유행했다.
21 이범준, 앞의 글, 129·137쪽.
22 보도 섀퍼(김준관 역, 신지원 그림), 『열두 살에 부자가 된 키라』, 을파소, 2001. 이후
  『열세 살 키라』, 『열세 살에 마음부자가 된 키라』 연작이 '어린이를 위한 경제만화',
  '꿈을 이루게 도와주는 자기경영 동화'로 국내에 소개됐다.
23 보도 섀퍼(이병서 역), 앞의 책, 31~33쪽.

인식을 바꿀 것을 역설했다.

부자를 인터뷰한 기록물도 덩달아 인기를 모으며 부를 선망과 학습의 대상으로 제시했다. 미국 부자에 대한 기록물인 마케팅학 교수의 연구서, 『이웃집 백만장자』(1996), 한국 신문 기자의 취재기인『한국의 부자들』 (2003) 등이 그것이다. 부자는 멀리 있는 게 아니라 가까운 이웃에 있다는 『이웃집 백만장자』는 많은 수입과 많은 소비가 부자의 징표가 아니라 자제력을 중심으로 하는 생활습관이 부를 축적하는 주요 능력임을 설파한다. "부를 축적하기 위해서는 절제와 희생, 근면이 필요하다"는 게 내용의 핵심으로 따라서 누구에게나 길은 열려있단다.『한국의 부자들』역시 부자들의 자전적 경험담을 전하면서 "부자를 모르면 부자가 되기 어렵다"고 역설했다.

물론 부자 바람은 출판 시장에 국한되어 있지 않았다. 부자학 연구(부자학연구학회)가 등장하고 대학의 부자학 강좌가 인기몰이를 했다. 부자학 대학연합동아리도 등장했다. 2000년대 초반이었다. 부자 되기를 도모하는 인터넷 카페와 동호회도 인기를 모았다. 카드사의 유명한 광고 문구, '부자 되세요'(2003)는 저급하다며 엘리트들의 비판을 받았지만, 가난해지고 불안정한 현실만큼이나 부에 대한 높은 열망을 반영했다. 신용카드를 써서 부자 되라는 역설은 카드대란으로 명명된 서민경제의 파탄으로 귀결된 바 있다. 1997년 외환위기 이후 'IMF 체제'에서 노동 유연화라라는 이름의 고용 불안정이 상시화되면서 노동 윤리는 변화해왔다. 노동력 상품화를 뒷받침하는 노동윤리가 쇠퇴하고 노동에 근거하지 않은 부의 축적이나 노동이 결여된 소비에 대해 비난할 근거가 약해진 상황에서 부자 담론은 사회적 위험의 개인화에 직면한 사람들이 취할 수 있는 방법을 설득력 있게 제시함으로써[24] 공감을 얻었다.

---

24 최민석, 앞의 글, 77쪽.

부자 담론이 부상하면서 자식 교육의 목표도 적나라해졌다. 〈명문대 입학 → 안정된 직장에 취직 → 승진 → 연금 수령〉의 시대가 끝났다는 선언과 함께 돈 굴리는 법을 교육해야 한다고 역설했던 『부자 아빠, 가난한 아빠』의 훈육은 한국의 사회경제적 맥락에서 발전했다. 학벌사회의 입시 전쟁을 통해 우승열패를 가려왔던 굴레를 반복해야 하는가? "중고등학교 6년의 모범생이 사회를 다스리는 구조"[25]에 대한 비판은 적확하다. 그래서 제시된 교육의 목표는 자식을 부자로 만들고 싶은지, 아니면 학벌은 좋지만 가난한 사람으로 키우고 싶은지 택일하는 문제로 압축됐다. 부냐, 가난이냐로 교육 목표를 압축하는 빈한한 상상은 문제적이지만, 고액의 사교육비를 감당해야 하는 한국의 부모들을 적확하게 겨냥했다. 팬데믹 시기에 주식 투자의 대부로 인기를 모은 존 리는 다음과 같이 꼬집었다. "한국 부모들은 솔직해져야한다", "공부를 시키는 이유가 뭔가요? 좋은 대학 가서 좋은 직장 얻어서 부자가 되길 바라는 거 아닌가요. 근데 왜 공부를 잘하라고 합니까. 부자가 되라고 해야죠."[26] 그의 부자 교육은 주식과 펀드 교육을 가리키며, '주식 용돈'과 '주식 선물'의 생활 교육을 포함한다.

부자 되기에 대한 일반의 열망을 잘 보여주는 사례가 있다. 부자 되기의 꿈은 가난해진 일반 대중들만 성공적으로 겨냥한 게 아니다. 전문직 종사자도 마찬가지이다. 송영창의 투자서, 『EXIT』(2020)에는 어느 의사의 사연이 소개되어 있다. 의사의 질문은 '어떻게 하면 부자가 될 수 있을까'로 압축된다.

---

25 강방천·존리, 앞의 책, 287쪽(강방천의 말).
26 강영연 기자, 「존 리 인터뷰: 젊어서 집 사는 게 제일 바보짓, 집착 버려라」, 『한경』, 2021.1.9.

저는 40대 가정의학과 의사입니다. 상가를 임차하여 개인 병원을 운영하고 있고요. 저는 소위 말하는 의사 집안에서 자랐습니다. 그래서 개원을 할 때까지도 이렇게 사는 것이 당연하다고만 생각했습니다. 하지만 요즘 들어 이렇게 사는 것이 맞는 것인가 하는 후회가 밀려옵니다. 물론 버는 돈으로만 보면 다른 사람들보다 조금 더 여유있게 살 수는 있습니다. 하지만 이렇게 내 시간도 없이 열심히 일하며 벌어도 부자는 될 수 없음을 느낍니다. 지금보다 더 많은 돈을 번다면, 그것은 단지 저의 시간이 그만큼 더 투입되었음을 의미하는 것일 뿐입니다. (중략) 제가 그동안 해온 것이라곤 공부밖에 없고, 공부나 일하는 법이 아닌 돈 버는 법에 대해선 전혀 모릅니다. 저 같은 사람도 부자가 될 수 있을까요?[27]

인용문 속 의사는 '나도 부자가 되고 싶으니 가르쳐달라'고 묻는다. 물론 해당 질문은 부동산 부자인 책의 필자가 받을 법한 질문이면서, '못 배웠지만 부자가 됐다'는 필자가 책 속에 거론하기 좋은 사례다. 사연자는 의사 집안에서 자라나 의사가 되는 길로 접어들었지만, 직업에 만족할 수 없다고 말한다. 직업에 만족할 수 없는 이유는 명확하다. 부자가 될 수 없기 때문이다. 직업의 소명이나 보람은 부자 되기의 꿈에 밀린다. 책의 필자는 자신의 부자 강좌를 수료한 의사가 추후에 상가 한 채를 매입했다는 결말과 함께 '마음의 여유가 생기니 지겹던 병원 일도 즐거워졌다'는 의사의 근황을 전한다.

사연자가 구가할 수 있는 마음의 여유는 건물 소유, 정확히는 월세에서 비롯된다. 마음이 즐거우니 일도 즐겁다는 말은 누구나 공감할 만하다. 모든 직업 활동이 보람 있기는 어렵겠는데, 보람을 구할만한 의사 직업을 택했더라도 '부자가 될 수 없다면' 의미가 없다. 오히려 부자가 되니 일하는 보람도 따라온다. 이때 부자는 직업적 가치와 보람에 앞서는

---

27 송희창, 앞의 책, 33~34쪽.

상위의 직업군 같은 것으로, 생활의 물리적, 정신적 상황을 전면적으로
바꿀만한 능력자로 제시되어 있다.

부자와 비슷한 용어가 있다. 자산가가 그것이다. 자산가는 '투자가형
부자'를 지칭하면서 신자유주의 금융화를 배경으로 부상한 성공적 투자
자 모델로, 투자 지식의 습득과 실천을 통한 자기 성취자로서의 인상을
준다.[28] 자산가라는 말보다 부자가 여전히 많이 쓰이지만 부자의 의미는
달라졌다. 부를 축적하는 방법은 종래의 노동윤리에 기반한 절약과 저축
이 아닌 투자라는 개인화된 대응이다. 투자가형 부자로서의 자산가는
위험(리스크)을 감수하고 보상(리워드)을 쟁취하는 투자 과정에서 위험 감
수자·위험 관리자로서의 성공 모델을 제시한다. 자산가는 대중 투자 시
대에 성공을 성취한 인물로, 성공한 투자자라는 자기 성취자로서의 인상
을 준다.

투자를 통한 부의 축적을 가리키는 신조어가 '경제적 자유'·'경제적
독립'이다. 부자는 경제적 자유를 이룬 사람이다. 부자가 되고 싶다는
말도 흔하지만, 요새는 '경제적 자유를 이루고 싶다'는 말도 흔하다. 부자
가 되고 싶다는 말보다는 경제적 자유를 이루고 싶다는 말이 덜 속물적이
면서 더 기술적인 인상을 준다. 국내에서는 2018년 전후로 경제적 자유
·독립을 표제어로 내건 투자서가 쏟아져 나왔다. 부자가 통상 순자산
100만 달러 혹은 자가를 제외하고 자산이 10억인 자로 정의됐다면,[29] 경
제적 자유에 대한 정의는 보다 기술적이면서도 포괄적이다. 기술적 차원
에서 경제적 자유는 순자산이 연간 지출의 25배이거나, 혹은 매달 생활비

---

28 권창규, 「'위험사회'의 자산화 현상」, 『인문과예술』 9, 2020, 145~165쪽.

29 토마스 J. 스탠리·윌리엄 D. 댄코, 앞의 책, 24쪽; 한상복, 앞의 책, 4쪽(일러두기).
    토마스 J. 스탠리 외 책에서 순자산 100만 달러 이상의 소유자는 1990년대 당시 미국
    1억 가구의 3.5%에 해당했다. 2000년대 초반에 취재된 한상복의 책 속 한국 부자들은
    적게는 20억에서 최대 1,000억 이상의 재산가들이었다.

를 충당할 자산을 지닌 상태로 풀이된다.[30] 확대정의는 돈 때문에 하기 싫은 일을 안 해도 되는 상황, 돈에 휘둘리지 않는 자유로운 상태이다. 임금노동과 연결지어서 볼 때 경제적 자유는 일할지 말지 선택할 수 있는 자유를 얻는 것, 혹은 노동해야 하는 시간 대신에 자유시간이 늘어나는 상태, 좀 더 의미 있는 일을 건강하고 안정적으로 할 수 있는 상황으로 풀이된다.[31]

경제적 자유는 조기은퇴와 연결된다. 억압적 임금노동에서 탈피하여 하고 싶은 일을 하거나 아예 일찍 은퇴하는 것이다. 잘 알려진 미국의 파이어(FIRE; Financial Independent, Retire Early) 운동은 재정적 자유·독립과 연결한 라이프스타일 운동으로 소개됐고 국내에서는 경제적 자유 담론과 '파이어족'이라는 유행어를 낳았다. 학자금 대출의 늪과 고용 불안정, 사회안전망의 부재 속에서 밀레니얼 세대를 겨냥한 파이어운동은 건강한 세월의 대부분을 타인을 위해 보낼 이유가 없다며 노예노동에 대한 인식을 공유한다. 백인 엘리트 남성의 조류라는 비판에 직면한 파이어운동은 인종과 성, 계급에 따른 여러 파생 형태를 낳았다.[32] 파이어운동은 미국인들의 신용을 통한 과소비 관례를 문제 삼는 특징을 띠면서, 소비를 줄여 투자하라는 재테크 공식을 비슷하게 제시한다. 파이어운동은 '미국의 황금시대'가 지난 이후 불평등과 불안정에 직면한 젊은 세대

30　위키피디아(영어)의 'Fire movement' 항목 참고함.(https://en.wikipedia.org/wiki/FIRE_movement); Robert T. Kiyosaki & Sharon L. Lechter, op.cit. p.80.

31　"돈 때문에 하기 싫은 일을 하지 않아도" 되는 상태, 강기태, 앞의 책, 24쪽; "일을 하지 않아도 자신이 노동했을 때 정도의 급여가 들어오는 상태", 송희창, 앞의 책, 29쪽; Tanja Hester, *Work optional*, New York: Hachette Books, 2019. p.XV.

32　위키피디아(영어)의 'FIRE movement' 항목 참고함; 블로그 'Mr. Money Mustache'(https://www.mrmoneymustache.com/2013/02/22/getting-rich-from-zero-to-hero-in-one-blog-post/); 블로그 'Bitches Get Riches'(https://www.bitchesgetriches.com/ grand-list-articles/)

를 겨냥한 자본의 구애를 반영하고 있다.

파이어운동이 내세운 재정적 독립은 한국에서 '경제적 자유·경제적 독립'으로 번역되면서 경제를 재정(finance)으로 치환해버리는 결과를 낳았다. 재정·재무·금융을 경제로 번역한 것은 돈 버는 기술로 좁혀진 경제 상상의 빈곤함을 단적으로 보여준다. 재정과 금융은 경제의 하부요, 주요 기술이지만, 경제는 포괄적인 살림살이의 기술을 가리키므로 보다 범위가 넓다. 빈한한 경제 상상은 문제적이지만, 가난해진 젊은 세대들에게 파급력은 컸다. 경제적 자유 담론은 임금노동과의 관계를 전제로 하고 있으므로 억압적인 노동 현실에서 허덕이는 젊은 세대들에게 호소력을 얻었다. "많은 사람들의 목표는 경제적 자유예요. 30,40대에 다 번 이후에 누릴 것을 누리는 경제적 자유를 이루고 싶은 거잖아요."[33] 인용한 말은 어느 20대 암호화폐 투자자의 말이다. 장시간 노동과 극도의 불안정 노동이 공존하는 한국의 노동 현실은 극단적인 경우이지만, 세계적으로 노동 현실은 각박해져왔다. 노동이 불안정해지므로 일자리를 잃지 않기 위해 과로노동을 감수하는 '생산적 노동의 노예 상태'[34]는 확대되고 있다.

그런데 경제적 자유의 개념은 새로운 발명품이 아니다. 『부자 아빠, 가난한 아빠』에서는 재정 독립 계획이 소개된 바 있으며, 오늘 당장 일을 관두더라도 자산에서 나오는 현금 흐름으로 매달 생활비를 충당할 수 있는 상태를 재정적 독립으로 제시했다.[35] '부자 아빠, 가난한 아빠' 시리즈는 인기에 힘입어 5권까지 발간됐는데, 『부자 아빠의 젊어서 은퇴하기』(2002)는 파이어운동의 전범을 보여준다. 책의 화두는 "돈 걱정에서 벗어나 경제적으로 자유롭게 산다는 목표 설정과 일찍 은퇴를 한다"[36]는 것이다.

---

33 20대 비트코인 투자자의 말이다(박은소리 기자, 「2030 활동가가 보는 젊은 청년층들의 투자 광풍」, 『월간 경실련』 2021년 5·6월호, 2021.5.27).

34 크리스티안 마라찌(서창현 역), 『자본과 정동』, 갈무리, 2014, 54쪽.

35 Robert T. Kiyosaki & Sharon L. Lechter, op.cit., p.80.

2003년에 번역된 섀퍼의 『돈』은 '경제적 자유로 가는 길'의 증보판으로 소개됐다. 섀퍼는 경제적 안정을 확보하고 나아가 경제적 자유로 나아가라고 독려한다. "갖고 있는 돈의 이자로만 살 수 있어야 당신은 정말로 부자이고 경제적으로 자유롭다고 할 수 있다."[37] 국내에서 10억 만들기 열풍이 불었던 2000년대 초, 기술(재테크)과 숫자(10억)에 가려져 있던 것도 경제적 자유의 담론이었다. 10년 안에 10억 만들기를 내세운 유명 온라인 커뮤니티 '텐인텐' 카페가 앞세운 바도 경제적 자유였다. "현재는 몸을 팔아서 돈을 버는 노예적 삶"을 살지만, '자본주의가 인정하는 투자로' "나 대신 돈이 자동으로 일하게 만들어" "경제적 자유인이 되어야겠다"는 게 생활의 목표로 제시됐다.[38] 2020년 팬데믹 시기에는 '대한민국 경제독립'을 내걸고 주식 투자가 애국적 색채를 입고 홍보되기도 했다.[39] 모든 사람이 경제적 자유를 이룬 부자가 되고 싶어한다는 전제 위에서 투자는 부자가 되기 위한 유일한 방법으로 제시되어 있다.

2. 부자 되기의 과정 : '일반인'에서 투자자로의 계발

경제적 자유를 실현하기 위한 기본 공식은 무엇인가? 바로 〈절약 후 투자〉다. 아껴 써서 종자돈(시드머니)을 모아 투자하는 것이다. 속칭 '짠테

---

36 로버트 기요사키·샤론 레흐트(형선호 역), 『부자 아빠의 젊어서 은퇴하기』, 황금가지, 2002, 27쪽.

37 보도 섀퍼(이병서 역), 앞의 책, 235쪽. 당시만 해도 경제적 안정의 목표 수익률이 12%, 경제적 자유의 수익률이 20~30%로 격세지감을 준다(같은 책, 329쪽).

38 서현&규현 아빠, 「경제적 자유인으로 가는 길」, 카페 〈텐인텐〉, 2011.4.15.(https://cafe.daum.net/10in10/A7Rv/12604)

39 동학개미운동의 명명과 대한민국 경제독립 류의 수사는 주식 투자를 애국 행위에 비유했던 전통 서사의 연장선에 있다. 참고로 존 리의 '경제독립운동선언문'은 강방천·존 리, 앞의 책, 14쪽.

크'라는 이름으로 절약을 내건 인터넷 카페와 동호회, 텔레비전 프로그램이 인기를 모으고 있다. 종래의 근검절약의 관례와 비교하자면 둘 다 자본주의가 기반으로 하는 과소비와 낭비의 경제를 벗어나 소비를 줄이고자 하는 지향을 보인다. 하지만 이전과는 달라졌다. 근검절약과 저축이라는 이전의 재무 실천과 비교했을 때, 새로운 근검절약은 종자돈을 모으기 위한 행위라는 특징을 지닌다. 종자돈 모으기는 투자를 목적으로 하며, 위험이 사회화된 저축 행위와 달리 투자는 위험의 개인화를 특징으로[40] 한다.

애초에 물려받은 돈이 있거나 밑천이 두둑해서가 아니라 월급쟁이도 돈을 모아 투자를 할 수 있다는 경제적 자유의 담론은 누구나 부자가 될 수 있다는 시장주의의 환상과 투자의 민주주의를 공유한다. 경제적 자유를 위한 공식은 새롭지만 새롭지 않다. 절약과 투자의 공식이 기존의 재무기술 유행, 즉 재테크 붐의 연장선에 있으며, 금융화된 자산 만들기를 핵심으로 하는 투자는 금융 지식에 대한 강조를 포함하기 때문이다.

문제는 경제적 자유를 위한 재무 기술을 실천하기가 쉽지 않다는 데 있다. 부자 모델의 일례인 투자 텍스트의 필자들만 보아도 그렇다. 왜 주식에서 '대박 난' 사람들이 주식으로 성공하는 방법을 가르치며 돈을 벌겠는가. '왜 주식에서 대박 난 사람들이, 그리고 부동산 족집게로 소문난 사람들이 주식과 부동산으로 성공하는 법을 가르치며 돈을 벌고 있다고 생각하는가.' '왜 성공한 투자자들이 성공법 강사로 나서겠는가.'[41]라는 박경철의 일갈은 적확해 보인다. "실적이 좋을 때는 행운을 실력으로 포장하고 실적이 나쁠 때는 예외적인 경우라고 둘러대기가 금융만큼 쉬

---

40 박찬종, 「한국 부채경제의 정치경제적 영향에 관한 연구」, 서울대 박사논문, 2014, 183~184쪽.

41 박경철, 앞의 책, 299쪽. 재테크에 대한 오해에 대해서는 같은 책, 294~301쪽 참조.

운 분야도 없다."『금융의 모험』의 저자는 투자 시장에서 능력과 운을 분간하기는 실제로 매우 어렵다고 말한다.[42] 확률로 따져 봐도, 시장보다 높은 실적을 꾸준하게 달성하기는 대단히 어렵다.

모두 부자가 될 수는 없으므로, 모두 부자가 되어 조기 은퇴를 할 수 없다는 현실적 한계가 있으므로 투자 텍스트는 따라서 개인의 고투를 요구한다. 즉 누구나 부자가 될 수 있다는 시장주의의 환상을 깨고 왜 대부분 가난하게 허덕이는가에 대한 대중 투자 텍스트의 해답은 개인에게로 향한다. 투자의 성공을 개인의 성취로 해석하는 것과 마찬가지로 실패 역시 개인에게 돌리는 것이다. 한마디로 지식 부족이고, 노력 부족이다. 투자야말로 유일하게 돈을 모을 수 있는 방법인데 그것을 모르기 때문이다. 설령 금융 문해력이 있다 해도 마음가짐이 강조된다. 냉소적이거나 오만한 사람, 두려워하거나 게으른 사람은 성공한 투자자가 될 수 없다.[43] 대부분의 사람들이 부자가 되고 싶은 마음을 가지고 있지만, 그렇다고 해서 목표의 실현 가능성을 높이기 위해 모두 시간과 에너지와 돈을 투자하는 것은 아니다.[44]

따라서 "투자형 인간이 되기 위한 마인드셋"이 강도 높게 요구된다. 마음 훈련까지 다루므로 투자서는 기술서일 뿐만 아니라 자기 훈육과 계발서의 성격을 띤다. '부자 되기가 나와 상관없다는 생각을 버려라', '부자를 가까이하라'는 조언부터 시작해서 '스스로 배우고 노력하라', '서투름을 능숙함에 이르게 하는 반복의 힘을 믿으라'는 조언은 주의력과 성실함을 요구하는 학습 태도와 정신 자각의 요소를 가리킨다.[45] 자아 성찰과 발전에 관계된 정신적, 심리적 요소는 후기 근대의 변화를 반영하

---

42 미히르 데사이(김홍식 역), 『금융의 모험』, 부키, 2018, 141~142쪽.
43 Robert T. Kiyosaki & Sharon L. Lechter, op.cit., p.147.
44 토마스 J. 스탠리·윌리엄 D. 댄코(홍정희 역), 앞의 책, 144쪽.
45 리샤오라이(박영란 역), 앞의 책, 192~239쪽(4장 투자형 인간이 되기 위한 마인드셋).

고 있다. 근대 신분사회의 붕괴가 낳은 개인화와 달리 노동의 변화에
기인한 후기 근대의 개인화를 배경으로 하여 자아는 스스로 책임지는
성찰적 기획으로 간주된다. 후기 근대의 자아 성찰의 기획에 바탕을 둔
투자형 인간 되기는 노동 시장의 변화를 반영하며 과거에서 미래로 향하
는 발전 궤도를 구상한다.[46]

　그런데 자아 성찰 기획은 시장에서 쉽게 상품화됨으로써 스스로를 적
극 계발, 경영하여 인생을 일종의 비즈니스로 다루는 경제적 주체화의
양상을 띠기 쉽다. 기업가적 자기경영은 자신의 삶을 적극적으로 계발,
경영하고 자기 인생을 사업으로 다루는 경제적 주체화의 방식이다.[47] 대
중 투자 텍스트에서 기업 모델에 대한 강조는 적나라하다. 기업이 비즈니
스 모델로 돈을 버는 것처럼, 개인도 능력과 운에 따라 돈을 버는 게
아니라 개인별 비즈니스 모델을 개발해야 한다.[48] 개인 비즈니스 모델을
만드는 과정은 "자기만의 엄격한 규율"을 강조하고 "1인 기업가"로[49] 스스
로를 재규정해가는 일이다. 돈을 벌기 위한 지식과 기능에 집중함으로써
삶 전반에 걸쳐 비즈니스 모델을 발전시키는 일은 곧 생활양식 전반에
걸친 문제가 된다.

　자기 삶을 경영하는 기업가로서의 투자자와 대조적인 사람들을 지칭
하는 말이 있다. 바로 '일반인'이다. 대중 투자 텍스트에서 '일반인'과 투
자자의 이분법은 특징적이다. 일반인과 투자자의 이분법은 일반인에서
투자자로 변모할 것을 독려하는 전형적 설득 구조의 걸개다. 투자자로
변모하지 못한 이들은 일반인으로 지칭되며, 일반인은 투자자가 되기

46　울리히 벡(홍성태 역), 앞의 책, 161~162쪽; 안소니 기든스(권기돈 역), 『현대성과 자아
　　정체성』, 새물결, 1997, 143~144쪽.
47　서동진, 앞의 책, 280쪽.
48　리샤오라이(박영란 역), 앞의 책, 40~42쪽.
49　유대열, 앞의 책, 327, 46쪽.

전의 미완태처럼 제시된다. 아래에 주식 투자서, 『살려주식시오』에 소개된 일화를 인용한다. 책의 필자인 '내'가 일반인이었던 과거 시절을 회상하는 대목이다.

> 7~8년 전 과천이나 김포 같은 곳에 드라이브를 갔을 때, 맛집이 어디인가를 검색하며 "아, 여기 칼국수 맛있다. 또 오자. 경마장이나 갔다올까?"라고 말하는 나와 달리 "여기 개발되면 장난 아니겠는데요. 집 값 폭등하겠어요."라던 후배의 말이 떠오른다. 2014년 허니버터칩이 난리가 났을 때 편의점에서 허니버터칩 1개를 드디어 구했다고 기뻐하던 나와 달리 그는 해태제과 주식을 샀고, 배틀그라운드란 게임이 PC방을 점령하자 게임을 하는 대신 크래프톤 주식을 샀다. 그럴 때마다 "야, 넌 머릿속에 돈 생각밖에 없냐."고 혀를 끌끌 찼었다. 그에게 난 얼마나 한심하게 보였을까?[50]

『살려주식시오』의 필자가 '일반인'으로 살았던 과거 10여 년 동안 후배는 달랐다. 자신이 교외로 놀러가 맛집을 검색할 때 후배는 부동산 개발 가능성을 점쳤고, 자신이 허니버터칩을 구했다고 기뻐했을 때 후배는 해태제과 주식을 샀다. 후배의 부는 "지난 10년을 투자자의 멘탈로 살아온 그와, 일반인으로 살아온 나의 뼈아픈 격차"로 해석됐다.

후배를 타박했던 자신이 잘못됐다고 판단하는 까닭은 후배가 부자가 되었기 때문이다. 돌이켜보니 "투자자가 아니라 일반인으로 멍하게 흘려보낸 그 무수한 시간들이, 너무나 덧없고 안타깝다." 일반인으로 살았던 자기 과거가 후회스럽다며, 후배의 에피소드를 통해 투자자 되기를 설득하는 필자는 정신과 의사이자 성공한 주식 투자자로서 책을 냈다. 그의 책은 정신과 전문의로서 투자형 인간을 조립하는 방법을 화학적 측면에서 설파한다. 그는 "목사님이나 스님이 아니라면 투자자로서 살아야만

---

50 박종석, 앞의 책, 28쪽.

한다"고 강조하며 호모 인베스투스가 될 독자에 대한 환영과 응원을 아끼
지 않는다.[51]

  일반인에서 투자자로의 전회는 시민이 소비자로 전환되는 일례로 파
악할 수 있다. 시장의 개인으로 스스로를 규정하고 경쟁하면서 사람들은
시민이라는 법적, 사회적 주체로 불리지 않고 고객이라는 소비 주체로
규정된다. 소비자들의 취향과 실시간으로 이루어지는 관계가 모든 법적
중재와 지속적이고 입증 가능한 규범에 대한 호소를 압도해버린다.[52] 소
비민주주의를 두고 마라찌는 '권리 없는 민주주의'라 부르며 '시민'에서
'소비자', '고객'으로의 전환에 주목하는데, 투자자 역시 투자 상품의 소
비자로서 시장화된 개인의 일례에 속한다.

  개인의 선택에 따라 위험·수익의 모델을 결정하는 투자 과정은 신자
유주의적 자기경영과 통치의 기술에 무리 없이 편입된다. 위험을 계산,
판단하고 결과를 감수하는 과정은 어디까지나 개인 능력에 달려있다고
여겨지며, 자신에 의한 자신의 통치라는 신자유주의적 자기 경영의 연장
선에서 투자는 자신에 대한 신자유주의적 기술이 된다.[53] 위험관리자에
대한 시장의 찬사는 이어지고 있다. 위험을 받아들이는 일은 자아실현의
궤적의 일부로 여겨진다.[54] 위험 감수자를 향한 시장의 찬사는 열렬하지
만, 그 열렬한 정도만큼이나 고투의 정도는 크다. 시장은 '성투(성공한
투자)'한 부자를 실현가능한 목표로 제시하려 하며, 투자자는 지난한 자기
관리 과정에서 자기 배려와 암시의 기술이 끊임없이 필요하다. 따라서
수요와 공급이 만난 대중 투자 텍스트 시장은 늘 호황이다.

---

51 위의 책, 302, 28~29쪽.
52 마라찌의 서술은 고용시장을 염두에 둔 것이다(크리스티안 마라찌(서창현 역), 앞의
    책, 56쪽).
53 Paul Langley, op.cit., p.91.
54 Randy Martin, op.cit., p.34.

경영의 기술은 관계 맺기의 중심에 자리잡는다. '자기 자신의 기업가이며 자본가'가 된다는 뜻은 실제 기업을 만들어 자기 경영인이 되는 게 아니다. 마치 자신이 기업을 가지고 있는 것처럼 행동하고 자신과 타인, 세계에 대해 기업 경영의 논리와 태도를 갖는 것만으로 충분하다.[55] 그래서 투자 시장에서의 경영 태도는 생의 전반으로 확장된다. 1970년대 푸코는 경제인간(호모 에코노미쿠스)의 변화에 주목하며 신자유주의 경제인간을 두고 시장에서의 교환하는 인간에서 기업가, 특히 자기 자신의 기업가로 변모한 양상에 주목한 바 있다.

특히 기업 모델이 확산하면서 성립된 인적자본론에 따라 노동관이 달라졌다는 데 주목할 필요가 있다. 노동은 노동력과 노동 시간으로 축소된 상품이 아니라 능력 및 경쟁력으로서의 자본으로 파악된다. 시장으로 팔려가야 하는 노동력이 아니라 노동자 자신이 기업으로서 등장하는 능력자본이라는 것이다.[56] 노동생산성을 향상하기 위해서 실제로 기업과 대학은 인적자본 및 인재 담론을 적극 채용해왔다. 억압받는 노동자가 아닌 자유롭고 창조적인 인재, 나아가 경영인과 같은 노동자가 그것이다.[57]

투자자는 자기 경영인으로 호명되었던 자본가로서의 노동자가 현실화, 구체화된 대중 양태라 할 수 있다. 자기 경영인의 등장은 투자자를 예비한 셈이다. 노동자는 더 이상 기업에 갇혀있지 않고 시장에서 투자자라는 개인 플레이어로 개별화, 현실화됐다. 노동 불안정의 현실은 사람들이 노동자로서의 자기규정을 계발해나가는 데 그치지 않고 시장에서 개별화된 투자자 주체로 나설 것을 종용했다. 금융자본은 자본가 대 노동자의 대립 구도를 상징적으로 깨는 게 아니라 현실적으로 깰 수 있다고

55 마우리치오 랏자라또(허경·양진성 역), 『부채인간』, 메디치, 2012, 138쪽.
56 미셸 푸코(심세광·전혜리·조성은 역), 『생명관리정치의 탄생』, 난장, 2012, 317~319쪽.
57 서동진, 앞의 책, 284~293쪽.

상상되는 '경제적 자유'에 대한 미망을 낳았다. 이제 금융자본을 둘러싼 일상의 상상을 들여다볼 일이 남았다.

3. '돈이 일하게 하라'는 화폐 상상

투자 텍스트에 반복되는 잠언 같은 말이 있다. '돈이 일하게 하라'가 그것이다. "돈이 일하게 하는 것"이 필요하다, "돈에게 일을 시켜"라, "돈을 각각의 일꾼이라고 생각하고 일꾼들을 시켜 돈을 벌어오게 해야 한다."[58] 『부자 아빠, 가난한 아빠』에서 반복되는 인상적인 전제 역시 '돈을 위해 일하는 게 아니라, 돈이 날 위해 일하게 하라("I don't work for money. (중략) Money works for me"[59])'다. 자신이 일한 대가로 돈을 받는 게 아니라 돈으로 하여금 일하게 하라는 것이다. 돈은 일꾼에 비유돼 있다. '돈에게' 일을 시킨다고 할 때 돈은 의인화되어 있다. 한국어에서 '~에게'라는 조사는 생물에게 쓰인다. 무생물에 쓰이는 '~에' 대신 '~에게'가 쓰여 '돈에게' 일할 것을 명령하고 있다.

하지만, 무생물이자 대개 무형으로 통용되는 돈이 노동 주체가 될 수는 없다. 돈이 일한다는 말은 화폐와 교환되는 자본주의 노동을 염두에 둔 수사다. 자본주의 사회에서 사람들은 생산 수단을 박탈당함으로써 자유로운 노동자가 되었으며 자신의 노동력을 상품으로 판매한 대가로 화폐를 획득하여 생활한다. 따라서 돈이 나를 위해 노동하게 만든다는 것은 내가 돈을 획득하고자 노동을 한다는 현실을 뒤집은 수사다.

사람들은 대개 다른 사람이나 정부, 은행을 위해 일하고 있다. 정확하

---

58 박영옥(주식농부), 『돈 일하게 하라』, 행간, 2014, 41쪽; 송영창, 앞의 책, 226, 111쪽.
59 Robert T. Kiyosaki & Sharon L. Lechter, op.cit., p.17, 48.

게 말하면 사람들은 돈을 위해 일하는 돈의 노예로 산다.[60] 노동자로 통칭되든, 직장인이나 종업원으로 명명되든, 심지어 자신의 사업을 꾸리는 자영업자나 사업가로 분류되더라도 돈을 벌고자 노동하고 있다면 모두 노예 상태에 있다. "직장인은 시간제 노예"다.[61] '돈을 벌기 위해 노동하는 사람은 돈의 노예'로, "돈 버는 기계"로 살고 있다.[62] 투자 텍스트에 반복되는 노예 상태 및 기계 상태에 대한 비유는 자본주의의 착취 원리를 꿰뚫는 적확한 현실인식을 보여준다. "자본주의적 생산은 모든 면에서 인색하지만 인간 소재에 대해서는 매우 낭비적이다."[63] 자본주의적 생산 과정은 인간의 노동력을 함부로 쓰면서 이윤을 극대화하고자 무엇이든 절약하려든다. 마르크스가 일갈한 자본주의의 낭비와 인색은 실제 '체험 삶의 현장'에서 크고 작게 감각된다.

노예노동에 대한 인식은 적확하지만, 노예 상태를 벗어나기 위한 대중 투자 텍스트의 해답은 사회경제적, 정치적 해결 방식 대신 개인적이며 생존 우선인 해결 방식에 가깝다. 지배와 피지배의 구도를 벗어나기 위한 방법은 지배자가 되라는 것, 즉 노예를 부리는 주인이 되고, 기계를 소유하는 자본가가 되라는 것이다. "평생 돈 버는 기계로 살아갈지, 아니면 돈 버는 기계를 소유한 사람이 될지 결정하라.", '왜 종업원으로 살려고 하는가, 기업의 주인이 되어라.'[64] 이때 기업의 주인은 기업주가 아닌 기업의 주식 투자자를 가리킨다. 국내 투자서에는 '돈 버는 기계 소유자'의 비유가 자주 등장하는데 해당 비유는 보도 섀퍼의 책에 나온 바 있다.

60 Ibid., p.37, 79.
61 차칸양, 『평범한 사람도 돈 걱정 없이 잘살고 싶다면 어떻게 살 것인가』, 넥스웍, 2019, 116쪽.
62 순서대로 송영창, 앞의 책, 225쪽; 보도 섀퍼(이병서 역), 앞의 책, 235, 249쪽.
63 칼 마르크스(김수행 역), 『자본론』 III 상, 비봉, 2015, 106쪽.
64 박영옥, 앞의 책, 77~78쪽. 직접인용은 유대열, 앞의 책, 141쪽.

"돈 버는 기계가 되지 말고 돈 버는 기계를 소유하라."[65]

돈 버는 기계를 소유한 사람, 즉 '돈에게' 일을 시키는 사람은 부자가
될 수 있다. 돈을 굴려 부자가 되자고 할 때, 부자는 자본가이며 '돈의
주인'으로 풀이된다. 부자가 돈의 주인으로 명명되는 까닭은 돈을 벌고자
노동함으로써 돈에 구애받는 삶이 아니라 돈을 노동자처럼 부리는 자본
가로 풀이되기 때문이다. 노동자가 아니라 자본가가 되는 것, 생산 수단
을 박탈당하여 자본가에게 고용되어 노동력을 파는 노예가 되지 말고
노동자를 고용하는 주인이 되는 것, 여기서 노동자는 돈이며, 자본가는
부자라는 이름의 화폐 자본가다. 어느 독자는 투자서 후기에 다음과 같이
썼다. "평생 노동자로만 살아가겠다 싶었는데 주식을 사서 투자함으로써
성과를 나누어 갖는 것도 또다른 의미의 자본가가 될 수 있다는 것이
매력적으로 다가왔다."[66] 모두가 사장이 될 수 없지만 노동자이면서도
자본가가 될 수 있는데 바로 주식을 사서 주주가 되는 것이라는 설명이
와 닿았다고 독자는 말한다.

노예에서 주인으로 '올라서기' 위해서 필요한 지식은 금융문해력으로
압축된다. 금융문해력이 중요하다.[67] 금융 지식이 없으면 돈을 모을 수
없고 노동자 노예의 상태를 벗어날 수가 없다. "돈이 일하게 하는 현명함,
즉 금융을 이해하는 것"이 기본으로, "자본이 스스로 증식하는 원리를
깨달아 실천하는 것"[68]이 요구된다. 금융 지식이 부족한 사람은 금융문맹
으로 명명되기도 한다. 금융문맹은 돈을 제대로 관리, 활용하지 못하는

---

65 보도 섀퍼, 『돈』, 235, 249쪽.

66 강방천·존 리의 『나의 첫 주식 교과서』의 독자 후기를 참고함(글쓴이 물망초, "주식을
    시작하기 전에 꼭 먼저 읽어야 할 책", 2021.8.11. https://www.aladin.co.kr/ shop/wp
    roduct.aspx?ItemId=275249634).

67 Robert T. Kiyosaki & Sharon L. Lechter, op.cit., p.57.

68 존 리, 『존 리의 부자 되기 습관』, 지식노마드, 2020, 119, 50쪽.

상태로 풀이된다. 금융문맹으로 부와 가난이 나뉘며 자신은 물론 주변사람에게도 영향을 주고 나아가 국가경쟁력도 떨어뜨리므로 "금융문맹은 질병이자 악성 전염병"으로 표현되기도 한다.[69]

월급을 받아서는 돈을 많이 모을 수 없다. 사실이다. 돈 버는 기계로 비유된 금융을 통해야 돈을 많이 모을 수 있다. 금융이 부의 축적 수단이 될 수 있다는 것 역시 현실에 가깝다. 전통적 제조 기업 역시 금융 투자를 통해 수익을 더 많이 거둔다.[70] 세계의 백만장자, 억만장자들도 죄다 금융 투자자다. 고용불안이 상시화되면서 대학 졸업과 취업, 승진, 퇴직, 연금 수령과 같은 종래의 노동 관례는 무너져왔다. 명문대 입학과 대기업 입사 전쟁을 꾀한다 해도 안정과는 거리가 멀다. 일정 기간동안 월급을 좀 더 받을 수 있을지는 모르겠지만 돈을 많이 모을 수는 없다. 그러니까 부자가 될 수는 없다. 따라서 필요한 것은 재산을 증식하는 데 핵심적인 금융 지식이다.

노동 임금에 의존하지 않고 '현금 흐름'[71]을 낳을 수 있는 자산을 만들라는 원칙은 투자 텍스트에서 부자 되기의 핵심으로, 거의 모든 개인 재무 설계에 통용되고 있다. 현금 흐름 만들기나, 자산 증식, 재무 기술 습득, 금융소득 만들기는 모두 '돈이 일하게 하라'는 잠언으로 응축된다. 잠언의 핵심은 노동소득 이외에 현금이 나오는 소득원을 만들라는 것이다. 노동소득 이외의 소득원이란 곧 금융소득을 가리키며 금융소득을 추구하여 자산을 만드는 것이 강조된다. 자산(資産)은 자본화된 재산으로, 일정한 금전적 소득의 흐름을 낳는 모든 소유 대상이 자산이 된다.[72]

---

69 위의 책, 49쪽.

70 일례로 GM(제너럴모터스), GE(제너럴일렉트릭). 강내희, 앞의 책, 337쪽.

71 참고로 『부자 아빠, 가난한 아빠』의 발행처는 워너북스와 캐쉬플로우 테크놀로지 회사 (CASHFLOW technologies, Inc.)이다.

72 데이비드 하비(황성원 옮김), 『자본의 17가지 모순』, 동녘, 2014, 348~350쪽.

이를테면 부동산 수익, 주식의 배당 소득, 저축이나 채권의 이자 소득, 로열티 수입 등이 자산의 원천이 된다.[73]

관련 증언은 흔하다. "내가 잠을 잘 때도, 여행을 가서 신나게 놀고 있을 때도 변함없이 일을 해서 돈을 벌어다준다."[74]고 설명된 것은 월세 수익을 가리킨다. "내가 잘 때도 놀 때도 나에게 돈을 벌어다주고" "내가 노동하지 않아도 부를 창출"[75]할 수 있는 것, 내 자산을 키워주고 내 꿈을 대신해서 이뤄주는 것은 주식 투자를 가리킨다. 암호화폐 투자자 중에서는 잭팟(대박)을 터뜨린 이들이 있었다. '성투'한 누군가는 비트코인을 제공하고 매일매일 배당금을 챙기고 있는 상황을 두고 '숨만 쉬어도 돈이 들어온다'[76]고 표현했다. 표현은 과장돼 보이지만 일부 코인 투자자들은 실제로 큰 부자가 됐다.

금융자산은 주식이나 채권에 한정되어 있지 않다. 주식, 채권뿐만 아니라 부동산, 암호화폐까지 모두 금융자산으로 묶인다. 부동산은 일차로 주택담보대출로 활성화되며, 주택담보대출의 상환금을 기초 자산으로 하여 증권으로 유동화되어 있다.[77] '오르기 전에 사면 돈을 벌고, 꼭지점에서 사면 돈을 잃는 것'[78]으로 압축되는 거래 행태를 봐도 부동산 투기는 가격에 기초한 자산 거래에 속한다. 암호화폐는 2017년 말 암호화폐 선물(先物) 거래가 시작되면서 금융시장과 연계됐으며, 거래자의 관심은 통화를 대체할 거래수단에 있는 게 아니라 금융자산으로서의 대체 투자에 쏠려있다.[79] 부동산과 주식, 암호화폐 투자는 각각 부동산이나 주식회사

---

73 로버트 기요사키·샤론 레흐트(형선호 역), 앞의 책, 288~289쪽.

74 유대열, 앞의 책, 208쪽.

75 강방천·존 리, 앞의 책, 25~26쪽.

76 강기태, 앞의 책, 15쪽(1장 제목이 "숨만 쉬어도 돈이 들어오는 기회가 눈앞에 있다"임).

77 아파트의 상당 부분은 은행 대출금에 담보로 잡혀 채권으로 바뀌어 증권으로 유동화되어 있다고 봐야 한다(강내희, 앞의 책, 427~428쪽).

78 유대열, 앞의 책, 157쪽.

의 소유권 지분, 데이터로 투자 대상이 다르지만 모두 금융 투자로 수렴되어 있다.

자산의 금융화와 이를 뒷받침하는 화폐 상상은 금융이 주요 축적 수단으로 부상한 금융자본주의를 배경으로 하고 있다. 시공간에 구애받지 않는 금융상품은 문화상품, 지식·정보 상품과 함께 강력한 이윤 창출의 수단이 되었다. 특히 1970년대 금달러본위제가 붕괴된 이후 실물 없는 달러가 국제 통화의 기준이 되고 신용화폐가 발달하면서 화폐자본의 무한한 성장이 가능해지고 화폐자본의 무한 증식이 바람직하다는 환상은 커졌다.[80] 특히 금융이 산업자본에 기생하는 것이 아니라 독자적 축적 수단이라고 보는 관점은 일상적 차원에서 화폐의 자기 증식 상상으로 쉽게 연결될 여지가 있다.[81] 이자나 배당, 수익을 내지 못하는 돈은 '불임의 돈'으로 여겨지면서 자가증식하는 화폐가 바람직하며 정상적인 화폐로 간주된다. 따라서 돈이 일하여 돈을 낳는다는 화폐 상상이 횡행한다.

금융소득을 둘러싼 화폐 상상은 돈의 속도를 높인다. 거래와 투자를 반복하며 돈을 굴리는 일은 '돈이 얼마나 빠른가'하는 '돈의 속도'[82]와 관련 있다. 펀드나 주식, 암호화폐 시장을 보면 부동산에 비해 진입 장벽은 더 낮아지고 돈의 속도는 더 빨라졌다. 부동산도 자주 교환되는 투기 자산으로 기능하지만, 주식이나 '코인'의 매매는 더 가속화되어 있다. 팬데믹 시기에 '테마주', '기술주'를 중심으로 주식 시장의 급등락도 화제를 모았지만, 암호화폐 시장에서는 주식에서 말도 안 되는 수익이 가능했다.

---

79 김홍배, 「가상자산 비트코인은 화폐인가, 자산인가?」, 『금융공학연구』 19(4), 2020, 45쪽.

80 데이비드 하비(황성원 옮김), 앞의 책, 63쪽.

81 해당 아이디어는 2021년 '천연동 자본론 독회'에서 강내희 선생님이 하신 말씀에 착안했음을 밝혀둔다. 신자유주의적 금융화에 대한 두 해석은 홍석만, 「새로운 자본축적과 노동력 재편」, 『진보평론』 82, 2019 겨울, 111~112쪽 참조.

82 "돈의 속력". 로버트 기요사키·샤론 레흐트(형선호 역), 앞의 책, 213쪽.

코인 시장의 은어인 '돈 복사'나 '돈 삭제'의 용어는 디지털 데이터의 처리 속도를 반영한다. 수익을 얻는다는 의미의 돈 복사는 돈 삭제의 반대말로, 화폐의 자기 증식을 내건 투자 상식이 디지털 환경에 적용된 결과다. 같은 돈이라도 자산소득에 비해 임금소득은 '느렸다.' 2020년 조사에서 부동산 자산소득의 상승률은 노동소득 상승률의 17배에 달했다. 이태경의 표현을 빌리면 "단지 소유만 하고 있었을 뿐인 부동산의 가격 상승률"[83]이 땀 흘려 노동한 대가와 비교도 되지 않았다.

투자에 대한 인식은 바뀌어왔다. 화폐 증식의 원리는 투자가 일상화되기 전에는 '돈 놓고 돈 먹는' 부정적 투기로 규정됐다. 노동하지 않고 얻는 소득은 불로소득으로 일컬어지고 정상적인 부의 축적 경로로 여겨지지 않았다. 불로소득은 떳떳하지 않았다. '복부인'이나 '꾼'들의 명명은 투기를 편법과 불법으로 여기고 사회적으로 용인하지 않았던 상황을 반영한다. 토지라는 공공재를 겨냥한 부동산 투기에만 사회적 비난이 국한된 것은 아니었다. '주식하지 마라', '주식은 투기다'라는 말이 공공연했던 때는 그리 오래되지 않았다. 한국인들의 부동의 자산 1위는 부동산이므로 주식에 대한 부정적 인식이 생긴 탓도 있지만, 성실한 근로와 알뜰한 저축으로 집약되는 종래의 윤리 속에서 주식 투자가 부정적으로 여겨진 탓도 있다.

정대영의 설명을 참고하면, 1930, 40년대까지는 실물자본에 대해서만 투자라 하고, 주식이나 부동산 투자는 모두 투기라 했다. '돈 놓고 돈 먹는' 일이 부정적으로 여겨진 탓이다. 1950년대부터 확산된 투자라는 용어는 주식과 채권, 부동산에 투기하거나, 투기를 권유하는 사람들이 돈 놀이를 좋게 보이기 위해 사용하기 시작했다. 한국에서 투자와 투기의 경계가 사라지는 데는 부동산 투자 여론을 주도했던 전문가들의 역할이

---

83 이태경, 「2021년 대한민국, 땀인가 땅인가」, 『민중의소리』, 2021.1.9.

있었다.[84] 현재 투기와 투자는 구분되기 어렵다. 투기와 투자는 고수익과 안정 수익의 차이, 위험 부담과 위험 분산을 기준으로 구분되기도 하지만 구분되기 어려운 것이, 수익은 특히 사후적으로 이루어지는 경우가 많기 때문이다.[85] 하지만 금융자본의 가치 실현 형태는 기본적으로 투기적이라 할 수 있다. 투기 수익은 거래 동기가 재화의 사용이나 변형, 이동으로부터 생기는 이익이 아니며, 가격 변동에 대한 예측을 기본 동기로 하는 자산 운용에서 비롯되기 때문이다.[86]

투자가 재규정되는 과정에서 많은 금융 관련 용어들이 도입되고 재규정되는 변화가 있었다. 대중적 투자 전략으로 일상화된 재테크라는 용어가 도입된 1990년대 초에는 금융실명제 실시 이후에 풀려난 돈이 생산 자금으로 쓰이지 않고 고수익이 예상되는 주식이나 회사채, 부동산으로 몰려 투기화되는 현상을 가리켰다.[87] '자산'이나 '포트폴리오'는 기업이나 기관, 단체에 통용되던 말이었으나 개인화, 대중화되어왔으며, 기업의 차입 경영을 가리켰던 레버리지 투자는 개인화, 일상화되면서 종래 빚에 대한 부정적 인식을 긍정적으로 바꾸는 데 기여했다. 돈놀이에 대한 부정적 인식은 돈이 일하게 하라는 '진취적' 화폐 상상으로 바뀌어 투자 담론의 근저에서 작동하고 있다.

4. 투자 담론이 던지는 '욕망과 공포' 앞에서

주로 성공한 투자자가 투자 텍스트의 발화자가 되지만, 만인이 투자자

84   오승민, 앞의 글, 13쪽.
85   정대영, 『관점을 세우는 화폐금융론』, 창비, 2018, 124쪽.
86   프랑수아 셰네 엮음(서익진 역), 『금융의 세계화』, 한울, 2002, 298쪽.
87   「땅에 떨어진 은행 공신력」(사설), 『서울신문』, 1994.4.23.

화되는 현상 속에서 텍스트의 화자와 청자는 뚜렷이 구분되지 않는다. 대체로 온라인에서 화제를 모아 서적 출판과 신문, 방송으로 이어지고 다시 온라인으로 이어지는 다매체의 연쇄 채널을 통해 투자 담론은 확대, 재생산된다. 대중 투자 텍스트는 '일반인' 노동자가 투자자로 거듭나는 서사, 즉 가난한 말로를 맞을 확률이 높은 노동자가 투자를 통해 부자로 거듭나는 서사를 전제하며 투자자 되기를 설득하고자 한다. 담론의 전제는 모든 이가 '경제적 자유'를 실현한 부자가 되고 싶어한다는 것이다. 설혹 다른 욕망이 있더라도 부자 되기가 다른 욕망에 앞서는 원초적 욕망이 아니냐고 꼬집는다.

부의 축적에 대한 욕망이 절대적이라고 전제하는 것은 화폐가 낳은 전형적 상상에 속한다. 부에 대한 욕망은 공통된 것이지만 부에 대한 인간 욕망이 무한하며 절대적으로 여겨지는 것은 화폐를 통한 부의 무한 축적이 가능해진 이후다.[88] 삼베나 금화, 곡식을 무한 축장할 수는 없는 노릇이므로 썩지 않는 화폐가 광범위하게 통용되기 시작한 이백 여 년 전부터 부의 무한 축적은 가능해졌다. 보다 가깝게는 실물 없이 신용으로 무한 발행되는 화폐 체제가 확산된 1970년대에 들면서 부에 대한 절대적인 욕망은 물리적으로 가능해졌다. 신용에 기반한 달러본위제의 확대, 금융자본주의 구축과 함께 동시기에 확산된 '노동 유연화'와 복지 민영화의 신자유주의 기조 속에서 개인주의화에 바탕을 둔 부자 되기는 설득력 있게 받아들여졌다. 특히 한국에서는 반공 개발주의 내내 구축된 가계 단위의 생활보장체계의 연장선에서[89] 자산 투자가 확대되어 왔다.

부자 되기에 대한 욕망이 투자 담론의 전제가 된 이상 목표는 자동적으

---

88 마르셀 모스(이상률 역), 『증여론』, 한길사, 2002 참고.
89 김동춘, 「한국형 신자유주의 기원으로서 반공자유주의」, 『경제와사회』 118, 2018, 240~276쪽; 김도균, 「한국의 자산기반 생활보장체계의 형성과 변형에 관한 연구」, 서울대 박사논문, 2013, 6쪽.

로 단일하게 지정된다. 부자가 되는 것이다. 다른 상상이나 다른 길은 보이지 않는다. 부자 되기라는 평이한 서술 대신에 보다 기술적이고 민주적인 '경제적 자유'가 목표로 제시된대도 마찬가지다. 경제적 자유·경제적 독립은 부자 되기를 가리키는 근래의 유행어로 누구나 부자가 될 수 있다는 시장의 민주주의를 부각한다.

투자의 전제와 목표가 확정된 이상 방법만 중요해진다. 물리적 기술로서의 재테크와 정신적 기술로서의 자기 관리가 그것이다. 재테크의 기술은 절약 후 투자의 공식으로 압축되며, 재테크를 구사하는 개인의 분열과 고투는 자기계발과 경영의 지난한 과정을 채운다. 자기계발 담론의 변화에 주목하자면 투자자는, 이미 자기경영의 자본가로 호명되어왔던 노동자가 현실화된 대중적 양태라 할 수 있다. 기술과 지식만 있다고 성공하는 게 아니다. 90 대 10, 나아가 99 대 1의 격차사회에서 부자 되기의 불가능성이 가능하게 제시되려면, '일반인'에서 투자자로의 개조 과정에서 막강한 인내와 노력이 강조될 수밖에 없다.

사람들이 투자자 되기의 고투를 감내하는 배경에는 과로 노동과 불안정 노동의 현실이 있다. 더 이상 허덕이며 살고 싶지 않다는 어느 청년 투자자의 말은 노동 현실을 가감 없이 반영한다. 나아가 라이프스타일을 추구한다는 의미 부여는 자기경영의 고투를 '힙하게' 만든다. 경제적 자유를 추구하는 과정은 특정 이념이나 구호, 막연한 소망에 그치지 않고 실생활의 목표와 동기, 방법을 아우르는 과정이 된다. 개인화된 선택으로서의 라이프스타일은 체험경제와 문화경제로 대표되는 자본주의의 축적 운동을 배경으로 하면서 쉬 상품화된다. 일반인에서 투자자로 변모하는 일을 풀이한다면, 투자 상품의 소비자로, 시장의 개별자로 변신하는 것이다.

한국의 라이프스타일 운동에는 문제적인 경제상상이 더해져 있다. 백인 상층 계급을 중심으로 한 미국의 재정독립 운동(파이어 운동)이 경제독립과 자유로 번역되어 인기를 모은 것은 재정의 기술이 경제로 대체되어버린 빈한한 경제 상상을 보여준다. 돈을 관리하고 살림을 꾸리는 기술은 경제의 구성 요소요, 하위 항목이다. 재정 및 금융이 경제를 대체한 것은 '돈벌이 경제'가 '살림살이 경제'를 대체하고 주류 경제학의 가정이 경제 상상과 실천을 압도한[90] 상황을 반영하고 있다.

빈한한 경제 상상은 화폐의 자기 증식이라는 화폐 상상과 결합해 투자 담론을 추동한다. 부자 되기의 욕망과 목표, 방법으로 구성된 대중 투자 담론의 근저에는 돈이 돈을 낳는다는 화폐 증식의 상상이 있다. '돈이 일하게 하라'는 화폐 상상은 금융자본주의를 배경으로 하여 금융 지식과 기술로 구체화되며 자산의 금융화로 이어진다. 화폐 증식의 상상은 임금 노동자의 노예 상태에 대한 적확한 현실감각을 보여주나, 사회와 정치가 실종된 생존 우선의 개인적 해결 방식으로 귀결된다. 노동자의 지위에서 기업가이며 자본가, 곧 '포식자'로 올라서겠다는 결심과 계획은 입시전쟁으로 단련된 적자생존의 각개전투를 머니게임으로 옮겨가는 셈이다. 누군가 이익을 보면 반드시 손해를 보는 제로섬의 게임을 적나라하게 표현하자면 '남이 죽어야 자신이 산다'는 생존법칙으로 무장한, 억제되지 않는 개인들[91]의 정글이다. 젊은 세대를 중심으로 범람하는 능력주의의 환상은 '잘 나가는 사람이 모든 걸 누리는' 승자독식의 정글이 온건하게 표현된 것이다.[92]

경제적 자유를 앞세운 일종의 '성공산업'은 사회적 약자를 일차적으로 강타한 팬데믹의 위기에서 호황을 누렸다. 사회경제적, 환경적 위기에 대한 조치로서 시장의 해법과 자본의 전략을 내세운 재난 비즈니스는 정부의 역할과 공공의 영역을 시장화하려 든다.[93] 사회경제적 위기를 넘

---

90 홍기빈, 『살림살이 경제학을 위하여』, 지식의날개, 2012 참조.
91 크리스티안 마라찌(서창현 역), 앞의 책, 175쪽.
92 박명림·신광영·윤평중, 「공정의 문제와 능력주의」, 『철학과현실』 128, 2021, 23~81쪽.
93 나오미 클라인(김소희 역), 『쇼크 독트린』, 살림비즈, 2008, 23쪽.

어 인간 종과 지구의 위기가 예고된 상황에서 '팬데믹이 주식 투자의 호시절' 이상으로 받아들여지지 않았다면 누추하디 누추하다. '권리들이 부식되면서' 사적 소유권과 재산권은 장려되고 있다. 블록체인 기술의 물리적 기반은 현실과 가상을 막론하고 소유권의 확대를 물리적으로 뒷받침하는 미래를 예고하고 있다. 자산가들의 사회는 소유만 있고 권리가 없는 정글이라는 파국에 가깝다.

만민의 투자자화 문제는 학적 담론으로 안전하게 머무를 수 없다. 구체적인 일상에서 맞닥뜨리는 물음이 있다. 금융과 어떻게 관계맺을 것인가 하는 것이다. 고용 불안이 상시화된 상황에서 입시전쟁을 뚫고 지배 엘리트가 되는 좁고 불안한 길 대신에 투자자 되기의 현실적인 방책을 선택하는 사람들은 앞으로 더 늘어날 것이다. 대학 입시를 위한 사교육보다 주식 투자를 교육하라는 조언은 그래서 호소력을 얻고 있다. 투자자가 시대의 인간상으로 독려되며 투자자로 변모하지 않은 '일반인'은 '벼락거지'로 일컬어진다. 하지만 투자자로 사는 진취적인 자기경영의 길은 순탄치 않다. 자기 관리를 인내하며 '졸업'을 희망하는 사람들은 투자 과정의 고투와 분열의 강도를 역설적으로 보여준다. '졸업'은 코인 투자자들의 은어로, 투자에 성공해서 더 이상 투자의 고투를 감내하지 않아도 되는 상황을 가리킨다.

부자 되기의 투자 담론이 일깨워주는 바가 있다. 바로 "욕망과 공포"[94]다. 재정을 파악하지 않으면 돈을 계속 벌어야 한다는 욕망과 공포에 휘둘릴 수밖에 없다는 지적은 중요하다. 화폐는 여타 소유물과 다른 차원의 단독자이며 자본주의 사회에서 힘이 세다. 고위험, 복합 위험의 사회에서 돈이 벌어야 할 대상 이상으로 여겨지지 않는다면 욕망과 공포에 압도되기 쉽다. 따라서 생활의 재정을 파악하는 기초적인 일부터 시작해

---

[94] Robert T. Kiyosaki & Sharon L. Lechter, op.cit., p.47.

서 돈과 경제에 대한 다른 질문과 공부, 실천이 필요하다. 돈에 대해서는 이미 정해져 더 배울 게 없다는 입장이나 그게 아니라는 건 알겠지만 대안을 모르겠다는 입장은 실상 같아서 청승가련과 허장성세를 오락가락하기 쉽다는, 고미숙의 일갈은 유효하다.[95] 청승과 기만, 냉소와 허세를 돌파하여 금융과 어떻게 관계 맺을까 하는 문제는 고스란히 남아 있다. 각자의 재무를 파악하는 일부터 시작해서 좋은 투자를 확대하기 위한 기술적 차원의 해법을 도모하는 일, 수익 일변도의 금융 투자를 사회화하는 일[96]에 이르기까지 크고 작은 전환의 과제가 남아있다.

참고문헌

1. 자료

강기태(세력), 『서른살, 비트코인으로 퇴사합니다』, 국일증권경제연구소, 2021.

강방천·존리, 『나의 첫 주식 교과서』, 페이지2북스, 2021.

로버트 기요사키·샤론 레흐트(형선호 역), 『부자 아빠의 젊어서 은퇴하기』, 황금가지, 2002.

리샤오라이(박영란 역), 『부자의 길을 선택하다』, 메카스터티북스, 2021.

박경철, 『시골의사의 부자경제학』, 웅진씽크빅, 2006.

박세익, 『투자의 본질』, 위너스북, 2021.

박영옥(주식농부), 『돈 일하게 하라』, 행간, 2014.

박종석, 『살려주식시오』, 위즈덤하우스, 2021.

보도 섀퍼(이병서 역), 『돈』, 북플러스, 2003.

브라운스톤, 『부의 인문학』, 오픈마인드, 2019.

빗썸코리아 씨랩(C-lab), 『한 권으로 끝내는 코인 투자의 정석』, 비즈니스북스, 2021.

송희창(송사무장), 『EXIT』, 지혜로, 2020.

---

95 고미숙, 『돈의 달인, 호모 코뮤니타스』, 그린비, 2010, 113쪽.

96 그린(뉴)딜의 대전환에 금융이 핵심에 있다는 점을 염두에 두고 썼다(Ann Pettifor, *The case for the Green New Deal*, London: Verso, 2019, pp.33~61 참조).

유대열(청울림), 『나는 오늘도 경제적 자유를 꿈꾼다』, 알에이치코리아, 2018.

정철진, 『대한민국 20대 재테크에 미쳐라』, 한스미디어, 2006.

존 리, 『엄마, 주식 사주세요』, 한국경제신문, 2020.

＿＿, 『존 리의 부자 되기 습관』, 지식노마드, 2020.

차칸양, 『평범한 사람도 돈 걱정 없이 잘살고 싶다면 어떻게 살 것인가』, 넥스웍, 2019.

토마스 J. 스탠리·윌리엄 D. 댄코(홍정희 역), 『이웃집 백만장자』, kmabook, 2002.

한상복, 『한국의 부자들』, 위즈덤하우스, 2003.

Robert T. Kiyosaki & Sharon L. Lechter, Rich dad, poor dad, New York: Warner Books, 1997(로버트 기요사키·샤론 레흐트(형선호 역), 『부자 아빠 가난한 아빠』, 황금가지, 2000).

Tanja Hester, *Work optional*, New York: Hachette Books, 2019.

2. 저서 및 논문

강내희, 『신자유주의 금융화와 문화정치경제』, 문화과학사, 2014.

고미숙, 『돈의 달인, 호모 코뮤니타스』, 그린비, 2010.

구춘권, 「금융위기와 비판적 정치경제학」, 『21세기 정치학회보』 22(3), 2012.

권창규, 「'위험사회'의 자산화 현상」, 『인문과예술』 9, 2020.

김도균, 「한국의 자산기반 생활보장체계의 형성과 변형에 관한 연구」, 서울대 박사논문, 2013.

김동춘, 「한국형 신자유주의 기원으로서 반공자유주의」, 『경제와사회』 118, 2018.

김수현, 「개인투자자는 왜 실패에도 불구하고 계속 투자를 하는가」, 서울대 석사논문, 2019.

김초롱, 「대기업 청년 퇴사자의 개인화된 일과 삶」, 서강대 석사논문, 2017.

김홍배, 「가상자산 비트코인은 화폐인가, 자산인가?」, 『금융공학연구』 19(4), 2020.

나오미 클라인(김소희 역), 『쇼크 독트린』, 살림비즈, 2008.

마르셀 모스(이상률 역), 『증여론』, 한길사, 2002.

마우리치오 랏자라또(허경·양진성 역), 『부채인간』, 메디치, 2012.

미셸 푸코(심세광·전혜리·조성은 역), 『생명관리정치의 탄생』, 난장, 2012.

미히르 데사이(김홍식 역), 『금융의 모험』, 부키, 2018.

박대민, 「담론의 금융화」, 서울대 박사논문, 2014.

박명림·신광영·윤평중, 「공정의 문제와 능력주의」, 『철학과현실』 128, 2021.

박찬종, 「한국 부채경제의 정치경제적 영향에 관한 연구」, 서울대 박사논문, 2014.

서동진, 『자유의 의지 자기계발의 의지』, 돌베개, 2009.

앤서니 기든스(권기돈 역), 『현대성과 자아정체성』, 새물결, 1997.

엄혜진, 「신자유주의 시대 한국의 자기계발 담론에 나타난 여성 주체성과 젠더 관
　　계」, 서울대 박사논문, 2015.

오승민, 「가치투자의 수행성과 대중투자문화의 형성」, 연세대 석사논문, 2015.

오찬호, 「불안의 시대, 자기계발 하는 20대 대학생들의 생존전략」, 서강대 박사논문,
　　2012.

울리히 벡(홍성태 역), 『위험사회』, 새물결, 1997.

이광석·윤자형, 「청년 대중서로 본 동시대 청년 담론의 전개 양상」, 『언론과 사회』
　　26(2), 2018.

이동준·맹성준·강준혁, 「청년 주식투자자들의 '빚투' 경험에 관한 연구」, 『미래사회
　　복지연구』 12(1), 2021.

이범준, 「한국의 자기계발 담론과 젊은 직장인들의 수용과 실천에 대한 연구」, 서울
　　대 석사논문, 2010.

이지웅, 「1997년 경제위기 이후 주택 금융화에 관한 연구」, 고려대 석사논문, 2014.

전상진, 「자기계발의 사회학」, 『문화와사회』 5(1), 2008.

정대영, 『관점을 세우는 화폐금융론』, 창비, 2018.

정수남, 「'부자되기' 열풍의 감정동학과 생애프로젝트의 재구축」, 『사회와 역사』 89,
　　2011.

최민석, 「1997년 경제위기 이후 일상생활의 금융화와 투자자 주체의 형성」, 서울대
　　석사논문, 2011.

칼 마르크스(김수행 역), 『자본론』 III 상, 비봉, 2015.

캐런 호(유강은 역), 『호모 인베스투스』, 이매진, 2013.

크리스티안 마라찌(서창현 역), 『자본과 정동』, 갈무리, 2014.

프랑수아 셰네 엮음(서익진 역), 『금융의 세계화』, 한울, 2002.

홍기빈, 『살림살이 경제학을 위하여』, 지식의날개, 2012.

홍석만, 「새로운 자본축적과 노동력 재편」, 『진보평론』 82, 2019.

Alex Preda, "The Investor as a Cultural Figure of Global Capitalism," Edited
　　by Karin Knorr Cetina and Alex Preda, *The Sociology of Financial
　　Markets*, Oxford: Oxford University Press, 2006.

Ann Pettifor, *The case for the Green New Deal*, London: Verso, 2019.

Costas Lapavitsas, "Financialized Capitalism," *Historical Materialism* 17(2), 2009.

Guy Cook, *The Discourse of Advertising*, London: Routledge, 1992.

Max Haiven, *Cultures of Financialization: Fictitious Capital in Popular Culture and Everyday Life*, London, UK: Palgrave Macmillan, 2014.

Paul Langley, *The everyday life of global finance*, Oxford, New York: Oxford University Press, 2008.

Randy Martin, *Financialization of daily life*, Philadelphia: Temple University Press, 2002.

3. 신문기사

강영연, 「존 리 인터뷰: 젊어서 집 사는 게 제일 바보짓, 집착 버려라」, 『한경』, 2021. 1.9. (https://www.hankyung.com/realestate/article/202011098912i)

박은소리, 「2030 활동가가 보는 젊은 청년층들의 투자 광풍」, 『월간 경실련』 2021년 5·6월호, 2021.5.27. (http://ccej.or.kr/698612030)

박채영, 「다시 만난 '자낳세' "월급만으로 살 수 없단 생각엔 변함없어」, 『경향신문』, 2023.1.1. (https://m.khan.co.kr/economy/finance/article/202301011916001#c2b)

신다은, 「"나만 빼고 다 돈 벌었나" 주식 광풍에 박탈감 커진다」, 『한겨레』, 2021. 1.11. (https://www.hani.co.kr/arti/economy/finance/978300.html)

이태경, 「[이태경의 토지와 자유] 2021년 대한민국, 땀인가 땅인가」, 『민중의소리』, 2021.1.9. (https://www.vop.co.kr/A00001539692.html)

「홍기빈 글로벌정치경제연구소장, 외교는 미국 따라가더라도 원자재나 에너지는 지혜로운 줄타기 필요한 상황, 공급망 확보 위한 유연한 전략 구사해야」, 『TBS 신장개업』, 2022.6.28. (http://tbs.seoul.kr/news/newsView.do?seq_800=20465335&typ_800=6)

4. 온라인 커뮤니티

네이버 카페 '맘마미아' (https://cafe.naver.com/onepieceholicplus)

다음 카페 '텐인텐' (https://cafe.daum.net/10in10)

블로그 'Mr. Money Mustache' (https://www.mrmoneymustache.com)

블로그 'Bitches Get Riches' (https://www.bitchesgetriches.com)

읽어버린 사람

: 독서행위이론으로서 들뢰즈의 마조히즘

정한아

> 얻어맞기를 자청하는 자는 마땅히 맞아야 한다.
> — 레오폴트 폰 자허-마조흐, 「모피를 입은 비너스」

1. 속이 울렁거리는 철학자

이제는 소위 '정동 이론'이라는 문화 연구의 한 장을 연, 스피노자의 정동(affect)에 대한 들뢰즈의 강의에는 "기본적으로 감각적인 욕구(app-etite)"에 의한 사랑과 "진실한 사랑"에 대한 설명이 포함되어 있다.[1] 50쪽에 이르는 다소 긴 분량의 이 강의 녹취록은 블레이흔베르흐와 스피노자 사이에 오간 편지들에서 다루어진 본질의 순간성과 영원성에서 시작하여, 힘의 증대와 감소로서의 정동, 무엇보다도, 하나의 살아있는 이행이자 변이로서의 정동을 설명함으로써, 스피노자가 『윤리학』에서 강조했던 기쁜-수동과 슬픈-수동의 색조를 음악이라든지, 연인 관계 같은 구체적인 '마주침'을 예로 들어 활력적으로 전달하고 있다.

여기에서 그는 이 말썽 많은 개념들—기쁜-수동, 슬픈-수동, 힘의

---

1 질 들뢰즈, 「정동이란 무엇인가?」, 『비물질노동과 다중』(자율평론 기획, 갈무리, 2005) 중 "뱅센느대학 강의_1981년 1월 20일"(72~122).

증감과 경화(hardening), 관계의 합성과 해체, 무엇보다도 '정동' 그 자체 등—에 대한 세간의 오해를 세밀하게 해소하고자 시도했던 듯하다. 확실히, 들뢰즈가 스피노자를 빌려 피력하고 있는 힘의 증대와 감소로서의 기쁨과 슬픔이라는 정동적 색조의 설명은, 20세기 철학 전반에 거대한 그림자를 드리우고 있었던 정신분석학과 실존철학의, 기괴한 것에 대한 호기심이나 암울한 분위기를 감안하면, 기묘할 정도로 활달하고 단순하리만치 명랑한 메시지를 전달하고 있는 것처럼 보인다. 그에게 있어서 스피노자적인 기쁜 마주침은 '내가 좋아하는 음악'을 켰을 때와 같이 "필연적으로 그 사물의 행위(action)을 피하는 것에 할당된다는 의미에서 내 힘의 일부가 제외"되는 일은 결코 일어나지 않는 것이며, 이것은 사랑에 있어서도 마찬가지이다.

　강의 도중에 사랑에 관한 이야기가 나오자 좌중의 관심은 고조된 듯하다. 청중은 종종 질문을 하거나 호응하는 감탄사들을 내뱉는다. 들뢰즈는 이 같은 호응에 힘입어 "기본적으로 감각적인 욕구에 의한 사랑"을 설명하는 데 긴 시간을 할애한다. 스피노자의 렌즈를 통과한 들뢰즈의 견해에 따르면, "사랑 중에서 가장 아름다운 사랑, 나의 행위, 동일자, 정확히 동일자, 나의 육신적 행위, 나의 신체적인 행위는 그 관계가 직접적으로 결합되어 있는, 직접적으로 내 행위의 관계와 조합되어 있는 사물[사태]의 이미지와 관련"되며, "그와 반대로, 기본적으로 감각적인 사랑 속에서, 하나는 다른 하나를 파괴"한다. "거기에서는 관계들의 전체 과정이 존재"한다. "간단히 말해, 그것들은 그것들 서로에게 난폭하게 대하고 있는 것처럼 사랑을" 한다. 이 강의의 중반은, 이처럼 "최초의 슬픔에 의해 중독된 기쁨을 가지고 있는 부류의 사람들"의 "기본적인 감각적 욕구에 의한 사랑"을 묘사하고 기술하는 데서 클라이맥스에 다다른다. 그것은 '잘못된 만남', 즉 "내가 내 관계들과 조화되지 않는 관계들을 갖는 신체와 만날 때" 벌어지는 일들이며, "일종의 집착(fixation; 이것은 '고착'이라고 번역하는 것이 옳지 않을까?-인용자)"이 일어남으로써 "내 힘의 일부가 나와 합성되지 않는 대상의 흔적에 투여하고 그것을 국지화시키는 데에 완전히 바쳐지"는 사태에 관한 것이다.

그는 이런 '잘못된 만남'에서 일어날 수 있는 전형적인 일련의 사태를 꽤나 구체적으로 기술하고 있다. 이처럼 잘못된 선택을 향해 달려드는, "최초의 슬픔에" 중독된 사람들은 "너무나 무기력한(impotent) 사람들", "그래서 위험한 사람들"이며, 결국 이들은 "여러분에게 자신들의 슬픔을 불어넣을 때까지 여러분을 내버려두지 않을 것"이고, "더욱이, 여러분이 그들에게 이해하지 못한다고 말하면 그것이 여러분의 일이 아니라고 말하면, 여러분을 바보처럼 취급"하면서 "이것이 참된 삶이라고 말"한다. 그리고 "그들이 말다툼에 기초하여, 이 어리석음에 기초하여, 조롱의 괴로움에 기초하여 탐닉하면 할수록 더욱 그렇"다. "그들이 여러분에 들러붙으면 들러붙을수록 그들은 여러분을 더욱더 감염시"킨다. "만일 그들이 여러분에게 들러붙을 수 있다면 그들은 그것을 여러분에게 옮"긴다.[2]

들뢰즈가 속사포처럼 뱉어내는 이 "기본적으로 감각적인 것을 욕구하는", 그리하여 "최초의 슬픔에 중독된" 사람들에 대한 묘사는 마치 오늘날 우리가 사회면 뉴스에서 자주 접하는 가정 폭력이나 데이트 폭력의 당사자들이나, 혹은 편집형 인격장애라고 불리는 것에 관한 설명처럼 들리기도 한다. 어쩌면 지나치게 자신의 실존 감각에 몰입하다가 타인과의 공감능력이 무디어진 표정 없는 실존철학자의 자기중심적인 일상적 관계를 묘사하는 것처럼 보이기도 한다. (즉, 이 '슬픔에 중독된 사람'의 관계 해체적이고 시종일관 파괴적인 사랑은 자나 깨나 '죽음'을 생각하는 존재, 불안과 공포와 염려에 싸여 있는 현존재의 본래성에만 골몰하면서 사회적 관계에 있어서는 원한을 연료로 삼는 논쟁적인 철학자가 다른

---

2 들뢰즈, 같은 글, 106.

이들과 관계 맺는 방식을 보여주는 것처럼 보일 수 있다. 실제로 강의 뒷부분에서 그는 야스퍼스의 '한계상황'에 관해 혼란스러운 논의를 전개하고 있기도 하다. "일반적으로 사람들은 항상 방법에 대해 말합니다─이것은 매우 복잡해진 스피노자주의입니다. 왜냐하면 사람들은 항상 사람들이 자신을 파괴하는 방법에 대해 말하기 때문이죠. 하지만 결국엔 나는 이것이 종종 담론에 대한 것이기도 하다고 생각합니다. 슬픈 일이죠."[3]) 재미있는 것은 이 같은 일련의 설명에 덧붙여져 있는 녹취록 상의 들뢰즈에 대한 묘사이다; "(들뢰즈는 매우 속이 안 좋은 것처럼 보인다.)"

그는 슬픔을 전염시키는 누군가─우리가 한 사람쯤은 알고 있는, 일상 속에서 마주칠 수 있으며, 잘못하면 꽤 오랜 시간 시달릴 수도 있는─를 아무래도 경험 속에서 소환하여 떠올렸던 듯하다. 떠올리기만 해도 속이 울렁거리는 이 상황을 순간적이고 동시에 영원한 어떤 '본질'과 어떻게 연관시키지 않을 수 있단 말인가? 이 순간은 들뢰즈의 '정동' 자체를 요약하여 보여주고 있는 듯하다.

2. 냉정함과 잔인성 : 예술의 문제로서의 증후학

강의록의 다른 부분들에 비해 유독 정념적인 이 부분에서 느껴지는 기묘한 흥분을 우리는 그의 초기 글인 「냉정함과 잔인성」(1967)[4] 전체에서 느낄 수 있다. 「냉정함과 잔인성」에서 독자는 사도-마조히즘으로 묶이어 통칭되고 있는 기존의 지배적인 정신분석학적 해석으로부터 들뢰

---

3 들뢰즈, 같은 글, 119.
4 질 들뢰즈, 이강훈 옮김, 『매저키즘』, 인간사랑, 1996. 이 책은 들뢰즈의 「냉정함과 잔인성」, 그리고 레오폴드 폰 자허-마조흐의 「모피를 입은 비너스」를 함께 번역, 수록하고 있다.

즈가 어떻게 마조히즘의 특이성을 구별해내고, 사디즘과는 전혀 다른 구조와 개별적인 체계를 텍스트 자체로부터 세밀하게 발견해내는지 목격하게 된다. 특히나 1975년에 가타리와 함께 저술한 『소수집단의 문학을 위하여』를 비롯한 다른 문학 관련 글이 다소 기계적으로, 마치 지도를 새로 그리고 독해하듯이 쓰여져 있는 것과 달리 (독자는 여러 군데에서 그가 행하고 있는 카프카 텍스트에 대한 '창조적 오독'에 자주 저항하게 된다), 이 글은 텍스트 자체를 가장 확실한 징환이자 증거로 삼아 프로이트의 사도-마조히즘의 일체성을 반박하고 있어 굉장한 설득력을 보여준다. (들뢰즈가 문학 작품을 다루는 방식에 있어 이 두 저서가 보여주는 큰 차이는, 물론 대상 작품 자체의 특성 차이도 있지만, 그 사이에 있었던 가타리와의 만남이나 그간의 사상의 변화와 관련되어 있을 것이다.)

이 글에서 다루고 싶은 것은 그의 마조히즘 연구가 프로이트를 따라 지배적으로 정신분석학 분야에 널리 퍼져 있었던 사도-마조히즘과 어떻게 다른가에 관한 것이 아니다. (그에 관해서는 이미 많은 글이 있고, 무엇보다 그의 글 자체가 선명하게 이것을 보여주고 있으므로, 가외의 요약이 필요하다고 생각되지는 않는다.) 들뢰즈의 글 중에서는 예외적이라 할 정도로 거의 난해하지 않은 「냉정함과 잔인성」은, 한 연구자의 가혹한 지적에도 불구하고,[5] 프로이트 정신분석에 대한 배경지식이 있는 이라면 무리 없이 독해해낼 수 있는 글이다. 프로이트의 '뒤집어진 사디즘으로서의 마조히즘'(후기 입장에 따른다면 '뒤집어진 마조히즘으로서의 사디즘')에 대한 들뢰즈의 흥미로운 반박 — 열나고 기침한다고 다 감기가 아니듯이, 때리고 맞는 장면이 등장한다고 모두 사디즘으로 수렴되는 것이

---

5 2)의 한국어 번역본에 실린 「냉정함과 잔인성」은 영어 중역으로, 조현수는 이 번역본이 "도저히 원본을 대신할 수 없는 심각한 오류들을 다수 범하고 있다."고 지적하고 있다. 조현수, 「마조히스트의 유머와 정신분석학의 전복: 마조히즘에 대한 들뢰즈의 탈정신분석학적 이해」, 『철학연구』 103, 단일호(2013): 158.

아니며, 마조히즘은 사디즘과는 그 작동 원리나 구성에 있어 어느 한 군데 겹치는 것이 없고, 오히려 이 두 체계는 결코 양립할 수 없다는 ─ 이 프로이트의 오이디푸스 콤플렉스 구도에 대한 대담한 도전이면서 도 결국 프로이트의 핵심 개념들인 죽음충동(죽음 본능, 타나토스)과 생명 충동(생명 본능, 에로스)에 의해 설명되면서 아버지가 완전히 제외된 일종 의 단성생식과 이를 통해 죽음을 통과해 태어나는 이상적 자아의 서사로 마무리된다는 사실에 실망할 필요는 없다. 이 글의 진짜 특이성은, 그가 이 글을 문학적 읽기의 방식을 전면적으로 사용하고 있다는 사실, 마조히 즘이라는 정신분석학 상의 병리적 명칭을, 한 작가의 작가론으로서 확고 히 고지하고 있다는 사실이다.

　그는 이 사실을 첫머리에서 직접 명시하고 있다. 그는 향후 그의 유작 의 제목이 암시한 바(『비평과 진단』의 '진단'은 '임상Clinique'의 다른 번역어 다.)를 머리말의 결론에 다음과 같이 적고 있는 것이다. "비평적 관점(문학 적인 의미에서)과 임상의학적 관점(의학적 의미에서)은 필연적으로 상호이 해라는 새로운 관계를 형성해야 할 것이다. 증후학이란 언제나 예술의 문제이다. 새디즘과 매저키즘에 대한 임상의학적 특이성들은 사드와 마 조흐 특유의 문학적 가치와 결코 분리될 수 없다. 모든 것을 너무 간단하 게 상반성의 연관관계로 파악해 버리는 변증법적 관점 대신 우리는 비평 적·임상의학적 평가를 통해 예술적 독자성뿐만 아니라 본질적인 두 메카 니즘 사이의 차이점을 밝히는 데 주력해야 할 것이다."[6] 「냉정함과 잔인 성」의 서두는 다음과 같은 질문; "문학의 용도는 무엇인가?"[7]로 시작하며 다음과 같은 결론으로 끝난다; "의학의 과학적 또는 실험적 측면인 병인 학은 그 문학적·예술적 측면인 증후학에 종속되어야 한다. 그리고 이러

6　들뢰즈, 앞의 책, 14.
7　같은 책, 15.

한 조건하에서만 구체적이지 못한 원인들로 제멋대로 정의한 전체 내에서 신경장애의 증후학적 단일성을 분해시키거나 잘못 지어진 이름하에 서로 다른 신경증들을 결합시키는 오류를 피할 수 있다."[8]

3. 주체 구성 원리로서의 도착증 분석과 문학 비평

들뢰즈의 사디즘과 마조히즘에 대한 조사는 철저히 사드와 마조흐의 작품들에 드러난 묘사와 기술(記述)상의 특징, 서사의 전개 과정, 인물의 성격, 작품의 주제를 추적하는 문학 비평의 방식과 정확히 일치하며, "증후학이란 언제나 예술의 문제"라는 단언이야말로, 이 같은 조사 방식의 정당성에 대한 확신을 드러내는 언명이라고 할 수 있다. 데이빗 시글러는 라캉과 들뢰즈의 마조히즘에 대한 공통된 관심을 문학성의 관점에서 해석하면서[9] 심지어 "흥미롭게도, 마조히즘에 대한 그(라캉)의 연구는 결코 임상 분석에도, 프로이트 이론에도 거의 기초하지 않고 있으며, 대신, 우리에게 곧바로 레오폴트 폰 자허-마조흐의 소설들을 지목한다."[10]고 쓰고 있다. "자허-마조흐를 읽어라."[11] "라캉은 마조히즘을 읽기와 해석

---

8 같은 책, 150.

9 라캉은 1962년, 「사드와 함께 칸트를」을 썼고, 마조히즘에 관한 언급은 여기저기 흩어져 있지만, 시글러에 의하면, 라캉은 마조히즘이 욕망의 도착적 위상들 중에서도 가장 급진적이라고 생각했다. 라캉의 1962년 글은 들뢰즈의 1967년 마조히즘 연구에 반향되었다. 시글러에 의하면 라캉은 「냉정함과 잔인성」이 마조히즘에 관해 가장 잘 쓰인 최고의 텍스트라고 세미나 14권에서 언급하고 있다고 한다. 세미나 14권은 아직 영역본도 없다. Sigler, David. ""Read Mr. Sacher-Masoch": The Literariness of Masochism in the Philosophy of Jacques Lacan and Giles Deleuze." *Criticism* 53.2 (2011): 189.

10 Sigler, 같은 글, 같은 곳.

11 Jacqes Lacan, *The Seminar of Jacques Lacan, Book Ⅶ: The Ethics of Psychoanalysis 1959~1960*, trans. Dennis Porter, ed. Jacques-Alain Miller(New

의 기술들을 통해 가장 잘 이해될 수 있는 현상으로 직역한다(construe)."[12] 프로이트는 「성욕에 관한 세 편의 에세이」에서 괴테의 작품으로부터 절편 음란증의 오래된 기호들을 읽는가 하면, 스토우의 『톰 아저씨의 오두막』이 독자들을 처벌의 가시적인 스펙터클 속에 옮겨놓는다고 말한다. 그 효과는 단지 독자들을 그 자리에 옮겨놓는 데 그치지 않는다. 자크 알렝-밀레는 "주체성이란 오직 허구 속의 가치일 뿐"이며, "전체성으로서의 언어와 가능성으로서의 언어를 동시에 경험하면서 이중으로 위치지어지게 된다."고 설명한다.[13]

결국 라캉, 들뢰즈, 프로이트는 모두 도착증에 관한 분석을 문학 비평의 방식으로 구현하고 있으며, 이것은 일종의 '주체의 구성 원리에 대한 가능한 하나의 설명'을 보여준다. 말하자면, 거꾸로, 마조히즘에 대한 연구는 사실 문학 독해 행위에 대한 연구이기도 한 것이다. 독자는 계약관계 속에서 저자에 의해 종속되며, 그의 환상이 배치된 자리에 입회한 상태에서, 그가 보여주는 세계가 얼마나 감각적이고 폭력적이든 다 읽어낼 때까지는 완전히 떠나지 못한다. 마치 이 같은 독자 훈육을 암시하듯, 「모피를 입은 비너스」에서 세브린은 완다와 함께 (필경 자신이 고른) 책을 읽고 토론하며 자신의 관점에 익숙해지도록 그녀를 훈련시키고 있다. 세브린이 완다를 설득하고 훈육하여 계약관계에 의해 자신의 환상을 완성하고, 또한 그 같은 초과 달성된 환상을 통해 그 자신에게 변경이 일어나는 것과 마찬가지로, 저자는 독자를 길들이고, 훈육하고, 설득하여 자기 환상의 불가피한 구성 요소로 길들인다. 그런 계약적 종속에 의해서라야 독자에 의한 폭력적 해석, 텍스트의 이용과 소모가 가능해진다. 이것

York: Norton, 1992), 239. Sigler, 앞의 글에서 재인용.

12 Sigler, 같은 글, 같은 곳.

13 Sigler, 같은 글, 192.

은 매우 세심한 역할놀이에 관한 것이다. 그러므로 "우리는 도착증의 구조란, 독자에 의해 소비되고 이용될 언어가 됨으로써, 텍스트가 됨으로써, 대상이 됨으로써 작가가, 그/녀의 주체성(저작권, 권한)을 요구하는 방식에 대응한다고 말할 수 있을 것이다."[14]

4. 초감각주의

그렇다면, 이것이 들뢰즈의 정념에 찬 '감각적 사랑'에 대한 혐오와 무슨 관련이 있단 말인가? 스피노자를 연구하고, 그를 옹호하고, '슬픈 정신으로부터는 창조적인 것은 나오지 않는다'고 썼던 그가, 그토록 어떤 유형의 고통에 대해 열심히, 자세히, 마음을 다해, 힘닿는 데까지 깊이 생각하려고 결심했던 것은 이것과 무슨 상관이 있는 것일까?

앞서 지적한 정동에 관한 벵센느대학 강의에서 들뢰즈가 일시적으로 보인 정념적인 순간과 관련하여 마조히즘 연구에서 보여주는 강렬함에서 발견되는 공통성은 이들이 모두 초감각주의(suprasensualism)에 관한 것이라는 점이다.

사실 "기본적으로 감각적인 욕구에 기초한 사랑"이 왜 즉각적으로 "관계 해체적"이며 "나쁜 것"인지에 대한 논리적인 설명은 벵센느대학 강의에서 다소 불분명하게 다루어지고 있다. 들뢰즈의 논의를 따라가다 보면, 어떤 관계가 그의 묘사대로 파국을 맞이하게 되는 것이 '잘못된 선택'(자신의 관계 전체와 맞지 않는 관계를 선택함)에 의해 벌어지는 사태인지, 정말로 그 관계의 당사자가 "기본적으로 감각적인 욕구에 기초한 사랑"에 경도된 사람이기 때문인지 알 수 없게 되기 때문이다. 그에게는 '지나치게

---

14 Sigler, 같은 글, 193.

감각적인=(정신분석학적 어휘를 빌리면 죽음충동에 잠식된)최초의 슬픔에 중독되어 관계를 해체하는'이라는 등식 관계가 성립되어 있었던 듯하다. 그리고 그 연관 고리는 그의 마조히즘에 대한 연구에서 찾아지는 듯하다.

이제, 들뢰즈의 언명에 따라 「냉정함과 잔인성」이 증후학으로서의 '문학 비평'라는 점이 명백해졌으므로, 『매저키즘』에 함께 실려 있는 자허-마조흐의 「모피를 입은 비너스」는 감각에 바쳐진 찬가이자 (적어도 표면적으로는) 그로 인해 회한에 싸인 사람의 '속죄'에 관한 이야기가 된다.

이 소설의 알맹이는 세브린이라는 남자가 자신의 경험을 기록한 원고로 일종의 액자소설이다. 이 원고의 첫머리에는 이렇게 쓰여 있다. "너무나 감각적이었던 한 남자의 고백."[15] 그리고 이 이야기 속에서 자허-마조흐는 세브린과 완다의 아직 설익은 만남에서 벌어지는 토론들 속에서, 유약하고 감각적이기만 한 '현대 남성들'에 대한 완다의 경멸 어린 태도와 세브린의 반박을 대조시킴으로써 '작업'의 시작 시점을 알려주고 있다.

> "사실 감각적인 쾌락과 잔인성 사이에 밀접한 관계가 있다는 것은 누구나 다 잘 알고 있는 사실이죠."
> "단지 제 경우에는 좀더 극단적일 뿐입니다."
> "이런 문제에 있어서 이성적이라는 것이 당신에게는 별다른 의미가 없고, 선천적으로도 당신은 유약하고 감각적인 사람일 뿐이라는 뜻인가요?"
> "그런 의미에서 순교자들도 유약하고 감각적인 사람들이 아니었을까요?"
> "순교자들이요?"
> "그렇습니다. 순교자들은 고통 속에서 적극적인 쾌락을 발견했고, 남들이 즐거움을 추구하듯이 끔찍한 고문과 죽음까지도 마다하지 않았던 지극히 감각적인 사람들이었습니다. 저 역시 그들처럼 극히 감각적인 사람입니다."[16]

---

15 들뢰즈, 앞의 책, 169.
16 자허-마조흐, 「모피를 입은 비너스」, 『매저키즘』, 197.

자허–마조흐의 분신이라고 여겨지는 주인공 세브린은 주저 없이 감각적 쾌락과 잔인성을 연결 짓고, 완다는 이것이 "누구나 다 잘 알고 있는 사실"이라고 이야기한다. 시글러는 앞서 언급한 논문의 결론에 "라캉과 들뢰즈가 「모피를 입은 비너스」를 '통해' 마조히즘에 다다른다는 사실, 그 대가로, 문학적인 것에 대한 그것 자체의 조사를 통해 초감각주의에 도달한다는 사실"에 중요성을 두고, "우리가 도착증의 문학성에 입문하기를 배울 때, 마조히즘은 그것이 각자 제자리에 고정시킨 주체들을 서사를 통해 재구성하는, 세심하게 배치된(orchestrated) 욕망의 그물망이 된다."[17]고 쓰고 있다. 이 같은 시글러의 결론을, 앞서 제시한 들뢰즈의, "기본적으로 감각적인 욕구에 의한 사랑"만을 추구하는, "최초의 슬픔에 중독된 사람"에 대한 묘사와 비교해보라.

　　결국 이들은"여러분에게 자신들의 슬픔을 불어넣을 때까지 여러분을 내버려두지 않을 것"이고, "더욱이, 여러분이 그들에게 이해하지 못한다고 말하면 그것이 여러분의 일이 아니라고 말하면, 여러분을 바보처럼 취급"하면서 "이것이 참된 삶이라고 말"한다. 그리고 "그들이 말다툼에 기초하여, 이 어리석음에 기초하여, 조롱의 괴로움에 기초하여 탐닉하면 할수록 더욱 그렇"다. "그들이 여러분에 들러붙으면 들러붙을수록 그들은 여러분을 더욱더 감염시"킨다. "만일 그들이 여러분에게 들러붙을 수 있다면 그들은 그것을 여러분에게 옮"긴다.

이 묘사에서 "이들"이나 "그들"을 "작가들"로 바꾸어 읽는다면, 19세기 이후 내내 인기 있었던 어떤 부류의 작품들을 어렵지 않게 떠올리게 될 것이다.

여기에서 일어나는 아이러니는, 들뢰즈가 문학론으로써, 그리고 그것

17　Sigler, 같은 글, 207.

과 구분이 가지 않는 증후학으로써 '초감각주의'를 다루는 방식과, 그가 스피노자의 개념들을 『윤리학』으로부터 가져와 우리들의 실제 삶에서 일어날 수 있는 가능성으로써 '초감각주의적인 어떤 요구'와 마주칠 경우에 대해 그가 정동되는 방식(생각만 해도 속이 울렁거리는) 사이의 어떤 괴리이다. 즉, 예술론, 특별히 문학론으로서의 마조히즘 연구는 감각주의에 대한 (대항counter)정신분석인 동시에 작가들이 독자와 가지는 방식에 대한 유비인데, 이것이 만일 현실이 될 기미가 조금이라도 보인다면, 그의 신체는(그는 보편화된 방식으로 기술하고 있는데) 당장 '힘을 투여하기를 중지하고자' 한다는 것이다.

결국 마조히즘 연구가 보여주는 초감각주의에 대한 비평과 도착증의 유형에 대한 조사는 지적으로 흥미롭고 정신분석학적인 견지에서, 그리고 어쩌면 철학적이고 문학적인 견지에서도 흥미진진하지만, 우리는 이것이 '실제로 일어나기를 바라지는' 않는다는 결론에 도달한다. 그렇다면, 텍스트가 독자를 '정동'하고 나아가 한 독자로 주체화시키는 것을 프로이트를 비롯한 정신분석학자들과 들뢰즈가 확신하든가, 적어도 암시하고 있고, 이것이 설득력 있는 주장이라면, 우리가 읽는 것이 우리에게 미치는 영향이 현실적인 삶의 구성에 관여하지 않는다고 확언할 수 있을까?

5. 상상 가능한 것과 실존 가능한 것

들뢰즈는 실제로 마조히즘적인 함의를 가진 작품들을 선호했던 듯하다. 그가 시종일관 좋아했던 카프카의 『심판』 낭독이 뜻하지 않게 좌중의 폭소를 유발했다는 점을 들어 마조히즘적 유머에 관해 「냉정함과 잔인성」에서 직접 거론하기도 하거니와[18], 시글러는 「모피를 입은 비너스」의 세브린이 완다의 노예 역할을 할 때에만 주어지는 '그레고르'라는 이름이 자허-마조흐의 카프카에 대한 오마주 때문이라고 추측한다. 그는 카프카의 「변신」의 주인공인 그레고르 잠자 역시 마조히즘적인 구성 체계 속에 있다고 간주하고 있는 것이다. 멜빌의 「필경사 바틀비」의 경우는 어떠한가? 세간에서 바틀비의 특이한 어법과 그의 '하지 않기로 하는 선택'의 특이성에 세속적인 호감을 표시하는 것은 사실 매우 마조히즘적인 구성 속에서 마조히스트의 장치에 매혹당한 뒤의 일이라 할 수 있다. 왜냐하면, 바틀비는 (「냉정함과 잔인성」에서 두 남성원리 중의 하나로 파악했던) 예수의 순교자적인 모습과 헨리 데이빗 소로우의 시민적 불복종이 보여주는 소극적인 저항과 카프카의 「단식 광대」를 합쳐놓은 것 같은 모습인데, 그중에서도 가장 유사한 카프카의 '단식 광대'가 함의하고 있는바 역시, 마조히즘적 비극의 희극적 기미, 초자아를 비웃으면서 자기를 무화(無化)시켜버리는 엄청난 자아의 고집을 보여주기 때문이다. (마조히스트의 법 조롱이 들뢰즈의 말대로 유머라면, 그것은 블랙 유머에 가까울 것이다.) 너무나 열심히 세간의 평가기준을 따라 살려 노력하는 신경증자의 모습에 반성을 야기한다고 해서 자기를 파괴해가면서 초자아를 비웃는 데에 모든 힘을 쏟고 있는 도착증자를 정치적으로 유의미한 표상으로 지나치게 우대하는 것도 좀 우습지 않을까? 무위의 자유는 죽은 듯이 살 자유를 의미한다. 그러나 먹고 사는 문제를 제외하더라도, 그것이 진정 권태나 무의미 대신 평화를 가져오리라 생각하면 오산이다. 바틀비는 '선호의 논리'를 새로 만들어내고 있는 것처럼 보이지만, 그의 선호는 명확하게, 인간적인 행위들을 하지 않음에 대한 선호이며, 그의

---

18 "위조된 비극적 감각은 우리의 지력을 마비시킨다. 희극의 공격적인 힘의 표현을 유치한 비극적 구성으로 이해함으로써 얼마나 많은 작가들의 의도가 왜곡되었던가! 희극은 아이러니와 유머를 독특하게 결합해냄으로써 법을 파악할 수 있는 유일한 형식이 될 수 있다." 들뢰즈, 앞의 책, 96.

전반적인 생활양식은 길고양이의 그것과 같다. 그는 소송대리인이 바로 바틀비 그 자신 때문에 사무실을 옮기고 나서도(이건 미안함에 대한 대가치고는 엄청나다고 하지 않을 수 없다. 소송대리인과 바틀비의 관계에서 주인과 노예는 역할이 뒤바뀌어 있다.) 고양이들이 그렇듯이 자신의 영역을 떠나지 않으려고 고집하며, 심지어 다른 이가 그 자리에 사무실을 차린 다음에도 그렇다. 그는 명백히 남에게 해가 되는 이기적이고 탐욕스러운 인간적인 (상징계에 기반한) 탐욕을 부리는 것은 아니지만, 우연히도 그가 선호하는 전혀 비인간적인 소박한 욕망 — 길고양이처럼 자신이 있고 싶은 곳에 아무것도 하지 않고 있고 싶은 것 — 이 인간적인 모든 제도를 방해하게 되는 결과 속에 있다. 바틀비는 그의 과거에 관한 소문처럼, 죽은 글자 ("dead letter")가 되어버린다.[19]

멜빌의 소설을 통해 들뢰즈가 이야기하고 싶었던 것의 전체적인 메시지는 멜빌 자신이 제시했던 메시지와 결코 '매우 다르'는 않았을 것이다. 그것은 바틀비와 같은 인간이 완전히 가능하며, 침묵과 무위를 선호하는, 아주 공손한 형식을 유지하는 비타협적인 존재가 '가능하다'는 것이다. 그는 아담이 선악과를 따먹은 이래 영원히 형벌로 주어진 노동을 거부하고, 신이 인간에게 준 명명할 권리를 거부하고, 그보다는 타락 이전의 에덴동산에서처럼 단지 주어진 자연 전체 속에 '가만히 있고' 싶어 한다. 그런 인간이 가능하다. 이것의 속화된 형태를 종편 채널과 '세상에 이런 일이' 같은 공영 프로그램에서 우리는 사실상 매일 보고 있다. 그들은 그 같은 무위와 침묵을 통해 신경증적인 이 체제를 조롱하고 있다고 우리는 생각할 수도 있다. 바틀비는 순교자이며, 불복종적인 반시민이

[19] 작품의 마지막에서 사람들 사이에 떠도는 바틀비에 관한 소문은, 그가 과거에 수취되지 못한 편지(dead letter)를 하루에 수천 통씩 태워 처리해야만 했던 사서(死書) 처리관이었으며, 행정 개편으로 인해 하루아침에 실직자가 되었었다는 것이다.

며, 마조히스트다. 그의 죽음만이 짧은 뉴스거리이며 이 세계의 배설물
처럼 잠시 냄새를 풍긴다.

6. 계약관계의 초과 달성

그러나 이것이 텍스트로부터 진짜 현실이 될 때 우리는 어떻게 해야
한다는 말인가? 들뢰즈는 세브린이 그레고르로서 완다와의 자발적인 계
약관계를 초과 달성한 이후, 자신이 만든 무대와 환상과 계약의 결과로서
이전에는 결코 다다를 수 없었던 '마조히스트적 사디스트', 유사−사디스
트로 변모했다는 사실에 대해서는 단지 짧은 언급을 하고 있을 뿐이다.
라캉이 마조히즘에 대한 물음에 대해 단지 "자허−마조흐를 읽어라"라고
했던 말에 관해 시글러가 해석한바, 이 같은 지침에서 "자허−마조흐"가
"자허−마조흐의 작품들"을 의미할 뿐 아니라 작가와 작품의 동일성을,
나아가 작품이 작가를 초과하고 있는 것이라면[20], 우리는 「모피를 입은
비너스」의 결론을 의도적으로 과소평가하고 있는 것은 아닌가?

액자소설의 바깥에서 '나'는 세브린의 원고를 읽고 난 후, 세브린에게
이 이야기의 교훈이 무엇인지 묻는다. 세브린은 첫 번째 대답으로 "내가
바보였다는 거요!"라고 외치고, 그다음으로는 "여자는 철저하게 남자의
적"이라고 말하며, 마지막으로 다음과 같이 말한다; "내 이야기의 교훈은
바로 이것이요. 얻어맞기를 자청하는 자는 마땅히 맞아야 한다는 것이오.
당신이 읽어보았듯이 나는 이미 그 매를 맞아보았고 감각주의라는 그
장밋빛 안개는 더 이상 나를 현혹시키지 못하오."[21]

---

20 Sigler, 앞의 글, 200.
21 자허−마조흐, 앞의 글, 327.

감각에 대한 욕구와 법을 조롱하며 편법적으로 취하는 마조히스트의 부가적인 쾌락의 극단에서 세브린은, '망치가 되느냐 아니면 얻어맞는 모루가 되느냐' 하는 이분법적인 논리 안에서 모루가 되기를 자청했다가 마침내 그 환멸에 의해 망치로 변모한다. 물론 그는 자신이 초감각주의로부터 벗어났다고 표면적으로는 주장하고 있지만, 망치와 모루의 이분법은 여전히 상존하는 자극 추구의 범주 속에 거주하고 있다. 시글러의 결론과 같이, 만일 마조히즘 이론이 독서 행위 이론으로 치환될 수 있다면, 우리는 다음의 부가적인 사항을 반드시 병기해야 하는 것은 아닌가? 그것은 당신이 읽는 것이 당신을 이전과는 다르게 만들어낸다는 사실, 그리고 그 고통의 수업료가 생각보다 훨씬 비쌀 수도 있다는 사실이다. 읽어버린 이상, 당신은 변모하기 시작했고, 당신이 진지하게 읽어버렸다면, 이제는 돌이킬 수 없다. 텍스트에게 매 맞은 당신은, 이제 채찍을 찾는다.

"감각적인 욕구에 의한 사랑"을 묘사하면서 속이 울렁거리던 들뢰즈는 더 이상 「냉정함과 잔인성」을 쓰던 들뢰즈가 아니다. 바틀비처럼 논쟁을 회피하던 그는[22] 카프카의 단식 광대처럼 점점 작아지다가 사라지는 대신, 영원회귀의 미래 시간을 자기 손으로 끌어당겨 카오스모스 속으로 자기를 던졌던 것이다. 그는 마지막으로 단 한 번, 망치가 되어버린 것인지도 모른다.

---

22 "질 들뢰즈는 논쟁을 혐오하는 것으로 유명했다. 언젠가 들뢰즈는 이렇게 썼다. 진정한 철학자는 카페에 앉아 누군가가 '이 점에 대해 좀 논쟁합시다'라고 말하는 걸 들을 때 자리를 박차고 일어나 최대한 빨리 달아난다고 말이다." 슬라보예 지젝, 『신체 없는 기관: 들뢰즈와 결과들』, 김지훈·박제철·이성민 옮김, 도서출판b, 2006, 7.

참고문헌

질 들뢰즈, 「정동이란 무엇인가?」, 『비물질노동과 다중』(자율평론 기획), 갈무리, 2005.

_____, 이강훈 옮김, 『매저키즘』, 인간사랑, 1996.

조현수, 「마조히스트의 유머와 정신분석학의 전복: 마조히즘에 대한 들뢰즈의 탈정신분석학적 이해」, 『철학연구』 103(단일호), 2013.

David Sigler, "Read Mr. Sacher-Masoch: The Literariness of Masochism in the Philosophy of Jacques Lacan and Gilles Deleuze." Criticism 53.2, 2011.

허먼 멜빌, 공진호 역, 『필경사 바틀비』, 문학동네, 2011.

슬라보예 지젝, 김지훈·박제철·이성민 옮김, 『신체 없는 기관: 들뢰즈와 결과들』, 도서출판b, 2006.

문학의 외부에서

박수연

1.

'새로움'의 탐색은 여전히 문학의 지렛대이다. 포스트모던의 사유와 함께 새로움의 주박이 느슨해지기 시작했다고 할 수 있겠으나, 완강할 정도로 문학적 글쓰기는 가치 전도의 시대 위기에 민감하고 경계를 넘는 전위의 자리에 호의적이다. 이런 사례는 비평가들이나 창작자들에게, 또 문예지나 일간지에 거의 공통적인데, 많은 경우 비평적 주제나 기획 내용은 '위기에 대한 새로운 대응' 혹은 '새로운 시대의 문학'이라는 타이틀로 수렴되는 것들이다. 인공지능 관련 논의는 이 경향을 구체적 현실의 소재로 표현한 경우에 해당한다. 그래서 이제 사람들은 '새로움' 자체가 진정한 문학의 필수적 개념으로 혹은 인식 요소로 자리 잡게 되었다고 생각하기도 한다.

그러나 이 새로움은 생산되거나 구성된 대상에 대한 주관적 믿음과 배타적 소유권에 기초하는 것이기도 하다. 그렇게, 새로움의 창조를 믿고 그것의 소유권이 강조되기 시작한 시대가 근대이다. 천재성이라는 주관적 믿음과 저작권이라는 배타적 소유권은 그것의 표면적 결과물들일 터이다. 그런데 정작 새로움이란 무엇인가에 대한 어떤 답변에 동의하는 일은 많은 어려움을 동반한다. 새로움은 만들어지는 것인가 발견되는 것인가. 자본주의적 생산의 상품신화와 그것은 어떻게 다른가. 고대 예술은 새로움에 어떤 비중을 두고 있는가. 이 난제를 해명하면서 B. 그로이스는 "도대체 새로움은 어떤 의미를 갖는가"라는 질문을 통해 '가치의 평가'가 새로움의 핵심에 있다는 논점을 찾아낸다. 새로움은 창조되는 것이라기보다는 이미 있었으되 주목되지 않았던 가치에 다시 중요도를 주는 작업의 결과라는 것이다. 더 정확히 그로이스의 말을 인용하면 새로움은 우리가 이미 알고 있는 것의 가치를 전도하는 것이다.

가치의 전도를 통해 오는 문학의 새로움은 하나의 제도 속에서 문학에게 요구되는 기성적 위계의 기능으로부터 벗어난 기능을 그 문학이 갖게 됨을 의미한다. 문학에 대한 모든 요구는 이 제도 속에서의 요구이다. 문학 자체가 이미 하나의 제도이고 제도의 자식들이다. 그 결과 한때 문학은 제도에 저항하는 행위였으나 지금 문학은 제도에 의해 보호 존속되는 행위가 되어 있다. 경제적 영역뿐만 아니라 정치적 영역도 포함하여 문학은 새로운 기능을 지금 그 제도로부터 부여받고 있는 중이다.

이 기능이 무엇일지를 구체화하는 일은 온전히 작품 자체의 몫이다. 그리고 이 몫이 세계의 더 많은 주변적 존재들의 몫이 되어야 한다는 말은 문학으로 민주주의를 이야기하려는 사람들의 중요한 관심사이다. 이때 중요한 것은 그러나 '민주주의'일 뿐만 아니라 '주변적 존재'라는 말로 환기되는 영역이다. 그들은 언제어디서나 항상 외부적 존재이지 중심적 존재가 아니었기 때문이다. 그래서 이 주변적 외부에 대한 사유야말로 새로움을 위한 가치 혁신의 필수적인 요소라고 할 수 있다. 문학적 혁신이 진정한 전도로 이어지기 위해서는 그 혁신을 규정하는 제도와 규율 이전의 모든 언어에 대해, 제도와 규율이 문학이라고 규정해주기 이전의 모든 언어에 대해, 다른 말로 하면 문학의 벌거벗은 생명, 요컨대 문학의 호모사케르에 대해 생각해보아야 한다. 문학 아닌 것으로 문학을 생각하는 일이 그렇다.

2.

  문학의 외부에서 문학을 바라볼 수 있도록 하는 책이 있다. 『풍화에
대하여 On Weathering』(이유출판, 2021)[1]는 건축가가 쓴 책이지만, 건축
가들만의 책은 아니다. '낡음'이라는 주제가 핵심이라서, 실제로 이 세계
에 속한 모든 존재들의 존재방식에 대해 묵직한 질문을 던지는 책이라고
할 수 있다. 주요 주제는 건물의 '낡아감'이라는 운명이 왜 존중되어야
하는지 그리고 어떻게 중요한 기능을 할 수 있는지에 대한 것이지만,
'낡아감'의 운명이 세계 속의 모든 존재들에게 해당한다는 사실을 고려한
다면, 이 책은 건물에 대해서만 이야기하는 것이 아닌 셈이다. 소멸의
운명을 감수해야 하는 존재들이 비와 바람과 햇빛 속에 뼈대를 드러낸
풍경은 이미 세계에 대한 하나의 비유가 되어 독자의 마음을 사로잡는데,

---

1 『풍화에 대하여』의 필자와 번역자는 모두 건축가들이다. 소개를 보니 모센 모스타파비
  (Mohsen Mostafavi)와 데이빗 레더배로우(David Leatherbarrow)는 건축 디자인과 건
  축 이론에 걸쳐 두루 활동하고 있는 사람들이다. 나는 건축 관련자가 아니라서 필자들에
  대해서는 문외한이지만 책을 번역한 이에 대해서는 몇 마디 할 수 있겠다. 번역자는
  책을 펴낸 출판사 대표 이민이다. 이태리에서 설계를 하다 돌아와 설계사무소를 운영했
  던 그가 선택하여 펴낸 책들이 의미심장할뿐더러 디자인도 개성적이어서 나는 순전히
  그 북디자인 때문에 책을 산적도 있다. 그가 편집한 바우만의 『액체세대』는, 비전문가
  의 시각으로는, 코팅되지 않은 단단한 종이의 표지를 사용하고 있어 책을 잡을 때 미끄
  럽게 손을 밀어내는 감각 없이 부드럽게 감겨오고, 실 제본이어서 꾹꾹 눌러가며 페이지
  를 넘겨도 책 등이 부러지지 않는다. 바르뜨는 어디에선가 종이와 손이 스쳐가며 책장을
  넘길 때의 에로틱한 감각을 말한 적이 있는데, 이 책이 바로 그렇다. 이민이 매우 민감한
  감각의 소유자라는 사실을 알게 해주는 사례일 것이다. 더구나 건축이 거주와 필연적으
  로 엮인다면, 책은 언어로 가라앉은 삶들이 거주하는 곳이라고 할 수 있으니, 건축가가
  책의 편집자가 되고 북디자인에 관여하는 일은 매우 자연스러운 일이기도 하겠다.

그 폐허의 낡고 누추함은 부정될 현상이 아니라 긍정될 필연이라는 사실을 문득 알아채도록 하기 때문이다. 제사로 사용된 문장을 생각하면 더 그렇다. '건물은 마감 공사로 완성되지만, 풍화는 마감 작업을 새로 시작한다'는 문장이야말로 이 책의 모든 것을 말해주는 핵심일 것이다. '집은 새집이 좋다'는 말도 흔하지만, '풍화에 의해 새로 시작되는 마감'이라는 구절의 무게를 그 말은 버티기 어렵다.

'풍화'를 설명하는 언어가 얼룩과 주름으로 가득한 여러 삶에 대한 비유로 작용할 때, 『풍화에 대하여』는 왜 나이 든 인간의 그 나이 듦이 아름다운지 환기해주는 암시로 가득하게 된다. 풍화된 세계 혹은 풍화되어야 할 세계는 그 자체로서 긍정해야 할 세계이다. 그런데 풍화는 인위적인 새로움이 아니다. 그것은 자연의 햇빛과 비바람에 영향 받는 것이니까, 의도적인 드러냄이 아니라 자연처럼 소리 없이 그 자리에 있음으로 일어나는 사건이다. 건축에서 풍화는 "외벽면에서 돌출되게 하여 빗물 침투를 막는 '빗물받이'기능을 하는 건축요소"(63쪽)를 뜻했다가 지금은 "기후가 영향을 미치는 과정과 그 과정을 제어하는 물체를 모두 의미"하고 있다고 한다. 기후가 영향을 미치는 건축물이 그것의 외관과 환경 사이에 맺어지는 관계의 산물일 수밖에 없다면, 모든 삶이 거주하는 건축이란 낡아가는 시간과 공간에 대한 미메시스를 인정하는 행위가 아닐 수 없다. 환경이 작용하는 풍화 속의 건축은 추상적인 공간이 아니라 건물 안에 거주하는 존재들의 시작과 파괴와 재출발로 이루어진 삶의 장소이기 때문이다. 그러므로 새로웠던 사물들이 세월을 감수하면서 낡고 부서진 신체를 있는 그대로 드러낼 때, 시간의 대표적 능력인 소멸 과정을 감수함으로써 오히려 그 사물은 아름다움을 지킨다는 것이 이 책의 주제라고 해도 될 것이다.

이때의 아름다움이란 세계 속의 오래된 존재들이 처음 이 세계에 태어나는 생명들의 젊음으로 가장하고 드디어는 그 젊음을 착취하여 누추함을 은폐하면서 새로운 척하는 것과는 거리가 멀다. 풍화의 아름다움이란 세월의 감각을 실현할 때 가능한 것이다. 세월의 감각을 실현하는 행위의 의미는 다음과 같은 아름다운 문장에 압축되어 있다. "모든 존재가 내면 깊은 곳에 자기 소멸로 향하는 성향을 갖고 있는 한, 온전한 몸체를 지니 는 존재라면 근원으로 돌아가려는 현상은 이미 그 기질 속에 내포되어 있는 게 아닌가? 타고난 운명으로서의 소멸 말이다."(76쪽) 요컨대 '풍화' 를 인정할 때 세계의 존재들이 거주하는 건축의 본질이 드러난다. 풍화는 시간 속의 '장소들로서의 사물이 그 장소로부터 나오는 공간인 건축물'(하 이데거)에 실현되는 삶의 여러 양상들이다. '장소'와 '건축'을 구분한 하이 데거의 진술이 '사유'라는 단어에 까지 확장된다는 사실을 고려하면(「건 축함, 거주함, 사유함」), 건축은 곧 언어의 영역으로, 따라서 언어 예술의 영역으로 이어진다고도 할 수 있다. 그러므로 『풍화에 대하여』는 문학에 대한 사유와 연결되는 일이 필연적이다. 그리고, 그렇기 때문에 건축의 풍화를 말하는 자리라면 문학의 풍화에 대해서도 말할 수 있게 된다. 아주 오래된 문학이 어떻게 존재해야 하는가의 문제가 그것이다.

존재의 '오래 됨'에 연결될 주제를 묵직하게 다룬 저작으로 보봐르의 『노년』이 있는데, 건축의 풍화와 이어질 진술을 이미 하고 있다는 사실도 흥미롭다. 보봐르는 풍화된 삶으로서의 노년을 있는 그대로 인정하지 못하도록 하는 현실을 비판한다. 노년을 망각하게 하는 사회란 고령의 비활동 인구를 폐품취급하고 외면시킴으로써 모든 인간을 왕성한 생산 성의 상품으로만 바라보도록 하는 이데올로기와 함께 움직인다는 것이 다. 이는 소비사회의 자본 운동에 실질적으로 포섭된 현실에 대한 규정이 지만, 근대건축의 대량생산주의가 재건축이나 재포장의 이름으로 숨겨 지닌 내용이기도 하다. 지난 것은 오염되고 얼룩진 것이며, 근대의 삶은 언제나 순수한 청춘으로 영원해야 한다는 생각으로 그것이 포장되어 있 을 뿐이다. 이런 사회는 저 푸르른 청춘의 내부에 이미 노년이 들어와 있다는 사실을 알고 있지 못한 사회다. 보봐르는 이를 비판하는 싯달타의 말과 함께 『노년』을 시작한다. "지금 내 안에 이미 미래의 노인이 살고 있도다." 이렇다면, 실은 노년을 망각하고 억압하고 배제한다는 것은 그 노년을 품고 있는 청춘의 진실을 망각하고 억압하고 배제한다는 것에 다름 아니다.

『풍화에 대하여』의 저자도 수명이 다한 마감재를 폐기처분하고 언제나 매끈한 표면을 유지하고 있어야 할 근대건축의 이상을 주장한 사람으로 르 꼬르뷔지에를 들어 비판한다. 건축은 삶의 환경에 균형 맞춰 여러 형태를 지녀야 하는데, 르 꼬르뷔지에에게 새로운 건축의 표면은 (환경에 적응한 오염과 얼룩 그리고 거친 표면의 형태를 무시한 채;필자) 당연히 흰색이어야 할 뿐 아니라 균일하고 단순하며 매끄럽고 평활한 외벽이 하중을 받는 내부 구조체를 감추고 있어야"(84쪽)한다는 것이다. 저자가 보기에 르 꼬르뷔지에의 이 '흰색 건축'은 풍화를 용납하지 못한다는 점에서는 문제적이다.

다른 한편으로는 저자는 사회적 정의와 평등을 향한 해방을 표상하는 것이기도 하다는 점에서 긍정적이라고 르 꼬르뷔지에를 이해하는 듯하다. 그것이 오염과 얼룩으로 더럽혀진 세계를 질서와 균형의 도시 이념으로 재구성하고 있다는 것이다. 『풍화에 대하여』의 주제는 물론 풍화를 맞이하는 건축물의 양상이기 때문에 전자에 초점이 맞춰져 있다. 그리고 르 꼬르뷔지에의 이 평등주의에 대해서는 『풍화에 대하여』의 저자들과는 다른 시각도 있는 것으로 안다. 그의 흰색 건축은 진정한 의미의 평등주의가 아니라 플라톤적 미학을 도시에 실현하려는 모더니스트 건축가가 자본주의적 비례율로서의 도구적 합리성에 사로잡혀 내놓은 결과라는 주장이 그것이다. 그가 모듈화된 건축물을 고안했을 때, 그것이야말로 자본주의적 비례율이라는 도구적 합리성의 전형인 셈이다. 이것을 일찍이 간파했던 사람은 지그프리드 크라카우어이다.[2] 그는 현대문화 속

댄싱 소녀단의 몸동작 하나하나가 바로 그 자본주의적 기하학의 모더니
스트 예술─르 꼬르뷔지에가 도시 계획에서 강조하는 질서와 균형의 비
례율─이 보여주는 텅 빈 기표 자체라는 사실을 지적해두고 있는 것이다.[3]
이와 비교할 때 르 꼬르뷔지에에게는 매끈한 표면과 모듈이 자본주의적
기능으로서의 도구적 합리성의 이데올로기를 실현한다는 사실에 대한
비판적 의식이 없다. 이런 크라카우어의 발본적 비판을 참고한다면 세월
의 얼룩을 외면하는 르 꼬르뷔지에에 대한 『풍화에 대하여』의 문제의식
은 더욱 소중해진다. 민주주의는 모든 존재를 매끈하게 만드는 것이 아니
라 울쑥불쑥한 모든 존재를 인정하는 것이기 때문이다.

　그런데 시간의 얼룩 혹은 노년이 존중되어야 한다는 말을 모든 '노년-
과거'가 '청춘-현재'의 자리를 대체해야 한다는 뜻으로 왜곡해서는 안
된다. 『액체세대』에는 젊은 세대의 삶을 수용하지 않으려는 기성세대의
경향을 지적하여 쓴 구절이 있다. "젊은이에 대한 몰이해는 때로 우리가
과거의 삶에 대해 최선을 다하지 못했고 또 자기 자신을 이해하고 관찰하
지 않았던 데 따른 후회를 지금 무의식중에 드러"(20쪽)낸다는 말이 그것
이다. 이 말은 풍화와 노년을 현재의 싱싱한 주인공인 것처럼 매끈하게
재포장하여 의사(疑似) 청춘으로 만들고 그 외피로 주인 노릇을 하는, 그
래서 결국 실제 청춘이 채우고 있어야 할 자리를 왜곡하는 세대의 본모습
을 지적하는 것이다. 요컨대, 노년의 힘으로 청춘을 밀어내는 일은 과거
의 어떤 소중한 의미를 유지하는데 집중했던 존재의 행동이 아니다. 오히
려 그것은 과거의 그 순간을 충실하게 살아오지 못했기 때문에 생긴 자기
부정의 안타까움이 소멸의 운명을 거부하는 행동이다. 풍화된 운명의

2　르 꼬르뷔지에와 지그프리드 크라카우어를 비교하는 글은, 박해천, 『콘크리트 유토피
아』, 자음과모음, 2011의 1부 참고.

3　박해천 위 글과 James Donald, "Kracauer and the Dancing Girl", *New Formations*,
Issue 61, Summer 2007, p.50 참고.

노년은 소멸로 들어가지 못한 채, 다시 말해 아름다워지지 못한 채, 충만하지 않았던 과거에 집착하면서 모듈화된 부품들처럼 매끈한 현재로 재포장되어 소비되고 있는 것이다.

진정한 의미의 노년, 풍화, 혹은 과거의 저 의미 있는 삶과 사건들은 지금 이곳에서 계속 매끈하게 포장되어 소비될 수 있는 상품들이 아니고, 지금 이곳에서 동일하게 반복될 수 있는 것도 아니다. 과거는 지금 이곳에서는 풍화의 소멸이라는 운명을 살아갈 수 있을 뿐이다. 시인 김정환은 그것을 "세월이 닳고 닳으며 드러내는 미래"(『소리책력』 프롤로그)이며 "죽음의 제의로 죽음의/가정방문을 접대하는/자장가"(『소리책력』 에필로그)라고 썼다.

3.

오랜 세월 풍상을 겪는 존재들의 모험을 문학 외부의 시각으로 살펴보았으니 이제 문학에 대해 이야기해보도록 하자. 한국작가회의의 50주년이 성큼 다가와 있다. 작가회의가 자유실천문인협의회라는 이름으로 처음 한국문학사의 기록을 시작했을 때, 그리고 일반적으로는 그 1974년에 작가회의 회원으로 가장 젊었을 문인이 스무 살 청년이었을 것으로 생각할 수 있다면, 그 청년이 지금은 나이 70 전후에 가까워 있을 시간이다. 『풍화에 대하여』라는 책이 세계의 아름다움을 풍화의 자연스러운 힘에서 찾고 있기 때문에 이를 작가회의에 비교한다면, 젊지는 않지만 내면의 주름들로 너그럽게 나이 들어 있을 할아버지 시인과 소설가가 작가회의의 모습이라고도 할 수 있겠다. 이것은 물론 하나의 유비이다. 작가회의 회원들은 그 후 계속 해마다 한 살씩 적은 나이들이 충원되어 왔을 테니까, 그만큼 오래 청춘을 유지하고 있어야 하는 셈이다.

중요한 것은 이미 노년이 된 작가회의의 삶과 문학 이념이 청년들에
의해 젊어지고 있는가이다. 그 작가회의가 자신의 낡은 생명을 유지하기
위해 청춘의 에너지를 소모시켜 이제는 그 청춘들이 자신들의 살아 있는
신체를 분실한 채 윗세대가 강요한 노년의 마음이 되어버리지는 않았는
지 살펴볼 필요도 있다. 그래서 청춘과 노년에 대한 기괴한 알레고리
한편을 다시 읽어본다.

손보미의 소설 「이전의 여자, 이후의 여자」는 여성의 불안한 내면을
고딕형식으로 다룬 작품이지만, 내게는 노인의 생명을 위해 청춘의 몸과
마음이 소멸되고 지배되는 세계를 묘사한 괴이한 상상력의 이야기로도
읽힌다. 이 서사적 상상은 아마도 지금 우리 시대의 청춘들이 기성의
시공간에 대해 갖고 있는 숨겨진 적대감의 적나라한 표현일 것이다. 이해
를 위해 작품을 요약해보자. 주인공은 1930년대에 지어진 저택의 입주
가정교사이다. 주인공은 저택에 입주할 자신을 마중 나올 사람을 기다리
던 거리에서 실종된 어린이를 찾는 광고를 우연히 마주한다. 저택에 도착
한 그녀가 얼핏 본 것은 건물의 2층에서 자신을 바라보는 미지의 시선이
다. 저택의 알 수 없는 분위기에 압도되어 살아가던 그녀는 어느 날 집에
아무도 없는 틈을 타 접근이 금지된 2층에 올라간다. 그곳에는 앙상한
노인이 누워 있는 침대와 어린아이의 텅 빈 침대가 놓여 있다. 저택의
가족들은 실은 가정교사를 감시하고 있었고, 은밀한 방식으로 그녀를
2층에 유도한 것이었다. 암시되기로는, 텅 빈 침대는 노파의 청춘을 유지
하기 위해 살해된 아이들이 누워 있던 곳이다. 그들은 2층에 올라온 가정
교사에게 노파를 죽여 달라고 말한다. 그러나 가정교사는 차마 그렇게
하지 못한다. 그리고 얼마 후, 노인에게 신체를 뺏긴 가정교사는 정신으
로만 저택을 부유하게 된다. 신입 가정교사가 다시 선발되어 집으로 들어
오고, 정신만 남은 가정교사는 2층 커튼 뒤에서 그 신입 가정교사를 조용
히 내려다본다. 소설은 그렇게 마무리된다.

소설의 마침표를 읽는 독자들은 누구나 이제 얼마의 시간이 흐른 후 자신들이 겪게 될 가장 끔찍한 보복의 순간을 예상해야 한다. 세월 속에서 필연적이어야 할 풍화의 운명을 받아들이지 않은 자들의 운명이 그렇다. 그들은 오히려 풍화되지 않았기 때문에 자신의 과거를 모두 잃어버리고 있는 자들이다. 아니, 잃었다기보다는 과거를 가질 수 없는 흡혈귀와 같은 존재들이다. 과거를 과거로 인정하지 않으려 할 때 우리는 언제나 현재의 매끄러운 형식을 유지하려 애쓸 수밖에 없는데, 「이전의 여자, 이후의 여자」의 노인이 그렇다. 노인의 피부는 매끄럽고 투명하여 영원한 생명을 뽐낼 듯한 형상이다. 노인의 형상은 모든 정상적인 존재가 가진 시간 감각 속에서는 언제나 흘러간 시간의 풍상을 몸에 기록한 것이어야 할 터이다. 시간을 거스를 수 없는 존재는 오직 거친 피부와 퇴색한 자태로 매끄러운 과거를 회상할 수 있을 뿐이다. 그러나 「이전의 여자, 이후의 여자」의 노인은 그렇지 않다. 그는 노인이되 청춘의 피부를 가지고 있어서 오직 현재로서의 젊음을 누리는 존재이다. "뼈만 남은 것 같은 피부에서 느껴지는 이상하리만치 건강해 보이는 혈색, 주름 하나 찾을 수 없는 팔뚝, 두꺼워 보이는 손톱과 발톱 …." 소설은 그 청춘의 비결이 어린 아이의 죽음과 관련되어 있다는, 벤야민의 상상력이 환기하는 괴기한 알레고리를 연상시킨다.

이 소설을 또 다른 의미의 비극으로 읽게 하는 이유는 노인을 살해해야 한다고 외치는 사람들이 재현하는 사실에 있다. 저택에 가정교사를 초청하고 사건을 만드는 일을 꾸민 사람들은 모두 노인의 혈족이다. 그들은 가정교사로 하여금 노인을 발견하게 하고, 어린아이의 실종이 노인의 생존과 관련되어 있음을 추측케 한다. 또 그런 식으로 유지되는 노인의 기이한 젊음에 몸서리치며 가정교사로 하여금 그 노인을 살해해야 한다는 생각에 이르도록 도모한다. 그렇지만 그들은 저택에서 벌어지는 끔찍한 사건을 모두 알고 있기 때문에 노인이 죽기를 바라면서도 스스로는 노인을 죽일 수 없는 인물들이다. 그들은 모두 노인의 혈족이기 때문이다. 가족의 한명이 말한다. "모르시겠어요? 저에게는 이 집의 피가 흐르고 있습니다. 그래서 저는 절대로 이 분을 건드릴 수가 없습니다." 이 혈족들이 가정교사라는 그 가족 공동체의 외부자에게 바라는 것은 자신들이 할 수 없는 노인 살해이다. "당신이 바로 이곳으로 올라왔어요. 당신 스스로의 결정에 따라, 당신 스스로의 욕망에 따라. 그러므로 당신에게는 자격이 부여된 겁니다. 저 노인을 죽일 수 있는 자격이요."

노인 살해 욕망에 연결된 이 복합적 인과관계야말로 지금 한국문학을 바라보는 많은 사람들의 심정이 아닐까라고 나는 생각하지 않을 수 없다. 이 연관관계의 결말을 소설은 노인을 살해하지 못한 채 육체를 빼앗기고 오직 정신으로만 저택을 부유하는 가정교사의 독백으로 맺어 놓는다. 노인은 살해되지 않는 한 자신의 능력으로 혈족에게 명령하여 아이를 납치하고 생명을 유지하는 방식으로 세계 속에 있게 될 것이다.

『풍화에 대하여』는 그런 의미에서 인간의 노년에 대한 비유이기도 하다. 그 노년이 소멸의 운명을 거부한 채 의사 청춘으로 연명될 때, 매끈한 피부의 새로운 건물로만 사람 앞에 서 있기를 계속할 때, 그때를 상상하여 손보미는 이렇게 써 두었다. 이제 육체가 없이, 정확히 말하면 신체가 착취당한 채 시선으로만 존재하는 가정교사가 새로 입주하는, 육체를 가진 가정교사를 보며 가지는 생각이다.

그녀는 새로운 여자가 이 집에 머무는 동안—자신을 포함한—이전의 여자들보다 훨씬 더 많이 분노하고 많은 원한을 느끼게 되기를, 더 이상 그것을 참지 못하게 되기를 바랐다. 그녀는 새로운 여자의 얼굴이 너무 보고 싶어서, 그 마음을 절대로 참을 수 없어서 결국은 커튼을 조금, 아주 조금만 걷어 보았다.

우리가 외부자가 되지 않는다면, 우리는 모두 청춘을 착취하여 의사 청춘을 연명하는 일의 공모자가 될 수밖에 없음을 이 소설은 절박하게 말하는 중이다. 그렇지만, 외부적 존재가 자신의 일을 다 하지 못할 때, 이 혈족 공동체가 할 수 있는 일이란 오직 노년의 의사 청춘을 위해 청춘을 착취하고 또 착취하는 일밖에 없을 것이다. 그리고 「이전의 여자, 이후의 여자」처럼 착취당하는 청춘들은 훨씬 더 많이 분노하고 많은 원한을 느끼게 될 존재들이다. 이것이야말로 한국문학의 원한 공동체라고 밖에는 달리 할 말이 없다. 일정한 규율을 상호 전제할 수밖에 없는 공동체의 거주지라는 르 꼬르뷔지에의 건축 위니떼 다비따시옹(Unite d'Habitation, 1945)이 질서와 균형의 도시계획 속 부품이었고, 그래서 그것이 현대판 판옵티콘의 생명정치를 구현한다는 사실은 이제는 많은 사람들이 주목하고 있는 현대적 평등주의의 이면이기도 할 것이다. '한국작가회의'는 이를테면 지금 한국문학의 위니떼 다비타시옹이 된 것은 아닌가.

묘한 운명이라고 생각할 수밖에 없는 일이 있다. 사물을 사물이 아니게 하는 것은 사물의 소멸 뿐일 텐데, 그 소멸을 노래하는 것이 바로 예술이다. 시가 세계의 내부를 드러나게 한다는 의미에서 언어는 진실을 드러내는 탈은폐의 힘을 가지고 있다. 낡은 건물들도 그렇다. 이것은 하이데거의 말이다. 건축은 기술이고 기술은 무엇인가를 산출하는 것, 드러나게 하는 것이다. 그 기술은 진실의 탈은폐이다. 새로 세워진 건물도 그렇고, 소설도 그렇다. 그것은 탈은폐의 사건이다. 동시에 그것은 순수한 영원성을 실현하려는 의도적 목적과는 달리 저 자연의 비바람 속에서 스스로 시간을 받아들이면서 얼룩진 표면으로 변하거나 그 표면 속의 뼈대를 드러낸다. 그렇다면, 풍화를 통해 혹은 삶의 노화를 통해 드러나는 그 뼈대야말로 이 세계의 진실인 것은 아닌가? 근대 이전의 건축물들은 교체될 수 있는 재료들이 아니라서 통째로 무너지거나 소멸될 뿐인데, 바로 이 무너짐과 소멸이야말로 모든 존재들의 내부를 탈은폐시키는 사건들의 강력한 비유이기도 하다.

숨어있는 것을 드러내는 것, 그것은 한 존재를 끝없이 외부로 밀어내는 것이다. 바우만의 『액체세대』는 우리가 우리 자신에게도 계속 외부자가 될 수밖에 없고 그 사실을 용인해야 한다는 사실을 지적해 준다. 외부자를 용인하지 않는 한 모든 세대는 썩은 물이 될 수밖에 없다. 실제로 모든 삶은 항상 흘러가는 삶이고 그래서 언제나 변모하는 순간으로, 그래서 외부자의 영역으로 흘러갈 수밖에 없다. 새로움이란 지금 주어진 가치로부터 이 세계의 제도와 구조가 변화되면서 다른 가치로 무게중심이 이월되는 사태이다. 그런데 한국의 여러 문학은 항상 자신의 지난 시간에 대해, 지금 이 시간에 스스로 주인공이 되었다고 생각할 수도 있는 사람들이나 그들의 선배들이나 간에 그들이 행해왔던 지난 시간의 성과에 대해 과장하곤 하는 경향이 있다. 이 과장은 지난 시간의 의미를, 그것이 고통이든 환희이든 잘 보존해야 한다는 강박에도 연결되어 있을 것이다. 그러나 그 성과를 언제나 고정되어 있는 숭배대상으로 주장하는 태도야말로 현재의 시간을 억누르는 악몽과도 같다는 사실을 뒤집어 생각해볼 필요도 있다. 악몽이 악몽인 것은, 손보미의 소설 「이전의 여자, 이후의 여자」가 그려주는 젊은 피부의 노인처럼, 풍화되어 '근원으로 돌아가려는 자세'를 갖지 못한 채, 영원히 젊음으로 고정되려는 욕망이 움직이기 때문이다. 가치의 무게 중심을 이월시키고 바닥과도 같은 것으로 돌아가 있어야 할 존재들이, 마치 세상에는 변화가 있을 수 없다는 듯이 현재의 현상으로 부각되어 남아있으려는 데 문제가 있는 셈이다.

현실 속의 사람들은 과거에 발 딛되 과거로부터 벗어나와 과거의 외부자가 되어야 한다. 과거에 집착하고 그것을 실체로—그리고 거의 언제나 개념적으로만—현재화하려 할 때, 그래서 그 억압적 악몽 때문에 지금 이 순간의 한국문학을 이해하지 못하게 될 때, 거기에는 과거에서 나왔으되 지금 현실에 스스로 접속하기 어려워 온갖 인공호흡기의 도움이 필요한, 매끈하지만 노년인 그런 문학만이 남을 수밖에 없다. 풍화는 이 인공

호흡기를 거부하고 소멸의 운명을 받아들이는 것이다. 그 풍화를 거부한 채 매끈한 표면을 덧칠하는 행위야말로 자본주의의 도구적 합리성의 포로가 되는 것이다.

4.

풍화를 택하는 행동이 이미 인간의 삶에 포함되어 있었다는 사실을 알려주는 것이야말로 문학적 지혜이다. 손택수가 그의 시 「녹색평론」에서 묘사한 것은 풍화되지 않으려는 악행으로 매끈한 피부의 노인이 상징하는 것과는 정반대에 있는 존재이다.

> 나무의 중심은 죽음이다
> 바깥 쪽에서 안쪽으로 밀려난
> 세포들이 단단한 심재부를 이루어
> 우뚝해지는 것이 나무,
> 지구의 핵과 같다
> 생을 다한 중심으로부터 나이테의
> 파문이 일어난다
> 신의 지문처럼 찍힌 그 깊이를 누가
> 측정할 수 있을 것인가
> 16세기 프로방스의 농민들은
> 죽을 때가 되면 밭에 구덩이를 판 다음
> 그 속에 들어가 단식을 하며 조용히
> 죽음을 기다렸다
> 밭 한가운데 씨앗을 묻듯
> 해마다 죽고 죽어 나무는
> 하늘로 뻗어간다   ─손택수, 「녹색평론」 전문

해마다 죽고 죽어 하늘로 뻗어나가는 존재야말로 풍화의 의미를 실현하는 존재이다. 나무의 심재부인 한가운데는 아무 기능 없이 텅 빈 죽음과 같은 상태이다. 오히려 주변이 죽음의 한가운데를 둘러싸고 생명의 핏줄로 움직이는 광경을 시는 묘사하는데, 이것이야말로 중심이라는 말이 지닌 의미의 역설적 존재방식을 매우 잘 드러낸다. 시는 주변에 밀려 한가운데에서 죽음처럼 텅 빈 채, 기능 없이 비어버린 존재 자체로 조용한 어떤 힘의 충만함을 노래한다. 세상의 제대로 된 모든 존재들은 태어나 오래된 힘으로 지혜를 발휘하는데, 그것이란 제 기능을 젊은 존재들에게 넘겨준 후에야 비로소 세상의 변화에 한몫을 하는 행동이다.

이 세계가 이런 방식으로만 움직이는 것은 아니다. 손택수는 「녹색평론」과 함께 '나무'를 생각하도록 하는 시를 같은 시집에 남겼다. 시집의 표제시 「어떤 슬픔은 함께할 수 없다」이다.

아파트를 원하는 사람은 위험 인물은 아니다
더 좋은 노동 조건을 위해 쟁의를 하는 사람도 결국은
노동으로부터 완전히 자유로운 것은 아니다
그들은 적어도 자신이 속한 세계 자체를 부정하지는 않는다

하루종일 구름이나 보고 할일 없이 떠도는 그를
더는 참을 수 없었던 이유는 무엇일까
어떻게 소유의 욕망 없이도 저리 똑똑하게
존재할 수 있단 말인가

혼자서 중얼거리는 사람, 혼자서 중얼거리는
행인들로 가득한 지하철 역에서도
그의 중얼거림은 단박에 눈에 띄었다
허공을 향해 중얼중얼 말풍선을 불 듯
심리 상담과 힐링과 명상이

네온 간판으로 휘황하게 점멸하는 거리

어떤 슬픔은 도무지 함께할 수 없는 것이다
혼자서 중얼거리는 사람이 사라지자 혼자서
중얼거리는 사람들로 거리가 가득 찼다
                        ─손택수, 「어떤 슬픔은 함께할 수 없다」 전문

모든 시는 비연속적 텍스트라고 하지만, 어떤 경우 연속적으로 읽으면서 명확해지는 이미지들도 있다. 이 시를 위의 시 「녹색평론」과 함께 읽으면, '나무'가 아주 다르게 의미화된다는 사실이 드러난다. 「녹색평론」의 나무는 죽을 수 있어 지혜로운, 자연스럽게 풍화되는 나무이다. 그러나 이 나무를 주관적으로 착취하여 마치 손보미 소설의 노인처럼 영생시키는 사례도 있다. 「어떤 슬픔은 함께할 수 없다」에서 눈여겨볼 장면은 "하루종일 구름이나 보고 할일 없이 떠도는" "소유의 욕망 없이도 저리 똑똑하게/존재할 수 있"는 존재를 불러오는 구절이다. 이 구절의 대상은 '나무'를(닮으려는 존재를) 환기하되 「녹색평론」의 나무와는 전혀 다른 방향으로 의미화되는 이미지이다. 주관적 인간화 혹은 욕망의 흐름에 사로잡힌 자멸적 파괴라는 우리 시대의 생태 상황에 대해 사람들은 무수한 지면에서 전인류적 과제를 이야기하곤 한다. 이때 나오는 많은 대안이 자연으로 돌아간 삶이고, 그것의 전형적 이미지가 바로 인간적 욕망을 초월한 자연 생태의 존재 방식이다. 힐링과 명상은 그것의 대명사이다. 그 존재방식에 대해 "도무지 함께 할 수 없는 것"이라고 시인이 쓸 때, 그는 필경 "하루종일 구름이나 보고 할일 없이 떠도는" "소유의 욕망 없이도 저리 똑똑하게/존재할 수 있"는 존재를 또 다른 인공호흡기라고 이해하는 중일 것이다. 손택수에게는 우리 시대의 기억해두어야 할 만한 삶은, 구름이나 보며 자연적 영생을 추구하는 명상에 있는 것이 아니라, 「김형영 스테파노의 초」에서 말하듯이 자기를 뜨겁게 녹여 죽음

을 향해 소멸시키는 촛불과 같은 행위에 있기 때문이다. 시인은 악몽
그 자체였을 출판사 대표 경험을 극복하기 위해 세례를 받은 날 초 한
자루도 함께 받는다. 함께 받은 말도 있다. '초 한 자루가 다할 때 삶도
끝나는 거라는 말, 사물 하나에도 그리 생명을 불어 넣으며 기도를 해보
라는 말'이 그것이다. 다음 구절이 중요하다.

> 한 뼘가웃 한 그 길이대로라면 아직 살날이 많이 남았는데
> 어쩌다 용기를 낸 날이면
> 식은땀을 흘리며 겁먹은 내 낯짝이 보인다
> 기껏 한 자루 초에 지나지 않는 것이,
> 겨우 제 품이나 밝히는 가난한 빛의 평수가
> 심지에 묻은 스테파노의 말 앞으로 나를 데려간다
> 전화를 드리면 들려오던 아베마리아
> 꺼질 듯이 타오르는 저 심장박동으로부터 나는 얼마나
> 멀어져버린 것인지, 혀가 뚝뚝 불땀을 흘린다
> 창밖으로 밀어낸 어둠을 바짝 당겨 살아나는 초
>
>   ─손택수, 「김형영 스테파노의 초」 부분

이 시와 「어떤 슬픔은 함께 할 수 없다」를 함께 읽을 때, '혼자 중얼거
리는 사람'이 결정적으로 부정된다. 그가 어떤 사람인지는 시인도 정확히
알 수 없을 것이다. 그런 존재가 도시의 지하철역에서 발견된다는 것은
그들이 이미 세상에 미만해있음을 가리킨다. 구름이나 바라보고 있을
나무의 의미를 인공적으로 착취하여 그 흉내를 내는 사람들이 이미 세상
에 꽉 차 있지만, 혼자서 중얼거리는 사람은, 그가 아무리 구름을 보며
살아가도 「녹색평론」의 나무가 될 수는 없는 사람이다. 오히려 "하루종
일 구름이나 보고 할일 없이 떠도는 사람"이야말로 이 시대의 인공호흡기
이다. 그는 상품화된 생태일 수도 있고, 생태자본주의의 상인일 수도 있

다. 시인은 그러나 이 상점에서 피를 흘리고 있는 사람이다.

'함께할 수 없는 슬픔'은 동일하지 않은 존재에 대한 자기 확인인데, 시인이 슬퍼하는 것은 그 차이가 가득한 현실 때문이다. 시는 그러나 예기치 않았던 순간에 다가간다. 저 다가갈 수 없는 차이야말로 차이를 지양해야 한다는 마음을 갖게 한다는 역설이 그것이다. 차이 속의 타자를 나와 같은 존재로 긍정해야 한다는 것은 차이의 긍정이라는 명분으로 타자를 외면해야 한다는 말이 아니라, 타자의 배척을 넘어서야 한다는 말이다. 그것은 그러나 구름이나 보면서 혼자 중얼거리는 사람의 방식으로 이루어질 수 있는 일이 아니다. 시인은 오히려 함께 할 수 없는 사람과 자신 사이에 촛불을 켜들 요량인데, 「김형영 스테파노의 초」가 그것이다. 과연 시인은 "창밖으로 밀어낸 어둠을 바짝 당겨 살아나는 초"의 상상력을 발동시킨다. 이 어둠을 시인은 운명적으로 당겨올 수밖에 없다. 그 긴장때문에 촛농 같은 불땀이 시인의 시간을 사로잡는다. 이 또한 자기를 소멸시켜 살아나는 상상력의 실현이고, 결국 인공호흡기를 불태워버릴 행위에 대한 상상이다.

이 인공호흡기, 이를테면 세상으로부터 분리되어 자신만의 지독히도 너무 오래된 주관을 옳거니 주장하는 망령으로서의 인공호흡기를 떼기 위해서 현재의 한국문학은 그 주축을 20대에서 40대까지로만 한정하는 일이 필요할지도 모르겠다. 이 나이는 물론 비유이다. 70대가 20대보다 훨씬 가치 혁신의 이념을 보여주는 경우도 있고 그 반대도 있을 것이다. 그러므로 모든 예술에는 정신만이 남는다는 칸딘스키의 주장이 이 경우에는 옳을 수 있겠다. 그 이상의 연령이 모두 나이테의 심재부와 수심처럼 젊은 층에 둘러 싸여 자신의 작품으로만 고요해지는 순간이야말로 나무가 하늘로 자라는 순간일터이다. 주변부에서 새로운 가치로 몰려드는 새로운 이념이 없다면, 그런 활동영역은 역시 나무처럼 물과 양분을 길어 올리는 변재부가 없는 조직이므로 소멸의 운명 속으로 들어가는 수밖에 없다. 「어떤 슬픔은 함께 할 수 없다」가 바로 그 물과 양분을 길어 올리지 못하면서 상상적 초월의 자연에, 혹은 아득하여 희미한 문학에 붙들려버린 사람들의 횡포를 비유한다면, 시 제목처럼 그들의 슬픔 혹은 삶에 함께할 수 없는 것은 너무나 당연하다. 지금 한국 문학은 이 함께할 수 없음에 대한 발상을 좀 더 발본적으로 진행할 필요가 있다. 데리다의 말처럼 문학이 모든 말을 할 수 있는 권리의 언어(『문학의 행위』, 문학과지성사, 2013, 53쪽)라면, 지금 문학은 바로 그 말을 해야 한다. 50년 전에 문학이라고 했던 것은 지금 문학이 아니고, 지금 문학이라고 하는 것은 50년 후에 마찬가지로 문학이 아니리라는 말을 한국문학은 자유롭게 해야 한다. 이 말이 막히는 장소는 이른바 다수파라는 말로 횡행하는 정치적 패권의 장소이지 문학의 장소가 아니다.

　이런 발칙한 생각이 문학에 대한 시각을 뒤집어놓는 희한한 제안이 될 수 있는 때가 바로 인간과 인간 너머의 노동, 성찰, 사유에 대한 근본적 고민이 발견되는 지금 아니겠는가? 이것이 희한한 이유는 문학의 근대적 자유 관념 때문이다. 그 관념이 성취가 있었다고 해도 한편으로 근대문학은, 서양과 동양 혹은 제국과 식민이 그랬듯이 A를 위해 B를 억압해야 했던 정치적 언어였다. 우리는 A와 B라고 쓸 수밖에 없는데, 사람들이 시공간 속에서 그것을 해석하거나 채워넣는 내용이 다르기 때문이다. 한국과 일본의 A는 미국과 북한의 A와 동일하지 않다. 동물이 인간에게 다른 정체성 규정을 '반성'하라고 요구할 때의 반성은 한국과 베트남 사이의 '반성'과 같을 수가 없다는 자명한 사실을 한국문인들은 너무나 잘 알고 있다. 이 앎은 우리가 이미 경험한 것으로서 근대의 문학이 무엇인가를 억압한다는 사실 바로 그 안에서 주어진 것이다. 지금 어떤 억압을 비판할 수 있다는 사실 혹은 가능성에 견주어 본다면 문학은 제 살을 뜯어먹으며 살아가는 존재이다. 모든 문학의 말은 더욱이 자기지시적이기 때문에 더 그렇다. 이 자기지시성이 자기성찰과 연결되지 않는다면 그것은 반쪽의 문학이거나 문학 아닌 헛소리이다.

인간은 나이 50이 넘으면 타자의 목소리를 듣지 못하는 아집쟁이가
된다고 사람들은 말하는데, 자유실천문인협회가 만들어지던 당시에 주
축으로 활동했던 문인들은 대부분 20~40대 였다. 한국문협의 태동기도
마찬가지일 것이다. 그 단체들이 청춘시절에 만들었던 과거의 문학적,
역사적, 사회적 의제에 기대어 우리 시대에 맞는 새 활로를 좀처럼 만들
어내지 못하는 지금의 한국문학이야말로 아집쟁이가 된 채 어떤 허상에
붙들린 활동일 수도 있겠다. 더구나 지금은 제국적 풍모의 거대조직이
아니라 강한 소규모조직이 필요한 시대이다. 그런 변모의 필요성이 『풍
화에 대하여』를 읽으며 문학이라는 영역의 외부로부터 비유적으로 시사
받은 아이디어이다. 책의 저자는 이렇게 말해두기도 했다.

> 풍화라는 현상은 모든 구조물에 내재하는 속성이다. 이 현상을 막을 수
> 있는 건축가는 없다. 과거에도 그랬고 현재도 그렇다. 풍화는 우리에게 건물
> 의 표면층은 끊임없이 변한다는 사실을 상기시킨다. …(중략)… 텍스트의 이
> 미지가 역사적인 건축물과 유사한지 아닌지와는 별개로, 건축은 책과 같은
> 존재가 되었다. 건축의 이미지가 텍스트와 동일한 지위를 획득했기 때문이
> 다. 이 사실이 아이러니한 것은 건축이 늘 그렇듯이 책 자체도 다양한 해석을
> 가능하게 하는 '작품'이란 사실이다. (131~132쪽)

그러니, 우리가 이 책을 두고 문학에 대해 나눈 이야기가 아주 잘못된
것은 아니라고 할 수 있겠다. 건물의 풍화나 사람의 노년이나 조직 혹은
이념의 오랜 양태들은 그 자신의 역사를 위해 계속 존재할 수는 있어도
모든 시대를 초과하여 주장될 것은 아니다. 더구나 한국작가회의의 오랜
정체성이기도 했던 여러 사회적 의제들에 대해서 생각해보자면, 그것들
은 굳이 본회라는 곳에서만 모여 주장되고 실천될 필요도 없는 것들이다.
지금 청춘의 한국문학가들은 자신들의 자리에서 모두 자기 몫의 사회적

실천들을 너무 잘 수행하고 있다. 다만 그들이 노쇠화된 문인 단체에서 활동하려고 하지 않을 뿐이다. 한국문학의 노년들만 여러 사회적 의제들을 잘 해결해 나가리라는 생각이야말로 한국문학을 더 빨리 늙게 만드는 오판일 것이다. 그러나 어쩌면, 도저히 빠져나올 수 없는 그 오판을 더 빨리 늙어 소멸되게 하는 '묘약'은 한국문학의 노년들만이 그 실천을 과거의 방식과 담론으로 잘 해나갈 수 있으리라는 생각일지도 모르겠다. 한국문학의 고독만이 자신을 소멸 이후의 성장으로 이끌 것이기 때문이다. 손택수는 그 고독의 슬픔과 함께 할 수 없다고 쓰고 손보미는 그 고독에 쓰러진 젊은 영혼의 슬픔을 이야기하고 있는데, 한국문학은 빨리 지금의 자신들로부터 자신들을 지금까지 만들어왔던 주변부로, 나무의 변재부로, 요컨대 외부로 나가야 한다. 한국문학은 그렇게 자신을 비워야 한다. 세상 속에서 순결했던 한 시인을 죽음을 애통해 하며 백무산은 이렇게 외친 적도 있다.

> 시인이여 이제 꿈을 접을 시간이다
> 이제 헛된 꿈을 접을 시간이다
> 세상 한 모퉁이를 텅 비워버릴 시간이다
> 순결로도 진실로도 채울 수 없는 허공이게 하라
> 사랑으로도 꿈으로도 채울 수 없는 허공이게 하라
> 지금은, 지금은 다만
> 부재의 혁명이게 하라
> —백무산, 「헛된 꿈을 접을 시간이다」 부분

참고문헌

김정환, 『소리책력』, 민음사, 2017.

모센 모스타파비·데이빗 레더배로우우, 이민 역, 『풍화에 대하여』, 이유출판, 2021.

시몬 드 보봐르, 홍상희·박혜영 역, 『노년』, 책세상, 2002.

지그문트 바우만·토마스 토마스 레온치니, 김혜경 역, 『액체세대』, 이유출판, 2020.

박해천, 『콘크리트 유토피아』, 자음과모음, 2011.

James Donald, "Kracauer and the Dancing Girl", New Formations, Issue 61, Summer 2007.

문학적 픽션과 공동체의 정치학 :
한강의 『소년이 온다』
: '쇼아'의 담론화에 대한 논의와의 비교분석을 매개로

정의진

1. 들어가며

한강의 『소년이 온다』는[1] 5.18 광주민주화운동에 대한 높은 수준의 문학적 형상화로 많은 주목을 받은 소설이다. 한강 소설의 변화발전과정과 관련하여, 『소년이 온다』는 한강이 정면으로 한국 현대사의 결정적인 정치적 사건 및 그 사건의 역사적인 의미를 탐구한 첫 번째 작품에 해당할 것이다. 이에 대해서 한강의 소설 세계가 개인적이고 실존적인 차원에서 공동체적인 차원으로 확장되어 나가는 과정에 주목한 몇몇 분석이 제시되었다.[2] 이 분석들은 5월 광주라는 정치적이고 역사적인 주제를 대하는

---

1 한강, 『소년이 온다』, 창비, 2014. 이하 책명과 쪽수만 표기.

2 이와 관련해서, 김연수, 「사랑이 아닌 다른 말로는 설명할 수 없는 : 한강과의 대화」, 『창작과비평』 165, 창비, 2014; 신샛별, 「식물적 주체성과 공동체적 상상력 : 『채식주의자』에서 『소년이 온다』까지, 한강 소설의 궤적과 의의」, 『창작과비평』 172, 창비, 2016; 권희철, 「우리가 인간이라는 사실과 싸우는 일은 어떻게 가능한가?」, 『문학동네』 88, 문학동네, 2016 등을 참고할 수 있다.

한강의 문학적이고 윤리적인 태도와 문제의식이 이미 『채식주의자』와[3] 같은 이전 소설들에서부터 오랜 기간 형성되어 왔다는 점을 해명하였다. 즉 『소년이 온다』는 그 이전 한강 소설들의 문제의식과 일정한 연속성 또한 내포하고 있다. 이러한 연속성과 관련하여 필자가 주목하는 지점은, 한강의 소설 전체를 관통하는 문제의식이 '인간이란 무엇인가', '인간은 어떻게 인간일 수 있는가'라는 매우 근본적인, 형이상학적인 동시에 역사적이고 정치적인 질문과 연동되어 있다는 점이다. 2014년 출간된 『소년이 온다』 및 2016년 출간된 『흰』까지를 포괄하면서,[4] 권희철은 한강의 소설 세계 전반을 「우리가 인간이라는 사실과 싸우는 일은 어떻게 가능한가」라는 제목하에 분석하였다.[5]

 '인간이란 무엇인가'라는 질문은, 그 질문이 제기된 사회·역사적 맥락을 동시에 고려하지 않는 경우 비역사적인 당위론적 문제설정이 될 수밖에 없다. 이 점은 '인간이란 무엇인가'라는 질문을 보다 구체적인 역사적 맥락 속에서 제기해 보는 것만으로도 어렵지 않게 확인할 수 있다. 고대 그리스 시대의 '인간이란 무엇인가'라는 질문은 '노예'와 '여성'들을 포함하는가? 프랑스혁명의 인권선언이 전제하고 지향한 '보편적으로' 대등한 인간관계는, 권력관계나 경제적 소유관계에 따른 위계적 사회질서라는 불평등을 실질적으로 얼마만큼이나 제어할 수 있는 원칙이었는가? 서유럽 제국주의의 자기합리화를 위한 '과학적인 이론적 근거'이던 생물학적, 우생학적, 사회진화론적 인종주의는, 프랑스혁명이 제시한 인간의 보편적 존엄성이라는 원칙을 어떤 논리와 방식으로 무력화하였는가?[6] 결국

---

3 한강, 『채식주의자』, 창비, 2007.
4 한강, 『흰』, 문학동네, 2016.
5 권희철, 앞의 글.
6 다윈의 진화론과 골턴의 우생학을 철저하게 인종주의적으로 재구성한 19세기 중반 이후의 사회진화론과 우생학적 인종주의 이전에, 18세기 후반 계몽주의 시대에 이미 프랑스

인간의 '폭력성'에 대한 한강의 오래고도 집요한 문제 제기는, 그 문제 제기의 실제적인 유효성을 위해서라도 정치적, 사회적, 역사적 차원으로 확장될 필요가 있었다.

　이를 위한 확장의 내용과 방식은 다양할 수 있을 것이다. 그런데 인간 성에 대한 탐구를 5.18 광주민주화운동이라는 역사적 사건과 연동시키고 자 한 한강의 선택은 또 다른 문제를 제기한다. 가령 『채식주의자』는 영혜, 영혜의 남편, 영혜의 언니와 형부 및 영혜의 아버지 등을 중심으로 한 가족사적 픽션이다. 반면 광주민주화운동은 우선 한국 현대사의 전개 과정에서 실제로 벌어진 정치적 사건이다. 광주민주화운동은, 이 운동이 인간의 기본적인 존엄과 민주주의를 지키기 위하여 광주시민들이 감내 한 비극적 참상 자체이기도 하였으므로, 열흘간의 항쟁이 진압된 이후에 오히려 갈수록 그 역사적 파장이 커져만 갔다. 대규모의 인명 살상을 동반한 폭력적 진압과 참상을 무릅 쓴 저항, 그 폭력과 저항의 역사적 파장이 모두 현실이라는 점에서, 이를 소설이라는 '픽션'으로 재구성하고 자 하는 시도는 불가피하게 근본적인 윤리적 질문과 마주하게 된다. 문학 적인 상상력을 압도하는 거대한 역사적 사건을 문학적인 담론으로 재구 성하는 행위 자체의 정당성이 그것이다. 즉 이 사건을 '언어화' 한다는 것, 이에 언어적인 의미를 부여한다는 것이 과연 가능한 일인가라는 질문 이 우선 제기되는 것이다. 이 질문은 특히 아우슈비츠의 유대인 대량학살 이후 아도르노와 같은 철학자, 프리모 레비, 로베르 앙텔므, 장 아메리 등과 같이 수용소에서 살아남은 작가들의 '증언 문학', 이러한 증언 문학 들의 문학적이고 정치적인 함의들을 재구성한 조르조 아감벤 등을 통해 제기된 것이기도 하다. 이 질문과 관련해서 『소년이 온다』의 많은 내용은 실제로 벌어진 일들에 대한 증언 자료와 인터뷰 등에 기초하되, 전체적인

　의 뷔퐁(Buffon)과 같은 과학자에 의해 인종주의적인 인간관이 체계화되었다.

텍스트의 형식과 성격은 전적으로 소설, 즉 '픽션'이다. 『소년이 온다』의 이러한 텍스트적 특수성이 가지는 문학적, 윤리적, 정치적 의미는 따라서 그 자체로 성찰의 대상일 수밖에 없다.

본 연구가 『소년이 온다』의 주제 의식을 최종적으로 이 소설의 텍스트적 특수성이라는 문제로 수렴하는 이유 중 하나는, 기존에 제출된 『소년이 온다』에 대한 연구가 이 문제의 중요성을 다소 부차화하고 있다는 문제의식 때문이다. 『소년이 온다』를 '쇼아'에 대한 증언 문학과의 직간접적인 대비 속에서 파악한 연구들이 수행되었으며,[7] 특히 조성희는 『소년이 온다』를 본격적으로 증언 문학의 관점에서 분석하고 있다.[8] 이러한 관점이 가지는 일정한 타당성을 부정할 이유는 없으며, 본 연구 또한 일차적으로는 이러한 기존의 연구 성과들에 근거한다.[9] 그러나 본 논문의 3장에서 본격적으로 다루겠지만, 『소년이 온다』는 엄밀히 말해서 증언 문학이 아니라 소설이다. 증언 문학과 소설을 장르적으로 구분하는 작업은, 『소년이 온다』와 관련하여서는 단순히 텍스트의 특정한 형식을 보다 체계적으로 분류하는 학문적 엄격성의 문제에 국한되지 않는다. 본 논문은 『소년이 온다』의 정치성과 텍스트적 특수성이 분리 불가능하게 한 몸을 이루고 있으며, 바로 이 점이 『소년이 온다』의 '특수한 문학적 정치

---

7 김요섭, 「역사의 눈과 말해지지 않은 소년. 조갑상의 『밤의 눈』과 한강의 『소년이 온다』에 대하여」, 『창작과비평』 169, 창비, 2015; 조연정, 「'광주'를 현재화하는 일. 권여선의 『레가토』(2012)와 한강의 『소년이 온다』(2014)를 중심으로」, 『대중서사연구』 20(3), 대중서사학회, 2014; 최윤경, 「소설이 오월-죽음을 사유하는 방식 : 한강의 『소년이 온다』를 중심으로」, 『민주주의와 인권』 16(2), 전남대학교 5.18 연구소, 2016; 황정아, 「'결을 거슬러 역사를 솔질'하는 문학. 『밤의 눈』과 『소년이 온다』」, 『안과 밖』 38, 영미문학연구회, 2015 등의 연구가 있다.

8 조성희, 「한강의 『소년이 온다』와 홀로코스트 문학 : 고통과 치욕의 증언과 원한의 윤리를 중심으로」, 『세계문학비교연구』 62, 세계문학비교학회, 2018.

9 증언 문학의 관점을 동반하며 『소년이 온다』를 분석한 기존의 연구들에 대한 정리 또한 조성희의 논문 2장을 참고할 수 있다.

성'이기도 하다는 점을 해명하는 것을 목표로 한다.

위의 문제를 해명하는 것과 아울러서, 본 논문은 최종적으로 이 문제를 보다 보편적인 문학적 질문, 즉 문학적 픽션의 사회적인 함의를 다시 질문해 보는 작업으로 간략하게나마 확장해보고자 한다. 이를 통해 문학적인 픽션이 '허구'와 동일시 될 수 없으며, 오히려 우리가 일반적으로 사실이라고 부르는 것보다 더 심층적인 사실을 포착하기 위한, 인식론적인 동시에 윤리적인 작업이라는 점을 해명하는 것이 본 논문의 최종 목표이다.

2. 『소년이 온다』의 정치성

한강의 『소년이 온다』는 '직접적이고 전면적으로' 1980년 5월 광주에 대한 소설이다. 여기서 직접적이고 전면적이라는 규정이 의미하는 바는, 이 소설이 광주의 그 날들을 '배경'으로 삼거나, '특정 인물'을 등장시켜 5.18의 특정한 '사건', '상황', '단면'들을 형상화한 소설이 아니라는 뜻이다. 『소년이 온다』는 1980년 5월 광주의 실상 내지 진실을 통으로 끌어안고, 이 항쟁이 내포하는 어떤 근본적인 가치를 정면으로 문제 삼고자 한 소설이다. 광주민주화운동의 핵심적인 가치는 무엇인가라는 질문은, 이 질문을 제기하는 것만으로도 가슴이 턱 막히고 숨이 가빠오는 일일 수 있다. 이 질문의 막막함을 증명하듯이, 5월 광주에 대한 방대한 증언과 기록, 이에 기초한 문학, 미술, 음악, 영화, 만화 등 모든 매체를 망라하는 예술작품들뿐만 아니라, 철학, 문학, 미학, 역사학, 정치학, 사회학, 법학 등 다양한 인문·사회과학 분야의 학술적이고 이론적인 작업들이 축적되어왔다. 5월 광주에 대한 담론의 양과 종류가 많고도 다양하다는 사실은, 역으로 이 사건의 어떤 핵심을 포착하고자 하는 시도가 무모해 보일 정도로, 5월 광주의 역사적 유산과 의미가 크고도 깊다는 반증일 것이다. 이와 관련해서 『소년이 온다』의 창작 과정상의 우여곡절에 대한 한강 자신의 다음과 같은 설명은 주목을 요한다.

> 원래 계획은 광주 이야기를 전면적으로 쓰는 게 아니었어요. 『희랍어 시간』을 쓰고 나서 이제 인간의 깨끗하고 연한 지점을 응시하는 아주 밝은 소설을 쓰겠다고 생각했는데, 이상하게도 잘되지 않았어요. 제목도 지어놓고 앞부분을 50매 정도 썼는데 더 진척이 안 되면서 내가 정말 인간을 믿는가, 인간을 껴안을 수 있는가 하는 의문에 맞닥뜨렸어요. 그때까지 쓰던 걸 그만두고 내가 왜 이 소설을 쓸 수 없는가를 생각하다가, 유년 시절에 간접 체험했던 5월 광주에 이르게 됐어요. 그때 이미 나는 인간을 믿지 못하게 되었는데 어떻게 이제 와서 인간을 믿겠다고 하는 것일까, 자문하다 보니 이 이야기를 뚫고 나아가지 않으면 어디로도 나아가지 못하겠다는 생각이 들었어요. 하지만 광주 이야기만 쓰면 힘들 것 같아서, 다른 이야기를 중심에 놓고 배움으로서 광주를 경험한 사람을 등장시키려고 했어요. 그렇게 광주 이야기와 현재의 이야기가 겹을 이루는 형태로 제목을 짓고 장도 배열해봤어요. 그러고선 자료를 조사해야 하니까 2012년 12월에 광주에 내려갔는데, 거기서 생각이 바뀌었어요. 『소년이 온다』의 에필로그에는 심장에 손을 얹고 망월동 묘역을 걸어 나오는 게 스무 살의 겨울로 나오는데, 실제로는 그때였어요. 묘지를 등지고 한참 걸어 나오는데, 나도 모르게 심장에 손을 얹고 있었어요. 이걸 안 쓰면 안 되겠다는 생각을 그때 했어요.[10]

한강의 이와 같은 말을 『소년이 온다』의 창작 동기와, 이 소설을 통해 최종적으로 광주를 정면으로 다루게 된 과정으로 나누어 볼 수 있을 것이다. 우선 창작 동기와 관련하여, 한강은 『희랍어 시간』에 이르기까지 인간의 사회적 삶에 내재하는 관성화된 폭력성, 이러한 폭력성에서 벗어나

---

10 김연수, 앞의 글, 318~319쪽.

고자 하는 비타협적인 시도가 내포하는 자기파괴와 죽음 충동이라는 주
제를 정면으로 감당해 왔다. 그러나 인간의 폭력성과 죽음 충동에 대한
근본적인 성찰의 이면은 '다른 삶의 가능성'에 대한 탐색이었으므로, 한
강은 이제쯤 "인간의 깨끗하고 연한 지점을 응시하는 아주 밝은 소설"을
쓸 때가 되었다고 판단한다. 그런데 이러한 밝은 소설을 쓰기에는, 그가
그때까지 의식적이든 무의식적이든 미루어 놓았던 보다 적나라하고 전
면적인 폭력의 문제가 앞을 가로막는다. 즉 광주 출신으로서 "유년 시절
에 간접 체험했던" 5월 광주의 학살이 그것이다. 이 문제를 다루지 않고
서, 삶에 대한 관점을 '주관적으로' 바꾸어서 밝은 소설을 쓰는 것은 불가
능하다는 깨달음이 『소년이 온다』의 창작 동기이다. 그런데 5월 광주를
정면으로 다룬다는 것은, 그 사건의 규모, 그 역사적 파장의 깊이와 너비
때문에, 작가 개인에게는 무모하고도 무리한, 즉 감당하기 힘든 시도로
여겨졌다. 그러나 5월 광주를 소설의 '배경' 정도로 설정한다는 것은, 그
자체로 5월 광주의 진실에 대한 배반이나 모욕일 수 있다는 두려움이
곧이어 스며든다. 5월 광주를 정면으로 받아들이는 것 이외에는 다른
선택지가 없다는 작가의 최종 판단은, 윤리적 선택의 문제를 자기파괴의
위험성이라는 딜레마로까지 몰아가는 그의 이전작품들의 성격에 비추어
볼 때 차라리 필연적인 귀결로 보인다. 이러한 사정을 평론가 신형철은
『소년이 온다』의 뒤표지에 실린 추천사에서 다음과 같이 압축적으로 설
득력 있게 정리하였다.

> 어떤 소재는 그것을 택하는 일 자체가 작가 자신의 표현 역량을 시험대에
> 올리는 일일 수 있다. 한국 문학사에서 '80년 5월 광주'는 여전히 그러할
> 뿐 아니라 가장 그러한 소재다.(⋯) 이 소설은 그날 파괴된 영혼들이 못다
> 한 말들을 대신 전하고, 그 속에서 한 사람이 자기파괴를 각오할 때만 도달할
> 수 있는 인간 존엄의 위대한 증거를 찾아내는데, 시적 초혼과 산문적 증언을
> 동시에 감행하는, 파울 첼란과 쁘리모 레비가 함께 쓴 것 같은 문장들은

거의 원망스러울 만큼 정확한 표현으로 읽는 이를 고통스럽게 한다. 5월 광주에 대한 소설이라면 이미 나올 만큼 나오지 않았느냐고, 또 이런 추천사란 거짓은 아닐지라도 대개 과장이 아니냐고 의심할 사람들에게, 나는 입술을 깨물면서 둘 다 아니라고 단호히 말할 것이다. 이것은 한강을 뛰어넘은 한강의 소설이다.[11]

위의 추천사에서 신형철은 한강이 『소년이 온다』에서 시도한 작업의 핵심을 "한 사람이 자기파괴를 각오할 때만 도달할 수 있는 인간 존엄의 위대한 증거를 찾아내는" 것으로 파악하고 있다. 사실 『소년이 온다』가 제기하는 근본적인 질문은 아주 오래고도 원론적인 '고전적' 질문이자 한강이 근본적으로 천착해 온 질문, 즉 '인간이란 무엇인가', '인간은 어떻게 인간일 수 있는가'이다. 그런데 이 질문이 『소년이 온다』에서는 개인적 실존의 형이상학을 넘어 보다 사회 역사적인 방식으로 구체화 된다. 즉 '어떻게 특정 인간집단이 같은 인간들에게 그토록 잔인할 수 있는가', '같은 인간들이 자행한 야만을 두 눈 뜨고 목도하고도 인간을 '동일한' 인간성의 잣대로 파악하는 것이 가능한가', '금속제 무기들의 파괴력에 그리도 쉽게 소멸하는 동일하게 연약한 인간인데, 어떤 인간은 왜 소멸 앞에서도 인간적 존엄성이라는 윤리를 굽히지 않는가' 등이 『소년이 온다』가 제기한 근본 질문이다. 이 질문은 소설의 전개 과정에서 한 인물의 입을 빌어 매우 단도직입적으로 제기되기까지 한다.

그러니까 인간은, 근본적으로 잔인한 존재인 것입니까? 우리들은 단지 보편적인 경험을 한 것뿐입니까? 우리는 존엄하다는 착각 속에 살고 있을 뿐, 언제든 아무것도 아닌 것, 벌레, 짐승, 고름과 진물의 덩어리로 변할

---

11 신형철, 「추천사」, 『소년이 온다』의 뒤표지. 평론도 아니고 논문도 아니며 짧은 추천사이나, 『소년이 온다』와 관련하여 읽은 다양한 텍스트들 가운데 본 논문의 문제의식과 가장 근접한 문제의식을 압축적으로 담고 있으므로 이를 좀 더 발전시킨다.

수 있는 겁니까? 굴욕당하고 훼손되고 살해되는 것, 그것이 역사 속에서 증명된 인간의 본질입니까?(⋯)나는 싸우고 있습니다. 날마다 혼자서 싸웁니다. 살아남았다는, 아직도 살아 있다는 치욕과 싸웁니다. 내가 인간이라는 사실과 싸웁니다. 오직 죽음만이 그 사실로부터 앞당겨 벗어날 유일한 길이란 생각과 싸웁니다. 선생은, 나와 같은 인간인 선생은 어떤 대답을 나에게 해줄 수 있습니까?[12]

『소년이 온다』가 5월 광주의 어떤 핵심을 정면으로 직시하고자 한 시도라면, 이는 그 시도의 '급진적인(radical)' 성격, 즉 어떤 대상을 그 '뿌리'에서부터 파악하고자 하는 태도와 연동되어 있다.[13] 어떤 상황이나 사건도, 이를 '인간이란 무엇인가'라는 질문과 함께 마주하게 되면, 사실상 모든 것이 문제가 되고 어떤 문제도 피해갈 수 없게 된다. 그래서 이 문제 자체를 주제로 삼는 것은, 윤리적인 동시에 인식론적으로도 매우 감당하기 힘든 난감한 과제일 수밖에 없다. 그래서 대부분의 문학 예술작품이나 학문적 작업은 이 문제를 간접화한다. 이러한 간접화의 이유는 작업 주체가 문제를 회피하거나 왜곡하기 위해서라기보다는, 많은 경우 '인간이란 무엇인가'라는 식의 문제 제기가 작업의 내용과 구성을 막막할 정도로 방대하게 키우기 때문일 것이다. 즉 작업을 끝을 가늠할 수 없는 작업으로 만들어 버리기 십상이고, 따라서 작업의 '적절성'과 소통의 '효율성'을 크게 저해할 수 있기 때문이다.

---

12 한강, 앞의 책, 134~135쪽. 인용 대목은 시민군이 진압당하던 마지막 날까지 전남도청을 사수한 당시 교육대학 복학생이었던 화자 '나'가, 함께 남았고 같이 수감 되어 고문을 당했던 당시 대학 신입생 '김진수'의 자살 이후 진행된 '심리 부검' 과정에서 한 말이다. 연구자 '윤'은 5.18 시민군 가운데 열 명을 심리 부검한 결과로 논문을 작성하였고, 논문 작성 십 년 후 동일한 열 사람을 다시 만나 후속 연구를 진행하고 있다. 10명 가운데 2명은 10년 사이에 스스로 목숨을 끊은 것으로 나온다.
13 가령 프랑스어의 'radical(급진적인)'과 'racine(근원, 뿌리)'은 같은 라틴어 어원에서 파생된 어휘들이다.

"어떤 소재는 그것을 택하는 일 자체가 작가 자신의 표현 역량을 시험대에 올리는 일일 수 있다."라는 신형철의 말은 아마도 이런 사정을 함축한 말일 것이다. 여기서 '어떤 소재'는 5월 광주이다. 신형철은 5월 광주와 작가의 표현 역량을 곧바로 연결 짓고 있고, 이런 관점에서 "5월 광주에 대한 소설이라면 이미 나올 만큼 나오지 않았느냐"는 식의 말을 전혀 신뢰하지 않고 있다. 바꿔 말하면 5월 광주의 역사적이고 인간적인 너비와 깊이에 값하는 소설은 그리 많지 않다는 말이 될 것이다. 신형철의 이 말에서 순서상으로 먼저 오는 것은 5월 광주이고, 작가의 표현 역량은 나중에 온다. 즉 5월 광주를 다루는 문학에서 우선적인 규정력은 5월 광주라는 사건이 점하고 있다. 이러한 순서의 타당성 혹은 필연성은, 논증의 문제 이전에 일단 경험적이고 역사적인 차원에서 사실이다. 5월 광주의 그 열흘과, 이를 목숨이나 인생 전체로 감당한 사람들 앞에서, 이후에 온 문학 가운데 '살아남은 자의 죄의식' 없이 이를 형상화한 작품을 발견할 수 있을까? 5월 광주를 소재로 삼은 어떤 작가가, 내가 이 일을 문학화해도 될까, 너무 주제넘은 일이 아닌가, 진실을 표현하고 알리기보다는 오히려 이를 가리고 왜곡하는 짓이나 되지 않을까, 라는 두려움 없이 작업에 뛰어들었다면, 차라리 그게 비정상일 것이다. "자료를 읽으면서 제가 느낀 가장 강한 감정은, 제가 할 수 있는 일이 별로 없다는 무력감이었어요."[14]

그런데 이러한 두려움은, 5월 광주의 진실을 알리는 것이 곧 인생을 거는 일이던 1980년대의 폭압적 정치 상황에서 비롯되는 두려움과는 다른 차원의 두려움이다. '광주에서 실제로 어떤 일들이 자행되었다'라고 알리는 것과, '광주가 의미하는 바는 이것이다'라는 입장을 제시하는 것은, 서로 겹치면서도 같은 일은 아니다. 즉 광주를 '증언'하는 것과 광주

---

14 김연수, 앞의 글, 321쪽.

를 '의미화'하는 일은, 광주를 증언하는 것이 정치적 금기사항이던 시절
이 마감됨과 함께, 점점 더 다른 층위의 일이 되어갔다. 5월 광주 앞에
선 한국문학의 근본적인 난감함이 이미 이러한 상황에서 비롯되었다.
5월 광주에 대해, 그 열흘 동안 매일 매일 일어났던 일을, 광주와 인근
지역의 구역과 상황별로, 진압군의 작전 및 명령과 실제 행위를 시민군의
조직화와 배치 및 대응 행동과 조응시켜 나가며, 무수한 목격담과 증언과
자료를 분초까지 계산하고 종합하는 과정에서, 드러난 것은 단지 좁은
의미의 사건들이 아니었기 때문이다. 전남도청에서 마지막 진압이 자행
되는 순간에서조차, 어떤 사람들이 한 어떤 말, 어떤 망설임, 어떤 절망,
어떤 결의와 선택, 어떤 행동, 어떤 희생의 의미가, 뒤에 남은 사람들에게
'인간이란 무엇인가'라는 가장 추상적으로 보이는, 동시에 가장 근본적인
질문 앞에 서도록 강제하였다.[15]

즉 문학 이전에 오월 광주는 우선 '정치'의 문제이다. 인간들이 사회적
존재로서 하나의 공동체를 구성하여 살아나가는 일 그 자체의 의미를
뿌리에서부터 다시 질문하게 만든 것이 5월 광주이다. 5월 광주 이후에,
어떤 사람들과 또 다른 어떤 사람들이, 같은 하늘을 이고 같은 특정 영토
안에서 '같은 대한민국 국민'으로서 살아간다는 것이 과연 합당한 일인가
라는 질문이 그것이다. 『소년이 온다』는 공동체적 삶의 가능성이라는
정치적 질문을, 인간이란 무엇인가라는 존재론적 질문과 연동시킨 작품
이다.

---

15 많은 사례가 있겠으나, 한강이 대담 중에 한 다음과 같은 말은 『소년이 온다』의 주제
의식을 직접적으로 대변한다 : "『소년이 온다』를 쓰던 당시에 읽었던 젊은 야학교사의
일기가 있는데, 이분이 마지막 날까지 도청에 남아 계시다가 돌아가셨어요. 기도형식의
일기를 남기셨는데, '하느님, 왜 저에게는 양심이 있어서 이렇게 저를 찌르고 아프게
하는 것입니까? 저는 살고 싶습니다'라는 문장을 읽고, 갑자기 이 소설이 어느 쪽으로
가야 하는지 알게 되었어요.", 한강·강수미·김형철, 「한강 소설의 미학적 층위 : 『채식
주의자』에서 『흰』까지」, 『문학동네』 88, 문학동네, 2016, 34쪽.

3. 증언 문학과 픽션

한강의 이러한 문제의식을 정치적이고 문학적인 관점에서 여러 층위의 질문으로 세분화해 볼 수 있을 것이다. 우선, 5월 광주를 증언하는 것과 이를 의미화하는 작업이 같은 층위의 작업이 아니라면, 그 의미화 작업을 굳이 소설이라는 문학적 형식을 통해 수행하는 이유는 무엇인가라는 질문이 제기된다. 꼭 직접적인 증언이나 기록이 아니라도 다양한 '논픽션'적 담론형식들이 존재하고, 사건의 사실성에 충실하면서도 그 사건의 의미를 탐구하는데 논픽션적인 형식들이 더 적절하지 않은가라는 질문을 해 볼 수 있다. 신형철이 언급한 쁘리모 레비의 경우에도, 유대인 강제 수용소의 경험을 서술한 자신의 첫 저서 『이것이 인간인가』의 서문에서 우선 사실성을 강조한다 : "이 책에 나오는 일들이 모두 허구가 아님을 밝히는 것은 굳이 필요하지도 않으리라."[16] 이 문장만을 놓고 보면, 레비는 자신의 수용소 경험을 담론화하는 데 있어서 어떤 허구도 허용하지 않는 것이 당연하다는 입장을 취하고 있다. 이러한 레비의 작품들은 흔히 '증언 문학'으로 분류된다. 그런데 증언 문학이라는 명명법 자체는 이미 그 안에 긴장을 내포하고 있다. 즉 '증언'과 '문학'이 상호 긴장 상태에 놓이는 것이다. 흔히 '픽션'으로 규정되는 문학의 기본 속성 혹은 텍스트 구성 방법론을 회피하면서, 인물과 사건을 사실성에 근거해서 담론화한 것이 증언 문학이다. 그래서 증언 문학은 많은 경우 소설보다는 '자전적 에세이'에 가까운 형태를 취하는 경우가 흔하다. 경험과 사실에 대한 기억 및 자료에 근거하되, 이를 다루는 서술 주체의 감정과 판단 및 사고가 일반적인 증언이나 기록보다는 더 자유로운 형태로 전개되는 것이 증언 문학이라고 할 수 있다.

---

16 프리모 레비, 『이것이 인간인가』, 이현경 역, 돌베개, 2014, 7쪽.

유대인 대량학살과 같은 사건에 대해서 서술 주체가 증언 문학의 형식을 취하는 것은 많은 경우 윤리적 선택과 직결된다. '아우슈비츠 이후 더 이상 시는 불가능하다'라는 아도르노의 말이 널리 회자 되었었지만,[17] '언어화가 불가능해(indicible)' 보일 정도로, 인간이 역사적으로 구축한 문명과 정치사회제도들, 나아가 인간 그 자체를 총체적으로 회의하고

---

17 대략 위와 같이 요약된 형태로 회자 된 아도르노 논문의 해당 구절은 다음과 같다. "문명 비판은 문명과 야만 사이의 최종적인 변증법적 단계에 직면해 있다. 아우슈비츠 이후에 시를 쓰는 일은 야만이며, 이 사실은 오늘날 시를 쓰는 것이 왜 불가능해졌는가를 설명 하는 인식에조차 영향을 미친다." Theodor W. Adorno, *Prismes*, Paris, Payot, 1986, p. 26. 참고로 독일어 원전 *Prismen*은 1955년에 출간되었으며, 아우슈비츠 이후의 시 쓰기에 대한 이 언급을 포함하고 있는 논문 「문명과 사회비판 Critique de la culture et société」은 1949년에 작성되었다. 많은 논란을 낳은 말이지만, 오늘날 이 말의 맥락과 의미에 대해서는 일정 수준까지 합의가 이루어진 듯하다. 위의 구절이 포함된 아도르노 의 논문이 발표된 1949년까지도 유럽 사회에서 아우슈비츠의 실상은 충분히 알려지지 않았고, 생존유태인들의 증언은 합당한 주목을 받지 못하고 있었다. 당시는 소위 전후 복구와 재건의 시기였고, 전쟁의 기억을 빨리 잊고 새로운 삶을 살고자 하는 의욕이 지배적인 사회 분위기였다고 할 수 있다. 2차 세계대전에 대한 대중적 차원의 기본적인 서사는 '침략자 파시스트들을 물리치고 민주주의를 복원한 연합군', 즉 전형적인 '승리 자의 서사'였다. 프리모 레비의 『이것이 인간인가』와 로베르 앙텔므의 『인류』(고재정 역, 그린비, 2015)는 모두 1947년에 출간된, 수용소 생존자가 직접 자신의 경험을 서술 한 최초의 작품들인데, 출간 당시 이 두 작품은 별 주목을 받지 못하였고 판매량도 보잘 것 없었으며, 10여 년 후 재출간 시점에서야 비로소 본격적인 평가와 논의의 대상이 되었다. 아우슈비츠 이후에는 시를 쓰는 행위 자체가 야만이라는 아도르노의 정식은, 따라서 이러한 상황을 뒤집기 위한 지극히 도발적인 의도를 내포하고 있다. 유럽 문명 그 자체, 인간성 그 자체를 근본적으로 재성찰하지 않을 수 없는 야만인인 참극이 발생 하였는데도, 과거와 비슷한 분위기와 방식으로 삶이 영위되고 시가 지속될 수는 없다는 문제 제기를 아도르노는 역설적인 방식으로 수행한 것이다. 문제를 제기하는 아도르노 자신의 철학적 인식조차 이 문제에서 자유로울 수 없을 정도로, 유럽 문명이 내포하고 있는 야만의 씨앗에 대한 근본적 재검토는 당대의 모든 사회적 삶과 예술 행위가 지속될 이유와 가치를 찾기 위한 선결과제라는 것이 아도르노의 입장이다. 따라서 새로운 인간 성과 문명을 개척하기 위하여서라도 시는 지속되어야 한다든가, 야만이든 문명이든 언 어 행위 및 언어적 의미망과 별개로 존재하는 현상은 없다든가 등의 반론은, 그러한 논지 자체의 타당성과는 별개로 도발적인 역설을 문자 그대로 받아들인 반론이라고 볼 수 있다.

부정하게 만드는 엄청난 규모의 잔혹한 대량학살에 대해, 여기에 어떤 상상적인 허구를 첨가하는 것은 비윤리적인 자기기만이라는 판단이 증언 문학의 전제인 경우가 많다. 이 점에서 쁘리모 레비의 『이것이 인간인가』와 함께 수용소 생존자의 또 다른 대표적 증언 문학 작품들인 로베르 앙텔므(Robert Antelme)의 『인류』, 장 아메리(Jean Améry)의 『죄와 속죄의 저편. 정복당한 사람의 극복을 위한 시도』 등이 모두 자전적 에세이의 형식을 취하고 있는 것은 우연이 아니다.[18] 그래서 증언 문학은 문학의 한 하위 장르이기도 하지만, 동시에 독특한 증언의 방식이기도 하다. 즉 증언 문학은 소위 '팩션' 장르와는 본질적으로 다르다. 이야기의 흥미라는 상업적 동기이든 현실과 상상력의 경계에 대한 탐구라는 실험적 의도이든, 팩션은 사실성에 대한 '윤리적 콤플렉스'가 절대적이지 않을 때만 가능하다. 그런데 『소년이 온다』는 일반적인 증언 문학이라기보다는 전적으로 소설이며, 소설적 허구라고 하기에는 사실성에 대한 절대적인 윤리적 콤플렉스를 고스란히 함축하고 있다.[19] 한강은 『소년이 온다』를 쓰기 위하여 가능한 5월 광주에 대한 모든 사실적 기록 자료들을 읽고자 했으며, 소설의 많은 내용들은 자신이 직접 만난 관련자들의 증언에 근거하고 있다. 그런데 동시에, 『소년이 온다』는 소설적 서사 전개의 중요한 국면들, 즉 인물이나 화자의 감정과 사고가 특별하게 고양되거나 분출되는 상황에서, 소설도 아니고 시적 형식을 활용한다. "시적 초혼과 산문적

---

18 프리모 레비, 앞의 책; 로베르 앙텔므, 앞의 책; 장 아메리, 『죄와 속죄의 저편. 정복당한 사람의 극복을 위한 시도』, 안미현 역, 길, 2012.

19 5.18 광주민주화운동에 대하여 사건의 체험당사자가 아닌 제삼자가 쓴, 철저한 사실성을 우선시한 대표적인 텍스트로는 황석영의 『죽음을 넘어 시대의 어둠을 넘어』를 꼽을 수 있을 것이다. 1985년 출간된 이 시대의 전설적인 '금서'이자 베스트셀러는 최근 다양한 최신 자료들을 대폭 보강한 전면개정판으로 재출간되었다. 이에 대해서는, 황석영·이재의·전용호, 『죽음을 넘어 시대의 어둠을 넘어. 광주 5월 민중항쟁의 기록』, 창비, 2017.

증언을 동시에 감행하는, 파울 첼란과 쁘리모 레비가 함께 쓴 것 같은 문장들"이라는 신형철의 언급은, 『소년이 온다』의 이러한 텍스트적 특수성을 요약한 것이다.

그렇다면 이어서 제기되는 문제는 『소년이 온다』라는 소설의 '정치성' 이다. 즉 증언 문학과 시를 화학적으로 융합시킨 것과도 같은 한강의 5월 광주에 대한 소설이, 그 결과 '공동체의 민주주의적인 재구성'이라는 정치적 과제에 어떤 시사점을 제공하는가, 라는 질문이 따라올 수밖에 없다. 이러한 정치적 과제와 『소년이 온다』의 텍스트적인 특수성을 연동 시킬 수 없다면, 5월 광주를 형상화하기 위한 한강의 문학적 선택은 그저 '개인적인 미적 취향'의 문제로 국한될 수밖에 없기 때문이다. 5월 광주와 '인간이란 무엇인가'라는 근본적인 질문을 연동시키면서, 이 사건과 질문 을 풀어나가는 텍스트의 형식으로 '시적 소설'을 택하였다면, 이러한 선택의 타당성, 필연성, 효과 등에 대한 질문을 생략할 수 없을 것이다.

『소년이 온다』의 텍스트적인 특수성이 가지는 의미를 분석하기 위해 서는, 일단 증언 문학과 픽션의 관계에 대한 정리가 필요하다. 『소년이 온다』는 큰 틀에서 보자면 사실 자체가 우선적으로 전면화되는 증언 문학이 아니라 픽션이다. 그런데 픽션 이전에 증언 문학의 경우에서조차, 사태 자체를 '어떻게' 언어화할 것인가라는 근본적인 문제는 고스란히 남는다. 쁘리모 레비, 로베르 앙텔므, 장 아메리 등의 증언이 비록 수용소 를 직접 경험한 사람의 것이라 하더라도, 그 경험은 당대 서구민주주의 사회의 법적이고 제도적이며 윤리적이고 관습적인 최소한의 인간관과 사회관마저 전면적으로 부정하는 '상상 불가능한' 사실이기 때문이다. 이 문제를 명확하게 작품의 머리말에서 제기한 것은 로베르 앙텔므이다.

> 2년 전 귀환 직후 처음 얼마 동안 우리는 아마도 예외 없이 모두가, 진정한 광란에 사로잡혀 있었다. 우리는 말하기를 원했고, 마침내 누군가 들어주기

를 원했다. 우리의 몰골 자체가 어떤 웅변보다도 더욱 웅변적이라고 사람들
은 말했다. 그러나 우리는 사선을 넘어 간신히 돌아왔으며, 우리와 함께 우
리의 기억, 아주 생생한 우리의 체험을 가지고 돌아왔고, 우리는 그것을 있
는 그대로 말하고 싶은 격렬한 열망으로 가득했다. 그러나 처음부터 우리가
사용할 수 있는 언어와 우리의 체험, 그 대부분이 아직도 우리의 온몸을
짓누르고 있던 체험 사이의 간극을 메우는 것은 불가능해 보였다.(…) 말문을
여는 순간 우리는 숨이 막혔다. 우리 자신들에게조차, 우리가 해야 할 말은
상상 불가능한 것으로 보이기 시작하였다. 우리가 겪은 체험과 그에 대해
할 수 있는 이야기 사이의 불균형은 그 후 더욱 확고해질 뿐이었다.[20]

로베르 앙텔므가 "체험과 그에 대해 할 수 있는 이야기 사이의 불균형"
이라고 정식화한 문제를, 조르조 아감벤은 『아우슈비츠에서 남은 것. 문
서고와 증인』에서 "아우슈비츠의 아포리아"로 재규정하였다.

괴리는 증언의 구조 자체에 내재한다. 사실 한편으로, 수용소에서 벌어졌
던 일은 생존자들에게 유일하게 진실한 것, 그래서 절대로 망각 불가능한
것으로 여겨진다 ; 다른 한편, 바로 이러한 동일한 이유로, 진실은 상상 불가
능한, 즉 그 진실을 구성하는 사실적인 요소들로 환원 불가능한 것이다. 너
무도 사실적인 일들이어서, 그 어떤 비교도 진실이 아니다. 실제적인 요소들
을 필연적으로 초과하는 사실성, 그것이 아우슈비츠의 아포리아이다.[21]

수용소 체험의 증언 자체에 일반적으로 내재하는 이와 같은 '필연적인
구조'에 대해서, 그런데 로베르 앙텔므의 성찰은 프리모 레비와 다소 결
을 달리한다.

---

20 로베르 앙텔므, 앞의 책, 6쪽. '상상 불가능한(inimaginable)'이라는 어휘의 고딕체 강조
는, 프랑스어 텍스트 원문에서 앙텔므가 이탤릭체와 정자체를 대비시켜 강조한 것을
번역자 고재정이 한국어 표기법에 맞추어서 처리한 것이다.
21 Giorgio Agamben, *Ce qui reste d'Auschwitz*, Paris, Payot & Rivage, 2001, p.10.

그러니까 우리는 상상을 초월한다고 일컬어지는 현실 중 하나와 맞닥뜨린 것이 분명했다. 이제 우리가 그것에 대해 무엇인가를 말하려고 시도할 수 있다면 그것은 오직 선택에 의해, 즉 여전히 상상에 의해서일 뿐임이 분명해졌다.[22]

"있는 그대로 말하고 싶은 격렬한 열망", 즉 레비와 동일한 열망에도 불구하고, 앙텔므는 자신의 "상상 불가능한" 체험이, "오직 선택에 의해, 즉 여전히 상상에 의해서" 최종적으로 텍스트로 구성될 수밖에 없었음을 인정하고 있다. 이는 자신의 모든 이야기가 "허구가 아님을" 강조하는 레비의 태도와 일정 부분 대비된다. 그러나 이는 어디까지나 상대적인 차이일 뿐이다. 레비 또한 당연히 체험의 텍스트적인 재구성이라는 문제에 맞닥뜨릴 수밖에 없기 때문이다.

나는 이 책의 구성상의 결점들을 알고 있고 그래서 양해를 구하고 싶다. (…)우리 이야기를 '다른 사람들'에게 들려주고 '다른' 사람들을 거기에 참여시키고자 하는 욕구가 우리를 사로잡았다. 그것은(…)우리들 사이에서 다른 기본적인 욕구들과 경합을 벌일 정도로 즉각적이고 강렬한 충동의 성격을 지니게 되었다. 이 책은 이러한 욕구를 충족시키기 위해서 씌어졌다. 그러니까 무엇보다 먼저 내적 해방을 위해 씌어진 것이다. 이 책이 단편적인 성질을 갖는 것은 바로 이 때문이다. 각 장은 논리적 연속성이 아니라 긴박함의 순서를 따랐다. 연결과 통합의 작업은 후에 체계적으로 이루어졌다.[23]

레비의 이 말을 역으로 이해하면, 증언하고 싶다는 "강렬한 충동"과 "내적 해방"의 "긴박"한 필연성, 이에 따른 텍스트의 "단편적인 성질"에도 불구하고, 『이것이 인간인가』는 최종적으로 "체계적"인 "연결과 통합의

---

22 로베르 앙텔므, 앞의 책, 6~7쪽.
23 프리모 레비, 앞의 책, 7쪽.

작업"을 거쳐 마무리되었다. 그런데 앙텔므의 경우 체험의 언어적 재구성의 불가피성을 처음부터 명료하게 인식하고 있어서인지, 『인류』의 문제의식과 텍스트의 구성은 『이것이 인간인가』에 비해 더 분명하고 정돈된 측면이 있다. 우선 양자의 문제의식을 비교해보자면, 레비는 자신의 책이 "무엇보다 먼저 내적 해방을 위해서 씌어진 것이다"라고 밝힌다. 즉 레비에게서는 자신의 체험을 이야기해야지만 자신의 고통으로부터 벗어날 수 있을 것이라는 절박함이 우선하는 경향이 있다. 물론 앙텔므 또한 이러한 절박함을 공유하나, 이에 더해 그의 저서에서 강조되는 증언의 궁극적인 동기는 '보편적인 인류애'이다. "인간임을 부인당하는 순간, 인류에 소속한다는 가히 생물학적인 주장이 터져 나온다. 이어서 그것은 인류의 한계, 인류와 '자연' 사이의 거리와 관계에 대하여, 인류의 어떤 고독에 대하여 깊이 생각하도록 만들며 끝으로 무엇보다도 분할 불가능한 인류의 통일성을 명백히 인식하도록 만든다."[24] 즉 수용소에서 벌어진 일들에 대한 사실적인 증언에 더하여, 앙텔므는 수용소 체험이 인류에게 보편적으로 부과하는 과제들을 명확하게 제시하려는 경향이 있다. 이러한 경향성은 아마도 로베르 앙텔므가 작가이자 철학자이며, 1944년 6월 체포되기 직전까지 대독 비밀 레지스탕스 투쟁을 수년 동안 수행한 전형적인 참여적 지식인이라는 맥락에서 이해될 수 있을 것이다. 그는 이미 문학적, 사상적, 정치적으로 훈련된 작가였다. 게다가 그는 유대인 이전에 '정치범'으로 체포되어 '코만도(수용소의 하부 생활 단위이자 노동 단위)' 생활을 하였다. 레비와 마찬가지로 앙텔므의 저서는 주로 자신이 속한 그룹의 체험에 기초하는데, 앙텔므가 속한 프랑스 정치범 그룹의 전반적인 행동양식이 다른 종류의 그룹들, 가령 독일인 형사범 그룹과 상당히 다르리라는 것은 쉽게 짐작할 수 있다.[25] 그런데 여기서 중요한 것은 앙텔

---

24 로베르 앙텔므, 앞의 책, 9쪽.

므가 이 두 그룹의 갈등을 이해하는 관점이다. "정치범과 형사범 사이의
권력 투쟁은 권력을 겨냥한 두 분파 사이의 투쟁이라는 의미를 띤 적이
결코 없었음을 명시하는 것은 중요하다. 그것은 지옥일 수밖에 없도록
고안된 사회에서 그래도 어떤 적법성이 가능하다면 그 적법성을 수립하
려는 목표를 가진 사람들과 무법천지에서만 이익을 챙길 수 있기 때문에
무슨 수를 쓰더라도 그 적법성의 수립을 막으려는 목표를 가진 사람들
사이의 투쟁이었다."[26] 즉 앙텔므의 텍스트는 시작부터 작가의 체화된
가치관과 목적의식을 바탕으로 구성된 측면이 있다. 그 결과 『인류』의
인물, 그룹, 사건, 상황에 대한 묘사는 명료하고, 각각의 인물과 사건에
대한 작가의 호오와 평가는 종종 분명한 감정적 태도를 동반하며, 서사
전체는 크게 보아 시간적 순서에 따라 일정한 논리적 연쇄를 형성하면서
전개된다. 즉 앙텔므의 『인류』는 레비나 아메리의 작품에 비해 상대적으
로 일반적인 의미의 소설에 좀 더 가깝다.[27]

반면 레비의 『이것이 인간인가』는 『인류』에 비해 가시적인 텍스트의
조직성이 얼핏 약해 보인다. 그의 수용소 체험 및 이에 대한 분석과 성찰
은 다소 파편적인 나열처럼 보일 수도 있다. 그런데 바로 이 점이 『이것이
인간인가』의 텍스트적인 특수성이기도 하다. 감정과 윤리적 판단을 절제

---

25 "간더스하임에서 중간 기구는 전적으로 독일 형사범들로 구성되어 있었다. 따라서 우리
약 500명은 친위대와의 접촉을 피할 수 없었고, 정치범들이 아닌 살인자, 절도범, 사기
꾼, 성범죄자 혹은 암시장의 밀거래자들로 둘러싸여 있었다. 친위대의 명령을 따르는
이런 자들이 우리의 직접적이고 절대적인 상전이었다.", 같은 책, 7쪽.
26 같은 책.
27 『인류』에 대한 보다 상세한 분석은 추후 별도의 작업을 통해 개진할 수밖에 없겠으나,
이 텍스트의 정돈된 구성은 목차에서부터 드러난다. 「1부-간더스하임」은 수용소 체험
을, 「2부-길」은 연합군의 공세로 인해 수용소 수감자들이 독일군과 함께 독일 내륙지
역으로 이동하던 소위 '죽음의 행진' 과정을, 「3부-끝」은 최종적인 생존과 해방과정의
우여곡절을 각각 다루고 있다. 즉 『인류』는 체험의 시간 순서를 따라 정연하게 구성되
었다.

하면서 일견 냉정하고도 중립적으로, 나아가 역설적인 비판적 거리까지 유지하면서, 레비는 수용소에서의 경험 자체에 대한 분석적 묘사에 일차적으로 집중하는 경향이 있다. 레비의 텍스트 전체에 걸쳐 편재하는 경향이지만, 수용소에서 형성되는 '시장'과 '경제행위'를 묘사하고 분석한 장 〈선과 악의 차안에서〉를 그 한 예로 들 수 있다. 일차적으로는 추위와 극단적인 굶주림을 해소하기 위하여, 아울러 빈약하기 그지없거나 아예 제공되지 않는 생필품과 도구들을 확보하기 위하여, 수용소 내에서는 암시장이 형성된다. 주로 배급되는 빵과 죽이 '불법적으로' 제작되거나 훔친 물건들과 교환되는 구조를 가진 이 암시장의 참여 주체는 수용소의 거의 모든 구성원들이다. 그런데 다양한 종류의 암시장 가운데서 특히 SS가 절대 묵인하지 않는 시장이 있다. 수용소 내의 물건이 수용소 밖으로 유출되는 경우인데, 가령 굶주림을 해소하기 위하여 '중개인'(주로 카포나 작업장을 드나드는 민간인들)을 통해 자신의 금니를 뽑아 빵과 교환하는 경우가 그것이다. "우리 이빨의 금은 그들 소유다. 산 사람이나 죽은 사람에게서 뽑아낸 금은 모두 조만간 그들 손으로 들어가게 되어 있다. 그러니 금이 수용소 밖으로 유출되지 않도록 그들이 통제하는 건 자연스러운 일이다."[28] 반면 다른 종류의 거래들, 특히 수용소 밖의 물품들이 수용소로 유입되는 거래는 묵인되는 정도가 아니라 조장된다. "결론은 이렇다. 민간 관리국은 부나에서 도둑질하는 것을 벌주지만, SS는 오히려 허용하고 조장한다. SS가 엄금하는 수용소 안에서의 도둑질이 민간인들에게는 정상적인 교환 행위로 간주 된다. 해프틀링들 간의 도둑질은 일반적으로 처벌을 받으며, 도둑과 피해자가 동일한 강도의 벌을 받는다."[29] 이런 식으로 수용소의 각종 시장들과 다양한 시장 참여 주체들의 특성 및 동기,

---

28 프리모 레비, 앞의 책, 126쪽.
29 같은 책, 130쪽.

그것이 의미하는 바, 나아가 수용소 시장의 가격 형성 및 변동 메커니즘까지를 분석적으로 묘사한 후, 레비는 다음과 같이 해당 장을 마무리한다. "나는 '선'과 '악', '옳음'과 '그름'이라는 단어가 수용소에서 어떤 의미를 지닐지 한번 생각해보라고 여러분에게 권하고 싶다. 우리가 스케치한 그림과 위에 예시한 예들을 토대로 세상의 일반적인 도덕이 철조망 이쪽편에서 얼마나 효력을 발휘할 수 있을지 각자 판단해 보시기를."[30]

　　레비는 『이것이 인간인가』의 1976년 개정판에, 그간 여러 강연회 자리에서 이탈리아 각 지역의 고등학생들에 의해 반복적으로 제기된 질문들에 대답하는 형식의 부록을 첨부한다. 그 첫 번째 질문이, "당신의 책에서는 독일인들에 대한 증오도 원한도 복수심도 전혀 찾아볼 수 없다. 그들을 다 용서한 것인가?"[31]이다. 이 질문 자체에 『이것이 인간인가』의 서술 방식상의 특성이 반영되어 있다. 레비는 SS나 악질적인 카포에 대해서조차, 종종 그 태도나 행위 자체만을 있는 그대로 묘사하는 경향이 있다. 수용소의 다양한 상황과 사건들 각각에 대한 분석과 묘사, 즉 개별적인 사실 자체에 우선 집중하는 레비의 글쓰기는, 최종적으로 수용소에 대한 복합적이고 중층적인 입체적 파노라마를 형성한다. 레비는 1943년 9월 반파시즘 빨치산 조직에 참여하였다가, 불과 3개월여 만에 조직 내에 침투한 스파이의 밀고로 체포되었다. 개인적으로나 조직적으로나 레비의 반파시즘 무장투쟁 참여는 미숙하고 준비가 덜 된 상태였으며, 그 상태에서 레비는 곧바로 체포되었다. 정치범으로 분류되는 것보다는 유대인으로 분류되는 것이 일단 생명을 연장하기에 유리하다는 판단하에 레비는 자신이 유대인임을 자진 신고하였다. 따라서 그의 수용소 체험도 우선은 정치범 그룹이 아니라 일반 유대인 그룹의 경험에 기초한다. 즉

30　같은 책.
31　같은 책, 268쪽.

그의 경험은 앙텔므의 경험과 일정한 차별성을 가진다. 그런데 훈련된 정치의식이 희박한 그룹 내에서의 생활이, 결과적으로 레비로 하여금 보다 '극단적이고 다채로운' 사건과 상황을 체험하고 목격하게 하였다고 볼 수도 있다. 이를 묘사하고 전달하는 데 있어서, 각각의 체험, 인물, 사건, 상황 사이의 '간극'이 그 자체로 노출되는, 파편적이지만 중층적인 텍스트 구성이 보다 적절할 수도 있다. 레비가 일급 화학자라는 사실, 즉 그의 지성이 앙텔므에 비해 사상적이고 정치적이기보다는 과학적인 관찰과 분석을 통해 훈련되었다는 사실을, 그의 글쓰기의 특수성과 일정 부분 연결 지을 수도 있을 것이다.[32]

결국 상상 불가능한 압도적인 비인간적 체험의 언어화 가능성이라는 문제는, 바꾸어 말하면 이 체험의 일정한 논리적 재구성과 재현 가능성의 문제이다. 그런데 수용소의 '상상 불가능한' 체험이 이를 압도한다면, 그 근본적인 이유는 언어가 체험 자체가 아니라 체험의 대리물, 체험의 매개체에 불과하기 때문이다. 그런데 그 언어화 불가능한 체험의 의미는, 유일하게 '언어적으로만' 재구성되고 언어를 통해서만 전달된다. 이 체험과 언어 사이의 딜레마를 가장 전면적이고 직접적으로 주제화한 작가는 장 아메리로 보인다. 그는 수용소 체험 이전에 레지스탕스 활동 중 체포되어 '고문'을 당하면서 경험한 육체적 고통부터 성찰한다. 말로 대체할 수 없는 육체적 고통 그 자체에 대한 증언은 세 작가에게 동일한 것이지만, 앞의 두 작가는 촘촘하고 차갑게 계산된 수용소의 위계질서와 작동 메커니즘, 이러한 수용소 시스템 안에서 벌어지는 다양한 수감자 그룹 및 개개인들의 생존전략과 행위방식에 대한 분석에 텍스트의 상당 부분을 할애한다. 반면 아메리는 최소한의 인간성마저 부정당한 자신의 가장

---

32 『주기율표』(이현경 역, 돌베개, 2007)는 레비의 이러한 특수성이 문학적으로 가장 잘 발휘된 작품일 것이다.

직접적인 육체적 경험을 매개로, 수감자의 인간성 자체를 부정하기 위한
계산된 전략으로서의 고문과 살인, 이를 경험한 사람의 정신상태 및 사고
의 경향성에 대한 성찰, 가해자와 피해자에 대해서 개인과 사회가 취해야
할 윤리적인 태도와 제도적인 조치 등에 논지를 집중하는 경향이 있다.[33]
이는 아마도 레비나 앙텔므에 비해 아메리가 수용소에서 풀려난 이후
약 20여 년이 흐른 시점에서 펜을 든 것과도 관련이 있을 것이다. 즉
유대인 수용소 증언 문학 또한 그 성과가 축적되는 만큼 주제가 세분화되
어 나갔다. 그런데 가장 직접적인 형언 불가능한 고통을 증언하는 아메리
의 저서는, 레비나 앙텔므의 저서에 비해 '문학적'이라기보다 현저하게
'철학적'이다. 즉 사실성에 입각한 묘사와 재현의 양보다는, 자신의 체험
이 내포하는 정치적이고 사회적이며 윤리적인 교훈에 대한 성찰의 비중
이 훨씬 크다. 이는 레비의 경우에도 적용될 수 있다. 1986년 출간된 그의
살아생전 마지막 저서인 『가라앉은 자와 구조된 자』를[34] 『이것이 인간인
가』와 비교 해 보면, 엘라 링엔스-라이너, 브루노 베텔하임, 장 아메리
등 다른 생존자들의 저서에 대한 평가를 포함하여, 묘사와 증언보다는
'성찰'의 분량이 훨씬 많다. 이러한 사실은 결국 앙텔므가 『인류』의 머리
말에서 표명한 기본 입장, 즉 수용소 체험의 극단성을 있는 그대로 말하
고 전달하고 싶은 열망에도 불구하고, 이 열망을 최대한 충족시키기 위해
서라도 '상상'이, 즉 텍스트의 내용과 주제 및 언어적 형식과 구성에 대한
판단이 불가피하다는 입장의 타당성을 뒷받침한다고 볼 수 있다.[35] 결론

---

33 아메리의 텍스트에 대한 보다 구체적인 분석은 조성희, 앞의 글, 3장 '폭력의 고통과
치욕', 4장 '원한의 윤리'를 참조할 수 있다.
34 프리모 레비, 『가라앉은 자와 구조된 자』, 이소영 역, 돌베개, 2014.
35 이런 이유로 본 논문은 '홀로코스트'라는 용어, 즉 아무리 극단적인 체험일지 언정 유대
인 대학살을 종교적인 차원의 '희생제의'에 비유하면서 이를 신화적으로 절대화하는
용어를 피하고, '쇼아'라는 보다 일반적인 용어를 택하였다. 유대인 대학살은 역사적
지평 안에서 인간에 의해서 저질러진 것이며, 문제에 대한 궁극적인 접근방식 또한 그러

적으로 사실과 상상, 증언과 픽션을 분리하는 것은, 글쓰기의 관점에서
볼 때 사실에 부합하지 않을 뿐만 아니라 현실적으로도 불가능하다. 레
비, 앙텔므, 아메리의 '동일한' 극단적 체험에 대한 '서로 다른' 성격의
텍스트들은 이러한 사실에 대한 증거이다.

4. 『소년이 온다』의 텍스트적인 특수성과 정치성

앞 절의 논의를 바탕으로 『소년이 온다』의 텍스트적 특수성을 살펴보
기 위해서는, 우선 서술 주체의 문제를 짚고 넘어갈 필요가 있다. 쁘리모
레비, 로베르 앙텔므, 장 아메리 등은 체험의 당사자이다. 그런데 그들의
증언이 비록 그 상황을 직접 경험한 사람의 것이라 하더라도 그들은 '살
아남은' 사람들이며, 그들이 증언하는 사람들 가운데 절대다수는 이미
'학살당한' 사람들이다. 아우슈비츠로부터의 생환 확률은, 시기와 수용
소에 따라 상당한 차이를 보이기도 하지만, 평균 2퍼센트 내외로 추정된
다. 위의 작가들조차도 육체와 영혼이 완전히 소멸되어 더 이상 말할
수 없는 자를 '대신하는' 것은 원천적으로 불가능하다. 쁘리모 레비 등의

할 수밖에 없다는 판단 때문이다. 그런데 쇼아라는 용어 또한 뉘앙스의 문제일 뿐 동일
하게 종교적인 유래를 가진 용어이며, 용어 자체에 대한 논쟁이 이미 오래전부터 진행되
어 온 것은 주지의 사실이다. 물론 이러한 신화적이고 종교적인 용어들이 채택되어 온
과정은 이해할만하다. 가령 레비의 『이것이 인간인가』에서 자주 접하게 되는 비유들은,
그리스로마 신화나 단테의 『신곡』 및 성서 등과 연동되어 있다. 즉 아우슈비츠는 경험적
인 역사적 사실의 차원에서든 인간적인 상상력의 수준에서든, 인류에 대한 종교적 징벌
에 버금가는 '대재앙'을 연상시키는 측면이 있고, 유럽 문명사의 맥락 속에서 이에 대한
종교적 비유가 일반화된 것은 그런 의미에서 자연스러운 일면이 있다. 그렇다면 문제의
핵심은 종교적 비유를 쓸 것인가 말 것인가가 아니라, 어떤 비유적 용어의 의미가 비극
적인 역사적 사건의 압도적인 참혹함과, 이러한 참혹함에 대한 비판적이고 역사적인
접근 가능성을 동시에 포괄하고 있는가일 것이다.

작품에서 제기되는 가장 근본적인 윤리적 죄의식도, 수용소를 직접 경험하지 못한 사람들과 마찬가지로 '어쨌든 살아남았다'는 사실 자체이다. 수용소를 체험한 사람들에게조차, '상상 불가능한' 자신의 체험보다 더 깊은 근본적인 간극, 생명의 소멸이라는 심연이 존재하는 것이다.

이 문제에 대해 조르조 아감벤은 『아우슈비츠에서 남은 것. 문서고와 증인』에서 '무젤만(der Muselmann)'이라는 존재를 매개로 성찰한다. 무젤만의 일차적인 사전적 의미는 회교도이지만, 이 용어는 수용소 내에서 전혀 다른 의미를 지니고 일종의 은어로서 통용되었다. 무젤만은 아직 목숨은 붙어 있으나 최소한의 생존 의지나 사고능력조차 상실한 수감자들, 언어의 관점에서 보자면 발화 능력 자체를 상실한 사람들을 지칭한다. 그들은 '인간성'을 최종적으로 상실하고 일차원적인 '생물' 상태로 전락한 사람들이다.[36] 프리모 레비의 저서들이 포괄하는 증언 불가능성의 문제를 바탕으로 아감벤은 무질만에 대하여 다음과 같은 일종의 정식을 제시한다.

> 레비의 역설은 다음과 같다 : 〈무젤만은 완전한 증인이다〉. 이 역설은 두 개의 대립되는 명제를 내포한다 : 1. 〈무젤만은 비-인간, 어떤 경우에도 증언할 수 없는 존재이다〉. 2. 〈증언할 수 없는 자가 진정한 증인, 절대적 증인이다〉.[37]

어떤 경우에도 증언할 수 없는 존재가 진정하고 절대적인 증인이라는 아포리아는, 사실상 극복 불가능한 것이다. 진정한 증언은 실현 불가능

---

36 이에 대해서는 우선 *Ce qui reste d'Auschwitz*의 2장 "Le musulman"을 참고할 수 있으나, 실상이 문제는 2장부터 마지막까지 이어지며, 수용소에서 풀려난 후 언어를 되찾은 무젤만들의 증언 모음이 최종적으로 결론을 대신한다.

37 Giorgio Agamben, *op. cit.*, p. 164.

하다. 그런데 이 불가능성 자체에 대한 인식이 살아남은 자, 증언 가능한 자의 인식이라면, 이러한 인식이 의미하는 바는 무엇인가?

> 무젤만에게 있어서, 사실 증언 불가능성은 더 이상 단순한 박탈이 아니다
> ; 그것은 현실이 되었고, 그런 방식으로 존재한다. 만약 생존자가, 가스실이
> 나 아우슈비츠에 대해서가 아니라, 무젤만을 위해서 증언한다면, 그가 오로
> 지 발언의 불가능성에서 출발하여 발언한다면, 그의 증언은 부정 불가능하
> 다. 아우슈비츠─이에 대해 증언하는 것이 불가능한─는 절대적이고 반박 불
> 가능한 방식으로 입증된다.[38]

아우슈비츠와 가스실의 존재 자체를 부정하면서 이는 '사실'이 아니라 '상상의 산물'이라고 주장하는 세력 또한, 아우슈비츠에 대한 증언 불가능성이라는 논점을 자신들에게 유리한 방식으로 활용한다. 과거에 대한 모든 역사적 기억은 사실 그 자체가 아니라 주체에 의해 생산된 담론적 구성물이라는, 1970~80년대를 기점으로 유행하여 1990년대에 이르면 소위 '포스트 모던'한 경향과도 맞물린 서구 인문 사회과학계의 '담론주의'는, 기본적으로 사실/허구 혹은 현실/담론의 이분법에 기초한다. 이러한 이분법은 현실의 담론적인 재구성이라는 일반적인 인식론적 관점의 출발선이 되기도 하지만, 여기서 한 발만 더 나아가면 소위 '진리의 입증 불가능성'이라는 극단적인 인식론적 상대주의, 나아가 역사적 사실 자체를 부정하기 위한 전략의 출발점이 되기도 한다. 이에 대해 아감벤은 아우슈비츠나 가스실의 존재, 즉 시간의 흐름과 함께 점점 기억에서 멀어질, 따라서 이에 대한 왜곡과 부정의 시도에 더 쉽게 노출될 물리적이고 물질적인 사실이 아니라, 궁극적으로 증언 불가능성이라는 아포리아의 매개인 무젤만에서, 오로지 무젤만에서 출발할 필요가 있다는 논지를

---

38 *Ibid.*, p.179.

전개한다. 진정한 사실은 무젤만의 증언 불가능성 자체이기 때문이다. 살아남은 자들의 증언을 위한 시도와 관련하여 이러한 결론이 최종적으로 의미하는 바는 다음과 같다.

> 이는 〈나는 무젤만을 위하여 증언한다〉, 〈무젤만은 완전한 증인이다〉라는 명제들이 사실 판단도, 언표내적 행위도, 푸코적인 의미의 발화체도 아니라는 것을 의미한다 ; 그보다도 이 명제들은 오로지 불가능성을 매개로 발화의 가능성이 이어지게 하며, 그리하여 **주체성의 도래로서의 언어의 출현**을 의미한다.[39]

결국 아우슈비츠에 대한 증언의 궁극적인 담론화와 관련하여, 기본적인 결론은 동일하다. 글쓰기 주체가 증언하고자 하는 바가 그들을 대신하여 증언하는 것이 불가능한 존재 자체를 증언하는 것이라면, 이러한 사실에 대한 분명한 자각에도 불구하고, 증언의 특정한 담론적 형식은 최종적으로 글쓰기 주체 자신의 문제로 귀속된다는 점이다. 이를 아감벤은 "주체성의 도래로서의 언어의 출현"이라고 정식화한다. 그런데 이때 주체는 당연히 특정 '개인'이 아니다. 이 주체는 대리 불가능한 타자를 경유해서만 도래 가능한 주체, 즉 '나인 동시에 타자'인 주체이다.

그렇다면 글쓰기 주체는 이 절대적 타자를 어떤 방식으로 주체화할 수 있을까? 크게 보아 두 가지 선택이 가능할 것이다. 하나는 증언을 동반하는 주관적 성찰을 통해, 이미 원천적으로 말을 잃어버린 자들을 '암시'하고 '환기'하는 것이다. 이러한 방식은, 어떤 경우에도 자신의 텍

---

39 *Ibid.* 고딕체 강조는 필자가 한 것이다. 한편 이러한 아감벤의 사유 방식이 궁극적으로 푸코의 '생명 정치(bio-politique)', '생명 권력(bio-pouvoir)' 등의 개념을 아감벤 특유의 신학적 메시아니즘으로 재구성한 논리에 근거한 것이므로, 아우슈비츠에 대한 부정, 나아가 '역사 수정주의'적 논리에 대한 다양한 비판적 입장들을 아감벤의 논리와 함께 별도로 심도 있게 논의할 필요가 있을 것이다.

스트가 확인 가능한 사실의 범주를 벗어나는 것을 허용하지 않는 윤리적 선택을 고수하는 입장에서 비롯된다. 이는 동시에 독자에 대한 매우 강력하고도 절대적인 윤리적 요구, 거의 명령에 가까운 요구와도 직결된다. 내가 이 텍스트에서 증언하고 있는 일들은 모두 사실이다, 이에 대해서 당신들은 어떤 태도를 취할 것이며 취해야만 하는가, 라는 질문인 동시에 요청이자 명령이 쁘리모 레비의 작품에는 내재 되어 있다. 『이것이 인간이라면』의 서문을 대신해서 레비가 나중에 추가한 '시'는, 모두 수용소의 참극을 기억하라는 명령으로 채워져 있다.[40]

이와 대비되는 또 다른 선택은, 목소리가 없는 자들의 자리를 작가가 적극적으로 대체하는 것이다. 이러한 대체의 시도는 당연히 증언의 형태를 띨 수 없으며, 픽션의 영역으로 이동할 수밖에 없다. 그들은 말이 없기 때문이다. 이러한 시도를 굳이 특정한 용어로 규정하자면 '빙의'가 될 것이다. 한강은 『소년이 온다』에서 망자들에 대한 빙의를 시도하였다. 소설의 2장 「검은 숨」과 6장 「꽃 핀 쪽으로」에서, 화자는 각각 죽은 영재와 동호의 어머니로 빙의하여 그들의 입으로 이야기한다. 2장과 6장의 경우가 직접적인 빙의의 형식을 취한다면, 보다 폭넓게 소설 전체에 걸쳐서 활용되는 기제는 이인칭 대명사 '너'이다.[41] 각 장에서 여러 화자들에 의해 '너'로 지칭되고 호명되는 대상은, 이 소설 전체를 관통하는 바로

---

40 "(…)당신에게 이 말들을 전하니 가슴에 새겨두라. / 집에 있을 때나, 길을 걸을 때나 / 잠자리에 들 때나, 깨어날 때나. / 당신의 아이들에게 거듭 들려주라. / 그러지 않으면 당신 집이 무너져 내리고 / 온갖 병이 당신을 괴롭히며 / 당신의 아이들이 당신을 외면하리라.", 프리모 레비, 앞의 책, 9쪽.

41 『소년이 온다』의 이인칭 대명사 활용에 대하여, 각 장에서 '너'를 호명하는 발화 주체들의 유형, '나'와 '너' 사이의 관계론적인 발화행위 작동 방식 및 그 의미론적 효과를 분석한 연구로는, '김경민, 「2인칭 서술로 구현되는 기억·윤리·공감의 서사」, 『한국문학이론과 비평』 22(4), 한국문학이론과 비평학회, 2018'의 206~211쪽, '2. 과거의 현재화를 위한 관계의 기호 : 『소년이 온다』'를 참조할 수 있다.

그 '소년' 동호이다. 동호 또한 항쟁 마지막 날 전남도청에서 사살당한 목소리 없는 자이다. 자신의 자아를 비우고 더 이상 존재하지 않는 사람들에게 빙의를 시도하는 것, 마치 마주하고 있는 대화 상대이듯 동호를 '너'라고 지칭하는 방식은, 증언 불가능한 이들을 증언하는 하나의 방법론, 즉 절대적인 타자로부터 출발하여 타자와 함께 도래하는 주체성의 한 형식일 것이다.

> 이 소설을 쓰는 동안에는 저 자신을 중요하게 생각하지 않았고, 이 소설만 중요한 상태였어요. 일 년 동안 저에 대한 생각을 별로 안 했어요. 그러다 보니까 저의 자의식이 없어졌어요. 그렇다고 이게 다큐 같은 소설은 아닌데요. 단지 제가 이 사람들의 목소리가 되는 게 제일 중요했어요.[42]

위의 "그렇다고 이게 다큐같은 소설은 아닌데요"에서 특별한 주목을 요하는 단어는 양보의 부사 '그렇다고'일 것이다. 즉 다큐 혹은 일차적인 의미의 증언은 아니지만 그렇다고 증언과 대립하는 것은 아닌, 자의식을 비운 전적인 타자화의 상태에서만 가능한 픽션, 그것이 『소년이 온다』의 텍스트적인 특수성을 규정하는 윤리적 핵심이자 글쓰기의 방법론일 것이다. 이러한 특수성이 가장 첨예하게 드러나는 지점이, 이탤릭체로 부각 되어 텍스트의 서사적인 흐름에 정서적인 고양 혹은 비약의 계기를 제공하는 '시적 형태'들일 것이다.[43] 이와 관련해서 가장 상징적인 대목들

---

42 김연수, 앞의 글, 327쪽.
43 『소년이 온다』의 이탤릭체 활용에 대한 연구는, '조의연·조숙희, 「『소년이 온다』 이탤릭체의 담화적 특성 : 한강과 데버러 스미스」, 『영어권문화연구』 9(3), 동국대학교영어권문화연구소, 2016, 257~274쪽'을 참조할 수 있다. 이 논문의 저자들은 『소년이 온다』의 이탤릭체가 활용되는 의미론적 맥락을 "'감정의 밀도'가 극대화된 수사적 장치"(같은 글, 261쪽)로 파악한다. 본 논문은 이러한 이탤릭체의 많은 부분이 '시적 형태'로 제시된다는 점에 주목하였다.

가운데 하나를 인용해 보면 다음과 같다.

> 네가 죽은 뒤 장례식을 치르지 못해, 내 삶이 장례식이 되었다.
> 네가 방수 모포에 싸여 청소차에 실려 간 뒤에.
> 용서할 수 없는 물줄기가 번쩍이며 분수대에서 뿜어져 나온 뒤에.
> 어디서나 사원의 불빛이 타고 있었다.
> 봄에 피는 꽃들 속에, 눈송이들 속에. 날마다 찾아오는 저녁들 속
> 에. 다 쓴 음료수병에 네가 꽂은 양초 불꽃들이.
>
> 뜨거운 고름 같은 눈물을 닦지 않은 채 그녀는 눈을 부릅뜬다. 소리 없이
> 입술을 움직이는 소년의 얼굴을 뚫어지게 응시한다.[44]

은숙이 죽은 동호를 '너'라고 호명하는 위의 인용 대목에서 확인할 수 있듯이, 『소년이 온다』에서 이탤릭체로 부각 된 시적 형태들은, 많은 경우 이미 존재하지 않는 사람들, 목소리가 없는 사람들에게 최대한 근접한, 혹은 이미 떠난 사람들이 산 사람들에게 찾아오는, 즉 '소년이 오는' 예기치 않은 시점과 결부되어 있다. 결국 한강의 시적 소설은 단지 미적으로 특수한 언어적 형식이 아니라, 작가가 '빙의'라는 방법론으로, 온몸으로 언어화 불가능한 간극을 메꾸고자 하는 시도와 직접적으로 연동되어 있다. 이러한 시도의 인간적인 동시에 정치적인 의미는 사실 매우 선명하다. 위의 인용 대목과 관련하여, 수배 중인 번역서의 역자의 행방에 대해 경찰서에서 취조를 받으면서, 은숙은 형사에게 "목뼈가 어긋난 것 같았던 첫 충격"[45]으로 시작된 연속 일곱 번의 뺨을 맞고 핏줄이 터져 얼굴이 부어오른다. 군부독재의 일상적이고 단도직입적인 물리적 폭력

---

44 『소년이 온다』, 102~103쪽.
45 같은 책, 70쪽.

앞에서, 이에 대한 무력감을 보듬는 과정에서, 은숙을 존엄성을 포기하지 않는 '인간'으로 다시 일으켜 세우는 것은 망자 동호이다. 검열로 대부분의 문장이 삭제된 연극 대본으로, 검열 상태 그대로의 삭제된 문장을 소리 없이 입만 벙긋거리는 것으로 대체한 연극을 보면서, 은숙은 연극의 등장인물인 소년이 소리 없이 절규하는 모습에 동호를 겹쳐 놓을 수밖에 없다. 위 인용문의 시적 형태의 문장은, 은숙 자신이 수도 없이 교정을 보면서 외우다시피 한 연극의 대사이기도 하다. 이렇게 동호는 시적인 고양의 형태로 은숙에게 불현듯 찾아오며, 이 시적인 동시에 인간적이고 정치적인 고양의 순간은 이탤릭체의 운문으로 부각 된다.

> ㅡ 시로 먼저 등단을 해서인지, 당신의 소설을 읽다 보면 간혹 시를 읽고 있다는 착각에 빠질 때가 있다. 소설 쓰기와 시 쓰기의 경계를 자유롭게 넘나든다는 인상을 받곤 한다.
> = 소설을 쓸 때 시적으로 써야 한다는 생각은 하지 않는데, 나도 모르게 이탤릭체로 쓰게 되는 순간이 찾아온다. 감정의 밀도가 어느 정도 차오르면 이탤릭체로 쓰게 되는 것 같다.[46]

『소년이 온다』의 이탤릭체로 강조된 시적 형태들은 소설 전체의 전개에 있어서 의미의 집약지점으로 작용하면서, 소설적인 서사에 일종의 리듬감을 부여한다. 즉 급작스럽게 소설의 산문적인 전개를 단절시키는 동시에, 의미의 시적 강도를 최대화하면서 이어지는 서사에 의미론적인 파장을 형성한다. 그런데 이탤릭체로 강조된 "감정의 밀도"에 있어서, 그 감정의 종류와 의미는 텍스트 전체에 걸쳐서 다양할뿐더러, 문장의 형식에 있어서도 산문과 운문의 형태를 망라한다. 나아가 그 이탤릭체 문장의 발화자들 또한, 때로 정치적으로 서로 충돌할 정도로 다양하다.

---

46 이주현, 「빛나고 꽃피는 그 곳으로」, 『씨네21』, 2014, Web. 5 Nov 2019.

남자애의 이마에서 터진 피가 얼굴을 덮었다. 그녀의 손에서 숟가락이 떨어졌다. 그걸 주우려고 무심코 허리를 수그렸다가 바닥에 떨어진 유인물을 주웠다. 굵은 글씨가 눈에 들어왔다. *학살자 전두환을 타도하라.* 그 순간 억센 손이 그녀의 머리채를 움켜쥐었다. 유인물을 뺏고 그녀를 의자에서 끌어냈다.

학살자 전두환을 타도하라.
뜨거운 면도날로 가슴에 새겨놓은 것 같은 그 문장을 생각하며 그녀는 회벽에 붙은 대통령 사진을 올려다본다. 얼굴은 어떻게 내면을 숨기는가, 그녀는 생각한다. 어떻게 무감각을, 잔인성을, 살인을 숨기는가.[47]

부마항쟁에 공수부대로 투입됐던 사람을 우연히 만난 적이 있습니다. 내 이력을 듣고 자신의 이력을 고백하더군요. 가능한 한 과격하게 진압하라는 명령이 있었다고 그가 말했습니다. 특별히 잔인하게 행동한 군인들에게는 상부에서 몇십만 원씩 포상금이 내려왔다고 했습니다. 동료 중 하나가 그에게 말했다고 했습니다. *뭐가 문제냐? 맷값을 주면서 사람을 패라는데, 안 팰 이유가 없지 않아?*[48]

첫 번째 인용문은 은숙이 보안사에서 검열을 마친 원고를 돌려받으려고 대기하던 중, 대통령의 사진이 촉발한 학생 시절의 기억을 떠올리는 장면이다. 여기서 이탤릭체로 두 번 반복된 '*학살자 전두환을 타도하라*'라는 문장은, 과거와 현재를 잇는 제5공화국의 '지속성'이 역사적으로 광주학살에서 기원하고 있음을, 그래서 동시에 광주민주화운동과 반독재 학생운동의 '연속성'을 강조하는 의미론적 효과를 획득한다. 이 구호는 이 순간 은숙에게 "뜨거운 면도날로 가슴에 새겨놓은 것" 같은 "감정의

---

47 『소년이 온다』, 77쪽.
48 같은 책, 134쪽.

밀도"를 촉발한다. 위의 인용 부분은 마치 시에서의 '연 갈이'처럼 한 줄을 비운 다음, 두 번째 담화체를 '학살자 전두환을 타도하라'라는 이탤릭체 문장을 반복하는 것으로 다시 시작한다. 이러한 방식은 이탤릭체 문장을 시각적으로 부각하면서 그 의미론적 강도를 한층 강화할뿐더러, 공백 없이 이어 쓰는 방식보다 오히려 두 담화체 사이의 의미론적 연속성 또한 강화한다. 보다 자세한 분석이 필요하겠지만, 이탤릭체 및 시적 형태의 담화체와 더불어 『소년이 온다』에서 빈번하게 활용되는 공백의 '시적 효과' 또한 함께 분석될 필요가 있을 것이다.

두 번째 인용문의 이탤릭체 문장의 발화자는 부마항쟁에 투입되었던 한 공수부대원이며, 이를 직접화법으로 전달하는 주체는 연구자 '윤'의 '심리 부검'을 받고 있는, 즉 5월 광주의 체험을 증언해 줄 것을 요청받은 당시 '교대 복학생'이다. 항쟁 마지막 날 전남도청에 남기를 선택했고, 그 결과 끔찍한 고문과 굶주림이 수반된 심문 과정과 수감생활을 체험한 '생존자'의 입장에서, "*뭐가 문제냐? 맷값을 주면서 사람을 패라는데, 안 팰 이유가 없지 않아?*"라는 문장의 의미론적 밀도, 즉 충격은, 예외적으로 클 것이다. 왜냐하면 이 문장이 내포하는 날 것 상태의 폭력성이, 이 생존자에게는 의식의 차원을 넘어 극단적인 육체적 고통과 공포, 그로 인하여 인간성 상실의 경계선을 넘나들던 상태를 다시 경험 하게 만들었을 것이기 때문이다.

위의 예에서 보듯이, 산문과 운문, 소위 '시적 언어'와 '일상 언어'를 망라하는 『소년이 온다』의 이탤릭체 활용은, 시적인 의미론적 밀도가 특정 '장르'로서의 시에 연동되어 있는 것이 아니라, 보다 근본적으로 텍스트와 담론의 총체적인 구성 속에서 특정 구문이나 문장을 활용하는 '특수한 방식'에 연동되어 있다는 점을 '교과서적으로' 증명한다. 그래서 각 장의 이탤릭체 문장, 이 가운데 특히 시적 형태들은 서로 일종의 메아리와도 같은 의미의 연쇄망을 형성하게 된다. 텍스트 전체에 의미의 파장

과 메아리를 형성하는 시적 형태들이 곧 5월 광주의 인간적이고 정치적
인 의미론적 강도를 최대화하는 것인 만큼, 이는 텍스트의 가장 특수한
형식인 동시에, 새로운 정치공동체에 대한 가장 보편적인 인간적 열망을
대변한다.

> 엄마, 저쪽으로 가아, 기왕이면 햇빛 있는 데로. 못 이기는 척 나는 한없이
> 네 손에 끌려 걸어갔제. 엄마아, 저기 밝은 데는 꽃도 많이 폈네. 왜 캄캄한
> 데로 가아, 저쪽으로 가, 꽃 핀 쪽으로.[49]

> *이제 당신이 나를 이끌고 가기를 바랍니다. 당신이 나를 밝은 쪽으로,*
> *빛이 비치는 쪽으로, 꽃이 핀 쪽으로 끌고 가기를 바랍니다.*[50]

첫 번째 인용문은 화자인 동호의 어머니가 동호의 어린 시절을 회상하
는 「6장. 꽃 핀 쪽으로」의 마지막 대목이며, 두 번째 인용문은 작가가
화자인 「에필로그. 눈 덮인 램프」의 일부이다. 두 인용문은 "밝음", "꽃핀
쪽", "빛" 등의 의미 단위를 공유하는데, 첫 번째 인용문의 "햇빛", "밝은
데", "꽃핀 쪽"은 일차적으로 현실의 그것들을 지칭하며, 두 번째 인용문
의 "밝은 쪽", "빛이 비치는 쪽", "꽃이 핀 쪽"은 보다 포괄적인 추상적
의미를 내포하는 일종의 은유이다. 이 두 대목은 서로 동일하거나 유사한
용어와 비유들을 통해 상호 조응하며, 『소년이 온다』의 포괄적인 의미론
적 맥락 속에서 이 표현들이 타자와 연대하고 공존하는 인간성, 그러한
인간성의 윤리가 실제적인 기준인 공동체, 생명, 사랑, 평화, 민주주의
등을 의미한다는 것은 두말할 나위가 없다. 즉 첫 번째 인용문의 정서체
와 두 번째 인용문의 이탤릭체는 텍스트 전체의 의미론적 전개를 통해

---

49 같은 책, 192쪽.
50 같은 책, 213쪽.

연결되며, 이탤릭체로 강조된 추상적이고 포괄적인 지향성은 첫 번째 인용문에서 묘사된 어린 시절 동호의 구체적인 습관을 매개로 보다 명료 두 번째 이탤릭체 인용문에서 활용된 이인칭 대명사 '당신'이다. "*이제 당신이 나를 이끌고 가기를 바랍니다.*" 즉 작가를 인도하는 것, 증언을 가능하게 하는 것은 '희생자'의 '증언 불가능성'이다. "그들이 희생자라고 생각했던 것은 내 오해였다. 그들은 희생자가 되기를 원하지 않았기 때문에 거기 남았다."[51] 그래서, 최종적으로 증언은 가능하다. "*하지만 지금, 눈을 뜨고 있는 한, 응시하고 있는 한 끝끝내 우리는……*"[52]

　그렇다면, 마지막 질문이 남는다. 『소년이 온다』의 궁극적인 이미지는, 레비가 주목하고 아감벤이 재인용한 파울 첼란 후기 시의 "'잡음'과도 같은 '밀도 높은 어둠'('ténèbre dense' comme du 'bruit')"[53]이 아니라, 왜 '불현듯 떠오르는 밝고 환한 꽃핀 쪽'인가? 그 이유는 아마도, 정확하게 말해서, 5월 광주와 아우슈비츠를 완전히 겹쳐 놓을 수 없기 때문이다. 5월 광주의 희생자와 수감자들은, 많은 경우 타의가 아니라 양심이 시키는 대로, 인간성과 민주주의를 향한 열망이 분출한 그 열흘에 온몸을 싣고, 최종적으로는 희생과 수감을 스스로 감수하였기 때문이다. 그러나

51　같은 책.

52　같은 책.

53　"이 언어는 레비가 첼란의 페이지에서 증식하는 것을 감지한 그 '잡음'과도 같은 '밀도 높은 어둠'이다", Giorgio Agamben, *op. cit.*, p.176. 「죽음의 푸가」와 같이 비교적 명료한 정치적 상징들이 활용된 가장 널리 알려진 시들에 비해, 파울 첼란의 시는 후기로 갈수록 그 '신비주의'적인 경향이 강화된다. 이를 미학적 관점에서는 기존의 관성적 언어를 답습하지 않기 위한 시적 언어의 전면적인 재창조의 시도로, 정치적인 관점에서는 무첼만의 언어 상실 상태에 근접한 상태를 감각적이고 육체적인 차원에서 언어적으로 구현하려는 시도로 해석하는 경향이 있다. 아도르노는 첼란의 시 세계에 대한 이러한 해석 경향의 기초를 제공하였다. "첼란의 시들은 침묵을 통해 극단적인 공포를 표현하고자 한다. 심지어 진실의 내용조차 음각화된다. 첼란의 시들은 '무력한' 인간들의 언어, 나아가 모든 유기적 언어들의 차안, 돌들과 별들 속에 죽어있는 것의 언어를 모방한다.", Theodor W. Adorno, *Théorie esthétique*, Paris, Klincksieck, 2011(1970), p.446.

동시에 광주는 아우슈비츠와 겹친다. 하교 길에 살해당한 여고생, 생명을 품고 죽어간 임산부처럼, 실종되어 돌아오지 않은 『소년이 온다』 속 정대와 정대 누나처럼, 어떤 이들의 희생은 전적으로 '이유가 없다.' "초등학교만 마치고 삼 년째 외삼촌의 목공소에서 기술을" 배우다 시민군에 가담하여 "마지막 새벽 YMCA에서" 체포된 16살 영재[54], 전남도청 사수 마지막 날 "우리는 버틸 수 있는 데까지 버티다 죽을 거지만, 여기 있는 어린 학생들은 그래선 안 된다"고, "마치 자신이 스무 살이 아니라 서른이나 마흔쯤 되는 사내인 것처럼"[55] 말하던 대학 신입생 김진수는, 고문과 수감생활의 트라우마로 '무젤만'의 상태로 떨어져 끝내 스스로 생을 마감하였다. 이렇게 폭발적인 해방의 빛과 극단적인 폭압의 어둠이 교차한 5월 광주가, 그 교차과정에서 빚어진 절망과 재생의 굴곡진 스펙트럼들이, 『소년이 온다』의 언어형식과 이미지에 고스란히 각인되어 있다. 그 언어와 이미지들은, "*죽지 마.//죽지 말아요.*"[56]라는 궁극적 기원으로, '빛'으로 수렴된다.

5. 결론을 대신하며 : 픽션과 공동체

본 논문은 『소년이 온다』를 5월 광주에 대한 특수한 형태의 픽션, 즉 증언과 문학 사이의 윤리적인 긴장을 시적 소설이라는 형식을 통해 극대화한 작품이라는 관점에서 분석하였다. 사건에 대한 사실적 증언과 이의 문학적 픽션화 사이에서 발생하는 긴장이, 『소년이 온다』의 경우 '시적

---

54 『소년이 온다』, 121~122쪽.
55 같은 책, 116쪽.
56 같은 책, 177쪽.

소설'이라는 특수한 담론적 형식의 원동력이 되었다고 할 수 있다. 아울러 『소년이 온다』의 텍스트적 특수성과 이 작품 고유의 인식론적·정치적 함의는 서로 밀접하게 연동되어 있다는 것이 분석의 결론이었다. 그런데 『소년이 온다』가 5월 광주를 소설적으로 담론화하는 방식 및 그 윤리적이고 정치적인 함의는, 문학적 픽션의 특수성에 대한 보다 일반적인 성찰을 가능하게 한다. 픽션으로 분류되는 문학의 사회성과 정치성에서, 여타의 저널리즘적이거나 학문적인 정치 사회적 담론들과의 관계 및 차별성을 발견할 수 있는가, 있다면 어떻게 그러한가, 라는 질문이 그것이다. 이 문제는 문학의 특수한 정치성이라는 문제와는 다소 결을 달리한다. 『소년이 온다』와 같은 작품의 '문학적 완성도'는 높이 평가받아 마땅하지만, 5월 광주를 주제로 한 이 소설은, 많은 '문학 외적' 증언과 자료 및 '인문·사회과학적' 연구 성과에 일정 부분 의존할 수밖에 없다. 즉 문학적으로 특수한 담론형식으로서의 소설을 궁극적으로 겨냥하더라도, 이러한 작업은 여타 분야의 담론들과의 '관계 속에서만' 가능하다. 『소년이 온다』는 문학적으로 특수한 텍스트 형식과 여타의 사회적이고 학문적인 담론형식들이 어떻게 각자의 특수성을 견지하면서도 동시에 상호 작용하는가, 라는 문제를 제기한다. 5월 광주라는 동일한 역사적 사건을 인식하고 텍스트화하는 방법론과 관련하여, 『소년이 온다』가 다른 분야의 담론들을 어떻게 소화하고 재구성하는가에 대한 분석이 필요하다. 이를 통해서 소설이 사회공동체의 민주주의적 재구성을 위한 결정적인 역사적 사건들을 텍스트화하는 인식론과 방법론에 대한 일정 수준의 일반론을 도출해 낼 수도 있을 것이다.

위의 문제 제기와 관련해서 우선 일반론을 전제하자면 다음과 같다. 문학 예술적인 픽션(fiction)과 관련해서, 픽션을 한국어로 허구라고 번역하지 않은 근본적인 이유가 있다. 이미 아리스토텔레스의 『시학』 9장에서 표명된 바와 같이, 문학적인 서사의 담론적인 구성에 있어서 핵심은

사실에 대립하는 허구의 창조가 아니다. 아리스토텔레스의 극작법이 목
표로 하는 결과는 허구가 아니라 '사실임 직함(vraisemblance)'이다.

> 픽션을 일상의 경험과 구분 짓는 것, 그것은 현실성의 부재가 아니라 합리
> 성의 증대이다. 이것이 아리스토텔레스가 『시학』 제9장에서 정식화한 명제
> 이다.[57]

즉 문학작품은 즉자적인 사실의 나열로는 전달되지 않는 인간, 역사,
사회의 상황과 방향성에 대한 보다 근본적인 질문을 극적 구성을 통해
의미화하며, 이런 의미에서 일반적인 사실 내지 사건을 넘어서는, 사실
들 전반에 대한 하나의 관점을 제시한다. 사실들을 이해하는 관점들과
소위 사실 그 자체를 분리하는 것은 따라서 불가능하다. 이러한 불가능성
이 결국 사실들의 복수성에 대한 인식을 낳고, 진리와 오류, 사실과 상상
의 경계에 대한 근본적인 질문을 낳는다. 20세기 후반에 유행한 다양한
'포스트' 담론들, 혹은 최근 10여 년 사이 인터넷과 소셜 미디어를 매개로
한 '페이크 뉴스' 등의 문제와 연동된 '포스트 진실(post truth)'의 사회에
대한 논의들 또한, 결국 사실과 사실에 대한 관점 혹은 입장의 분리 불가
능성에서 비롯된 현상이고 담론이다. 픽션은 '사실성'과 더불어, 개인적
이고 사회적인 '진실성'의 문제를 포괄하는 개념이다. '사실의 담론적인
구성' 혹은 '포스트 진실'의 문제와 관련하여 서유럽에서 가장 뜨거운 쟁
점이 되었던 것이 쇼아에 대한 수정주의적 역사관인데, 오늘날 한국 사회
에서도 5월 광주의 진상을 전면적으로 부정하거나 왜곡하려는 시도는
여전히 드물지 않다.

문학적 픽션을 어떤 관점에서 이해할 것인가라는 문제는, 결국 사실들

---

57 Jacques Rancière, *Les Bords de la fiction*, Paris, Seuil, 2017, p.7.

과 이를 언어적으로 재구성하는 문학적 창작 및 담론들, 그리고 이를
통해 공동체의 새로운 가능성을 모색하는 과정에서 발생하는 위기와 가
능성에 관련된 문제이다. 새로운 문학적 픽션의 창조는, 인간과 사회를
새로운 관점과 방식으로 의미화할 때, 즉 새로운 공동체에 대한 모색이
핵심 문제의식으로 자리 잡고 있을 때 가능하다. 따라서 문학적 픽션은
허구와 전혀 동의어가 아니며, 차라리 사회를 담론적으로 재구성하는
문학의 근본적인 정치성, 문학적 진리를 의미한다. 이러한 문제의식과
관련하여서 가령 프랑스의 역사학자 이반 자블롱카(Ivan Jablonka)의 『역
사학은 동시대의 문학이다 : 사회과학을 위한 선언 *L'Histoire est une*
littératur contemporaine : Manisfeste pour les sciences sociales』과 같은 작업
은, 문학과 역사학, 문학과 사회과학의 경계를 새롭게 재편하고자 하는
작업을 이론화한 중요한 연구라고 볼 수 있다.[58] 이 저서에서 이반 자블롱
카는 문학과 사회과학을 픽션/사실, 상상/진실 등의 이분법에 입각해 이
해하는 관점과 태도들을 역사적이고 방법론적인 관점에서 비판하고, 문
학적 글쓰기는 사회과학적 엄정성을 위해서라도 필수적이라는 입장을
개진하였다. 즉 사회과학적인 연구로부터 문학이 도움을 받는 만큼이나,
사회과학적 연구의 적극적인 의미화 작업을 위해서 문학적 픽션의 방법
론은 사회과학에 필수적이라는 것이 그의 기본관점이다. 이와 같은 관점
에서 문학과 인문·사회과학 및 저널리즘이나 여타의 담론들 사이의 복합
적인 관계를 보다 구체적으로 분석하는 작업을 장기적인 연구주제로 삼
고자 한다.

---

[58] Ivan Jablonka, *L'Histoire est une littératur contemporaine : Manisfeste pour les sciences sociales*, Paris, Seuil, 2017(2014).

참고문헌

1. 자료

한강, 『채식주의자』, 창비, 2007.

___, 『희랍어시간』, 문학동네, 2011.

___, 『소년이 온다』, 창비, 2014.

___, 『흰』, 문학동네, 2016.

___, 「그 말을 심장에 받아 적듯이」, 『창작과비평』 178, 창비, 2017.

김연수, 「사랑이 아닌 다른 말로는 설명할 수 없는 : 한강과의 대화」, 『창작과비평』 165, 창비, 2014.

이주현, 「빛나고 꽃피는 그 곳으로」, 『씨네21』, 2014, Web. 5 Nov 2019.

이혜경·한강·차미령, 「간절하게, 근원과 운명을 향하여」, 『문학동네』 74, 문학동네, 2013.

한강·강수미·김형철, 「한강 소설의 미학적 층위 : 『채식주의자』에서 『흰』까지」, 『문학동네』 88, 문학동네, 2016.

2. 저서 및 논문

권희철, 「우리가 인간이라는 사실과 싸우는 일은 어떻게 가능한가?」, 『문학동네』 88, 문학동네, 2016.

김경민, 「2인칭 서술로 구현되는 기억·윤리·공감의 서사」, 『한국문학이론과 비평』 81, 한국문학이론과 비병학회, 2018.

김요섭, 「역사의 눈과 말해지지 않은 소년. 조갑상의 『밤의 눈』과 한강의 『소년이 온다』에 대하여」, 『창작과비평』 169, 창비, 2015.

로베르 앙텔므, 『인류』, 고재정 역, 그린비, 2015.

신샛별, 「식물적 주체성과 공동체적 상상력 : 『채식주의자』에서 『소년이 온다』까지, 한강 소설의 궤적과 의의」, 『창작과비평』 172, 창비, 2016.

신형철, 「추천사」, 『소년이 온다』, 창비, 2014.

장 아메리, 『죄와 속죄의 저편. 정복당한 사람의 극복을 위한 시도』, 안미현 옮김, 길, 2012.

조르조 아감벤, 『아우슈비츠의 남은 자들. 문서고와 증인』, 정문영 옮김, 새물결, 2012.

조성희, 「한강의 『소년이 온다』와 홀로코스트 문학 : 고통과 치욕의 증언과 원한의 윤리를 중심으로」, 『세계문학비교연구』 62, 세계문학비교학회, 2018.

조연정, 「'광주'를 현재화하는 일. 권여선의 『레가토』(2012)와 한강의 『소년이 온다』 (2014)를 중심으로」, 『대중서사연구』 20(3), 대중서사학회, 2014.

조의연·조숙희, 「『소년이 온다』 이탤릭체의 담화적 특성 : 한강과 데버러 스미스」, 『영어권 문화연구』 9(3), 동국대학교 영어권문화연구소, 2016.

최윤경, 「소설이 오월-죽음을 사유하는 방식 : 한강의 『소년이 온다』를 중심으로」, 『민주주의와 인권』 16(2), 전남대학교 5.18 연구소, 2016.

프리모 레비, 『주기율표』, 이현경 역, 돌베개, 2007.

_____, 『이것이 인간인가』, 이현경 역, 돌베개, 2014.

_____, 『가라앉은 자와 구조된 자』, 이소영 역, 돌베개, 2014.

황석영·이재의·전용호, 『죽음을 넘어 시대의 어둠을 넘어. 광주 5월 민중항쟁의 기록』, 창비, 2017.

황정아, 「'결을 거슬러 역사를 솔질'하는 문학. 『밤의 눈』과 『소년이 온다』」, 『안과 밖』 Vol.38, 『영미문학연구회』, 2015.

Theodor W.Adorno, *Prismes*, Paris, Payot, 1986(1955).

_____, *Théorie esthétique*, Paris, Klincksieck, 2011(1970).

Robert Antelme, *L'Espèce humaine*, Paris, Gallimard, 1957(1947).

Aristote, *La Poétique*, trad. de Roselyne Dupont-Roc et Jean Lallot, Paris, Seuil, 1980.

Paul Celan, *Choix de poèmes*, Paris, Gallimard, 1988.

Primo Levi, *Si c'est un homme*, Paris, Pocket, 1988(1947, 1958).

Ivan Jablonka, *L'Histoire est une littérature contemporaine : Manifeste pour les sciences sociales*, Paris, Seuil, 2017(2014).

Jacques Rancière, *Politique de la littérature*, Paris, Galilée, 2007.

_____, *Les Bords de la fiction*, Paris, Seuil, 2017.

한국문학의 초국가적 연구를 위한
들뢰즈 문학론의 비평적 가능성

김창환

한국문학을 세계의 독자들에게 알리고 세계문학의 자산으로 등재하려는 노력이 국내외에서 활발하게 이루어지고 있다. 번역, 연구, 교육을 통해서 한국문학은 비로소 세계의 독자들과 조우할 수 있는데, 해외의 경우, 한국문학의 연구와 교육이 펼쳐지는 장은 주로 대학이라는 제도 내에 존재하는 동아시아 학과와 비교 문학과라는 분과 학문이며, 동아시아 학과나 비교문학과가 없는 대학에서는 종종 영문학과에 개설하는 "세계문학의 이해"라는 수업에서 "동아시아 문학"이라는 묶음의 일부로 다루어진다. 가야트리 챠크러보티 스피박(Gayatri Chakravorty Spivak)이 제국주의에 기반한 서구중심적 지식의 위계가 초래한 인문학의 위기를 극복하고 포괄적이고 복수적인 지식의 성립을 실천하기 위해 "분과 학문의 몰락"을 외친 지 꽤 오래되었으나[1], 전통적이고 제도적인 미국 대학의 학제에서 한국문학은 여전히 한국문학을 담는 틀로서의 분과 학문 안에서 다루어지고 있는 것이 현실이다. 이런 점을 고려할 때 한국문학 연구를

---

1   Spivak, Gayatri Chakravorty, Death of a Discipline, New York: NY, Columbia University Press, 2003.

포괄하는 동아시아학에 대한 미국 학제 내의 현재 논의를 살펴보는 것은 여전히 유효하다고 할 수 있다. 이 글은 제한적이긴 하지만 지역학·지역 문학 연구에 관한 미국 학제의 변동에 대한 필자의 짤막한 보고서로서, 외래종으로서의 한국문학이 서식, 교란, 혼종화를 수행하고 있는 문학 생태계의 제도적 면모를 살펴보는 일이라 할 수 있다. 또한 이 글은 한국 문학이 동아시아 문학이라고 불리는 지역 문학의 권역뿐 아니라 세계문학 연구에 기여하기 위한 이론적, 실천적 방법론으로서의 들뢰즈 문학론을 살펴본다. 구체적으로 들뢰즈 후기의 문학론을 검토하고 들뢰즈의 문학론을 적극적으로 수용할 경우 한국문학 연구가 동아시아 문학이나 세계문학이라는 초국가적 지평에서 어떤 벡터를 지닐 수 있는지, 그리고 한국문학이 그 지평에서 다른 문학들과 어떻게 착종되며 어떻게 지역 문학과 세계문학 연구에 생기를 불어넣을 수 있는지에 대해 논의한다.

1. 지역학/지역 문학 연구의 쇠락과 후생(afterlife)

미국의 학제 안에서 동아시아 문학 연구는 크게 보아 지역학 연구의 범주에 속한다. 우리는 동아시아 문학 연구의 요람인 지역학 연구의 커다란 흐름에 대해 먼저 살펴볼 필요가 있다. 미국의 교육 제도 안에서 지역학 프로그램은 대체로 세계 2차 대전이 끝난 직후 시작되었다고 할 수 있다. 초기 지역학 연구의 목적은 적국에 대한 정보와 데이터를 수집하는 것이었다. 미국의 예외주의가 팽배해가던 이 시기에 주권성을 지닌 유일한 정체(polity)는 민족-국가였기 때문에 자연스럽게 지역 연구의 대상은 특정한 '국가' 단위였다. 나중에 지역 연구는 특정 국가 연구에서 여러 지역에 관한 연구로 확대되었다. 가장 두드러진 대상 지역은 구 소련, 동아시아, 남미, 중동, 아프리카였다(Miyoshi and Harootunian 5). 이러한 특징을 지닌 지역 연구를 '전통적인' 지역학 연구라고 부를 수 있는데, 이 전통적인 지역학 연구는 1950년대부터 1970년대 까지 미국의 교육 제도 내에 존재했다.

냉전기에 성장했던 미국 내 지역학 연구는 냉전기가 끝나기도 전에, 특히 1990년대에 긴축 경제로 급선회하던 시기에 결정적인 위기를 맞는 다. 지역학 연구의 유력한 후원 에이전시였던 SSRC(Social Science Research Council), 포드 재단(Ford Foundation), 맥아더 재단(MacArther Foundation) 같은 개인 재단들이 발 빠르게 '글로벌' 환경을 전제로 한 연구로 그 지원 대상을 옮겨가기 시작한 것도 이 시기이다. 지역학의 위축은 단지 경제적인 문제로 인해 가속화된 것만은 아니다. 하루투니언(H. D. Harootunian)이 정확히 지적한 바와 같이, 미국의 예외주의와 냉전 이데 올로기의 자장 안에서 형성된 전통적인 지역학 연구는 탈식민주의와 문 화연구가 인문사회과학 연구의 장에 등장했을 때 제대로 대응하지 못하 면서 학문적 신뢰를 급속히 잃고 쇠락의 길을 걷기 시작한다(Miyoshi and Harootunian 13, 154). 전통적인 지역 연구의 연구 단위인 '국가' 또한 글로 벌 시대에 점차 그 경계가 흐려지기 시작한 것도 전통적 지역연구 쇠락의 큰 원인 중 하나가 되었다. 전통적인 지역 연구가 주체성의 형성(formation of subjectivity)이나 정체성 정치(identity politics) 분석을 수행할 때 지역 혹은 민족적 기원에 특권을 부여했다면, 현대의 연구틀, 특히 탈식 민주의는 지역이 아니라 위치(location)에 강조점을 둔다(Miyoshi and Harootunian 150~156).[2] 글로벌 시대에 초국가성(transnationality)과 가변 적이고 혼종적인 정체성은 점차 큰 위상을 지니게 되었고, 그 결과 풍문 에 불과한 단성적 민족성과 민족—문화는 빠르게 연구 대상으로서의 신뢰 를 잃었다(Miyoshi and Harootunian 12~15). 이러한 경제적·학문적 생태계

---

2 실상 지역 연구는 탈식민 연구의 전사(pre-history)라고 볼 수 있을 것이다.

의 변화 속에서 미국 학제 내의 전통적 지역학·지역 문학 연구는 급속한 쇠퇴를 경험한다.[3]

한편, 전통적인 지역학에 대한 하루투니언의 유효한 비판은 미국 교육 현장에서 실행되고 있는 아시아 연구를 문제시하는 가야트리 챠크러보티 스피백(Gayatri Chakravorty Spivak)의 논의와 상응한다. 잘 아다시피, 스피백은 『다른 아시아들(Other Asias)』에서 아시아는 단 하나의 지역적 정체성으로 환원될 수 없으며 그 복수성(plurality)이 반드시 재고되고 재기술되어야 한다고 역설하고 있다(Spivak 213). 또한 '동아시아학'을 포함한 지역학을 바라보는 전통적인 시각의 조정은 탈 민족주의적 미국학(Post-national American studies)과 같은 궤적을 그리는 연구 경향이라고 할 수 있다. 자국의 제국주의와 일방적인 자본주의적 글로벌리즘을 비판·극복하려 한다는 점에서 그러하다. 비판적 미국학 연구를 이끌고 있는 중요한 연구자 중 하나인 존 칼로스 로위(John Carlos Rowe)는 글로벌 시대에 미국의 제국주의를 상대화하기 위해서는 비교 미국학 연구(Comparative American Studies)가 필연적으로 요청된다고 강조한다(Hoskins and Nguyen 134~50). 타자의 눈에 비춰진 미국을 자국 내의 미국학 연구에 포섭함으로써 자기 충족적이고 쉽사리 제국주의 혹은 자국 중심주의로 빠지기 쉬운 미국학을 갱신할 활로를 찾아야 한다는 것이다. 로위(Rowe)를 위시한 비판적 미국학 연구자들은 글로벌 시대에 유로-아메리카 중심의 지역 연구를 극복하기 위해서는 복수의 외재성(plural exotopy)이 필요하다고 강조하고 있다. 전통적 지역학과 아시아에 대한 오리엔탈리즘적 메타-내러티브를 해체하는 이러한 연구자들의 이론적·실천적 노력은 아시아의 문화-표상에 관한 서구 이데올로기의 우세가 상대화되

---

3 이 글에서는 Japan Foundation, Korea Foundation, Chiang Ching Kuo Foundation(of Taiwan)의 순기능과 역기능에 대한 논의는 생략하기로 한다.

어야 새로운 전망이 가능하다는, 이제는 진부하기까지 한 비판적 관점이 안타깝게도 여전히 유효하다는 점을 다시 한 번 상기시킨다.

위축되어 가는 미국 내 지역학 연구는 다양한 양태로 그 후생(afterlife)을 이어가고 있다. 동아시아 지역과 동아시아 지역 문학과 연관된 것으로 '아시아–태평양'에 관한 연구를 들 수 있다. 이르게는 1970년대 중반부터 미국학 분야는 아시아–태평양 지역을 새로이 떠오르는 중요한 지역으로 보기 시작한다. 한국전쟁에 관한 연구로 잘 알려진 브루스 커밍스(Bruce Comings)는 그의 저서 『지배권–바다에서 바다로: 태평양의 우세와 미국의 권력(Dominion from Sea to Sea: Pacific Ascendancy and American Power)』에서 미국과 세계의 관계, 미국의 패권은 이제 그 중심 무대가 트랜스–대서양(Trans-Atlantic)이 아니라 트랜스–태평양(Trans-Pacific)으로 이동했다고 주장한다. 다른 중요한 미국학 연구자들, 예를 들어 롭 윌슨(Rob Wilson), 아리프 덜릭(Arif Dirlik) 같은 연구자들도 소위 '아시아–태평양'이라 불리는 새로운 문화적 표상 공간에 대한 연구를 활발히 진행하고 있다(Dirlik 15~36, 283~308; Wilson and Dirlik 1~14; Wilson and Dissanayake 312~336). 동아시아를 포함하는 지역에 관한 연구는 태평양의 양쪽 끝 해안을 오간 수많은 정치경제적, 문화적 교류의 흔적과 그 영향력을 재평가하는 소위 '트랜스퍼시픽' 연구 혹은 '마이너 트랜스내셔널리즘' 연구의 양태로 그 후생을 이어가고 있음을 확인할 수 있다.[4]

지역학 자체의 입지가 축소되어 가고, 모든 학문 분야가 글로벌 무대 위에서 급속히 재편되어가고 있는 이러한 상황에서, 과연 '동아시아'라는

---

4 물론 도널드 노니니 Donarld M. Nonini가 설득력 있게 말했듯이 아시아–태평양을 단지 자본의 흐름과 미국의 지정학이라는 관점만으로 보는 관행은 철저하게 재평가되어야 한다(Dirlik 73~96). 또한 하루투니안이 비판했듯이 아시아–태평양 패러다임이 단지 미국학의 대상을 미국에서 태평양으로까지 확장한 것에 불과한 것이 일부 사실이기도 하다(Miyoshi 15~16).

특정한 지역을 기반으로 하는 문학 연구가 이론적·문화적 토대를 지닌 변별적 문학 연구 분야로서 성립 가능한 것인가? 그리고 과연 존립할 가치가 있는 것인가? 라는 질문을 던지지 않을 수 없는 상황에 우리는 처해 있다. 이는 동아시아학이라는 학문적 생태계 내에 터를 잡아가고 있는 한국문학의 입장에서는 상당히 심각한 실존적 질문일 수밖에 없다.

2. 들뢰즈의 눈으로 동아시아·문학 보기

축소일로를 걷고 있는 지역학이라는 제도 안에서 서식하는 동아시아 문학 연구에, 그리고 태평양과 대서양을 건너 세계문학의 장을 지향하는 한국문학의 연구에 새로운 이론적·실천적 지평을 열 수 있는 방법론이 있는가? 들뢰즈의 문학론에 주목하는 필자의 관심사는 이 질문의 주위를 맴돈다.

잘 아다시피, 문학에 관한 들뢰즈(와 과타리, 이하 DG)의 본격적인 논의는 카프카에 관한 것이었다.[5] 그들에 의하면 카프카는 멜랑콜리에 사로잡힌 신경증 환자도 아니고 고통에 시달리는 신비주의자도 아니었다. 그는 유쾌하고 유머러스한 정치적 작가였으며 DG가 주창한 "비주류 문학(minor literature)"의 전범적 사례였다.[6] DG가 비주류 문학의 특징을 세 가지로 열거하지만(Deleuze and Guattari 1986, 18), 그중에서 가장 주목할

---

5 마조흐(Sacher-Masoch)에 대한 초기 논의는 이 글에서 논의하지 않기로 한다.

6 DG가 만든 minor literature가 한국에서 '소수 문학'으로 번역되고 있음을 잘 알고 있지만 이 글에서는 major/minor가 숫자의 많고 적음이 아니라 권력과 헤게모니와 깊이 연관되어 있음을 더 분명히 표현하기 위해 주류/비주류라는 비전문적이고 평이한 용어를 번역어로 선택했다. 이하 minor literature는 '비주류 문학'이라는 용어로 번역해서 사용한다.

만 한 것은 언어의 비주류적 사용을 통해 관습적이고 전통적인 언어를 '탈 영토화'하는 것이라고 말할 수 있다. 기존의 관습적인 언어를 문법론적, 구문론적, 의미론적으로 변형시키고, 새로운 언어와 이미지를 창조·증식하고, 예상치 못한 억양과 톤을 강조함으로써 그들이 『천개의 고원』(이하 ATP) 4장에서 "명령어(order-word)"라고 규정한 언어의 속성을 배반하고, 의사소통의 도구라는 신화적 전제에 사로잡혀 불모의 상투성에 지배당하고 있는 주류 언어를 전복하여 그 영토를 빼앗는 것이 바로 '비주류 문학'의 속성인 것이다. 이러한 비주류 문학은 자연스럽게 사회 구성원 누구에게나 관습적으로 수용될 만한 평균적 가치를 보유하는 대신, 한 집단과 공동체에서 배제되는 가치, 심지어 아직 역사의 지평에 등장조차 하지 않은 공동체("people to come")의 집단적 목소리를 표현하게 되고, 그렇기 때문에 그것은 자연스럽게 정치적인 목소리가 된다.

관습적 언어가 "명령적, 규범적" 속성을 지닌 체 사회의 평균적 가치를 안전하게 표현해 내는 대신, 비관습 혹은 반관습적인 언어를 생산·증식하는 비주류 문학은 안전한 평균적 가치를 허물면서 혹은 균열을 일으키면서 새로운 방향을 열어주는 탈주선을 창안하고, 그 탈주선을 따라 새로운 사람과 새로운 공동체가 등장한다. 이런 관점에서 볼 때, 비주류 문학의 작가들은 평균적/균질적 민족의식 혹은 공동체 의식의 부재 혹은 불가능성을 감지하는 자들이다. 평균적 민족의식과 평균적 공동체 의식, 그리고 관습적 언어 사용을 부정하는 '비주류 문학'의 특질들을 염두에 둔다면, 동아시아 지역의 문화적·역사적 공통분모를 전제하는 "동아시아 문학"이라는 개념은 들뢰즈의 문학관과 상충하는 것이라고 볼 수도 있다.

실제로 들뢰즈가 특정한 "지역"을 염두에 두거나, 특정 지역에 국한된 단일한 현상으로서 문학을 논의한 경우는 거의 없다. 유일한 예외가 영미 문학(English and American Literature)을 논한 경우이다. 들뢰즈는 『ATP』, 『비평과 진단』, 『대화 I』 등에서 피츠제럴드, 휘트먼, 멜빌, D.H. 로렌스 등 주요한 미국 작가들에 관해 짧지만 핵심적인 논평을 가한다. 특히 1987년에 영미권에 번역된 『대화 1(Dialogues 1)』의 2장 첫머리에서 들뢰즈는 미국문학(Anglo-American Literature)을 높이 평가하는 이유를 분명하게 표현하고 있다:

"떠나기, 탈출하기는 [계속해서 변해가는] 선을 추적하는 것이다. 문학의 최고 목적은, 로렌스에 따르면, "벗어나기, 벗어나기, 탈출하기. 지평선을 넘어가기, 다른 삶 속으로 들어가기…그렇기 때문에 멜빌은 태평양 한 가운데서 자신을 발견한 것이다. 그는 정말로 지평선을 넘어간 것이다."(Deleuze and Parnet, 36)

여기서 우리는 들뢰즈가 지역 문학으로서의 미국 문학의 특성이나 특질을 강조하지 않는다는 점에 주목해야 한다. 그는 미국 문학을 논의하면서 작가와 작품들을 수렴하는 어떤 구심점이나 축(axis)을 설정하지 않는다. 들뢰즈가 미국 문학의 수월성을 상찬하는 이유는 그것이 "타자-되기," "탈주선," 언어의 탈영토화, 배치(assemblage) 형성에 있어서 고답적인 유럽 문학에 비해 풍성하기 때문이다. 하지만 들뢰즈가 이 에세이에서 영어 자체에 대해 논의하고 있다는 점도 간과해서는 안 된다. 그는 영어그 자체가 전지구적 단성화를 도모하는 억압적인 힘이자, 복합적인 내적변형에 개방되어 있는 매체라는 점을 강조한다(Deleuze and Parnet, 58). 그에게 영어는 지구 전체에 획일적 단일성을 부여하는 매체이자 동시에그 내부에 수많은 형태 파괴(deformation)를 통해 변형과 생성에 열려있는 매체임을 말하고 있다. 지역 문학과 언어(영어)에 관한 들뢰즈의 논의는그의 시선을 빌어 동아시아문학을 재검토하려는 우리의 논의에 시사하는 바가 크다.

들뢰즈의 '지역 문학'에 대한 무관심은 우리의 논의를 문학의 '기능'으로 이끈다. 사실 DG가 카프카에게 관심을 기울였던 것은 그의 작품에 숨겨진 의미 때문이 아니었다. 오히려 글쓰기의 "기능"이었다; 언어를 탈-영토화하고, 그럼으로써 정치적 권력 연관들을 불안정하게 만들고 발화 행위의 집단적 배치(collective assemblage of enunciation)를 활성화하는 그 "기능" 때문이었던 것이다. 실제로 카프카의 코퍼스는 "기능적 실체(functional entity)"로서 말 그대로 "글쓰기 기계(writing machine)"가 된다. 카프카의 소위 "기계적 요소(machinic elements)"는 세 가지이다: 편지, 단편 소설, 소설. 물론 여기에 우리는 그의 일기를 포함해야 할 것이다. DG가 만약 언어를 정의한다면 그것은 "주어진 순간에 언어 속에 담겨있는 모든 명령어들, 함축되어 있는 전제들, 혹은 발화-행위의 집합"일 것이다. 달리 말하면 "사회의 신체들에 속성을 부여하는 모든 비신체적 변형의 집합"이다(Deleuze and Guattari 1987, 79~80). 평범하게 표현하면 DG의 언어 개념은 일반적인 사회정치적 화용론이기에 카프카의 일기, 편지가 소설이나 노벨라와 분리될 수 없다. 그것은 그의 일기와 삶과 소설이 그의 삶과 분리될 수 없는 것과 같다. 모든 종류의 언어-활동은 세계와, 그리고 그 세계 속에서 끝없이 접속되며 펼쳐지는 권력-관계의 그물망과 분리될 수 없기 때문이다. 이런 관점을 취할 때, 우리는 문학에 관한 전통적 관점을 내려놓고 동아시아 역사와 문화 속을 헤집으며 모든 권력의 미시적 그물망을 끊임없이 단속해 나가는 모든 "글쓰기 기계"들을 광범위하게 검토할 것을 요청받는다.

놀랍게도 "비주류 문학"이라는 용어는 카프카 이후 DG의 저작에서 사라진다.[7] 그 이후 DG는 "문학" 혹은 "글쓰기"라는 용어를 주로 사용한다. 들뢰즈는 1997년에 출간된 『비평과 진단(Essays Critical and Clinical)』(이

---

7 물론 "비주류(minor)"라는 용어는 ATP를 포함한 이후의 여러 저작에서 중요한 기능을 차지하고 있음을 우리는 잘 알고 있지만 말이다.

하 ECC)에 수록된 짧은 에세이 "문학과 인생"에서 자신의 문학에 관한 이해를 비교적 명료하게 밝히고 있다. 그에게 있어서 문학은 "되기 (becoming)", "우화화하기(fabulating)", "더듬거리며 말하기(stuttering)", "비전과 오디션 창조하기(creation of visions and auditions)"와 깊이 연관된 다(Deleuze 1997, 1~6). 이중에서도 특히 들뢰즈는 글쓰기가 "되기(becom-ing)"과 분리될 수 없음을 강조한다.[8] "되기"를 통해 "탈주선"이 생성되고, 그렇기 때문에 글쓰기는 실종된 사람들 혹은 장차 올 사람들을 창조하는 것이 그 특징이다(Deleuze 1997.4).

후기의 들뢰즈는 특히 새로운 인간, 새로운 삶의 창조를 '우화화 (fabulation)'[9]라는 용어를 사용해서 설명한다. 우화화를 평이한 용어로 설명하자면 스토리-텔링(story-telling) 혹은 신화-만들기(myth-making) 라고 말할 수 있는데, 도래할 인간을 창조하기 위한 예술적 실천을 포괄 적으로 일컫는 개념이다.[10] 우화화를 통해 수행되는 예술적 실천은 역사 에 새겨져 있는 고통과 그 고통이 역설적으로 환기시키는 아직 도래하지 않은 미래 혹은 미래인들과 불가피하게 동시적으로 얽혀 있다. 이야기를 통해 도래할 인간과 공동체의 집단적 목소리를 신화적으로 만들어가는 '우화화' 작업이 어떻게 역사적 상처와 연관되는지, 그로 인해 우화화가 어떠한 고된 책무를 떠맡게 되는지 진술하는 로널드 보그(Ronald Bogue)

8　"글쓰기"와 "되기"에 관해서는 'On the Superiority of Anglo-American Literature' in *Dialogues I*, 72~3도 함께 보라.

9　우화화라는 번역어는 필자가 급조한 것이다. 이것은 알레고리화와 혼용될 수 있어 좋은 번역어는 아니지만 현재로서는 다른 비평어들과 변별성을 지닌 적절한 한국어 번역어를 찾지 못해 부득이하게 사용한다.

10　우화화(fabulation)에 관한 가장 포괄적이고 섬세한 이론적·실천적 비평은 아마도 Ronald Lynn Bogue의 *Deleuzian fabulation and the scar of history(2010)*일 것이다. 보그는 그 책에서 우화화(fabulation)라는 개념이 어떻게 에이온 Aion, 거인, 생성, 시간 의 세 가지 종합, 도래할 인간(people to come) 등과 연관되는지 철저하게 분석한다 (Bogue 2010, 14~48).

의 대목은 인용할 가치가 있다:

> 우화화하는 것과 도래할 인간을 창조하는 것의 어려움은 불가역적인 역사
> 적 상황 속에 깊이 뿌리 박혀 있다. 그렇기 때문에, 각각의 소설 속에서 창조
> 적 과정은 과거의 무거운 짐을 명확히 표현하고, 미래–행동을 제한하고 억
> 제하는 이 산적해 있는 물질적, 사회적, 심리적인 구속들과 씨름하고 혹은
> 구속들을 헤쳐 나가는 **역사적인 노동**을 필연적으로 수반한다(Bogue 2010,
> 44~45, 강조 인용자).

이처럼 후기 들뢰즈에게 문학은 "되기"이자 "우화화"이고, 탈주선의
연장이며, 도래할 인간의 창조이다. 이를 통해 문학은 삶의 가능성을 제시
하게 되고 우리의 건강한 삶이 가능해진다.[11] 유럽 중부의 카프카, 미국의
허먼 멜빌 같은 작가들은 아직 구성되지 않은 혹은 아직 존재하지 않는
마이너리티들의 집단적 발화를 세상에 내 놓았고, 들뢰즈가 보기에 그것
은 도래할 인간(people to come)의 창조이자 새로운 삶의 가능성 창조였다.
"더듬거리며 말하기"와 "비젼과 오디션"은 크게 보아 하나의 범주에
들어갈 수 있다. 작가들은 주류 언어와 그것의 주류 언어의 관습적 사용
을 거부하고 비/반 관습적으로 사용하고, 유창함을 거부하고 더듬거림으
로써 모국어 안에서 낯선 언어를 창조한다. 이러한 더듬거리기는 심지어
언어의 영역마저 넘어서 비젼(vision)과 오디션(audition)같은 언어의 바깥
영역을 향해서 나아간다. 여기서 '이미지'와 '소리'라는 '언어의 타자'에
최대한 접근한 언어는, 실제로 언어와 비언어(이미지, 소리)의 경계면에
위치하며, 언어라는 개념이 지칭할 수 있는 대상의 극단(extreme)에 도달
한다. 들뢰즈는 언어의 극단 혹은 언어와 비언어의 틈새에서 솟아 오르는

---

11 여기서 노년의 들뢰즈가 강조한 "[도래할] 삶의 가능성"과 "건강"이라는 강조점을 놓치
　　지 말자

이미지와 사운드에 주목하고 그러한 비전과 오디션을 창조하는 것이 문학-기계의 기능이라는 점을 강조한다. 비전과 오디션에 관한 들뢰즈의 강조는 "언어의 타자-되기(a becoming-other of language)" 혹은 "주류 언어의 비주류화(minorization of a major language)"를 구체화한 것이라 할 수 있다. 지금까지의 논의를 종합하면, 우리는 일단 DG문학론의 요체를 다음과 같이 정리할 수 있을 것이다: 1) "비주류 문학(minor literature)" 2) "되기(becoming)" 3) 도래할 사람/공동체 혹은 삶의 가능성 4) 우화화 (fabulation) 5) 더듬거리기 6) '언어의 타자-되기' 혹은 '언어의 극한'으로서의 비전과 오디션.[12] 우리는 이 여섯 가지 개념을 지렛대 삼아 동아시아 문학의 새로운 벡터를 구상해야 한다. 하지만 우리는 그 전에 기존의 들뢰즈 주의자들이 제출해 놓은 논의들을 살펴보아야 할 것이다.

3. 동아시아 문학의 '축'에 드리운 그림자

2013년, "Creative Assemblages"라는 주제로 대만에서 제1회 국제 들뢰즈 연구-아시아 컨퍼런스가 열렸다. 그 컨퍼런스에서 발표되었던 글들 중 흥미로운 것들이 묶여서 2014년 『들뢰즈와 아시아(Deleuze and Asia)』라는 제목으로 2014년에 출간된다. 일본, 대만, 중국의 여러 들뢰즈 연구자들이 필자로 참여한 이 책에는 아시아의 철학, 종교, 예술, 문화에 대한 다양하고 흥미로운 해석이 실려 있다.[13]

---

12 이 여섯 개의 범주 중 "5) 더듬거리기"는 비주류 문학에서 다룬 '언어의 탈영토화'의 다른 견지에서 다룬 것이라 할 수 있으며 "6) 비전과 오디션"은 탈영토화된 언어의 양태 (mode)라고 할 수 있다. 비전과 오디션 그 자체가 '언어의 타자-되기'의 결과이다.

13 아쉽게도 한국의 들뢰즈 연구자들은 이 대회에 참여하지 않았으며, 따라서 들뢰즈의 시각으로 검토된 아시아론으로서는 최초로 간행된 이 책에서 한국의 콘텐츠와 맥락은 전혀 다루어지지 않았다.

이 책의 다양한 논의 중 우리의 논의와 직접 연관되는 것은 이 책의 공동 편집자 중 하나인 Hanping Chiu가 쓴 12장 "동아시아 지역 문학을 향하여(Toward a Regional Literature in East Asia)"(211~231)이다. 동아시아 문학의 구축 가능성을 염두에 두고 쓰인 이 글은 표면적으로는 들뢰즈의 배치(assemblage)를 중심 개념으로 내세우지만 실은 여러 가지 이론적·비평적 오류를 범하고 있다. 그의 논의 전체를 끌고 가는 핵심 개념은 '배치(assemblage)'가 아니라 오히려 '중국 축(The Chinese Axis)'과 '중국 문자 문화권(The cultural sphere of Chinese characters)'이다. 그는 들뢰즈가 ECC에서 언급한 영어에 대한 언급을 적극적으로 수용해서, 지구화 시대에 영어가 담당하는 역할을 동아시아 지역에서는 중국 문자가 담당하고 있으며, 그것이 동아시아 문학의 수렴점이자 중심축으로서 기능할 수 있고, 중국 축(The Chinese Axis)을 통해 지역 문학의 가능성이 담보된다고 주장한다(216~217). 그는 일본과 한국의 문자 성립에 중국 문자가 기여한 역사와, 고·중세에 중국의 지식 체계가 어떻게 한국과 일본에서 유통 되었는가에 관해 기술하기 위해 많은 지면을 할애한다. 그의 논의는, 중국 문자와 유교를 중심으로 나름의 "심정적 공동체 the community of sentiment"를 이루었던 전근대 동아시아 문화에 대한 설명으로는 설득력과 타당성을 지닌다. 하지만 동아시아의 근현대 문학에 까지 '중국 축'의 유효성을 확대해서 하나의 지역 문학으로 엮어 내려는 시도는 그리 성공적으로 보이지 않는다. 아르쥰 아파듀라이(Arjun Appadurai)가 『모더니티 일반(Modernity at large)』에서 말한 바와 같이 근대는 "모든 종류의 과거와의 전반적인 단절"이다(Appardurai 3). 하지만 그 단절면이 깔끔할 리 없다. 전통과 근대의 접촉면에서 벌어졌던 수많은 단속들, 변형들, 임계점들, 오래된 체계와 이데올로기들이 탈지층화와 재지층화를 오가며 만들어낸 복잡다단하고 울퉁불퉁한 면들이 "중국 축"으로 말끔하게 수렴될 수는 없어 보인다. 만약 그런 축이 가능하다 하더라도 그것은 심히 제한적이거나 혹은 금방 부스러지기 쉬운 축(fragile axis)일 것이다.

중국 문자가 동아시아 문학의 "축"임을 강조하기 위해 Hanping Chiu 는 과도한 비평적 읽기의 오류를 무수히 범한다. 예를 들면, 그는 대표적 인 아시아계(한국계) 미국인 예술가, 차학경(Theresa Hak Kyung Cha)의 아 방가르드 소설[14] 『딕테(Dictee)』를 분석하면서 이렇게 말한다:

> "따라서 중국 문자들은 동아시아의 문화적 유산으로서 공통의 토대 역할 을 한다. 공식적인 한국어로 대체된 이후에도 중국어는 여전히 한국에서, 중요한 경우에, 불쑥 나타난다. 예를 들어 한국인 작가 차학경의 『딕테 (Dictee)』는 **한국이 중국문화의 축에 포함된다는 것을 제시하기 위해 수많 은 중국어 문자를 포함하고 있다.** 더 중요한 것은, 『딕테』가 **심지어 중국어 문자들이 중국의 다양한 방언에서 그러하듯이, 한국어의 기저를 이루고 있 다고 말한다고 볼 수 있다**(Bogue, Chiu, and Lee, 216, 강조, 인용자)."

그러나 아시아계 미국 문학의 대표적인 업적으로 평가받는 차학경의 『딕테』는 '한국어의 기저가 중국 문자"임을 주장하지 않는다. 오히려, 카톨릭 계열의 학교 프랑스어 시간에 교사가 읽어주는 프랑스어 문장을 영어로 받아쓰기(dictate)하는 장면으로 시작하는 『딕테』는 작품 전체의 전개를 통해 모국어의 불가능성과 초국가적 주체의 유목적 삶에 대해 말한다. 식민지 조선에서 만주로, 만주에서 하와이로, 하와이에서 LA로, 그리고 잠깐이지만 한국 재방문으로 이어지는 아시아-태평양을 횡단하 는 유목적 삶 속에서 지배적 언어들(major langauge)은 내가 실수 없이 받아써야 하는 dictee명령어(order words)로 존재하며, 복수-언어적 존재 인 나의 주체성(multilingual subjectivity)은 한 국가에 귀속될 수 없는 초

---

14 사실 차학경의 딕테를 아방가르드 소설이라 지칭하기도 어렵다. 그녀의 이 문학적 실험 작은 전통적 장르의 규범을 훨씬 초과하고 있다.

국가적인 것임이 아방가르드한 서사 전략을 통해 선명하게 드러난다. 엄밀히 말해서 그녀의 작품 『딕테』는 소위 "중국 축"에 포함되기는커녕 "한국문학"에도, "아시아계 미국문학"에도 완전히 귀속시킬 수 없는 초국가적 문학이며, 차학경 자신도 "한국인 작가"라는 별칭(epithet)을 초과하는 주체이다. 여러 국가의 경계를 부유하며 아시아-태평양에서 펼쳐진 역사적-개인적 사건들을 배치해서 펼쳐나가는 차학경의 작품을 티모티 유(Timothy Yu)나 윤티 후앙(Yunte Hunag) 같은 연구자들은 "역사 쓰기 (writing histories)"라고 말한다(Yu, 100~137, Huang 131~141). 들뢰즈가 주장한 지도 제작으로서의 리좀 개념과 상응하는 이러한 기술은 차학경의 『딕테』가 보여주는 리좀적 움직임을 정확히 포착하고 있다. 언어적 측면에서 『딕테』를 살펴보면, 프랑스어, 한국어, 영어, 한글 낙서, 필기체 영어, 한자가 뒤섞인, 말그대로 다중언어적 텍스트(multilingual text)이다. 『딕테』 전체에서 중국어 문자는 父, 母, 男, 女를 포함해 매우 제한적으로 등장하며 그 마저도 문자가 아니라 이미지로서의 효과를 노리고 제시되고 있다는 사실을 아는 독자라면 Hanping Chiu의 주장이 심한 오독에 기반한 무리한 주장이라 평가하지 않을 수 없다.

이 "축"에 대한 Hanping Chiu의 강조는 DG의 이론적 관점으로 보았을 때 비판 받을 여지가 크다. "축(axis)"에 대한 강조가 그가 표면적으로 내세운 "배치(assemblage)"의 개념과 충돌하고 있기 때문이다. 잘 아다시피 "배치"는 정적인 용어가 아니다. 그것은 정리, 조직, 직조를 뜻하지 않는다. 그것은 정리하고 조직하고 끼워 맞춰가는 "과정"을 뜻하지, 조직된 것 혹은 배치되어 안정화 된 것을 뜻하지 않는다. 그것은 마치 장난감 레고 조각처럼 미리-최종 형태가 결정되어 있는 조각들의 필연적 조합이 아니다. 그렇다고 사물들의 우연적 조합만을 뜻하는 것도 아니다. 함께 기능하는 행위들과 실체들의 집합체를 뜻하는 이 개념은 우연성과 구조, 조직화와 변화의 역동적 역할을 다루기 위해 DG가 고안해 낸 것이다.

Hanping Chiu의 '축'에 대한 강조는 배치(assemblage)의 구조적 측면과 조직화의 측면을 강조한 것이라 생각된다. 하지만 역설적으로 그는 동아시아의 문학들의 리좀적 움직임(rhizomic movement), 다시 말해 비-위계적이고 비-선조적으로 접속하며 만들어내는 우연성, 혼종성, 다양체, 변화, 끝없는 생성, 실험, 비평행적 진화에 대해서는 맹목인 것이다.

우리가 동아시아 문학의 가능성을 논의하면서 '축' 자체를 부정하는 것은 아니다. 하지만 동아시아 문학의 성립 조건으로서 무리하게 '중국축'을 설정하려는 Hanping Chiu의 시도는 우리에게 과거 제국주의 일본이 자신을 중심축으로 삼아 제안했던 '대동아공영권론'을 상기시킨다. 잘 아다시피, 아시아 지역, 특히 동아시아 지역을 바라보는 시선은 단지 오리엔탈리즘으로 굴절된 서구만의 것은 아니다. 우리는 태평양 전쟁이 시작될 무렵 일본의 지식인들이 제안하고 심화시켰던 제국주의적 이데올로기에 침윤된 범-아시아주의(Pan-Asianism)를 기억하고 있다. '대동아 공영권론'이라 불린 이 일종의 범-아시아 담론은 스벤 사알러(Svan Saaler)가 자세하게 논증한 바와 같이 아시아지역에서 일본의 헤게모니와 식민지배를 정당화하는 도구로 전유됨으로써 신뢰를 잃었다(Saaler and Koschmann 1). 마오주의(maoism)가 주장했던 사회주의적 범-아시아주의와 더불어 태평양 전쟁기 일본의 범-아시아주의는, 서구의 제국주의적 이데올로기를 피하면서 대안적 연구로서 이론적-실천적으로 동아시아 문학을 연구해 나가는 당대의 동아시아 연구가 맞닥뜨리게 되는 또 하나의 궁지이다. 이렇듯 동아시아의 문학을 가능케 하는 "축"을 고찰하면서 우리는 제국주의적 그림자가 드리워진 과거의 논의와 만난다. 언캐니한 경험이라 아니할 수 없다.

4. 리좀적 운동으로 들끓는 '지역 문학'의 부활을 위하여

지금까지 살펴본 들뢰즈의 문학론—비주류 문학, 우화화, 도래할 인간과 공동체의 집단적 발화, '언어 자신의 타자-되기'로서의 비전과 오디션—은 동아시아 문학 연구가 들뢰즈의 필터를 장착했을 때 지향해야 하는 방향을 비교적 선명하게 보여준다. 무엇보다 그것은 보편을 상상하는 "민족-문학"이 아니라 국경을 넘나들며 이질적인 것들과 접속하고 그 결과 새로운 것들을 생성하며 새로운 [상상적] 지도를 그려 나갔던 글쓰기-기계(writing-machine)들의 리좀적 생산물들을 광범위하게 연구대상으로 설정해야 할 것이다. 또한 그 연구는 개별 민족-문학 연구를 심화시키고 그것을 다른 개별 민족-문학과 비교하는 방향으로 나아가지 않을 것이다. 들뢰즈적 관점을 취한다면 그것은 비교 문학적 연구가 아니라 동아시아 국가 경계를 넘나들며 끊임없이 착종되면서 생성된, 자잘한 뿌리로 복잡하게 뒤얽힌 초국가적·혼종언어적 "글쓰기"에 대한 연구로 나아갈 것이다. 또한 들뢰즈적 관점에서 바라본 동아시아 문학 연구는 동아시아 국가들 간에 켜켜이 쌓여있는 역사의 문제와 씨름하며, 역사가 남긴 생채기를 보듬으며, 역설적으로 아직 도래하지 않은 사람과 공동체를 불러내고, 새로운 삶의 가능성을 제시함으로써 우리의 삶을 건강하게 회복시키는 동아시아 우화(fabulation)에 대한 연구일 것이다. 마지막으로, 들뢰즈적 동아시아문학 연구는 동아시아라는 지역에 절대로 국한되지 않을 것이다. 그러한 연구는 어느새 아시아-태평양 연구, 아시아계-미국문학 연구, 미국학 연구, 각지의 디아스포라 연구에까지 잔뿌리를 뻗어 우리가 지금까지 가보지 않은, 리좀으로 버글거리는 다양체(multi-plicity)로 존재하는 "세계문학" 연구로 우리를 이끌 것이다.

우리는 서두에서 미국 학제 내에서 지역학과 지역 문학 연구가 쇠락하고 "아시아-태평양" 연구로 대변되는 다양한 양태의 후생(afterlife)을 살

고 있음을 살펴보았다. 그리고 이 글을 마무리하는 시점에서 우리는 들뢰
즈의 문학론이 쇠락해가는 지역학/지역 문학의 후생을 가능케 하는 이론
적 토대로서 기능할 수 있음을 제시했다. 그런데 어쩌면, 접속과 생성을
두려워하지 않는 [들뢰즈적] 지역학·지역 문학 연구는, 단지 죽어가는
지역 문학 연구의 후생을 가능케 하는 정도가 아닐지도 모르겠다. 그것은
켜켜이 쌓여있는 불가역적인 역사적 정황 속에 매여 있는 우리에게 아직
도래하지 않은 지역적 삶과 지구적 삶의 새로운 가능성을 동시에 보여줌
으로써 지역적이면서 지구적인 새로운 양태의 '건강한 삶'을 돌려줄 수
있을지도 모른다. 만약 그런 일이 가능하다면, 들뢰즈의 관점은 동아시
아 문학을 포함하는 지역 문학의 후생이 아니라 그것의 부활을 가능케
하는 이론적 원동력으로 작용할 수도 있다. 이것이 우리가 들뢰즈의 문학
론과 씨름하며, 하나의 배치(assemblage)로서의 동아시아 문학 장을 바투
잡아야 하는 이유이다.

참고문헌

Appadurai, Arjun. Modernity at Large : Cultural Dimensions of Globalization.
    Public Worlds. Minneapolis, Minn.: University of Minnesota Press,
    1996. Print.
Bogue, Ronald. Deleuzian Fabulation and the Scars of History. Plateaus.
    Edinburgh: Edinburgh University Press, 2010. Print.
Bogue, Ronald, Hanping Chiu, and Yulin Li. Deleuze and Asia. Newcastle:
    Cambridge Scholars Publishing, 2014. Print.
Cha, Theresa Hak Kyung. Dictee. 1st Calif. pbk. ed. Berkeley: University of
    California Press, 2001. Print.
Cumings, Bruce. Dominion from Sea to Sea : Pacific Ascendancy and American
    Power. New Haven: Yale University Press, 2009. Print.
Deleuze, Gilles, and Félix Guattari. Kafka : Toward a Minor Literature. Theory

and History of Literature. Minneapolis: University of Minnesota Press, 1986. Print.

—————————————————. A Thousand Plateaus : Capitalism and Schizophrenia. Minneapolis: University of Minnesota Press, 1987. Print.

Deleuze, Gilles, and Claire Parnet. Dialogues. European Perspectives. New York: Columbia University Press, 1987. Print.

Deleuze, Gilles. Essays Critical and Clinical. Minneapolis: University of Minnesota Press, 1997. Print.

Dirlik, Arif. What Is in a Rim?: Critical Perspectives on the Pacific Region. 2nd ed. Lanham, Md: Rowman and Littlefield, 1998. Print.

Hoskins, Janet, and Viet Thanh Nguyen. Transpacific Studies : Framing an Emerging Field. Asian and Pacific American Transcultural Studies. Honolulu: University of Hawai'i Press, 2014. Print.

Huang, Yunte. Transpacific Imaginations : History, Literature, Counterpoetics. Cambridge, Mass.: Harvard University Press, 2008. Print.

Miyoshi, Masao, and Harry D. Harootunian. Learning Places : The Afterlives of Area Studies. Asia-Pacific. Durham: Duke University Press, 2002. Print.

Saaler, Sven, and J. Victor Koschmann. Pan-Asianism in Modern Japanese History : Colonialism, Regionalism and Borders. Asia's Transforma-tions. London: Routledge/Taylor & Francis Group, 2007. Print.

Spivak, Gayatri Chakravorty. Death of a Discipline, New York, NY : Columbia University Press, 2003. Print.

—————————————————. Other Asias. Malden, MA; Oxford: Blackwell Pub., 2008. Print.

Wilson, Rob, and Arif Dirlik. Asia/Pacific as Space of Cultural Production. Durham: Duke University Press, 1995. Print.

Wilson, Rob, and Wimal Dissanayake. Global/Local : Cultural Production and the Transnational Imaginary. Asia-Pacific : Culture, Poitics, and Society. Durham: Duke University Press, 1996. Print.

Yu, Timothy. Race and the Avant-Garde : Experimental and Asian American Poetry since 1965. Asian America. Stanford, Calif.: Stanford University Press, 2009. Print.

초출일람

김동식, 이식(移植)·근세조선(近世朝鮮)·후진성(後進性) [17쪽]

「이식(移植)·근세조선(近世朝鮮)·후진성(後進性)」, 『한국학연구』 48, 한국학연구소, 2018.

이수형, 『무정』의 감정 수행과 자기 발견 혹은 자기 창조 [51쪽]

『감정을 수행하다: 근대의 감정생활』, 강, 2021.

강동호, 칸트와 함께 만해를 [81쪽]

「칸트와 함께 만해를 – 님의 침묵의 자유의 이념과 사상 번역의 흔적」, 『한국학연구』 66, 인하대학교 한국학연구소, 2022.

강계숙, 오인된 '카르노스'의 노래 [138쪽]

「오인된 '카르노스'의 노래 – 설정식 시의 윤리적 주제의식과 그 시적 형상에 대한 고찰」, 『비평문학』 83, 한국비평문학회, 2022.

조영추, '환자–여행자–(공화국)시인'으로서 기행시를 (못) 쓰기 [180쪽]

「'환자 – 여행자 – (공화국)시인'으로서 기행시 (못) 쓰기 – 오장환의 소련 기행시 창작 및 개작 양상을 중심으로」, 『현대문학의 연구』 74, 한국문학연구학회, 2021.

최서윤, 박인환 시 다시 읽기 [224쪽]

「청년 '모더니스트' 박인환의 센티멘[털]리즘과 애도의 불/가능성」, 『2022 박인환 문학축제 학술 세미나: 박인환 학술세미나 자료집』, 인제군 문화재단, 2022.

김지윤, 문단의 '명동시대'와 다방의 문인 네트워크 [256쪽]

「1950~60년대 재야공간으로서의 다방과 문인 네트워크 – 문단의 '명동시대'를 중심으로」, 『구보학보』 27, 구보학회, 2021; 「문학을 통해 살펴본 문화적 원체험지로서의 종로와 문화콘텐츠 활용 연구」, 『서울학연구』 82, 서울시립대학교 서울학연구소, 2021.

조강석, 경험적인 것을 선험적인 것으로 받아들이지 않고, 어떻게? [311쪽]

「문학의 고고학과 귀납적 보편 – 김현 초기 시 비평 연구」, 『비교한국학 Comparative Korean Studies』 28(3), 국제비교한국학회, 2020.

한래희, 폭력과 유토피아, 그리고 문학이라는 세계 [338쪽]

「폭력과 유토피아, 그리고 문학이라는 세계」, 『쓺』 1, 문학실험실, 2015.

양순모, 세대론들 [351쪽]

「세대론들」, 『내일을 여는 작가』 79, 한국작가회의, 2021.

홍성희, 그런 나는 차마, [368쪽]

「그런 나는 차마,」, 『쓺』 15, 문학실험실, 2022.

김나현, 모빌리티 텍스트학의 모색 [394쪽]

「장치로서의 (임)모빌리티와 그 재현 – 『모빌리티와 푸코』를 중심으로 한 텍스트 연구 시론」, 『대중서사연구』 59, 대중서사학회, 2021.

전은주, 재한조선족 시에 나타난 '대림동'의 재현 양상 [424쪽]

「재한 조선족 문학의 '대림동' 재현양상」, 『현대문학의 연구』 75, 한국문학연구학회, 2021.

권창규, 대중 투자 텍스트의 화폐 상상 [449쪽]

「대중 투자 텍스트의 담론 구조: '경제적 자유'와 화폐 상상의 결합」, 『한국문학연구』 67, 동국대학교 한국문학연구소, 2021.

정한아, 읽어버린 사람 [486쪽]

「읽어버린 사람」, 『계간 파란』 3, 도서출판 파란, 2016.

박수연, 문학의 외부에서 [503쪽]

「풍화에 대하여」, 『내일을 여는 작가』 80, 한국작가회의, 2022.

정의진, 문학적 픽션과 공동체의 정치학 : 한강의 『소년이 온다』 [525쪽]

「문학적 픽션과 공동체의 정치학 : 한강의 『소년이 온다』: '쇼아'의 담론화에 대한 논의와의 비교분석을 매개로」, 『비교한국학 Comparative Korean Studies』 27(3), 국제비교한국학회, 2019.

김창환, 한국문학의 초국가적 연구를 위한 들뢰즈 문학론의 비평적 가능성 [566쪽]

「동아시아 문학 연구와 들뢰즈」, 『계간 파란』 3, 도서출판 파란, 2016.

찾아보기

저자소개

김동식 인하대학교 한국어문학과 교수
tympan@naver.com

이수형 명지대학교 국어국문학과 교수
yeesooh@mju.ac.kr

강동호 인하대학교 한국어문학과 부교수
kangdh@inha.ac.kr

이승은 연세대학교 국어국문학과 강사
happysel2000@hanmail.net

강계숙 명지대학교 국어국문학과 교수
sumomo@mju.ac.kr

조영추 중국 중산대학교 중문학과 부연구원
zhaoyingqiu7@naver.com

최서윤 광주과학기술원 기초교육학부 강의전담교수
20010210@hanmail.net

김지윤 상명대학교 한국언어문화학과 조교수
vantablack@smu.ac.kr

조강석 연세대학교 국어국문학과 교수
choks@yonsei.ac.kr

한래희 숭실대학교 베어드교양대학 부교수
hope0007@ssu.ac.kr

양순모 연세대학교 국어국문학과 BK21사업단 박사후연구원
polanyikarl@naver.com

홍성희 연세대학교 학부대학 강사
struggle824@gmail.com

김나현 용인대학교 용오름대학 조교수
kimnh@yongin.ac.kr

전은주 연세대학교 학부대학 강사
yzhu121@naver.com

권창규 조선대학교 자유전공학부 조교수
slowgyu@daum.net

정한아 한신대학교 문예창작학과 조교수
orinto@hs.ac.kr

박수연 충남대학교 국어교육과 교수
pinepond1@cnu.ac.kr

정의진 상명대학교 프랑스어권지역학전공 부교수
ejjung213@smu.ac.kr

김창환 Defense Language Institute(U.S.A), Undergraduate Education, Korean Department Assistant Professor
changhwan.kim@dliflc.edu

한국 언어·문학·문화 총서 **17**

한국 현대문학의 쟁점과 전망

2023년 7월 3일 초판 1쇄 펴냄

저　자 조강석 외
펴낸이 김흥국
펴낸곳 보고사

등록 1990년 12월 13일 제6-0429호
주소 경기도 파주시 회동길 337-15 보고사
전화 031-955-9797(대표)
　　　02-922-5120~1(편집), 02-922-2246(영업)
팩스 02-922-6990
메일 kanapub3@naver.com / bogosabooks@naver.com
http://www.bogosabooks.co.kr

ISBN 979-11-6587-523-7　94810
　　　979-11-5516-424-2　94080(세트)